Marivaux

Le Paysan parvenu

Édition présentée,
établie et annotée
par Henri Coulet
Professeur à l'Université
de Provence
(Aix-Marseille I)

Gallimard

PRÉFACE

à Maurice Regard.

1734 : Marivaux venait de faire paraître en janvier la seconde partie de La Vie de Marianne *que le public attendait depuis près de trois ans et qu'avaient retardée sans doute les hésitations de l'auteur, mais plus encore les entraves imposées par le pouvoir à la production romanesque déjà dans les années 1728-1730. Les onze feuilles du* Cabinet du Philosophe, *écrites pour l'essentiel au cours de l'année 1733, sont publiées à intervalles réguliers de janvier à avril, et contrairement au* Spectateur français *et à* L'Indigent philosophe *cette série journalistique est achevée, ou du moins n'appelle pas de continuation. Au théâtre, Marivaux, dont les Comédiens-Italiens avaient représenté l'année précédente, en juin,* L'Heureux Stratagème, *ne donne rien de nouveau que le 16 août, où les Italiens jouent la petite comédie de* La Méprise. *De février à septembre, l'année 1734 est donc surtout occupée par la rédaction et la publication des quatre premières parties du* Paysan parvenu. *La cinquième paraîtra seulement au printemps de l'année suivante ; il semble que Marivaux ait inutilement intrigué pour la place de secrétaire du duc d'Orléans au début de 1735, et il a certainement travaillé ensuite à* La Mère confidente, *comédie en trois actes qui sera représentée au Théâtre-Italien le 9 mai. Ces activités expliquent-elles le retard de la cinquième partie ? Elles sont plutôt le signe que Marivaux s'intéressait maintenant moins au Paysan parvenu. Il l'abandonnera définitivement après la cinquième partie et gardera le silence quand en 1756 un libraire de La Haye publiera les trois parties apocryphes qui conduisent l'œuvre jusqu'à un dénouement.*

Qu'est-ce qui l'a poussé à suspendre pour Le Paysan parvenu *la suite de* La Vie de Marianne *dont la troisième partie paraîtra en novembre 1735 ? D'où vient la verve qui lui donne un tel élan pour la rédaction des quatre premières parties du* Paysan parvenu *? Michel Gilot, dans son excellente thèse sur* Les Journaux de Marivaux, *a supposé que* Le Paysan parvenu *marquait « un puissant retour au réel », « un affrontement jovial de la réalité quotidienne » après « l'expérience de laboratoire », sourdement douloureuse et close sur elle-même, qu'était « Le Voyage au Monde vrai », « épilogue » du* Cabinet du Philosophe. *Mais les voies de Marivaux sont multiples et surprenantes. S'il est vrai — sa vie est encore trop mal connue pour qu'on puisse l'affirmer avec certitude — qu'après 1734 il ait plus volontiers qu'auparavant fréquenté les salons, peut-être* Le Paysan parvenu *est-il aussi une réaction contre le monde, une ressource de comique que Marivaux s'est ménagée quand* La Vie de Marianne *allait montrer le charme fascinant et les durs préjugés des milieux aristocratiques. Il n'est pas impossible non plus qu'après les analyses lentes et intenses qui caractérisaient les pages déjà parues de* La Vie de Marianne, *Marivaux ait eu besoin de retremper son invention romanesque dans une intrigue plus vive et plus piquante, et de préparer le changement des proportions entre récit, dialogue et réflexions qui apparaît dans* La Vie de Marianne *avec la troisième partie. Mais surtout,* Le Paysan parvenu *propose une nouvelle image d'un* *personnage cher à Marivaux dès ses débuts en littérature, celui du jeune paysan frais, sensuel, plaisant, à la fois naïf et rusé.* C'est Cliton dans Pharsamon, Brideron dans Le Télémaque travesti, *ce sont ensuite les divers Arlequins des comédies « italiennes » ; proches de ce type, bien qu'ils ne soient pas des paysans, le comédien de* L'Indigent philosophe, *l'Indigent lui-même en dépit de son âge, le laquais La Verdure du « Chemin de la Fortune », dans* Le Cabinet du Philosophe. *En tous se retrouvent la verve comique et satirique de Marivaux, son irrespect des conventions. Mais chacun est différent des autres, et le dernier de la série, La Vallée, réincarnation de Jacob dans* La Commère, *est le plus inattendu. La Verdure, le prédécesseur immédiat de Jacob, n'est qu'un domestique hésitant, sans la pénétration, les mouvements généreux de Jacob, ni son talent à tirer parti de toute situation. De tous, Jacob est en effet le plus énigmatique, celui sur lequel les commentaires de la critique sont le plus contradictoires.*

Il affirme en commençant ses Mémoires qu'il est franc, qu'il ne rougit pas de sa naissance et que sa richesse ne lui a jamais inspiré aucune morgue envers les pauvres et les inférieurs. Mais on l'a accusé d'arrivisme, on a dénoncé les mensonges et les dissimulations qui l'ont aidé à parvenir ; en lui et en Marianne, les plus sévères ont vu deux intrigants et deux hypocrites qui jouent la comédie de la vertu et de la sensibilité et n'ont pour mobile que leur ambitieux égoïsme ; les plus indulgents concluent à l'ambiguïté de Jacob et admirent Marivaux d'avoir laissé en suspens le jugement du lecteur sur un personnage insondable. La duplicité de Jacob apparaît en plusieurs circonstances : « totalement rebuté » de Geneviève et « résolu à la laisser là pour ce qu'elle valait », il l'encourage à accepter l'argent du patron, avec une ironie que la pauvre fille n'est pas en état de

*comprendre, et il se fait donner par elle six louis d'or ;
rétrospectivement, il en a quelque scrupule, mais il
s'excuse sur son ignorance en morale à cette époque et
sur le bon usage qu'il a fait de l'argent : « il me profita
beaucoup ». Lors du premier souper chez Mme d'Alain,
usant de « ce talent » qu'il a « de lire dans
l'esprit des gens, et de débrouiller leurs sentiments
secrets », « prêt à tirer parti de tout », il s'arrange pour
plaire à l'hôtesse et à sa fille et pour amener Mlle Haberd
exactement au degré d'inquiétude qui renforcera son
penchant ; s'il se décide finalement pour la pieuse vieille
fille, c'est qu'elle était « plus sûre que tout cela ». Quand
il comparaît devant l'espèce de tribunal de famille réuni
chez le Président, avant même de dire un mot il varie ses
regards à l'adresse de chacun, donnant de lui autant
d'images différentes ; avec Mme de Ferval, comme avec sa
première patronne, il sait immédiatement entrer en
connivence, jouant presque sans faute de sa naïveté ; au
moment de se rendre à la convocation du Président, il
adresse à Mlle Haberd des mots enflammés : « Oui,
cousine, oui maîtresse, oui charmante future, et tout ce
que j'ai de plus cher au monde », mais c'est un remerciement pour une grosse somme en or qu'elle vient de lui
donner. Ses sentiments se déploient souvent dans une
zone trouble entre la simulation et la sincérité, partant
plutôt de la première pour en venir par entraînement à la
seconde. Son histoire est « très bonne à raconter » à
Mlle Haberd, c'est « un récit bien avantageux à lui
faire » : il le fait donc « d'une manière naïve et comme
on dit la vérité ». Plus tard, il s'aperçoit que ses propos
flatteurs font plaisir à la dévote, il ouvre les yeux sur sa
« bonne fortune » et devient de plus en plus vif : « Je
laissais échapper des tendresses étonnantes, et cela avec
un courage, avec une ardeur qui persuadait du moins
que je disais vrai. » Quand, partagée entre un peu de*

jalousie et l'envie de révéler à Jacob son projet de mariage, Mlle Haberd lui pose une question inquiète sur sa sincérité, il répond par une longue et plaintive protestation, qui n'est pas mensongère, mais... « J'avoue pourtant que je tâchais d'avoir l'air et le ton touchant, le ton d'un homme qui pleure, et que je voulus orner un peu la vérité ; et ce qui est de singulier, c'est que mon intention me gagna tout le premier. Je fis si bien que j'en fus la dupe moi-même, et je n'eus plus qu'à me laisser aller sans m'embarrasser de rien ajouter à ce que je sentais » ; il conclut : « Aussi ne manquai-je pas mon coup. » On pourrait ne pas se croire injuste à parler du cynisme de Jacob.

Mais un cynisme de quelle espèce ? Lucide et calculateur, ne faisant au lecteur que de fausses confidences et se moquant secrètement de lui avec la complicité de l'auteur, s'il lui cherche des circonstances atténuantes et croit à ses bons sentiments ? Le Paysan parvenu serait alors une œuvre d'une ironie cinglante et secrète sous un air bon enfant. Un cynisme inconscient, exposant sans malice ses contradictions et ses sophismes à la malice du lecteur et de l'auteur, complices cette fois ? L'ironie serait savoureuse et d'accès plus facile, mais c'est celle-là même de Jacob quand il fait parler des ridicules, et l'on ne voit pas comment le personnage narrateur pourrait établir à son profit par rapport aux personnages de sa sphère la distance même qui aurait institué l'œuvre en séparant auteur et lecteur de ce narrateur. Certains pensent que Jacob est spontanément dissimulé, égoïste, tant qu'il doit lutter pour acquérir la sécurité matérielle, mais qu'une fois riche et intégré à la haute société, il retrouve la fierté de son origine paysanne et met d'accord sa pratique et ses principes de vertu. Si cette explication peut s'appuyer sur l'excuse qu'il fournit de sa conduite avec Geneviève, il ne faut pourtant pas exagérer le

*désaccord moral entre Jacob acteur et Jacob narrateur :
celui-ci s'amuse des bévues de l'autre, il note les erreurs
de sa jeunesse inexpérimentée, mais les Mémoires de
M*** ne sont pas dictés par le remords, au contraire ils
sont la reprise ferme et heureuse du passé dans un
présent qui ne renie rien ; on n'y entend même pas les
soupirs de regret qui échappent souvent à Marianne. En
parlant de lui, Jacob ironise : faute d'être assez attentif à
cette ironie, on risque soit de mettre à son compte et à
celui de l'auteur un immoralisme qu'on jugera, comme
on voudra, scandaleux ou hardiment libérateur, soit de
caricaturer Jacob en bourgeois moralisant, bien revenu
de sa jeunesse, très semblable à ce qu'a fait de lui l'auteur
anonyme des sixième, septième et huitième parties. En
fait, l'ironie de Jacob ne se retourne pas contre lui-
même ; ce que Jean Rousset a excellemment appelé « le
double registre » crée un effet de profondeur en prolon-
geant le regard inégalement pénétrant que Jacob dans
l'action passée portait sur lui-même par le regard actuel
auquel n'échappe presque plus rien : mais ainsi, loin de
se diviser, s'unifie l'être moral que Jacob reconnaît
joyeusement et intégralement assume. L'ironie est la
forme gaie de la connaissance de soi.*

*Rien ne nous autorise donc à voir de l'hypocrisie dans
ses justifications, pas plus que du cynisme : l'honnête
homme bienfaisant, juste, modeste et sincère qui se
présente au lecteur dans les premières pages des Mémoires est bien le même qui profitait dans sa jeunesse de
l'impureté de Geneviève, qui faisait agir auprès de
Mlle Haberd l'adresse aussi bien que la tendresse, et qui
associait aux joies légitimes du mariage l'ivresse d'une
liaison galante avec Mme de Ferval, car « on sent fort
bien deux plaisirs à la fois ». Des épreuves cruciales ont
déterminé son jugement sur les hommes et arrêté les
principes moraux auxquels il était conduit par sa nature*

et qu'il n'a jamais enfreints : le chantage exercé sur lui par son premier patron, l'emprisonnement, l'humiliation qu'il essuie à Versailles dans le cabinet de M. de Fécour. On ne doit pas plus l'accuser de rouerie que lui prêter une morale de compromis et de complaisances : l'immoralisme n'est pas en lui, mais dans la société où il vit, et ses actes le dénoncent ; plus il semble se conformer à ce que sont les autres, plus il acquiert de forces pour s'imposer sans se rendre pareil à eux. Roturier, il est devant le même monde que devra conquérir, pour devenir lui-même, l'aristocrate Meilcour, dans Les Égarements du cœur et de l'esprit *de Crébillon. C'est au contact du monde qu'on développe sa connaissance des hommes et de soi ; on y apprend toutes les nuances du sentiment (« il n'y a que le sentiment qui nous puisse donner des nouvelles un peu sûres de nous », disait Marianne), on y fait l'expérience de tout ce dont l'âme est « capable », expérience sans laquelle le moi reste comme sourd et mutilé : « avant ce temps-là m'étais-je estimé quelque chose ? avais-je senti ce que c'était qu'amour-propre ? », mais expérience qui n'est pas possible sans quelque dépravation : « Voyez que de choses capables de débrouiller mon esprit et mon cœur ; voyez quelle école de mollesse, de volupté, de corruption, et par conséquent de sentiment ; car l'âme se raffine à mesure qu'elle se gâte. » Meilcour ira jusqu'au fond du libertinage, comme s'il ne pouvait gagner liberté et dignité qu'après s'être asservi aux vices et aux ridicules. Jacob est d'emblée plus habile, il joue avec le feu sans se brûler, ses déconvenues ne l'avilissent pas et ses étourdissements l'instruisent. Il prend les nantis à leurs propres pièges et « laisse là pour ce qu'ils valent » les sots intéressés comme Geneviève. La pitié serait de sa part encore plus une erreur qu'une faiblesse ; la preuve que Geneviève n'en mérite guère, c'est que Marivaux, après l'avoir*

*accablée par le refus de Jacob et par la mort du patron,
lui fait voler par un domestique tout son argent mal
acquis : catastrophe qu'un romancier charitable aurait
pu lui éviter. Quand il se dit « le fils d'un honnête
homme qui demeure à la campagne » au lieu de s'avouer
paysan — après tout, un fermier de Champagne n'est pas
un brassier, un simple manœuvre, et la famille de Jacob
a un certain rang dans son village —, Jacob refuse le
cloisonnement social et le mépris dont il s'accompagne,
pour mieux les affronter le cas échéant. Quand il nie
avoir été domestique, bien qu'il ait servi « un moment,
par rencontre », il repousse le sentiment honteux que la
société veut lui dicter, et dont il n'arrive parfois à se
débarrasser que par la plaisanterie, de n'être qu' « un
petit paysan, un valet en bon français, un petit drôle
rencontré sur le Pont-Neuf ». Il reçoit de l'argent de
Geneviève, de sa future, de Mme de Ferval, sans trop
s'interroger dans le premier cas, avec des transports dans
le second, avec confusion et en protestant dans le
troisième : la réflexion de l'homme âgé innocente le jeune
homme envers Geneviève ; Mme de Ferval, hypocrite,
médisante, méchante dans le fond, ne mérite ni les
scrupules ni les « folles exagérations » de son admira-
teur ; quant à Mlle Haberd, il est vrai que le mariage de
Jacob passe pour « ridicule », même aux yeux du Président qui pourtant renonce à s'y opposer, et que l'amour
de Jacob pour sa femme, allant de la plus vive tendresse à
une affection tranquille, se fonde finalement sur la
reconnaissance qui, dit-il, « peut suppléer à bien des
choses ». Mais Jacob a fait de son mariage exactement ce
qu'il voulait faire, et il a apporté à Mlle Haberd exactement ce qu'elle espérait. Il parle d'elle sans sensiblerie,
sans moquerie méchante non plus, comiquement mais
avec délicatesse ; il rapporte les propos déplaisants de
Mme d'Alain et de Mme de Ferval sur elle, parce que, tout*

*en peignant celles qui les tiennent, ils nous font apercevoir l'image qu'on a de M*ˡˡᵉ* Haberd dans la société : la vérité reste tue, non pas secrète, mais préservée, celle d'un être qu'il a aidé à être lui-même et qui ne doit de comptes à personne. La lucidité chez Jacob, comme chez Marivaux, est générosité.*

*Il y a déjà longtemps, Pierre Moreau comparait les personnages de Marivaux aux personnages de Stendhal. Jacob deviendra riche, la protection du comte d'Orsan lui procurera sans doute un de ces emplois qu'il souhaite, « qui ne coûte guère et qui rende beaucoup » ; il sera financier, mais, comme le banquier millionnaire père de Lucien Leuwen, il fera des affaires pour son plaisir. Il n'est ni ambitieux, ni cupide ; il réussit parce qu'il a de la chance, parce qu'il sait profiter des occasions, et surtout parce qu'il communique autour de lui la joie de vivre. Son vrai mobile est la recherche du plaisir : sans fièvre, sans angoisse, il le connaît et le savoure aussi bien dans les bons plats que cuisine Catherine que dans le cadre luxueux où l'introduit M*ᵐᵉ* de Ferval ou le comte d'Orsan, dans les extases amoureuses de sa dévote que dans la vue d'une jolie dame à sa toilette ou sur son sofa. Sa courte histoire est pleine de ces émerveillements. Sa jeunesse, son « humeur gaillarde » ont pour les femmes en goût d'aimer un attrait irrésistible, mais s'il doit à l'argent de Geneviève et aux rentes de M*ˡˡᵉ* Haberd les deux premiers pas qui l'ont porté au seuil de sa carrière, ce n'est pas grâce à ses amoureuses qu'il est allé plus loin : M*ᵐᵉ* de la Vallée va mourir, M*ᵐᵉ* de Fécour sera malade, il a surpris M*ᵐᵉ* de Ferval dans une situation trop scabreuse pour pouvoir renouer avec elle, et M*ᵐᵉ* d'Orville semble devoir être recherchée par le comte d'Orsan. Celui qui le poussera, c'est ce comte d'Orsan, qui dès la première heure a fait de lui son ami intime, ou peut-être l'étrange bourru, M. Bono, qui*

est « fort content » de lui parce qu'il a laissé parler son
« bon cœur » dans des lieux d'intrigues et d'âpres cal-
culs. Aux femmes, il doit beaucoup plus que son avance-
ment dans le monde : il leur doit l'initiation au plaisir,
la découverte de ses ressources sensuelles et sentimenta-
les, de ses émotions les plus fortes et les plus raffinées, un
art de vivre auquel collaborent le corps, le cœur et
l'esprit, en un mot la jouissance de lui-même. Si Le
Paysan parvenu est un roman d'apprentissage, cet
apprentissage est celui du bonheur d'exister, auquel
Jacob était prédisposé par son caractère.

    Ce n'est donc pas un picaro. Après chaque coup de
chance ou d'adresse qui lui permet de vivre quelque
temps, le picaro retombe à la misère, mais il professe un
dégoût mystique de l'existence terrestre et se conduit en
aventurier de la ruse et du crime en s'abandonnant à la
volonté de Dieu. L'abandon mystique en moins, le seul
personnage de Marivaux qui se rapproche du picaresque
est l'ami de l'Indigent philosophe, déserteur, chapardeur,
coureur de femmes, comédien, dont le modèle semble
bien avoir été en partie Jean Antoine Romagnesi, entré en
1725 dans la troupe des Italiens. Nous ne connaissons
que les débuts de Jacob, et il passe par des situations très
périlleuses, mais après la rencontre de Mlle Haberd,
quoi qu'il advienne, il ne court plus le risque d'être
jeté à la rue, comme de façon récurrente y est jeté le
picaro. De celui-ci, il n'a pas non plus le mysticisme. Il
croit en Dieu, il lui rend abondamment grâces quand il
dialogue avec la pieuse Mlle Haberd, il l'invoque
aussi pour son lecteur dès les premières lignes du texte,
et plus souvent qu'on ne l'attendrait d'un garçon si
vivement porté à jouir des biens de ce monde, mais en
raison justement de ces biens ; s'il déteste les dévots
égoïstes et les prêtres qui abusent de leur sainte autorité,
la religion le conforte dans sa morale et lui garantit

l'innocence de ses profits. Dieu, qui lui a, dit-il, pardonné d'avoir accepté l'or de Geneviève, n'a sans doute jamais eu — selon la conscience de Jacob — rien de beaucoup plus grave à lui pardonner. C'est bien inutilement que le continuateur anonyme a imaginé au dénouement la conversion religieuse de cet homme malicieux et sans remords.

Nous ne savons rien de sa réussite. Entre le moment où s'arrête son récit, le laissant à la Comédie-Française où l'a emmené le comte d'Orsan, et le moment où il prend la plume pour faire ce récit, presque toute son existence s'écoule. Il a été heureux : il est devenu riche, plus riche qu'aucun des Messieurs méprisants qu'il est allé solliciter à Versailles ; il a aimé bien des femmes plus belles que cette Mme de Ferval qui lui a fait découvrir que les femmes « étaient femmes partout » ; il n'a jamais humilié personne du haut de sa fortune comme il a été humilié lui-même, et son métier, semblable à celui de M. de Fécour, lui a permis d'être bienfaisant, au contraire de M. de Fécour. Nous pouvons inférer tout cela des premières pages de son histoire, de quelques fugaces réflexions, mais son passé, où rien ne lui est cause de remords, n'a rien non plus qui ait l'intensité, la nouveauté fulgurante des quelques semaines qu'il nous raconte, sinon, il nous l'aurait raconté aussi. Son silence n'est pas honte ni reniement, il est absence d'intérêt, l'absence d'intérêt de Marivaux lui-même, qui n'a pas eu envie de suivre son héros de plaisir en plaisir, de succès en succès dans le monde, puisqu' « il n'y a point de plaisir qui ne perde à être déjà connu », et que le seul succès exemplaire de Jacob était celui qu'il avait d'abord remporté contre le monde. Quelle qu'en soit la cause matérielle ou caractérielle, cet inachèvement, comme dans La Vie de Marianne *celui du récit de Marianne et celui du récit de Tervire, approfondit le sens* *de l'œuvre et prouve le génie du romancier. Une grande plage d'ombre accuse le relief des commencements, des initiations, de l'invention de soi, et de l'aboutissement, de la sérénité souriante. De ces longues années d'homme d'affaires, d'homme de société, Jacob sort avec le sentiment que le meilleur de sa vie a été sa jeunesse. La durée n'a pas eu sur lui l'effet qu'elle aura sur Marianne et surtout sur Tervire, faisant jouer à l'une le jeu du monde sans y croire et en aspirant à la retraite, conduisant l'autre encore jeune au couvent sans vocation, mais déjà pour lui comme pour elles elle a accumulé les raisons de se taire sur la maturité et de se retrouver, de se réinventer en racontant sa naissance. Plusieurs critiques ont voulu montrer que ces Mémoires inachevés étaient complets et qu'y était dit tout ce que le lecteur avait besoin de savoir sur la suite. Ils sont en fait bien inachevés, mais l'inachèvement est à leur origine, il marque l'espace de la lente nuit où grandit le désir de se rejoindre à soi et où se forme le dessein de se dire.*

L'inachèvement n'est pas le seul trait commun aux trois récits : ils ont le même objet, raconter comment dans sa rencontre avec les hommes et la société un caractère acquiert la conscience de ses ressources par le plaisir, par la douleur, par les épreuves, par tous les sentiments qu'il lui faut, selon une admirable expression de Marianne, « sentir, peser, essayer sur son âme ». Jacob est un roturier de la campagne, Marianne une orpheline de naissance inconnue, Tervire une fille de la noblesse provinciale abandonnée dans la vie par sa mère. Le naturel de l'individu, l'entourage social, le cadre matériel, l'atmosphère romanesque changent dans chaque cas, mais l'histoire des trois jeunes gens comporte des épisodes décisifs analogues : dénuement dans la solitude peu de temps après le début du récit, adoption par une protectrice (c'est le mariage avec

Mlle *Haberd pour Jacob), confrontation avec les représentants de la société, humiliation d'être ramené à son néant initial (par M. Doucin, pour Jacob, chez Mme d'Alain, et par le chevalier, chez Mme Remy; par Mme Dutour, pour Marianne, chez Mme de Fare; par le piège infâme du jeune abbé, pour Tervire, chez Mme de Sainte-Hermières). Marivaux procède par variations, les trois textes ne font qu'un texte plein de correspondances, par un mode de composition entièrement original, qui ne fut pas compris ni même aperçu à l'époque, et qui fournit peut-être une justification de plus de l'inachèvement, car Marivaux n'entendait pas exposer dans tout son développement une existence, mais construire avec trois fragments complémentaires une complexe et contradictoire unité.*

Les Mémoires de Jacob ne sont pas nostalgiques, la poésie du regret leur est presque complètement étrangère; même si la vivacité des premières impressions a manqué dans les plaisirs goûtés par Jacob au cours des années, elle se retrouve dans celui qu'il éprouve à se peindre pour lui et pour son lecteur. C'est son être actuel qui triomphe, dans sa chaleureuse lucidité sur lui-même et son bonheur à être bien celui qu'il est. Le discours abondant de Marianne envahissait ses Mémoires et imposait au récit une lenteur dont Marivaux ne put renouveler la gageure. Jacob annonce de fréquentes digressions, mais les réflexions ne représentent en moyenne que cinq pour cent de son texte (elles atteignent presque dix-neuf pour cent dans les deux premières parties de Marianne) : le narrateur n'en est pas moins présent, dialoguant avec le lecteur, s'exclamant, riant de lui-même, se jugeant, se félicitant. Entre lui et ce qu'il était dans le passé, il n'y a pas l'opposition du regardant et du regardé, de celui qui comprend et de celui qui agit,

mais une communication toujours ouverte, mobile, pas-
sant par toutes les nuances de la complicité qui vont de
la mise à distance à l'identification. Jacob âgé ne
développerait pas si bien ses intentions et ses mobiles
d'autrefois, si Jacob jeune n'y avait pas déjà été très
attentif et n'en avait pas bien connu même ce qu'il
préférait ne pas reconnaître. La technique romanesque
fait voir comment le souvenir est maîtrisé pour le plaisir
de l'intelligence. Moins nombreuses que dans La Vie de
Marianne, les réflexions générales sur les hommes et sur
la société répondent à l'intention énoncée au début du
livre, de n'être « pas inutile à ceux qui aiment à s'ins-
truire » ; elles témoignent de la sagesse de Jacob et
donnent une portée humaine universelle à l'expérience
d'un individu. Dans tous ses écrits, et non pas seulement
dans ses Journaux, Marivaux a voulu être un moraliste.
Les personnages que le narrateur sait pourtant fort bien
faire parler selon leur langage et saisir dans leur action
sont décrits dans des portraits statiques, pour la compo-
sition desquels il réunit des éléments recueillis à divers
moments, hors de l'épisode en cours, ou dans des
circonstances ultérieures que le roman ne raconte pas, et
même quand les personnages décrits n'ont qu'un rôle
très réduit dans le récit tel que nous pouvons le lire. Le
procédé, cher aux romanciers de l'époque baroque,
commençait à être désuet, du moins sous sa forme
d'analyse méthodique, et les contemporains de Marivaux
n'ont guère aimé ces arrêts de l'action, pendant lesquels
le narrateur semble faire fi de la curiosité du lecteur et
oublier lui-même ce qu'il raconte. L'anonyme qui a écrit
la fin du Paysan parvenu se croit obligé d'imiter
Marivaux dans cette pratique, mais il ne l'approuve pas :
« Je m'étendrai le moins que je pourrai, car peindre
les caractères, c'est rebattre ce qu'on a presque toujours
dit. Il suffit de les connaître en gros, le détail sort

ordinairement du naturel et se dévoile par les actions. »
*Marivaux, l'un des fondateurs du roman moderne, va à
contre-courant de la mode lorsque la cohérence de
l'œuvre l'exige : les portraits qu'il aime en moraliste
sont, dans le roman, un des moyens par lesquels le
mémorialiste affirme sa présence actuelle et l'heureuse
activité de son esprit.*

   *D'autres traits de la composition renforcent la cohé-
rence de l'œuvre, mais ne paraissent plus commandés
par la situation et le caractère du narrateur en tant que
tel : ce sont des échos d'un passage à un autre à
l'intérieur du texte, et des épisodes en apparence marginaux qui éclairent le sens resté implicite de certains
épisodes centraux. Une épée vaut à Jacob d'être soupçonné d'un assassinat et d'être mis en prison, une autre
épée lui permet de sauver le comte d'Orsan; l'habit de
drap fin doublé de soie rouge dont il est si fier et qui
fait valoir son physique aux yeux de Mme de Ferval n'est
plus à la Comédie, auprès des seigneurs magnifiques,
qu'une marque de « petite propreté bourgeoise » qui lui
fait honte; plus piquante est la succession des repas,
chez les sœurs Haberd, dans leur cuisine, chez Mme
d'Alain, dans la prison, à Versailles (on remarquera que,
de celui-ci, le premier, et le seul dans le roman, que Jacob
prenne avec des personnes de la noblesse, rien ne nous est
dit qui évoque l'acte de manger); ou la ressemblance
tacitement insinuée entre les demoiselles Haberd qui
dévorent en affectant le manque d'appétit et Jacob qui se
fait prier pour manger (parce qu' « on ne doit pas avoir
faim quand on est affligé ») et prend « une réfection fort
honnête », ou entre les prières de Jacob et celles de
Mlle Haberd la cadette. Mais toutes ces correspondances, et quelques autres, sont assez évidentes. Il est plus
intéressant d'examiner les épisodes qui semblent ne pas
servir à l'action. Celui de la prison la retarde; mais*

Jacob avait déjà une fois eu peur d'être « coffré » et n'avait échappé à la prison que par la mort de son premier maître : la société écrase les humbles, il faut acquérir l'indépendance matérielle pour avoir droit à quelque dignité ; de plus, Jacob éprouve dans son cachot ce sentiment de déréliction qui, selon Marivaux, est une expérience existentielle nécessaire à la connaissance de soi. Autre épisode marginal, le voyage à Versailles : sa durée est occupée par la conversation dans la voiture. Marivaux pousse-t-il la fidélité au réel jusqu'à en reproduire les temps morts ? Peut-être, en cette circonstance, mais les sujets de la conversation nous renvoient sans le dire à l'histoire de Jacob. Le récit du mari en procès avec sa femme traite de l'état du mariage, dans lequel Jacob vient de s'engager ; pour l'homme de la voiture, dont la femme est devenue bigote, la vie conjugale est un enfer, quand Jacob en se mariant a libéré sa femme de la bigoterie et l'a fait s'épanouir ; mais même les meilleures unions se détériorent, la sienne, bien que les deux futurs époux y aient complaisamment vu l'intervention de la Providence, ne s'est pas nouée sans équivoque, et il faut toute la confiance de Mme de la Vallée pour que Jacob n'ait pas à rendre à sa femme des comptes difficiles de sa conduite : amour et mariage, bonheur et mariage, fidélité ou liberté, égalité ou inégalité des époux, ce petit récit pose des questions souvent évoquées par Marivaux ; dans ce roman, où l'histoire de Mme d'Orville les soulève encore, si Jacob ne nous dit pas qu'il y ait beaucoup réfléchi, le lecteur n'a qu'à rapprocher les circonstances du mariage de Jacob, l'histoire du voyageur dans la voiture et celle de Mme d'Orville pour s'assurer que Jacob, sans être cynique, n'était rien moins que naïf. Dans son autre partie, la conversation roule sur le roman libertin, la composition et le style. Marivaux y répond à Crébillon, qui avait parodié La Vie de

Marianne *dans* L'Écumoire *et repris des critiques for-
mulées par Desfontaines. Mais il n'a pas prolongé
l'interruption de l'intrigue pour placer une polémique
personnelle, il a non seulement voulu que son roman
renfermât l'apologie de sa façon de composer et d'écrire,
mais que le lecteur ne confondît pas avec le libertinage de
Crébillon la sensualité du* Paysan parvenu, *ni la longue
scène chez la Remy, qui allait paraître dans la cinquième
partie, avec les scènes scabreuses de* L'Écumoire. *Question de style, question de goût, mais surtout question de
psychologie et de morale. Le mot de Jacob sur l'âme qui
s'affine à mesure qu'elle se gâte sera adapté par Crébillon
dès l'année suivante (1736) dans* Les Égarements du
cœur et de l'esprit *: « Ce qu'on appelle usage du monde
ne nous rend plus éclairés que parce qu'il nous a plus
corrompus » ; mais Crébillon pénètre profondément
dans la corruption pour démasquer l'hypocrisie et prouver la vanité du monde, au risque de ne plus savoir que
faire de la pureté au nom de laquelle il condamne la
corruption, tandis que Marivaux, aussi peu dupe que lui,
a confiance dans la bonté humaine et n'emploie la
corruption qu'à rendre cette bonté plus avertie et mieux
armée. Quant à Jacob, il affadirait son plaisir et le
nôtre s'il accompagnait de quelque excuse décente les
propos qu'il tient ou qu'il rapporte et les scènes qui l'ont
séduit : sa justification est dans les propos de l'officier
qui allait à Versailles, et sa punition, dans le tête-à-tête
du chevalier avec Mme de Ferval. Peu importe que
nous n'entendions plus parler de l'officier, ni du mari
malheureux en ménage, ni des agresseurs du comte
d'Orsan, les épisodes où ils figurent ont rempli leur
fonction dans la structure du roman. Au fond, ils ne
sont pas plus marginaux que les scènes où figurent
Mme d'Alain et Agathe, que l'intrigue galante avec
Mme de Ferval ou Mme de Fécour, que l'irruption du*

*chevalier chez Mme Remy : la suite du roman eût
peut-être fait disparaître ces personnages de l'intrigue,
comme elle en eût certainement fait disparaître par la
mort Mme de la Vallée. Une différence capitale entre les
romans écrits par Marivaux dans sa jeunesse et les deux
grands romans de sa maturité est que les premiers
se referment sur eux-mêmes dans un dénouement où est
réglé le sort de tous les personnages, et que les autres
restent ouverts, montrant un individu qui va à la
découverte de lui-même de rencontre en rencontre : le
non-retour des personnages est encore une de ces inven-
tions de Marivaux romancier dont nous ne compre-
nons la portée qu'après plus de deux siècles, à notre
époque où la forme traditionnelle du roman a éclaté.
Aucun souvenir n'est pourtant perdu pour Jacob, avec
les meilleurs il compose le discours qui manifeste sa
personnalité présente.*

*Cette parfaite conscience du romancier nous interdit
de voir une maladresse ou une invraisemblance dans la
précipitation des événements. Mlle Haberd s'installe
avec Jacob chez Mme d'Alain le lendemain du jour où
elle l'a rencontré, décide de l'épouser deux jours après ;
moins de dix jours s'écoulent encore avant la célébration du mariage, et dans l'intervalle les bans ont
été publiés, le père de Jacob a envoyé son accord, une
première célébration a été empêchée, le tribunal de
famille s'est réuni chez le Président, et Jacob, piéton de
Paris victime d'un accident de la rue, a passé une demi-
journée et une nuit en prison. Le surlendemain de son
mariage, Jacob va à Versailles, est reçu par M. de Fécour
après avoir attendu, dîne (nous dirions : déjeune) avec
Mme d'Orville et sa mère, se rend avec elles au bureau de
M. Bono, retourne à Paris, rejoint Mme de Ferval chez la
Remy, sauve en s'en revenant la vie au comte d'Orsan,
le fait panser chez Mme d'Orville, et va finir l'après-*

midi au théâtre avec son nouvel ami. La promptitude avec laquelle Mlle Haberd la cadette quitte définitivement sa sœur et se décide au mariage doit surprendre : on est tenté de l'expliquer par l'habileté de Jacob à manœuvrer la volonté de la vieille fille, et nous verrons qu'on peut lui trouver une meilleure explication. S'il y avait ici invraisemblance, elle serait psychologique ; dans tous les autres cas, c'est le temps même qui aurait dû manquer pour tant de péripéties, mais Marivaux a pris soin d'en établir une chronologie minutieuse, sauf pour le séjour de Jacob chez son premier maître, dont la durée est laissée dans l'imprécision. Il nous indique non seulement la suite des jours, mais celle des moments, la division de la journée par les levers, les couchers, les repas, les offices religieux qu'on entend sonner, et nous pouvons vérifier que Jacob ne perd pas de temps et peut bien se trouver disponible « de bonne heure » pour faire une visite qu'il doit ou pour aller à la Comédie. Tant d'exactitude est un palliatif : le sentiment de la durée vécue n'est pas restitué (aucun romancier avant Rousseau ne saura le rendre), et Marivaux ne s'en soucie pas. Son objet est de présenter êtres et faits selon leur signification la plus intense, telle que l'a assimilée Jacob ; ils sont devenus une vérité dont il dispose et où il se retrouve, il en rend compte par des maximes universelles, il y met l'ordre des portraits qui est intemporel, il en dégage l'essence, au point de croire avoir compris après des expériences répétées le comportement des sœurs Haberd à table, où il n'a pu les observer en tout et pour tout qu'une fois.

Il n'a du reste pas besoin d'observer longtemps pour comprendre. Si, comme l'a écrit Robert Mauzi, Le Paysan parvenu est « l'histoire d'une conscience », c'est aussi le tableau d'une société. La morale en est formulée au début du livre, puis à propos des dévots et de

M. Doucin et lorsque Jacob va solliciter à Versailles
un emploi de M. de Fécour, mais le récit lui-même est
un jugement encore plus sévère. Certains personnages
odieux sont plus ou moins dangereux selon le pouvoir
dont ils disposent : le premier patron de Jacob corrompt
à prix d'argent une femme de chambre et menace de faire
agir la police contre Jacob, parce qu'il refuse d'être
mari complaisant ; M. de Fécour, méprisant pour les
pauvres, persifle les tares d'une administration d'où il
tire tout son profit ; à ses côtés on aperçoit le groupe de
ses confrères, aussi insolents qu'importants ; M. Dou-
cin attise les querelles de famille et couvre de la reli-
gion son amour des friandises et de l'autorité ; le che-
valier, qui a surpris la faiblesse d'une jolie femme,
travestit un chantage impudique en galanterie passion-
née. Du haut en bas de l'échelle sociale on voit l'égoïsme,
le mensonge, la cupidité, la jalousie, l'intolérance, la
haine, la violence, le vice. Ce roman si court et si allègre
contient un crime, celui dont Jacob est accusé à tort, et
une tentative d'assassinat : le comte d'Orsan, aguiché
par une femme facile, risque de laisser la vie dans
un guet-apens. L'honnête M. d'Orville, parce qu'il est
maladif, va être chassé de son emploi au bénéfice d'un
greluchon sans capacité que protège la belle-sœur d'un
homme en place. La dévote Mme de Ferval donne des
rendez-vous chez une entremetteuse. Mlle Haberd
l'aînée, autre dévote, dresse toutes ses relations influen-
tes contre la liberté de sa sœur. Et Geneviève, et Cathe-
rine la cuisinière, et Agathe, et l'épicier recruté comme
témoin par Mme d'Alain, et Mme de Ferval, il fau-
drait peu pour qu'ils deviennent vindicatifs et malfai-
sants, si la société ne faisait pas d'eux de ridicules ou
pitoyables victimes. Jacob les a tous saisis tels qu'ils
sont et les a jugés ; sa bonne humeur, son sens de la vie
font qu'ils l'intéressent ; mais sa défense devant le

Président a la valeur d'un réquisitoire, et son désir de bonheur, celle d'une attaque contre la société. Il ne sauve son insouciance qu'à force d'activité et d'adresse ; il aura eu sans doute encore plus de mal à sauver dans la richesse la bonté de son cœur, car la bonté même, quand elle s'accommode de l'injustice, est inefficace ou blessante : la sensible femme de son premier patron vivait dans le libertinage et la dissipation, l'inquiétant M. Bono protège des gens vertueux et trouve leurs vertus absurdes. Le meilleur de la peinture sociale dans Le Paysan parvenu *est peut-être dans l'image de ces personnages équivoques, marqués par le mal et sains à leur manière par l'appétit naturel qu'ils satisfont dans l'injustice et la fausseté. Jacob n'est jamais leur dupe. La sympathie que certains lui inspirent et le plaisir qu'il a à les faire tous revivre sous nos yeux n'ôtent rien à la vigueur de la satire ni à la dureté de la condamnation.*

C'est dans l'optique de cette satire sociale qu'il faut comprendre la cadette des sœurs Haberd. L'intérieur des deux vieilles filles respire le bien-être douillet, le repos, la gourmandise, les habitudes bien réglées, la bonne entente, les conversations à mi-voix... L'arrivée de Jacob y jette la guerre : les cris du premier étage s'entendent jusqu'au rez-de-chaussée, « on dirait qu'elles s'égorgent », dit Catherine, qui monte accroître le tintamarre sous prétexte de le calmer. Mais elle apprend à Jacob qu'il n'y a là rien d'extraordinaire : « il ne se passe pas de jour qu'elles ne se chamaillent (...) et quelquefois j'en ai ma part aussi, moi ; mais je me moque de cela ; je vous les rembarre qu'il n'y manque rien ». En ce ménage de dévotes règnent donc la mésentente et le vacarme, « à cause de l'amour de Dieu ». Le contraste entre l'apparence et la réalité est d'un comique que le narrateur se garde bien d'affaiblir par un commentaire, mais auquel la cadette n'était certainement pas sensible, la vie com-

mune lui étant devenue insupportable : « *Quand tu m'as rencontrée, il y avait longtemps que l'humeur difficile de ma sœur m'avait rebutée de son commerce.* » La pension ne la tentait pas, son âge et la crainte de tomber sur un libertin la faisaient hésiter devant le mariage. La rencontre de Jacob la décide presque immédiatement : qu'on relise les pages qui vont du matin sur le Pont-Neuf à la scène où Mlle Haberd se déclare, on verra que si Jacob semble mener le jeu, Mlle Haberd, suivant son dessein, a réellement l'initiative et fait souvent les avances, tout en laissant parler Jacob et en affectant de rire à des propos osés, mais sans conséquence. Elle aussi se révolte contre une oppression, elle aussi refuse d'être plus longtemps victime de préjugés dont elle se sert cocassement après son mariage pour se conforter dans son bonheur.

Car Le Paysan parvenu *est un roman heureux.* La gaieté n'y est ni dénigrante ni burlesque comme dans les Histoires comiques *du siècle précédent ; moins truculent que* Le Télémaque travesti, *il est bien de la même veine, dur sans méchanceté, lucide sans cynisme, hardi sans grossièreté. L'analyse morale et la critique sociale, prises dans la trame de l'existence quotidienne, y gagnent force et complexité, loin de s'enliser dans l'éloquence sentimentale. La satire n'y est pas aigre, elle est inspirée par l'amour de la vie, respectée dans ses contradictions, goûtée jusque dans ses ridicules. Mme d'Alain, imprudente bavarde, qui plaisante sur les enfants que Mme de la Vallée ne peut plus avoir, a le cœur bon : Jacob nous le dit, mais nous pouvons le savoir par l'attention qu'il porte à reproduire fidèlement son langage. Une espèce de sympathie émerveillée, une intelligence qui se transmue en jouissance donnent une saveur sensuelle à tout ce que raconte Jacob, comme si la longue expérience de cet homme âgé (le savoir et la générosité du* *romancier) avait le pouvoir de rendre à la vie son innocence originelle au sein même de la corruption. Et c'est pourquoi la scène où Jacob assiste à la toilette de la maîtresse, chez son premier patron, le tableau de Mme de Ferval couchée et laissant voir « un peu de la plus belle jambe du monde », l'évocation de la gorge opulente qu'étale Mme de Fécour, et même le récit du rendez-vous chez la Remy, tels que Jacob nous les offre, sont si éloignés de la manière de Crébillon, dont ils paraissent si proches.*

En 1741, dans La Commère, *comédie en un acte, plusieurs données factuelles du roman sont modifiées (la province natale de Jacob, l'occupation qu'il y avait, la composition de sa famille, son arrivée à Paris, la durée de son séjour chez les demoiselles Haberd, etc.). La clarté et l'unité de l'intrigue exigeaient sans doute des changements, mais pourquoi ceux-là ? Plus étonnante est la métamorphose de Jacob, qui n'est plus qu'un intrigant menteur et intéressé, démasqué par un neveu de Mlle Haberd, ne trouvant rien à répondre, reconnu comme son propre neveu par la domestique de « Madame Alain », et chassé par sa future quand elle apprend qu'il a aussi parlé mariage à Mlle Agathe et à sa mère. Si* La Commère *est de Marivaux, il faut croire que Marivaux s'y est délivré de Jacob. En continuant le roman, il se serait trouvé devant une aporie : Jacob devait s'enrichir dans les affaires et s'avancer dans le monde sans perdre sa bonne humeur ni sa liberté d'esprit. Nous avons vu comment expliquer l'interruption du roman. Pour conjurer les interprétations avilissantes ou simplistes de Jacob qui furent celles du continuateur et de tous les imitateurs, Marivaux aurait réduit le personnage à son côté « dangereux », il aurait développé l'image de l'intrigant, de l'hypocrite, suggérée dans le roman comme un sourd contrepoint* *ironique, comme une caricature avec laquelle Jacob invitait le lecteur à ne pas le confondre. Marivaux, pour ainsi dire, en retournant le caractère de Jacob, se serait assuré, peut-être contre lui-même, que le roman ne serait pas continué. La pièce a des moments de vrai comique, des situations bien amenées, mais les scènes de transition, les entrées et les sorties des personnages, la mention de plusieurs personnages extérieurs qui ne figurent pas parmi les acteurs, d'autres traits de la technique dramatique semblent s'écarter des habitudes de Marivaux. La comédie fut présentée à la censure et le censeur Maunoir en refusa l'approbation le 7 décembre 1741. L'authenticité du texte est affirmée par l'inventrice de la copie manuscrite, Mme Sylvie Chevalley, et par les excellents spécialistes de Marivaux que sont Frédéric Deloffre et Michel Gilot. L'origine de la copie (la bibliothèque de Pont de Veyle, neveu de Mme de Tencin) est un argument très fort en faveur de leur thèse.*

Le continuateur de 1756 a fait de Jacob un bourgeois sentimental qui invoque sans cesse son expérience et qui ne manque aucune occasion de rappeler les cinq premières parties, croyant peut-être tromper son lecteur. L'intérêt de ce texte apocryphe, au demeurant très médiocre, est de montrer dans quel sens évoluait le genre romanesque, et surtout de prouver que les qualités les plus originales de Marivaux dans l'art du roman étaient celles que ses contemporains pouvaient le moins comprendre : il suffit de voir ce que le continuateur se mêle de critiquer.

On trouvera à la fin de ce volume — en même temps qu'un texte de Marivaux qui est une première ébauche d'une situation traitée dans le roman et une scène de La Commère *— des passages de l'*Histoire de Guillaume *(Caylus, 1737), du* Soldat parvenu *(Mauvillon, 1753), du* Nouvel Enfant trouvé *(anonyme, 1786, inconnu de la*

Bibliographie *de Martin, Mylne et Frautschi), qui sont des variations plus ou moins talentueuses sur quelques thèmes du* Paysan parvenu.

Henri Coulet

Le Paysan parvenu

ou

Les Mémoires de M***

PREMIÈRE PARTIE

Le titre que je donne à mes Mémoires, annonce ma naissance ; je ne l'ai jamais dissimulée à qui me l'a demandée, et il semble qu'en tout temps, Dieu ait récompensé ma franchise là-dessus ; car je n'ai pas remarqué, qu'en aucune occasion, on en ait eu moins d'égard et moins d'estime pour moi.

J'ai pourtant vu nombre de sots qui n'avaient et ne connaissaient point d'autre mérite dans le monde, que celui d'être né noble, ou dans un rang distingué. Je les entendais mépriser beaucoup de gens qui valaient mieux qu'eux, et cela seulement parce qu'ils n'étaient pas Gentilshommes ; mais c'est que ces gens qu'ils méprisaient, respectables d'ailleurs par mille bonnes qualités, avaient la faiblesse de rougir eux-mêmes de leur naissance, de la cacher et de tâcher de s'en donner une qui embrouillât la véritable, et qui les mît à couvert du dédain du monde.

Or, cet artifice-là ne réussit presque jamais ; on a beau déguiser la vérité là-dessus, elle se venge tôt ou tard des mensonges dont on a voulu la couvrir ; et l'on est toujours trahi par une infinité d'événements qu'on ne saurait ni parer, ni prévoir ; jamais je ne vis, en pareille matière de vanité qui fît une bonne fin.

C'est une erreur au reste, que de penser qu'une obscure naissance vous avilisse, quand c'est vous-même qui l'avouez, et que c'est de vous qu'on la sait. La malignité des hommes vous laisse là ; vous la frustrez de ses droits ; elle ne voudrait que vous humilier, et vous faites sa charge ; vous vous humiliez vous-même, elle ne sait plus que dire.

Les hommes ont des mœurs malgré qu'ils en aient [1] ; ils trouvent qu'il est beau d'affronter leurs mépris injustes ; cela les rend à la raison. Ils sentent dans ce courage-là une noblesse qui les fait taire ; c'est une fierté sensée, qui confond un orgueil impertinent.

Mais c'est assez parler là-dessus. Ceux que ma réflexion regarde, se trouveront bien de m'en croire.

La coutume en faisant un livre, c'est de commencer par un petit préambule, et en voilà un. Revenons à moi.

Le récit de mes aventures ne sera pas inutile à ceux qui aiment à s'instruire. Voilà en partie ce qui fait que je les donne ; je cherche aussi à m'amuser moi-même.

Je vis dans une campagne, où je me suis retiré, et où mon loisir m'inspire un esprit de réflexion que je vais exercer sur les événements de ma vie. Je les écrirai du mieux que je pourrai ; chacun a sa façon de s'exprimer, qui vient de sa façon de sentir.

Parmi les faits que j'ai à raconter, je crois qu'il y en aura de curieux ; qu'on me passe mon style en leur faveur ; j'ose assurer qu'ils sont vrais. Ce n'est point ici une Histoire forgée à plaisir, et je crois qu'on le verra bien.

Pour mon nom, je ne le dis point : on peut s'en passer ; si je le disais, cela me gênerait dans mes récits.

Quelques personnes pourront me reconnaître, mais je les sais discrètes, elles n'en abuseront point. Commençons.

Je suis né dans un village de la Champagne, et soit dit en passant, c'est au vin de mon Pays, que je dois le commencement de ma fortune.

Mon père était le Fermier de son Seigneur, homme extrêmement riche (je parle de ce Seigneur), et à qui il ne manquait que d'être noble, pour être Gentilhomme.

Il avait gagné son bien dans les affaires ; s'était allié à d'illustres Maisons par le mariage de deux de ses fils, dont l'un avait pris le parti de la Robe, et l'autre, de l'épée.

Le père et les fils vivaient magnifiquement ; ils avaient pris des noms de Terres ; et du véritable, je crois qu'ils ne s'en souvenaient plus eux-mêmes.

Leur origine était comme ensevelie sous d'immenses richesses. On la connaissait bien, mais on n'en parlait plus. La noblesse de leurs alliances, avait achevé d'étourdir l'imagination des autres sur leur compte ; de sorte qu'ils étaient confondus avec tout ce qu'il y avait de meilleur à la Cour et à la Ville. L'orgueil des hommes, dans le fond, est d'assez bonne composition sur certains préjugés ; il semble que lui-même il en sente le frivole.

C'était là leur situation, quand je vins au monde. La Terre seigneuriale, dont mon père était le Fermier, et qu'ils avaient acquise, n'était considérable que par le vin qu'elle produisait en assez grande quantité.

Ce vin était le plus exquis du Pays, et c'était mon frère aîné, qui le conduisait à Paris chez notre Maître, car nous étions trois enfants, deux garçons, et une fille, et j'étais le cadet de tous.

Mon aîné dans un de ses voyages à Paris, s'amoura-cha de la veuve d'un Aubergiste, qui était à son aise, dont le cœur ne lui fut pas cruel, et qui l'épousa avec ses droits, c'est-à-dire avec rien.

Dans la suite les enfants de ce frère ont eu grand

besoin que je les reconnusse pour mes neveux ; car leur père qui vit encore, qui est actuellement avec moi, et qui avait continué le métier d'Aubergiste, vit, en dix ans, ruiner sa maison par les dissipations de sa femme.

A l'égard de ses fils, mes secours les ont mis aujourd'hui en posture d'honnêtes gens ; ils sont bien établis, et malgré cela, je n'en ai fait que des ingrats, parce que je leur ai reproché qu'ils étaient trop glorieux.

En effet, ils ont quitté leur nom, et n'ont plus de commerce avec leur père, qu'ils venaient autrefois voir de temps en temps.

Qu'on me permette de dire sur eux encore un mot ou deux.

Je remarquai leur fatuité à la dernière visite qu'ils lui rendirent. Ils l'appelèrent *Monsieur* dans la conversation. Le bon homme à ce terme se retourna s'imaginant qu'ils parlaient à quelqu'un qui venait, et qu'il ne voyait pas.

Non, non, lui dis-je alors, il ne vient personne, mon frère, et c'est à vous à qui l'on parle. A moi ! reprit-il. Hé ! pourquoi cela ? Est-ce que vous ne me connaissez plus, mes enfants ? Ne suis-je pas votre père ? Oh ! leur père, tant qu'il vous plaira, lui dis-je, mais il n'est pas décent qu'ils vous appellent de ce nom-là. Est-ce donc qu'il est malhonnête d'être le père de ses enfants ? reprit-il ; qu'est-ce que c'est que cette mode-là ?

C'est, lui dis-je, que le terme de *mon père* est trop ignoble, trop grossier ; il n'y a que les petites gens qui s'en servent, mais chez les personnes aussi distinguées que Messieurs vos fils, on supprime dans le discours toutes ces qualités triviales que donne la nature ; et au lieu de dire rustiquement *mon père,* comme le menu peuple, on dit *Monsieur,* cela a plus de dignité.

Mes neveux rougirent beaucoup de la critique que je fis de leur impertinence ; leur père se fâcha, et ne se fâcha pas en Monsieur, mais en vrai père, et en père Aubergiste.

Laissons là mes neveux, qui m'ont un peu détourné de mon Histoire, et tant mieux, car il faut qu'on s'accoutume de bonne heure à mes digressions ; je ne sais pas pourtant si j'en ferai de fréquentes, peut-être que oui, peut-être que non ; je ne réponds de rien ; je ne me gênerai point ; je conterai toute ma vie, et si j'y mêle autre chose, c'est que cela se présentera, sans que je le cherche.

J'ai dit que c'était mon frère aîné, qui conduisait chez nos Maîtres le vin de la Terre, dont mon père avait soin.

Or, son mariage le fixant à Paris, je lui succédai dans son emploi de conducteur de vin.

J'avais alors dix-huit à dix-neuf ans ; on disait que j'étais beau garçon, beau comme peut l'être un Paysan, dont le visage est à la merci du hâle de l'air, et du travail des champs. Mais à cela près, j'avais effectivement assez bonne mine ; ajoutez-y je ne sais quoi de franc dans ma physionomie ; l'œil vif, qui annonçait un peu d'esprit, et qui ne mentait pas totalement.

L'année d'après le mariage de mon frère, j'arrivai donc à Paris avec ma voiture, et ma bonne façon rustique.

Je fus ravi de me trouver dans cette grande Ville ; tout ce que j'y voyais, m'étonnait moins qu'il ne me divertissait ; ce qu'on appelle le grand monde, me paraissait plaisant.

Je fus fort bien venu dans la Maison de notre Seigneur. Les domestiques m'affectionnèrent tout d'un coup ; je disais hardiment mon sentiment sur tout ce qui s'offrait à mes yeux ; et ce sentiment avait assez souvent un bon sens villageois, qui faisait qu'on aimait à m'interroger.

Il n'était question que de Jacob pendant les cinq ou six premiers jours, que je fus dans la maison. Ma Maîtresse même voulut me voir, sur le récit que ses femmes lui firent de moi.

C'était une femme qui passait sa vie dans toutes les dissipations du grand monde, qui allait aux Spectacles, soupait en ville, se couchait à quatre heures du matin, se levait à une heure après midi ; qui avait des amants, qui les recevait à sa toilette, qui y lisait les billets doux qu'on lui envoyait, et puis les laissait traîner partout ; les lisait qui voulait, mais on n'en était point[2] curieux ; ses femmes ne trouvaient rien d'étrange à tout cela ; le mari ne s'en scandalisait point. On eût dit que c'était là pour une femme, des dépendances naturelles du mariage. Madame, chez elle ne passait pas pour coquette, elle ne l'était point non plus, car elle l'était sans réflexion, sans le savoir ; et une femme ne se dit point qu'elle est coquette, quand elle ne sait point qu'elle l'est, et qu'elle vit dans sa coquetterie comme on vivrait dans l'état le plus décent et le plus ordinaire.

Telle était notre Maîtresse, qui menait ce train de vie tout aussi franchement qu'on boit, et qu'on mange ; c'était en un mot un petit libertinage de la meilleure foi du monde.

Je dis petit libertinage, et c'est dire ce qu'il faut ; car, quoiqu'il fût fort franc de sa part, et qu'elle n'y réfléchît point, il n'en était pas moins ce que je dis là.

Du reste, je n'ai jamais vu une meilleure femme ; ses manières ressemblaient à sa physionomie qui était toute ronde.

Elle était bonne, généreuse, ne se formalisait de rien, familière avec ses domestiques, abrégeant les respects des uns, les révérences des autres ; la franchise avec elle tenait lieu de politesse. Enfin c'était un caractère sans façon. Avec elle, on ne faisait point de fautes capitales, il n'y avait point de réprimandes à essuyer, elle aimait mieux qu'une chose allât mal, que de se donner la peine de dire qu'on la fît bien. Aimant de tout son cœur la vertu, sans inimitié pour le vice ; elle ne blâmait rien, pas même la malice de ceux qu'elle entendait blâmer les autres. Vous ne pouviez manquer de trouver éloge ou grâce auprès d'elle ; je ne lui ai jamais vu haïr que le crime, qu'elle haïssait peut-être plus fortement que personne. Au demeurant, amie de tout le monde, et surtout de toutes les faiblesses, qu'elle pouvait vous connaître.

Bonjour, mon garçon, me dit-elle, quand je l'abordai. Hé bien ! comment te trouves-tu à Paris ? Et puis se tournant du côté de ses femmes, vraiment, ajouta-t-elle, voilà un Paysan de bonne mine.

Bon, Madame, lui répondis-je, je suis le plus mal fait de notre village. Va, va, me dit-elle, tu ne me parais ni sot, ni mal bâti, et je te conseille de rester à Paris, tu y deviendras quelque chose.

Dieu le veuille, Madame, lui repartis-je ; mais j'ai du mérite et point d'argent, cela ne joue pas ensemble.

Tu as raison, me dit-elle en riant, mais le temps remédiera à cet inconvénient-là ; demeure ici, je te mettrai auprès de mon neveu, qui arrive de Province, et qu'on va envoyer au collège, tu le serviras.

Que le Ciel vous le rende, Madame, lui répondis-je ; dites-moi seulement si cela vaut fait, afin que je l'écrive à notre père : je me rendrai si savant en le voyant étudier, que je vous promets de savoir quelque jour vous dire la sainte Messe. Hé ! Que sait-on ? Comme il n'y a que chance dans ce monde, souvent on se trouve Évêque, ou Vicaire, sans savoir comment cela s'est fait.

Ce discours la divertit beaucoup, sa gaieté ne fit que

m'animer ; je n'étais pas honteux des bêtises que je disais, pourvu qu'elles fussent plaisantes ; car à travers l'épaisseur de mon ignorance, je voyais qu'elles ne nuisaient jamais à un homme, qui n'était pas obligé d'en savoir davantage, et même qu'on lui tenait compte d'avoir le courage de répliquer à quelque prix que ce fût.

Ce garçon-là est plaisant, dit-elle, je veux en avoir soin ; prenez garde à vous, vous autres (et c'était à ses femmes à qui elle parlait), sa naïveté vous réjouit aujourd'hui, vous vous en amusez comme d'un Paysan ; mais ce Paysan deviendra dangereux, je vous en avertis.

Oh ! répliquai-je, Madame, il n'y a que faire d'attendre après cela ; je ne deviendrai point, je suis tout devenu ; ces Demoiselles sont bien jolies, et cela forme bien un homme, il n'y a point de village qui tienne ; on est tout d'un coup né natif de Paris, quand on les voit.

Comment, dit-elle, te voilà déjà galant ; et pour laquelle te déclarerais-tu ? (elles étaient trois). Javotte est une jolie blonde, ajouta-t-elle. Et Mademoiselle Geneviève une jolie brune, m'écriai-je tout de suite.

Geneviève à ce discours rougit un peu, mais d'une rougeur qui venait d'une vanité contente, et elle déguisa la petite satisfaction que lui donnait ma préférence, d'un souris qui signifiait pourtant, je te remercie ; mais qui signifiait aussi, ce n'est que sa naïveté bouffonne qui me fait rire.

Ce qui est de sûr, c'est que le trait porta ; et, comme on le verra dans la suite, ma saillie lui fit dans le cœur une blessure sourde, dont je ne négligeai pas de m'assurer ; car je me doutai, que mon discours n'avait pas dû lui déplaire, et dès ce moment-là, je l'épiai pour voir si je pensais juste.

Nous allions continuer la conversation, qui commençait à tomber sur la troisième femme de chambre de Madame, qui n'était ni brune, ni blonde, qui n'était d'aucune couleur, et qui portait un de ces visages indifférents, qu'on voit à tout le monde, et qu'on ne remarque à personne.

Déjà je tâchais d'éviter de dire mon sentiment sur son chapitre, avec un embarras maladroit et ingénu, qui ne faisait pas l'éloge de ladite personne, quand un des adorateurs de Madame entra, et nous obligea de nous retirer.

J'étais fort content du marché que j'avais fait de rester à Paris. Le peu de jours que j'y avais passé, m'avait éveillé le cœur, et je me sentis tout d'un coup en appétit de fortune.

Il s'agissait de mander l'état des choses à mon père, et je ne savais pas écrire ; mais je songeai à Mademoiselle Geneviève ; et sans plus délibérer, j'allai la prier d'écrire ma lettre.

Elle était seule, quand je lui parlai, et non seulement elle l'écrivit, mais ce fut de la meilleure grâce du monde.

Ce que je lui dictais, elle le trouvait spirituel, et de bon sens, et ne fit que rectifier mes expressions.

Profite de la bonne volonté de Madame, me dit-elle ensuite ; j'augure bien de ton aventure. Hé bien, Mademoiselle, lui répondis-je, si vous mettez encore votre amitié par-dessus, je ne me changerai pas contre un autre ; car déjà je suis heureux, il n'y a point de doute à cela, puisque je vous aime. Comment ! me dit-elle, tu m'aimes ! Et qu'entends-tu par là, Jacob ?

Ce que j'entends, lui dis-je, de la belle et bonne affection, comme un garçon, sauf votre respect, peut l'avoir pour une fille aussi charmante que vous ; j'entends que c'est bien dommage que je ne sois qu'un chétif homme ; car, mardi [3], si j'étais Roi, par exemple,

nous verrions un peu, qui de nous deux serait Reine, et
comme ce ne serait pas moi, il faudrait bien que ce fût
vous : Il n'y a rien à refaire à mon dire.

Je te suis bien obligée de pareils sentiments, me dit-
elle d'un ton badin, et si tu étais Roi, cela mériterait
réflexion. Pardi, lui dis-je, Mademoiselle, il y a tant de
gens par le monde, que les filles aiment, et qui ne sont
pas Rois ; n'y aura-t-il pas moyen quelque jour d'être
comme eux ?

Mais vraiment, me dit-elle, tu es pressant ! Où as-tu
appris à faire l'amour[4] ? Ma foi, lui dis-je, demandez-le
à votre mérite ; je n'ai point eu d'autre maître d'école,
et comme il me l'a appris, je le rends.

Madame là-dessus appela Geneviève qui me quitta
très contente de moi, à vue de pays, et me dit en s'en
allant : Va, Jacob, tu feras fortune, et je le souhaite de
tout mon cœur.

Grand merci, lui dis-je, en la saluant d'un coup de
chapeau, qui avait plus de zèle que de bonne grâce ;
mais je me recommande à vous, Mademoiselle, ne
m'oubliez pas, afin de commencer toujours ma fortune, vous la finirez quand vous pourrez. Cela dit, je
pris la lettre, et la portai à la poste.

Cet entretien que je venais d'avoir avec Geneviève
me mit dans une situation si gaillarde, que j'en devins
encore plus divertissant que je ne l'avais été jusque-là.

Pour surcroît de bonne humeur, le soir du même jour
on m'appela pour faire prendre ma mesure par le
Tailleur de la Maison, et je ne saurais dire combien ce
petit événement enhardit mon imagination et la rendit
sémillante.

C'était Madame qui avait eu cette attention pour
moi.

Deux jours après, on m'apporta mon habit avec du
linge et un chapeau, et tout le reste de mon équipage.

Un laquais de la Maison, qui avait pris de l'amitié pour moi, me frisa : j'avais d'assez beaux cheveux. Mon séjour à Paris m'avait un peu éclairci le teint ; et, ma foi, quand je fus équipé, Jacob avait fort bonne façon.

La joie de me voir en si bonne posture, me rendit la physionomie plus vive et y jeta comme un rayon de bonheur à venir. Du moins tout le monde m'en prédisait, et je ne doutais point du succès de la prédiction.

On me complimenta fort sur mon bon air ; et en attendant que Madame fût visible, j'allai faire essai de mes nouvelles grâces sur le cœur de Geneviève, qui effectivement, me plaisait beaucoup.

Il me parut qu'elle fut surprise de la mine que j'avais sous mon attirail tout neuf ; je sentis moi-même que j'avais plus d'esprit qu'à l'ordinaire ; mais à peine causions-nous ensemble, qu'on vint m'avertir de la part de Madame, de l'aller trouver.

Cet ordre redoubla encore ma reconnaissance pour elle ; je n'allai pas, je volai.

Me voilà, Madame, lui dis-je en entrant ; je souhaiterais bien avoir assez d'esprit, pour vous remercier à ma fantaisie ; mais je mourrai à votre service, si vous me le permettez. C'est une affaire finie ; je vous appartiens pour le reste de mes jours.

Voilà qui est bien, me dit-elle alors ; tu es sensible, et reconnaissant, cela me fait plaisir. Ton habit te sied bien ; tu n'as plus l'air villageois. Madame, m'écriai-je, j'ai l'air de votre serviteur éternel ; il n'y a que cela que j'estime.

Cette Dame alors me fit approcher, examina ma parure ; j'avais un habit uni, et sans livrée. Elle me demanda qui m'avait frisé, et me dit d'avoir toujours soin de mes cheveux, que je les avais beaux, et qu'elle voulait que je lui fisse honneur. Tant que vous voudrez, quoique vous en ayez de tout fait, lui dis-je : mais

n'importe, abondance ne nuit point. Notez, que
Madame venait de se mettre à sa toilette, et que sa
figure était dans un certain désordre assez piquant,
pour ma curiosité.

Je n'étais pas né indifférent, il s'en fallait beaucoup ;
cette Dame avait de la fraîcheur, et de l'embonpoint, et
mes yeux lorgnaient volontiers.

Elle s'en aperçut, et sourit de la distraction qu'elle
me donnait ; moi je vis qu'elle s'en apercevait, et je me
mis à rire aussi d'un air que la honte d'être pris sur le
fait et le plaisir de voir, rendaient moitié niais, et
moitié tendre ; et la regardant avec des yeux mêlés de
tout ce que je dis là, je ne lui disais rien.

De sorte qu'il se passa alors entre nous deux une
petite scène muette, qui fut la plus plaisante chose du
monde ; et puis se raccommodant ensuite assez négligemment : A quoi penses-tu Jacob ? me dit-elle. Hé !
Madame, repris-je, je pense qu'il fait bon vous voir, et
que Monsieur a une belle femme.

Je ne saurais dire dans quelle disposition d'esprit
cela la mit, mais il me parut que la naïveté de mes
façons ne lui déplaisait pas.

Les regards amoureux d'un homme du monde, n'ont
rien de nouveau pour une jolie femme ; elle est accoutumée à leurs expressions, et ils sont dans un goût de
galanterie qui lui est familier, de sorte que son amour-
propre s'y amuse comme à une chose qui lui est
ordinaire, et qui va quelquefois au-delà de la vérité.

Ici, ce n'était pas de même ; mes regards n'avaient
rien de galant, ils ne savaient être que vrais. J'étais un
Paysan, j'étais jeune, assez beau garçon et l'hommage,
que je rendais à ses appas, venait du pur plaisir qu'ils
me faisaient. Il était assaisonné d'une ingénuité rustique, plus curieuse à voir, et d'autant plus flatteuse,
qu'elle ne voulait point flatter.

C'était d'autres yeux, une autre manière de considérer, une autre tournure de mine ; et tout cela ensemble
me donnait apparemment des agréments singuliers
dont je vis que Madame était un peu touchée.

Tu es bien hardi de me regarder tant ! me dit-elle
alors, toujours en souriant. Pardi, lui dis-je, est-ce ma
faute, Madame ? Pourquoi êtes-vous belle ? Va-t'en, me
dit-elle alors, d'un ton brusque, mais amical, je crois
que tu m'en conterais, si tu l'osais ; et cela dit, elle se
remit à sa toilette, et moi je m'en allai, en me
retournant toujours pour la voir. Mais elle ne perdit
rien de vue de ce que je fis, et me conduisit des yeux
jusqu'à la porte.

Le soir même elle me présenta à son neveu, et
m'installa au rang de son domestique. Je continuai de
cajoler Geneviève. Mais depuis l'instant où je m'étais
aperçu que je n'avais pas déplu à Madame même, mon
inclination pour cette fille baissa de vivacité ; son cœur
ne me parut plus une conquête si importante, et je
n'estimai plus tant l'honneur d'être souffert d'elle

Geneviève ne se comporta pas de même ; elle prit
tout de bon du goût pour moi, tant par l'opinion qu'elle
avait de ce que je pourrais devenir, que par le penchant
naturel qu'elle se sentit pour moi ; et comme je la
cherchais un peu moins, elle me chercha davantage. Il
n'y avait pas longtemps qu'elle était dans la maison, et
le mari de Madame ne l'avait pas encore remarquée.

Comme le Maître et la Maîtresse avaient chacun leur
appartement, d'où, le matin, ils envoyaient savoir
comment ils se portaient (et c'était là presque tout le
commerce qu'ils avaient ensemble), Madame, un
matin, sur quelque légère indisposition de son mari,
envoya Geneviève, pour savoir de ses nouvelles.

Elle me rencontra sur l'escalier en y allant, et me dit

de l'attendre. Elle fut très longtemps à revenir, et revint les yeux pleins de coquetterie.

Vous voilà bien émerillonnée, Mademoiselle Geneviève ? lui dis-je, en la voyant. Oh tu ne sais pas, me dit-elle, d'un air gai, mais goguenard, si je veux, ma fortune est faite.

Vous êtes bien difficile de ne pas vouloir, lui dis-je. Oui, dit-elle, mais il y a un petit article qui m'en empêche, c'est que c'est à condition que je me laisserai aimer de Monsieur, qui vient de me faire une déclaration d'amour.

Cela ne vaut rien, lui dis-je, c'est de la fausse monnaie que cette fortune-là ; ne vous chargez point de pareille marchandise, et gardez la vôtre : Tenez, quand une fille s'est vendue, je ne voudrais pas la reprendre du Marchand pour un liard.

Je lui tins ce discours, parce que, dans le fond, je l'aimais toujours un peu, et que j'avais naturellement de l'honneur.

Tu as raison, me dit-elle, un peu déconcertée des sentiments que je lui montrais ; aussi ai-je tourné le tout en pure plaisanterie ; et je ne voudrais pas de lui, quand il me donnerait tout son bien.

Vous êtes-vous bien défendue au moins, lui dis-je, car vous n'étiez pas fort courroucée, quand vous êtes revenue. C'est, reprit-elle, que je me suis divertie de tout ce qu'il m'a dit. Il n'y aura pas de mal une autre fois de vous en mettre un peu en colère, répondis-je, cela sera plus sûr que de se divertir de lui ; car, à la fin, il pourrait bien se divertir de vous : en jouant, on ne gagne pas toujours, on perd quelquefois, et quand on est une fois en perte, tout y va.

Comme nous étions sur l'escalier, nous ne nous en dîmes pas davantage : elle rejoignit sa Maîtresse, et moi mon petit Maître qui faisait un thème, ou plutôt à qui son Précepteur le faisait, afin que la science de son Écolier lui fît honneur, et que cet honneur lui conservât son poste de Précepteur qui était fort lucratif.

Geneviève avait fait à l'amour de son Maître plus d'attention, qu'elle ne me l'avait dit.

Ce Maître n'était pas un homme généreux ; mais ses richesses, pour lesquelles il n'était pas né, l'avaient rendu glorieux, et sa gloire le rendait magnifique. De sorte qu'il était extrêmement dépensier, surtout quand il s'agissait de ses plaisirs.

Il avait proposé un bon parti à Geneviève, si elle voulait consentir à le traiter en homme qu'on aime ; elle me dit même, deux jours après, qu'il avait débuté par lui offrir une bourse pleine d'or, et c'est la forme la plus dangereuse que puisse prendre le diable pour tenter une jeune fille un peu coquette, et par-dessus le marché, intéressée.

Or, Geneviève était encline à ces deux petits vices-là : ainsi, il aurait été difficile qu'elle eût plaisanté de bonne foi de l'amour en question ; aussi ne la voyais-je plus que rêveuse, tant la vue de cet or et la facilité de l'avoir, la tentaient, et sa sagesse ne disputait plus le terrain qu'en reculant lâchement.

Monsieur (c'est le Maître de la Maison, dont je parle) ne se rebuta point du premier refus, qu'elle avait fait de ses offres ; il avait pénétré combien sa vertu en avait été affaiblie ; de sorte qu'il revint à la charge encore mieux armé que la première fois, et prit contre elle un renfort de mille petits ajustements, qu'il la força d'accepter sans conséquence ; et des ajustements tout achetés, tout prêts à être mis, sont bien aussi séduisants que l'argent même avec lequel on les achète.

De dons en dons toujours reçus, et donnés sans conséquence, tant fut procédé, qu'il devait enfin lui fonder une pension viagère, à laquelle serait ajouté un

petit ménage clandestin qu'il promettait de lui faire, si
elle voulait sortir d'auprès de sa Maîtresse.

J'ai su tout le détail de ce traité impur, dans une
lettre que Geneviève perdit, et qu'elle écrivait à une de
ses cousines, qui ne subsistait, autant que j'en pus[5]
juger, qu'au moyen d'un traité dans le même goût,
qu'elle avait passé avec un riche vieillard, car cette
lettre parlait de lui.

A l'esprit d'intérêt qui possédait Geneviève, se joignait encore une tentation singulière, et cette tentation, c'était moi.

J'ai dit qu'elle en était venue à m'aimer véritablement. Elle croyait aussi que je l'aimais beaucoup, non
sans se plaindre pourtant de je ne sais quelle indolence, où je restais souvent, quand j'aurais pu la voir ;
mais je raccommodais cela par le plaisir que je lui
marquais en la voyant ; et du tout ensemble, il résultait
que je l'aimais comme c'était la vérité, mais d'un
amour assez tranquille.

Dans la certitude où elle en était, et dans la peur
qu'elle eut de me perdre (car elle n'avait rien, ni moi
non plus), elle songea que les offres de Monsieur, que
son argent, et le bien qu'il promettait de lui faire,
seraient des moyens d'accélérer notre mariage. Elle
espéra que sa fortune, quand elle en jouirait, me
tenterait à mon tour, et me ferait surmonter les
premiers dégoûts que je lui en avais montrés.

Dans cette pensée, Geneviève répondit aux discours
de son Maître avec moins de rigueur qu'à l'ordinaire,
et se laissa ouvrir la main pour recevoir l'argent qu'il
lui offrait toujours.

En pareil cas, quand le premier pas est fait, on a le
pied levé pour en faire un second, et puis on va son
chemin.

La pauvre fille reçut tout ; elle fut comblée de

présents; elle eut de quoi se mettre à son aise : et
quand elle se vit en cet état, un jour que nous nous
promenions ensemble dans le Jardin de la Maison :
Monsieur continue de me poursuivre, me dit-elle adroitement, mais d'une manière si honnête, que je ne
saurais m'en scandaliser; quant à moi, il me suffit
d'être sage, et, sauf ton meilleur avis, je crois que je ne
ferais pas si mal de profiter de l'humeur libérale où il
est pour moi; il sait bien que son amour est inutile; je
ne lui cache pas qu'il n'aboutira à rien : Mais n'importe, me dit-il, je suis bien aise que tu aies de quoi te
ressouvenir de moi, prends ce que je te donne, cela ne
t'engagera à rien. Jusqu'ici j'ai toujours refusé, ajouta-
t-elle, et je crois que j'ai mal raisonné. Qu'en dis-tu ?
C'est mon Maître, il a de l'amitié pour moi; car amitié
ou amour, c'est la même chose, de la manière dont j'y
réponds; il est riche : Hé ! pardi, c'est comme si ma
Maîtresse voulait me donner quelque chose, et que je
ne voulusse pas. N'est-il pas vrai ? Parle.

Moi ! répliquai-je, totalement rebuté des dispositions
où je la voyais et résolu de la laisser pour ce qu'elle
valait, si les choses vont comme vous le dites, cela est à
merveille; on ne refuse point ce qu'une Maîtresse nous
donne, et dès que Monsieur ressemble à une Maîtresse,
que son amour n'est que de l'amitié, voilà qui est bien :
Je n'aurais pas deviné cette amitié-là, moi : J'ai cru
qu'il vous aimait comme on aime à l'ordinaire une
jolie fille; mais dès qu'il est si sage et si discrète
personne, allez hardiment; prenez seulement garde de
broncher avec lui, car un homme est toujours traître.

Oh, me dit-elle, je sais bien à quoi m'en tenir; et elle
avait raison, il n'y avait plus de conseil à prendre, et ce
qu'elle m'en disait, n'était que pour m'apprivoiser
petit à petit sur la matière.

Je suis charmée, me dit-elle en me quittant, que tu

sois de mon sentiment : adieu, Jacob. Je vous salue,
Mademoiselle, lui répondis-je, et je vous fais mes
compliments de l'amitié de votre amant ; c'est un
honnête homme d'être si amoureux de votre personne,
sans se soucier d'elle : bonjour, jusqu'au revoir, que le
Ciel vous conduise.

Je lui tins ce discours d'un air si gai en la quittant,
qu'elle ne sentit point que je me moquais d'elle.

Cependant l'amour de Monsieur pour Geneviève
éclata un peu dans la maison. Les femmes de chambre
ses compagnes en murmurèrent moins peut-être par
sagesse que par envie.

Voilà qui est bien vilain, bien impertinent, me disait
Toinette qui était la jolie blonde dont j'ai parlé[6]. Chut !
lui répondis-je. Point de bruit, Mademoiselle Toinette :
Que sait-on ce qui peut arriver ? Vous avez aussi bien
qu'elle un visage fripon ; Monsieur a les yeux bons ;
c'est aujourd'hui le tour de Geneviève pour être aimée ;
ce sera peut-être demain le vôtre ; et puis de toutes les
injures que vous dites contre elle, qu'en arrivera-t-il ?
Croyez-moi ; un peu de charité pour l'amour de vous, si
ce n'est pas pour l'amour d'elle.

Toinette se fâcha de ma réponse et s'en alla plaindre
à Madame en pleurant ; mais c'était mal s'adresser
pour avoir justice. Madame éclata de rire au récit naïf
qu'elle lui fit de notre conversation ; la tournure que
j'avais donnée à la chose, fut tout à fait de son goût, il
n'y avait rien de mieux ajusté à son caractère.

Elle apprenait pourtant par là l'infidélité de son
mari ; mais elle ne s'en souciait guère : ce n'était là
qu'une matière à plaisanterie pour elle. Es-tu bien sûre
que mon mari l'aime ? dit-elle à Toinette du ton d'une
personne qui veut n'en point douter pour pouvoir en
rire en toute confiance ; cela serait plaisant, Toinette,
tu vaux pourtant mieux qu'elle. Voilà tout ce que

Toinette en tira, et je l'aurais bien deviné; car je connaissais Madame.

Geneviève, qui s'était méprise au ton dont je lui avais répondu sur les présents de Monsieur, et qui, alors, en était abondamment fournie, vint m'en montrer une partie, pour m'accoutumer par degrés, à voir le tout.

Elle me cacha d'abord l'argent, je ne vis que des nippes, et de quoi en faire de toutes sortes d'espèces, habits, cornettes, pièces de toiles et rubans de toutes couleurs; et le ruban lui seul est un terrible séducteur de jeunes filles aimables, et femmes de chambre!

Peut-on rien de plus généreux? me disait-elle, me donner cela, seulement parce que je lui plais.

Oh! lui disais-je, je n'en suis pas surpris; l'amitié d'un homme pour une jolie fille va bien loin, voyez-vous; vous n'en resterez pas là. Vraiment je le crois, me repartit-elle, car il me demande souvent si j'ai besoin d'argent. Eh! pardi sans doute, vous en avez besoin, lui dis-je, quand vous en auriez jusqu'au cou, il faut en avoir par-dessus la tête : prenez toujours, s'il ne vous sert de rien, je m'en accommoderai moi, j'en trouverai le débit. Volontiers, me dit-elle, charmée du goût que j'y prenais, et des conjectures favorables qu'elle en tirait pour le succès de ses vues; je t'assure que j'en prendrai à cause de toi, et que tu en auras dès demain, peut-être; car il n'y a point de jour où il ne m'en offre.

Et ce qui fut promis fut tenu; j'eus le lendemain six louis d'or à mon commandement, qui joints à trois que Madame m'avait donnés pour payer un maître à écrire, me faisaient neuf prodigieuses, neuf immenses Pistoles[7]; je veux dire qu'ils composaient un Trésor pour un homme qui n'avait jamais que des sous marqués dans sa poche.

Peut-être fis-je mal en prenant l'argent de Geneviève ; ce n'était pas je pense, en agir dans toutes les
règles de l'honneur ; car enfin, j'entretenais cette fille
dans l'idée que je l'aimais, et je la trompais : je ne
l'aimais plus, elle me plaisait pourtant toujours, mais
rien qu'aux yeux et plus au cœur.

D'ailleurs cet argent qu'elle m'offrait n'était pas
chrétien, je ne l'ignorais pas, et c'était participer au
petit désordre de conduite en vertu duquel il avait été
acquis ; c'était du moins, engager Geneviève à continuer d'en acquérir au même prix : mais je ne savais
pas encore faire des réflexions si délicates, mes principes de probité étaient encore fort courts ; et il y a
apparence que Dieu me pardonna [8] ce gain, car j'en fis
un très bon usage, il me profita beaucoup : j'en appris
à écrire et l'arithmétique, avec quoi en partie je suis
parvenu dans les suites.

Le plaisir avec lequel j'avais pris cet argent, ne fit
qu'enhardir Geneviève à pousser ses desseins ; elle ne
douta point que je ne sacrifiasse tout à l'envie d'en
avoir beaucoup ; et dans cette persuasion, elle perdit la
tête et ne se ménagea plus.

Suis-moi, me dit-elle un matin, je veux te montrer
quelque chose.

Je la suivis donc, elle me mena dans sa Chambre ; et
là, m'ouvrit un petit coffre tout plein des profits de sa
complaisance : à la lettre il était rempli d'or, et
assurément la somme était considérable ; il n'y avait
qu'un Partisan [9] qui eût le moyen de se damner si
chèrement, et bien des femmes plus huppées l'en
auraient pour cela quitté à meilleur marché que la
soubrette.

Je cachai à peine l'étonnement où je fus de cette
honteuse richesse ; et gardant toujours l'air gaillard
que j'avais jusque-là soutenu là-dessus : Est-ce encore

là pour moi ? lui dis-je. Ma chambre n'est pas si bien meublée que la vôtre, et ce petit coffre-là y tiendra à merveilles.

Oh! pour cet argent-ci, me répondit-elle, tu veux bien que je n'en dispose qu'en faveur du mari que j'aurai. Avise-toi là-dessus.

Ma foi, lui dis-je, je ne sais où vous en prendre un, je ne connais personne qui cherche femme. Qu'est-ce que c'est que cette réponse-là ? me répliqua-t-elle : Où est donc ton esprit ? Est-ce que tu ne m'entends pas ? Tu n'as que faire de me chercher un mari ; tu peux en devenir un, n'es-tu pas du bois dont on les fait ? Laissons là le bois, lui dis-je, c'est un mot de mauvaise augure [10]. Quant au reste, continuai-je, ne voulant pas la brusquer, s'il ne tenait qu'à être votre mari, je le serais tout à l'heure, et je n'aurais peur que de mourir de trop d'aise : Est-ce que vous en doutez ? N'y a-t-il pas un miroir ici ? Regardez-vous, et puis vous m'en direz votre avis. Tenez, ne faut-il pas bien du temps pour s'aviser si on dira oui avec Mademoiselle ? Vous n'y songez pas vous-même avec votre avisement. Ce n'est pas là la difficulté.

Eh! Où est-elle donc ? reprit-elle d'un air avide et content. Oh! ce n'est qu'une bagatelle, lui dis-je ; c'est que l'amitié de Monsieur pourrait bien me procurer des coups de bâton, si j'allais lui souffler son amie. J'ai déjà vu de ces amitiés-là, elles n'entendent pas raillerie ; et puis, que feriez-vous d'un mari si maltraité.

Quelle imagination vas-tu te mettre dans l'esprit ? me dit-elle, je gage que si Monsieur sait que je t'aime, il sera charmé que je t'épouse, et qu'il voudra lui-même faire les frais de notre mariage.

Ce ne serait pas la peine, lui dis-je, je les ferais bien moi-même ; mais, par ma foi, je n'ose aller en avant, votre bon ami me fait peur en un mot [11] ; sa bonne

affection n'est peut-être qu'une simagrée : je me doute
qu'il y a sous cette peau d'ami, un renard qui ne
demande qu'à croquer la poule ; et quand il verra un
petit roquet comme moi la poursuivre, je vous laisse à
penser ce qui en adviendra, et si cet hypocrite de
renard me laissera faire.

N'est-ce que cela qui t'arrête ? Me dis-tu vrai ? me
repartit-elle. Assurément ! lui dis-je. Eh bien, je vais
travailler à te mettre en repos là-dessus, me répondit-
elle, et à te prouver qu'on n'a pas envie de te disputer
ta poule. Je serais fâchée qu'on te surprît dans ma
chambre, séparons-nous ; mais je te garantis notre
affaire faite.

Là-dessus je la quittai un peu inquiet des suites de
cette aventure, et avec quelque repentir d'avoir
accepté de son argent ; car je devinai le biais qu'elle
prendrait pour venir à bout de moi : je m'attendis que
Monsieur s'en mêlerait, et je ne me trompai pas.

Le lendemain un laquais vint me dire de la part de
notre maître d'aller lui parler, et je m'y rendis fort
embarrassé de ma figure. Eh bien ! me dit-il, Mons
Jacob [12], comment se comporte votre jeune maître ?
Étudie-t-il assidûment ? Pas mal, Monsieur, repris-je.
Et toi, te trouves-tu bien du séjour de Paris ?

Ma foi, Monsieur, lui répondis-je, j'y bois et j'y
mange d'aussi bon appétit qu'ailleurs.

Je sais, me dit-il, que Madame t'a pris sous sa
protection, et j'en suis bien aise : mais tu ne me dis pas
tout ; j'ai déjà appris de tes nouvelles ; tu es un
compère ; comment donc, il n'y a que deux ou trois
mois que tu es ici, et tu as déjà fait une conquête ? A
peine es-tu débarqué, que tu tournes la tête à de jolies
Filles ; Geneviève est folle de toi, et apparemment que
tu l'aimes à ton tour ?

Hélas ! Monsieur, repris-je, que m'aurait-elle fait

pour la haïr la pauvre enfant. Oh! me dit-il, parle
hardiment, tu peux t'ouvrir à moi ; il y a longtemps
que ton père me sert, je suis content de lui, et je serais
ravi de faire du bien au fils, puisque l'occasion s'en
présente ; il est heureux pour toi de plaire à Geneviève
et j'approuve son choix ; tu es jeune et bien fait, sage et
actif, dit-on : de son côté, Geneviève est une fille
aimable, je protège ses parents, et ne l'ai même fait
entrer chez moi que pour être plus à portée de lui
rendre service, et de la bien placer (il mentait). Le parti
qu'elle prend rompt un peu mes mesures ; tu n'as
encore rien, je lui aurais ménagé un mariage plus
avantageux ; mais enfin elle t'aime et ne veut que toi, à
la bonne heure. Je songe que mes bienfaits peuvent
remplacer ce qui te manque, et te tenir lieu de
patrimoine. Je lui ai déjà fait présent d'une bonne
somme d'argent dont je vous indiquerai l'emploi ; je
ferai plus, je vous meublerai une petite maison, dont je
payerai les loyers pour vous soulager, en attendant que
vous soyez plus à votre aise ; du reste ne t'embarrasse
pas, je te promets des commissions lucratives ; vis bien
avec la femme que je te donne, elle est douce et
vertueuse ; au surplus, n'oublie jamais que tu as pour
le moins la moitié de part à tout ce que je fais dans
cette occurrence-ci. Quelque bonne volonté que j'aie
pour les parents de Geneviève, je n'aurais pas été si
loin si je n'en avais pas encore davantage pour toi et
pour les tiens. Ne parle de rien ici, les compagnes de ta
maîtresse ne me laisseraient pas en repos, et voudraient toutes que je les mariasse aussi. Demande ton
congé sans bruit, dis qu'on t'offre une condition meilleure et plus convenable ; Geneviève, de son côté,
supposera la nécessité d'un voyage pour voir sa mère
qui est âgée, et au sortir d'ici, vous vous marierez tous
deux. Adieu. Point de remerciements, j'ai affaire ; va

seulement informer Geneviève de ce que je t'ai dit, et prends sur ma table ce petit rouleau d'argent avec quoi tu attendras dans une Auberge que Geneviève soit sortie d'ici.

Je restai comme un marbre à ce discours ; d'un côté, tous les avantages qu'on me promettait étaient considérables.

Je voyais que du premier saut que je faisais à Paris, moi qui n'avais encore aucun talent, aucune avance, qui n'étais qu'un pauvre Paysan, et qui me préparais à labourer ma vie [13] pour acquérir quelque chose (et ce quelque chose dans mes espérances éloignées, n'entrait même en aucune comparaison avec ce qu'on m'offrait), je voyais, dis-je, un établissement certain qu'on me jetait à la tête.

Et quel établissement ? une maison toute meublée, beaucoup d'argent comptant, de bonnes commissions dont je pouvais demander d'être pourvu sur-le-champ. Enfin la protection d'un homme puissant, et en état de me mettre à mon aise dès le premier jour, et de m'enrichir ensuite.

N'était-ce pas là la pomme d'Adam toute revenue pour moi ?

Je savourais la proposition, cette fortune subite mettait mes esprits [14] en mouvement ; le cœur m'en battait, le feu m'en montait au visage.

N'avoir qu'à tendre la main pour être heureux, quelle séduisante commodité ! n'était-ce pas là de quoi m'étourdir sur l'honneur ?

D'un autre côté, cet honneur plaidait sa cause dans mon âme embarrassée, pendant que ma cupidité y plaidait la sienne. A qui est-ce des deux que je donnerai gagné ? disais-je ; je ne savais auquel entendre.

L'honneur me disait : Tiens-toi ferme ; déteste ces misérables avantages qu'on te propose ; ils perdront tous leurs charmes quand tu auras épousé Geneviève ; le ressouvenir de sa faute te la rendra insupportable, et puisque tu me portes dans ton sein, tout Paysan que tu es, je serai ton tyran, je te persécuterai toute ta vie, tu verras ton infamie connue, de tout le monde, tu auras ta maison en horreur, et vous ferez tous deux ta femme et toi un ménage du diable ; tout ira en désarroi ; son amant la vengera de tes mépris, elle pourra te perdre avec le crédit qu'il a. Tu ne seras pas le premier à qui cela sera arrivé, rêves-y bien Jacob. Le bien que t'apporte ta future, est un présent du diable, et le diable est un trompeur. Un beau jour il te reprendra tout, afin de te damner par le désespoir, après t'avoir attrapé par sa marchandise.

On trouvera peut-être les représentations que me faisait l'honneur un peu longues ; mais c'est qu'il a besoin de parler longtemps, lui, pour faire impression, et qu'il a plus de peine à persuader que les passions.

Car, par exemple, la cupidité ne répondait à tout cela qu'un mot ou deux ; mais son éloquence quoique laconique était vigoureuse.

C'est bien à toi, paltoquet, me disait-elle, à t'arrêter à ce chimérique honneur ? Ne te sied-il pas bien d'être délicat là-dessus, misérable rustre ? Va, tu as raison, va te gîter à l'Hôpital, ton honneur et toi, vous y aurez tous deux fort bonne grâce.

Pas si bonne grâce, répondais-je en moi-même ; c'est avoir de l'honneur en pure perte que de l'avoir à l'Hôpital ; je crois qu'il n'y brille guère.

Mais l'honneur vous conduit-il toujours là ? Oui, assez souvent, et si ce n'est là, c'est du moins aux environs.

Mais est-on heureux, quand on a honte de l'être ? Est-ce un plaisir que d'être à son aise à contrecœur ? quelle perplexité !

Ce fut là tout ce qui se présenta en un instant à mon esprit. Pour surcroît d'embarras, je regardais ce rouleau d'argent qui était sur la table, il me paraissait si rebondi ! Quel dommage de le perdre !

Cependant, Monsieur, surpris de ce que je ne lui disais rien, et que je ne prenais pas le rouleau qu'il avait mis là pour appuyer son discours, me demanda à quoi je pensais ? Pourquoi ne me dis-tu mot ? ajouta-t-il.

Hé ! Monsieur, répondis-je, je rêve, et il y a bien de quoi. Tenez, parlons en conscience ; prenez que je sois vous, et que vous soyez moi. Vous voilà un pauvre homme. Mais est-ce que les pauvres gens aiment à être cocus ; vous le serez pourtant, si je vous donne Geneviève en mariage. Eh, bien ! voilà le sujet de ma pensée.

Quoi ! me dit-il là-dessus, est-ce que Geneviève n'est pas une honnête fille ? Fort honnête [15], repris-je, pour ce qui est en cas de faire un compliment ou une révérence : mais pour ce qui est d'être la femme d'un mari, je n'estime pas que l'honnêteté qu'elle a, soit propre à cela.

Eh ! qu'as-tu donc à lui reprocher ? me dit-il. Hé, hé, hé, repris-je en riant, vous savez mieux que moi les tenants et les aboutissants de cette affaire-là, vous y étiez et je n'y étais pas ; mais on sait bien à peu près comment cela se gouverne. Tenez, Monsieur, dites-moi franchement la vérité ; est-ce qu'un Monsieur a besoin de femme de chambre ? Et quand il en a une, est-ce elle qui le déshabille ? Je crois que c'est tout le contraire.

Oh ! pour le coup, me dit-il, vous parlez net Jacob, et je vous entends ; tout Paysan que vous êtes, vous ne manquez pas d'esprit. Écoutez donc attentivement ce que je vais vous dire à mon tour.

Tout ce que vous vous imaginez de Geneviève est faux ; mais supposons qu'il soit vrai, vous voyez les personnes qui viennent me voir, ce sont tous gens de considération, qui sont riches, qui ont de grands équipages.

Savez-vous bien, que parmi eux, il y en a quelques-uns qu'il n'est pas nécessaire de nommer, et qui ne doivent leur fortune qu'à un mariage qu'ils ont fait avec des Geneviève [16].

Or, croyez-vous valoir mieux qu'eux ? Est-ce la crainte d'être moqué, qui vous retient ? Et par qui le serez-vous ? Vous connaît-on, et êtes-vous quelque chose dans la vie ? Songera-t-on à votre honneur, s'imagine-t-on seulement que vous en ayez un, benêt que vous êtes ? Vous ne risquez qu'une chose, c'est d'avoir autant d'envieux de votre état, qu'il y a de gens de votre sorte qui vous connaissent. Allez, mon enfant, l'honneur de vos pareils, c'est d'avoir de quoi vivre, et de quoi se retirer de la bassesse de leur condition, entendez-vous ? Le dernier des hommes ici-bas, est celui qui n'a rien.

N'importe, Monsieur, lui répondis-je, d'un air entre triste et mutin ; j'aimerais encore mieux être le dernier des autres que le plus fâché de tous. Le dernier des autres trouve toujours le pain bon quand on lui en donne ; mais le plus fâché de tous n'a jamais d'appétit à rien ; il n'y a pas de morceau qui lui profite, quand ce serait de la Perdrix : et ma foi l'appétit mérite bien qu'on le garde, et je le perdrais malgré toute ma bonne chère, si j'épousais votre femme de chambre.

Votre parti est donc pris ? repartit Monsieur. Ma foi oui, Monsieur, répondis-je, et j'en ai bien du regret ; mais que voulez-vous ? dans notre Village, c'est notre coutume de n'épouser que des filles, et s'il y en avait une qui eût été femme de chambre d'un Monsieur, il faudrait qu'elle se contentât d'avoir un amant ; mais pour de mari, *néant* ; il en pleuvrait qu'il n'en tomberait pas un pour elle ; c'est notre régime, et surtout dans notre famille. Ma mère se maria fille, sa grande mère en avait fait autant ; et de grandes mères en grandes mères, je suis venu droit comme vous voyez, avec l'obligation de ne rien changer à cela.

Je me fus à peine expliqué d'un ton si décisif, que me regardant d'un air fier et irrité : Vous êtes un coquin, me dit-il. Vous avez fait chez moi publiquement l'amour à Geneviève ; vous n'aspiriez d'abord, m'at-elle dit, qu'au bonheur de pouvoir l'épouser un jour. Les autres filles de Madame le savent ; d'un autre côté, vous osez l'accuser de n'être pas fille d'honneur : vous êtes frappé de cette impertinente idée-là ; je ne doute pas qu'en conséquence vous ne causiez sur son compte, quand on vous parlera d'elle ; vous êtes homme à ne la pas ménager dans vos petits discours ; et c'est moi, c'est ma simple bonne volonté pour elle, qui serait la cause innocente de tout le tort que vous pourriez lui faire. Non, Monsieur Jacob ; j'y mettrai bon ordre, et puisque j'ai tant fait que de m'en mêler, que vous avez déjà pris de son argent, sur le pied d'un homme qui devait l'épouser, je ne prétends pas que vous vous moquiez d'elle. Je ne vous laisserai point en liberté de lui nuire, et si vous ne l'épousez pas, je vous déclare que ce sera à moi à qui vous aurez affaire. Déterminez-vous ; je vous donne vingt-quatre heures, choisissez de sa main ou du cachot ; je n'ai que cela à vous dire. Allons, retirez-vous faquin.

Cet ordre et l'épithète qui le soutenait, me firent peur, et je ne fis qu'un saut de la Chambre à la porte.

Geneviève qui avait été avertie de l'heure où Monsieur devait m'envoyer chercher, m'attendait au passage ; je la rencontrai sur l'escalier.

Ah ! ah ! me dit-elle, comme si nous nous étions

rencontrés fortuitement ; est-ce que tu viens de parler à
Monsieur ? Que te voulait-il donc ?

Doucement, Geneviève ma mie, lui dis-je, j'ai vingt-
quatre heures devant moi, pour vous répondre, et je ne
dirai ma pensée qu'à la dernière minute.

Là-dessus, je passai mon chemin d'un air renfrogné
et même un peu brutal, et laissai Mademoiselle Geneviève toute stupéfaite, et ouvrant de grands yeux, qui
se disposaient à pleurer ; mais cela ne me toucha point.
L'alternative du cachot, ou de sa main, m'avait guéri
radicalement du peu d'inclination qui me restait pour
elle ; j'en avais le cœur aussi nettoyé, que si je ne l'avais
jamais connue. Sans compter la farouche épouvante
dont j'étais saisi, et qui était bien contraire à l'amour.

Elle me rappela plusieurs fois d'un ton plaintif :
Jacob, hé, mais parle-moi donc, Jacob. Dans vingt-
quatre heures, Mademoiselle ; puis je courus toujours
sans savoir où j'allais, car je marchais en égaré.

Enfin je me trouvai dans le Jardin, le cœur palpitant,
regrettant les choux de mon village, et maudissant les
filles de Paris, qu'on vous obligeait d'épouser, le
pistolet sous la gorge ; j'aimerais autant, disais-je en
moi-même, prendre une femme à la friperie. Que je
suis malheureux !

Ma situation m'attendrit sur moi-même, et me voilà
à pleurer ; je tournais dans un Bosquet, en faisant des
exclamations de douleur, quand je vis Madame qui en
sortait avec un livre à la main.

A qui en as-tu donc mon pauvre Jacob, me dit-elle,
avec tes yeux baignés de larmes ?

Ah ! Madame, lui répondis-je, en me jetant à ses
genoux, ah ! ma bonne Maîtresse ; Jacob est un homme
coffré quand vingt-quatre heures seront sonnées.

Coffré ! me dit-elle : As-tu commis quelque mauvaise
action ? Eh ! tout à rebours de cela, m'écriai-je ; c'est à

cause que je n'en veux pas commettre une. Vous
m'avez recommandé de vous faire honneur, n'est-ce
pas, Madame ? Eh ! Où le prendrai-je, pour vous en
faire, si on ne prétend pas que j'en garde ? Monsieur ne
veut pas que je me donne les airs d'en avoir. Quel
misérable Pays, Madame, où on [17] met au cachot les
personnes qui ont de l'honneur, et en Chambre garnie,
celles qui n'en ont point ; épousez des femmes de
chambre pour homme, et vous aurez des rouleaux
d'argent ; prenez une honnête fille, vous voilà niché
entre quatre murailles. Voilà comme Monsieur l'entend, qui veut sauf votre respect, que j'épouse sa
femme de chambre.

Explique-toi mieux, me dit Madame, qui se mordait
les lèvres pour s'empêcher de rire ; je ne te comprends
point. Qu'est-ce que c'est que cette femme de chambre ? Est-ce que mon mari en a une ? Eh ! Oui Madame,
lui dis-je ; c'est la vôtre, c'est Mademoiselle Geneviève
qui me recherche, et qu'on me commande de prendre
pour femme.

Écoute, Jacob, me dit-elle ; c'est à toi à consulter ton
cœur. Eh bien ! Mon cœur et moi, repris-je, avons aussi
là-dessus raisonné bien longtemps ensemble, et il n'en
veut pas entendre parler.

Il est pourtant vrai, dit-elle, que cela ferait ta
fortune ; car mon mari ne te laisserait pas là, je le
connais.

Oui, Madame, répondis-je, mais par charité, songez
un peu, à ce que c'est que d'avoir des enfants, qui vous
appellent leur père, et qui en ont menti. Cela est bien
triste ! Et cependant si j'épouse Geneviève, je suis en
danger de n'avoir point d'autres enfants que de ceux-
là ; je serai obligé de leur donner des nourrices qui me
fendront le cœur, et vous me voyez désolé, Madame.
Naturellement je n'aime pas les enfants de contre-

bande, et je n'ai que vingt-quatre heures, pour dire si je
m'en fournirai, peut-être d'une demi-douzaine ou non.
Portez-moi secours là-dedans, ayez pitié de moi. Le
cachot qu'on me promet, empêchez qu'on ne me le
tienne. Je suis d'avis de m'enfuir.

Non, non, me dit-elle, je te le défends, je parlerai à
mon mari, et je te garantis que tu n'as rien à craindre,
va, retourne à ton service sans inquiétude.

Après ce discours, elle me quitta pour continuer sa
lecture, et moi je me rendis auprès de mon petit
Maître, qui ne se portait pas bien.

Il fallait en m'en retournant que je passasse devant
la chambre de Geneviève, qui en avait laissé la porte
ouverte, et qui me guettait, assise et fondant en
larmes !

Te voilà donc, ingrat ! s'écria-t-elle aussitôt qu'elle
me vit, fourbe, qui non content de refuser ma main,
m'accable[18] encore de honte et de mépris ! Et c'était en
me retenant par ma manche, qu'elle m'apostrophait
sur ce ton.

Parle, ajouta-t-elle, pourquoi dis-tu que je ne suis pas
fille d'honneur ?

Eh mon Dieu, Mademoiselle Geneviève, pardi, donnez-moi du temps ; ce n'est pas que vous ne soyez une
honnête fille, il n'y a que ce petit coffre plein d'or, et
vos autres brimborions d'affiquets qui me chicanent,
et je crois que sans eux vous seriez encore plus
honnête ; j'aimerais bien autant votre honneur, comme
il était ci-devant ; mais n'en parlons plus, et ne nous que-
rellons point, vous avez tort, ajoutai-je avec adresse ;
que ne m'avez-vous dit bonnement les choses ?
il n'y a rien de si beau que la sincérité ; et vous êtes
une dissimulée : il n'y avait qu'à m'avouer votre petit
fait, je n'y aurais pas regardé de si près ; car, après cela,
on sait à quoi s'en tenir ; et du moins, une fille vous est

obligée de prendre tout en gré ; mais vouloir me brider
le nez, venir me bercer avec des contes à dormir
debout, pendant que je suis le meilleur enfant du
monde, ce n'est pas là la manière dont on en use. Il
s'agissait de me dire : Tiens Jacob, je ne veux point te
vendre chat en poche ; Monsieur a couru après moi ; je
m'enfuyais ; mais il m'a jeté de l'or, des nippes et une
maison fournie de ses ustensiles à la tête ; cela m'a
étourdi, je me suis arrêtée, et puis j'ai ramassé l'or, les
nippes et la maison ; en veux-tu ta part à cette heure ?
Voilà comme on parle ; dites-moi cela, et puis vous
saurez mon dernier mot.

Là-dessus les larmes de Geneviève redoublèrent ; il
en vint une ondée pendant laquelle elle me serrait les
mains tant qu'elle pouvait sans me répondre ; et c'était
l'aveu de la vérité qui s'arrêtait au passage.

A la fin pourtant, comme je la consolais en la
pressant de parler ; si l'on pouvait se fier à toi, me dit-
elle. Eh ! qui est-ce qui en doute ? lui dis-je. Allons, ma
belle Demoiselle, courage. Hélas ! me répondit-elle,
c'est l'amour que j'ai pour toi, qui est cause de tout !

Voilà qui est merveilleux, lui dis-je, après. Sans lui,
ajouta-t-elle, j'aurais méprisé tout l'or et toutes les
fortunes du monde ; mais j'ai cru te fixer par la
situation que Monsieur voulait bien me procurer, et
que tu serais bien aise de me voir riche. Et cependant
je me suis trompée, tu me reproches ce que je n'ai fait
que par tendresse.

Ce discours me glaça jusqu'au fond du cœur. Ce
qu'elle me disait ne m'apprenait pourtant rien de
nouveau ; car enfin je savais bien à quoi m'en tenir sur
cette aventure, sans qu'elle m'en rendît compte ; et
malgré cela, tout ce qu'elle me disait, je crus l'apprendre encore en l'entendant raconter par elle-même ; j'en
fus frappé comme d'une nouveauté.

J'aurais juré que je ne m'intéressais plus à Geneviève, et je crois l'avoir dit plus haut ; mais apparemment qu'il me restait encore dans le cœur quelque
petite étincelle de feu pour elle, puisque je fus ému ;
mais tout s'éteignit dans ce moment.

Je cachai pourtant à Geneviève ce qui se passait en
moi : Hélas ! lui répondis-je, ce que vous me dites est
bien fâcheux.

Quoi ! Jacob, me dit-elle, avec des yeux qui me
demandaient grâce, et qui étaient faits pour l'obtenir,
si on n'était pas quelquefois plus irréconciliable en
pareil cas, avec une fille qui est belle, qu'avec une
autre qui ne l'est pas. Quoi ! m'aurais-tu abusée, quand
tu m'as fait espérer qu'un peu de sincérité nous
raccommoderait ensemble ?

Non lui dis-je, j'aurais juré que je vous parlais
loyalement ; mais il me semble que mon cœur veut
changer d'avis. Eh ! pourquoi en changerait-il, mon
cher Jacob ? s'écria-t-elle, tu ne trouveras jamais personne qui t'aime autant que moi. Tu peux d'ailleurs
compter désormais sur une sagesse éternelle de ma
part. Oui, mais malheureusement, lui dis-je, cette
sagesse vous prend un peu tard ; c'est le médecin qui
arrive après la mort.

Quoi ! reprit-elle, je te perdrai donc ? Laissez-moi
rêver à cela, lui dis-je, il me faut un peu de loisir pour
m'ajuster avec mon cœur, il me chicane, et je vais
tâcher aujourd'hui de l'accoutumer à la fatigue. Permettez que je m'en aille penser à cette affaire.

Il vaut autant que tu me poignardes, me dit-elle, que
de ne pas prendre ta résolution sur-le-champ. Il n'y a
pas moyen, je ne saurais si vite savoir ce que je veux ;
mais patience, lui dis-je, il y aura tantôt réponse, et
peut-être bonnes nouvelles avec ; oui tantôt, ne vous

impatientez pas. Adieu ma petite Maîtresse, restez en paix, et que le Ciel nous assiste tous deux.

Je la quittai donc, et elle me vit partir avec une tendre inquiétude, qu'en vérité j'avais honte de ne pas calmer ; mais je ne cherchais qu'à m'esquiver, et j'entrai dans ma chambre avec la résolution inébranlable de m'enfuir de la maison, si Madame ne mettait pas quelque ordre à mon embarras comme elle me l'avait promis.

J'appris dans le cours de la journée que Geneviève s'était mise au lit, et qu'elle était malade, qu'elle avait eu des maux de cœur ; accidents dont on souriait en me les contant, et qu'on me venait conter par préférence. Six ou sept personnes de la maison, et surtout les filles de Madame vinrent me le dire en secret.

Pour moi, je me tus, j'avais trop de souci, pour m'amuser à babiller avec personne, et je restai tapi, dans mon petit taudis, jusqu'à sept heures du soir.

Je les comptai, car j'avais l'oreille attentive à l'horloge, parce que je voulais parler à Madame qu'une légère migraine avait empêché de sortir.

Je me préparais donc à l'aller trouver, quand j'entendis du bruit dans la Maison ; on montait, on descendait l'escalier avec un mouvement qui n'était pas ordinaire. Ah ! mon Dieu, disait-on, quel accident !

Ce fracas-là m'émut, et je sortis de ma chambre, pour savoir ce que c'était.

Le premier objet que je rencontrai, ce fut un vieux valet de chambre de Monsieur, qui levait les mains au Ciel, en soupirant, qui pleurait, et qui s'écriait : Ah ! pauvre homme que je suis. Quelle perte, quel malheur ! Qu'avez-vous donc, Monsieur Dubois ? lui dis-je ; qu'est-il arrivé ?

Hélas, mon enfant, dit-il, Monsieur est mort, et j'ai envie d'aller me jeter dans la rivière.

Je ne pris pas la peine de l'en dissuader, parce qu'il
n'y avait rien à craindre : il n'y avait pas d'apparence,
qu'il voulût choisir l'eau pour son tombeau, lui qui en
était l'ennemi juré : il y avait peut-être plus de trente
ans, que le vieux ivrogne n'en avait bu.

Au reste, il avait raison de s'affliger ; la mort lui
enlevait un bon chaland ; il était depuis quinze ans le
Pourvoyeur des plaisirs de son Maître, qui le payait
bien, et qu'il volait, disait-on, par-dessus le marché.

Je le laissai donc dans sa douleur, moitié raisonnable, et moitié bachique ; car il était plein de vin quand
je lui parlai, et je courus m'instruire plus à fond de ce
qu'il venait de m'apprendre.

Rien n'était plus vrai que son rapport, une apoplexie
venait d'étouffer Monsieur. Il était seul dans son
cabinet, quand elle l'avait surpris. Il n'avait eu aucun
secours, et un domestique l'avait trouvé mort dans son
fauteuil, et devant son Bureau, sur lequel était une
lettre ébauchée de quelques lignes gaillardes, qu'il
écrivait à une Dame de bonne composition, autant
qu'on en pouvait juger, car je crois que tout le monde
dans la Maison lut cette lettre, que Madame avait
pris [19] dans le cabinet, et qu'elle laissa tomber de ses
mains dans le désordre où la jeta ce spectacle
effrayant.

Pour moi, il faut que je l'avoue franchement. Cette
mort subite m'épouvanta sans m'affliger ; peut-être
même la trouvais-je venue bien à propos ; je respirai, et
j'avais pour excuse de ma dureté là-dessus, que le
défunt m'avait menacé de la prison. Cela m'avait
alarmé, et sa mort me tirait d'inquiétude, et mit le
comble à la disgrâce où Geneviève était tombée dans
mon cœur.

Hélas ! la pauvre fille, le malheur lui en voulait ce
jour-là. Elle avait entendu aussi bien que moi le

tintamarre qu'on faisait dans la maison, et de son lit elle appela un domestique pour en savoir la cause.

Celui à qui elle s'adressa, était un gros brutal, un de ces valets, qui dans une Maison ne tiennent jamais à rien qu'à leurs gages et qu'à leurs profits, et pour qui leur Maître est toujours un étranger, qui peut mourir, périr, prospérer sans qu'ils s'en soucient ; tant tenu, tant payé, et attrape qui peut.

Je le peins ici, quoique cela ne soit pas fort nécessaire : mais du moins sur le portrait que j'en fais, on peut éviter de prendre des domestiques qui lui ressemblent.

Ce fut donc ce gros sournois-là qui vint à la voix de Geneviève qui l'appelait, et qui interrogé de ce que c'était que ce bruit qu'elle entendait, lui dit : C'est que Monsieur est mort.

A cette brusque nouvelle Geneviève déjà indisposée, s'évanouit [20].

Sans doute, que ce valet ne s'amusa pas à la secourir. Le petit coffret plein d'argent, dont j'ai parlé, et qui était encore sur sa table, fixa son attention. De sorte que dès ce moment le coffret et lui disparurent ; on ne les a jamais revus depuis, et apparemment qu'ils partirent ensemble.

Il nous reste encore d'autres malheurs ; le bruit de la mort de Monsieur fut bientôt répandu ; on ne connaissait pas ses affaires ; Madame avait vécu jusque-là dans une abondance, dont elle ne savait pas la source, et dont elle jouissait dans une quiétude parfaite.

On l'en tira dès le lendemain ; mille créanciers fondirent chez elle avec des Commissaires et toute leur séquelle. Ce fut un désordre épouvantable.

Les domestiques demandaient leurs gages, et pillaient ce qu'ils pouvaient, en attendant de les recevoir.

La mémoire de Monsieur était maltraitée ; nombre

de personnes ne lui épargnaient pas l'épithète de fripon.
L'un disait, il m'a trompé, l'autre, je lui ai confié de
l'argent ; qu'en a-t-il fait ?

Ensuite on insultait à la magnificence de sa veuve ;
on ne la ménageait pas en sa présence même, et elle se
taisait moins par patience, que par consternation.

Cette Dame n'avait jamais su ce que c'était que
chagrin ; et dans la triste expérience qu'elle en fit alors,
je crois que l'étonnement où la jetait son état, lui
sauvait la moitié de sa douleur.

Imaginez-vous ce que serait une personne, qu'on
aurait tout à coup transportée dans un Pays affreux,
dont tout ce qu'elle aurait vu, ne lui aurait pas donné
la moindre idée ; voilà comment elle se trouvait.

Moi qui n'avais pas été fâché de la mort de son mari,
et qui, dans le fond, n'avais pas dû l'être, je réparai
bien cette insensibilité excusable, par mon attendrissement pour sa femme. Je ne pus la voir sans pleurer
avec elle ; il me semblait que si j'avais eu des millions,
je les lui aurais donné avec une joie infinie : aussi était-
ce ma bienfaitrice.

Mais de quoi lui servait, que je fusse touché de son
infortune ? C'était la tendre compassion de ses amis
qu'il lui fallait alors, et non pas celle d'un misérable
comme moi, qui ne pouvais rien pour elle.

Mais dans ce monde, toutes les vertus sont dépla-
cées, aussi bien que les vices. Les bons et les mauvais
cœurs ne se trouvent point à leur place. Quand je ne me
serais pas soucié de la situation de cette Dame, elle n'y
aurait rien perdu, mon ingrate insensibilité n'eût fait
tort qu'à moi. Celle de ses amis qu'elle avait tant fêtés,
la laissait sans ressource, et mettait le comble à ses
maux.

Il en vint d'abord quelques-uns de ces indignes
amis ; mais dès qu'ils virent que le feu était dans les

affaires, et que la fortune de leur amie s'en allait en
ruine, ils courent encore, et apparemment qu'ils aver-
tirent les autres, car il n'en revint plus.

Je passe la suite de ces tristes événements, le détail
en serait trop long.

Je ne demeurai plus que trois jours dans la Maison ;
tous les domestiques furent renvoyés, à une femme de
chambre près, que Madame n'avait peut-être jamais
autant aimé que les autres, à qui, dans ce moment, elle
devait tous ses gages, et qui pourtant ne voulut jamais
la quitter.

Cette femme de chambre, c'était ce visage si indifférent, dont j'ai parlé tantôt, sur qui j'avais évité de dire
mon sentiment, et dont la physionomie était de si
petite apparence.

La Nature fait assez souvent de ces tricheries-là, elle
enterre je ne sais combien de belles âmes sous de
pareils visages, on n'y connaît rien, et puis, quand ces
gens-là viennent à se manifester, vous voyez des vertus
qui sortent de dessous terre.

Pour moi, pénétré comme je l'ai dit, de tout ce que je
voyais, j'allai me présenter à Madame, et lui vouai un
service éternel, s'il pouvait lui être utile.

Hélas ! mon enfant, me dit-elle, tout ce que je puis te
répondre, c'est que je voudrais être en état de récompenser ton zèle ; mais tu vois ce que je suis devenue, et
je ne sais pas ce que je deviendrai encore, ni ce qui me
restera ; ainsi je te défends de t'attacher à moi ; va te
sauver ailleurs. Quand je t'ai mis auprès de mon neveu,
je comptais avoir soin de toi ; mais puisque aujour-
d'hui, je ne puis rien, ne reste point, ta condition est
trop peu de chose, tâche d'en trouver une meilleure, et
ne perds point courage, tu as un bon cœur qui ne
demeurera pas sans récompense.

J'insistai, mais elle voulut absolument que je la quittasse, et je me retirai, en vérité, fondant en larmes.

De là, je me rendis à ma chambre, pour y faire mon paquet : en y allant, je rencontrai le Précepteur de mon petit Maître, qui escortait déjà ses ballots. Son disciple pleurait, en lui disant adieu, et pleurait tout seul. Je pris aussi congé du jeune enfant, qui s'écria d'un ton qui me fendit le cœur : Hé quoi! tout le monde me quitte donc?

Je ne repartis à cela que par un soupir; je n'avais que cette réponse-là à ma disposition, et je sortis chargé de mon petit butin, sans dire gare à personne. Je pensai pourtant aller dire adieu à Geneviève; mais je ne l'aimais plus, je ne faisais que la plaindre, et peut-être que dans la conjoncture où nous nous trouvions, il était plus généreux de ne me pas présenter à elle.

Mon dessein, au sortir de chez ma Maîtresse, fut d'abord de m'en retourner à mon village; car je ne savais que devenir, ni où me placer.

Je n'avais pas de connaissances[21], point d'autre métier que celui de Paysan : je savais parfaitement semer, labourer la terre, tailler la vigne, et voilà tout.

Il est vrai que mon séjour à Paris avait effacé beaucoup de l'air rustique que j'y avais apporté; je marchais d'assez bonne grâce; je portais bien ma tête, et je mettais mon chapeau en garçon qui n'était pas un sot.

Enfin j'avais déjà la petite oie[22] de ce qu'on appelle usage du monde; je dis du monde de mon espèce, et c'en est un. Mais c'était là tous mes talents, joint[23] à cette physionomie assez avenante, que le Ciel m'avait donnée, et qui jouait sa partie avec le reste.

En attendant mon départ de Paris, dont je n'avais pas encore fixé le jour, je me mis dans une de ces petites Auberges à qui le mépris de la pauvreté a fait donner le nom de gargote [24].

Je vécus là deux jours avec des Voituriers qui me parurent très grossiers ; et c'est que je ne l'étais plus tant, moi.

Ils me dégoûtèrent du Village. Pourquoi m'en retourner ? me disais-je quelquefois. Tout est plein ici de gens à leur aise, qui aussi bien que moi, n'avaient pour tout bien que la Providence. Ma foi restons encore quelques jours ici, pour voir ce qui en sera ; il y a tant d'aventure [25] dans la vie, il peut m'en échoir quelque bonne ; ma dépense n'est pas ruineuse ; je puis encore la soutenir deux ou trois semaines ; à ce qu'il m'en coûte par repas, j'irai loin ; car j'étais sobre, et je l'étais sans peine. Quand je trouvais bonne chère, elle me faisait plaisir ; je ne la regrettais pas quand je l'avais mauvaise, tout m'accommodait.

Et ce sont là d'assez bonnes qualités dans un garçon qui cherche fortune avec cette humeur-là [26]. Ordinairement il ne la cherche pas en vain, le hasard est volontiers pour lui, ses soins lui réussissent ; et j'ai remarqué que les gourmands perdent la moitié de leur temps à être en peine de ce qu'ils mangeront ; ils ont làdessus un souci machinal qui dissipe une grande partie de leur attention pour le reste.

Voilà donc mon parti pris de séjourner à Paris, plus que je n'avais résolu d'abord.

Le lendemain de ma résolution, je commençai par aller m'informer de ce qu'était devenue la Dame de chez laquelle j'étais sorti, parce qu'elle aurait pu me recommander à quelqu'un. Mais j'appris qu'elle s'était retirée dans un Couvent avec la généreuse femme de chambre dont j'ai parlé ; que ses affaires tournaient mal, et qu'à peine aurait-elle de quoi passer dans l'obscurité le reste de ses jours.

Cette nouvelle me fit encore jeter quelques soupirs ; car sa mémoire m'était chère ; mais il n'y avait point de remède à cela ; et tout ce que je pus imaginer de mieux, pour me fourrer quelque part, ce fut d'aller chez un nommé Maître Jacques, qui était de mon Pays, et à qui mon père quand je partis du village m'avait dit de faire ses compliments. J'en avais l'adresse ; mais jusque-là je n'y avais pas songé.

Il était Cuisinier dans une bonne maison, et me voilà en chemin pour l'aller trouver.

Je passais le Pont-Neuf, entre sept et huit heures du matin, marchant fort vite à cause qu'il faisait froid, et n'ayant dans l'esprit que mon homme.

Quand je fus près du Cheval de Bronze, je vis une femme enveloppée dans une écharpe de gros taffetas uni, qui s'appuyait contre les grilles, et qui disait : Ah ! je me meurs !

A ces mots que j'entendis, je m'approchai d'elle, pour savoir si elle n'avait pas besoin de secours. Est-ce que vous vous trouvez mal, Madame ? lui dis-je. Hélas ! mon enfant je n'en puis plus, me répondit-elle ; il vient de me prendre un grand étourdissement, et j'ai été obligée de m'appuyer ici.

Je l'examinai un peu pendant qu'elle me parlait, et je vis une face ronde, qui avait l'air d'être succulemment nourrie, et qui, à vue de pays [27], avait coutume d'être vermeille, quand quelque indisposition ne la ternissait pas.

A l'égard de l'âge de cette personne, la rondeur de ce visage, sa blancheur, et son embonpoint empêchaient qu'on en pût bien décider.

Mon sentiment, à moi, fut qu'il s'agissait d'une quarantaine d'années, et je me trompais, la cinquantaine était complète.

Cette écharpe de gros taffetas sans façon, une cor-

nette unie, un habit d'une couleur à l'avenant, et je ne
sais quelle réforme dévote répandue sur toute cette
figure, le tout soutenu d'une propreté tirée à quatre
épingles, me firent juger que c'était une femme à
Directeur ; car, elles ont presque partout la même
façon de se mettre, ces sortes de femmes-là, c'est là leur
uniforme et il ne m'avait jamais plu.

Je ne sais à qui il faut s'en prendre, si c'est à la
personne ou à l'habit ; mais il me semble que ces
figures-là, ont une austérité critique qui en veut à tout
le monde.

Cependant comme cette personne-ci était fraîche et
ragoûtante, et qu'elle avait une mine ronde, mine que
j'ai toujours aimée, je m'inquiétai pour elle ; et lui
aidant à se soutenir : Madame, lui dis-je, je ne vous
laisserai point là, si vous le voulez bien, et je vous offre
mon bras, pour vous reconduire chez vous, votre
étourdissement peut revenir, et vous aurez besoin
d'aide. Où demeurez-vous ?

Dans la rue de la Monnaie, mon enfant, me dit-elle,
et je ne refuse point votre bras, puisque vous me
l'offrez de si bon cœur ; vous me paraissez un honnête
garçon.

Vous ne vous trompez pas, repris-je, en nous mettant
en marche ; il n'y a que trois ou quatre mois que je suis
sorti de mon Village, et je n'ai pas encore eu le temps
d'empirer et de devenir méchant.

Ce serait bien dommage que vous le devinssiez
jamais, me dit-elle, en jetant sur moi un regard
bénévole et dévotement languissant ; vous ne me semblez pas fait pour tomber dans un si grand malheur.

Vous avez raison, repris-je, Madame, Dieu m'a fait la
grâce d'être simple et de bonne foi, et d'aimer les
honnêtes gens.

Cela est écrit sur votre visage, me dit-elle ; mais vous

êtes bien jeune. Quel âge avez-vous ? Pas encore vingt ans, repris-je.

Et notez que pendant cette conversation, nous cheminions d'une lenteur étonnante, et que je la soulevais presque de terre, pour lui épargner la peine de se traîner.

Mon Dieu, mon fils, que je vous fatigue, me disait-elle. Non, Madame, lui répondis-je, ne vous gênez point, je suis ravi de vous rendre ce petit service. Je le vois bien, reprenait-elle ; mais dites-moi, mon cher enfant, qu'êtes-vous venu faire à Paris ? A quoi vous occupez-vous ?

A cette question, je m'imaginai heureusement que cette rencontre pouvait tourner à bien. Quand elle m'avait dit que ce serait dommage que je devinsse méchant, ses yeux avaient accompagné ce compliment de tant de bonté, d'un si grand air de douceur, que j'en avais tiré un bon augure ; je n'envisageais pourtant rien de positif sur les suites que pouvait avoir ce coup de hasard ; mais j'en espérais quelque chose, sans savoir quoi.

Dans cette opinion, je conçus aussi que mon histoire était très bonne à lui raconter, et très convenable.

J'avais refusé d'épouser une belle fille que j'aimais, qui m'aimait et qui m'offrait ma fortune. Et cela par un dégoût fier et pudique qui ne pouvait avoir frappé qu'une âme de bien et d'honneur. N'était-ce pas là un récit bien avantageux à lui faire ? Et je le fis de mon mieux, d'une manière naïve et comme on dit la vérité.

Il me réussit, mon histoire lui plut tout à fait.

Le Ciel, me dit-elle, vous récompensera d'une si honnête façon de penser, mon garçon, je n'en doute pas ; je vois que vos sentiments répondent à votre physionomie. Oh ! Madame, pour ma physionomie, elle

ira comme elle pourra ; mais voilà de quelle humeur je
suis pour le cœur.

Ce qu'il dit là est si ingénu ! dit-elle avec un souris
bénin. Écoutez mon fils, vous avez bien des grâces à
rendre à Dieu, de ce cœur droit qu'il vous a donné ;
c'est un don plus précieux que tout l'or du monde, un
bien pour l'éternité ; mais il faut le conserver, vous
n'avez pas d'expérience, et il y a tant de pièges à Paris
pour votre innocence, surtout à l'âge où vous êtes.
Écoutez-moi ; c'est le Ciel apparemment qui a permis
que je vous rencontrasse. Je vis avec une sœur que
j'aime beaucoup, qui m'aime de même ; nous vivons
retirées, mais à notre aise, grâce à la bonté divine, et
avec une Cuisinière âgée, qui est une honnête fille.
Avant-hier nous nous défîmes d'un garçon qui ne nous
convenait point ; nous avions remarqué qu'il n'avait
point de religion, aussi était-il libertin ; et je suis sortie
ce matin pour prier un Ecclésiastique de nos amis, de
nous en envoyer un qu'il nous avait promis. Mais ce
Domestique a trouvé une maison qu'il ne veut pas
quitter, parce qu'il y est avec un de ses frères, et il ne
tiendra qu'à vous de tenir sa place, pourvu que vous
ayez quelqu'un qui nous réponde de vous.

Hélas ! Madame, sur ce pied-là, lui dis-je, je ne puis
profiter de votre bonne volonté ; car je n'ai personne ici
qui me connaisse. Je n'ai été que dans la maison dont
je vous ai parlé, où je n'ai fait ni bien, ni mal : Madame
y avait pris de l'affection pour moi ; mais à cette heure
elle est retirée dans un Couvent, je ne sais lequel ; et
cette bonne Dame-là, avec un Cuisinier de mon Pays
qui est ici, mais qui n'est pas digne de me présenter à
des personnes comme vous, voilà toutes les Cautions
que j'ai ; si vous me donnez le temps de chercher la
Dame, je suis sûr que vous serez contente de son

rapport. Pour Maître Jacques le Cuisinier, ce qu'il vous dira de moi ira par-dessus le marché.

Mon enfant me dit-elle, j'aperçois une sincérité dans ce que vous me dites, qui doit vous tenir lieu de répondant.

A ces mots nous nous trouvâmes à sa porte : Montez, montez, avec moi, me dit-elle, je parlerai à ma sœur.

J'obéis, et nous entrâmes dans une maison où tout me parut bien étoffé, et dont l'arrangement et les meubles étaient dans le goût des habits de nos dévotes. Netteté, simplicité et propreté, c'est ce qu'on y voyait.

On eût dit que chaque Chambre était un Oratoire ; l'envie d'y faire Oraison y prenait en y entrant ; tout y était modeste et luisant, tout y invitait l'âme à y goûter la douceur d'un saint recueillement.

L'autre sœur était dans son cabinet, qui les deux mains sur les bras d'un fauteuil, s'y reposait de la fatigue d'un déjeuner qu'elle venait de faire, et en attendait la digestion en paix.

Les débris du déjeuner étaient là sur une petite table ; il avait été composé d'une demi-bouteille de Vin de Bourgogne presque toute bue, de deux œufs frais, et d'un petit pain au lait.

Je crois que ce détail n'ennuiera point, il entre dans le portrait de la personne dont je parle.

Eh ! mon Dieu, ma sœur, vous avez été bien long-temps à revenir ; j'étais en peine de vous, dit celle qui était dans le fauteuil, à celle qui entrait. Est-ce là le domestique qu'on devait vous donner ?

Non, ma sœur, reprit l'autre ; c'est un honnête jeune homme que j'ai rencontré sur le Pont-Neuf ; et sans lui, je ne serais pas ici ; car je viens de me trouver très mal ; il s'en est aperçu en passant, et s'est offert pour m'aider à revenir à la maison.

En vérité, ma sœur, reprit l'autre, vous vous faites

toujours des scrupules que je ne saurais approuver.
Pourquoi sortir le matin pour aller loin, sans prendre
quelque nourriture ? Et cela parce que vous n'aviez pas
entendu la Messe. Dieu exige-t-il qu'on devienne
malade ? Ne peut-on le servir sans se tuer ? Le servirez-
vous mieux quand vous aurez perdu la santé, et que
vous vous serez mise hors d'état d'aller à l'Église ? Ne
faut-il pas que notre piété soit prudente ? N'est-on pas
obligé de ménager sa vie pour louer Dieu qui nous l'a
donnée, le plus longtemps qu'il sera possible ? Vous
êtes trop outrée, ma sœur, et vous devez demander
conseil là-dessus.

Enfin ma chère sœur, reprit l'autre, c'est une chose
faite. J'ai cru que j'aurais assez de forces : j'avais
effectivement envie de manger un morceau en partant ;
mais il était bien matin, et d'ailleurs j'ai craint que ce
ne fût une délicatesse ; et si on ne hasardait rien, on
n'aurait pas grand mérite ; mais cela ne m'arrivera
plus, car il est vrai que je m'incommoderais ; je crois
pourtant que Dieu a béni mon petit voyage, puisqu'il a
permis que j'aie rencontré ce garçon que vous voyez :
l'autre est placé ; il n'y a que trois mois que celui-ci est
à Paris, il m'a fait son histoire, je lui trouve de très
bonnes mœurs, et c'est assurément la Providence qui
nous l'adresse, il veut être sage, et notre condition lui
convient ; que dites-vous de lui ? Il prévient assez,
répondit l'autre ; mais nous parlerons de cela quand
vous aurez mangé ; appelez Catherine, ma sœur, afin
qu'elle vous apporte ce qu'il vous faut. Pour vous mon
garçon, allez dans la cuisine, vous y déjeunerez aussi.

A cet ordre, je fis la révérence, et Catherine qu'on
avait appelée, monta ; on la chargea du soin de me
rafraîchir.

Catherine était grande, maigre, mise blanchement,
et portant sur sa mine l'air d'une dévotion revêche, en

colère et ardente ; ce qui lui venait apparemment de la chaleur que son cerveau contractait auprès du feu de sa cuisine et de ses fourneaux, sans compter que le cerveau d'une dévote, et d'une dévote Cuisinière, est naturellement sec et brûlé.

Je n'en dirais pas tant de celui d'une pieuse ; car il y a bien de la différence entre la véritable piété, et ce qu'on appelle communément dévotion.

Les dévots fâchent le monde, et les gens pieux l'édifient ; les premiers n'ont que les lèvres de dévotes, c'est le cœur qui l'est dans les autres ; les dévots vont à l'Église simplement pour y aller, pour avoir le plaisir de s'y trouver, et les pieux pour y prier Dieu ; ces derniers ont de l'humilité, les dévots n'en veulent que dans les autres. Les uns sont de vrais serviteurs de Dieu, les autres n'en ont que la contenance. Faire Oraison pour se dire, je la fais ; porter à l'Église des livres de dévotion, pour les manier, les ouvrir et les lire ; se retirer dans un coin, s'y tapir pour y jouir superbement d'une posture de méditatifs, s'exciter à des transports pieux, afin de croire qu'on a une âme bien distinguée, si on en attrape ; en sentir en effet quelques-uns que l'ardente vanité d'en avoir a fait naître, et que le diable qui ne les laisse manquer de rien pour les tromper, leur donne. Revenir de là, tout gonflé de respect pour soi-même, et d'une orgueilleuse pitié pour les âmes ordinaires. S'imaginer ensuite qu'on a acquis le droit de se délasser de ses saints exercices par mille petites mollesses qui soutiennent une santé délicate.

Tels sont ceux que j'appelle des dévots, de la dévotion desquels le malin esprit a tout le profit, comme on le voit bien.

A l'égard des personnes véritablement pieuses, elles sont aimables pour les méchants même qui s'en accommodent bien mieux que de leurs pareils ; car le plus grand ennemi du méchant, c'est celui qui lui ressemble.

Voilà je pense de quoi mettre mes pensées sur les dévots à l'abri de toute censure.

Revenons à Catherine, à l'occasion de qui j'ai dit tout cela.

Catherine donc avait un trousseau de clefs à sa ceinture, comme une Tourière de Couvent. Apportez des œufs frais à ma sœur, qui est à jeun à l'heure qu'il est, lui dit Mademoiselle Haberd [28], sœur aînée de celle avec qui j'étais venu ; et menez ce garçon dans votre cuisine pour lui faire boire un coup. Un coup ? répondit Catherine d'un ton brusque et pourtant de bonne humeur, il en boira bien deux à raison de sa taille. Et tous les deux à votre santé, Madame Catherine, lui dis-je. Bon, reprit-elle, tant que je me porterai bien, ils ne me feront pas de mal. Allons, venez, vous m'aiderez à faire cuire mes œufs.

Eh ! non, Catherine, ce n'est pas la peine, dit Mademoiselle Haberd la cadette ; donnez-moi le pot de confiture, ce sera assez. Mais ma sœur, cela ne nourrit point, dit l'aînée. Les œufs me gonfleraient dit la cadette, et puis ma sœur par-ci, ma sœur par-là. Catherine, d'un geste sans appel, décida pour les œufs en s'en allant ; à cause, dit-elle, qu'un déjeuner n'était pas un dessert.

Pour moi, je la suivis dans la Cuisine, où elle me mit aux mains avec un reste de ragoût de la veille, et des volailles froides, une bouteille de vin presque pleine, et du pain à discrétion.

Ah ! le bon pain ! je n'en ai jamais mangé de meilleur, de plus blanc, de plus ragoûtant ; il faut bien des attentions pour faire un pain comme celui-là ; il n'y avait qu'une main dévote qui pût l'avoir pétri ; aussi était-il de la façon de Catherine.

Oh ! l'excellent repas que je fis ! La vue seule de la Cuisine donnait envie de manger ; tout y faisait entrer en goût.

Mangez, me dit Catherine, en se mettant après ses œufs frais, Dieu veut qu'on vive. Voilà de quoi faire sa volonté, lui dis-je, et par-dessus le marché j'ai grande faim. Tant mieux, reprit-elle ; mais dites-moi, êtes-vous retenu ? Restez-vous avec nous ? Je l'espère ainsi, répondis-je, et je serais bien fâché que cela ne fût pas ; car je m'imagine qu'il fait bon sous votre direction, Madame Catherine ; vous avez l'air si avenant, si raisonnable ! Eh ! eh ! reprit-elle, je fais du mieux que je peux, que le Ciel nous assiste, chacun a ses fautes, et je n'en chôme pas ; et le pis est, c'est que la vie passe, et que plus l'on va [29], plus on se crotte ; car le diable est toujours après nous, l'Église le dit : mais on bataille ; au surplus, je suis bien aise que nos Demoiselles vous prennent ; car vous me paraissez de bonne amitié. Hélas ! Tenez, vous ressemblez comme deux gouttes d'eau, à défunt Baptiste, que j'ai pensé épouser, qui était bien le meilleur enfant et beau garçon comme vous ; mais ce n'est pas là ce que j'y regardais, quoique cela fasse toujours plaisir ; Dieu nous l'a ôté, il est le maître, il n'y a point à le contrôler, mais vous avez toute son apparence ; vous parlez tout comme lui : mon Dieu qu'il m'aimait ! Je suis bien changée depuis, sans ce que je changerai encore, je m'appelle toujours Catherine ; mais ce n'est plus de même.

Ma foi, lui dis-je, si Baptiste n'était pas mort, il vous aimerait encore ; car, moi qui lui ressemble, je n'en ferais pas à deux fois. Bon ! Bon ! me dit-elle, en riant, je suis encore un bel objet ; mangez, mon fils, mangez ; vous direz mieux quand vous m'aurez regardé de plus près ; je ne vaux plus rien qu'à faire mon salut, et c'est bien de la besogne : Dieu veuille que je l'achève !

En disant ces mots, elle tira ses œufs, que je voulus porter en haut : Non, non, me dit-elle, déjeunez en repos, afin que cela vous profite ; je vais voir un peu ce qu'on pense de vous là-haut ; je crois que vous êtes notre fait, et j'en dirai mon avis : nos Demoiselles ordinairement sont dix ans à savoir ce qu'elles veulent, et c'est moi qui ai la peine de vouloir pour elles. Mais ne vous embarrassez pas, j'aurai soin de tout ; je me plais à servir mon prochain, et c'est ce qu'on nous recommande au Prône.

Je vous rends mille grâces, Madame Catherine, lui dis-je, et surtout souvenez-vous que je suis un prochain qui ressemble à Baptiste. Mais mangez donc, me dit-elle, c'est le moyen de lui ressembler longtemps en ce monde ; j'aime un prochain qui dure, moi. Et je vous assure que votre prochain aime à durer, lui dis-je, en la saluant d'un rouge-bord que je bus à sa santé.

Ce fut là le premier essai que je fis du commerce de Madame Catherine, des discours de laquelle j'ai retranché une centaine de *Dieu soit béni*, et *que le Ciel nous assiste*, qui servaient tantôt de refrain, tantôt de véhicule à ses discours.

Apparemment que cela faisait partie de sa dévotion verbale ; mais peu m'importait ; ce qui est de sûr, c'est que je ne déplus point à la bonne Dame, non plus qu'à ses Maîtresses ; surtout à Mademoiselle Haberd la cadette, comme on le verra dans la suite.

J'achevai de déjeuner en attendant la réponse que m'apporterait Catherine, qui descendit bientôt, et qui me dit : Allons notre ami ; il ne vous manque plus que votre bonnet de nuit, attendu que votre gîte est ici.

Le bonnet de nuit, nous l'aurons bientôt, lui dis-je ; pour mes pantoufles, je les porte actuellement. Fort

bien, mon gaillard, me dit-elle, allez donc quérir vos
hardes afin de revenir dîner ; pendant que vous déjeu-
niez vos gages couraient, c'est moi qui l'ai conclu.
Courent-ils en bon nombre ? repris-je. Oui, oui, me dit-
elle en riant ; je t'entends bien, et ils vont un train fort
honnête. Je m'en fie bien à vous, répondis-je, je ne veux
pas seulement y regarder ; et je vais gager que je suis
mieux que je ne mérite, grâce à vos bons soins.

Ah ! le bon Apôtre ! me dit-elle, toute réjouie de la
franchise que je mettais dans mes louanges ; c'est
Baptiste tout revenu, il me semble que je l'entends :
alerte, alerte, j'ai mon dîner à faire, ne m'amuse pas,
laisse-moi travailler, et cours chercher ton équipage ;
es-tu revenu ? Autant vaut, lui dis-je en sortant, j'aurai
bientôt fait ; il ne faut point de mulets pour amener
mon bagage. Et cela dit je me rendis à mon Auberge.

Je fis pourtant en chemin quelques réflexions pour
savoir si je devais entrer dans cette maison : Mais, me
disais-je, je ne cours aucun risque ; il n'y aura qu'à
déloger si je ne suis pas content ; en attendant, le
déjeuner m'est de bonne augure, il me semble que la
dévotion de ces gens-ci ne compte pas ses morceaux, et
n'est pas entêtée d'abstinence. D'ailleurs toute la
maison me fait bonne mine, on n'y hait pas les gros
garçons de mon âge, je suis dans la faveur de la
Cuisinière ; voilà déjà mes quatre repas de sûrs, et le
cœur me dit que tout ira bien ; courage !

Je me trouvai à la porte de mon Auberge en raison-
nant ainsi ; je n'y devais rien que le bonsoir à mon
Hôtesse, et puis je n'avais qu'à décamper avec mon
paquet.

Je fus de retour à la Maison, au moment qu'on allait
se mettre à table. Malepeste ! le succulent petit dîner !
Voilà ce qu'on appelle du potage, sans parler d'un petit
plat de rôt d'une finesse, d'une cuisson si parfaite... Il

fallait avoir l'âme bien à l'épreuve du plaisir, que
peuvent donner les bons morceaux, pour ne pas donner
dans le péché de friandise en mangeant de ce rôt-là, et
puis de ce ragoût, car il y en avait un d'une délicatesse
d'assaisonnement, que je n'ai jamais rencontrée nulle
part. Si l'on mangeait au Ciel, je ne voudrais pas y être
mieux servi ; Mahomet de ce repas-là aurait pu faire
une des joies de son Paradis.

Nos Dames ne mangeaient point de bouilli, il ne
faisait que paraître sur la table, et puis on l'ôtait, pour
le donner aux pauvres.

Catherine à son tour s'en passait, disait-elle, par
charité pour eux, et je consentis sur-le-champ à devenir aussi charitable qu'elle. Rien n'est tel que le bon
exemple.

Je sus depuis, que mon devancier n'avait pas eu
comme moi part à l'aumône, parce qu'il était trop
libertin, pour mériter de la faire, et pour être réduit au
rôt et au ragoût.

Je ne sais pas au reste comment nos deux sœurs
faisaient en mangeant, mais assurément c'était jouer
des gobelets, que de manger ainsi.

Jamais elles n'avaient d'appétit ; du moins on ne
voyait point celui qu'elles avaient ; il escamotait les
morceaux ; ils disparaissaient, sans qu'il parût presque
y toucher.

On voyait ces Dames se servir négligemment de leurs
fourchettes, à peine avaient-elles la force d'ouvrir la
bouche ; elles jetaient des regards indifférents sur ce
bon vivre : Je n'ai point de goût aujourd'hui. Ni moi
non plus. Je trouve tout fade. Et moi tout trop salé.

Ces discours-là me jetaient de la poudre aux yeux, de
manière que je croyais voir les créatures les plus
dégoûtées du monde, et cependant le résultat de tout
cela, était que les plats se trouvaient si considérable-

ment diminués, quand on desservait, que je ne savais les premiers jours [30], comment ajuster tout cela.

Mais je vis à la fin de quoi j'avais été la dupe. C'était de ces airs de dégoût, que marquaient nos maîtresses, et qui m'avaient caché la sourde activité de leurs dents.

Et le plus plaisant, c'est qu'elles s'imaginaient elles-mêmes, être de très petites, et de très sobres mangeuses ; et comme il n'était pas décent, que des dévotes fussent gourmandes, qu'il faut se nourrir pour vivre, et non pas vivre pour manger ; que malgré cette maxime raisonnable et chrétienne, leur appétit glouton ne voulait rien perdre, elles avaient trouvé le secret de le laisser faire, sans tremper dans sa gloutonnerie ; et c'était par le moyen de ces apparences de dédain pour les viandes, c'était par l'indolence avec laquelle elles y touchaient, qu'elles se persuadaient être sobres, en se conservant le plaisir de ne pas l'être ; c'était à la faveur de cette singerie, que leur dévotion laissait innocemment le champ libre à l'intempérance.

Il faut avouer que le diable est bien fin, mais aussi, que nous sommes bien sots !

Le dessert fut à l'avenant du repas ; confitures sèches et liquides, et sur le tout de petites liqueurs, pour aider à faire la digestion, et pour ravigoter ce goût si mortifié.

Après quoi, Mademoiselle Haberd l'aînée disait à la cadette : Allons, ma sœur, remercions Dieu. Cela est bien juste, répondait l'autre avec une plénitude de reconnaissance, qu'alors elle aurait assurément eu tort de disputer à Dieu.

Cela est bien juste, disait-elle donc, et puis les deux sœurs se levant de leurs sièges avec un recueillement, qui était de la meilleure foi du monde, et qu'elles croyaient aussi méritoire que légitime ; elles [31] joi-

gnaient posément les mains, pour faire une prière
commune, où elles se répondaient par versets, l'une à
l'autre, avec des tons que le sentiment de leur bien-
être, rendait extrêmement pathétiques.

Ensuite on ôtait le couvert ; elles se laissaient aller
dans un fauteuil, dont la mollesse et la profondeur
invitait[32] au repos ; et là on s'entretenait de quelques
réflexions qu'on avait faites d'après de saintes lectures,
ou bien d'un sermon du jour, ou de la veille, dont elles
trouvaient le sujet admirablement convenable, pour
Monsieur ou pour Madame une telle.

Ce Sermon-là n'était fait que pour eux ; l'avarice,
l'amour du monde, l'orgueil et d'autres imperfections
y avaient si bien été débattues[33].

Mais disait une, comment peut-on assister à la sainte
parole de Dieu, et n'en pas revenir avec dessein de se
corriger ; ma sœur, comprenez-vous quelque chose à
cela ?

Madame une telle, qui pendant le Carême est venue
assidûment au Sermon, comment l'entend-elle ? car je
lui vois toujours le même air de coquetterie ; et à
propos de coquetterie ? mon Dieu ! que je fus scandali-
sée l'autre jour de la manière indécente, dont Mademoiselle ** était vêtue. Peut-on venir à l'Église en cet
état-là ? Je vous dirai, qu'elle me donna une distraction, dont je demande pardon à Dieu, et qui m'empêcha de dire mes prières. En vérité, cela est effroyable !

Vous avez raison, ma sœur, répondait l'autre, mais
quand je vois de pareilles choses, je baisse les yeux ; et
la colère que j'en ai, fait que je refuse de les voir, et que
je loue Dieu de la grâce qu'il m'a faite de m'avoir du
moins préservée de ces péchés-là, en le priant de tout
mon cœur, de vouloir bien éclairer de sa grâce les
personnes qui les commettent.

Vous me direz, comment avez-vous su ces entretiens, où le prochain essuyait la digestion de ces Dames ?

C'était en ôtant la table, en rangeant dans la chambre, où elles étaient.

Mademoiselle Haberd la cadette, après que j'eus desservi, m'appela, comme je m'en allais dîner ; et me parlant assez bas, à cause d'un léger assoupissement qui commençait à clore les yeux de sa sœur, me dit ce que vous verrez dans la deuxième Partie de cette Histoire.

FIN DE LA PREMIÈRE PARTIE

DEUXIÈME PARTIE

J'ai dit dans la première partie de ma vie, que Mademoiselle Haberd la Cadette m'appela pendant que sa Sœur s'endormait.

Mon fils, me dit-elle, nous vous retenons ; j'y ai fait consentir ma sœur, et je lui ai répondu de votre sagesse ; car je crois que votre physionomie et vos discours ne m'ont point trompée ; ils m'ont donné de l'amitié pour vous, et j'espère que vous la mériterez. Vous serez avec Catherine, qui est une bonne et vertueuse fille, et qui m'a paru aussi vous voir de bon œil ; elle vous dira de quoi nous sommes convenues pour vous ; je pense que vous aurez lieu d'être content, et peut-être dans les suites, le serez-vous encore davantage ; c'est moi qui vous en assure. Allez, mon fils, allez dîner, soyez toujours aussi honnête garçon que vous le paraissez ; comptez que je vous estime, et que je n'oublierai point avec quel bon cœur vous m'avez secourue ce matin dans ma faiblesse.

Il y a des choses dont on ne peut rendre ni l'esprit ni la manière ; et je ne saurais donner une idée bien complète, ni de tout ce que signifiait le discours de Mademoiselle Haberd, ni de l'air dont elle me le tint. Ce qui est de sûr, c'est que son visage, ses yeux, son ton, disaient encore plus que ses paroles, ou du moins, ajoutaient beaucoup au sens naturel de ses termes ; et je crus y remarquer une bonté, une douceur affectueuse, une prévenance pour moi, qui auraient pu n'y pas être, et qui me surprirent en me rendant curieux de ce qu'elles voulaient dire.

Mais en attendant, je la remerciai presque dans le même goût, et lui répondis avec une abondance de cœur, qui aurait mérité correction, si mes remarques n'avaient pas été justes ; et apparemment qu'elles l'étaient, puisque ma façon de répondre ne déplut point. Vous verrez dans les suites où cela nous conduira.

Je faisais ma révérence à Mademoiselle Haberd pour descendre dans ma cuisine, quand un Ecclésiastique entra dans la chambre.

C'était le Directeur ordinaire de ces Dames ; je dis ordinaire, parce qu'elles étaient amies de plusieurs autres Ecclésiastiques qui leur rendaient visite, et avec qui, par surcroît, elles s'entretenaient aussi des affaires de leur conscience.

Pour celui-ci, il en avait la direction en chef ; c'était l'arbitre de leur conduite.

Encore une fois, que tout ce que je dis là, ne scandalise personne, et n'induise pas à penser que je raille indistinctement l'usage où l'on est de donner sa conscience à gouverner à ce qu'on appelle des Directeurs, et de les consulter sur toutes ses actions.

Cet usage est sans doute louable et saint en lui-même, c'est bien fait de le suivre, quand on le suit comme il faut, et ce n'est pas cela dont je badine ; mais il y a des minuties dont les Directeurs ne devraient pas se mêler aussi sérieusement qu'ils le font, et je ris de ceux qui portent leur direction jusque-là.

Ce Directeur-ci était un assez petit homme, mais

bien fait dans sa taille un peu ronde ; il avait le teint frais, d'une fraîcheur reposée ; l'œil vif, mais de cette vivacité qui n'a rien d'étourdi ni d'ardent.

N'avez-vous jamais vu de ces visages qui annoncent dans ceux qui les ont, je ne sais quoi d'accommodant, d'indulgent, et de consolant pour les autres, et qui sont comme les garants d'une âme remplie de douceur et de charité.

C'était là positivement la mine de notre Directeur.

Du reste, imaginez-vous de courts cheveux, dont l'un ne passe pas l'autre, qui siéent, on ne peut mieux, et qui se relèvent en demi-boucles autour des joues par un tour qu'ils prennent naturellement, et qui ne doit rien au soin de celui qui les porte ; joignez à cela des lèvres assez vermeilles, avec de belles dents, qui ne sont belles et blanches à leur tour, que parce qu'elles se trouvent heureusement ainsi sans qu'on y tâche.

Tels étaient les agréments, soit dit innocents, de cet Ecclésiastique, qui dans ses habits n'avait pas oublié que la Religion même veut qu'on observe sur soi une propreté modeste, afin de ne choquer les yeux de personne ; il excédait seulement un peu cette propreté de devoir, mais il est difficile d'en trouver le point bien juste, de sorte que notre Ecclésiastique, contre son intention sans doute, avait été jusqu'à l'ajustement.

Mademoiselle Haberd l'aînée, qui s'était assoupie, devina plus son arrivée qu'elle ne l'entendit ; car il ne fit pas grand bruit en entrant ; mais une dévote en pareil cas a l'ouïe bien subtile.

Celle-ci se réveilla sur-le-champ en souriant de la bonne fortune qui lui venait en dormant ; j'entends une bonne fortune toute spirituelle.

Cet Ecclésiastique, pour qui j'étais un visage nouveau, me regarda avec assez d'attention.

Est-ce là votre domestique, Mesdames ? leur dit-il.

Oui, Monsieur ; c'est un garçon que nous avons d'aujourd'hui, répondit l'aînée, et c'est un service qu'il a rendu à ma sœur qui en est cause.

Là-dessus elle se mit à lui conter ce qui m'était arrivé avec sa cadette : et moi, je jugeai à propos de sortir pendant l'histoire.

Quand je fus au milieu de l'escalier, songeant aux regards que ce Directeur avait jetés sur moi, il me prit envie de savoir ce qu'il en dirait : Catherine m'attendait pourtant dans sa cuisine ; mais n'importe, je remontai doucement l'escalier. J'avais fermé la porte de la chambre, et j'en approchai mon oreille le plus près qu'il me fut possible.

Mon aventure avec Mademoiselle Haberd la cadette fut bientôt racontée, de temps en temps je regardais à travers la serrure, et de la manière dont le Directeur était placé, je voyais son visage en plein, aussi bien que celui de la sœur cadette.

Je remarquai qu'il écoutait le récit qu'on lui faisait, d'un maintien froid, pensif, et tirant sur l'austère.

Ce n'était plus cette physionomie si douce, si indulgente qu'il avait quand il était entré dans la chambre ; il ne faisait pas encore la mine, mais je devinais qu'il allait la faire, et que mon aventure allait devenir un cas de conscience.

Quand il eut tout entendu, il baissa les yeux en homme qui va porter un jugement de conséquence, et donner le résultat d'une réflexion profonde.

Et puis : Vous avez été bien vite, Mesdames, dit-il en les regardant toutes deux avec des yeux qui rendaient le cas grave et important, et qui disposaient mes maîtresses à le voir presque traiter de crime.

A ces premiers mots qui ne me surprirent point, car je ne m'attendais pas à mieux, la sœur cadette rougit, prit un air embarrassé, mais à travers lequel on voyait du mécontentement.

Vous avez été bien vite, reprit-il encore une fois. Eh ! quel mal peut-il y avoir là-dedans, reprit cette cadette d'un ton à demi timide et révolté, si c'est un honnête garçon, comme il y a lieu de le penser ? Il a besoin de condition, je le trouve en chemin, il me rend un service, il me reconduit ici, il nous manque un domestique, et nous le prenons : quelle offense peut-il y avoir là contre Dieu ? J'ai cru faire au contraire une action de charité et de reconnaissance.

Nous le savons bien, ma sœur, répondit l'aînée ; mais n'importe, puisque Monsieur qui est plus éclairé que nous, n'approuve pas ce que nous avons fait, il faut se rendre. A vous dire la vérité, tantôt, quand vous m'avez parlé de garder ce jeune homme, il me semble que j'y ai senti quelque répugnance ; j'ai eu un pressentiment que ce ne serait pas l'avis de Monsieur ; et Dieu sait que j'ai remis le tout à sa décision !

Ce discours ne persuadait pas la cadette, qui n'y répondait que par des mines qui disaient toujours, je n'y vois point de mal.

Le Directeur avait laissé parler l'aînée sans l'interrompre, et semblait même un peu piqué de l'obstination de l'autre.

Prenant pourtant un air tranquille et bénin : Ma chère Demoiselle, écoutez-moi, dit-il à cette cadette ; vous savez avec quelle affection particulière je vous donne mes conseils à toutes deux.

Ces dernières paroles, à toutes deux, furent partagées, de façon que la cadette en avait pour le moins les trois quarts et demi pour elle, et ce ne fut même que par réflexion subite, qu'il en donna le reste à l'aînée ; car dans son premier mouvement, l'homme saint n'avait point du tout songé à elle.

Vraiment, dit l'aînée, qui sentit cette inégalité de partage, et l'oubli qu'on avait d'abord fait d'elle, vraiment, Monsieur, nous savons bien que vous nous considérez toutes deux l'une autant que l'autre, et que votre piété n'admet point de préférence, comme cela est juste.

Le ton de ce discours fut un peu aigre, quoique prononcé en riant de peur qu'on n'y vît de la jalousie.

Hélas! ma sœur, reprit la Cadette un peu vivement; je ne l'entends pas autrement non plus, et quand même Monsieur serait plus attaché à vous, qu'à moi, je n'y trouverais rien à redire; il vous rendrait justice; il connaît le fond de votre âme, et les grâces que Dieu vous fait, et vous êtes assurément bien plus digne de son attention que moi.

Mes chères sœurs, leur répondit là-dessus cet Ecclésiastique qui voyait que ce petit débat venait par sa faute, ne vous troublez point; vous m'êtes égales devant Dieu, parce que vous l'aimez également toutes deux; et si mes soins avaient à se fixer plus sur l'une que sur l'autre, ce serait en faveur de celle que je verrais marcher le plus lentement dans la voie de son salut; sa faiblesse m'y attacherait davantage, parce qu'elle aurait plus besoin de secours; mais, grâce au Ciel, vous marchez toutes deux du même pas, aucune de vous ne reste en arrière; et ce n'est pas de cela dont il s'agit. Nous parlons du jeune homme que vous avez retenu (cette jeunesse lui tenait au cœur), vous n'y voyez point de mal, j'en suis persuadé; mais daignez m'entendre.

Là il fit une petite pause comme pour se recueillir.

Et puis continuant : Dieu par sa bonté, ajouta-t-il, permet souvent que ceux qui nous conduisent aient des lumières qu'il nous refuse, et c'est afin de nous montrer qu'il ne faut pas nous en croire, et que nous nous égarerions si nous n'étions pas dociles.

De quelle conséquence est-il me dites-vous, d'avoir retenu ce garçon qui paraît sage ? D'une très sérieuse conséquence.

Premièrement, c'est avoir agi contre la prudence humaine ; car enfin, vous ne le connaissez que de l'avoir rencontré dans la rue. Sa physionomie vous paraît bonne, et je le veux ; chacun a ses yeux là-dessus, et les miens ne lui sont pas tout à fait aussi favorables ; mais je vous passe cet article. Eh bien, depuis quand sur la seule physionomie fie-t-on son bien et sa vie à des inconnus ? Quand je dis son bien et sa vie, je n'exagère pas à votre égard. Vous n'êtes que trois filles toutes seules dans une maison ; que ne risquez-vous pas, si cette physionomie vous trompe, si vous avez affaire à un aventurier, comme cela peut arriver ? Qui vous a répondu de ses mœurs, de sa religion, de son caractère ? Un fripon ne peut-il pas avoir la mine d'un honnête homme ? A Dieu ne plaise que je le soupçonne de l'être, un fripon ; la charité veut qu'on pense à son avantage : mais la charité ne doit pas aller jusqu'à l'imprudence, et c'en est une que de s'y fier comme vous faites.

Ah ! ma sœur, ce que Monsieur dit est sensé ! s'écria l'aînée à cet endroit. Effectivement ce garçon a d'abord quelque chose qui prévient, mais Monsieur a raison pourtant, à présent que j'y songe, il a un je ne sais quoi dans le regard qui a pensé m'arrêter, moi qui vous parle.

Encore un mot, ajouta l'Ecclésiastique en l'interrompant : Vous approuvez ce que j'ai dit ; et ce n'est pourtant rien en comparaison de ce que j'ai à vous dire.

Ce garçon est dans la première jeunesse, il a l'air

hardi et dissipé, vous n'êtes pas encore dans un âge à l'abri de la censure ; ne craignez-vous point les mauvaises pensées qui peuvent venir là-dessus à ceux qui le verront chez vous ? Ne savez-vous pas que les hommes se scandalisent aisément, et que c'est un malheur terrible que d'induire son prochain au moindre scandale ? Ce n'est point moi qui vous le dis, c'est l'Évangile. D'ailleurs, mes chères sœurs, car il faut tout dire, nous-mêmes, ne sommes-nous pas faibles ? Que faisons-nous dans la vie, que combattre incessamment contre nous, que tomber, que nous relever ? Je dis dans les moindres petites choses ; et cela ne doit-il pas nous faire trembler ? Ah ! croyez-moi, n'allons point dans l'affaire de notre salut, chercher de nouvelles difficultés à vaincre ; ne nous exposons point à de nouveaux sujets de faiblesse. Cet homme-ci est trop jeune ; vous vivriez avec lui, vous le verriez presque à tout moment ; la racine du péché est toujours en nous, et je me défie déjà (je suis obligé de vous le dire en conscience), je me défie déjà, de la bonne opinion que vous avez de lui, de cette affection obstinée que vous avez déjà prise pour lui ; elle est innocente, le sera-t-elle toujours ? Encore une fois, je m'en méfie. J'ai vu Mademoiselle Haberd, ajouta-t-il, en regardant la sœur cadette, n'être pas contente des sentiments que j'ai d'abord marqués là-dessus ; d'où vient cet entêtement dans son sens, cet éloignement pour mes idées, elle que je n'ai jamais vu résister un instant aux conseils, que ma conscience m'a dicté pour la sûreté de la sienne ? Je n'aime point cette disposition d'esprit-là, elle m'est suspecte ; on dirait que c'est un piège que le démon lui tend ; et dans cette occurrence, je suis obligé de vous exhorter à renvoyer ce jeune homme, dont la mine au surplus ne me revient point autant qu'à vous ; et je me charge de vous donner un domestique de ma main, c'est un peu d'embarras pour moi ; mais Dieu m'inspire de le prendre ; et je vous conjure, en son nom, de vous laisser conduire. Me le promettez-vous ?

Pour moi, Monsieur, dit l'aînée avec un entier abandon[1] à ses volontés, je vous réponds que vous êtes le maître, et vous verrez quelle est ma soumission ; car dès cet instant, je m'engage à n'exiger aucun service du jeune homme en question, et je ne doute pas que ma sœur ne m'imite.

En vérité, reprit la Cadette avec un visage presque allumé de colère ; je ne sais comment prendre tout ce que j'entends. Voilà déjà ma sœur liguée contre moi ; la voilà charmée du tort imaginaire qu'on me donne, et ce n'est pas d'aujourd'hui qu'elle est de cette façon-là à mon égard, puisqu'il faut le dire, et que la manière dont on me parle, m'y force ; elle ne doute pas, dit-elle, que je ne me conforme à sa conduite, eh ! je n'ai jamais fait autre chose depuis que nous vivons ensemble ; il a toujours fallu plier sous elle pour avoir la paix ; Dieu sait, sans reproche, combien de fois je lui ai sacrifié ma volonté, qui n'avait pourtant point d'autre défaut que de n'être pas la sienne ; et franchement, je commence à me lasser de cette sujétion que je ne lui dois point. Oui, ma sœur, vous ferez de ce que je vous dis, l'usage qu'il vous plaira ; mais vous avez l'humeur haute, et c'est de cette humeur-là dont il serait à propos que Monsieur s'alarmât pour vous, et non pas de l'action que j'ai faite en amenant ici un pauvre garçon à qui j'ai peut-être obligation de la vie, et qu'on veut que j'en récompense en le chassant, après que nous lui avons toutes deux donné parole de le garder. Monsieur m'objecte qu'il n'a point de répondant ; mais ce jeune homme m'a dit qu'il en trouverait, si nous en voulions ; ainsi cette objection tombe. Quant à moi à qui il a rendu un si grand service, je ne lui dirai point de s'en aller, ma sœur, je ne saurais.

Eh bien ma sœur, reprit l'aînée, je me charge si vous me le permettez, de le congédier pour vous, sans que vous vous en mêliez, avec promesse de ma part, de réparer mes hauteurs passées, par une condescendance entière pour vos avis, quoique vous ne soyez que ma cadette ; si vous aviez eu la charité de m'avertir de mes défauts je m'en serais peut-être corrigée avec l'aide de Dieu, et des prières de Monsieur, qui ne m'a pourtant jamais reprise de cette hauteur dont vous parlez ; mais comme vous avez plus d'esprit qu'une autre, plus de pénétration, vous ne sauriez vous être trompée, et je suis bien heureuse que vous aperceviez en moi ce qui est échappé à la prudence de Monsieur même.

Je ne suis pas venu ici, dit alors l'Ecclésiastique, en se levant d'un air dépité, pour semer la zizanie entre vous, Mademoiselle ; et dès que je laisse subsister les défauts de Mademoiselle votre sœur, que je ne suis pas assez éclairé pour les voir, que d'ailleurs, mes avis sur votre conduite ne vous paraissent pas justes, je conclus que je vous suis inutile, et qu'il faut que je me retire.

Comment ! Monsieur, vous retirer, s'écria l'aînée, ah ! Monsieur, mon salut m'est encore plus cher que ma sœur, et je sens bien qu'il n'y a qu'avec un aussi saint homme que vous, que je le puis faire. Vous retirer, mon Dieu ! Non, Monsieur, c'est d'avec ma sœur qu'il faut que je me retire. Nous pouvons vivre séparément l'une de l'autre, elle n'a que faire de moi, ni moi d'elle ; qu'elle reste, je lui cède cette maison-ci, et je vais de ce pas m'en chercher une autre, où j'espère de votre piété, que vous voudrez bien me continuer les visites que vous nous rendiez ici ; eh ! Juste Ciel ! où en sommes-nous ?

L'Ecclésiastique ne répondit rien à ce dévot et même

tendre emportement, qu'on marquait en sa faveur. Ne conserver que l'aînée, c'était perdre beaucoup. Il me sembla qu'il était extrêmement embarrassé ; et comme la scène menaçait de devenir bruyante par les larmes que l'aînée commençait à répandre, et par les éclats de voix dont elle remplissait la chambre, je quittai mon poste, et descendis vite dans la Cuisine où il y avait près d'un quart d'heure que Catherine m'attendait pour dîner.

Je n'ai que faire, je pense, d'expliquer pourquoi le Directeur opinait sans quartier pour ma sortie, il leur avait dit dans son sermon, qu'il était indécent que je demeurasse avec elles ; mais je crois qu'il aurait passé là-dessus, qu'il n'y aurait pas même songé, sans un autre motif que voici ; c'est qu'il voyait la sœur cadette obstinée à me garder, cela pouvait signifier qu'elle avait du goût pour moi : ce goût pour moi aurait pu la dégoûter d'être dévote, et puis d'être soumise, et adieu l'autorité du Directeur : et on aime à gouverner les gens, il y a bien de la douceur à les voir obéissants et attachés, à être leur Roi, pour ainsi dire, et un Roi souvent d'autant plus chéri qu'il est inflexible et rigoureux.

Après cela, j'étais un gros garçon de bonne mine, et peut-être savait-il que Mademoiselle Haberd n'avait point d'antipathie pour les beaux garçons ; car enfin un Directeur sait bien des choses ! Retournons à notre Cuisine.

Vous avez été bien longtemps à venir, me dit Catherine qui m'y attendait en filant, et en faisant chauffer notre potage : de quoi parliez-vous donc tous si haut dans la chambre ? j'ai entendu quelqu'un qui criait comme un Aigle ? Hé ! tenez, écoutez le beau tintamarre qu'elles font encore ? Est-ce que nos Demoiselles se querellent ?

Ma foi, Madame Catherine, je n'en sais rien, lui dis-je ; mais elles ne peuvent pas se quereller, car ce serait offenser Dieu, et elles ne sont pas capables de cela.

Oh ! que si, reprit-elle ; ce sont les meilleures filles du monde ; cela vit comme des Saintes ; mais c'est justement à cause de leur sainteté, qu'elles sont mutines entre elles deux ; cela fait qu'il ne se passe pas de jour, qu'elles ne se chamaillent sur le bien, sur le mal, à cause de l'amour de Dieu qui les rend scrupuleuses ; et quelquefois j'en ai ma part aussi moi ; mais je me moque de cela ; je vous les rembarre qu'il n'y manque rien ; je hausse le coude et puis je m'en vais, et Dieu par-dessus tout : allons, mangeons, ce sera autant de fait.

Ce que le Directeur avait dit de moi, ne m'avait pas ôté l'appétit : En arrive ce qui pourra, disais-je en moi-même ; mettons toujours ce dîner à l'abri du naufrage.

Là-dessus, je doublais les morceaux, et j'entamais la cuisse d'un excellent lapereau, quand le bruit d'en haut redoubla jusqu'à dégénérer en charivari.

A qui diantre en ont-elles donc ? dit Catherine la bouche pleine : On dirait qu'elles s'égorgent.

Le bruit continua : Il faut que j'y monte, dit-elle ; je gage que c'est quelque cas de conscience, qui leur tourne la cervelle. Bon ! lui dis-je, un cas de conscience, est-ce qu'il n'y a pas un Casuiste avec elles ? Il peut bien mettre le holà ; il doit savoir la Bible et l'Évangile par cœur. Hé ! oui, me dit-elle en se levant, mais cette Bible et cet Évangile ne répondent pas à toutes les fantaisies musquées des gens, et nos bonnes Maîtresses en ont je ne sais combien de celles-là ; attendez-moi en mangeant, je vais voir ce que c'est. Elle monta [2].

Pour moi je suivis ses ordres à la lettre, et je continuai de dîner comme elle me l'avait recommandé, d'autant plus que j'étais bien aise, comme je l'ai déjà dit, de me munir toujours d'un bon repas, dans l'incertitude où j'étais de ce qui pourrait m'arriver de tout ce tapage.

Cependant Catherine ne revenait point, et j'avais achevé de dîner ; j'entendais quelquefois sa voix primer sur celle des autres ; elle était reconnaissable par un ton brusque et décisif ; le bruit continuait et même augmentait.

Je regardais mon paquet que j'avais porté le même jour dans cette Maison, et qui était resté dans un coin de la cuisine : J'ai bien la mine de te reporter, disais-je en moi-même, et j'ai bien peur que ceci n'arrête tout court les bons gages qu'on m'a promis, et qui courent de ce matin.

C'étaient là les pensées dont je m'entretenais, quand il me sembla que le tintamarre baissait.

Un moment après, la porte de la chambre s'ouvrit, et quelqu'un descendit l'escalier. Je me mis à l'entrée de la cuisine pour voir qui sortait : c'était notre Directeur.

Il avait l'air d'un homme dont l'âme est en peine ; il descendait d'un pas mal assuré.

Je voulus repousser la porte de la cuisine, pour m'épargner le coup de chapeau qu'il aurait fallu lui donner, en me montrant, mais je n'y gagnai rien, car il la rouvrit, et entra.

Mon garçon, me dit-il en rappelant à lui toutes les ressources de son art, je veux dire de ces tons dévots et pathétiques, qui font sentir que c'est un homme de bien qui vous parle.

Mon garçon, vous êtes ici la cause d'un grand trouble. Moi ! Monsieur, lui répondis-je. Hé ! je ne dis mot ; je n'ai pas prononcé quatre paroles là-haut depuis que je suis dans la maison.

N'importe, mon enfant, repartit-il, je ne vous dis pas que ce soit vous qui fassiez le trouble, mais c'est vous qui en êtes le sujet, et Dieu ne vous demande pas ici, puisque vous en bannissez la paix, sans y contribuer[3] que de votre présence.

Une de ces Demoiselles vous souffre volontiers, mais l'autre ne veut point de vous : ainsi vous mettez la division entre elles, et ces filles pieuses, qui, avant que vous fussiez ici, ne disputaient que de douceur, de complaisance, et d'humilité l'une avec l'autre, les voilà qui vont se séparer pour l'amour de vous ; vous êtes la pierre de scandale pour elles ; vous devez vous regarder comme l'instrument du Démon ; c'est de vous dont il se sert pour les désunir, pour leur enlever la paix dans laquelle elles vivaient, en s'édifiant réciproquement. A mon égard, j'en ai le cœur saisi, et je vous déclare de la part de Dieu, qu'il vous arrivera quelque grand malheur, si vous ne prenez pas votre parti. Je suis bien aise de vous avoir rencontré en m'en allant ; car si j'en juge par votre physionomie, vous êtes un garçon sage et de bonnes mœurs, et vous ne résisterez pas aux conseils que je vous donne pour votre bien, et pour celui de tout le monde ici.

Moi ! Monsieur, un garçon de bonnes mœurs ? lui dis-je, après l'avoir écouté d'un air distrait et peu touché de son exhortation. Vous dites que vous voyez à ma physionomie que je suis sage ? Non, Monsieur, vous vous méprenez, vous ne songez pas à ce que vous dites ; je vous soutiens que vous ne voyez point cela sur ma mine ; au contraire, vous me trouvez l'air d'un fripon qui n'aura pas les mains engourdies pour emporter l'argent d'une maison ; il ne faut pas se fier à moi, je pourrais fort bien couper la gorge aux gens pour avoir leur bourse : Voilà ce qui vous en semble.

Eh ! qui est-ce qui vous dit cela, mon enfant ? me répondit-il en rougissant. Oh ! repris-je, je parle d'après un habile homme qui m'a bien envisagé, Dieu

lui inspire que je ne vaux rien. Vous faites le discret ;
mais je sais bien votre pensée. Cet honnête homme a
dit aussi que je suis trop jeune, et que si ces Demoiselles me gardaient, cela ferait venir de mauvaises pensées aux voisins. Sans compter que le Diable est un
éveillé qui pourrait bien tenter mes Maîtresses de moi ;
car je suis un vaurien de bonne mine. N'est-ce pas,
Monsieur le Directeur ? Je ne sais ce que cela signifie,
me dit-il, en baissant les yeux.

Oh ! que si, lui répondis-je. Ne trouvez-vous pas
encore que Mademoiselle Haberd la cadette m'affec-
tionne déjà trop à cause du service que je lui ai rendu ?
Il y a peut-être un péché là-dessous qui veut prendre
racine, voyez-vous. Il n'y a rien à craindre pour l'aînée,
elle est bien obéissante celle-là ; je pourrais rester s'il
n'y avait qu'elle, ma mine ne la dérange point, car elle
veut bien qu'on me chasse ; mais cette cadette fait
l'opiniâtre, c'est mauvais signe, elle me voudrait trop
bien [4], et il faut qu'elle n'ait de l'amitié qu'envers son
Directeur pour le salut de sa conscience, et pour le
contentement de la vôtre. Prenez-y garde pourtant ;
car à propos de conscience, sans la bonté de la vôtre, la
paix de Dieu serait encore ici ; vous le savez bien,
Monsieur le Directeur.

Qu'est-ce que c'est donc que ce langage ? dit-il alors.
Tant y a, lui répondis-je, que Dieu ne veut pas qu'on
cherche midi à quatorze heures. Rêvez à cela : quand
vous prêchiez ces Demoiselles, je n'étais pas loin de la
Chaire. Pour ce qui est de moi, je n'y entends point
finesse ; je ne saurais gagner ma vie à gouverner les
filles, je ne suis pas si aise [5], et je la gagne à faire le
tracas [6] des maisons ; que chacun dans son métier aille
aussi droit que moi. Il m'est avis que le vôtre est encore
plus casuel que le mien, et je ne suis pas aussi friand de
ma condition que vous l'êtes de la vôtre. Je ne ferai

jamais donner congé à personne de peur d'avoir le mien.

Notre homme à ce discours me tourna le dos, sans me répondre, et se retira.

Il y a de petites vérités contre lesquelles on n'est point en garde. Sa confusion ne lui donna pas le temps d'ajuster sa réplique, et le plus court était de se sauver.

Cependant Catherine ne revenait point, et je fus bien encore un quart d'heure à l'attendre ; enfin, elle descendit et je la vis entrer en levant les mains au Ciel, et en s'écriant : Hé ! mon bon Dieu ! Qu'est-ce que c'est que tout cela ?

Quoi ! lui dis-je, Madame Catherine, s'est-on battu là-haut ? quelqu'un est-il mort ? C'est notre ménage qui se meurt, mon pauvre garçon, me dit-elle : le voilà qui s'en va.

Hé ! qui est-ce qui l'a tué ? lui dis-je. Hélas ! reprit-elle, c'est le scrupule qui s'est mis après, par le moyen d'une prédication de Monsieur le Directeur. Il y a longtemps, que j'ai dit que cet homme-là lanternait trop après les consciences.

Mais encore, de quoi s'agit-il ? lui dis-je. Que tout est chu, reprit-elle, et que nos Demoiselles ne peuvent plus gagner le Ciel ensemble ; conclusion, que c'est une affaire faite ; notre Demoiselle la cadette va louer une autre maison, et elle m'a dit que tu l'attendes, pour aller avec elle, et vous n'avez qu'à m'attendre tous deux ; cette aînée est une pie-grièche, moi, j'ai la tête près du bonnet, jamais les Prêtres n'ont pu me guérir de cela, car je suis Picarde : cela vient du terroir, et comme deux têtes ne valent rien dans une maison, il faudra que j'aille porter la mienne avec la cadette qui n'en a point.

A peine Catherine achevait-elle ce discours, que cette cadette parut.

Mon enfant, me dit-elle, en entrant, ma sœur ne veut pas que vous restiez ici, mais moi je vous garde ; elle et l'Ecclésiastique qui sort, viennent de me dire là-dessus des choses qui m'y engagent, et vous profiterez de l'imprudence choquante avec laquelle on m'a parlé. C'est moi qui vous ai produit ici, je vous ai d'ailleurs obligation : ainsi vous me suivrez. Je vais de ce pas chercher un appartement : venez m'aider à marcher ; car je ne suis pas encore trop forte.

Allons, Mademoiselle, lui dis-je, il n'y a que vous qui êtes ma Maîtresse ici, et vous serez contente de mon service assurément.

Mademoiselle, dit alors Catherine, nous ne nous quitterons pas non plus, entendez-vous ? Je vous ferai ailleurs d'aussi bonnes fricassées qu'ici. Que notre aînée s'accommode, je commençais à en être bien lasse ; ce n'est jamais fini avec elle, tantôt il y a trop de ci, tantôt il y a trop de ça : pardi, allez, sans vous il y aurait longtemps que j'aurais planté là sa cuisine ; mais vous êtes douce, on est Chrétienne, et on prend patience, et puis je vous aime.

Je vous remercie de ce sentiment-là, dit Mademoiselle Haberd, et nous verrons comment nous ferons, quand j'aurai arrêté une maison. J'ai beaucoup de meubles ici, je n'en puis sortir que dans deux ou trois jours, et nous aurons le temps de nous ajuster : Allons, Jacob, partons. C'était le nom que j'avais pris, et dont cette Demoiselle se souvint alors.

Sa réponse, à ce qu'il me parut, déconcerta un peu Dame Catherine, et toute prompte qu'elle était ordinairement à la repartie, elle n'en trouva point alors, et demeura muette.

Pour moi, je vis très bien que Mademoiselle Haberd n'avait pas dessein qu'elle fût des nôtres ; et à dire la vérité, il n'y avait pas grande perte ; car quoiqu'elle

bredouillât plus de prières en un jour qu'il n'en eût
fallu pour un mois, si elles avaient été conditionnées de
l'attention nécessaire, ce devait être ordinairement la
plus revêche et la plus brutale créature dont on pût se
servir. Quand elle vous disait une douceur, c'était du
ton dont les autres querellent.

Mais laissons-la bouder de la réponse que Mademoiselle Haberd lui avait faite.

Nous partîmes elle et moi, elle me prit sous le bras,
et de ma vie je n'ai aidé quelqu'un à marcher d'aussi
bon cœur que je le fis alors. Le procédé de cette bonne
Demoiselle m'avait gagné. Y a-t-il rien de si doux que
d'être sûr de l'amitié de quelqu'un, et j'étais sûr de la
sienne, absolument sûr ; et même cette amitié, dont je
ne doutais pas, je ne saurais dire comment je la
comprenais ; mais dans mon esprit, je la faisais d'une
espèce très flatteuse ; elle me touchait plus que n'aurait dû faire une bienveillance ordinaire. Je lui trouvais des agréments que cette dernière n'a pas, et j'en
témoignais [7] ma reconnaissance d'une manière assez
particulière à mon tour ; car il s'y mêlait quelque chose
de caressant.

Quand cette Demoiselle me regardait, je prenais
garde à moi, j'ajustais mes yeux ; tous mes regards
étaient presque autant de compliments, et cependant
je n'aurais pu moi-même rendre aucune raison de tout
cela ; car ce n'était que par instinct que j'en agissais
ainsi, et l'instinct ne débrouille rien.

Nous étions déjà à cinquante pas de la maison, et
nous n'avions pas encore dit une parole ; mais nous
marchions de bon cœur. Je la soutenais avec joie, et le
soutien lui faisait plaisir : Voilà du moins ce que je
sentais, et je ne me trompais pas.

Pendant que nous avancions sans parler, ce qui
venait, je crois, de ne savoir par où commencer pour

entamer la conversation, j'aperçus[8] un écriteau qui
annonçait à peu près ce qu'il fallait d'appartements à
Mademoiselle Haberd, et je saisis ce prétexte pour
rompre un silence, dont suivant toute apparence, nous
étions tous deux embarrassés.

Mademoiselle, lui dis-je, voulez-vous voir ce que
c'est que cette maison-ci ? Non mon enfant, me répondit-elle, je serais trop voisine de ma sœur ; allons plus
loin, voyons dans un autre quartier.

Eh ! mon Dieu, repris-je, Mademoiselle : comment
est-ce donc que cette sœur a fait pour se brouiller avec
vous, vous qui êtes si douce ? car on vous aimerait
quand on serait un Turc. Moi, par exemple, qui ne vous
ai vu que d'aujourd'hui, je n'ai jamais eu le cœur si
content.

Tout de bon ! Jacob, me dit-elle. Oh ! pardi, Mademoiselle, lui dis-je, cela est aisé à connaître, il n'y a
qu'à me voir. Tant mieux, me dit-elle, et tu fais bien ;
car tu m'as plus d'obligation que tu ne penses.

Tant mieux aussi, lui dis-je ; car il n'y a rien qui fasse
tant de plaisir, que d'avoir obligation aux personnes
qui vous ont gagné l'âme.

Eh bien, me dit-elle, apprends, Jacob, que je ne me
sépare d'avec ma sœur qu'à cause de toi. Je te le répète,
encore ; tu m'as secouru tantôt avec tant d'empressement, que j'en ai été sérieusement touchée.

Quel bonheur pour moi ! repris-je, avec un geste qui
me fit un peu serrer le bras que je lui tenais. Dieu soit
loué d'avoir adressé mon chemin sur le Pont-Neuf !
Pour ce qui est du secours que je vous ai donné, il n'y a
pas tant à se récrier, Mademoiselle ; car qui est-ce qui
pourrait voir une personne comme vous se trouver
mal, sans en être en peine ? J'en ai été tout en frayeur.
Tenez, ma Maîtresse, je vous demande pardon de mes
paroles ; mais il y a des gens qui ont une mine qui rend

tous les passants leurs bons amis, et de ces mines-là,
votre mère, de sa grâce, vous en a donné une.

Tu t'expliques plaisamment, me dit-elle ; mais si
naïvement que tu plais. Dis-moi, Jacob, que font tes
parents à la campagne ? Hélas ! Mademoiselle, lui dis-
je, ils ne sont pas riches ; mais pour honorables, oh !
c'est la crème de notre Paroisse ; il n'y a pas à dire non.
Pour ce qui est de la profession, mon père est le
Vigneron et le Fermier du Seigneur de notre Village.
Mais je dis mal, je ne sais plus ce qu'il est, il n'y a plus
ni vignes ni ferme ; car notre Seigneur est mort, et c'est
de son logis de Paris que je sors. Pour ce qui est de mes
autres parents, ce n'est pas du fretin non plus, on les
appelle Monsieur et Madame. Hors une tante que j'ai
qui ne s'appelle que Mademoiselle, faute d'avoir été
mariée au Chirurgien de notre pays qui ne put achever
la noce à cause qu'il mourut ; et par dépit de cette
mort, ma tante s'est mise à être Maîtresse d'École de
notre Village ; on la salue, il faut voir ! Outre cela, j'ai
deux oncles, dont l'un est Curé, qui a toujours de bon
vin chez lui, et l'autre a pensé l'être plus de trois fois ;
mais il va toujours son train de Vicaire en attendant
mieux. Le Tabellion de chez nous est aussi notre
Cousin pour le moins, et même on dit par le pays que
nous avons eu une grande mère qui était la fille d'un
Gentilhomme : il est vrai, pour n'en pas mentir, que
c'était du côté gauche [9] ; mais le côté droit n'en est pas
loin ; on arrive en ce monde du côté qu'on peut, et c'est
toujours de la Noblesse à gauche. Au reste, ce sont tous
de braves gens ; et voilà au juste tout le compte de la
parenté, sinon que j'oublie un petit marmot de Cousin
qui ne fait encore rien que d'être au maillot.

Eh bien, reprit Mademoiselle Haberd, on peut appeler cela une bonne famille de campagne, et il y a bien
des gens qui font figure dans le monde, et qui n'ont pas

une si honnête origine. Nous autres, par exemple, nous en avons une comme la vôtre, et je ne m'en tiens pas déshonorée. Notre père était le fils d'un gros fermier dans la Beauce qui lui laissa de quoi faire un grand négoce, et nous sommes restées ma sœur et moi fort à notre aise.

Cela se connaît fort bien, lui dis-je, au bon ménage que vous tenez, Mademoiselle, et j'en suis ravi pour l'amour de vous qui mériteriez d'avoir toutes les métairies de la Ville et Faubourgs de Paris ; mais cela me fait songer que c'est grand dommage que vous ne laissiez personne de votre race ; il y a tant de mauvaise graine dans le monde, que c'est péché de n'en pas porter de bonne quand on le peut, l'une raccommode l'autre, et les galants ne vous auraient non plus manqué que l'eau à la rivière.

Peut-être bien, me dit-elle en riant ; mais il n'est plus temps ; ils me manqueraient aujourd'hui, mon pauvre Jacob.

Ils vous manqueraient, m'écriai-je. Oh ! que nenni, Mademoiselle ; il faudrait donc pour cet effet que vous missiez un crêpe sur votre visage ? car tant qu'on le verra, c'est du miel qui fera venir les mouches. Jerni de vie [10], qui est-ce qui ne voudrait pas marier sa mine avec la vôtre, quand même ce ne serait pas par-devant Notaire [11] ? Si j'étais aussi bien le fils d'un père qui eût été l'enfant d'un gros fermier de la Beauce, et qui eût pu faire le négoce : Ah pardi nous verrions un peu, si ce minois-là passerait son chemin sans avoir affaire à moi.

Mademoiselle Haberd ne répondait à mes discours, qu'en riant presque de toute sa force, et c'était d'un rire qui venait moins de mes plaisanteries, que des éloges qu'elles contenaient. On voyait que son cœur savait bon gré au mien de ses dispositions.

Plus elle riait, plus je poursuivais. Petit à petit, mes discours augmentaient de force ; d'obligeants, ils étaient déjà devenus flatteurs, et puis quelque chose de plus vif encore, et puis ils s'approchaient du tendre ; et puis ma foi, c'était de l'amour, au mot près que je n'aventurai point, parce que je le trouvais trop gros à prononcer ; mais je lui en donnai bien la valeur, et de reste.

Elle ne faisait pas semblant d'y prendre garde, et laissait tout passer, sous prétexte du plaisir innocent qu'elle prenait à ma naïveté.

Je profitai fort bien de son hypocrite façon de m'entendre. J'ouvris alors les yeux sur ma bonne fortune, et je conclus sur-le-champ, qu'il fallait qu'elle eût du penchant pour moi, puisqu'elle n'arrêtait pas des discours aussi tendres que les miens.

Rien ne rend si aimable que de se croire aimé ; et comme j'étais naturellement vif, que d'ailleurs ma vivacité m'emportait, et que j'ignorais l'art des détours, qu'enfin je ne mettais pas d'autre frein à mes pensées, qu'un peu de retenue maladroite, que l'impunité diminuait à tout moment, je laissais échapper des tendresses étonnantes, et cela avec un courage, avec une ardeur qui persuadaient du moins que je disais vrai, et ce vrai-là plaît toujours, même de la part de ceux qu'on n'aime point.

Notre conversation nous intéressa tant tous deux, que nous en avions oublié la maison qu'elle voulait louer.

A la fin pourtant, l'embarras que nous trouvâmes dans une rue, nous força de nous interrompre, et je remarquai que Mademoiselle Haberd avait les yeux bien plus gais qu'à l'ordinaire.

Pendant cet embarras de rue, elle vit à son tour un écriteau. J'aime assez ce quartier-ci, me dit-elle (c'était

du côté de Saint-Gervais), voici une maison à louer,
allons voir ce que c'est. Nous y entrâmes effectivement,
et nous demandâmes à voir l'appartement qui était à
louer.

La Propriétaire de cette maison y avait son logement, elle vint à nous.

C'était la veuve d'un Procureur qui lui avait laissé
assez abondamment de quoi vivre, et qui vivait à
proportion de son bien. Femme avenante au reste, à
peu près de l'âge de Mademoiselle Haberd, aussi
fraîche, et plus grasse qu'elle ; un peu commère par le
babil, mais commère d'un bon esprit, qui vous prenait
d'abord en amitié, qui vous ouvrait son cœur, vous
contait ses affaires, vous demandait les vôtres, et puis
revenait aux siennes, et puis à vous. Vous parlait de sa
fille, car elle en avait une ; vous appreniez qu'elle avait
dix-huit ans, vous racontait les accidents de son bas
âge, ses maladies ; tombait ensuite sur le chapitre de
défunt son mari, en prenait l'histoire du temps qu'il
était garçon, et puis venait à leurs amours, disait ce
qu'ils avaient duré, passait de là à leur mariage,
ensuite au récit de la vie qu'ils avaient mené ensemble ; c'était le meilleur homme du monde ! très appli-
qué à son Étude ; aussi avait-il gagné du bien par sa
sagesse et par son économie : un peu jaloux de son
naturel, et aussi parce qu'il l'aimait beaucoup ; sujet à
la gravelle ; Dieu sait ce qu'il avait souffert ! les soins
qu'elle avait eu de lui : enfin, il était mort bien
chrétiennement. Ce qui se disait en s'essuyant les yeux
qui en effet larmoyaient, à cause que la tristesse du
récit le voulait, et non pas à cause de la chose même ;
car de là on allait à un accident de ménage qui
demandait d'être dit en riant, et on riait.

Pour faire ce portrait-là au reste, il ne m'en a coûté
que de me ressouvenir de tous les discours que nous

tint cette bonne Veuve, qui après que nous eûmes vu
l'appartement en question, et en attendant que nous
convinssions du prix sur lequel il y avait dispute, nous
fit entrer dans une chambre où était sa fille ; nous fit
asseoir amicalement, se mit devant nous, et là, nous
accabla, si cela se peut dire, de ce déluge de confiance
et de récits que je vous rapporte ici.

Son babil m'ennuya beaucoup moi, mais il n'empêcha pas que son caractère ne me plût, parce qu'on
sentait qu'elle ne jasait tant, que parce qu'elle avait
l'innocente faiblesse d'aimer à parler, et comme qui
dirait une bonté de cœur babillarde.

Elle nous offrit la collation, la fit venir quoique nous
la refusassions, nous fit manger sans que nous en
eussions envie, et nous dit qu'elle ne nous laisserait pas
sortir que nous ne fussions d'accord. Je dis nous ; car
on se rappellera que j'avais un habit uni et sans livrée
que m'avait fait faire la femme du Seigneur de notre
Village ; et dans cet équipage dont j'avais l'assorti-
ment, avec la physionomie que je portais, on pouvait
me prendre ou pour un garçon de boutique, ou pour un
parent de Mademoiselle Haberd. Et la manière simple,
quoique honnête dont elle était elle-même vêtue, permettait qu'on me fît cet honneur-là, d'autant plus que
dans la conversation, cette Demoiselle se tournait
souvent de mon côté, d'un air amical et familier ; et
moi je m'y conformais, comme si elle m'avait donné le
mot.

Pour en agir ainsi, elle avait ses raisons que je ne
pénétrais pas encore, mais sans m'en embarrasser, je
prenais toujours et j'étais charmé de son procédé.

La séance dura bien deux bonnes heures, un peu par
la faute de Mademoiselle Haberd, qui ne haïssait pas
les entretiens diffus, et qui y perdait son temps assez
volontiers. Il faut bien se sentir de ce qu'on est : toute

femme a du caquet, ou s'amuse avec plaisir de celui des autres; l'amour du babil est un tribut qu'elle paye à son sexe. Il y a pourtant des femmes silencieuses, mais je crois que ce n'est point par caractère qu'elles le sont; c'est l'expérience ou l'éducation qui leur ont appris à le devenir.

Enfin, Mademoiselle Haberd se ressouvint que nous avions du chemin à faire pour nous en retourner; elle se leva.

On parla encore assez longtemps debout, après quoi elle s'approcha de la porte, où se fit une autre station, qui enfin termina l'entretien, et pendant laquelle Mademoiselle Haberd caressée, flattée sur son air doux et modeste, sur l'opinion qu'on avait de ses bonnes qualités, morales et chrétiennes, de son aimable caractère, conclut aussi le marché de l'appartement.

Il fut arrêté qu'elle y viendrait loger trois jours après, on ne demanda ni avec qui, ni combien elle avait de personnes qui la suivraient; c'est une question qu'on oublia dans le nombre des choses qui furent dites. Ce qui fut fort heureux; car on verra que Mademoiselle Haberd aurait été très embarrassée s'il avait fallu répondre sur-le-champ là-dessus.

Nous voilà donc en chemin pour nous en retourner; je passe une infinité de choses que nous nous dîmes encore Mademoiselle Haberd et moi. Nous parlâmes de l'hôtesse chez qui nous devions loger.

J'aime cette femme-là, me dit-elle, il y a apparence que nous serons bien chez elle, et il me tarde déjà d'y être : il ne s'agit plus que de trouver une cuisinière; car je t'avoue, Jacob, que je ne veux point de Catherine; elle a l'esprit rude et difficile, elle serait toujours en commerce avec ma sœur, qui est naturellement curieuse — sans [12] compter que toutes les dévotes le sont; elles se dédommagent des péchés qu'elles ne font pas par le plaisir de savoir les péchés des autres ; c'est toujours autant de pris, et c'est moi qui fais cette réflexion-là, ce n'est pas Mademoiselle Haberd, qui continuant à me parler de sa sœur, me dit : Puisque nous nous séparons, il faut que la chose soit sans retour, voilà qui est fini ; mais tu ne sais pas faire la cuisine, et quand tu la saurais faire, mon intention n'est pas de t'employer à cela.

Vous m'emploierez à tout ce qu'il vous plaira, lui dis-je : mais puisque nous discourons sur ce sujet, est-ce que vous songez pour moi à quelque autre ouvrage ?

Ce n'est pas ici le lieu de te dire mes pensées, reprit-elle, mais en attendant, tu as dû remarquer que je n'ai rien dit chez notre Hôtesse qui pût te faire connaître pour un domestique ; elle n'aura pas non plus deviné sur ton habit que tu en es un ; ainsi je te recommande quand nous irons chez elle, de régler tes manières sur les miennes. Ne m'en demande pas aujourd'hui davantage, c'est là tout l'éclaircissement que je puis te donner à présent.

Que le Ciel bénisse les volontés que vous avez, répondis-je, enchanté de ce petit discours qui me parut d'un bon pronostic : mais écoutez, Mademoiselle, il faut encore ajuster une autre affaire ; on pourra s'enquêter à moi de ma personne, et me dire, qui êtes-vous ? qui n'êtes-vous pas ? Or, à votre avis, qui voulez-vous que je sois ? Voilà que vous me faites un Monsieur ; mais ce Monsieur, qui sera-ce ? Monsieur Jacob ? Cela va-t-il bien ? Jacob est mon nom de baptême, il est beau et bon ce nom-là ; il n'y a qu'à le laisser comme il est, sans le changer contre un autre qui ne vaudrait pas mieux ; ainsi je m'y tiens ; mais j'en ai besoin d'un autre ; on appelle notre père le bon homme la Vallée, et je serai Monsieur de la Vallée son fils, si cela vous convient.

Tu as raison, me dit-elle en riant, tu as raison Monsieur de la Vallée, appelle-toi ainsi : il n'y a pas encore là tout, lui dis-je ; si on me dit : Monsieur de la Vallée, que faites-vous chez Mademoiselle Haberd ? que faut-il que je reparte ?

Hé bien ! me répondit-elle, la difficulté n'est pas grande ; je ne laisserai pas longtemps les choses indécises ; et dans l'appartement que je viens de prendre, il y a une chambre très éloignée de l'endroit que j'habiterai, tu seras là à part, et décemment sous le titre d'un parent qui vit avec moi, et qui me secourre [13] dans mes affaires ; d'ailleurs, comme je te dis, nous nous mettrons bientôt tout à fait à notre aise sur cet article-là ; quelques jours suffiront pour me déterminer à ce que je médite, et il faut se hâter ; car les circonstances ne permettent pas que je diffère. Ne parle de rien au logis de ma sœur, et vis à ton ordinaire durant le peu de temps que nous y serons ; retourne dès demain chez notre Hôtesse, elle me paraît obligeante ; tu la prieras de vouloir bien nous chercher une cuisinière, et si elle te fait des questions qui te regardent, réponds-y suivant ce que nous venons de dire ; prends le nom de la Vallée, et sois mon parent ; tu as assez bonne mine pour cela.

Vertubleu ! que je suis aise de toute cette manigance-là ! m'écriai-je : que j'ai de joie qui me trotte dans le cœur sans savoir pourquoi ; je serai donc votre cousin ? Pourtant, ma cousine, si on me mettait à même de prendre mes qualités, ce n'est pas votre parent que je voudrais être, non, j'aurais bien meilleur appétit que cela ; la parenté me fait bien de l'honneur néanmoins ; mais, quelquefois l'honneur et le plaisir vont de compagnie ; n'est-ce pas ?

Nous approchions du logis pendant que je parlais ainsi ; et je sentis sur-le-champ qu'elle ralentissait sa marche pour avoir le temps de me répondre, et de me faire expliquer.

Je ne vous entends pas bien, Monsieur de la Vallée, me dit-elle, d'un ton de bonne humeur, et je ne sais pas ce que c'est que cette qualité que vous voudriez.

Ho! malepeste! cousine, lui dis-je, je ne saurais m'avancer plus avant, et je ne suis pas homme à perdre le respect envers vous, toute ma parente que vous êtes ; mais si par hasard, quelque jour vous aviez envie de prendre un camarade de ménage ; là, de ces garçons qu'on n'envoie point dans une chambre à part, et qui sont assez hardis pour dormir côte à côte du monde ; comment appelle-t-on la profession de ces gens-là ? On dit chez nous que c'est des maris : Est-ce ici de même ? Hé bien, cette qualité par exemple, le camarade qui l'aura, et que vous prendrez, la voudrait-il troquer contre la qualité de parent que j'ai de votre grâce ? Répondez en conscience ? Voilà mon énigme, devinez-la ?

Je t'en dirai le mot une autre fois, me dit-elle en se retournant de mon côté avec bienveillance ; mais ton énigme est jolie. Oui-da, cousine, répliquai-je, on en pourrait faire quelque chose de bon, si on voulait s'entendre.

Paix, me dit-elle alors, il n'est pas question ici d'un pareil badinage ; et dans l'instant qu'elle m'arrêta, nous étions à la porte du logis, où nous arrivâmes à l'entrée de la nuit.

Catherine vint au-devant de nous, toujours fort intriguée des intentions de Mademoiselle Haberd sur son chapitre.

Je ne dirai rien des façons empressées qu'elle eut pour nous, ni du dégoût qu'elle disait avoir pour le service de la sœur aînée, et ce dégoût-là était alors sincère, parce que la retraite de la sœur cadette allait la laisser seule avec l'autre : mais aussi, pendant que leur union avait duré, Dame Catherine n'avait jamais fait sa Cour qu'à l'aînée, dont l'esprit impérieux et tracassier lui en imposait davantage, et qui d'ailleurs, avait toujours gouverné la maison.

Mais la société des deux sœurs finissant, cela changeait la thèse, et il était bien plus doux de passer au service de la cadette dont elle aurait été la maîtresse.

Catherine nous apprit que l'aînée était sortie, et qu'elle devait coucher chez une dévote de ses amies, de peur que Dieu ne fût offensé, si les deux sœurs se revoyaient dans la conjoncture présente : Et tant mieux qu'elle soit partie, dit Catherine, nous en souperons de meilleur cœur, n'est-ce pas, Mademoiselle ? Assurément, reprit Mademoiselle Haberd, ma sœur a fait prudemment, et elle est la maîtresse de ses actions comme je le suis des miennes.

A cela succédèrent plusieurs petites questions de la part de la caressante cuisinière : Mais vous avez été bien longtemps à revenir. Avez-vous retenu une maison ? Est-elle en beau quartier ? Y a-t-il loin d'ici ? Serons-nous près des marchés ? La cuisine est-elle commode ? Aurai-je une chambre ?

Elle obtint d'abord quelques réponses laconiques ; j'eus aussi ma part de ses cajoleries, à quoi je repartais avec ma gaillardise ordinaire, sans lui en apprendre plus que ne faisait Mademoiselle Haberd sur qui je me réglais.

Nous parlerons de tout cela une autre fois, Catherine, dit celle-ci, pour abréger, je suis trop lasse à présent, faites-moi souper de bonne heure afin que je me couche.

Et là-dessus elle monta dans sa chambre, et j'allai mettre le couvert pour me soustraire aux importunes

interrogations de Catherine, dont je m'attendais bien
d'être persécuté quand nous serions ensemble.

Je fus long dans mon service. Mademoiselle Haberd
était revenue dans la chambre où je mettais le couvert,
et je plaisantai avec elle de l'inquiétude de Catherine.
Si nous la menions avec nous, lui disais-je, nous ne
pourrions plus être parents, il n'y aurait plus de
Monsieur de la Vallée.

Je l'amusais de pareils discours, pendant qu'elle
faisait un petit mémoire des meubles qui lui apparte-
naient, et qu'elle devait emporter de chez sa sœur ; car
sur l'éloignement que celle-ci témoignait pour elle en
s'absentant de la maison, elle avait dessein, s'il était
possible, de coucher le lendemain dans son nouvel
appartement.

Monsieur de la Vallée, me dit-elle en badinant, va
demain le plus matin que tu pourras, me chercher un
tapissier pour détendre mon cabinet, et ma chambre,
et dis-lui qu'il se charge aussi des voitures nécessaires
pour emporter tous mes meubles ; une journée suffira
pour transporter tout, si on veut aller un peu vite.

Je voudrais que cela fût déjà fait, lui dis-je, tant j'ai
hâte que nous buvions ensemble ; car là-bas, il faudra
bien que mon assiette soit vis-à-vis la vôtre, attendu
qu'un parent prend ses repas avec sa parente ; ainsi
faites votre compte que dès demain tout sera détalé dès
sept heures du matin.

Ce qui fut conclu, fut exécuté. Mademoiselle Haberd
soupa. Devenu hardi avec elle, je l'invitai à boire à la
santé du cousin le dernier coup que je lui versai,
pendant que Catherine, qui de temps en temps montait
pour la servir, était allée dans sa cuisine.

La santé du cousin fut bue, il fit raison sur-le-
champ ; car dès qu'elle eut vidé sa tasse (et c'en était
une), je la remplis d'une rasade de vin pur ; et puis : A

votre santé, cousine. Après quoi je descendis pour
souper à mon tour.

Je mangeai beaucoup, mais je mâchai peu pour avoir
plus tôt fait ; j'aimais mieux courir les risques d'une
indigestion que de demeurer longtemps avec Catherine
dont l'inquiète curiosité me tracassa beaucoup, et sous
le prétexte d'avoir à me lever matin le lendemain, je
me retirai vite en la laissant tristement ébahie de tout
ce qu'elle voyait, aussi bien que de la précipitation
avec laquelle j'avais entassé mes morceaux, sans lui
avoir répondu que des monosyllabes.

Mais Jacob, dis-moi donc ceci ? conte-moi donc
cela ? Ma foi, dame Catherine, Mademoiselle Haberd a
loué une maison, je lui ai donné le bras dans les
chemins, nous étions allés, nous sommes revenus ;
voilà tout ce que je sais, bonsoir. Ah ! qu'elle m'eût de
bon cœur dit des injures ; mais elle espérait encore, et
la brutale n'osait faire du bruit.

Il me tarde d'en venir à de plus grands événements ;
ainsi passons vite à notre nouvelle maison.

Le Tapissier est venu le lendemain, nos meubles sont
partis, nous avons dîné debout, remettant de manger
mieux et plus à notre aise au souper dans notre
nouveau gîte. Catherine convaincue enfin qu'elle ne
nous suivra pas, nous a traités à l'avenant de notre
indifférence pour elle, et comme le méritait la banque-
route que nous lui faisions ; elle a disputé la propriété
de je ne sais combien de nippes à Mademoiselle
Haberd, et soutenu qu'elles étaient à sa sœur aînée ;
elle lui a fait mille chicanes, elle m'a voulu battre, moi,
qui ressemble à ce défunt Baptiste qu'elle m'a dit
qu'elle avait tant aimé. Mademoiselle Haberd a écrit
un petit billet qu'elle a laissé sur la table pour sa sœur,
et par lequel elle l'avertit que dans sept ou huit jours,
elle viendra pour s'arranger avec elle, et régler quel-

ques petits intérêts qu'elles ont à vider ensemble. Un
Fiacre est venu nous prendre, nous nous y sommes
emballés sans façon la cousine et moi ; et puis fouette
cocher.

Nous voilà à l'autre maison ; et c'est d'ici qu'on va
voir mes aventures devenir plus nobles et plus importantes ; c'est ici où ma fortune commence : serviteur au
nom de Jacob, il ne sera plus question que de Monsieur
de la Vallée ; nom que j'ai porté pendant quelque
temps, et qui était effectivement celui de mon père ;
mais à celui-là on en joignait un autre qui servait à le
distinguer d'un de ses frères, et c'est sous cet autre nom
qu'on me connaît dans le monde, c'est celui-ci qu'il
n'est pas nécessaire que je dise, et que je ne pris
qu'après la mort de Mademoiselle Haberd, non pas que
je ne fusse content de l'autre ; mais parce que les gens
de mon pays s'obstinèrent à ne m'appeler que de ce
nom-là. Passons à l'autre maison.

Notre hôtesse nous reçut comme ses amis les plus
intimes. La chambre où devait coucher Mademoiselle
Haberd était déjà rangée, et j'avais un petit lit de camp
tout prêt, dans l'endroit qui m'était réservé, et dont j'ai
déjà fait mention.

Il ne s'agissait plus que d'avoir de quoi souper, et le
Rôtisseur qui était à notre porte, nous eût fourni ce
qu'il fallait ; mais notre obligeante hôtesse à qui j'avais
dit que nous arriverions le soir même, y avait pourvu,
et voulut absolument que nous soupassions chez elle.

Elle nous fit bonne chère, et notre appétit y fit
honneur.

Mademoiselle Haberd commença d'abord par établir ma qualité de cousin, à quoi je ripostai sans façon
par le nom de cousine ; et comme il me restait encore
un petit accent, et même quelques expressions de
village, on remédia à cela par dire que j'arrivais de la

campagne, et que je n'étais à Paris que depuis deux ou trois mois.

Jusqu'ici donc mes discours avaient toujours eu une petite tournure champêtre ; mais il y avait plus d'un mois que je m'en corrigeais assez bien quand je voulais y prendre garde, et je n'avais conservé cette tournure avec Mademoiselle Haberd qu'à cause qu'elle[14] me réussissait auprès d'elle, et que je lui avais dit tout ce qui m'avait plu à la faveur de ce langage rustique ; mais il est certain que je parlais meilleur français quand je voulais. J'avais déjà acquis assez d'usage pour cela, et je crus devoir m'appliquer à parler mieux qu'à l'ordinaire.

Notre repas fut le plus gai du monde, et j'y fus plus gai que personne.

Ma situation me paraissait assez douce ; il y avait grande apparence que Mademoiselle Haberd m'aimait, elle était encore assez aimable, elle était riche pour moi ; elle jouissait bien de quatre mille livres de rente et au-delà, et j'apercevais un avenir très riant et très prochain ; ce qui devait réjouir l'âme d'un paysan de mon âge, qui presque au sortir de la charrue pouvait sauter tout d'un coup au rang honorable de bon Bourgeois de Paris ; en un mot j'étais à la veille d'avoir pignon sur rue, et de vivre de mes rentes, chéri d'une femme que je ne haïssais pas, et que mon cœur payait du moins d'une reconnaissance qui ressemblait si bien à de l'amour, que je ne m'embarrassais pas d'en examiner la différence.

Naturellement j'avais l'humeur gaillarde, on a pu s'en apercevoir dans les récits que j'ai faits de ma vie ; et quand à cette humeur naturellement gaillarde, il se joint encore de nouveaux motifs de gaillardise, Dieu sait comme on pétille ! Aussi faisais-je ; mettez avec cela un peu d'esprit, car je n'en manquais pas ; assai-

sonnez le tout d'une physionomie agréable, n'a-t-on
pas de quoi plaire à table avec tous ces agréments-là ?
N'y remplit-on pas bien sa place ?

Sans doute que j'y valais quelque chose ; car notre
hôtesse qui était amie de la joie, à la vérité plus
capable de la goûter quand elle la trouvait, que de la
faire naître ; car sa conversation était trop diffuse pour
être piquante, et à table il ne faut que des mots et point
de récits.

Notre hôtesse donc [15] ne savait quel compliment me
faire qui fût digne du plaisir que lui donnait ma
compagnie, disait-elle ; elle s'attendrissait ingénument
en me regardant, je lui gagnais le cœur, et elle le disait
bonnement, elle ne s'en cachait pas.

Sa fille qui avait comme je l'ai dit, dix-sept ou dix-
huit ans, je ne sais plus combien, et dont le cœur était
plus discret et plus matois, me regardait du coin de
l'œil, et prenant un extérieur plus dissimulé que
modeste, ne témoignait que la moitié du goût qu'elle
prenait à ce que je disais.

Mademoiselle Haberd, d'une autre part, me paraissait stupéfaite de toute la vivacité que je montrais ; je
voyais à sa mine, qu'elle m'avait bien cru de l'esprit,
mais non pas tant que j'en avais.

Je pris garde en même temps qu'elle augmentait
d'estime et de penchant pour moi ; mais que cette
augmentation de sentiments n'allait pas sans inquiétude.

Les éloges de ma naïve hôtesse l'intriguaient, les
regards fins et dérobés que la jeune fille me lançait de
côté, ne lui échappaient pas. Quand on aime, on a l'œil
à tout, et son âme se partageait entre le souci de me
voir si aimé, et la satisfaction de me voir si aimable.

Je m'en aperçus à merveilles ; et ce talent [16] de lire
dans l'esprit des gens, et de débrouiller leurs senti-

ments secrets, est un don que j'ai toujours eu, et qui m'a
quelquefois bien servi.

Je fus charmé d'abord de voir Mademoiselle Haberd
dans ces dispositions-là ; c'était bon signe pour mes
espérances, cela me confirmait son inclination pour
moi, et devait hâter ses bons desseins, d'autant plus
que les regards de la jeune personne et les douceurs
que me disait la mère, me mettaient comme à l'en-
chère.

Je redoublai donc d'agréments le plus qu'il me fut
possible pour entretenir Mademoiselle Haberd dans
les alarmes qu'elle en prenait ; mais comme il fallait
qu'elle eût peur du goût qu'on avait pour moi, et non
pas de celui qu'elle m'aurait senti pour quelqu'une de
ces deux personnes, je me ménageai de façon que je ne
devais lui paraître coupable de rien, et qu'elle [17]
pouvait juger que je n'avais point d'autre intention que
de me divertir et non pas de plaire, et que si j'étais
aimable, je n'en voulais profiter que dans son cœur et
non dans celui d'aucune de ces deux femmes.

Pour preuve de cela, j'avais soin de la regarder très
souvent avec des yeux qui demandaient son approbation pour tout ce que je disais ; de sorte que j'eus l'art
de la rendre contente de moi, de lui laisser ses
inquiétudes qui pouvaient m'être utiles, et de continuer de plaire à nos deux hôtesses, à qui je trouvai
aussi le secret de persuader qu'elles me plaisaient, afin
de les exciter à me plaire à leur tour, et de les
maintenir dans ce penchant qu'elles marquaient pour
moi, et dont j'avais besoin pour presser Mademoiselle
Haberd de s'expliquer ; et s'il faut tout dire, peut-être
aussi voulais-je voir ce qui arriverait de cette aventure,
et tirer parti de tout ; on est bien aise d'avoir, comme
on dit, plus d'une corde à son arc.

Mais j'oubliais une chose, c'est le portrait de la jeune fille, et il est nécessaire que je le fasse.

J'ai dit son âge. Agathe, c'était son nom, dans son éducation bourgeoise, avait bien plus d'esprit que sa mère, dont les épanchements de cœur et la naïveté babillarde lui paraissaient ridicules ; ce que je connaissais par certains petits sourires malins qu'elle faisait de temps en temps, et dont la signification passait la mère qui était trop bonne et trop franche pour être si intelligente.

Agathe n'était pas belle, mais elle avait beaucoup de délicatesse dans les traits, avec des yeux vifs et pleins de feu ; mais d'un feu que la petite personne retenait et ne laissait éclater qu'en sournoise, ce qui tout ensemble lui faisait une physionomie piquante et spirituelle, mais friponne, et de laquelle on se méfiait d'abord à cause de ce je ne sais quoi de rusé qui brochait sur le tout, et qui ne la rendait pas bien sûre.

Agathe, à vue de pays, avait du penchant à l'amour, on lui sentait plus de disposition à être amoureuse que tendre, plus d'hypocrisie que de mœurs, plus d'attention pour ce qu'on dirait d'elle, que pour ce qu'elle serait dans le fond : c'était la plus intrépide menteuse que j'aie connue ; je n'ai jamais vu son esprit en défaut sur les expédients ; vous l'auriez crue timide, il n'y avait point d'âme plus ferme, plus résolue, point de tête qui se démontât moins ; il n'y avait personne qui se souciât moins dans le cœur d'avoir fait une faute de quelque nature qu'elle fût ; personne en même temps qui se souciât tant de la couvrir ou de l'excuser ; personne qui en craignît moins le reproche quand elle ne pouvait l'éviter ; et alors, vous parliez à une coupable si tranquille, que sa faute ne vous paraissait plus rien.

Ce ne fut pas sur-le-champ que je démêlai tout ce

caractère que je développe ici, je ne le sentis qu'à force de voir Agathe.

Il est certain qu'elle me trouva à son gré aussi bien que sa mère à qui je plus beaucoup, et qui était une bonne femme dont on pouvait mener le cœur bien loin ; ainsi, des deux côtés, je voyais une assez belle carrière ouverte à mes galanteries si j'en avais voulu tenter le succès.

Mais Mademoiselle Haberd était plus sûre que tout cela ; elle ne répondait de ses actions à personne ; et ses desseins, s'ils m'étaient favorables, n'étaient sujets à aucune contradiction. D'ailleurs je lui devais de la reconnaissance, et c'était là une dette que j'ai toujours bien payée à tout le monde.

Ainsi, malgré la faveur que j'acquis, dès ce jour, dans la maison ; malgré toutes les apparences qu'il y avait que je serais en état de me faire valoir, je résolus de m'en tenir au cœur le plus prêt et le plus maître de se déterminer.

Il était minuit quand nous sortîmes de table ; on conduisit Mademoiselle Haberd à sa chambre, et dans l'espace du peu de chemin qu'il fallait faire pour cela, Agathe trouva plus de dix fois le moment de jouer de la prunelle sur moi, d'une manière très flatteuse, et toujours sournoise, à quoi je ne pus m'empêcher de répondre à mon tour, et le tout si rapidement de part et d'autre, qu'il n'y avait que nous qui pussions [18] saisir ces éclairs-là.

Quant à moi, je ne répondais à Agathe, ce me semble, que pour ne pas mortifier son amour-propre ; car il est dur de faire le cruel avec de beaux yeux qui cherchent les vôtres.

La mère m'avait pris sous le bras, et ne se lassait point de dire : Allez vous êtes un plaisant garçon, on ne s'ennuiera pas avec vous.

Je ne l'ai jamais vu si gaillard, repartait [19] à cela la
cousine, d'un ton qui me disait : Vous l'êtes trop.

Ma foi, Mesdames, disais-je, mon humeur est de
l'être toujours ; mais avec de bon vin, bonne chère, et
bonne compagnie, on l'est encore davantage qu'à son
ordinaire ; est-il pas vrai cousine ? ajoutai-je, en lui
serrant le bras que je tenais aussi.

Ce fut en tenant de pareils discours que nous arrivâmes à l'appartement de Mademoiselle Haberd.

Je crois que je dormirai bien, dit-elle, quand nous y
fûmes, en affectant une lassitude qu'elle n'avait pas, et
qu'elle feignait, pour engager notre hôtesse à prendre
congé d'elle.

Mais notre hôtesse n'était pas expéditive dans ses
politesses ; et par abondance d'amitié pour nous, il n'y
eut point de petites commodités dans cet appartement,
qu'elle ne se piquât de nous faire remarquer.

Elle proposa ensuite de me mener à ma chambre ;
mais je compris à l'air de la cousine, que cet excès de
civilité n'était pas de son goût, et je la refusai le plus
honnêtement qu'il me fut possible.

Enfin, nos Dames s'en allèrent, chassées par les
bâillements de Mademoiselle Haberd, qui en fit à la fin
de très vrais peut-être pour en avoir fait de faux.

Et moi je sortais avec nos hôtesses pour me retirer
décemment chez moi, quand la cousine me rappela.

Monsieur de la Vallée, cria-t-elle, attendez un instant ; j'ai une commission à vous donner pour demain ;
et là-dessus je rentrai en souhaitant le bonsoir à la
mère et à la fille, honoré moi-même de leur révérence [20], et surtout de celle d'Agathe qui ne confondit
pas la sienne avec celle de sa mère ; qui la fit à part afin
que je la distinguasse, et que je prisse garde à tout ce
qu'elle y mit d'expressif et d'obligeant pour moi.

Quand je fus rentré chez Mademoiselle Haberd, et

que nous fûmes seuls, je présumai qu'il allait être question de quelque réflexion chagrine sur nos aventures de table, et sur l'avantage que j'avais eu d'y paraître si amusant.

Cependant, je me trompai ; mais non pas sur les intentions, car ce qu'elle me dit marquait que ce n'était que partie remise.

Notre joyeux cousin, me dit-elle, j'ai à vous parler ; mais il est trop tard et heure indue, ainsi, différons la conversation jusqu'à demain ; je me lèverai plus matin qu'à l'ordinaire pour ranger quelques hardes qui sont dans ces paquets, et je vous attendrai entre huit et neuf dans ma chambre, afin de voir quelles mesures nous devons prendre sur mille choses que j'ai dans l'esprit, entendez-vous ? n'y manquez pas ; car notre hôtesse a tout l'air de venir demain savoir des nouvelles de ma santé, et peut-être de la vôtre, et nous n'aurions pas le temps de nous entretenir, si nous ne prévenions pas la fureur de ses politesses.

Ce petit discours, comme vous voyez, était un prélude d'humeur jalouse, ou du moins inquiète ; ainsi, je ne doutai pas un instant du sujet d'entretien que nous traiterions le lendemain.

Je ne manquai pas au rendez-vous ; j'y fus même un peu plus tôt qu'elle ne me l'avait dit, pour lui témoigner une impatience qui ne pouvait que lui être agréable : aussi m'aperçus-je qu'elle m'en sut bon gré.

Ah ! voilà qui est bien, dit-elle, en me voyant ; vous êtes exact, Monsieur de la Vallée ; n'avez-vous encore vu [21] aucune de nos hôtesses depuis que vous êtes levé ?

Bon ! lui dis-je, je n'ai pas seulement songé si elles étaient au monde : est-ce que nous avons affaire ensemble ? J'avais ma foi bien autre chose dans la tête !

Eh ! qu'est-ce donc qui vous a occupé ? reprit-elle.

Notre rendez-vous, lui dis-je, que j'ai eu toute la nuit
dans la pensée.

Je n'ai pas laissé que d'y rêver aussi, me dit-elle ; car
ce que j'ai à te dire, La Vallée, est de conséquence pour
moi. Eh ! mardi, ma chère cousine, repartis-je là-
dessus, faites donc vite, vous me rendez malade d'inquiétude. Dès que le sujet regarde votre personne, je ne
saurais plus durer sans le savoir ; est-ce qu'il y a
quelque chose qui vous fait peine ? Y a-t-il du remède ?
N'y en a-t-il pas ? Me voilà comme un troublé si vous
ne parlez vite.

Ne t'inquiète pas, me dit-elle, il ne s'agit de rien de
fâcheux. Dame, répondis-je, c'est qu'il faut compter
que j'ai un cœur qui n'entend envers vous pas plus de
raison qu'un enfant, et ce n'est pas ma faute. Pourquoi
m'avez-voûs été si bonne ? je n'ai pu y tenir.

Mais mon garçon, me dit-elle alors en me regardant
avec une attention qui me conjurait d'être vrai ; n'exa-
gères-tu point ton attachement pour moi et me dis-tu
ce que tu penses ? puis-je te croire ?

Comment ! repris-je en faisant un pas en arrière ;
vous doutez de moi, Mademoiselle ? pendant que je
mettrais ma vie en gage, et une centaine avec, si je les
avais, pour acheter la santé de la vôtre et sa continuation ; vous doutez de moi ? Hélas ! il n'y aura donc plus
de joie en moi ; car je n'ai vaillant que mon pauvre
cœur ; et dès que vous ne le connaissez pas, c'est tout
comme si je n'avais plus rien : voilà qui est fini ; après
toutes les grâces que j'ai reçues d'une maîtresse qui
m'a donné sa parenté pour rien, si vous me dites :
M'aimes-tu cousin ? que je vous dise, eh pardi oui,
cousine ; et que vous repartiez, peut-être que non,
cousin : votre parent est donc pis qu'un ours ; il n'y a
point, dans les bois, d'animal qui soit son pareil, ni si
dénaturé que lui. N'est-ce pas là un beau bijou que

vous avez mis dans votre famille ? Allez, que Dieu vous le pardonne, Mademoiselle, car il n'y a plus de cousine, j'aurais trop de confusion de proférer ce nom-là, après la barbarie que vous me croyez dans l'âme ; allez, Mademoiselle, j'aimerais mieux ne vous avoir jamais ni vue ni aperçue, que de m'entendre accuser de la sorte par une personne qui a été le sujet de la première affection que j'aie eue dans le cœur, hormis père et mère que je ne compte pas, parce qu'on est leur race, et que l'amitié qu'on a pour eux n'ôte point la part des autres : mais j'avais une grande consolation à croire que vous saviez le fond de ma pensée ; que le Ciel me soit en aide, et à vous aussi. Hélas ! de gaillard que j'étais, me voilà bien triste !

Je me ressouviens bien qu'en lui parlant ainsi, je ne sentais rien en moi qui démentît mon discours. J'avoue pourtant que je tâchai d'avoir l'air et le ton touchant, le ton d'un homme qui pleure, et que je voulus orner un peu la vérité ; et ce qui est de singulier, c'est que mon intention me gagna tout le premier. Je fis si bien que j'en fus la dupe moi-même, et je n'eus plus qu'à me laisser aller sans m'embarrasser de rien ajouter à ce que je sentais ; c'était alors l'affaire du sentiment qui m'avait pris, et qui en sait plus que tout l'art du monde.

Aussi ne manquai-je pas mon coup ; je convainquis, je persuadai si bien Mademoiselle Haberd, qu'elle me crut jusqu'à en pleurer d'attendrissement, jusqu'à me consoler de la douleur que je témoignais, et jusqu'à me demander excuse d'avoir douté.

Je ne m'apaisai pourtant pas d'abord ; j'eus le cœur gros encore quelque temps, le sentiment me menait ainsi, et il me menait bien, car quand on est une fois en train de se plaindre des gens, surtout en fait de tendresse, les reproches ont toujours une certaine durée ; et on se plaint encore d'eux, même après leur avoir pardonné ; c'est comme un mouvement qu'on a donné à quelque chose, il ne cesse pas tout d'un coup, il diminue, et puis finit.

Mes tendres reproches finirent donc, et je me rendis ensuite à tout ce qu'elle me dit d'obligeant pour m'apaiser.

Rien n'attendrit tant de part et d'autre que ces scènes-là, surtout dans un commencement de passion : cela fait faire à l'amour un progrès infini, il n'y a plus dans le cœur de discrétion qui tienne ; il dit en un quart d'heure ce que, suivant la bienséance, il n'aurait osé dire qu'en un mois, et le dit sans paraître aller trop vite ; c'est que tout lui échappe.

Voilà du moins ce qui arriva à Mademoiselle Haberd. Je suis persuadé qu'elle n'avait pas dessein de s'avancer tant qu'elle le fit, et qu'elle ne m'eût annoncé ma bonne fortune qu'à plusieurs reprises ; mais elle ne fut pas maîtresse d'observer cette économie-là : Son cœur s'épancha, j'en tirai tout ce qu'il méditait pour moi ; et peut-être qu'à son tour, elle tira du mien plus de tendresse qu'il n'en avait à lui rendre ; car je me trouvai moi-même étonné de l'aimer tant, et je n'y perdis rien comme on le va voir dans la suite de notre conversation qu'il est nécessaire que je rapporte, parce que c'est celle où Mademoiselle Haberd se déclare.

Mon enfant, me dit-elle, après m'avoir vingt fois répété, je te crois, voilà qui est fait ; mon enfant, me dit-elle donc, je pense qu'à présent tu vois bien de quoi il s'agit. Hélas ! lui dis-je, ma gracieuse parente, il me paraît que je vois quelque chose ; mais l'appréhension de m'abuser, me rend la vue trouble, et les choses que je vois me confondent à cause de mon petit mérite : Est-ce qu'il se pourrait, Dieu me pardonne, que ma personne ne serait pas déplaisante à la vôtre ? Est-ce

qu'un bonheur comme celui-là, serait la part d'un
pauvre garçon qui sort du Village ? Car voilà ce qui
m'en semble, et si j'en étais bien certain, il faudrait
donc mourir de joie ?

Oui, Jacob, me répondit-elle alors, puisque tu m'entends, et que cela te fait tant de plaisir, réjouis-t'en en
toute sûreté.

Doucement ! donc, lui dis-je ; car j'en pâmerai
d'aise ! Il n'y a qu'une raison qui me chicane à tout
ceci, ajoutai-je. Hé ! laquelle, me dit-elle. C'est, lui
repartis-je, que vous me direz : Tu n'as rien, ni revenu,
ni profit d'amassé ; rien à louer, tout à acheter, rien à
vendre ; point d'autre gîte que la maison du prochain,
ou bien la rue ; pas seulement du pain pour attraper le
bout du mois : après cela, mon petit Monsieur, n'êtes-
vous pas bien fatigué de vous réjouir tant de ce que je
vous aime ? Ne faudra-t-il pas encore vous remercier
de la peine que vous prenez d'en être si ravi ? Voilà, ma
précieuse cousine, ce qui [22] vous est loisible de repartir
au contentement que je témoigne de votre affection :
mais Dieu le sait, ma parente, ce n'est point pour
l'amour de toutes ces provisions-là que mon cœur se
transporte.

J'en suis persuadée, me dit-elle, et tu ne penserais
pas à m'en assurer, si cela n'était pas vrai, mon cher
enfant.

Tenez, cousine, ajoutai-je, je ne songe non plus à
pain, à vin, ni à gîte, que s'il n'y avait ni blé, ni vigne,
ni logis dans le monde ; je les prendrai pourtant
quand ils viendront ; mais seulement parce qu'ils
seront là. Pour à de l'argent, j'y rêve comme au Mogol ;
mon cœur n'est pas une marchandise, on ne l'aurait
pas quand on m'en offrirait mille écus plus qu'il ne
vaut ; mais on l'a pour rien, quand il y prend goût, et
c'est ce qu'il a fait avec vous sans rien demander en

retour. Que ce cœur vous plaise ou vous fâche, n'importe, il a pris sa secousse, il est à vous. Je confesse bonnement néanmoins que vous pouvez me faire du bien, parce que vous en avez ; mais je ne rêvais pas à cette arithmétique-là quand je me suis rendu à votre mérite, à votre jolie mine, à vos douces façons ; et je m'attendais à votre amitié, comme à voir un Samedi, arriver Dimanche. La mienne est une affaire qui a commencé sur le Pont-Neuf ; de là jusqu'à votre maison, elle a pris vigueur et croissance, sa perfection est venue chez vous, et deux heures après, il n'y avait plus rien à y mettre ; en voilà le récit bien véritable.

Quoi ! me répondit-elle, si tu avais été plus riche et en situation de me dire, je vous aime, Mademoiselle, tu me l'aurais dit, Jacob ?

Qui ! moi ? m'écriai-je ; hé ! Merci de ma vie, je vous l'aurais dit avant que de parler, tout ainsi que je l'ai fait, ne vous déplaise ; et si j'avais été digne que vous m'eussiez envisagé à bon escient, vous auriez bien vu que mes yeux vous disaient des paroles que je n'osais pas prononcer ; jamais ils ne vous ont regardée qu'ils ne vous aient tenu les mêmes discours que je vous tiens : Et toujours je vous aime, et quoi encore, je vous aime ; je n'avais que ces mots-là dans l'œil. Hé bien, mon enfant, me répondit-elle, en jetant un soupir qui partait d'une abondance de tendresse ; tu viens de m'ouvrir ton cœur, il faut que je t'ouvre le mien.

Quand tu m'as rencontrée, il y avait longtemps que l'humeur difficile de ma sœur m'avait rebutée de son commerce ; d'un autre côté, je ne savais quel parti prendre, ni à quel genre de vie je devais me destiner, en me séparant d'avec elle ; j'avais quelquefois envie de me mettre en pension ; mais cette façon de vivre a ses désagréments, il faut le plus souvent sacrifier ce qu'on veut à ce que veulent les autres, et cela m'en dégoûtait.

Je songeais quelquefois au mariage ; je ne suis pas encore en âge d'y renoncer, me disais-je ; je puis apporter un assez beau bien à celui qui m'épousera ; et si je rencontre un honnête homme, un esprit doux, un bon caractère, voilà du repos pour le reste de mes jours. Mais cet honnête homme, où le trouver ? Je voyais bien des gens qui me jetaient des discours à la dérobée pour m'attirer à eux. Il y en avait de riches, mais ils ne me plaisaient point ; les uns étaient d'une profession que je n'aimais pas ; j'apprenais que les autres n'avaient point de conduite ; celui-ci aimait le vin, celui-là le jeu, un autre, les femmes ; car il y a si peu de personnes dans le monde qui vivent dans la crainte de Dieu, si peu qui se marient pour remplir les devoirs de leur état ! Parmi ceux qui n'avaient point ces vices-là, l'un était un étourdi, l'autre était sombre et mélancolique, et je cherchais quelqu'un d'un caractère ouvert et gai, qui eût le cœur bon et sensible, qui répondît à la tendresse que j'aurais pour lui. Peu m'importait qu'il fût riche ou pauvre, qu'il eût quelque rang, ou qu'il n'en eût pas. Je n'étais pas délicate non plus sur l'origine, pourvu qu'elle fût honnête ; c'est-à-dire, pourvu qu'elle ne fût qu'obscure, et non pas vile et méprisable, et j'avais raison de penser modestement là-dessus ; car je ne suis née moi-même que de parents honorables, et non pas connus. J'attendais donc que la Providence à qui je remettais le tout, me fît trouver l'homme que je cherchais ; et ce fut dans ce temps-là que je te rencontrai sur le Pont-Neuf.

Je l'interrompis à cet endroit de son discours.

Je veux, lui dis-je, acheter une Tablette pour écrire l'année, le jour, l'heure et le moment, avec le mois, la semaine, et le temps qu'il faisait le jour de cette heureuse rencontre.

La Tablette est toute achetée, mon fils, me dit-elle, et je te la donnerai, laisse-moi achever.

J'étais extrêmement faible, quand nous nous rencontrâmes, et il faut avouer que tu me secourus avec beaucoup de zèle.

Lorsque par tes soins, je fus revenue à moi, je te regardai avec beaucoup d'attention, et tu me parus d'une physionomie tout à fait prévenante.

Grand merci à Dieu qui a permis que je la porte, m'écriai-je encore à ces mots. Oui, dit-elle, tu me plus d'abord ; et le penchant que j'eus pour toi, me parut être si subit et si naturel, que je ne pus m'empêcher d'y faire quelque réflexion. Qu'est-ce que c'est que ceci ? me dis-je ; je me sens comme obligée d'aimer ce jeune homme ! Là-dessus, je me recommandai à Dieu qui dispose de tout, et le priai de vouloir bien, dans les suites, me manifester sa sainte volonté sur une aventure qui m'étonnait moi-même.

Hé bien, Cousine, lui dis-je alors ; ce jour-là, nos prières partirent donc l'une quand et quand l'autre [23] ; car pendant que vous faisiez la vôtre, je fis aussi ma petite oraison à part. Mon Dieu ! disais-je, qui avez mené Jacob sur ce Pont-Neuf, que vous seriez clément envers moi, si vous mettiez dans la fantaisie de cette honnête Demoiselle de me garder toute sa vie, ou seulement toute la mienne à son aimable service !

Est-il bien possible, me répondit Mademoiselle Haberd, que cette idée-là te soit venue, mon garçon ?

Par ma foi oui, lui dis-je, et je ne la sentis point venir, je la trouvai tout arrivée.

Que cela est particulier ! reprit-elle. Quoi qu'il en soit, tu m'aidas à revenir chez moi ; et durant le chemin, nous nous entretînmes de ta situation. Je te fis plusieurs questions ; et je ne saurais t'exprimer combien je fus contente de tes réponses, et des mœurs que tu montrais. Je te voyais une simplicité, une candeur qui me charmaient, et j'en revenais toujours à ce penchant que je ne pouvais m'empêcher d'avoir pour toi. Toujours je demandais à Dieu qu'il daignât m'éclairer là-dessus, et me manifester ce qu'il voulait que cela devînt. Si sa volonté est que j'épouse ce garçon-là, disais-je, il arrivera des choses qui me le prouveront pendant qu'il demeurera chez nous.

Et je raisonnais fort bien : Dieu ne m'a pas laissé longtemps dans l'incertitude. Le même jour, cet Ecclésiastique de nos amis vint nous voir, et je t'ai dit la querelle que nous eûmes ensemble.

Ah ! ma cousine, la bonne querelle ! m'écriai-je ; et que ce bon Directeur a bien fait d'être si fantasque ! Comme tout cela s'arrange ! Une rue où l'on se rencontre, une prière d'un côté, une oraison d'un autre, un Prêtre qui arrive, et qui vous réprimande ; votre sœur qui me chasse ; vous qui me dites, arrête ; une division entre deux filles pour un garçon que Dieu envoie ; que cela est admirable ! et puis vous me demandez si je vous aime ? Eh ! Mais cela se peut-il autrement ? Ne voyez-vous pas bien que mon affection se trouve là par Prophétie divine, et que cela était décidé avant nous ? Il n'y a rien de si visible.

En vérité, tu dis à merveilles, me répondit-elle, et il semble que Dieu te fournisse de quoi achever de me convaincre. Allons, mon fils, je n'en doute pas, tu es celui à qui Dieu veut que je m'attache ; tu es l'homme que je cherchais, avec qui je dois vivre, et je me donnerai à toi.

Et moi, lui dis-je, je m'humilie devant ce bienheureux don, ce béni mariage que je ne mérite point, sinon que c'est Dieu qui vous l'ordonne, et que vous êtes trop bonne Chrétienne pour aller là-contre. Tout le profit en est à moi, et toute la charité à vous.

Je m'étais jeté à genoux pour lui parler ainsi, et je lui baisai la main qu'elle crut dévotement devoir abandonner aux transports de ma reconnaissance.

Lève-toi, la Vallée. Oui, me dit-elle après, oui, je t'épouserai ; et comme on ne peut se mettre trop tôt dans l'état où la Providence nous demande ; que d'ailleurs, malgré notre parenté établie, on pourrait trouver indécent de nous voir logèr ensemble, il faut hâter notre mariage.

Il est matin, répondis-je ; en se trémoussant le reste de la journée, en allant et venant, est-ce qu'on ne pourrait pas faire en sorte avec le Notaire et le Prêtre de nous bénir après minuit ? Je ne sais pas comment cela se pratique.

Non, me dit-elle, mon enfant, les choses ne sauraient aller si vite ; il faut d'abord que tu écrives à ton père de t'envoyer son consentement.

Bon ! repartis-je, mon père n'est pas dégoûté ; il consentirait, quand il serait mort, tant il serait aise de ma rencontre.

Je n'en doute pas, dit-elle, mais commence par faire ta lettre ce matin ; il nous faudra des témoins, je les veux discrets ; mon dessein est de cacher d'abord notre mariage, à cause de ma sœur, et je ne sais qui prendre.

Prenons notre hôtesse, lui dis-je, et quelqu'un de ses amis ; c'est une bonne femme qui ne dira mot.

J'y consens, dit-elle, d'autant plus que cela fera cesser toutes ces petites amitiés qu'elle te fit hier, et qu'elle continuerait peut-être encore ; aussi bien que sa fille qui est une jeune étourdie assez mal élevée à ce qu'il m'a paru, et avec qui je te prie de battre froid.

Nous en étions là, quand nous entendîmes du bruit ; c'était notre hôtesse escortée de sa cuisinière qui nous apportait du café.

Êtes-vous levée, ma voisine ? s'écria-t-elle à la porte.

Il y a longtemps, dit Mademoiselle Haberd, en allant lui ouvrir ; entrez, Madame. Ah ! bonjour, lui dit l'autre. Comment vous portez-vous ? Avez-vous bien reposé ? Monsieur de la Vallée, je vous salue. Je passe tous nos compliments, et la conversation qui se fit en prenant du café.

Quand la cuisinière eut remporté les tasses : Madame, lui dit Mademoiselle Haberd ; vous me paraissez la meilleure personne du monde, et j'ai une confidence à vous faire sur une chose où j'ai même besoin de votre secours.

Eh ! mon Dieu, ma chère Demoiselle, quel service puis-je vous rendre ? répondit l'Hôtesse avec une effusion de zèle et de bonté qui était sincère. Parlez : mais, non, ajouta-t-elle tout de suite, attendez que j'aille fermer les portes ; dès que c'est un secret, il faut que personne ne nous entende.

Elle se leva en disant ceci, sortit, et puis, du haut de l'escalier, appela sa cuisinière. Javote ! lui cria-t-elle, si quelqu'un vient me demander, dites que je suis sortie ; empêchez aussi qu'on ne monte chez Mademoiselle ; et surtout, que ma fille n'y entre pas, parce que nous avons à parler en secret ensemble, entendez-vous ? Et après ces mesures si discrètement prises contre les importuns, la voilà qui revient à nous, en fermant portes et verrous ; de sorte que par respect pour la confidence qu'on devait lui faire, elle débuta par avertir toute la maison qu'on devait lui en faire une ; son zèle et sa bonté n'en savaient pas davantage ; et c'est assez là le caractère des meilleures gens du monde. Les âmes excessivement bonnes sont volontiers imprudentes par excès de bonté même, et d'un autre côté, les âmes prudentes sont assez rarement bonnes.

Eh ! Madame, lui dit Mademoiselle Haberd, vous ne

deviez point dire à votre Cuisinière que nous avions à nous entretenir en secret ; je ne voulais point qu'on sût que j'ai quelque chose à vous confier.

Oh ! n'importe, dit-elle, ne vous embarrassez pas. Si je n'avais pas averti, on serait venu nous troubler ; et n'y eût-il que ma fille, la précaution était nécessaire. Allons, Mademoiselle, voyons de quoi il s'agit ; je vous défie de trouver quelqu'un qui vous veuille tant de bien que moi, sans compter que je suis la confidente de tous ceux qui me connaissent : Quand on m'a dit un secret, tenez, j'ai la bouche cousue ; j'ai perdu la parole. Hier encore, Madame une telle, qui a un mari qui lui mange tout, m'apporta mille francs qu'elle me pria de lui cacher, et qu'il lui mangerait aussi s'il le savait ; mais je les lui garde. Ah çà ; dites.

Toutes ces preuves de la discrétion de notre bonne Hôtesse n'encourageaient point Mademoiselle Haberd : mais après lui avoir promis un secret, il était peut-être encore pis de le lui refuser que de le lui dire ; ainsi il fallut parler.

J'aurai fait en deux mots, dit Mademoiselle Haberd ; c'est que nous allons nous marier, Monsieur de la Vallée que vous voyez, et moi.

Ensemble ? dit l'hôtesse, avec un air de surprise. Oui, reprit Mademoiselle Haberd, je l'épouse.

Oh, oh ! dit-elle ; eh bien, il est jeune, il durera longtemps. Je voudrais en trouver un comme lui, moi, j'en ferais de même. Y a-t-il longtemps que vous vous aimez ? Non, dit Mademoiselle Haberd en rougissant. Eh bien, c'est encore mieux, mes enfants, vous avez raison. Pour faire l'amour, il n'y a rien de tel que d'être mari et femme : mais n'avez-vous pas vos dispenses ? car vous êtes cousins.

Nous n'en avons pas besoin, dis-je alors : nous

n'étions parents que par prudence, que par honnêteté
pour les discours du monde.

Ha, ha! Cela est plaisant, dit-elle. Eh, mais, vous
m'apprenez là des choses que je n'aurais jamais devi-
nées. C'est donc de votre noce que vous me priez?

Ce n'est pas là tout, dit Mademoiselle Haberd, nous
voulons tenir notre mariage secret à cause de ma sœur
qui ferait du bruit peut-être.

Eh! Pourquoi du bruit? A cause de votre âge? reprit
notre hôtesse. Eh! pardi, voilà bien de quoi! La
semaine passée, n'y eut-il pas une femme de soixante et
dix ans pour le moins, qu'on fiança dans notre Paroisse
avec un cadet de vingt ans? L'âge n'y fait rien que pour
ceux et celles qui l'ont; c'est leur affaire.

Je ne suis pas si âgée, dit Mademoiselle Haberd, d'un
air un peu déconcerté qui ne l'avait pas quitté[24]. Eh!
pardi non, dit l'hôtesse; vous êtes en âge d'épouser, ou
jamais: après tout, on aime ce qu'on aime; il se trouve
que le futur est jeune: Hé bien, vous le prenez jeune.
S'il n'a que vingt ans, ce n'est pas votre faute non plus
que la sienne. Tant mieux qu'il soit jeune, ma voisine,
il aura de la jeunesse pour vous deux. Dix ans de plus,
dix ans de moins; quand ce serait vingt, quand ce
serait trente, il y a encore quarante par-dessus; et l'un
n'offense pas plus Dieu que l'autre. Qu'est-ce que vous
voulez qu'on dise? Que vous seriez sa mère? Eh bien,
le pis aller de tout cela, c'est qu'il serait votre fils. Si
vous en aviez un, il n'aurait peut-être pas si bonne
mine, et il vous aurait déjà coûté davantage: moquez-
vous du caquet des gens et achevez de me conter votre
affaire.

Vous voulez cacher votre mariage, n'est-ce pas? Hé!
cela vous sera aisé; car de marmot, il n'y en a point à
craindre, vous en voilà quitte, et il n'y a que cela qui
trahisse: après.

Si vous faites toujours vos réflexions aussi longues
sur chaque article, dit alors Mademoiselle Haberd,
excédée de ses discours sur cette matière[25], je n'aurai
pas le temps de vous mettre au fait. A l'égard de l'âge,
je suis bien aise de vous dire, Madame, que je n'ai pas
lieu de craindre les caquets; et qu'à quarante-cinq ans
que j'ai...

Quarante-cinq ans! s'écria l'autre en l'interrompant : Eh, ce n'est rien que cela : ce n'est que vingt-
cinq ans de plus qu'il a; pardi, je vous en croyais
cinquante pour le moins; c'est sa mine qui m'a
trompée en comparaison de la vôtre : Rien que quarante-cinq ans! ma voisine, oh! votre fils pourra bien
vous en donner un autre. Vis-à-vis de nous, il y a une
Dame qui accoucha le mois passé à quarante-quatre et
qui n'y renonce pas à quarante-cinq et si[26] son mari en
a plus de soixante et douze. Oh! nous voilà bien; vous
qui êtes appétissante, et lui qui est jeune, il y aura
famille. Eh! dites-moi donc ? est-ce un Notaire pour le
contrat que vous voulez que je vous enseigne ? Je vous
mènerai tantôt chez le mien, ou bien je vais dire à
Javote d'aller le prier de passer ici.

Eh! non, Madame, dit Mademoiselle Haberd, ne
vous souvenez-vous plus que je veux tenir mon
mariage secret ? Ah! Oui à propos, dit-elle; nous irons
donc chez lui en cachette. Ah! çà, il y a les bans à cette
heure ?

C'est touchant tout cela, lui dis-je alors, que Mademoiselle Haberd souhaitait que vous l'aidassiez, soit
pour des témoins, soit pour parler aux Prêtres de la
Paroisse.

Laissez-m'en le soin, dit-elle; c'est après-demain
Dimanche, il faut faire publier un ban; tantôt nous
sortirons pour arranger le tout. Je connais un Prêtre
qui nous mènera bon train; ne vous inquiétez pas, je

lui parlerai ce matin. Je vais m'habiller ; sans adieu,
voisine. A quarante-cinq ans, appréhender qu'on ne
cause d'un mariage ! Eh, vous n'y songez pas, voisine.
Adieu, adieu, ma bonne amie, votre servante, Monsieur
de la Vallée. A propos, vous me parlâtes hier d'une
cuisinière, vous en aurez une tantôt, Javote me l'a dit,
elle a été [27] l'avertir ce matin de venir ; elle est de sa
connaissance, elles sont toutes deux du même pays : ce
sont des Champenoises et moi aussi ; c'est déjà trois, et
cela fera quatre avec vous : car je vous crois de
Champagne, n'est-ce pas ? ajouta-t-elle en riant. Non,
c'est moi, lui dis-je, vous vous êtes méprise, Madame.
Eh bien, oui, dit-elle, je savais bien qu'il y en avait un
de vous deux du pays ; n'importe qui. Bonjour, jusqu'au revoir.

Quand elle fut partie : Voilà une sotte femme, me dit
Mademoiselle Haberd, avec son âge, et sa mère, et son
fils ; je suis bien fâchée de lui avoir déclaré nos affaires.
Jacob, si je suis aussi vieille à tes yeux que je le suis aux
siens, je ne te conseille pas de m'épouser.

Eh ! ne voyez-vous pas, lui dis-je, que c'est un peu
par rancune. Tenez, entre nous, ma parente, je crois
qu'elle me prendrait si vous me laissiez là, en cas que
je le voulusse, et je ne le voudrais pas : il n'y a point de
femme qui me fût quelque chose après vous. Mais,
attendez, je m'en vais vous montrer votre vieillesse : et
je courus en disant ces mots, détacher un petit miroir
qui était accroché à la tapisserie. Tenez, lui dis-je,
regardez vos quarante-cinq ans, pour voir s'ils ne
ressemblent pas à trente, et gageons qu'ils en approchent plus que vous ne dites.

Non, mon cher enfant, reprit-elle, j'ai l'âge que je
viens de dire ; et il est vrai que presque personne ne me
le donne. Ce n'est pas que je me vante d'être ni fraîche,
ni jolie, quoiqu'il n'ait tenu qu'à moi d'être bien

cajolée : mais je n'ai jamais pris garde à ce qu'on m'a
dit là-dessus.

Nous n'eûmes pas le temps d'en dire davantage, car
Agathe arriva.

Hélas ! Mademoiselle, s'écria-t-elle en entrant à
Mademoiselle Haberd ; vous me prenez donc pour une
causeuse, puisque vous n'avez pas voulu que je susse ce
que vous avez dit à ma mère ? Elle dit qu'elle s'en va
pour vous chez son Notaire, et puis de là à la Paroisse ?
Est-ce pour un mariage ?

A ce mot de mariage, Mademoiselle Haberd rougit,
sans savoir que répondre. C'est pour un Contrat, dis-je
en prenant la parole, et il faut même à cause de cela,
que j'écrive tout à l'heure une lettre qui presse. Ce que
je dis exprès, afin que la petite fille nous laissât en
repos ; car je sentais que sa présence pesait à Mademoiselle Haberd, qui ne pouvait revenir de la surprise où
la jetait la conduite étourdie de la mère.

Et sur-le-champ je cherchai du papier, et me mis en
effet à écrire à mon père : Mademoiselle Haberd faisait
semblant de me dicter tout bas ce que j'écrivais ; de
façon qu'Agathe sortit.

Toute indiscrète qu'était la mère, elle nous servit
pourtant à merveilles. En un mot, toutes les mesures
furent prises, nous eûmes le surlendemain un ban de
publié. L'après-midi du même jour nous allâmes chez
le Notaire, où le contrat fut dressé : Mademoiselle
Haberd m'y donna tout ce qu'elle avait, pour en jouir
pendant ma vie. Le consentement de mon père arriva
quatre jours après, et nous étions à la veille de nos
noces secrètes, quand pour je ne sais quoi, dont je ne
me ressouviens plus, nous fûmes obligés d'aller parler
à ce Prêtre de la connaissance de notre Hôtesse. C'était
lui qui devait nous marier le lendemain, c'est-à-dire,
pendant la nuit, et qui s'était même chargé d'une

quantité de petits détails, par considération pour notre Hôtesse à qui il avait quelque obligation.

Ce fut Mademoiselle Haberd, qui donna le soir à souper à celle-ci, à sa fille, et à quatre témoins. On était convenu qu'on sortirait de table à onze heures ; que la mère et la fille se retireraient dans leur appartement ; qu'on laisserait coucher Agathe, et qu'à deux heures après minuit, nous partirions, notre hôtesse, les quatre témoins de ses amis, Mademoiselle Haberd et moi, pour aller à l'Église.

Nous nous rendîmes donc sur les six heures du soir à la Paroisse, où devait se trouver cet Ecclésiastique à qui nous avions à parler ; il était averti que nous viendrions, mais il n'avait pu nous attendre, et un de ses confrères nous dit de sa part, qu'il se rendrait dans une heure ou deux chez notre Hôtesse.

Nous nous en retournâmes, et nous étions prêts à nous mettre à table, quand on nous annonça l'Ecclésiastique en question, qu'on ne nous avait pas nommé, et à qui on n'avait pas dit notre nom non plus.

Il entre. Figurez-vous notre étonnement ! quand au lieu d'un homme que nous pensions ne pas connaître, nous vîmes ce Directeur qui chez Mesdemoiselles Haberd avait décidé pour ma sortie de chez elles.

Ma prétendue fit un cri en le voyant, cri assez imprudent, mais ce sont de ces mouvements qui vont plus vite que la réflexion. Moi j'étais en train de lui tirer une révérence que je laissai à moitié faite ; il avait la bouche ouverte pour parler, et il demeura sans mot dire. Notre Hôtesse marchait à lui, et s'arrêta avec des yeux stupéfaits de nous voir tous immobiles ; un des témoins amis de l'Hôtesse, qui s'était avancé vers l'Ecclésiastique pour l'embrasser, était resté les bras tendus ; et nous composions tous le spectacle le plus singulier du monde. C'était autant de statues à peindre.

Notre silence dura bien deux minutes. A la fin, le Directeur le rompit ; et s'adressant à l'Hôtesse : Madame, lui dit-il, est-ce que les personnes en question ne sont pas ici ? (car il ne s'imagina pas que nous fussions les sujets de sa mission présente, c'est-à-dire, ceux qu'il devait marier cinq ou six heures après). Hé, pardi, répondit-elle, les voilà toutes deux, Mademoiselle Haberd et Monsieur de la Vallée.

A peine put-il le croire : et effectivement il était fort singulier, que ce fût nous. C'était de ces nouvelles qu'on peut apprendre, et dont on ne se doute point.

Quoi ! dit-il, après avoir, un instant ou deux, promené ses regards étonnés sur nous, vous nommez ce jeune homme Monsieur de la Vallée, et c'est lui qui épouse cette nuit Mademoiselle Haberd ?

Lui-même, répondit l'Hôtesse, je n'en sache d'autre, et apparemment que Mademoiselle n'en épouse pas deux.

Ma future ni moi nous ne répondions rien ; je tenais mon chapeau à la main de l'air le plus dégagé qu'il m'était possible ; je souriais même en regardant le Directeur pendant qu'il interrogeait notre Hôtesse : mais je ne souriais que par contenance, et non pas tout de bon ; et je suis persuadé, que ma façon dégagée n'empêchait pas que je n'eusse l'air assez sot. Il faudrait avoir un furieux fonds[28] d'effronterie, pour tenir bon contre de certaines choses, et je n'étais né que hardi, et point effronté.

A l'égard de ma future, sa contenance était d'avoir les yeux baissés, avec une mine qu'il serait assez difficile de définir. Il y avait de tout, du chagrin, de la confusion, de la timidité, qui venaient d'un reste de respect dévot pour ce Directeur ; et sur le tout, un air pensif comme d'une personne qui a envie de dire, je me moque de cela ; mais qui est encore trop étourdie, pour être si résolue.

Cet Ecclésiastique, après avoir jeté les yeux sur nous : Madame, dit-il en s'adressant à notre Hôtesse, cette affaire-ci mérite un peu de réflexion : voulez-vous bien, que je vous dise un mot en particulier ? Passons un moment chez vous, je vous prie ; notre entretien ne sera que d'un instant.

Oui-da, Monsieur, répondit-elle, charmée de se trouver de toute manière un personnage si important dans l'aventure : Mademoiselle, ne vous impatientez pas, cria-t-elle à Mademoiselle Haberd en partant, Monsieur dit que nous aurons bientôt fait.

Là-dessus elle prend un flambeau, sort avec l'Ecclésiastique, et nous laisse ma future, ceux qui devaient nous servir de témoins, et qui ne témoignèrent rien, Agathe, à qui on avait tout caché, et moi dans la chambre.

Monsieur de la Vallée, me dit alors un de nos témoins, qu'est-ce que cela signifie ? Est-ce que Monsieur Doucin, parlant du Prêtre, vous connaît ? Oui, lui dis-je, nous nous sommes rencontrés chez Mademoiselle.

Ha, ha ! vous vous mariez donc ? dit Agathe à son tour. Hé mais, pas encore, comme vous voyez, répondis-je.

Et jusque-là pas un mot de la part de Mademoiselle Haberd : mais pendant son silence, sa confusion se passait, l'amour reprenait le dessus, et la débarrassait de tous ces petits mouvements qui l'avaient d'abord déconcertée : Et il n'en sera ni plus, ni moins, dit-elle, en s'assoyant courageusement.

Savez-vous, lui dit un de nos témoins, l'ami de l'Hôtesse, ce que Monsieur Doucin va dire à Madame d'Alain[29] ? (c'était le nom de notre Hôtesse). Oui, Monsieur, lui répondit-elle, je m'en doute, mais je ne m'en soucie guère.

C'est un fort honnête homme, un saint homme, que Monsieur Doucin au moins, dit la malicieuse Agathe ; c'est le Confesseur de ma tante. Hé bien ? Mademoiselle, je le connais mieux que vous, dit ma future, mais il n'est pas question de sa sainteté ; on le canonisera, s'il est si saint. Qu'est-ce que cela fait ici ?

Oh ! ce que j'en dis, reprit la petite friponne, n'est que pour montrer l'estime que nous avons pour lui ; car du reste, je n'en parle pas : ce ne sont point mes affaires. Je suis fâchée de ce qu'il ne se comporte pas à votre fantaisie : mais il faut croire, que c'est apparemment pour votre bien ; car il est si prudent !

A ces mots, la mère rentra. Vous revenez sans Monsieur Doucin ? dit notre témoin ; je pensais qu'il souperait avec nous.

Oui souper ! répondit Madame d'Alain ; vraiment, il est bien question de cela ! Allons allons, il n'y aura point de mariage cette nuit non plus, et s'il n'y en a point du tout, ce sera encore mieux : Soupons, puisque nous y voilà. C'est un bon cœur que ce Monsieur Doucin, et vous lui avez bien obligation, Mademoiselle, dit-elle, à ma future ; on ne saurait croire combien il vous aime toutes deux votre bonne sœur et vous : le pauvre homme[30] ! Il s'en va presque la larme à l'œil, et j'ai pleuré moi-même en le quittant, je ne fais que d'essuyer mes yeux. Quelle nouvelle pour cette sœur ! Mon Dieu ! Qu'est-ce que c'est que nous ?

A qui en avez-vous donc, Madame, avec vos exclamations ? lui dit Mademoiselle Haberd. Oh ! rien, reprit-elle ; mais me voilà bien ébaubie ! Passe pour se quitter toutes deux, on n'est pas obligé de vivre ensemble, et vous serez aussi bien ici : mais se marier en cachette ;

et puis ce Pont-Neuf où l'on se rencontre ; un mari sur
le Pont-Neuf ! Vous qui êtes si pieuse, si raisonnable,
qui êtes de famille, qui êtes riche, oh ! Pour cela, vous
n'y songez pas : je n'en veux pas dire davantage, car on
m'a recommandé de ne vous parler qu'en secret ; c'est
une affaire qu'il ne faut pas que tout le monde sache.
Et que vous apprenez pourtant à tout le monde, lui
répondit Mademoiselle Haberd, d'un ton de dépit.

Non, non, reprit la discrète d'Alain, je ne parle que
de rencontre sur le Pont-Neuf, et personne ne sait ce
que c'est ; demandez plutôt à ma fille, et à Monsieur,
ajouta-t-elle en montrant notre témoin, s'ils y com-
prennent quelque chose ? Il n'y a que vous et ce garçon
qui était avec vous, qui m'entendiez.

Oh ! Pour moi, je n'y entends rien, dit Agathe, sinon
que c'est sur le Pont-Neuf que s'est fait la connaissance
de Monsieur de la Vallée et vous, et voilà tout.

Encore n'y a-t-il que six jours, reprit la mère, et c'est
de quoi je ne dis mot. Six jours ! s'écria le témoin. Oui
six jours, mon voisin : mais n'en parlons plus, car aussi
bien vous ne saurez rien de moi ; il est inutile de
m'interroger, il suffit que nous en causerons, Mademoiselle Haberd et moi. Mettons-nous à table, et que
Monsieur de la Vallée s'y mette aussi, puisque Monsieur de la Vallée y a. Ce n'est pas que je méprise
personne assurément ; il est bon garçon et de bonne
mine, et il n'y a point de bien que je ne lui souhaite :
s'il n'est pas encore un Monsieur, peut-être qu'il le sera
un jour ; aujourd'hui serviteur, demain Maître ; il y en
a bien d'autres que lui qui ont été aux gages des gens,
et puis qui ont eu des gens à leurs gages.

Monsieur de la Vallée aux gages des gens ! s'écria
Agathe. Taisez-vous, petite fille, lui dit la mère ; de
quoi vous mêlez-vous ?

Était-ce aux gages de Mademoiselle qui est pré-

sente ? dit alors notre témoin. Eh ! Qu'importe, répondit-elle, laissons tout cela, mon compère, à bon enten-
deur, salut : C'est aujourd'hui, Monsieur de la Vallée,
on vous le donne pour cela, prenez-le de même et
mangeons.

Comme vous voudrez, reprit-il : mais c'est qu'on
aime à être avec les gens de sa sorte ; au surplus, je
ferai comme vous, commère ; on ne saurait faillir en
vous imitant.

Ce petit dialogue au reste, alla si vite, qu'à peine
eûmes-nous le temps de nous reconnaître, Mademoiselle Haberd et moi ; chaque détail nous assommait, et
le temps se passe à rougir en pareille occasion. Imaginez-vous ce que c'est que de voir toute notre histoire
racontée article par article, par cette femme qui ne
devait en parler qu'à Mademoiselle Haberd ; qui se tue
de dire, je ne dirai mot, et qui conte tout, en disant
toujours qu'elle ne contera rien.

Pour moi j'en fus terrassé, je restai muet, rien ne me
vint, et ma future n'y sut que se mettre à pleurer en se
renversant dans le fauteuil où elle était assise.

Je me remis pourtant au discours que tint notre
témoin, quand il dit qu'on aimait à être avec des gens
de sa sorte.

Cet honnête convive n'avait pas une mine fort
imposante, malgré un habit de drap neuf qu'il avait
pris, malgré une cravate bien blanche, bien longue,
bien empesée et bien roide, avec une perruque toute
neuve aussi, qu'on voyait que sa tête portait avec
respect et dont elle était plus embarrassée que couverte, parce qu'apparemment elle n'y était pas encore
familiarisée, et que cette perruque n'avait peut-être
servi que deux ou trois Dimanches.

Le bon homme, Épicier du coin comme je le sus
après, s'était mis dans cet équipage-là pour honorer

notre mariage, et la fonction de témoin qu'il y devait faire ; je ne dis rien de ses manchettes, qui avaient leur gravité particulière, je n'en vis jamais de si droites.

Eh ! Mais vous, Monsieur, qui parlez des gens de votre sorte, lui dis-je, de quelle sorte êtes-vous donc ? car le cœur[31] me dit que je vous vaux bien, hormis que j'ai mes cheveux, et vous ceux des autres. Ah ! Oui, dit-il, nous nous valons bien, l'un pour demander à boire, et l'autre pour en apporter : mais ne bougez, je n'ai pas de soif. Bonsoir, Madame d'Alain, je vous souhaite une bonne nuit, Mademoiselle. Et puis voilà notre témoin sorti[32].

FIN DE LA DEUXIÈME PARTIE

TROISIÈME PARTIE

Jusque-là nos autres témoins n'auraient rien dit, et seraient volontiers restés, je pense, n'eût-ce été que pour faire bonne chère ; car il n'est pas indifférent à de certaines gens d'être convives, un bon repas est quelque chose pour eux.

Mais ce témoin qui sortait était leur ami et leur camarade ; et comme il avait la fierté de ne pas manger avec moi, ils crurent devoir suivre son exemple, et se montrer aussi délicats que lui.

Puisque Monsieur un tel..... (parlant de l'autre) s'en va, nous ne pouvons plus vous être utiles, dit à Mademoiselle Haberd l'un des trois qui était gros et court ; ainsi Mademoiselle, je crois qu'il est à propos que nous prenions congé de la compagnie.

Discours qu'il tint d'un air presque aussi triste que sérieux ; il semblait qu'il disait, c'est bien à regret que nous nous retirons, mais nous ne saurions faire autrement.

Et ce qui rendait leur retraite encore plus difficile, c'est que pendant que leur Orateur avait parlé, on avait apporté les premiers plats de notre souper, qu'ils trouvaient de fort bonne mine ; je le voyais bien à leur façon de les regarder.

Messieurs, leur dit Mademoiselle Haberd d'un ton assez sec, je serais fâchée de vous gêner, vous êtes les maîtres.

Eh pourquoi s'en aller? dit Madame d'Alain, qui aimait les assemblées nombreuses et bruyantes, et qui se voyait enlever l'espoir d'une soirée où elle aurait fait la commère à discrétion. Eh pardi puisque voilà le souper servi, il n'y a qu'à se mettre à table!

Nous sommes bien mortifiés, mais cela ne se peut pas, répondit le témoin gros et court, cela ne se peut pas, notre voisine.

Ses confrères qui étaient rangés à côté de lui, n'opinaient qu'en baissant la tête, et se laissaient conduire sans avoir la force de prononcer un mot; ces viandes qu'on venait de servir leur ôtaient la parole; il salua, ils saluèrent, il sortit le premier, et ils le suivirent.

Il ne nous resta donc que Madame d'Alain et sa fille.

Voilà ce que c'est, dit la mère, en me regardant brusquement, voilà ce que c'est que de répondre aux gens mal à propos; si vous n'aviez rien dit, ils seraient encore là, et ne s'en iraient pas mécontents.

Pourquoi leur camarade a-t-il mal parlé, répondis-je, que veut-il dire avec les gens de sa sorte? il me méprise, et je ne dirais mot?

Mais entre nous, Monsieur de la Vallée, reprit-elle, a-t-il tant de tort? voyons, c'est un Marchand, un Bourgeois de Paris, un homme bien établi; de bonne foi êtes-vous son pareil, un homme qui est Marguillier de sa Paroisse?

Qu'appelez-vous, Madame, Marguillier de sa Paroisse? lui dis-je. Est-ce que mon père ne l'a pas été de la sienne? Est-ce que je pouvais manquer à l'être aussi moi, si j'avais resté dans notre Village, au lieu de venir ici?

Ah! oui, dit-elle, mais il y a Paroisse et Paroisse, Monsieur de la Vallée. Eh pardi, lui dis-je, je pense que notre Saint est autant que le vôtre ; Madame d'Alain, Saint Jacques vaut bien Saint Gervais.

Enfin ils sont partis, dit-elle d'un ton plus doux, car elle n'était point opiniâtre ; ce n'est pas la peine de disputer, cela ne les fera pas revenir ; pour moi je ne suis point glorieuse, et je ne refuse pas de souper. A l'égard de votre mariage, il en sera ce qui plaira à Dieu ; je n'en ai dit mon avis que par amitié, et je n'ai envie de fâcher personne.

Vous m'avez pourtant bien fâchée, dit alors Mademoiselle Haberd en sanglotant, et sans la crainte d'offenser Dieu, je ne vous pardonnerais jamais le procédé que vous avez eu ici ; venir dire toutes mes affaires devant des gens que je ne connais pas, insulter un jeune homme que vous savez que je considère, en parler comme d'un misérable, le traiter comme un valet, pendant qu'il ne l'a été qu'un moment par hasard, et encore parce qu'il n'était pas riche, et puis citer un Pont-Neuf, me faire passer pour une folle, pour une fille sans cœur, sans conduite, et répéter tous les discours d'un Prêtre qui n'en a pas agi selon Dieu dans cette occasion-ci ; car d'où vient est-ce [1] qu'il vous a fait tous ces contes-là ? qu'il parle en conscience, est-ce par religion, est-ce à cause qu'il est en peine de moi et de mes actions ? s'il a tant d'amitié pour moi, s'il s'intéresse si chrétiennement à ce qui me regarde, pourquoi donc m'a-t-il toujours laissé maltraiter par ma sœur pendant que nous demeurions toutes deux ensemble ? Y avait-il moyen de vivre avec elle ? pouvais-je y résister ? il sait bien que non ; je me marie aujourd'hui ; eh bien il aurait fallu me marier demain, et je n'aurais peut-être pas trouvé un si honnête homme. Monsieur de la Vallée m'a sauvé la vie ; sans lui je

serais peut-être morte ; il est d'aussi bonne famille que
moi ; que veut-on dire ? à qui en a Monsieur Doucin ?
vraiment l'intérêt est une belle chose ; parce que je le
quitte, et qu'il n'aura plus de moi les présents que je lui
faisais tous les jours, il faut qu'il me persécute sous
prétexte qu'il prend part à ce qui me regarde ; il faut
qu'une personne chez qui je demeure, et à qui je me
suis confiée, me fasse essuyer la plus cruelle avanie du
monde ; car y a-t-il rien de plus mortifiant que ce qui
m'arrive ?

Là les pleurs, les sanglots, les soupirs, et tous les
accents d'une douleur amère étouffèrent la voix de
Mademoiselle Haberd, et l'empêchèrent de continuer.

Je pleurai moi-même, au lieu de lui dire consolez-
vous ; je lui rendis les larmes qu'elle versait pour moi ;
elle en pleura encore davantage pour me récompenser
de ce que je pleurais ; et comme Madame d'Alain était
une si bonne femme, que tout ce qui pleurait avait
raison avec elle, nous la gagnâmes sur-le-champ, et ce
fut le Prêtre qui eut tort.

Eh doucement donc, ma chère amie ! dit-elle à
Mademoiselle Haberd en allant à elle. Eh mon Dieu
que je suis mortifiée de n'avoir pas su tout ce que vous
me dites ; allons, Monsieur de la Vallée, bon courage,
mon enfant ; venez m'aider à consoler cette chère
Demoiselle qui se tourmente pour deux mots que j'ai
véritablement lâchés à la légère ; mais que voulez-
vous, je ne devinais pas ; on entend un Prêtre qui parle,
et qui dit que c'est dommage qu'on se marie à vous ;
dame, je l'ai cru, moi ; on ne va pas s'imaginer qu'il a
ses petites raisons pour être si scandalisé. Pour ce qui
est d'aimer qu'on lui donne, oh je n'en doute pas ; c'est
de la bougie, c'est du café, c'est du sucre. Oui, oui, j'ai
une de mes amies qui est dans la grande dévotion, qui
lui envoie de tout cela ; je m'en ressouviens à cette

heure que vous en touchez un mot ; vous lui en donniez
aussi, et voilà ce qui en est ; faites comme moi, je parle
de Dieu tant qu'on veut, mais je ne donne rien ; ils sont
trois ou quatre de sa robe qui fréquentent ici, je les
reçois bien : bonjour, Monsieur, bonjour Madame ; on
prend du thé, quelquefois on dîne, la reprise de qua-
drille ensuite, un petit mot d'édification par-ci par-là,
et puis je suis votre servante ; aussi que je me marie
vingt fois au lieu d'une, je n'ai pas peur qu'ils s'en
mettent en peine ; au surplus, ma chère amie, consolez-
vous, vous n'êtes pas mineure, et c'est bien fait d'épouser Monsieur de la Vallée, et si ce n'est pas cette nuit ce
sera l'autre, et ce n'est qu'une nuit de perdue. Je vous
soutiendrai moi, laissez-moi faire. Comment donc, un
homme sans qui vous seriez morte ! eh pardi il n'y
aurait pas de conscience ! Oh il sera votre mari ; je
serais la première à vous blâmer, s'il ne l'était pas.

Elle en était là, quand nous entendîmes monter la
Cuisinière de Mademoiselle Haberd (car celle de
Madame d'Alain nous en avait procuré une, et j'avais
oublié de vous le dire).

Allons, ma mie, ajouta-t-elle, en caressant Mademoiselle Haberd, mettons-nous à table, essuyez vos yeux et
ne pleurez plus ; approchez son fauteuil, Monsieur de
la Vallée, et tenez-vous gaillard ; soupons : mettez-
vous là, petite fille.

C'était à Agathe à qui elle parlait, laquelle Agathe
n'avait dit mot depuis que sa mère était rentrée.

Notre situation ne l'avait pas attendrie, et plaindre
son prochain, n'était pas sa faiblesse ; elle n'avait
gardé le silence que pour nous observer en curieuse, et
pour s'amuser de la mine que nous faisions en pleurant. Je vis à la sienne que tout ce petit désordre la
divertissait, et qu'elle jouissait de notre peine, en
affectant pourtant un air de tristesse.

Il y a dans le monde bien des gens de ce caractère-là qui aiment mieux leurs amis dans la douleur que dans la joie ; ce n'est que par compliment qu'ils vous félicitent d'un bien, c'est avec goût qu'ils vous consolent d'un mal.

A la fin pourtant Agathe en se mettant à table fit une petite exclamation en notre faveur, et une exclamation digne de la part hypocrite qu'elle prenait à notre chagrin ; on se peint en tout et la petite personne, au lieu de nous dire ce n'est rien que cela, s'écria, ah, que ceci est fâcheux ; et voilà toujours dans quel goût les âmes malignes s'y prennent en pareil cas ; c'est là leur style.

La cuisinière entra, Mademoiselle Haberd sécha ses pleurs, nous servit, Madame d'Alain, sa fille, et moi ; et nous mangeâmes tous d'assez bon appétit ; le mien était grand, j'en cachai pourtant une partie de peur de scandaliser ma future qui soupait très sobrement, et qui m'aurait peut-être accusé d'être peu touché, si j'avais eu le courage de manger tant. On ne doit pas avoir faim quand on est affligé.

Je me retenais donc par décence, ou du moins j'eus l'adresse de me faire dire plusieurs fois, mangez donc ; Mademoiselle Haberd m'en pria elle-même, et de prières en prières, j'eus la complaisance de prendre une réfection fort honnête, sans qu'on y pût trouver à redire.

Notre entretien pendant le repas n'eut rien d'intéressant ; Madame d'Alain à son ordinaire s'y répandit en propos inutiles à répéter, nous y parla de notre aventure d'une manière qu'elle croyait très énigmatique, et qui était fort claire, remarqua que celle qui nous servait prêtait l'oreille à ses discours, et lui dit qu'il ne fallait pas qu'une servante écoutât ce que disaient les Maîtres.

Enfin Madame d'Alain en agit toujours avec sa discrétion accoutumée ; le repas fini, elle embrassa Mademoiselle Haberd, lui promit son amitié, son secours, presque sa protection, et nous laissa sinon consolés, du moins plus tranquilles que nous l'aurions été sans ses assurances de service. Demain, dit-elle, au défaut de Monsieur Doucin, nous trouverons bien un Prêtre qui vous mariera. Nous la remerciâmes de son zèle, et elle partit avec Agathe, qui ce soir-là ne mit rien pour moi dans la révérence qu'elle nous fit.

Pendant que Cathos nous desservait (c'était le nom de notre Cuisinière), Monsieur de la Vallée, me dit tout bas Mademoiselle Haberd, il faut que tu te retires, il ne convient pas que cette fille nous laisse ensemble. Mais ne sais-tu personne qui puisse te protéger ici, car je crains que ma sœur ne nous inquiète ; je gage que Monsieur Doucin aura été l'avertir et je la connais, je ne m'attends pas qu'elle nous laisse en repos.

Pardi, cousine, lui dis-je, pourvu que vous me souteniez, que peut-elle faire ; si j'ai votre cœur, qu'ai-je besoin d'autre chose ? je suis honnête garçon une fois, fils de braves gens ; mon père consent, vous consentez, je consens aussi, voilà le principal.

Surtout, me dit-elle, ne te laisse point intimider, quelque chose qui arrive ; je te le recommande ; car ma sœur a bien des amis, et peut-être emploiera-t-on la menace contre toi ; tu n'as point d'expérience, la peur te prendra, et tu me quitteras faute de résolution.

Vous quitter, lui dis-je ; oui quand je serai mort, il n'y aura que cela qui me donnera mon congé ; mais tant que mon âme et moi serons ensemble, nous vous suivrons partout l'un portant l'autre, entendez-vous, Cousine ? Je ne suis pas peureux de mon naturel, qui vit bien ne craint rien ; laissez-les venir, je vous aime, vous êtes aimable, il n'y aura personne qui dise que

non ; l'amour est pour tout le monde, vous en avez, j'en
ai, qui est-ce qui n'en a pas ? Quand on en a on se
marie, les honnêtes gens le pratiquent, nous le prati-
quons, voilà tout.

Tu as raison, me dit-elle, et ta fermeté me rassure ; je
vois bien que c'est Dieu qui te la donne ; c'est lui qui
conduit tout ceci ; je me ferais un scrupule d'en douter,
va, mon enfant, mettons toute notre confiance en lui,
remercions-le du soin visible qu'il a de nous ; mon Dieu,
bénissez une union qui est votre ouvrage. Adieu la
Vallée, plus il vient d'obstacles, et plus tu m'es cher.

Adieu, cousine, plus on nous chicane et plus je vous
aime, lui dis-je à mon tour ; hélas ! que je voudrais être
à demain, pour avoir à moi cette main que je tiens ; je
croyais l'avoir tantôt avec toute la personne ; quel tort
il me fait, ce Prêtre, ajoutai-je en lui pressant la main,
pendant qu'elle me regardait avec des yeux qui me
répétaient, quel tort il nous fait, mais qui le répétaient
le plus chrétiennement que cela se pouvait, vu l'amour
dont ils étaient pleins, et vu la difficulté d'ajuster tant
d'amour avec la modestie.

Va-t'en, me dit-elle, toujours bas, et en ajoutant un
soupir à ces mots, va-t'en, il ne nous est pas encore
permis de nous attendrir tant ; il est vrai que nous
devions [2] être mariés cette nuit, mais nous ne le serons
pas, la Vallée, ce n'est que pour demain, va-t'en donc.

Cathos alors avait le dos tourné, et je profitai de ce
moment pour lui baiser la main ; galanterie que j'avais
déjà vu faire, et qu'on apprend aisément ; la mienne
me valut encore un soupir de sa part, et puis je me
levai et lui donnai le bonsoir.

Elle m'avait recommandé de prier Dieu, et je n'y
manquai pas ; je le priai même plus qu'à l'ordinaire,
car on aime tant Dieu, quand on a besoin de lui.

Je me couchai fort content de ma dévotion, et

persuadé qu'elle était très méritoire. Je ne me réveillai le lendemain qu'à huit heures du matin.

Il en était près de neuf quand j'entrai dans la chambre de Mademoiselle Haberd qui s'était levée aussi plus tard que de coutume ; et j'avais eu à peine le temps de lui donner le bonjour, quand Cathos vint me dire que quelqu'un demandait à me parler.

Cela me surprit, je n'avais d'affaire avec personne. Est-ce quelqu'un de la maison ? dit Mademoiselle Haberd, encore plus intriguée que moi.

Non, Mademoiselle, répondit Cathos, c'est un homme qui vient d'arriver tout à l'heure. Je voulus aller voir qui c'était ; attendez, dit Mademoiselle Haberd, je ne veux pas que vous sortiez, qu'il vienne vous trouver ici, il n'y a qu'à le faire entrer.

Cathos nous l'amena ; c'était un homme assez bien mis, une manière de Valet de chambre qui avait l'épée au côté.

N'est-ce pas vous qui vous appelez Monsieur de la Vallée ? me dit-il. Oui Monsieur, répondis-je, qu'est-ce, qu'y a-t-il pour votre service ?

Je viens ici de la part de Monsieur le Président... (c'était un des premiers Magistrats de Paris) qui souhaiterait vous parler, me dit-il.

A moi, m'écriai-je, cela ne se peut pas, il faut que ce soit un autre Monsieur de la Vallée, car je ne connais pas ce Monsieur le Président, je ne l'ai de ma vie ni vu ni aperçu.

Non, non, reprit-il, c'est vous-même qu'il demande, c'est l'amant³ d'une nommée Mademoiselle Haberd ; j'ai là-bas un Fiacre qui nous attend, et vous ne pouvez pas vous dispenser de venir ; car on vous y obligerait : ainsi ce n'est pas la peine de refuser ; d'ailleurs, on ne veut vous faire aucun mal, on ne veut que vous parler.

J'ai fort l'honneur de connaître une parente de

Monsieur le Président et qui loge chez lui, dit alors
Mademoiselle Haberd ; et comme je soupçonne que
c'est une affaire qui me regarde aussi, je vous suivrai,
Messieurs, ne vous inquiétez point Monsieur de la
Vallée, nous y allons ensemble ; tout ceci vient de mon
aînée ; c'est elle qui cherche à nous traverser, nous la
trouverons chez Monsieur le Président ; j'en suis sûre,
et peut-être Monsieur Doucin avec elle. Allons, allons
voir de quoi il s'agit, vous n'attendrez pas, Monsieur ;
je n'ai qu'à changer de robe.

Non, Mademoiselle, dit le Valet de chambre (car c'en
était un), j'ai précisément ordre de n'amener que
Monsieur de la Vallée ; il faut qu'on ait prévu que vous
voudriez venir, puisqu'on m'a donné cet ordre positif,
ainsi vous ne sauriez nous suivre ; je vous demande
pardon du refus que je vous fais, mais il faut que
j'obéisse.

Voilà de grandes précautions, d'étranges mesures,
dit-elle ; eh bien Monsieur de la Vallée, partez, allez
devant, présentez-vous hardiment, j'y serai presque
aussitôt que vous, car je vais envoyer chercher une
voiture.

Je ne vous le conseille pas, Mademoiselle, dit le Valet
de chambre, car j'ai charge de vous dire qu'en ce cas
vous ne parleriez à personne.

A personne, s'écria-t-elle, eh ! qu'est-ce que cela
signifie ? Monsieur le Président passe pour un si honnête homme ; on le dit si homme de bien, comment se
peut-il qu'il en use ainsi ? où est donc sa religion ? ne
tient-il qu'à être Président pour envoyer chercher un
homme qui n'a que faire à lui ? C'est comme un
criminel qu'on envoie prendre ; en vérité je n'y comprends rien, Dieu n'approuve pas ce qu'il fait là ; je suis
d'avis qu'on n'y aille pas. Je m'intéresse à Monsieur de
la Vallée, je le déclare ; il n'a ni charge, ni emploi, j'en

conviens, mais c'est un sujet du Roi comme un autre, et il n'est pas permis de maltraiter les sujets du Roi, ni de les faire marcher comme cela, sous prétexte qu'on est Président, et qu'ils ne sont rien; mon sentiment est qu'il reste.

Non, Mademoiselle, lui dis-je alors, je ne crains rien (et cela était vrai), ne regardons pas si c'est bien ou mal fait de m'envoyer dire que je vienne; qu'est-ce que je suis pour être glorieux, ne faut-il pas se mesurer à son aune? quand je serai Bourgeois de Paris, encore passe; mais à présent que je suis si petit, il faut bien en porter la peine, et aller suivant ma taille : aux petits, les corvées, dit-on; Monsieur le Président me mande, trouvons que je suis bien mandé; Monsieur le Président me verra, sa Présidence me dira ses raisons, je lui dirai les miennes, nous sommes en pays de Chrétiens, je lui porte une bonne conscience, et Dieu par-dessus tout, marchons, Monsieur, je suis tout prêt.

Eh bien, j'y consens, dit Mademoiselle Haberd; car en effet, qu'en peut-il être; mais avant que vous partiez, venez que je vous dise un petit mot dans ce cabinet, Monsieur de la Vallée.

Elle y entra, je la suivis; elle ouvrit une armoire, mit sa main dans un sac, et en tira une somme en or qu'elle me dit de prendre. Je soupçonne, ajouta-t-elle, que tu n'as pas beaucoup d'argent, mon enfant; à tout hasard mets toujours cela dans ta poche. Va, Monsieur de la Vallée, que Dieu soit avec toi, qu'il te conduise et te ramène; ne tarde point à revenir, dès que tu le pourras, et souviens-toi que je t'attends avec impatience.

Oui cousine, oui maîtresse, oui charmante future, et tout ce qui m'est le plus cher dans le monde, oui, je retourne aussitôt; je ne ferai de bon sang qu'à mon arrivée; je ne vivrai point que je vous revoie, lui dis-je, en me jetant sur cette main généreuse qu'elle avait

vidée dans mon chapeau ; hélas ! quand on aurait un
cœur de rocher, ce serait bientôt un cœur de chair avec
vous et vos chères manières ; quelle bonté d'âme ; mon
Dieu, la charmante fille, que je l'aimerai quand je serai
son homme ; la seule pensée m'en fait mourir d'aise ;
viennent tous les Présidents du monde, et tous les
Greffiers du pays, voilà ce que je leur dirai, fussent-ils
mille avec autant d'Avocats. Adieu la Reine de mon
âme, adieu, personne chérie ; j'ai tant d'Amour que je
n'en saurais plus parler sans notre mariage, il me faut
cela pour dire le reste.

Pour toute réponse, elle se laissa tomber dans un
fauteuil en pleurant, et je partis avec ce Valet de
chambre qui m'attendait, et qui me parut honnête
homme.

Ne vous alarmez point, me dit-il en chemin, ce n'est
pas un crime que d'être aimé d'une fille, et ce n'est que
par complaisance que Monsieur le Président vous
envoie chercher, on l'en a prié dans l'espérance qu'il
vous intimiderait ; mais c'est un Magistrat plein de
raison et d'équité ; ainsi soyez en repos, défendez-vous
honnêtement, et tenez bon.

Aussi ferai-je, mon cher Monsieur, lui dis-je ; je vous
remercie du conseil, quelque jour je vous le revaudrai,
si je puis, mais je vous dirai que je vais là aussi gaillard
qu'à ma noce.

Ce fut en tenant de pareils discours que nous arrivâmes chez son Maître. Apparemment que mon histoire
avait éclaté dans la maison ; car j'y trouvai tous les
domestiques assemblés qui me reçurent en haie sur
l'escalier.

Je ne me démontai point ; chacun disait son mot sur
ma figure, et heureusement, de tous ces mots, il n'y en
avait pas un dont je pus [4] être choqué ; il y en eut même
de fort obligeants de la part des femmes. Il n'a pas l'air

sot, disait l'une ; mais vraiment la dévote a fort bien choisi, il est beau garçon, disait l'autre.

A droit[5], c'était, je suis bien aise de sa bonne fortune ; à gauche, j'aime sa physionomie, qu'il m'en vienne un de cette mine-là, je m'y tiens, entendais-je dire ici ; vous n'êtes pas dégoûtée, disait-on là.

Enfin, je puis dire que mon chemin fut semé de compliments ; et si c'était là passer par les baguettes[6], du moins étaient-elles les plus douces du monde, et j'aurais eu lieu d'être bien content, sans une vieille Gouvernante qui gâta tout, que je rencontrai au haut de l'escalier, et qui se fâcha sans doute de me voir si jeune pendant qu'elle était si vieille, et si éloignée de la bonne fortune de Mademoiselle Haberd.

Oh ! le coup de baguette de celle-là ne fut pas doux ; car me regardant d'un œil hagard, et levant les épaules sur moi ; hum ! qu'est-ce que c'est que cela, dit-elle, quelle bégueule à son âge de vouloir épouser ce godelureau ? il faut qu'elle ait perdu l'esprit.

Tout doucement, ma bonne mère, vous le perdriez bien au même prix, lui répondis-je, enhardi par tout ce que les autres m'avaient dit de flatteur.

Ma réponse réussit, ce fut un éclat de rire général, tout l'escalier en retentit, et nous entrâmes le Valet de chambre et moi dans l'appartement, en laissant une querelle bien établie entre la Gouvernante et le reste de la maison qui la sifflait en ma faveur.

Je ne sais pas comment la vieille s'en tira : mais comme vous voyez, mon début était assez plaisant.

La compagnie était chez Madame ; on m'y attendait, et ce fut aussi chez elle que me mena mon guide.

Modestie et courage, voilà avec quoi j'y entrai. J'y trouvai Mademoiselle Haberd l'aînée par qui je commence, parce que c'est contre elle que je vais plaider.

Monsieur le Président, homme entre deux âges.

Madame la Présidente, dont la seule physionomie m'aurait rassuré, si j'avais eu peur ; il n'en faut qu'une comme celle-là dans une compagnie pour vous faire aimer toutes les autres ; non pas que Madame la Présidente fût belle, il s'en fallait bien ; je ne vous dirai pas non plus qu'elle fût laide ; je n'oserais ; car si la bonté, si la franchise, si toutes les qualités qui font une âme aimable prenaient une physionomie en commun, elles n'en prendraient point d'autre que celle de cette Présidente.

J'entendis qu'elle disait au Président d'un ton assez bas, mon Dieu ! Monsieur, il me semble que ce pauvre garçon tremble ; allez-y doucement, je vous prie, et puis elle me regarda tout de suite d'un air qui me disait, ne vous troublez point.

Ce sont de ces choses si sensibles qu'on ne saurait s'y méprendre.

Mais ce que je dis là m'a écarté. Je comptais les assistants, en voilà déjà trois de nommés, venons aux autres.

Il y avait un Abbé d'une mine fine, et mis avec toute la galanterie que pouvait comporter son habit, gesticulant décemment, mais avec grâce ; c'était un petit-maître d'Église, je n'en dirai pas de lui davantage, car je ne l'ai jamais revu.

Il y avait encore une Dame parente du Président, celle que Mademoiselle Haberd avait dit connaître, et qui occupait une partie de la maison ; veuve d'environ cinquante ans, grande personne bien faite, et dont je ferai le portrait dans un moment ; voilà tout.

Il est bon d'avertir que cette Dame dont je promets le portrait, était une dévote aussi ; voilà bien des dévotes, dira-t-on, mais je ne saurais qu'y faire ; c'était par là que Mademoiselle Haberd l'aînée la connaissait, et qu'elle avait su l'intéresser dans l'affaire dont il s'agissait ; elles allaient toutes deux au même confessionnal.

Et à propos de dévotes, ce fut bien dans cette occasion où j'aurais pu dire : Tant de fiel entre-t-il dans l'âme des dévots[7] ? Je n'ai jamais vu de visage si furibond que celui de la Mademoiselle Haberd présente ; cela la changeait au point que je pensai la méconnaître.

En vérité il n'y a de mouvements violents que chez ces personnes-là, il n'appartient qu'à elles d'être passionnées ; peut-être qu'elles croient être assez bien avec Dieu pour pouvoir prendre ces licences-là sans conséquence, et qu'elles s'imaginent que ce qui est péché pour nous autres profanes, change de nom, et se purifie en passant par leur âme. Enfin je ne sais pas comment elles l'entendent, mais il est sûr que la colère des dévots est terrible.

Apparemment qu'on fait bien de la bile dans ce métier-là ; je ne parle jamais que des dévots, je mets toujours les pieux à part ; ceux-ci n'ont point de bile, la piété les en purge.

Je ne m'embarrassai guère de la fureur avec laquelle me regardait Mademoiselle Haberd ; je jetai les yeux sur elle aussi indifféremment que sur le reste de la compagnie, et je m'avançai en saluant Monsieur le Président.

C'est donc toi, me dit-il, que la sœur de Mademoiselle veut épouser ?

Oui, Monsieur, du moins me le dit-elle, et assurément je ne l'en empêcherai pas ; car cela me fait beaucoup d'honneur et de plaisir, lui répondis-je d'un air simple, mais ferme et tranquille ; je m'observai un peu sur le langage, soit dit en passant.

T'épouser toi ? reprit le Président, toi[8], es-tu fait

pour être son mari ? oublies-tu que tu n'es que son domestique ?

Je n'aurais pas de peine à l'oublier, lui dis-je, car je ne l'ai été qu'un moment par rencontre.

Voyez l'effronté comme il vous répond, Monsieur le Président, dit alors Mademoiselle Haberd.

Ha ! point du tout, Mademoiselle : c'est que vous êtes fâchée, dit sur-le-champ la Présidente d'un ton de voix si bien assorti avec cette physionomie dont j'ai parlé ; Monsieur le Président l'interroge, il faut bien qu'il réponde, il n'y a point de mal à cela, écoutons-le.

L'Abbé à ce dialogue souriait sous sa main d'un air spirituel et railleur ; Monsieur le Président baissait les yeux de l'air d'un homme qui veut rester grave, et qui retient une envie de rire.

L'autre Dame parente de la maison, faisait des nœuds [9], je pense, et la tête baissée, se contentait par intervalle de lever sourdement les yeux sur moi ; je la voyais qui me mesurait depuis les pieds jusqu'à la tête.

Pourquoi, reprit le Président, me dis-tu que tu n'as été qu'un moment son domestique, puisque tu es actuellement à son service ?

Oui, Monsieur, à son service comme au vôtre, je suis fort son serviteur, son ami, et son prétendu, et puis c'est tout.

Mais, petit fripon que vous êtes, s'écria là-dessus ma future belle-sœur, qui ne trouvait pas que le Président me parlât à sa fantaisie, mais pouvez-vous à votre âge mentir aussi impudemment que vous le faites ? Là, mettez la main sur la conscience, songez que vous êtes devant Dieu, et qu'il nous écoute. Est-ce que ma folle de sœur ne vous a pas rencontré dans la rue ? n'étiez-vous pas sur le pavé sans savoir où aller quand elle vous a pris ? que seriez-vous devenu sans elle ? ne seriez-vous pas réduit à tendre la main aux passants, si

elle n'avait pas eu la charité de vous mener au logis ?
Hélas ! la pauvre fille, il valait bien mieux qu'elle n'eût
pas pitié de vous ; il faut bien que sa charité n'ait pas
été agréable à Dieu, puisqu'il s'en est suivi un si grand
malheur pour elle : quel égarement, Monsieur le
Président, que les jugements de Dieu sont terribles !
elle passe un matin sur le Pont-Neuf, elle rencontre ce
petit libertin, elle me l'amène, il ne me revint [10] pas,
elle veut le garder à toute force malgré mon conseil et
l'inspiration d'un saint homme qui tâche de l'en
dissuader ; elle se brouille avec lui, se sépare d'avec
moi, prend une maison ailleurs, y va loger avec ce
misérable (Dieu me pardonne [11] de l'appeler ainsi),
se coiffe de lui, et veut être sa femme, la femme d'un
valet, à près de cinquante ans qu'elle a.

Oh ! l'âge ne fait rien à cela, dit sans lever la tête la
Dame dévote, à qui cet article des cinquante ans ne
plut pas, parce qu'elle avait sa cinquantaine, et qu'elle
craignait que ce discours ne fît songer à elle. Et
d'ailleurs, dit-elle en continuant, est-elle si âgée, Mademoiselle votre sœur ? vous êtes en colère, et il me
semble lui avoir entendu dire qu'elle était de mon âge,
et sur ce pied-là, elle serait à peu près de cinq ans plus
jeune.

Je vis le Président sourire à ce calcul ; apparemment
qu'il ne lui paraissait pas exact.

Eh ! Madame, reprit Mademoiselle Haberd l'aînée
d'un ton piqué, je sais l'âge de ma sœur, je suis son
aînée, et j'ai près de deux ans plus qu'elle, oui,
Madame, elle a cinquante ans moins deux mois, et je
pense qu'à cet âge-là on peut passer pour vieille ; pour
moi je vous avoue que je me regarde comme telle ; tout
le monde ne se soutient pas comme vous, Madame.

Autre sottise qui lui échappa, ou par faute d'attention, ou par rancune.

Comme moi, Mademoiselle Haberd ? répondit la
Dame en rougissant ; eh ! où allez-vous ? est-ce qu'il est
question de moi ici ? je me soutiens, dites-vous, je le
crois bien, et Dieu sait si je m'en soucie, mais il n'y a
pas grand miracle qu'on se soutienne encore à mon
âge.

Il est vrai, dit le Président en badinant, que Mademoiselle Haberd rend le bel âge bien court, et que la
vieillesse ne vient pas de si bonne heure ; mais laissons
là la discussion des âges.

Oui, Monsieur le Président, répondit notre aînée, ce
n'est pas les années que je regarde à cela, c'est l'état du
mari qu'elle prend ; c'est la bassesse de son choix ;
voyez quel affront ce sera pour la famille. Je sais bien
que nous sommes tous égaux devant Dieu, mais devant
les hommes ce n'est pas de même, et Dieu veut qu'on
ait égard aux Coutumes établies parmi eux, il nous
défend de nous déshonorer, et les hommes diront que
ma sœur aura épousé un gredin ; voilà comment ils
appelleront ce petit garçon-là, et je demande qu'on
empêche une pauvre égarée de nous couvrir de tant de
honte ; ce sera même travailler pour son bien, il faut
avoir pitié d'elle, je l'ai déjà recommandée aux prières
d'une sainte Communauté ; Monsieur Doucin m'a promis les siennes ; Madame aussi, ajouta-t-elle en regardant la Dame dévote, qui ne parut pas alors goûter
beaucoup cette apostrophe ; voilà Madame la Présidente et Monsieur l'Abbé que je n'ai pas l'honneur de
connaître, qui ne nous refuseront pas les leurs (les
prières de Monsieur l'Abbé étaient quelque chose
d'impayable en cette occasion-ci ; on pensa en éclater
de rire, et aussi remercia-t-il de l'invitation, d'un air
qui mettait ses prières au prix qu'elles valaient) ; et
vous aurez part à une bonne œuvre, dit-elle encore au

Président, si vous voulez bien nous secourir de votre crédit là-dedans.

Allez, Mademoiselle, ne vous inquiétez point, dit le Président, votre sœur ne l'épousera pas; il n'oserait porter la chose jusque-là, et s'il avait envie d'aller plus loin, nous l'en empêcherions bien, mais il ne nous en donnera pas la peine, et pour le dédommager de ce qu'on lui ôte, je veux avoir soin de lui, moi.

Il y avait longtemps que je me taisais, parce que je voulais dire mes raisons tout de suite[12], et je n'avais pas perdu mon temps pendant mon silence; j'avais jeté de fréquents regards sur la Dame dévote, qui y avait pris garde, et qui m'en avait même rendu quelqu'uns[13] à la sourdine; et pourquoi m'étais-je avisé de la regarder? c'est que je m'étais aperçu par-ci par-là qu'elle m'avait regardé elle-même, et que cela m'avait fait songer que j'étais beau garçon; ces choses-là se lièrent dans mon esprit; on agit dans mille moments en conséquence d'idées confuses qui viennent je ne sais comment, qui vous mènent, et qu'on ne réfléchit point.

Je n'avais pas négligé non plus de regarder la Présidente, mais celle-là d'une manière humble et suppliante; j'avais dit des yeux à l'une : il y a plaisir à vous voir, et elle m'avait cru; à l'autre, protégez-moi, et elle me l'avait promis, car il me semble qu'elles m'avaient entendu toutes deux, et répondu ce que je vous dis là.

Monsieur l'Abbé même avait eu quelque part à mes attentions; quelques regards extrêmement honnêtes me l'avaient aussi disposé en ma faveur; de sorte que j'avais déjà les deux tiers de mes Juges pour moi quand je commençai à parler.

D'abord je fis faire silence, car de la manière dont je m'y pris, cela voulait dire, écoutez-moi.

Monsieur le Président, dis-je donc, j'ai laissé parler

Mademoiselle à son aise, je l'ai laissé m'injurier tant qu'il lui a plu ; quand elle ferait encore un discours d'une heure, elle n'en dirait pas plus qu'elle en a dit ; c'est donc à moi à parler à présent ; chacun à son tour, ce n'est pas trop.

Vous dites, Monsieur le Président, que si je veux épouser Mademoiselle Haberd la cadette, on m'en empêchera bien ; à quoi je vous réponds, que si on m'en empêche, il me sera bien force de la laisser là ; à l'impossible nul n'est tenu ; mais que si on ne m'en empêche pas je l'épouserai, cela est sûr, et tout le monde en ferait autant à ma place.

Venons à cette heure aux injures qu'on me dit ; je ne sais pas si la dévotion les permet ; en tout cas je les mets sur la conscience de Mademoiselle qui les a proférées. Elle dit que Dieu nous écoute, et tant pis pour elle, car ce n'est pas là de trop belles paroles qu'elle lui a fait entendre ; bref, à son compte, je suis un misérable, un gredin ; sa sœur une folle, une pauvre vieille égarée ; à tout cela il n'y a que le prochain de foulé, qu'il s'accommode, parlons de moi. Voilà, par exemple, Mademoiselle Haberd l'aînée, Monsieur le Président ; si vous lui disiez comme à moi, toi par-ci, toi par-là, qui es-tu, qui n'es-tu pas ? elle ne manquerait pas de trouver cela bien étrange ; elle dirait, Monsieur, vous me traitez mal, et vous penseriez en vous-même, elle a raison ; c'est Mademoiselle qu'il faut dire : aussi faites-vous ; Mademoiselle ici, Mademoiselle là, toujours honnêtement Mademoiselle, et à moi toujours tu et toi. Ce n'est pas que je m'en plaigne, Monsieur le Président, il n'y a rien à dire, c'est la coutume de vous autres grands Messieurs ; toi, c'est ma part et celle-là du pauvre monde ; voilà comme on le mène : pourquoi pauvre monde est-il ? ce n'est pas votre faute, et ce que j'en dis n'est que pour faire une comparaison. C'est que Mademoiselle à qui ce serait mal fait de dire, que veux-tu, n'est presque pourtant pas plus Mademoiselle que je suis Monsieur, c'est ma foi la même chose.

Comment donc, petit impertinent, la même chose ? s'écria-t-elle.

Eh pardi oui, répondis-je ; mais je n'ai pas fait, laissez-moi me reprendre.

Est-ce que Monsieur Haberd votre père, et devant Dieu soit son âme, était un gredin, Mademoiselle ? Il était fils d'un bon Fermier de Beauce, moi fils d'un bon Fermier de Champagne ; c'est déjà Ferme pour Ferme ; nous voilà déjà Monsieur votre père et moi aussi gredins l'un que l'autre ; il se fit Marchand, n'est-ce pas ? je le serai peut-être ; ce sera encore boutique pour boutique. Vous autres Demoiselles qui êtes ses filles, ce n'est donc que d'une boutique que vous valez mieux que moi ; mais cette boutique, si je la prends, mon fils dira, mon père l'avait, et par là mon fils sera au niveau de vous. Aujourd'hui vous allez de la Boutique à la Ferme, et moi j'irai de la Ferme à la Boutique ; il n'y a pas là grande différence ; ce n'est qu'un étage que vous avez de plus que moi ; est-ce qu'on est misérable à cause d'un étage de moins ? Est-ce que les gens qui servent Dieu comme vous, qui s'adonnent à l'humilité comme vous, comptent les étages, surtout quand il n'y en a qu'un à redire ?

Pour ce qui est de cette rue où vous dites que votre sœur m'a rencontré ; eh bien cette rue, c'est que tout le monde y passe ; j'y passais, elle y passait, et il vaut autant se rencontrer là qu'ailleurs, quand on a à se rencontrer quelque part. J'allais être mendiant sans elle ; hélas ! non pas le même jour, mais un peu plus tard, il aurait bien fallu en venir là ou s'en retourner à la Ferme ; je le confesse franchement, car je n'y entends

point finesse; c'est bien un plaisir que d'être riche,
mais ce n'est pas une gloire hormis pour les sots; et
puis y a-t-il si grande merveille à mon fait; on est
jeune, on a père et mère, on sort de chez eux pour faire
quelque chose; quelle richesse voulez-vous qu'on
aye [14]? on a peu, mais on cherche, et je cherchais; là-
dessus votre sœur vient; qui êtes-vous? me dit-elle; je
le lui récite; voulez-vous venir chez nous? nous sommes deux filles craignant Dieu, dit-elle. Oui-da, lui dis-
je, et en attendant mieux je la suis. Nous causons par
les chemins, je lui apprends mon nom, mon surnom,
mes moyens, je lui détaille ma famille; elle me dit, la
nôtre est de même étoffe; moi je m'en réjouis; elle dit
qu'elle en est bien aise; je lui repars, elle me repart; je
la loue, elle me le rend; vous me paraissez bon garçon,
vous, Mademoiselle, la meilleure fille de Paris; je suis
content, lui dis-je, moi contente, et puis nous arrivons
chez vous, et puis vous la querellez à cause de moi;
vous dites que vous la quitterez, elle vous quitte la
première; elle m'emmène; la voilà seule; l'ennui la
prend, la pensée du mariage lui vient, nous en devi-
sons, je me trouve là tout porté, elle m'estime, je la
révère; je suis fils de Fermier, elle petite-fille, elle ne
chicane pas sur un cran de plus, sur un cran de moins,
sur une boutique en deçà, sur une boutique en delà;
elle a du bien pour nous deux, moi de l'amitié pour
quatre; on appelle un Notaire; j'écris en Champagne,
on me récrit, tout est prêt, et je demande à Monsieur le
Président qui sait la Justice par cœur, à Madame la
Présidente qui nous écoute, à Madame qui a si bon
esprit, à Monsieur l'Abbé qui a de la conscience; je
demande à tout Paris, comme s'il était là, où est ce
grand affront que je vous fais?

A ces mots la compagnie se tut, personne ne répondit. Notre aînée qui s'attendait que Monsieur le Prési-

dent parlerait, le regardait étonnée de ce qu'il ne disait rien ; quoi ! Monsieur, lui dit-elle, est-ce que vous m'abandonnez !

J'aurais fort envie de vous servir, Mademoiselle, lui dit-il, mais que voulez-vous que je fasse en pareil cas ? je croyais l'affaire bien différente, et si tout ce qu'il dit est vrai, il ne serait ni juste ni possible de s'opposer à un mariage qui n'a point d'autre défaut que d'être ridicule à cause de la disproportion des âges.

Sans compter, dit la Dame parente, qu'on en voit tous les jours de bien plus grandes de ces disproportions, et que celle-ci ne sera sensible que dans quelques années, car votre sœur est encore fraîche.

Et d'ailleurs, dit la Présidente, d'un air conciliant, elle est sa maîtresse, cette fille, et ce jeune homme n'a contre lui que sa jeunesse dans le fond.

Et il n'est pas défendu d'avoir un mari jeune, dit l'Abbé d'un ton goguenard.

Mais n'est-ce pas une folie qu'elle fait, dit Mademoiselle Haberd, dont toutes ces généalogies avaient mis la tête en désordre ; et n'y a-t-il pas de la charité à l'en empêcher ? Vous, Madame, qui m'avez tant promis d'engager Monsieur le Président à me prêter son secours, ajouta-t-elle en parlant à cette Dame dévote, est-ce que vous ne le presserez pas d'agir ? je comptais tant sur vous.

Mais, ma bonne Demoiselle Haberd, reprit la Dame, il faut entendre raison. Vous m'avez parlé de ce jeune homme comme du dernier des malheureux, n'appartenant à personne, et j'ai pris feu là-dessus ; mais point du tout, ce n'est point cela, c'est le fils d'honnêtes gens d'une bonne famille de Champagne, d'ailleurs un garçon raisonnable ; et je vous avoue que je me ferais un scrupule de nuire à sa petite fortune.

A ce discours le garçon raisonnable salua la scrupuleuse ; ma révérence partit sur-le-champ.

Mon Dieu ! qu'est-ce que c'est que le monde ? s'écria ma belle-sœur future. Pour avoir dit à Madame qu'elle se soutenait bien à l'âge qu'a ma sœur, voilà que j'ai perdu ses bonnes grâces ; qui est-ce qui devinerait qu'on est encore une nymphe à cinquante ans ? Adieu, Madame, Monsieur le Président, je suis votre servante.

Cela dit, elle salua le reste de la compagnie, pendant que la Dame dévote la regardait de côté d'un air méprisant, sans daigner lui répondre.

Allez, mon enfant, me dit-elle quand l'autre fut partie, mariez-vous, il n'y a pas le mot à vous dire.

Je lui conseille même de se hâter, dit la Présidente, car cette sœur-là est bien mal intentionnée. De quelque façon qu'elle s'y prenne, ses mauvaises intentions n'aboutiraient à rien, dit froidement le Président, et je ne vois pas ce qu'elle pourrait faire.

Là-dessus on annonça quelqu'un. Venez, me dit en se levant la Nymphe de cinquante ans, je vais vous donner un petit billet pour Mademoiselle Haberd ; c'est une fort bonne fille, je l'ai toujours mieux aimée que l'autre, et je suis bien aise de lui apprendre comment ceci s'est passé. Monsieur le Président, permettez-moi de passer un moment dans votre cabinet pour écrire ; et tout de suite elle part, et je la suis très content de mon ambassade.

Quand nous fûmes dans ce cabinet : Franchement mon garçon, me dit-elle, en prenant une feuille de papier, et en essayant quelques plumes, j'ai d'abord été contre vous ; cette emportée qui sort nous avait si fort parlé à votre désavantage, que votre mariage paraissait la chose du monde la plus extraordinaire ; mais j'ai changé d'avis dès que je vous ai vu ; je vous ai trouvé une physionomie qui détruisait tout le mal qu'elle avait dit ; et effectivement vous l'avez belle, et même heureuse ; Mademoiselle Haberd la cadette a raison.

Je suis bien obligé, Madame, à la bonne opinion que vous avez de moi, lui répondis-je, et je tâcherai de la mériter.

Oui, me dit-elle, je pense très bien de vous, extrêmement bien, je suis charmée de votre aventure ; et si cette fâcheuse sœur vous faisait encore quelque chicane, vous pouvez compter que je vous servirai contre elle.

C'était toujours en essayant différentes plumes, qu'elle me tenait ces discours, et elle ne pouvait pas en trouver de bonnes.

Voilà de mauvaises plumes, dit-elle, en tâchant d'en tailler, ou plutôt d'en raccommoder une ; quel âge avez-vous ? Bientôt vingt ans, Madame, lui dis-je en gros. C'est le véritable âge de faire fortune, reprit-elle ; vous n'avez besoin que d'amis qui vous poussent, et je veux vous en donner ; car j'aime votre Mademoiselle Haberd, et je lui sais bon gré de ce qu'elle fait pour vous ; elle a du discernement, mais est-il vrai qu'il n'y a que quatre ou cinq mois que vous arrivez de campagne, on ne le croirait point à vous voir, vous n'êtes point hâlé, vous n'avez point l'air campagnard, il a le plus beau teint du monde.

A ce compliment les roses du beau teint augmentèrent ; je rougis un peu par pudeur, mais bien plus par je ne sais quel sentiment de plaisir qui me vint de me voir loué sur ce ton-là par une femme de cette considération.

On se sent bien fort et bien à son aise quand c'est par la figure qu'on plaît, car c'est un mérite qu'on n'a point de peine à soutenir ni à faire durer ; cette figure ne change point, elle est toujours là, vos agréments y tiennent ; et comme c'est à eux qu'on en veut, vous ne craignez point que les gens se détrompent sur votre chapitre, et cela vous donne de la confiance.

Je crois que je plais par ma personne, disais-je donc en moi-même, et je sentais en même temps l'agréable et le commode de cette façon de plaire ; ce qui faisait que j'avais l'air assez aisé.

Cependant les plumes allaient toujours mal : on essayait de les tailler, on ne pouvait en venir à bout, et tout en se dépitant, on continuait la conversation.

Je ne saurais écrire avec cela, me dit-elle, ne pourriez-vous pas m'en tailler une ?

Oui-da, Madame, lui dis-je, je vais tâcher ; j'en prends donc une, et je la taille.

Vous mariez-vous cette nuit ? reprit-elle, pendant que j'étais après cette plume. Je crois qu'oui, Madame.

Eh dites-moi, ajouta-t-elle en souriant, Mademoiselle Haberd vous aime beaucoup, mon garçon, je n'en doute pas, et je n'en suis point surprise ; mais entre nous, l'aimez-vous un peu aussi ? avez-vous de l'amour pour elle ? là, ce que l'on appelle de l'amour, ce n'est pas de l'amitié que j'entends, car de cela elle en mérite beaucoup de votre part, et vous n'êtes pas obligé au reste, mais a-t-elle quelques charmes à vos yeux toute âgée qu'elle est ?

Ces derniers mots furent prononcés d'un ton badin qui me dictait ma réponse, qui semblait m'exciter à dire que non, et à plaisanter de ces charmes [15]. Je sentis que je lui ferais plaisir de n'être pas impatient de les posséder ; et ma foi je n'eus pas la force de lui refuser ce qu'elle demandait.

En fait d'amour, tout engagé qu'on est déjà, la vanité de plaire ailleurs vous rend l'âme si infidèle, et vous donne en pareille occasion de si lâches complaisances !

J'eus donc la faiblesse de manquer d'honneur et de

sincérité ici ; car j'aimais Mademoiselle Haberd, du moins je le croyais, et cela revient au même pour la friponnerie que je fis alors ; et quand je ne l'aurais pas aimé, les circonstances où je me trouvais avec elle, les obligations que je lui avais et que j'allais lui avoir, tout n'exigeait-il pas que je dise sans hésiter, oui, je l'aime, et de tout mon cœur ?

Je n'en fis pourtant rien, parce que cette Dame ne voulait pas que je l'aimasse, et que j'étais flatté de ce qu'elle ne le voulait pas.

Mais comme je n'étais pas de caractère à être un effronté fripon, que je n'étais même tout au plus capable d'un procédé faux, que dans un cas de cette nature, je pris un milieu que je m'imaginai en être un, et ce fut de me contenter de sourire sans rien répondre, et de mettre une mine à la place du mot qu'on me demandait.

Oui, oui, je vous entends, dit la Dame, vous êtes plus reconnaissant qu'amoureux, je m'en doutais bien ; cette fille-là n'a pourtant pas été désagréable autrefois.

Pendant qu'elle parlait j'essayais la plume que j'avais taillée ; elle n'allait pas à ma fantaisie, et j'y retouchais pour allonger un entretien qui m'amusait beaucoup, et dont je voulais voir la fin.

Oui, elle est fort passée, mais je pense qu'elle a été assez jolie, dit encore la Dame en continuant, et comme dit sa sœur, elle a bien cinquante ans ; il n'a pas tenu à moi tantôt qu'elle ne fût de beaucoup plus jeune, car je la faisais de mon âge pour la rendre plus excusable. Si j'avais pris le parti de sa sœur aînée, je vous aurais nui auprès du Président, mais je n'ai eu garde.

J'ai bien remarqué, lui dis-je, la protection que vous m'accordiez, Madame ; il est vrai, reprit-elle, que je me suis assez ouvertement déclarée ; cette pauvre cadette, je me mets à sa place, elle aurait eu trop de chagrin de vous perdre, toute vieille qu'elle est, et d'ailleurs je vous veux du bien.

Hélas! Madame, repris-je d'un air naïf, j'en dirais bien autant de vous, si je valais la peine de parler. Eh pourquoi non, répondit-elle, je ne néglige l'amitié de personne, mon cher enfant, surtout de ceux qui sont à mon gré autant que vous, car vous me plaisez, je ne sais, mais vous m'avez prévenue en votre faveur; je ne regarde pas à la condition des gens, moi; je ne règle pas mon goût là-dessus.

Et quoiqu'elle glissât ces dernières paroles en femme qui prend les mots qui lui viennent, et qui n'a pas à s'observer sur ce qu'elle pense, la force du discours l'obligea pourtant à baisser les yeux, car on ne badine pas avec sa conscience.

Cependant je ne savais plus que faire de cette plume; il était temps de l'avoir rendue bonne, ou de la laisser là.

Je vous supplie, lui dis-je, de me conserver cette bonne volonté que vous me marquez, Madame; il ne saurait me venir du bien d'aucune part, que j'aime autant que de la vôtre.

Et c'était en lui rendant la plume que je parlais ainsi; elle la prit, l'essaya, et dit, elle va fort bien: vous écrivez lisiblement sans doute? assez, lui dis-je; cela suffit, et j'ai envie, reprit-elle, de vous donner à copier quelque chose que je souhaiterais avoir au net; quand il vous plaira, Madame, lui dis-je.

Là-dessus elle commença sa Lettre à Mademoiselle Haberd, et de temps en temps levait les yeux sur moi.

Votre père est-il bel homme? est-ce à lui que vous ressemblez, ou à votre mère? me dit-elle, après deux ou trois lignes d'écrites. C'est à ma mère, Madame, lui dis-je.

Deux lignes après : Votre Histoire avec cette vieille fille qui vous épouse est singulière, ajouta-t-elle, comme par réflexion, et en riant ; il faut pourtant qu'elle ait de bons yeux, toute retirée qu'elle a vécu, et je ne la plains pas ; mais surtout vivez en honnête homme avec elle, je vous y exhorte, mon garçon, et faites après de votre cœur ce qu'il vous plaira, car à votre âge on ne le garde pas.

Hélas ! Madame, lui dis-je, à quoi me servirait-il de le donner ? qui est-ce qui voudrait d'un Villageois comme moi ?

Oh, reprit-elle, en secouant la tête, ce ne serait pas là la difficulté. Vous m'excuserez, Madame, lui dis-je, parce que ce ne serait pas ma pareille que j'aimerais, je ne m'en soucierais pas, ce serait quelque personne qui serait plus que moi ; il n'y a que cela qui me ferait envie.

Eh bien, me dit-elle, c'est là penser à merveille, et je vous en estime davantage ; ce sentiment-là vous sied bien, ne le perdez pas, il vous fait honneur, et il vous réussira, je vous le prédis ; je m'y connais, vous devez m'en croire, ayez bon courage, et c'était avec un regard persuasif qu'elle me disait cela. A propos de cœur, ajouta-t-elle, êtes-vous né un peu tendre ? c'est la marque d'un bon caractère.

Oh pardi, je suis donc du meilleur caractère du monde, repris-je. Oui-da, dit-elle, ha, ha, ha... ce gros garçon ; il me répond cela avec une vivacité tout à fait plaisante ; eh parlez-moi franchement, est-ce que vous auriez déjà quelque vue ? aimeriez-vous actuellement quelque personne ?

Oui, lui dis-je, j'aime toutes les personnes à qui j'ai obligation comme à vous, Madame, que j'aime plus que toutes les autres.

Prenez garde, me dit-elle, je parle d'amour, et vous

n'en avez pas pour ces personnes-là non plus que pour
moi ; si vous nous aimez c'est par reconnaissance, et
non pas à cause que nous sommes aimables.

Quand les personnes sont comme vous, c'est à cause
de tout, lui repartis-je ; mais ce n'est pas à moi à le
dire. Oh dites, mon enfant, dites, reprit-elle, je ne suis
ni sotte ni ridicule, et pourvu que vous soyez de bonne
foi, je vous le pardonne.

Pardi, de bonne foi, répondis-je, si je ne l'étais pas, je
serais donc bien difficile. Doucement pourtant, me dit-
elle, en se mettant le doigt sur la bouche, ne dites cela
qu'à moi au moins, car on en rirait, mon enfant, et
d'ailleurs vous me brouilleriez avec Mademoiselle
Haberd, si elle le savait.

Je m'empêcherais bien de le dire, si elle était là,
repris-je. Vraiment c'est que ces vieilles sont jalouses,
et que le monde est méchant, ajouta-t-elle, en achevant
sa Lettre, et il faut toujours se taire.

Nous entendîmes alors du bruit dans une chambre
prochaine.

N'y aurait-il pas là quelque domestique qui nous
écoute ? dit-elle en pliant sa Lettre, j'en serais fâchée ;
sortons, rendez ce billet à Mademoiselle Haberd, dites-
lui que je suis son amie, entendez-vous, et dès que vous
serez marié venez m'en informer ici où je demeure ;
mon nom est au bas du billet que j'ai écrit ; mais ne
venez que sur le soir, je vous donnerai ces papiers que
vous copierez, et nous causerons sur les moyens de
vous rendre service dans la suite. Allez, mon cher
enfant, soyez sage, j'ai de bonnes intentions pour vous,
dit-elle d'un ton plus bas avec douceur, et en me
tendant la Lettre d'une façon qui voulait dire, je vous
tends la main aussi ; du moins je le compris de même,
de sorte qu'en recevant le billet, je baisai cette main
qui paraissait se présenter, et qui ne fit point la cruelle,

malgré la vive et affectueuse reconnaissance avec
laquelle je la baisais, et cette main était belle.

Pendant que je la tenais, voilà encore ce qu'il ne faut
point dire, me glissa-t-elle en me quittant. Oh je suis
honnête garçon, Madame, lui répondis-je bien confidemment, en vrai Paysan pour le coup, en homme qui
convient de bonne foi qu'on ne le maltraite pas, et qui
ne sait pas vivre avec la pudeur des Dames.

Le trait était brutal, elle rougit légèrement, car je
n'étais pas digne qu'elle en rougît beaucoup ; je ne
savais pas l'indécence que je faisais ; ainsi elle se remit
sur-le-champ, et je vis que toute réflexion faite, elle était
bien aise de cette grossièreté qui m'était échappé [16] ;
c'était une marque que je comprenais ses sentiments,
et cela lui épargnait les détours qu'elle aurait été
obligée de prendre une autre fois pour me les dire.

Nous nous quittâmes donc ; elle rentra dans l'appartement de Madame la Présidente, et moi je me retirai
plein d'une agréable émotion.

Est-ce que vous aviez dessein de l'aimer ? me direz-
vous. Je n'avais aucun dessein déterminé ; j'étais seulement charmé de me trouver au gré d'une grande Dame,
j'en pétillais d'avance, sans savoir à quoi cela abouti-
rait, sans songer à la conduite que je devais tenir.

De vous dire que cette Dame me fût indifférente,
non ; de vous dire que je l'aimais, je ne crois pas non
plus. Ce que je sentais pour elle ne pouvait guère
s'appeler de l'amour ; car je n'aurais pas pris garde à
elle, si elle n'avait pas pris garde à moi ; et de ses
attentions même, je ne m'en serais point soucié, si elle
n'avait pas été une personne de distinction.

Ce n'était donc point elle que j'aimais, c'était son
rang qui était très grand par rapport à moi.

Je voyais une femme de condition d'un certain air,
qui avait apparemment des valets, un équipage, et qui

me trouvait aimable ; qui me permettait de lui baiser
la main, et qui ne voulait pas qu'on le sût ; une femme
enfin qui nous tirait mon orgueil et moi du néant où
nous étions encore ; car avant ce temps-là m'étais-je
estimé quelque chose ? avais-je senti ce que c'était
qu'amour-propre ?

Il est vrai que j'allais épouser Mademoiselle Haberd ;
mais c'était une petite Bourgeoise qui avait débuté par
me dire, que j'étais autant qu'elle, qui ne m'avait pas
donné le temps de m'enorgueillir de sa conquête, et
qu'à son bien près je regardais comme mon égale.

N'avais-je pas été son cousin ? le moyen après cela de
voir une distance sensible entre elle et moi ?

Mais ici elle était énorme, je ne la pouvais pas
mesurer, je me perdais en y songeant ; cependant
c'était de cette distance-là qu'on venait à moi, ou que
je me trouvais tout d'un coup porté jusqu'à une
personne qui n'aurait pas seulement dû savoir si j'étais
au monde ; oh ! voyez s'il n'y avait pas là de quoi me
tourner la tête, de quoi me donner des mouvements
approchant de ceux de l'amour ?

J'aimais donc par respect et par étonnement pour
mon aventure, par ivresse de vanité, par tout ce qu'il
vous plaira, par le cas infini que je faisais des appas de
cette Dame ; car je n'avais rien vu de si beau qu'elle, à
ce que je m'imaginais alors : elle avait pourtant
cinquante ans, et je l'avais fixée à cela dans la chambre
de la Présidente, mais je ne m'en ressouvenais plus ; je
ne lui désirais rien ; eût-elle eu vingt ans de moins, elle
ne m'aurait pas paru en valoir mieux ; c'était une
Déesse, et les Déesses n'ont point d'âge.

De sorte que je m'en retournai pénétré de joie, bouffi
de gloire, et plein de mes folles exagérations sur le
mérite de la Dame.

Il ne me vint pas un moment en pensée, que mes

sentiments fissent tort à ceux que je devais à Mademoiselle Haberd, rien dans mon esprit n'avait changé pour
elle, et j'allais la revoir aussi tendrement qu'à l'ordinaire ; j'étais ravi d'épouser l'une, et de plaire à l'autre,
et on sent fort bien deux plaisirs à la fois.

Mais avant que de me mettre en chemin pour
retourner chez ma future, j'aurais dû faire le portrait
de cette Déesse que je venais de quitter ; mettons-le ici,
il ne sera pas long.

Vous savez son âge, je vous ai dit qu'elle était bien
faite, et ce n'est pas assez dire ; j'ai vu peu de femmes
d'une taille aussi noble, et d'un aussi grand air.

Celle-ci se mettait toujours d'une manière modeste,
d'une manière pourtant qui n'ôtait rien à ce qui lui
restait d'agréments naturels.

Une femme aurait pu se mettre comme cela pour
plaire, sans être accusée de songer à plaire ; je dis une
femme intérieurement coquette ; car il fallait l'être
pour tirer parti de cette parure-là ; il y avait de petits
ressorts secrets à y faire jouer pour la rendre aussi
gracieuse que décente, et peut-être plus piquante que
l'ajustement le plus déclaré.

C'était de belles mains, et de beaux bras sous du
linge uni ; on les en remarque mieux là-dessous, cela
les rend plus sensibles.

C'était un visage un peu ancien, mais encore beau,
qui aurait paru vieux avec une cornette de prix, qui ne
paraissait qu'aimable avec une cornette toute simple.
C'est le négliger trop, que de l'orner si peu, avait-on
envie de dire.

C'était une gorge bien faite (il ne faut pas oublier cet
article-là qui est presque aussi considérable que le
visage dans une femme), gorge fort blanche, fort
enveloppée, mais dont l'enveloppe se dérangeait quelquefois par un geste qui en faisait apparaître la

blancheur, et le peu qu'on en voyait alors en donnait la meilleure idée du monde.

C'était de grands yeux noirs qu'on rendait sages et sérieux, malgré qu'ils en eussent, car foncièrement ils étaient vifs, tendres et amoureux.

Je ne les définirai pas en entier ; il y aurait tant à parler de ces yeux-là, l'art y mettait tant de choses, la nature y en mettait tant d'autres, que ce ne serait jamais fait si on en voulait tout dire, et peut-être qu'on n'en viendrait pas à bout. Est-ce qu'on peut dire tout ce qu'on sent ? Ceux qui le croient ne sentent guère, et ne voient apparemment que la moitié de ce qu'on peut voir.

Venons à la physionomie que composait le tout ensemble.

Au premier coup d'œil on eût dit de celle qui la portait, voilà une personne bien grave et bien posée.

Au second coup d'œil, voilà une personne qui a acquis cet air de sagesse et de gravité, elle ne l'avait pas. Cette personne-là est-elle vertueuse ? la physionomie disait oui, mais il lui en coûte ; elle se gouverne mieux qu'elle n'est souvent tentée de le faire ; elle se refuse au plaisir, mais elle l'aime, gare qu'elle n'y cède. Voilà pour les mœurs.

Quant à l'esprit, on la soupçonnait d'en avoir beaucoup, et on soupçonnait juste ; je ne l'ai pas assez connue pour en dire davantage là-dessus.

A l'égard du caractère, il me serait difficile de le définir aussi ; ce que je vais en rapporter va pourtant en donner une idée assez étendue, et assez singulière.

C'est qu'elle n'aimait personne, qu'elle voulait pourtant plus de mal à son prochain, qu'elle ne lui en faisait directement.

L'honneur de passer pour bonne, l'empêchait de se montrer méchante ; mais elle avait l'adresse d'exciter la malignité des autres, et cela tenait lieu d'exercice à la sienne.

Partout où elle se trouvait, la conversation n'était que médisance, et c'était elle qui mettait les autres dans cette humeur-là, soit en louant, soit en défendant quelqu'un mal à propos : enfin par une infinité de rubriques, en apparence toutes obligeantes pour ceux qu'elle vous donnait à déchirer ; et puis pendant qu'on les mettait en pièces, c'était des exclamations charitables, et en même temps encourageantes : Mais que me dites-vous là, ne vous trompez-vous point ? cela est possible ? de façon qu'elle se retirait toujours innocente des crimes qu'elle faisait commettre (j'appelle ainsi tout ce qui est satire), et toujours protectrice des gens qu'elle perdait de réputation par la bouche des autres.

Et ce qui est de plaisant, c'est que cette femme telle que je vous la peins, ne savait pas qu'elle avait l'âme si méchante, le fond de son cœur lui échappait, son adresse la trompait, elle s'y attrapait elle-même, et parce qu'elle feignait d'être bonne, elle croyait l'être en effet.

Telle était donc la Dame d'auprès de qui je sortais ; je vous la peins d'après ce que j'entendis dire d'elle dans les suites, d'après le peu de commerce que nous eûmes ensemble, et d'après les réflexions que j'ai faites depuis.

Il y avait huit ou dix ans qu'elle était veuve ; son mari, à ce qu'on disait, n'était pas mort content d'elle ; il l'avait accusée de quelque irrégularité de conduite, et pour prouver qu'il avait eu tort, elle s'était depuis son veuvage jetée dans une dévotion qui l'avait écartée du monde, et qu'elle avait soutenue, tant par fierté que par habitude, et par la raison de l'indécence qu'il y aurait eu à reparaître sur la scène avec des appas qu'on

n'y connaissait plus, que le temps avait un peu usés, et
que la retraite même aurait flétris ; car elle fait cet
effet-là sur les personnes qui en sortent. La retraite,
surtout la chrétienne, ne sied bien qu'à ceux qui y
demeurent, et jamais on n'en rapporta un visage à la
mode, il en devient toujours ou ridicule ou scandaleux.

Je retournais donc chez Mademoiselle Haberd ma
future, et je doublais joyeusement les pas pour y
arriver plus tôt, quand un grand embarras de carrosses
et de charrettes m'arrêta à l'entrée d'une rue ; je ne
voulus pas m'y engager de peur d'être blessé ; et en
attendant que l'embarras fût fini, j'entrai dans une
allée, où pour passer le temps, je me mis à lire la Lettre
que Madame de Ferval (c'est ainsi que je nommerai la
Dame dont je viens de parler) m'avait donnée pour
Mademoiselle Haberd, et qui n'était pas cachetée.

J'en lisais à peine les premiers mots, qu'un homme
descendu de l'escalier qui était au fond de l'allée, la
traversa en fuyant à toutes jambes, me froissa en
passant, laissa tomber à mes pieds une épée nue qu'il
tenait, et se sauva en fermant sur moi la porte de la
rue.

Me voilà donc enfermé dans cette allée, non sans
quelque émotion de ce que je venais de voir.

Mon premier soin fut de me hâter d'aller à la porte
pour la rouvrir ; mais j'y tâchai en vain, je ne pus en
venir à bout.

D'un autre côté, j'entendais du bruit en haut de
l'escalier. L'allée était assez obscure, cela m'inquiéta.

Et comme en pareil cas, tous nos mouvements
tendent machinalement à notre conservation, que je
n'avais ni verge ni bâton, je me mis à ramasser cette
épée, sans trop savoir ce que je faisais.

Le bruit d'en haut redoublait ; il me semblait même
entendre des cris comme venants [17] d'une fenêtre de la

maison sur la rue, et je ne me trompais pas. Je démêlai
qu'on criait, arrête, arrête, et à tout hasard je tenais
toujours cette épée nue d'une main, pendant que de
l'autre je tâchais encore d'ouvrir cette misérable porte
qu'à la fin j'ouvris, sans songer à lâcher l'épée.

Mais je n'en fus pas mieux ; toute une populace s'y
était assemblée, qui en me voyant avec l'air effaré que
j'avais, et cette épée nue que je tenais, ne douta point
que je ne fusse ou un assassin, ou un voleur.

Je voulus m'échapper, mais il me fut impossible, et
les efforts que je fis pour cela, ne servirent qu'à rendre
contre moi les soupçons encore plus violents.

En même temps voilà des Archers ou des Sergents
accourus d'une Barrière prochaine, qui percent la
foule, m'arrachent l'épée que je tenais, et qui me
saisissent.

Je veux crier, dire mes raisons ; mais le bruit et le
tumulte empêchent qu'on ne m'entende, et malgré ma
résistance qui n'était pas de trop bon sens, on m'entraîne dans la maison, on me fait monter l'escalier, et
j'entre avec les Archers qui me mènent, et quelques
voisins qui nous suivent, dans un petit appartement où
nous trouvons une jeune Dame couchée à terre, extrêmement blessée, évanouie, et qu'une femme âgée
tâchait d'appuyer contre un fauteuil.

Vis-à-vis d'elle était un jeune homme fort bien mis,
blessé aussi, renversé sur un sopha, et qui en perdant
son sang, demandait du secours pour la jeune Dame en
question, pendant que la vieille femme et une espèce
de servante poussaient les hauts cris.

Eh vite, Messieurs, vite un Chirurgien, dit le jeune
homme à ceux qui me tenaient, qu'on se hâte de la
secourir, elle se meurt, peut-être la sauvera-t-on (il
parlait de la jeune Dame).

Le Chirurgien n'était pas loin ; il en demeurait un

vis-à-vis la maison qu'on appela de la fenêtre, et qui
monta sur-le-champ ; il vint aussi un Commissaire.

Et comme je parlais beaucoup, que je protestais
n'avoir point de part à cette aventure, et qu'il était
injuste de me retenir, on m'entraîna dans un petit
cabinet voisin où j'attendis qu'on eût visité les blessures de la Dame et du jeune homme.

La Dame qui était évanouie revint à elle, et quand on
eut mis ordre à tout, on me ramena du cabinet où
j'étais, dans leur chambre.

Connaissez-vous ce jeune homme ? leur dit un de
mes Archers ; examinez-le : nous l'avons trouvé dans
l'allée dont la porte était fermée sur lui, et qu'il a
ouverte en tenant à la main cette épée que vous voyez.
Elle est encore toute sanglante, s'écria là-dessus quelque autre qui l'examina, et voilà sans doute un de ceux
qui vous ont blessés [18].

Non, Messieurs, répondit le jeune homme d'une voix
très faible ; nous ne connaissons point cet homme, ce
n'est pas lui qui nous a mis dans l'état où nous
sommes, mais nous connaissons notre assassin ; c'est
un nommé tel... (il dit un nom dont je ne me ressouviens plus), mais puisque celui-ci était dans la maison,
et que vous l'y avez saisi avec cette épée encore teinte
de notre sang, peut-être celui qui nous a assassinés,
l'avait-il pris pour le soutenir en cas de besoin, et il
faut toujours l'arrêter.

Misérable, me dit à son tour la jeune Dame, sans me
donner le temps de répondre, qu'est devenu celui dont
tu es sans doute le complice ? Hélas ! Messieurs, il vous
est échappé ; elle n'eut pas la force d'aller plus loin, elle
était blessée à mort, et ne pouvait pas en revenir.

Je crus alors pouvoir parler ; mais à peine commen-
çais-je à m'expliquer, que l'Archer qui avait le premier
pris la parole, m'interrompant :

Ce n'est pas ici que tu dois te justifier, me dit-il ; marche, et sur-le-champ on me traîne en bas où je restai jusqu'à l'arrivée d'un Fiacre qu'on était allé chercher, et dans lequel on me mena en prison.

L'endroit où je fus mis n'était pas tout à fait un cachot, mais il ne s'en fallait guère.

Heureusement celui qui m'enferma, tout Geôlier qu'il était, n'avait point la mine impitoyable, il ne m'effraya point ; et comme en de pareils moments, on s'accroche à tout, et qu'un visage un peu moins féroce que les autres, vous paraît le visage d'un bon homme : Monsieur, dis-je à ce Geôlier, en lui mettant dans la main quelqu'unes de ces pièces d'or que m'avait données Mademoiselle Haberd, qu'il ne refusa point, qui l'engagèrent à m'écouter, et que j'avais conservées, quoiqu'on m'eût fait quitter tout ce que j'avais, parce que de ma poche qui se trouva percée, elles avaient en bon Français coulé plus bas, il ne m'était resté que mon Billet que j'avais mis dans mon sein, après l'avoir tenu longtemps chiffonné dans ma main.

Hélas ! Monsieur, lui dis-je donc, vous qui êtes libre d'aller et de venir, rendez-moi un service : je ne suis coupable de rien, vous le verrez ; ce n'est ici qu'un malheur qui m'est arrivé. Je sors de chez Monsieur le Président de... et une Dame qui est sa parente m'a remis un Billet pour le porter chez une nommée Mademoiselle Haberd qui demeure en telle rue et en tel endroit, et comme je ne saurais le rendre, je vous le remets, à vous ; ayez la bonté de le porter ou de l'envoyer chez cette Demoiselle, et de lui dire en même temps où je suis ; tenez, ajoutai-je, en tirant encore quelques pièces, voilà de quoi payer le message, s'il le faut ; et ce n'est rien que tout cela, vous serez bien autrement récompensé quand on me retirera d'ici.

Attendez, me dit-il, en tirant un petit crayon, n'est-ce

pas chez Mademoiselle Haberd que vous dites, en telle rue? Oui, Monsieur, répondis-je; mettez aussi que c'est dans la maison de Madame d'Alain la veuve.

Bon, reprit-il, dormez en repos, j'ai à sortir, et dans une heure au plus tard votre affaire sera faite.

Il me laissa brusquement après ces mots, et je restai pleurant entre mes quatre murailles, mais avec plus de consternation que d'épouvante; ou si j'avais peur, c'était par un effet de l'émotion que m'avait causé mon accident, car je ne songeai point à craindre pour ma vie.

En de pareilles occasions nous sommes d'abord saisi des mouvements que nous méritons d'avoir; notre âme, pour ainsi dire, se fait justice. Un innocent en est quitte pour soupirer, et un coupable tremble; l'un est affligé, l'autre est inquiet.

Je n'étais donc qu'affligé, je méritais de n'être que cela; quel désastre! disais-je en moi-même, ah! la maudite rue avec ses embarras! qu'avais-je affaire dans cette misérable allée? c'est bien le diable qui m'y a poussé quand j'y suis entré.

Et puis mes larmes coulaient : Eh mon Dieu! où en suis-je? eh mon Dieu! tirez-moi d'ici, disais-je après. Voilà de méchantes gens que cette Haberd l'aînée et Monsieur Doucin; quel chagrin ils me donnent avec leur Président où il a fallu que j'aille; et puis de soupirer, puis de pleurer, puis de me taire, et de parler. Mon pauvre père ne se doute pas que je suis en prison le jour de ma noce, reprenais-je, et cette chère Mademoiselle Haberd qui m'attend, ne sommes-nous pas bien en chemin de nous revoir?

Toutes ces considérations m'abîmaient de douleur; à la fin pourtant d'autres réflexions vinrent à mon secours; il ne faut point me désespérer, disais-je, Dieu ne me délaissera pas. Si ce Geôlier rend ma Lettre à

Mademoiselle Haberd, et qu'il lui apprenne mon malheur, elle ne manquera pas de travailler à ma délivrance.

Et j'avais raison de l'espérer, comme on le verra. Le Geôlier ne me trompa point. La Lettre de Madame de Ferval fut portée une ou deux heures après à ma future ; ce fut lui-même qui en fut le porteur, et qui l'instruisit de l'endroit où j'étais ; il vint me le dire à son retour, en m'apportant quelque nourriture qui ne me tenta point.

Bon courage, me dit-il, j'ai donné votre Lettre à la Demoiselle ; je lui ai dit que vous étiez en prison, et quand elle l'a su, elle s'est tout d'un coup évanouie ; adieu. C'était bien là un style de Geôlier, comme vous voyez.

Eh ! un moment, lui criai-je en l'arrêtant, y avait-il quelqu'un pour la secourir au moins ?

Oh qu'oui, me dit-il, ce ne sera rien que cela ; il y avait deux personnes avec elle. Eh ! ne vous a-t-elle rien dit ? repris-je encore. Eh pardi non, me répondit-il, puisqu'elle avait perdu la parole ; mangez toujours en attendant mieux.

Je ne saurais, lui dis-je, je n'ai que soif, et j'aurais besoin d'un peu de vin, n'y aurait-il pas moyen d'en avoir ? Oui-da, reprit-il, donnez, je vous en ferai venir.

Après tout l'argent qu'il avait eu de moi, en tout autre lieu que celui où je me trouvais, le mot de donner aurait été ingrat et malhonnête ; mais en prison, c'était moi qui avais tort, et qui manquais de savoir-vivre.

Hélas, lui dis-je, excusez-moi, j'oubliais de l'argent, et je tire encore un Louis d'or ; je n'avais pas d'autre monnaie.

Voulez-vous, me répondit-il en s'en allant, qu'au lieu de vous rendre votre reste, je vous fournisse de vin tant que cela durera ? Vous aurez bien le loisir de le boire.

Comme il vous plaira, dis-je humblement, et le cœur serré de me voir en commerce avec ce nouveau genre d'hommes qu'il fallait remercier du bien qu'on leur faisait.

Ce vin arriva fort à propos, car j'allais tomber en faiblesse quand on me l'apporta ; mais il me remit, et je ne me sentis plus pour tout mal qu'une extrême impatience de voir ce que produirait la nouvelle dont j'avais fait informer la secourable Mademoiselle Haberd.

Quelquefois son évanouissement m'inquiétait un peu, je craignais qu'il ne la mît hors d'état d'agir elle-même, et je m'en fiais bien plus à elle qu'à tous les amis qu'elle aurait pu employer pour moi.

D'un autre côté cet évanouissement m'était un garant de sa tendresse, et de la vitesse avec laquelle elle viendrait à mon secours.

Trois heures s'étaient déjà passées depuis qu'on m'avait apporté du vin, quand on vint me dire que deux personnes me demandaient en bas, qu'elles ne monteraient point, et que je pouvais descendre.

Le cœur m'en battit de joie ; je suivis le Geôlier qui me mena dans une chambre, où en entrant je fus accueilli par Mademoiselle Haberd qui m'embrassa fondant en larmes.

A côté d'elle était un homme vêtu de noir que je ne connaissais pas.

Eh ! Monsieur de la Vallée, mon cher enfant, par quel hasard êtes-vous donc ici ? s'écria-t-elle ; je l'embrasse ; Monsieur, n'en soyez point surpris, nous devions être mariés aujourd'hui, dit-elle à celui qui l'accompagnait ; et puis revenant à moi, que vous est-il donc arrivé ? de quoi s'agit-il ?

Je ne répondis pas sur-le-champ, attendri par l'accueil de Mademoiselle Haberd ; il fallut me laisser le temps de pleurer à mon tour.

Hélas ! lui dis-je à la fin, c'est une furieuse histoire que la mienne ; imaginez-vous que c'est une allée qui est cause que je suis ici ; pendant que j'y étais on en a fermé la porte, il y avait deux meurtres de faits en haut, on a cru que j'y avais part, et tout de suite me voilà.

Comment ! part à deux meurtres pour être entré dans une allée ? me répondit-elle ; eh ! mon enfant, qu'est-ce que cela signifie ? expliquez-vous ; eh ! qui est-ce qui a tué ? Je n'en sais rien, repris-je, je n'ai vu que l'épée que j'ai par mégarde ramassé dans l'allée.

Ceci a l'air grave, dit alors l'homme vêtu de noir ; ce que vous nous rapportez ne saurait nous mettre au fait ; assoyons-nous, et contez-nous la chose comme elle est ; qu'est-ce que c'est que cette allée à laquelle nous n'entendons rien ?

Voici, lui dis-je, comment le tout s'est passé, et là-dessus je commençai mon récit par ma sortie de chez le Président ; de là j'en vins à l'embarras qui m'avait arrêté, à cette allée dont je parlais, à cet inconnu qui m'y avait enfermé en s'enfuyant, à cette épée qu'il avait laissé tomber, que j'avais prise, enfin à tout le reste de l'aventure.

Je ne connais, lui dis-je, ni le tueur ni les tués qui n'étaient pas encore morts, quand on m'a présenté à eux, et ils ont confessé qu'ils ne me connaissaient point non plus ; c'est là tout ce que je sais moi-même du sujet pour lequel on m'emprisonne.

Tout le corps me frémit, dit Mademoiselle Haberd ; eh quoi, on n'a donc pas voulu entendre raison ! dès que les blessés ne vous connaissent pas, qu'ont-ils à vous dire ? Que je suis peut-être le camarade du méchant homme qui les a mis à mort, et dont je n'ai jamais vu que le dos, répondis-je.

Cette épée sanglante avec laquelle on vous a saisi, dit l'habillé de noir, est un article fâcheux, cela embarrasse ; mais votre récit me fait faire une réflexion.

Nous avons entendu dire là-bas que depuis trois ou quatre heures, on a mené un prisonnier qui a, dit-on, poignardé deux personnes dans la rue dont vous nous parlez : ce pourrait bien être là l'homme qui a traversé cette allée où vous étiez. Attendez-moi ici tous deux, je vais tâcher de savoir plus particulièrement de quoi il est question, peut-être m'instruira-t-on.

Il nous quitte là-dessus. Mon pauvre garçon, me dit Mademoiselle Haberd, quand il fut parti, en quel état est-ce que je te retrouve, j'en ai pris un saisissement qui me tient encore et qui m'étouffe ; j'ai cru que ce serait aujourd'hui le dernier jour de ma vie. Eh mon enfant, quand tu as vu cet embarras, que ne prenais-tu par une autre rue ?

Eh mon aimable cousine, lui dis-je, c'était pour jouir plus tôt de votre vue, que je voulais aller par le plus droit chemin ; qui est-ce qui va penser qu'une rue est si fatale ? on marche, on est impatient, on aime une personne qu'on va trouver, et on prend son plus court ; cela est naturel.

Je lui baignais les mains de pleurs en lui tenant ce discours, et elle en versait tant qu'elle pouvait aussi.

Qui est cet homme que vous avez amené avec vous, lui dis-je, et d'où venez-vous, cousine ? Hélas ! me dit-elle, je n'ai fait que courir depuis la Lettre que tu m'as envoyée ; Madame de Ferval m'y faisait tant d'honnêtetés, tant d'offres de service, que j'ai d'abord songé à m'adresser à elle pour la prier de nous secourir. C'est une bonne Dame, elle n'en aurait pas mieux agi quand ç'aurait été pour son fils ; je l'ai vue presque aussi fâchée que je l'étais. Ne vous chagrinez point, m'a-t-elle dit, ce ne sera rien, nous avons des amis, je le tirerai de là ; restez chez moi, je vais parler à Monsieur le Président.

Et sans perdre de temps elle m'a quittée, et un moment après elle est revenue avec un billet du Président pour Monsieur de... (c'était un des principaux Magistrats pour les affaires de l'espèce de la mienne). J'ai pris le billet, je l'ai porté sur-le-champ chez ce Magistrat, qui après l'avoir lu, a fait appeler un de ses Secrétaires, lui a parlé à part, ensuite lui a dit de me suivre à la prison, de m'y procurer la liberté de te voir, et nous sommes venus ensemble pour savoir ce que c'est que ton affaire. Madame de Ferval m'a promis aussi de se joindre à moi si je voulais, pour m'accompagner partout où il faudrait aller.

Le Secrétaire qui nous avait quitté revint au moment que Mademoiselle Haberd finissait ce détail.

J'ai pensé juste, nous dit-il ; l'homme qu'on a amené ici ce matin, est certainement l'assassin des deux personnes en question ; je viens de parler à un des Archers qui l'a arrêté comme il s'enfuyait sans chapeau et sans épée, poursuivi d'une populace qui l'a vu sortir tout en désordre d'une maison que l'on dit être dans la même rue où vous avez trouvé l'embarras ; il s'est passé un espace de temps considérable avant qu'on ait pu le saisir, parce qu'il avait couru fort loin, et il a été ramené dans cette maison d'où il était sorti, et d'où, ajoute-t-on, venait de partir un autre homme qu'on y avait pris, qu'on avait déjà mené en prison, et qu'on soupçonne d'être son complice. Or suivant ce que vous nous avez dit, cet autre homme cru son complice, il y a bien de l'apparence que c'est vous.

C'est moi-même, répondis-je, c'est l'homme de cette allée ; voilà tout justement comme quoi je suis ici, sans que personne sache que c'était en passant mon chemin que j'ai eu le guignon d'être fourré là-dedans.

Ce prisonnier sera bientôt interrogé, me dit le Secrétaire, et s'il ne vous connaît point, s'il répond conformément à ce que vous nous dites, comme je n'en doute pas, vous serez bientôt hors d'ici, et l'on hâtera votre sortie. Retournez-vous-en chez vous, Mademoiselle, et soyez tranquille ; sortons. Pour vous, ajouta-t-il en me parlant, vous resterez dans cette chambre-ci, vous y serez mieux qu'où vous étiez, et je vais avoir soin qu'on vous porte à dîner.

Hélas ! dis-je, ils m'ont déjà apporté quelque chétive pitance dans mon trou de là-haut, qui y serait bien moisie, et l'appétit n'y est point.

Ils m'exhortèrent à manger, me quittèrent, et nous nous embrassâmes Mademoiselle Haberd et moi, en pleurant un peu sur nouveaux frais. Qu'on ne le laisse manquer de rien, dit cette bonne fille à celui qui me renferma ; et il y avait déjà deux ou trois minutes qu'ils étaient partis, que le bruit des clefs qui m'enfermaient durait encore. Il n'y a rien de si rude que les serrures de ce pays-là, et je crois qu'elles déplaisent plus à l'innocent qu'au coupable ; ce dernier a bien autre chose à faire qu'à prendre garde à cela.

Mon dîner vint quelques moments après ; la comparaison que j'en fis avec celui qu'on m'avait apporté auparavant, me réconforta un peu ; c'était un changement de bon augure ; on ne demande qu'à vivre, tout y pousse, et je jetai quelques regards nonchalants sur un poulet d'assez bonne mine dont je levai nonchalamment aussi les deux ailes, qui se trouvèrent insensiblement mangées ; j'en rongeai encore par oisiveté quelque partie ; je bus deux ou trois coups d'un vin qui me parut passable sans que j'y fisse attention, et finis mon repas par quelques fruits dont je goûtai, parce qu'ils étaient là.

Je me sentis moins abattu après que j'eus mangé. C'est une chose admirable que la nourriture lorsqu'on a du chagrin ; il est certain qu'elle met du calme dans l'esprit ; on ne saurait être bien triste pendant que l'estomac digère.

Je ne dis pas que je perdisse de vue mon état, j'y rêvai toujours, mais tranquillement ; à la fin pourtant ma tristesse revint. Je laisse là le récit de tout ce qui se passa depuis la visite de Mademoiselle Haberd, pour en venir à l'instant où je comparus devant un Magistrat accompagné d'un autre homme de Justice qui paraissait écrire, et dont je ne savais ni le nom ni les fonctions ; vis-à-vis d'eux était encore un homme d'une extrême pâleur, et qui avait l'air accablé, avec d'autres personnes dont il me sembla qu'on recevait les dépositions.

On m'interrogea ; ne vous attendez point au détail exact de cet interrogatoire, je ne me ressouviens point de l'ordre qu'on y observa ; je n'en rapporterai que l'article essentiel, qui est que cet homme si défait, qui était précisément l'homme de l'allée, dit qu'il ne me connaissait pas ; j'en dis autant de lui. Je racontai mon histoire, et la racontai avec des expressions si naïves sur mon malheur, que quelques-uns des assistants furent obligés de se passer la main sur le visage pour cacher qu'ils souriaient.

Quand j'eus fini, je vous le répète encore, dit le prisonnier les larmes aux yeux, je n'ai eu ni confident ni complice ; je ne sais pas si je pourrais disputer ma vie, mais elle m'est à charge, et je mérite de la perdre. J'ai tué ma maîtresse, je l'ai vu expirer (et en effet elle mourut quand on le ramena vers elle), elle est morte d'horreur en me revoyant, et en m'appelant son assas-

sin ; j'ai tué mon ami dont j'étais devenu le rival (et il
est vrai qu'il se mourait aussi) ; je les ai tué tous deux
en furieux ; je suis au désespoir, je me regarde comme
un monstre, je me fais horreur, je me serais poignardé
moi-même si je n'avais pas été pris ; je ne suis pas
digne d'avoir le temps de me reconnaître et de me
repentir de ma rage ; qu'on me condamne, qu'on les
venge ; je demande la mort comme une grâce ; épar-
gnez-moi des longueurs qui me font mourir mille fois
pour une, et renvoyez ce jeune homme, qu'il est inutile
de retenir ici, et que je n'ai jamais vu que dans ce
passage, où je l'aurais tué lui-même, de peur qu'il ne
me reconnût, si dans le trouble où j'étais en fuyant
mon épée ne m'avait pas échappé des mains ; ren-
voyez-le, Monsieur, qu'il se retire, je me reproche la
peine qu'on lui a fait, et je le prie de me pardonner la
frayeur où je le vois, et dont je suis cause ; il n'a rien de
commun avec un abominable comme moi.

Je frémis en l'entendant dire qu'il avait eu dessein de
me tuer, ç'aurait été bien pis que d'être en prison.
Malgré cet aveu pourtant, je plaignis alors cet infor-
tuné coupable, son discours m'attendrit, et pour répondre à la prière qu'il me fit de lui pardonner mon
accident ; moi, Monsieur, lui dis-je à mon tour, je prie
Dieu d'avoir pitié de vous et de votre âme.

Voilà tout ce que je dirai là-dessus. Mademoiselle
Haberd revint me voir après toutes les corvées[19] que
j'avais essuyées ; le Secrétaire était encore avec elle ; il
nous laissa quelque temps seuls, jugez avec quel
attendrissement nos cœurs s'épanchèrent ; on est de si
bonne humeur, on sent quelque chose de si doux dans
l'âme quand on sort d'un grand péril, et nous en
sortions tous deux chacun à notre manière ; car à tout
prendre, ma vie avait été exposée, et Mademoiselle
Haberd avait couru risque de me perdre ; ce qu'elle

regardait à son tour comme un des plus grands malheurs du monde, surtout si elle m'avait perdu dans cette occasion.

Elle me conta tout ce qu'elle avait fait, les nouveaux mouvements que s'était donné Madame de Ferval, tant auprès du Président qu'auprès du Magistrat qui m'avait interrogé.

Nous bénîmes mille et mille fois cette Dame pour les bons services qu'elle nous avait rendus ; ma future s'extasiait sur sa charité, sur sa piété, la bonne Chrétienne, s'écriait-elle, la bonne Chrétienne ! Et moi disais-je, le bon cœur de femme, car je n'osais pas répéter les termes de Mademoiselle Haberd, ni employer les mêmes éloges qu'elle ; j'avais la conscience d'en prendre d'autres ; et en vérité il n'y aurait pas eu de pudeur en présence de ma future, à louer la piété d'une personne qui avait jeté les yeux sur son mari, et qui ne me servait si bien, précisément que parce qu'elle n'était pas si Chrétienne. Or j'étais encore en prison, cela me rendait scrupuleux, et j'avais peur que Dieu ne me punît si je traitais de pieux des soins dont vraisemblablement le Diable et l'homme avaient tous les honneurs.

Je rougis même plus d'une fois pendant que Mademoiselle Haberd louait sur ce ton-là Madame de Ferval, sur le compte de laquelle je n'étais pas moi-même irréprochable, et j'étais honteux [20] de voir cette bonne fille si dupe, elle qui méritait si peu de l'être.

Des éloges de Madame de Ferval, nous en vînmes à ce qui s'était passé dans ma prison ; la joie est babillarde, nous ne finissions point ; je lui contai tout ce qu'avait dit le vrai coupable, avec quelle candeur il m'avait justifié, et que c'était grand dommage qu'il se fût malheureusement abandonné à de si terribles coups ; car au fond il fallait que ce fût un honnête homme ; et puis nous en vînmes à nous, à notre amour, à notre mariage, et vous me demanderez peut-être ce que c'était que ce coupable ; voici en deux mots le sujet de son action.

Il y avait près d'un an que son meilleur ami aimait une Demoiselle dont il était aimé ; comme il n'était pas aussi riche qu'elle, le père de la fille la lui refusait en mariage, et défendit même à sa fille de le voir davantage. Dans l'embarras où cela les mit, ils se servirent de celui qui les tua pour s'écrire et recevoir leurs billets.

Celui-ci qui était un des amis de la maison, mais qui n'y venait pas souvent, devint éperdument amoureux de la Demoiselle à force de la voir et de l'entendre soupirer pour l'autre. Il était plus riche que son ami ; il parla d'amour ; la Demoiselle en badina quelque temps comme d'une plaisanterie, s'en fâcha quand elle vit que la chose était sérieuse, et en fit avertir son amant qui en fit des reproches à ce déloyal ami. Cet ami en fut d'abord honteux, parut s'en repentir, promit de les laisser en repos, puis continua, puis acheva de se brouiller avec le défunt qui rompit avec lui ; et il porta enfin l'infidélité jusqu'à se proposer pour gendre au père qui l'accepta, et qui voulut inutilement forcer sa fille à l'épouser.

Nos amants désespérés eurent recours à d'autres moyens, tant pour s'écrire que pour se parler. Une veuve âgée qui avait été la femme de chambre de la mère de la Demoiselle, les recueillit dans sa maison, où ils allaient quelquefois se trouver, pour voir ensemble quelles mesures il y avait à prendre ; l'autre le sut, en devint furieux de jalousie ; c'était un homme violent, apparemment sans caractère, et de ces âmes qu'une grande passion rend méchantes et capables de tout. Il les fit suivre un jour qu'ils se rendirent chez la veuve, y entra après eux, les y surprit au moment que son ami baisait la main de la Demoiselle, et dans sa fureur le blessa d'abord d'un coup d'épée, qu'il allait redoubler d'un autre, quand la Demoiselle qui voulut se jeter sur lui le reçut et tomba ; celui-ci s'enfuit, et on sait le reste de l'histoire. Retournons à moi.

Notre Secrétaire revint, et nous dit que je sortirais le lendemain. Passons à ce lendemain, tout ce détail de prison est triste.

Mademoiselle Haberd me vint prendre à onze heures du matin ; elle ne monta pas, elle me fit avertir, je descendis, un carrosse m'attendait à la porte, et quel carrosse ? celui de Madame de Ferval, où Madame de Ferval était elle-même, et cela pour donner plus d'éclat à ma sortie, et plus de célébrité à mon innocence.

Le zèle de cette Dame ne s'en tint pas là : Avant que de le ramener chez vous, dit-elle à Mademoiselle Haberd, je suis d'avis que nous le menions dans le quartier et vis-à-vis l'endroit où il a été arrêté ; il est bon que ceux qui le virent enlever, et qui pourraient le reconnaître ailleurs, sachent qu'il est innocent ; c'est une attention qui me paraît nécessaire, et peut-être, ajouta-t-elle, en s'adressant à moi, reconnaîtrez-vous vous-même quelques-uns de ceux qui vous entouraient quand vous fûtes pris.

Oh pour cela oui, lui dis-je, et n'y eût-il que le Chirurgien qui était vis-à-vis la maison, et qu'on appela pour panser les défunts, je serais bien aise de le voir pour lui montrer que je suis plus honnête garçon qu'il ne s'imagine.

Mon Dieu que Madame est incomparable, s'écria là-dessus Mademoiselle Haberd, car vous n'avez qu'à compter que c'est elle qui a tout fait, Monsieur de la Vallée ; et quoiqu'elle n'ait regardé que Dieu là-dedans. A ce mot de Dieu que Madame de Ferval savait bien être de trop là-dedans, laissons cela, dit-elle, en interrompant; quand avez-vous dessein de vous marier? Cette nuit si rien ne nous empêche, dit Mademoiselle Haberd.

Sur ce propos nous arrivâmes dans cette rue qui m'avait été si fatale, et dont nous avions dit au cocher de prendre le chemin. Nous arrêtâmes devant la maison du Chirurgien; il était à sa porte, et je remarquai qu'il me regardait beaucoup; Monsieur, lui dis-je, vous souvenez-vous de moi, me reconnaissez-vous?

Mais je pense qu'oui, me répondit-il, en ôtant bien honnêtement son chapeau, comme à un homme qu'il voyait dans un bon équipage avec deux Dames, dont l'une paraissait de grande considération. Oui, Monsieur, je vous remets, je crois que c'est vous qui étiez avant-hier dans cette maison (montrant celle où l'on m'avait pris) et à qui il arriva... Il hésitait à dire le reste; achevez, achevez[21], lui dis-je, oui, Monsieur, c'est moi qu'on y saisit, et qu'on mena en prison. Je n'osais vous le dire, reprit-il, mais je vous examinai tant que je vous ai reconnu tout d'un coup. Eh bien, Monsieur, vous n'aviez donc point de part à l'affaire en question?

Pas plus que vous, lui répondis-je, et là-dessus je lui expliquai comment j'y avais été mêlé. Eh! pardi, Monsieur, reprit-il, je m'en réjouis, et nous le disions tous ici, nos voisins, ma femme, mes enfants, moi et mes garçons : A qui diantre se fiera-t-on après ce garçon-là, car il a la meilleure physionomie du monde; oh! parbleu je veux qu'ils vous voient. Holà Babet (c'était une de ses filles qu'il appelait), ma femme approchez, venez vous autres (il parlait à ses garçons); tenez, regardez bien Monsieur, savez-vous qui c'est?

Eh! mon père, s'écria Babet, il ressemble au visage de ce prisonnier de l'autre jour. Eh! vraiment oui, dit la femme, il lui ressemble tant que c'est lui-même. Oui, répondis-je, en propre visage. Ah, ah, dit encore Babet, voilà qui est drôle, vous n'avez donc aidé à tuer personne, Monsieur ? Eh ! non certes, repris-je, j'en serais bien fâché, d'aider à la mort de quelqu'un, à la vie, encore passe. En bonne foi, dit la femme, nous n'y comprenions rien. Oh pour cela, dit Babet, si jamais quelqu'un a eu la mine d'un innocent, c'était vous assurément.

Le peuple commençait à s'assembler, nombre de gens me reconnaissaient. Madame de Ferval eut la complaisance de laisser durer cette scène aussi long-temps qu'il le fallait pour rétablir ma réputation dans tout le quartier ; je pris congé du Chirurgien et de toute sa famille, avec la consolation d'être salué bien cordiale-ment par ce peuple, et bien purgé tout le long de la rue des crimes dont on m'y avait soupçonné ; sans compter l'agrément que j'eus d'y entendre de tous côtés faire l'éloge de ma physionomie, ce qui mit Mademoiselle Haberd de la meilleure humeur du monde, et l'engagea à me regarder avec une avidité qu'elle n'avait pas encore eu.

Je la voyais qui se pénétrait du plaisir de me considérer, et qui se félicitait d'avoir eu la justice de me trouver si aimable.

J'y gagnai même auprès de Madame de Ferval, qui de son côté en appliqua sur moi quelques regards plus attentifs qu'à l'ordinaire, et je suis persuadé qu'elle se disait : Je ne suis donc point de si mauvais goût, puisque tout le monde est de mon sentiment.

Ce que je vous dis là au reste, se passait en parlant ; aussi étais-je bien content, et ce ne fut pas là tout.

Nous approchions de la maison de Mademoiselle Haberd où Madame de Ferval voulait nous mener, quand nous rencontrâmes à la porte d'une Église, la sœur aînée de ma future et Monsieur Doucin qui causaient ensemble, et qui semblaient parler d'action[22]. Un carrosse, qui retarda la course du nôtre, leur donna tout le temps de nous apercevoir.

Quand j'y songe, je ris encore du prodigieux étonnement où ils restèrent tous deux en nous voyant.

Nous les pétrifiâmes ; ils en furent si déroutés, si étourdis, qu'il ne leur resta pas même assez de présence d'esprit pour nous faire la moue, comme ils n'y auraient pas manqué, s'ils avaient été moins saisis ; mais il y a des choses qui terrassent, et pour surcroît de chagrin, c'est que nous ne pouvions leur apparaître dans un instant qui leur rendît notre apparition plus humiliante et plus douloureuse. Le hasard y joignait des accidents faits exprès pour les désoler ; c'était triompher d'eux d'une manière superbe, et qui aurait été insolente si nous l'avions méditée ; et c'est, ne vous déplaise, qu'au moment qu'ils nous aperçurent, nous éclations de rire, Madame de Ferval, Mademoiselle Haberd et moi, de quelque chose de plaisant que j'avais dit ; ce qui joint à la pompe triomphante avec laquelle Madame de Ferval semblait nous mener, devait assurément leur percer le cœur.

Nous les saluâmes fort honnêtement ; ils nous rendirent le salut comme gens confondus, qui ne savaient plus ce qu'ils faisaient, et qui pliaient sous la force du coup qui les assommait.

Vous saurez encore qu'ils venaient tous deux de chez Mademoiselle Haberd la cadette (nous l'apprîmes en rentrant) et que là on leur avait dit que j'étais en prison ; car Madame d'Alain, qui avait été présente au rapport du Geôlier que j'avais envoyé de la prison, n'avait pas pu se taire, et tout en les grondant en notre faveur, les avait régalés de cette bonne nouvelle.

Jugez des espérances qu'ils en avaient tirées contre moi. Un homme en prison, qu'a-t-il fait ? Ce n'est pas nous qui avons part à cela ; ce n'est pas le Président non plus qui a refusé de nous servir ; il faut donc que ce soit pour quelque action étrangère à notre affaire ; que sais-je s'ils n'allaient pas jusqu'à me soupçonner de quelque crime ; ils me haïssaient assez tous deux pour avoir cette charitable opinion de moi ; les dévots prennent leur haine contre vous pour une preuve que vous ne valez rien ; oh ! voyez quel rabat-joie de nous rencontrer subitement en situation si brillante et si prospère.

Mais laissons-les dans leur confusion, et arrivons chez la bonne Mademoiselle Haberd.

Je ne monte point chez vous, lui dit Madame de Ferval, parce que j'ai affaire ; adieu, prenez vos mesures pour vous marier au plus tôt, n'y perdez point de temps, et que Monsieur de la Vallée, je vous prie, vienne m'avertir quand c'en sera fait, car jusque-là je serai inquiète.

Nous irons vous en informer tous deux, répondit Mademoiselle Haberd ; c'est bien le moins que nous vous devions, Madame. Non, non, reprit-elle, en jetant sur moi un petit regard d'intelligence qu'elle vit bien que j'entendais ; il suffira de lui, Mademoiselle, faites à votre aise, et puis elle partit.

Eh ! Dieu me pardonne, s'écria Madame d'Alain, en me revoyant, je crois que c'est Monsieur de la Vallée que vous nous ramenez, notre bonne amie. Tout juste, Madame d'Alain, vous y êtes, lui dis-je, et Dieu vous pardonnera de le croire, car vous ne vous trompez point ; bonjour, Mademoiselle Agathe (sa fille était là). Soyez le bienvenu, me répondit-elle, ma mère et moi, nous vous croyions[23] perdu.

Comment perdu ? s'écria la veuve ; si vous n'étiez pas venu ce matin, j'allais cet après-midi mettre tous mes amis par voie et par chemin ; votre sœur et Monsieur

Doucin sortent d'ici, qui venaient vous voir, ajouta-
t-elle à ma future ; allez, je ne les ai pas mal accommo-
dés ; demandez le train que je leur ai fait. Le pauvre
garçon est en prison, leur ai-je dit, vous le savez bien,
c'est vous qui en êtes cause, et c'est fort mal fait à vous.
En prison ? Eh ! depuis quand ? Bon ! depuis quand,
depuis vos menées, depuis que vous courez partout
pour l'y mettre ; et puis ils sont partis sans que je leur
aie seulement dit, assoyez-vous.

Par ce discours de Madame d'Alain que je rapporte,
on voit bien qu'elle ignorait les causes de ma prison ; et
en effet, Mademoiselle Haberd s'était bien gardée de
les lui dire, et lui avait laissé croire que j'y avais été
mis par les intrigues de sa sœur. Si Madame d'Alain
avait été instruite, quelle bonne fortune pour elle
qu'un pareil récit à faire ? tout le quartier aurait
retenti de mon aventure, elle aurait été la conter de
porte en porte, pour y avoir le plaisir d'étaler ses
regrets sur mon compte, et c'était toujours autant de
mauvais bruits d'épargnés.

Eh mais dites-nous donc ceci, dites-nous donc cela ;
c'était le détail de ma prison qu'elle me demandait ; je
lui en inventai quelques-uns ; je ne lui dis point les
véritables ; et puis [24] je vous ai trouvé un Prêtre qui
vous mariera quand vous voudrez, dit-elle, tout à
l'heure s'il n'était pas trop tard, mais ce sera pour
après minuit, si c'est votre intention.

Oui-da, Madame, dit Mademoiselle Haberd, et nous
vous serons fort obligés de le faire avertir. J'irai moi-
même tantôt chez lui, nous dit-elle ; il s'agit de dîner à
présent ; allons, venez manger ma soupe, vous me
donnerez à souper ce soir ; et de témoins pour votre
mariage, je vous en fournirai qui ne seront pas si
glorieux que les premiers.

Mais tous ces menus récits m'ennuient moi-même,

sautons-les, et supposons que le soir est venu, que nous avons soupé avec nos témoins, qu'il est deux heures après minuit, et que nous partons pour l'Église.

Enfin pour le coup nous y sommes, la Messe est dite, et nous voilà mariés en dépit de notre sœur aînée et du Directeur son adhérent, qui n'aura plus ni café ni pain de sucre de Madame de la Vallée.

J'ai vu bien des amours en ma vie, au reste bien des façons de dire et de témoigner qu'on aime, mais je n'ai rien vu d'égal à l'amour de ma femme.

Les femmes du monde les plus vives, les plus tendres, vieilles ou jeunes, n'aiment point dans ce goût-là, je leur défierais même de l'imiter ; non, pour ressembler à Mademoiselle Haberd, que je ne devrais plus nommer ainsi ; il ne sert de rien d'avoir le cœur le plus sensible du monde, joignez-y de l'emportement, cela n'avance de rien encore ; mettez enfin dans le cœur d'une femme tout ce qui vous plaira, vous ferez d'elle quelque chose de fort vif, de fort passionné, mais vous n'en ferez point une Mademoiselle Haberd ; tout l'amour dont elle sera capable ne vous donnera point encore une juste idée de celui de ma femme.

Pour aimer comme elle, il faut avoir été trente ans dévote, et pendant trente ans avoir eu besoin de courage pour l'être ; il faut pendant trente ans avoir résisté à la tentation de songer à l'amour, et trente ans s'être fait un scrupule d'écouter ou même de regarder les hommes qu'on ne haïssait pourtant pas.

Oh ! mariez-vous après trente ans d'une vie de cette force-là, trouvez-vous du soir au matin l'épouse d'un homme, c'est déjà beaucoup ; j'ajoute aussi d'un homme que vous aimerez d'inclination, ce qui est encore plus, et vous serez pour lors une autre Mademoiselle Haberd, et je vous réponds que qui vous

épousera verra bien que j'ai raison quand je dis que
son amour n'était fait comme celui de personne.

Caractérisez donc cet amour, me dira-t-on; mais
doucement, aussi bien je ne saurais; tout ce que j'en
puis dire, c'est qu'elle me regardait ni plus ni moins
que si j'avais été une image[25]; et c'était sa grande
habitude de prier et de tourner affectueusement les
yeux en priant, qui faisait que ses regards sur moi
avaient cet air-là.

Quand une femme vous aime, c'est avec amour
qu'elle vous le dit; c'était avec dévotion que me le
disait la mienne, mais avec une dévotion délicieuse;
vous eussiez cru que son cœur traitait amoureusement avec moi une affaire de conscience, et que cela
signifiait : Dieu soit béni qui veut que je vous aime, et
que sa sainte volonté soit faite; et tous les transports
de ce cœur étaient sur ce ton-là, et l'amour n'y perdait
qu'un peu de son air et de son style, mais rien de ses
sentiments; figurez-vous là-dessus de quel caractère il
pouvait être.

Il était dix heures quand nous nous levâmes; nous
nous étions couchés à trois, et nous avions eu besoin de
repos.

Monsieur de la Vallée, me dit-elle, un quart d'heure
avant que nous nous levassions, nous avons bien
quatre à cinq mille livres de rente; c'est de quoi vivre
passablement; mais tu es jeune, il faut s'occuper, à
quoi te destines-tu ? A ce qu'il vous plaira, cousine, lui
dis-je; mais j'aime assez cette maltôte[26], elle est de si
bon rapport, c'est la mère nourrice de tous ceux qui
n'ont rien; je n'ai que faire de nourrice avec vous,
cousine, vous ne me laisserez pas manquer de nourriture, mais abondance de vivre ne nuit point, faisons-
nous Financiers par quelque emploi qui ne nous coûte
guère et qui rende beaucoup, comme c'est la coutume

du métier. Le Seigneur de notre village qui est mort riche comme un coffre[27], était parvenu par ce moyen, parvenons de même.

Oui-da, me dit-elle, mais tu ne sais rien, et je serais d'avis que tu t'instruisisses un peu auparavant; je connais un Avocat au Conseil[28] chez qui tu pourrais travailler, veux-tu que je lui en parle?

Si je le veux, dis-je, eh pardi, cousine, est-ce qu'il y a deux volontés ici? est-ce que la vôtre n'est pas la nôtre? Hélas! mon bien-aimé, reprit-elle, je ne voudrai jamais rien que pour ton bien; mais à propos, mon cher mari, nos embarras m'ont fait oublier une chose; tu as besoin d'habit et de linge, et je sortirai cet après-midi pour t'acheter l'un et l'autre.

Et à propos d'équipage d'homme, ma petite femme, lui dis-je, il y a encore une bagatelle qui m'a toujours fait envie; votre volonté n'y penserait-elle pas par hasard? dans cette vie un peu de bonne mine ne gâte rien.

Eh! de quoi s'agit-il, mon ami? me répondit-elle. Rien que d'une épée avec son ceinturon, lui dis-je, pour être Monsieur de la Vallée à forfait; il n'y a rien qui relève tant la taille, et puis, avec cela, tous les honnêtes gens sont vos pareils.

Eh bien, mon beau mari, vous avez raison, me dit-elle, nous en ferons ce matin l'emplette; il y a près d'ici un Fourbisseur, il n'y a qu'à l'envoyer chercher; voyez, songez, que désirez-vous encore, ajouta-t-elle, car en ce premier jour de noces, cette âme dévotement enflammée, ne respirait que pour son jeune époux; si je lui avais dit que je voulais être Roi, je pense qu'elle m'aurait promis de marchander une Couronne.

Sur ces entrefaites dix heures sonnèrent; la tasse de café nous attendait; Madame d'Alain qui nous la faisait porter, criait à notre porte, et demandait à

entrer avec un tapage, qu'elle croyait la chose du
monde la plus galante, vu que nous étions de nouveaux
mariés.

Je voulais me lever, laissez mon fils, laissez, me dit
Madame de la Vallée, tu serais trop longtemps à
t'habiller, voilà qui me fait encore ressouvenir qu'il te
faut une robe de chambre. Bon, bon, il me faut, lui
répondis-je en riant ; allez, allez, vous n'y entendez
rien, ma femme, il me fallait ma cousine, avec cela
j'aurai de tout.

Là-dessus elle sortit du lit, mit une robe, et ouvrit à
notre bruyante hôtesse, qui lui dit en entrant, venez çà
que je vous embrasse avec votre bel œil mourant ; eh
bien, qu'est-ce que c'est, ce gros garçon, s'en accommodera-on[29], vous riez, c'est signe qu'oui ; tant mieux,
je m'en serais bien douté, le gaillard, je pense qu'il fait
bon vivre avec lui, n'est-ce pas ? Debout, debout,
jeunesse, me dit-elle en venant à moi, quittez le chevet,
votre femme n'y est plus, et il sera nuit ce soir.

Je ne saurais, lui dis-je, je suis trop civil pour me
lever devant vous ; demain tant que vous voudrez,
j'aurai une robe de chambre. Eh pardi, dit-elle, voilà
bien des façons, s'il n'y a que cela qui manque, je vais
vous en chercher une qui est presque neuve ; mon
pauvre défunt ne l'a pas mis dix fois ; quand vous
l'aurez il me semblera le voir lui-même.

Et sur-le-champ elle passe chez elle, rapporte cette
robe de chambre et me la jette sur le lit ; tenez, me dit-
elle, elle est belle et bonne, gardez-la, je vous en ferai
bon compte.

La veux-tu ? me dit Madame de la Vallée. Oui-da,
repris-je ; à combien est-elle, je ne sais pas marchander.

Et là-dessus, je vous la laisse à tant, c'est marché
donné ; non, c'est trop, ce n'est pas assez, bref elles

convinrent [30], et la robe de chambre me demeura ; je la payai de l'argent qui me restait de ma prison.

Nous prîmes notre café ; Madame de la Vallée confia mes besoins tant en habit qu'en linge à notre hôtesse, et la pria de l'aider l'après-midi dans ces achats, mais quant à l'habit, le hasard en ordonna autrement.

Un Tailleur à qui Madame d'Alain louait quelques chambres dans le fond de la maison, vint un quart d'heure après lui apporter un reste de terme qu'il lui devait ; eh ! pardi, Monsieur Simon, vous arrivez à propos, lui dit-elle en me montrant, voilà une pratique pour vous, nous allons tantôt lever un habit pour ce Monsieur-là.

Monsieur Simon me salua, me regarda : Eh ! ma foi, dit-il, ce ne serait pas la peine de lever de l'étoffe, j'ai chez moi un habit tout battant neuf, à qui je mis hier le dernier point, et que l'homme à qui il est, m'a laissé pour les gages à cause qu'il n'a pas pu me payer l'avance que je lui en ai faite, et que hier au matin, ne vous déplaise, il a délogé de son auberge sans dire adieu à personne ; je crois qu'il sera juste à Monsieur, c'est une occasion de s'habiller tout d'un coup, et pas si cher que chez le Marchand ; il y a habit, veste et culotte, d'un bel et bon drap bien fin, tout uni, doublé de soie rouge, rien n'y manque.

Cette soie rouge me flatta ; une doublure de soie, quel plaisir et quelle magnificence pour un paysan ! Qu'en dites-vous, ma mie ? dis-je à Madame de la Vallée. Eh ! mais, dit-elle, s'il va bien, mon ami, c'est autant de pris. Il sera comme de cire, reprit le Tailleur, qui courut le chercher ; il l'apporte, je l'essaye, il m'habillait mieux que le mien, et le cœur me battait sous la soie ; on en vient au prix.

Le marché en fut plus long à conclure que de la robe de chambre ; non pas de la part de ma femme, à qui

Madame d'Alain dit, ne vous mêlez point de cela, c'est mon affaire, allons, Monsieur Simon, peut-être que d'un an vous ne vendrez cette friperie-là si à propos ; car il faut une taille et en voilà une ; c'est comme si Dieu vous l'envoyait, il n'y a peut-être que celle-là à Paris ; lâchez la main, pour trop avoir on n'a rien, et d'offres en offres notre officieuse tracassière conclut.

Quand l'habit fut acheté, l'amoureuse envie de me voir tout équipé, prit à ma femme : Mon fils, me dit-elle, envoyons tout de suite chercher un ceinturon, des bas, un chapeau (et je veux qu'il soit bordé), une chemise neuve toute faite, et tout l'attirail, n'est-ce pas ?

Comme il vous plaira, lui dis-je, avec une gaieté qui m'allait jusqu'à l'âme, et aussitôt dit aussitôt fait ; tous les Marchands furent appelés ; Madame d'Alain toujours présente, toujours marchandant, toujours tracassière ; et avant le dîner j'eus la joie de voir Jacob métamorphosé en Cavalier avec la doublure de soie, avec le galant bord d'argent au chapeau, et l'ajustement d'une chevelure qui me descendait jusqu'à la ceinture, et après laquelle le Baigneur [31] avait épuisé tout son savoir-faire.

Je vous ai déjà dit que j'étais beau garçon, mais jusque-là il avait fallu le remarquer pour y prendre garde. Qu'est-ce que c'est qu'un beau garçon sous des habits grossiers ? il est bien enterré là-dessous ; nos yeux sont si dupes à cet égard-là ; s'aperçût-on même qu'il est beau, quel mérite cela a-t-il, on dirait volontiers, de quoi se mêle-t-il, il lui appartient bien ; il y a seulement par-ci par-là quelques femmes moins frivoles, moins dissipées que d'autres, qui ont le goût plus essentiel, et qui ne s'y trompent point. J'en avais déjà rencontré quelques-unes de celles-là, comme vous l'avez vu ; mais ma foi sous mon nouvel attirail il ne

presque
péjoritif

fallait que des yeux pour me trouver aimable, et je
n'avais que faire qu'on les eût si bons, j'étais bel
homme, j'étais bien fait, j'avais des grâces naturelles,
et tout cela au premier coup d'œil.

Voyez donc l'air qu'il a, ce cher enfant, dit Madame
de la Vallée, quand je sortis du cabinet où je m'étais
retiré pour m'habiller. Comment donc, dit Madame
d'Alain, savez-vous bien qu'il est charmant, et ce
n'était plus en babillarde qu'elle le disait, il me parut
que c'était en femme qui le pensait, et qui même
pendant quelques moments en perdit son babil. A la
manière étonnée dont elle me regarda, je crois qu'elle
convoitait le mari de ma femme, je lui avais déjà plu à
moins de frais.

Voilà une belle tête, disait-elle, si jamais je me
marie, je prendrai un homme qui aura la pareille. Oh
oui ma mère, dit Agathe, qui venait d'entrer, mais ce
n'est pas le tout, il faut la mine avec.

Cependant nous dînâmes ; Madame d'Alain se répandit en cajoleries pendant le repas, Agathe ne m'y parla
que des yeux, et m'en dit plus que sa mère, et ma
femme ne vit que moi, ne songea qu'à moi, et je parus à
mon tour n'avoir d'attention que pour elle.

Nos témoins que Madame de la Vallée avait invités à
souper en les quittant à trois heures du matin le même
jour, arrivèrent sur les cinq heures du soir.

Monsieur de la Vallée, me dit la cousine, je serais
d'avis que vous allassiez chez Madame de Ferval, nous
ne souperons que sur les huit heures, et vous aurez le
temps de la voir ; faites-lui bien des compliments de
ma part, et dites-lui que demain nous aurons l'honneur
de la voir ensemble.

Eh ! oui, à propos, lui dis-je, elle nous a bien
recommandé de l'avertir, et cela est juste. Adieu,

Mesdames, adieu, Messieurs, vous le voulez bien,
jusqu'à tantôt.

Ma femme croyait me faire ressouvenir de cette
Madame de Ferval, mais je l'en aurais fait ressouvenir
elle-même si elle l'avait oubliée ; je mourais d'envie
qu'elle me vît fait comme j'étais. Oh ! comme je vais lui
plaire, disais-je en moi-même, ce sera bien autre chose
que ces jours passés. On verra dans les suites ce qu'il en
fut.

FIN DE LA TROISIÈME PARTIE

QUATRIÈME PARTIE

Je me rendis donc chez Madame de Ferval, et ne rencontrai dans la cour de la maison, qu'un Laquais qui me conduisit chez elle par un petit escalier que je ne connaissais pas.

Une de ses femmes qui se présenta d'abord, me dit qu'elle allait avertir sa Maîtresse ; elle revint un moment après, et me fit entrer dans la chambre de cette Dame. Je la trouvai qui lisait couchée sur un sopha, la tête appuyée sur une main, et dans un déshabillé très propre, mais assez négligemment arrangé.

Figurez-vous une jupe qui n'est pas tout à fait rabattue jusqu'aux pieds, qui même laisse voir un peu de la plus belle jambe du monde ; (et c'est une grande beauté qu'une belle jambe dans une femme.)

De ces deux pieds mignons il y en avait un dont la mule était tombée, et qui dans cette espèce de nudité avait fort bonne grâce.

Je ne perdis rien de cette touchante posture ; ce fut pour la première fois de ma vie que je sentis bien ce que valaient le pied et la jambe d'une femme ; jusque-là je les avais compté pour rien ; je n'avais vu les femmes qu'au visage et à la taille, j'appris alors

qu'elles étaient femmes partout. Je n'étais pourtant
encore qu'un Paysan; car qu'est-ce que c'est qu'un
séjour de quatre ou cinq mois à Paris? mais il ne faut
ni délicatesse ni usage du monde pour être tout d'un
coup au fait de certaines choses; surtout quand elles
sont à leur vrai point de vue, il ne faut que des sens, et
j'en avais.

Ainsi cette belle jambe et ce joli petit pied sans
pantoufle me firent beaucoup de plaisir à voir.

J'ai bien vu depuis des objets de ce genre-là qui
m'ont toujours plu, mais jamais tant qu'ils me plurent
alors; aussi, comme je l'ai déjà dit, était-ce la première
fois que je les sentais; c'est tout dire, il n'y a point de
plaisir qui ne perde à être déjà connu.

Je fis en entrant deux ou trois révérences à Madame
de Ferval, qui, je pense, ne prit pas garde, si elles
étaient bien ou mal faites; elle ne me demandait pas
des grâces acquises, elle n'en voulait qu'à mes grâces
naturelles, qu'elle pouvait alors remarquer encore
mieux qu'elle ne l'avait fait, parce que j'étais plus paré.

De l'air dont elle me regarda, je jugeai qu'elle ne
s'était pas attendue à me voir ni si bien fait, ni de si
bonne mine.

Comment donc, s'écria-t-elle avec surprise, et en se
relevant un peu de dessus son sopha; c'est vous, la
Vallée; je ne vous reconnais pas; voilà vraiment une
très jolie figure, mais très jolie; approchez, mon cher
enfant, approchez, prenez un siège, et mettez-vous là;
mais cette taille comme elle est bien prise; cette tête,
ces cheveux: en vérité, il est trop beau pour un
homme, la jambe parfaite avec cela; il faut apprendre
à danser, la Vallée, n'y manquez pas; assoyez-vous;
vous voilà on ne peut pas mieux, ajouta-t-elle en me
prenant par la main pour me faire asseoir.

Et comme j'hésitais par respect, assoyez-vous donc,

me répéta-t-elle encore du ton d'une personne qui vous
dirait, oubliez ce que je suis, et vivons sans façon.

Et bien [1], gros garçon, me dit-elle, je songeais à vous,
car je vous aime, vous le savez bien ; ce qu'elle me dit
avec des yeux qui expliquaient sa manière de m'aimer ;
oui, je vous aime, et je veux que vous vous attachiez à
moi, et que vous m'aimiez aussi ; entendez-vous ?

Hélas ! charmante Dame, lui répondis-je, avec un
transport de vanité et de reconnaissance ; je vous
aimerai peut-être trop, si vous n'y prenez garde.

Et à peine lui eus-je tenu ce discours, que je me jetai
sur sa main qu'elle m'abandonna, et que je baisais de
tout mon cœur.

Elle fut un moment ou deux sans rien dire, et se
contenta de me voir faire ; je l'entendis seulement
respirer d'une manière sensible, et comme une personne qui soupire un peu. Parle donc ; est-ce que tu
m'aimes tant, me dit-elle, pendant que j'avais la tête
baissée sur cette main ; eh ! pourquoi crains-tu de
m'aimer trop, explique-toi la Vallée ; qu'est-ce que tu
veux dire ?

C'est, repris-je, que vous êtes si aimable, si belle ; et
moi qui sens tout cela, voyez-vous, j'ai peur de vous
aimer autrement qu'il ne m'appartient.

Tout de bon, me dit-elle, on dirait que tu parles
d'amour, la Vallée ; et on dirait ce qui est, repartis-je,
car je ne saurais m'en empêcher.

Parle bas, me dit-elle ; ma femme de chambre est
peut-être là-dedans (c'était l'antichambre qu'elle marquait) : ah mon cher enfant, qu'est-ce que tu viens de
me dire ? tu m'aimes donc. Hélas ! tout petit homme
que je suis, dirai-je qu'oui ? repartis-je. Comme tu
voudras, me répondit-elle, avec un petit soupir : mais
tu es bien jeune, j'ai peur à mon tour de me fier à toi ;
approche-toi, afin de nous entretenir de plus près,

ajouta-t-elle. J'oublie de vous dire que dans le cours de
la conversation elle s'était remise dans la posture où je
l'avais trouvée d'abord ; toujours avec cette pantoufle
de moins, et toujours avec ces jambes un peu découvertes, tantôt plus, tantôt moins, suivant les attitudes
qu'elle prenait sur le sopha.

Les coups d'œil que je jetais de ce côté-là, ne lui
échappaient pas ; quel friand petit pied vous avez là,
Madame, lui dis-je, en avançant ma chaise, car je
tombais insensiblement dans le ton familier. Laisse là
mon pied, dit-elle, et remets-moi ma pantoufle, il faut
que nous causions sur ce que tu viens de me dire, et
voir un peu ce que nous ferons de cet amour que tu as
pour moi.

Est-ce que par malheur il vous fâcherait ? lui dis-je.
Eh non, la Vallée, il ne me fâche point, me répondit-
elle ; il me touche au contraire, tu ne m'as que trop plu,
tu es beau comme l'amour.

Eh ! lui dis-je, qu'est-ce que c'est que mes beautés
auprès des vôtres ? un petit doigt de vous vaut mieux
que tout ce que j'ai en moi ; tout est admirable en
vous ; voyez ce bras, cette belle façon de corps, des
yeux que je n'ai jamais vu à personne ; et là-dessus, les
miens la parcouraient toute entière ; est-ce que vous
n'avez pas pris garde comme je vous regardais la
première fois que je vous ai vue ? lui disais-je ; je
devinais que votre personne était charmante, plus
blanche qu'un cygne ; ah ! si vous saviez le plaisir que
j'ai eu à venir ici, Madame, et comme quoi je croyais
toujours tenir votre chère main que je baisai l'autre
jour, quand vous me donnâtes la Lettre. Ah ! tais-toi,
me dit-elle, en mettant cette main sur ma bouche pour
me la fermer ; tais-toi, la Vallée, je ne saurais t'écouter
de sang-froid ; après quoi, elle se rejeta sur le sopha

avec un air d'émotion sur le visage, qui m'en donna beaucoup à moi-même.

Je la regardais, elle me regardait, elle rougissait ; le cœur me battait, je crois que le sien allait de même, et la tête commençait à nous tourner à tous deux, quand elle me dit : Écoute-moi, la Vallée, tu vois bien qu'on peut entrer à tout moment, et puisque tu m'aimes, il ne faut plus nous voir ici, car tu n'y es pas assez sage. Un soupir interrompit ce discours.

Tu es marié ? reprit-elle après. Oui de cette nuit, lui dis-je. De cette nuit ? me répondit-elle. Eh bien, conte-moi ton amour ; en as-tu eu beaucoup ? Comment trouves-tu ta femme ? M'aimerais-tu bien autant qu'elle ? Ah ! que je t'aimerais à sa place. Ah, repartis-je, que je vous rendrais bien le change. Est-il vrai ? me dit-elle ; mais ne parlons plus de cela, la Vallée ; nous sommes trop près l'un de l'autre, recule-toi un peu, je crains toujours une surprise. J'avais quelque chose à te dire, et ton mariage me l'a fait oublier ; nous aurions été plus tranquilles dans mon cabinet, j'y suis ordinairement, mais je ne prévoyais pas que tu viendrais ce soir. A propos, j'aurais pourtant envie que nous y allassions pour te donner les papiers dont je te parlai l'autre jour, veux-tu y venir ?

Elle se leva tout à fait là-dessus ; si je le veux, lui dis-je ; elle rêva alors un instant, et puis, non, dit-elle, n'y allons point, si cette femme de chambre arrivait, et qu'elle ne nous trouvât pas ici, que sait-on ce qu'elle penserait ? restons.

Je voudrais pourtant bien ces papiers, repris-je. Il n'y a pas moyen, dit-elle, tu ne les auras pas aujourd'hui ; et alors elle se remit sur le sopha, mais ne fit que s'y asseoir ; et ces pieds si mignons, lui dis-je, si vous vous tenez comme cela, je ne les verrai donc plus.

Elle sourit à ce discours, et me passant tendrement

la main sur le visage, parlons d'autre chose, répondit-elle. Tu dis que tu m'aimes, et je te le pardonne ; mais, mon enfant, si j'allais t'aimer aussi comme je prévois que cela pourrait bien être, et le moyen de s'en défendre avec un aussi aimable jeune homme que toi ; dis-moi ! me garderais-tu le secret, la Vallée ?

Eh ma belle Dame, lui dis-je, à qui voulez-vous donc que j'aille rapporter nos affaires ? il faudrait que je fusse bien méchant ; ne sais-je pas bien que cela ne se fait pas, surtout envers une grande Dame comme vous, qui est veuve, et qui me fait cent fois plus d'honneur que je n'en mérite, en m'accordant le réciproque ? et puis ne sais-je pas encore que vous tenez un état de dévote qui ne permet pas que pareille chose soit connue du monde ? Non, me répondit-elle, en rougissant un peu ; tu te trompes, je ne suis pas si dévote que retirée.

Eh pardi ! repris-je, dévote ou non, je vous aime autant d'une façon que d'une autre ; cela empêche-t-il qu'on ne vous donne son cœur, et que vous ne preniez ce qu'on vous donne ? on est ce qu'on est, et le monde n'y a que voir : après tout, qu'est-ce qu'on fait dans cette vie ? un peu de bien, un peu de mal ; tantôt l'un, tantôt l'autre ; on fait comme on peut, on n'est ni des Saints ni des Saintes ; ce n'est pas pour rien qu'on va à confesse, et puis qu'on y retourne ; il n'y a que les défunts qui n'y vont plus, mais pour des vivants, qu'on m'en cherche.

Ce que tu dis n'est que trop certain ; chacun a ses faiblesses, me répondit-elle. Eh ! vraiment oui, lui dis-je ; ainsi, ma chère Dame, si par hasard vous voulez du bien à votre petit serviteur, il ne faut pas en être si étonnée ; il est vrai que je suis marié, mais il n'en serait ni plus ni moins quand je ne le serais pas, sans compter que j'étais garçon quand vous m'avez vu ; et si j'ai pris femme depuis, ce n'est pas votre faute, ce n'est pas vous qui me l'avez fait prendre ; et ce serait bien pis si nous étions mariés tous deux, au lieu que vous ne l'êtes pas ; c'est toujours autant de rabattu ; on se prend comme on se trouve, ou bien il faudrait se laisser, et je n'en ai pas le courage depuis vos belles mains que j'ai tant tenues dans les miennes, et les petites douceurs que vous m'avez dites.

Je t'en dirais encore, si je ne me retenais pas, me répondit-elle, car tu me charmes, la Vallée, et tu es le plus dangereux petit homme[2] que je connaisse. Mais revenons.

Je te disais qu'il fallait être discret, et je vois que tu en sens les conséquences. La façon dont je vis, l'opinion qu'on a de ma conduite ; ta reconnaissance pour les services que je t'ai rendus, pour ceux que j'ai dessein de te rendre, tout l'exige, mon cher enfant. S'il t'échappait jamais le moindre mot, tu me perdrais, souviens-toi bien de cela, et ne l'oublie point, je t'en prie ; voyons à présent comment tu feras pour me voir quelquefois. Si tu continuais de venir ici, on pourrait en causer ; car sous quel prétexte y viendrais-tu ? Je tiens quelque rang dans le monde, et tu n'es pas en situation de me rendre de fréquentes visites. On ne manquerait pas de soupçonner que j'ai du goût pour toi ; ta jeunesse et ta bonne façon le persuaderaient aisément, et c'est ce qu'il faut éviter. Voici donc ce que j'imagine.

Il y a dans un tel faubourg (je ne sais plus lequel c'était) une vieille femme dont le mari qui est mort depuis six ou sept mois, m'avait obligation ; elle loge en tel endroit, et s'appelle Madame Remy ; tiens, écris tout à l'heure son nom et sa demeure, voici sur cette table ce qu'il faut pour cela.

J'écrivis donc ce nom, et quand j'eus fait, Madame de Ferval continuant son discours ; c'est une femme

dont je puis disposer, ajouta-t-elle. Je lui enverrai dire
demain de venir me parler dans la matinée. Ce sera
chez elle où nous nous verrons; c'est un quartier
éloigné où je serai totalement inconnue. Sa petite
maison est commode, elle y vit seule; il y a même un
petit jardin par lequel on peut s'y rendre, et dont une
porte de derrière donne dans une rue très peu fréquen-
tée; ce sera dans cette rue que je ferai arrêter mon
carrosse; j'entrerai toujours par cette porte, et toi
toujours par l'autre. A l'égard de ce qu'en penseront
mes gens, je ne m'en mets pas en peine; ils sont
accoutumés à me mener dans toutes sortes de quartiers pour différentes œuvres de charité que nous
exerçons souvent deux ou trois Dames de mes amies et
moi, et auxquelles il m'est quelquefois arrivé d'aller
seule, aussi bien qu'en compagnie, soit pour des
malades, soit pour de pauvres familles. Mes gens le
savent, et croiront que ce sera de même, quand j'irai
chez la Remy. Pourras-tu t'y trouver demain, sur les
cinq heures du soir, la Vallée? j'aurai vu la Remy, et
toutes mes mesures seront prises.

Eh pardi! lui dis-je, je n'y manquerai pas, je suis
seulement fâché que ce ne soit pas tout à l'heure; eh!
dites-moi, ma bonne et chère Dame, il n'y aura donc
point comme ici de femme de chambre qui nous
écoute, et qui m'empêche d'avoir les papiers.

Eh vraiment non! me dit-elle en riant, et nous
parlerons tout aussi haut qu'il nous plaira; mais je fais
une réflexion. Il y a loin de chez toi à ce faubourg, tu
auras besoin de voitures pour y venir, et ce serait une
dépense qui t'incommoderait.

Bon bon, lui dis-je, cette dépense, il n'y aura que mes
jambes qui la feront, ne vous embarrassez pas. Non,
mon fils, me dit-elle en se levant, il y a trop loin, et cela
te fatiguerait; et en tenant ce discours, elle ouvrit un

petit coffret, d'où elle tira une bourse assez simple, mais assez pleine.

Tiens, mon enfant, ajouta-t-elle, voilà de quoi payer tes carrosses ; quand cela sera fini, je t'en donnerai d'autres.

Eh mais ! ma belle Maîtresse, lui dis-je, gonflé d'amour-propre, et tout ébloui de mon mérite, arrêtez-vous donc, votre bourse me fait honte.

Et ce qui est de plaisant, c'est que je disais vrai ; oui, malgré la vanité que j'avais, il se mêlait un peu de confusion à l'estime orgueilleuse que je prenais pour moi. J'étais charmé qu'on m'offrît, mais je rougissais de prendre ; l'un me paraissait flatteur, et l'autre bas.

A la fin pourtant dans l'étourdissement où j'étais, je cédai aux instances qu'elle me faisait, et après lui avoir dit deux ou trois fois ; mais Madame, mais ma Maîtresse, je vous coûterais trop, ce n'est pas la peine d'acheter mon cœur, il est tout payé, puisque je vous le donne pour rien, à quoi bon cet argent ? à la fin, dis-je, je pris.

Au reste, dit-elle, en fermant le petit coffre ; nous n'irons dans l'endroit que je t'indique que pour empêcher qu'on ne cause ; mon cher enfant, tu m'y verras avec plus de liberté, mais avec autant de sagesse qu'ici au moins ; entends-tu, la Vallée ? je t'en prie, n'abuse point de ce que je fais pour toi, je n'y entends point finesse.

Hélas ! lui dis-je, je ne suis pas plus fin que vous non plus ; j'y vais tout bonnement pour avoir le plaisir d'être avec vous, et d'aimer votre personne à mon aise, voilà tout ; car au surplus, je n'ai envie de vous chagriner en rien, je vous assure, mon intention est de vous complaire ; je vous aime ici, je vous aimerai là-bas, je vous aimerais partout. Il n'y a point de mal à cela, me dit-elle, et je ne te défends point de m'aimer, la Vallée, mais c'est que je voudrais bien n'avoir rien à me reprocher : voilà ce que je veux dire.

Ah çà, il me reste à te parler d'une chose ; c'est d'une Lettre que j'ai écrite pour toi, et que j'adresse à Madame de Fécour, à qui tu la porteras. Monsieur de Fécour son beau-frère est un homme d'un très grand crédit dans les Finances, il ne refuse rien à la recommandation de sa belle-sœur, et je la prie ou de te présenter à lui, ou de lui écrire en ta faveur, afin qu'il te place à Paris, et te mette en chemin de t'avancer ; il n'y a point pour toi de voie plus sûre que celle-là pour aller à la fortune.

Elle prit alors cette Lettre qui était sur une table, et me la donna ; à peine la tenais-je, qu'un Laquais annonça une visite, et c'était Madame de Fécour elle-même.

Je vis donc entrer une assez grosse femme de taille médiocre, qui portait une des plus furieuses gorges que j'aie jamais vu ; femme d'ailleurs qui me parut sans façon ; aimant à vue de pays le plaisir et la joie, et dont je vais vous donner le portrait, puisque j'y suis.

Madame de Fécour pouvait avoir trois ou quatre années de moins que Madame de Ferval. Je crois que dans sa jeunesse elle avait été jolie ; mais ce qui alors se remarquait le plus dans sa physionomie, c'était un air franc et cordial qui la rendait assez agréable à voir.

Elle n'avait pas dans ces mouvements[3] la pesanteur des femmes trop grasses ; son embonpoint ni sa gorge ne l'embarrassaient pas, et on voyait cette masse se démener avec une vigueur qui lui tenait lieu de légèreté. Ajoutez à cela un air de santé robuste, et une certaine fraîcheur qui faisait plaisir, de ces fraîcheurs qui viennent d'un bon tempérament, et qui ont pourtant essuyé de la fatigue.

Il n'y a presque point de femme qui n'ait des

minauderies, ou qui ne veuille persuader qu'elle n'en a point ; ce qui est une autre sorte de coquetterie, et de ce côté-là Madame de Fécour n'avait rien de femme. C'était même une de ses grâces que de ne point songer en avoir.

Elle avait la main belle, et ne le savait pas ; si elle l'avait eu laide, elle l'aurait ignoré de même ; elle ne pensait jamais à donner de l'amour, mais elle était sujette à en prendre. Ce n'était jamais elle qui s'avisait de plaire, c'était toujours à elle à qui on plaisait. Les autres femmes en vous regardant vous disent finement, aimez-moi pour ma gloire ; celle-ci vous disait naturellement, je vous aime, le voulez-vous bien ; et elle aurait oublié de vous demander, m'aimez-vous, pourvu que vous eussiez fait comme si vous l'aimiez.

De tout ce que je dis là, il résulte qu'elle pouvait quelquefois être indécente, et non pas coquette.

Quand vous lui plaisiez, par exemple, cette gorge dont j'ai parlé, il semblait qu'elle vous la présentât, et c'était moins pour tenter votre cœur que pour vous dire que vous touchiez le sien ; c'était une manière de déclaration d'amour.

Madame de Fécour était bonne convive, plus joyeuse que spirituelle à table, plus franche que hardie, pourtant plus libertine que tendre ; elle aimait tout le monde, et n'avait d'amitié pour personne ; vivait du même air avec tous, avec le riche comme avec le pauvre, avec le Seigneur comme avec le Bourgeois, n'estimait le rang des uns, ni ne méprisait le médiocre état des autres. Ses gens n'étaient point ses valets ; c'étaient des hommes et des femmes qu'elle avait chez elle ; ils la servaient, elle en était servie ; voilà tout ce qu'elle y voyait.

Monsieur, que ferons-nous ? vous disait-elle ; et si Bourguignon venait, Bourguignon, que faut-il que je fasse ? Jasmin était son conseil s'il était là ; c'était vous qui l'étiez, si vous vous trouviez auprès d'elle ; il s'appelait Jasmin, et vous, Monsieur ; c'était toute la différence qu'elle y sentait, car elle n'avait ni orgueil ni modestie.

Encore un trait de son caractère par lequel je finis, et qui est bien singulier.

Lui disiez-vous, j'ai du chagrin ou de la joie, telles ou telles espérances, ou tel embarras ; elle n'entrait dans votre situation qu'à cause du mot et non pas de la chose ; ne pleurait avec vous qu'à cause que vous pleuriez, et non pas à cause que [4] vous aviez sujet de pleurer ; riait de même, s'intriguait pour vous sans s'intéresser à vos affaires, sans savoir qu'elle ne s'y intéressait pas, et seulement parce que vous lui aviez dit, intriguez-vous ; en un mot c'étaient les termes et le ton avec lequel vous les prononciez, qui la remuaient ; si on lui avait dit, votre ami ou bien votre parent est mort, et qu'on le lui eût dit d'un air indifférent, elle eût répondu du même air, est-il possible ? lui eussiez-vous reparti avec tristesse qu'il n'était que trop vrai, elle eût repris d'un air affligé, cela est bien fâcheux.

Enfin c'était une femme qui n'avait que des sens et point de sentiments, et qui passait pourtant pour la meilleure femme du monde, parce que ses sens en mille occasions lui tenaient exactement lieu de sentiments, et lui faisaient autant d'honneur.

Ce caractère, tout particulier qu'il pourra paraître, n'est pas si rare qu'on le pense, c'est celui d'une infinité de personnes qu'on appelle communément de bonnes gens dans le monde ; ajoutez seulement de bonnes gens, qui ne vivent que pour le plaisir et pour la joie, qui ne haïssent rien que ce qu'on leur fait haïr, ne sont que ce qu'on veut qu'ils soient, et n'ont jamais d'avis que celui qu'on leur donne.

Au reste, ce ne fut pas alors que je connus Madame de Fécour comme je la peins ici, car je n'eus pas dans ce temps une assez grande liaison avec elle, mais je la retrouvai quelques années après, et la vis assez pour la connaître : revenons.

Eh ! mon Dieu, Madame, dit-elle à Madame de Ferval, que je suis charmée de vous trouver chez vous ; j'avais peur que vous n'y fussiez pas ; car il y a longtemps que nous ne nous sommes vues ; comment vous portez-vous ?

Et puis elle me salua, moi qui faisais là la figure d'un honnête homme, et en me saluant me regarda beaucoup et longtemps.

Après que les premiers compliments furent passés, Madame de Ferval lui en fit un sur ce grand air de santé qu'elle avait. Oui, dit-elle, je me porte fort bien, je suis d'un fort bon tempérament ; je voudrais bien que ma belle-sœur fût de même, je vais la voir au sortir d'ici ; la pauvre femme me fit dire avant-hier qu'elle était malade.

Je ne le savais pas, dit Madame de Ferval ; mais peut-être qu'à son ordinaire ce sera plus indisposition que maladie, elle est extrêmement délicate.

Ah ! sans doute, reprit la grosse réjouie, je crois comme vous, que ce n'est rien de sérieux.

Pendant leurs discours j'étais assez décontenancé, moins qu'un autre ne l'aurait été à ma place pourtant, car je commençais à me former un peu, et je n'aurais pas été si embarrassé, si je n'avais point eu peur de l'être.

Or j'avais par mégarde emporté la tabatière de Madame de la Vallée, je la sentis dans ma poche, et pour occuper mes mains, je me mis à l'ouvrir et à prendre du tabac.

A peine l'eus-je ouverte, que Madame de Fécour, qui

jetait sur moi de fréquents regards, et de ces regards qu'on jette sur quelqu'un qu'on aime à voir ; que Madame de Fécour, dis-je, s'écria : Ah ! Monsieur, vous avez du Tabac, donnez-m'en, je vous prie, j'ai oublié ma tabatière, il y a une heure [5] que je ne sais que devenir.

Là-dessus, je me lève et lui en présente ; et comme je me baissais afin qu'elle en prît, et que par cette posture j'approchais ma tête de la sienne, elle profita du voisinage pour m'examiner plus à son aise, et en prenant du Tabac leva les yeux sans façon sur moi, et les y fixa si bien que j'en rougis un peu.

Vous êtes bien jeune pour vous accoutumer au Tabac ? me dit-elle ; quelque jour vous en serez fâché, Monsieur ; il n'y a rien de si incommode ; je le dis à tout le monde, et surtout aux jeunes Messieurs de votre âge à qui j'en vois prendre, car assurément Monsieur n'a pas vingt ans.

Je les aurai bientôt, Madame, lui dis-je, en me reculant jusqu'à ma chaise. Ah ! le bel âge, s'écria-t-elle. Oui, dit Madame de Ferval, mais il ne faut pas qu'il perde son temps, car il n'a point de fortune ; il n'y a que cinq ou six mois qu'il arrive de Province, et nous voudrions bien l'employer à quelque chose.

Oui-da, répondit-elle, ce sera fort bien fait, Monsieur plaira à tous ceux qui le verront, je lui pronostique un mariage heureux. Hélas, Madame, il vient de se marier à une nommée Mademoiselle Haberd qui est de son pays [6], et qui a bien quatre ou cinq mille livres de rentes, dit Madame de Ferval.

Aha, Mademoiselle Haberd, reprit l'autre, j'ai entendu parler de cela dans une maison d'où je sors.

A ce discours nous rougîmes tous deux Madame de Ferval et moi ; de vous dire pourquoi elle rougissait aussi, c'est ce que je ne sais pas, à moins que ce ne fût de ce que Madame de Fécour avait sans doute appris que j'étais un bien petit Monsieur, et qu'elle l'avait pourtant surprise en conversation réglée avec moi. D'ailleurs elle aimait ce petit Monsieur ; elle était dévote ou du moins elle passait pour telle ; et tout cela ensemble pouvait un peu embarrasser sa conscience.

Pour moi, il était naturel que je fusse honteux ; mon histoire que Madame de Fécour disait qu'on lui avait faite, était celle d'un petit Paysan, d'un Valet en bon Français, d'un petit drôle rencontré sur le Pont-Neuf, et c'était dans la tabatière de ce petit drôle qu'on venait bien poliment de prendre du Tabac ; c'était à lui qu'on avait dit, Monsieur n'a que vingt ans ; oh voyez si c'était la peine de le prendre sur ce ton-là avec le personnage, et si Madame de Fécour ne devait pas rire d'avoir été la dupe de ma mascarade.

Mais je n'avais rien à craindre, nous avions à faire à une femme sur qui toutes ces choses-là glissaient, et qui ne voyait jamais que le présent et point le passé. J'étais honnêtement habillé, elle me trouvait avec Madame de Ferval, il ne m'en fallait pas davantage auprès d'elle, sans parler de ma bonne façon, pour qui elle avait, ce me semblait, une singulière estime ; de sorte que continuant son discours tout aussi rondement[7] qu'elle l'avait commencé : Ah ! c'est Monsieur, reprit-elle, qui a épousé cette Mademoiselle Haberd, une fille dans la grande dévotion, à ce qu'on disait, cela est plaisant ; mais, Monsieur, il n'y a donc que deux jours tout au plus que vous êtes marié, car cela est tout récent.

Oui, Madame, lui dis-je, un peu revenu de ma confusion, parce que je voyais qu'il n'en était ni plus ni moins avec elle, je l'épousai hier.

Tant mieux, j'en suis charmée, me répondit-elle ; c'est une fille un peu âgée, dit-on, mais elle n'a rien perdu pour attendre ; vraiment, ajouta-t-elle, en se tournant du côté de Madame de Ferval, on m'avait bien dit qu'il était beau garçon, et on avait raison ; si je connaissais la Demoiselle, je la féliciterais ; elle a fait un fort bon mariage ; eh ! peut-on vous demander comment elle s'appelle à cette heure ?

Madame de la Vallée, répondit pour moi Madame de Ferval ; et le père de son mari est un très honnête homme, un gros Fermier qui a plusieurs enfants, et qui avait envoyé celui-ci à Paris pour tâcher d'y faire quelque chose : en un mot ce sont de fort honnêtes gens.

Oui certes, reprit Madame de Fécour ; comment donc, des gens qui demeurent à la campagne, des Fermiers ; oh je sais ce que c'est : oui, ce sont de fort honnêtes gens, fort estimables assurément, il n'y a rien à dire à cela.

Et c'est moi, dit Madame de Ferval, qui ai fait terminer son mariage. Oui, est-ce vous ? reprit l'autre ; mais cette bonne dévote vous a obligation ; je fais grand cas de Monsieur seulement à le voir ; encore un peu de votre Tabac, Monsieur de la Vallée ; c'est vous être marié bien jeune, mon bel enfant, vous n'auriez pu manquer de l'être quelque jour avantageusement, fait comme vous êtes ; mais vous en serez plus à votre aise à Paris, et moins à charge à votre famille. Madame, ajouta-t-elle, en s'adressant à Madame de Ferval, vous avez des amis, il est aimable, il faut le pousser.

Nous en avons fort envie, reprit l'autre, et je vous dirai même que lorsque vous êtes entrée, je venais de lui donner une Lettre pour vous, par laquelle je vous le recommandais ; Monsieur de Fécour votre beau-frère, est fort en état de lui rendre service, et je vous priais de l'y engager.

Eh ! mon Dieu, de tout mon cœur, dit Madame de

Fécour ; oui, Monsieur, il faut que Monsieur de Fécour
vous place, je n'y songeais pas, mais il est à Versailles
pour quelques jours ; voulez-vous que je lui écrive en
attendant que je lui parle ; tenez, il n'y a pas loin d'ici
chez moi ; nous n'avons qu'à y passer un moment,
j'écrirai, et Monsieur de la Vallée lui portera demain
ma Lettre. En vérité, Monsieur, dit-elle, en se levant, je
suis ravie que Madame ait pensé à moi dans cette
occasion-ci ; partons, j'ai encore quelques visites à
faire, ne perdons point de temps ; adieu, Madame, ma
visite est courte, mais vous voyez pourquoi je vous
quitte.

Et là-dessus elle embrasse Madame de Ferval qui la
remercie, qu'elle remercie, s'appuie sans façon sur
mon bras, m'emmène, me fait monter dans son carrosse, m'y appelle tantôt Monsieur, tantôt mon bel
enfant, m'y parle comme si nous nous fussions connus
depuis dix ans, toujours cette grosse gorge en avant, et
nous arrivons chez elle.

Nous entrons, elle me mène dans un cabinet ;
assoyez-vous, me dit-elle, je n'ai que deux mots à écrire
à Monsieur de Fécour, et ils seront pressants.

En effet sa Lettre fut achevée en un instant : Tenez,
me dit-elle en me la donnant, on vous recevra bien sur
ma parole ; je lui dis qu'il vous place à Paris, car il faut
que vous restiez ici pour y cultiver vos amis ; ce serait
dommage de vous envoyer en campagne, vous y seriez
enterré, et nous sommes bien aises de vous voir. Je ne
veux pas que notre connaissance en demeure là, au
moins, Monsieur de la Vallée ; qu'en dites-vous, vous
fait-elle un peu de plaisir ?

Et beaucoup d'honneur aussi, lui repartis-je. Bon de
l'honneur, me dit-elle, il s'agit bien de cela, je suis une
femme sans cérémonie, surtout avec les personnes que
j'aime et qui sont aimables, Monsieur de la Vallée, car

vous l'êtes beaucoup ; oh beaucoup : le premier
homme pour qui j'ai eu de l'inclination vous ressemblait tout à fait ; je crois le voir et je l'aime toujours ; je
le tutoyais, c'est assez ma manière, j'ai déjà pensé en
user de même avec vous, et cela viendra, en serez-vous
fâché ? ne voulez-vous pas bien que je vous traite
comme lui, ajouta-t-elle avec sa gorge, sur qui par
hasard j'avais alors les yeux fixés ; ce qui me rendit
distrait et m'empêcha de lui répondre ; elle y prit
garde, et fut quelque temps à m'observer.

Eh bien ! me dit-elle, en riant, à quoi pensez-vous
donc ; c'est à vous, Madame, lui répondis-je d'un ton
assez bas, toujours la vue attachée sur ce que j'ai dit ; à
moi, reprit-elle, dites-vous vrai, Monsieur de la Vallée ?
vous apercevez-vous que je vous veux du bien ? il n'est
pas difficile de le voir, et si vous en doutez, ce n'est pas
ma faute ; vous voyez que je suis franche, et j'aime
qu'on le soit avec moi ; entendez-vous, belle jeunesse ?
quels yeux il a, et avec cela il a peur de parler ; ah çà,
Monsieur de la Vallée, j'ai un conseil à vous donner ;
vous venez de Province, vous en avez apporté un air de
timidité qui ne sied pas à votre âge ; quand on est fait
comme vous, il faut se rassurer un peu, surtout en ce
pays-ci ; que vous manque-t-il pour avoir de la
confiance ? qui est-ce qui en aura, si vous n'en avez pas,
mon enfant ? vous êtes si aimable, et elle me disait cela
d'un ton si vrai, si caressant, que je commençais à
prendre du goût pour ses douceurs, quand nous entendîmes un carrosse entrer dans la Cour.

Voilà quelqu'un qui me vient, dit-elle, serrez votre
Lettre, mon beau garçon, reviendrez-vous me voir
bientôt ? Dès que j'aurai rendu la Lettre, Madame, lui
dis-je.

Adieu donc, me répondit-elle, en me tendant la main
que je baisai tout à mon aise ; ah çà, une autre fois

soyez donc bien persuadé qu'on vous aime; je suis
fâchée de n'avoir point fait dire que je n'y étais pas; je
ne serais peut-être pas sortie, et nous aurions passé le
reste de la journée ensemble, mais nous nous reverrons, et je vous attends, n'y manquez pas.

Et l'heure de votre commodité, Madame, voulez-
vous me la dire. A l'heure qu'il te plaira, me dit-elle; le
matin, le soir, toute heure est bonne, si ce n'est qu'il est
plus sûr de me trouver le matin; adieu, mon gros
brunet (ce qu'elle me dit en me passant la main sous le
menton), de la confiance avec moi à l'avenir, je te la
recommande.

Elle achevait à peine de parler, qu'on lui vint dire
que trois personnes étaient dans sa chambre, et je me
retirai pendant qu'elle y passait.

Mes affaires, comme vous voyez, allaient un assez
bon train. Voilà des aventures bien rapides, j'en étais
étourdi moi-même.

Figurez-vous ce que c'est qu'un jeune rustre comme
moi, qui dans le seul espace de deux jours, est devenu
le mari d'une fille riche, et l'amant de deux femmes de
condition. Après cela mon changement de décoration
dans mes habits, car tout y fait; ce titre de Monsieur
dont je m'étais vu honoré, moi qu'on appelait Jacob
dix ou douze jours auparavant, les amoureuses agace-
ries de ces deux Dames, et surtout cet art charmant,
quoique impur, que Madame de Ferval avait employé
pour me séduire; cette jambe si bien chaussée, si
galante, que j'avais tant regardée; ces belles mains si
blanches qu'on m'avait si tendrement abandonnées;
ces regards si pleins de douceur; enfin l'air qu'on
respire au milieu de tout cela; voyez que de choses
capables de débrouiller mon esprit et mon cœur; voyez
quelle école de mollesse, de volupté, de corruption, et
par conséquent de sentiment; car l'âme se raffine à

mesure qu'elle se gâte. Aussi étais-je dans un tourbil-
lon de vanité si flatteuse, je me trouvais quelque chose
de si rare, je n'avais point encore goûté si délicatement
le plaisir de vivre, et depuis ce jour-là je devins
méconnaissable, tant j'acquis d'éducation et d'expérience.

Je retournai donc chez moi, perdu de vanité, comme
je l'ai dit, mais d'une vanité qui me rendait gai, et non
pas superbe et ridicule ; mon amour-propre a toujours
été sociable, je n'ai jamais été plus doux ni plus
traitable, que lorsque j'ai eu lieu de m'estimer et d'être
vain ; chacun a là-dessus son caractère, et c'était là le
mien. Madame de la Vallée ne m'avait encore vu ni si
caressant ni si aimable que je le fus avec elle à mon
retour.

Il était tard, on m'attendait pour se mettre à table,
car on se ressouviendra que nous avions retenu à
souper notre Hôtesse, sa fille, et les personnes qui nous
avaient servi de témoins le jour de notre mariage.

Je ne saurais vous dire combien je fis d'amitiés à mes
convives, ni avec quelle grâce je les excitai à se réjouir.
Nos deux témoins étaient un peu épais, et ils me
trouvèrent si léger en comparaison d'eux, je dirais
presque si galant dans mes façons, que je leur en
imposai, et que malgré toute la joie à laquelle je les
invitais, ils ne se familiarisaient avec moi qu'avec
discrétion.

J'étonnai même Madame d'Alain, qui toute commère qu'elle était, regardait de plus près que de
coutume à ce qu'elle disait. Mon éloge faisait toujours
le refrain de la conversation, éloge qu'on tâchait même
de tourner le plus poliment qu'on le pouvait : de sorte
que je sentis que les manières avaient augmenté de
considération pour moi.

Et il fallait bien que ce fût mon entretien avec ces

deux Dames qui me valait cela, et que j'en eusse rapporté je ne sais quel air plus distingué, que je ne l'avais d'ordinaire.

Ce qui est de vrai, c'est que moi-même je me trouvais tout autre, et que je me disais à peu de chose près, en regardant nos convives : Ce sont là de bonnes gens qui ne sont pas de ma force, mais avec qui il faut que je m'accommode pour le présent.

Je passerai tout ce qui fut dit dans notre entretien. Agathe[8] m'y lança de fréquents regards ; j'y fis le plaisant de la table, mais le plaisant presque respecté, et j'y parus si charmant à Madame de la Vallée, que dans l'impatience de me voir à son aise, elle tira sa montre à plusieurs reprises, et dit l'heure qu'il était, pour conseiller honnêtement la retraite à nos convives.

Enfin on se leva, on s'embrassa, tout notre monde partit, on desservit, et nous restâmes seuls Madame de la Vallée et moi.

Et alors sans autre compliment, sous prétexte d'un peu de fatigue, ma pieuse épouse se mit au lit et me dit, couchons-nous, mon fils, il est tard ; ce qui voulait dire, couche-toi, parce que je t'aime ; je l'entendis bien de même, et me couchai de bon cœur, parce que je l'aimais aussi, car elle était encore aimable et d'une figure appétissante ; je l'ai déjà dit au commencement de cette Histoire ; outre cela j'avais l'âme remplie de tant d'images tendres, on avait agacé mon cœur de tant de manières, on m'avait tant fait l'amour ce jour-là, qu'on m'avait mis en humeur d'être amoureux à mon tour, à quoi se joignait la commodité d'avoir avec moi une personne qui ne demandait pas mieux que de m'écouter, telle qu'était Madame de la Vallée, ce qui est encore un motif qui engage.

Je voulus en me déshabillant lui rendre compte de ma journée ; je lui parlai des bons desseins que

Madame de Ferval avait pour moi, de l'arrivée de Madame de Fécour chez elle, de la Lettre qu'elle m'avait donnée, du voyage que je ferais le lendemain à Versailles pour porter cette Lettre ; je prenais mal mon temps ; quelque intérêt que Madame de la Vallée prît à ce qui me regardait, rien de tout ce que je lui dis ne mérita son attention ; je ne pus jamais tirer que des monosyllabes : oui-da, fort bien, tant mieux, et puis, viens, viens, nous parlerons de cela ici.

Je vins donc, et adieu les récits, j'oubliai de les reprendre, et ma chère femme ne m'en fit pas ressouvenir.

Que d'honnêtes et ferventes tendresses ne me dit-elle pas ! On a déjà vu le caractère de ses mouvements ; et tout ce que j'ajouterai, c'est que jamais femme dévote n'usa avec tant de passion du privilège de marquer son chaste amour ; je vis le moment qu'elle s'écrierait, quel plaisir de frustrer les droits du diable, et de pouvoir sans péché être aussi aise que les pécheurs !

Enfin nous nous endormîmes tous deux, et ce ne fut que le matin sur les huit heures, que je repris mes récits de la veille.

Elle loua beaucoup les bonnes intentions de Madame de Ferval, pria Dieu d'être sa récompense, et celle de Madame de Fécour ; ensuite nous nous levâmes et sortîmes ensemble, et pendant que j'allais à Versailles, elle alla entendre la Messe pour le succès de mon voyage.

Je me rendis donc à l'endroit où l'on prend les voitures ; j'en trouvai une à quatre [9], dont il y avait déjà trois places de remplies, et je pris la quatrième.

J'avais pour compagnons de voyage, un vieux Officier, homme de très bon sens, et qui avec une physionomie respectable, était fort simple et fort uni dans ses façons.

Un grand homme sec et décharné, qui avait l'air inquiet et les yeux petits, noirs et ardents ; nous sûmes bientôt que c'était un Plaideur ; et ce métier, vu la mine du personnage, lui convenait on ne peut pas mieux.

Après ces Messieurs venait un jeune homme d'une assez belle figure ; l'Officier et lui se regardaient comme gens qui se sont vus ailleurs, mais qui ne se remettent pas. A la fin ils se reconnurent, et se ressouvinrent qu'ils avaient mangé ensemble.

Comme je n'étais pas là avec des Madames d'Alain, ni avec des femmes qui m'aimassent, je m'observai beaucoup sur mon langage, et tâchai de ne rien dire qui sentît le fils de Fermier de campagne ; de sorte que je parlai sobrement, et me contentai de prêter beaucoup d'attention à ce que l'on disait.

On ne s'aperçoit presque pas qu'un homme ne dit mot, quand il écoute attentivement, du moins s'imagine-on [10] toujours qu'il va parler ; et bien écouter, c'est presque répondre.

De temps en temps je disais un oui sans doute, vraiment non, vous avez raison ; et le tout conformément au sentiment que je voyais être le plus général.

L'Officier, Chevalier de Saint-Louis, fut celui qui engagea le plus la conversation. Cet air d'honnête Guerrier qu'il avait, son âge, sa façon franche et aisée apprivoisèrent insensiblement notre Plaideur, qui était assez taciturne, et qui rêvait plus qu'il ne parlait.

Je ne sais d'ailleurs par quel hasard notre Officier parla au jeune homme d'une femme qui plaidait contre son mari, et qui voulait se séparer d'avec lui.

Cette matière intéressa le Plaideur, qui après avoir envisagé deux ou trois fois l'Officier, et pris apparemment quelque amitié pour lui, se mêla à l'entretien, et s'y mêla de si bon cœur, que de discours en discours, d'invectives en invectives contre les femmes, il avoua insensiblement qu'il était dans le cas de l'homme dont on s'entretenait, et qu'il plaidait aussi contre sa femme.

A cet aveu, on laissa là l'Histoire dont il était question, pour venir à la sienne, et on avait raison; l'une était bien plus intéressante que l'autre, et c'était, pour ainsi dire, préférer un original à la simple copie.

Ah ah! Monsieur, vous êtes en procès avec votre femme, lui dit le jeune homme; cela est fâcheux; c'est une triste situation que celle-là pour un galant homme; eh! pourquoi donc vous êtes-vous brouillés ensemble?

Bon, pourquoi? reprit l'autre; est-ce qu'il est si difficile de se brouiller avec sa femme? être son mari, n'est-ce pas avoir déjà un procès tout établi contre elle? tout mari est plaideur, Monsieur, ou il se défend, ou il attaque; quelquefois le procès ne passe pas la maison, quelquefois il éclate, et le mien a éclaté.

Je n'ai jamais voulu me marier, dit alors l'Officier; je ne sais si j'ai bien ou mal fait, mais jusqu'ici je ne m'en repens pas. Que vous êtes heureux, reprit l'autre, je voudrais bien être à votre place; je m'étais pourtant promis de rester garçon; j'avais même résisté à nombre de tentations qui méritaient plus de m'emporter que celle à laquelle j'ai succombé; je n'y comprends rien, on ne sait comment cela arrive; j'étais amoureux, mais fort doucement et de moitié moins que je ne l'avais été ailleurs; cependant j'ai épousé.

C'est que sans doute la personne était riche, dit le jeune homme. Non, reprit-il, pas plus riche qu'une autre, et même pas si jeune. C'était une grande fille de trente-deux à trente-trois ans, et j'en avais quarante. Je plaidais contre un certain neveu que j'ai, grand chicaneur, avec qui je n'ai pas fini, et que je ruinerai comme un fripon qu'il est, dussé-je y manger jusqu'à mon dernier sol ; mais c'est une histoire à part que je vous conterai si nous avons le temps.

Mon démon (c'est de ma femme dont je parle) était parente d'un de mes Juges ; je la connaissais, j'allai la prier de solliciter pour moi ; et comme une visite en attire une autre, je lui en rendis de si fréquentes, qu'à la fin je la voyais tous les jours, sans trop savoir pourquoi, par habitude ; nos familles se convenaient, elle avait du bien ce qui m'en fallait ; le bruit courut que je l'épousais, nous en rîmes tous deux. Il faudra pourtant nous voir moins souvent pour faire cesser ce bruit-là, à la fin on dirait pis, me dit-elle, en riant. Eh pourquoi, repris-je, j'ai envie de vous aimer, qu'en dites-vous, le voulez-vous bien ? Elle ne me répondit ni oui ni non.

J'y retournai le lendemain, toujours en badinant de cet amour que je disais vouloir prendre, et qui à ce que je crois était tout pris, ou qui venait sans que je m'en aperçusse ; je ne le sentais pas ; je ne lui ai jamais dit, je vous aime : on n'a jamais rien vu d'égal à ce misérable amour d'habitude qui n'avertit point, et qui me met encore en colère toutes les fois que j'y songe ; je ne saurais digérer mon aventure. Imaginez-vous que quinze jours après, un homme veuf, fort à son aise, plus âgé que moi, s'avisa de faire la cour à ma belle, que j'appelle belle en plaisantant, car il y a cent mille visages comme le sien, auxquels on ne prend pas garde ; et excepté de grands yeux de prude qu'elle a, et qui ne sont pourtant pas si beaux qu'ils le paraissent, c'est une mine assez commune, et qui n'a vaillant que de la blancheur.

Cet homme dont je vous parle me déplut, je le trouvais toujours là, cela me mit de mauvaise humeur ; je n'étais jamais de son avis, je le brusquais volontiers ;

il y a des gens qui ne reviennent point, et c'est à quoi j'attribuai mon éloignement pour lui ; voilà tout ce que j'y compris, et je me trompais encore ; c'est que j'étais jaloux. Cet homme apparemment s'ennuyait d'être veuf, il parla d'amour, et puis de mariage ; je le sus, je l'en haïs davantage, et toujours de la meilleure foi du monde.

Est-ce que vous voulez épouser cet homme-là ? dis-je à cette fille. Mes parents et mes amis me le conseillent, me dit-elle ; de son côté il me presse, et je ne sais que faire, je ne suis encore déterminée à rien. Que me conseillez-vous vous-même ? Moi, rien, lui dis-je, en boudant, vous êtes votre maîtresse ; épousez Mademoiselle, épousez, puisque vous en avez envie. Eh mon Dieu, Monsieur, me dit-elle en me quittant : comme vous me parlez, si vous ne vous souciez pas des gens, du moins dispensez-vous de le dire. Pardi, Mademoiselle, c'est vous qui ne vous souciez pas d'eux, répondis-je ; plaisante déclaration d'amour, comme vous voyez ; c'est pourtant la plus forte que je lui ai faite, encore m'échappa-elle [11], et n'y fis-je aucune réflexion ; après quoi je m'en allai chez moi tout rêveur. Un de mes amis vint m'y voir sur le soir. Savez-vous, me dit-il, qu'on doit demain passer un contrat de mariage entre Mademoiselle une telle et Monsieur de..... Je sors de chez elle, tous les parents y sont actuellement assemblés ; il ne paraît pas qu'elle en soit fort empressée, elle ; je l'ai même trouvée triste, n'en seriez-vous pas cause ?

Comment ? m'écriai-je, sans répondre à la question, on parle de Contrat : eh mais, mon ami, je crois que je l'aime, je l'aurais aussi bien épousée qu'un autre, et je voudrais de tout mon cœur empêcher ce Contrat-là.

Eh bien, me dit-il, il n'y a point de temps à perdre ; courez chez elle, voyez ce qu'elle vous dira. Les choses sont peut-être trop avancées, repris-je le cœur ému, et si vous aviez la bonté d'aller vous-même lui parler pour moi, vous me feriez grand plaisir, ajoutai-je d'un air niais et honteux.

Volontiers, me dit-il, attendez-moi ici, j'y vais tout à l'heure, et je reviendrai sur-le-champ vous rendre sa réponse.

Il y alla donc, lui dit que je l'aimais, et que je demandais la préférence sur l'autre ; lui ? répondit-elle, voilà qui est plaisant, il m'en a fait un secret, dites-lui qu'il vienne, nous verrons.

A cette réponse que mon ami me rendit, j'accourus ; elle passa dans une chambre à part où je lui parlai.

Que me vient donc conter votre ami, me dit-elle, avec ses grands yeux assez tendres ; est-ce que vous songez à moi ? Eh ! vraiment oui, répondis-je décontenancé. Eh ! que ne le disiez-vous donc ? me répondit-elle ; comment faire à présent ? vous m'embarrassez.

Là-dessus je lui pris la main. Vous êtes un étrange homme, ajouta-elle. Eh pardi, lui dis-je, est-ce que je ne vaux pas bien l'autre ? Heureusement qu'il vient de sortir, dit-elle ; il y a d'ailleurs une petite difficulté pour le Contrat, et il faut voir si on ne pourra pas en profiter ; il n'y a plus que mes parents là-dedans, entrons.

Je la suivis, je parlai à ses parents que je rangeai de mon parti ; la Demoiselle était de bonne volonté, et quelqu'un d'eux pour finir sur-le-champ, proposa d'envoyer chercher le Notaire.

Je ne pouvais pas dire non ; eh vite, eh vite [12] ; on part, le Notaire arrive ; la tête me tourna de la rapidité avec laquelle on y allait ; on me traita comme on voulut, j'étais pris ; je signai, on signa, et puis des dispenses de bans. Pas le moindre petit mot d'amour au milieu de cela ; et puis je l'épouse ; et le lendemain

des noces, je fus tout surpris de me trouver marié ; avec
qui ? du moins est-ce avec une personne fort raisonnable, disais-je en moi-même.

Oui, ma foi, raisonnable, c'était bien la connaître ;
savez-vous ce qu'elle devint au bout de trois mois, cette
fille que j'avais cru si sensée ? Une bigote de mauvaise
humeur, sérieuse, quoique babillarde, car elle allait
toujours critiquant mes discours et mes actions ; enfin
une folle grave qui ne me montra plus qu'une longue
mine austère, qui se coiffa de la triste vanité de vivre
en recluse ; non pas au profit de sa maison qu'elle
abandonnait ; elle aurait cru se dégrader par le soin de
son ménage, et elle ne donnait pas dans une piété si
vulgaire et si unie : non, elle ne se tenait chez elle que
pour passer sa vie dans une oisiveté contemplative,
que pour vaquer à de saintes lectures dans un cabinet
dont elle ne sortait qu'avec une tristesse dévote et
précieuse sur le visage, comme si c'était un mérite
devant Dieu que d'avoir ce visage-là.

Et puis Madame se mêlait de raisonner de Religion ;
elle avait des sentiments, elle parlait de doctrine,
c'était une Théologienne.

Je l'aurais pourtant laissé faire, s'il n'y avait eu que
cela ; mais cette Théologienne était fâcheuse et incommode.

Retenais-je un ami à dîner, Madame ne voulait pas
manger avec ce profane ; elle était indisposée, et dînait
à part dans sa chambre où elle demandait pardon à
Dieu du libertinage de ma conduite.

Il fallait être Moine, ou du moins Prêtre ou Bigote
comme elle, pour être convive chez moi ; j'avais toujours quelque capuchon ou quelque soutane à ma
table. Je ne dis pas que ce ne fussent d'honnêtes gens ;
mais ces honnêtes gens-là ne sont pas faits pour être les
camarades d'honnêtes gens comme nous ; et ma mai-

son n'était ni un Couvent, ni une Église, ni ma table un Réfectoire.

Et ce qui m'impatientait, c'est qu'il n'y avait rien d'assez friand pour ces grands serviteurs de Dieu, pendant que je ne faisais qu'une chère ordinaire à mes amis [13] mondains et pécheurs ; vous voyez qu'il n'y avait ni bon sens, ni morale à cela.

Eh bien, Messieurs, je vous en dis là beaucoup, mais je m'y étais fait, j'aime la paix, et sans un Commis que j'avais...

Un Commis, s'écria le jeune homme en l'interrompant ; ceci est considérable.

Oui, dit-il, j'en devins jaloux, et Dieu veuille que j'aie eu tort de l'être. Les amis de mon épouse ont traité ma jalousie de malice et de calomnie, et m'ont regardé comme un méchant d'avoir soupçonné une si vertueuse femme de galanterie, une femme qui ne visitait que les Églises, qui n'aimait que les Sermons, les Offices et les Saluts ; voilà qui est à merveille, on dira ce qu'on voudra.

Tout ce que je sais, c'est que ce Commis dont j'avais besoin à cause de ma Charge, qui était le fils d'une femme de chambre de défunt sa mère ; un grand benêt, sans esprit, que je gardais par complaisance, assez beau garçon au surplus, et qui avait la mine d'un Prédestiné, à ce qu'elle disait [14].

Ce garçon, dis-je, faisait ordinairement ses commissions, allait savoir de sa part comment se portait le Père un tel, la Mère une telle ; Monsieur celui-ci, Monsieur celui-là, l'un Curé, l'autre Vicaire, l'autre Chapelain, ou simple Ecclésiastique ; et puis venait lui rendre réponse, entrait dans son cabinet, y causait avec elle, lui plaçait un Tableau, un Agnus, un Reliquaire ; lui portait des Livres, quelquefois les lui lisait.

Cela m'inquiétait, je jurais de temps en temps ;

qu'est-ce que c'est donc que cette piété hétéroclite ?
disais-je ; qu'est-ce que c'est qu'une Sainte qui m'en-
lève mon Commis ? Aussi l'union entre elle et moi
n'était-elle pas édifiante ?

Madame m'appelait sa croix, sa tribulation ; moi, je
l'appelais du premier nom qui me venait, je ne choisis-
sait pas. Le Commis me fâchait, je ne m'y accoutumais
point. L'envoyais-je un peu loin, je le fatiguais. En
vérité, disait-elle, avec une charité, qui, je crois, ne fera
point le profit de son âme, en vérité, il tuera ce pauvre
garçon.

Cet animal tomba malade, et la fièvre me prit à moi
le lendemain.

Je l'eus violente, c'étaient mes domestiques qui me
servaient, et c'était Madame qui servait ce butor.

Monsieur est le maître, disait-elle là-dessus, il n'a
qu'à ordonner pour avoir tout ce qu'il lui faut ; mais ce
garçon, qui est-ce qui en aura soin, si je l'abandonne ?
Ainsi c'était encore par charité qu'elle me laissait là.

Son impertinence me sauva peut-être la vie. J'en fus
si outré que je guéris de fureur ; et dès que je fus sur
pied, le premier signe de convalescence que je donnai,
ce fut de mettre l'objet de sa charité à la porte ; je
l'envoyai se rétablir ailleurs. Ma béate en frémit de
rage, et s'en vint comme une furie m'en demander
raison.

Je sens bien vos motifs, me dit-elle, c'est une insulte
que vous me faites, Monsieur, l'indignité de vos soupçons est visible, et Dieu me vengera, Monsieur, Dieu
me vengera.

Je reçus mal ses prédictions ; elle les fit en furieuse,
j'y répondis presque en brutal ; eh morbleu ! lui dis-je,
ce ne sera pas la sortie de ce coquin-là qui me
brouillera avec Dieu. Allons, retirez-vous avec votre

piété équivoque ; ne m'échauffez pas la tête, et laissez-moi en repos.

Que fit-elle ? Nous avions une petite femme de chambre dans la maison, assez gentille, et fort bonne enfant, qui ne plaisait pas à Madame, parce qu'elle était, je pense, plus jeune et plus jolie qu'elle, et que j'en étais assez content. Je serais peut-être mort dans ma maladie sans elle.

La pauvre petite fille me consolait quelquefois des bizarreries de ma femme, et m'apaisait quand j'étais en colère ; ce qui faisait que de mon côté je la soutenais, et que j'avais [15] de la bienveillance pour elle. Je l'ai même gardée, parce qu'elle est entendue, et qu'elle m'est extrêmement utile.

Or ma femme, après qu'on eut dîné, la fit venir dans sa chambre, prit je ne sais quel prétexte pour la quereller, la souffleta sur quelque réponse, lui reprocha cet air de bonté que j'avais pour elle, et la chassa.

Nanette (c'est le nom de cette jeune fille) vint prendre congé de moi toute en pleurs, me conta son aventure et son soufflet.

Et comme je vis que dans tout cela, il n'y avait qu'une malice vindicative de la part de ma femme : va, va, lui dis-je, laisse-la faire, tu n'as qu'à rester, Nanette, je me charge du reste.

Ma femme éclata, ne voulut plus la voir : mais je tins bon, il faut être le maître chez soi, surtout quand on a raison de l'être.

Ma résistance n'adoucit pas l'aigreur de notre commerce ; nous nous parlions quelquefois, mais pour nous quereller.

Vous observerez, s'il vous plaît, que j'avais pris un autre Commis qui était l'aversion de ma femme, elle ne pouvait pas le souffrir ; aussi le harcelait-elle à propos de rien, et le tout pour me chagriner ; mais il ne s'en souciait guère, je lui avais dit de n'y pas prendre garde, et il suivait exactement mes intentions, il ne l'écoutait pas.

J'appris quelques jours après que ma femme avait envie de me pousser à bout.

Dieu me fera peut-être la grâce que ce brutal-là me frappera, disait-elle, en parlant de moi ; je le sus ; oh que non ! lui dis-je, ne vous y attendez pas ? soyez convaincue que je ne vous ferai pas ce plaisir-là ; pour des mortifications, vous en aurez, elles ne vous manqueront pas, j'en fais vœu, mais voilà tout.

Mon vœu me porta malheur, il ne faut jamais jurer de rien. Malgré mes louables résolutions, elle m'excéda tant un jour, me dit dévotement des choses si piquantes ; enfin le diable me tenta si bien, qu'au souvenir de ses impertinences et du soufflet qu'elle avait donné à Nanette à cause de moi, il m'échappa de lui en donner un, en présence de quelques témoins de ses amis.

Cela partit plus vite qu'un éclair ; elle sortit sur-le-champ, m'attaqua en Justice, et depuis ce temps-là nous plaidons à mon grand regret : car cette sainte personne, en dépit du Commis que j'ai mis sur son compte, et qu'il a bien fallu citer, pourrait bien gagner son procès, si je ne trouve pas de puissants amis, et je vais en chercher à Versailles.

Ce soufflet-là m'inquiète pour vous, lui dit notre jeune homme, quand il eut fini : je crains qu'il ne nuise à votre cause. Il est vrai que ce Commis est un article dont je n'ai pas meilleure idée que vous ; je vous crois assurément très maltraité à cet égard, mais c'est une affaire de conscience que vous ne sauriez prouver, et ce malheureux soufflet a eu des témoins.

Tout doux, Monsieur, répondit l'autre d'un air chagrin ; laissons là les réflexions sur le Commis, s'il vous plaît ; je les ferai bien moi-même, sans que personne les fasse ; ne vous embarrassez pas, le soufflet ira comme il pourra, je ne suis fâché à présent que de n'en avoir donné qu'un ; quant au reste, supprimons le commentaire. Il n'y a peut-être pas tant de mal qu'on le croirait bien dans l'affaire du Commis, j'ai mes raisons pour crier. Ce Commis était un sot ; ma femme a bien pu l'aimer sans le savoir elle-même, et offenser Dieu dans le fond sans que j'y aie rien perdu dans la forme. Et en un mot, qu'il y ait du mal ou non : quand je dis qu'il y en a, le meilleur est de me laisser dire.

Sans doute, dit l'Officier, pour le calmer ; en doit-on croire un mari fâché, il est si sujet à se tromper. Je ne vois moi-même dans le récit que vous venez de nous faire qu'une femme insociable et misanthrope, et puis c'est tout.

Changeons de discours, et sachons un peu ce que nos deux jeunes gens vont faire à Versailles, ajouta-t-il, en s'adressant au jeune homme et à moi. Pour vous, Monsieur, qui sortez à peine du Collège, me dit-il, vous n'y allez apparemment que pour vous divertir ou que par curiosité.

Ni pour l'un, ni pour l'autre, répondis-je, j'y vais demander un emploi à quelqu'un qui est dans les affaires. Si les hommes vous en refusent, appelez-en aux femmes, reprit-il en badinant.

Et vous, Monsieur (c'était au jeune homme à qui il parlait), avez-vous des affaires où nous allons ?

J'y vais voir un Seigneur à qui je donnai dernièrement un Livre qui vient de paraître, et dont je suis l'Auteur, dit-il. Ah oui ! reprit l'Officier ; c'est ce Livre dont nous parlions l'autre jour, lorsque nous dînâmes ensemble. C'est cela même, répondit le jeune homme. L'avez-vous lu, Monsieur ? ajouta-t-il [16].

Oui, je le rendis hier à un de mes amis qui me l'avait prêté, dit l'Officier. Eh bien, Monsieur, dites-moi ce

que vous en pensez, je vous prie ? répondit le jeune
homme. Que feriez-vous de mon sentiment ? dit l'Officier ; il ne déciderait de rien, Monsieur. Mais encore,
dit l'autre en le pressant beaucoup, comment le
trouvez-vous ?

En vérité, Monsieur, reprit le Militaire, je ne sais que
vous en dire, je ne suis guère en état d'en juger, ce n'est
pas un Livre fait pour moi, je suis trop vieux.

Comment, trop vieux ? reprit le jeune homme. Oui,
dit l'autre, je crois que dans une grande jeunesse, on
peut avoir du plaisir à le lire ; tout est bon à cet âge où
l'on ne demande qu'à rire, et où l'on est si avide de joie
qu'on la prend comme on la trouve ; mais nous autres
barbons, nous y sommes un peu plus difficiles ; nous
ressemblons là-dessus à ces friands dégoûtés que les
mets grossiers ne tentent point, et qu'on n'excite à
manger qu'en leur en donnant de fins et de choisis.
D'ailleurs, je n'ai pas vu le dessein de votre Livre, je
ne sais à quoi il tend, ni quel en est le but. On dirait que
vous ne vous êtes pas donné la peine de chercher des
idées, mais que vous avez pris seulement toutes les
imaginations qui vous sont venues, ce qui est différent ;
dans le premier cas, on travaille, on rejette, on choisit ;
dans le second, on prend ce qui se présente, quelque
étrange qu'il soit, et il se présente toujours quelque
chose, car je pense que l'esprit fournit toujours bien ou
mal [17].

Au reste, si les choses purement extraordinaires
peuvent être curieuses, si elles sont plaisantes à force
d'être libres, votre Livre doit plaire ; si ce n'est à
l'esprit, c'est du moins aux sens ; mais je crois encore
que vous vous êtes trompé là-dedans faute d'expérience, et sans compter qu'il n'y a pas grand mérite à
intéresser de cette dernière manière, et que vous
m'avez paru avoir assez d'esprit pour réussir par

d'autres voies ; c'est qu'en général ce n'est pas connaître les Lecteurs que d'espérer de les toucher beaucoup par là ; il est vrai, Monsieur, que nous sommes naturellement libertins, ou pour mieux dire corrompus ; mais en fait d'ouvrages d'esprit, il ne faut pas prendre cela à la lettre ni nous traiter d'emblée sur ce pied-là. Un Lecteur veut être ménagé[18] ; vous, Auteur, voulez-vous mettre sa corruption dans vos intérêts, allez-y doucement du moins, apprivoisez-la, mais ne la poussez pas à bout.

Ce Lecteur aime pourtant les licences, mais non pas les licences extrêmes, excessives ; celles-là ne sont supportables que dans la réalité qui en adoucit l'effronterie ; elles ne sont à leur place que là, et nous les y passons, parce que nous y sommes plus hommes qu'ailleurs, mais non pas dans un Livre où elles deviennent plates, sales et rebutantes à cause du peu de convenance qu'elles ont avec l'état tranquille d'un Lecteur.

Il est vrai que ce Lecteur est homme aussi, mais c'est alors un homme en repos, qui a du goût, qui est délicat, qui s'attend qu'on fera rire son esprit, qui veut pourtant bien qu'on le débauche, mais honnêtement, avec des façons, et avec de la décence.

Tout ce que je dis là n'empêche pas qu'il n'y ait de jolies choses dans votre Livre, assurément j'y en ai remarqué plusieurs de ce genre.

A l'égard de votre style, je ne le trouve point mauvais, à l'exception qu'il y a quelquefois des phrases allongées, lâches, et par là confuses, embarrassées ; ce qui vient apparemment de ce que vous n'avez pas assez débrouillé vos idées, ou que vous ne les avez pas mises dans un certain ordre ; mais vous ne faites que commencer, Monsieur, et c'est un petit défaut dont vous vous corrigerez en écrivant, aussi bien que de celui de

critiquer les autres, et surtout de les critiquer de ce ton
aisé et badin que vous avez tâché d'avoir, et avec cette
confiance dont vous rirez vous-même, ou que vous
vous reprocherez quand vous serez un peu plus Philosophe, et que vous aurez acquis une certaine façon de
penser plus mûre et plus digne de vous ; car vous aurez
plus d'esprit que vous n'en avez, au moins j'ai vu de
vous des choses qui le promettent ; vous ne ferez pas
même grand cas de celui que vous avez eu jusqu'ici, et
à peine en ferez-vous un peu de tout celui qu'on peut
avoir : voilà du moins comment sont ceux qui ont le
plus écrit, à ce qu'on leur entend dire.

Je ne vous parle de critique au reste qu'à l'occasion
de celle que j'ai vu dans votre Livre, et qui regarde un
des convives (et il le nomma), qui était avec nous le
jour que nous dînâmes ensemble, et je vous avoue que
j'ai été surpris de trouver cinquante ou soixante pages
de votre ouvrage pesamment employées contre lui ; en
vérité je voudrais bien, pour l'amour de vous qu'elles
n'y fussent pas [19].

Mais nous voici arrivés, vous m'avez demandé mon
sentiment ; je vous l'ai dit en homme qui aime vos
talents, et qui souhaite vous voir un jour l'objet
d'autant de critiques qu'on en a fait contre celui dont
nous parlons ; peut-être n'en serez-vous pas pour cela
plus habile homme qu'il l'est, mais du moins ferez-
vous alors la figure d'un homme qui paraîtra valoir
quelque chose.

Voilà par où finit l'Officier, et je rapporte son
discours à peu près comme je le compris alors.

Notre voiture arrêta là-dessus, nous descendîmes, et
chacun se sépara.

Il n'était pas encore midi, et je me hâtai d'aller
porter ma Lettre à Monsieur de Fécour dont je n'eus
pas de peine à apprendre la demeure ; c'était un

homme dans d'assez grandes affaires, et extrêmement connu des Ministres.

Il me fallut traverser plusieurs cours pour arriver jusqu'à lui, et enfin on m'introduisit dans un grand cabinet où je le trouvai en assez nombreuse compagnie.

Monsieur de Fécour paraissait avoir cinquante-cinq à soixante ans ; un assez grand homme de peu d'embonpoint, très brun de visage, d'un sérieux, non pas à glacer, car ce sérieux-là est naturel, et vient du caractère de l'esprit [20].

Mais le sien glaçait moins qu'il n'humiliait : c'était un air fier et hautain qui vient de ce qu'on songe à son importance, et qu'on veut la faire respecter.

Les gens qui nous approchent sentent ces différences-là plus ou moins confusément ; nous nous connaissons tous si bien en orgueil, que personne ne saurait nous faire un secret du sien : c'est quelquefois même sans y penser, la première chose à quoi l'on regarde en abordant un inconnu.

Quoi qu'il en soit, voilà l'impression que me fit Monsieur de Fécour. Je m'avançai vers lui d'un air fort humble ; il écrivait une Lettre, je pense, pendant que sa compagnie causait.

Je lui fis mon compliment avec cette émotion qu'on a, quand on est un petit personnage, et qu'on vient demander une grâce à quelqu'un d'important qui ne vous aide, ni ne vous encourage, qui ne vous regarde point ; car Monsieur de Fécour entendit tout ce que je lui dis sans jeter les yeux sur moi.

Je tenais ma Lettre que je lui présentais, et qu'il ne prenait point, et son peu d'attention me laissait dans une posture qui était risible, et dont je ne savais pas comment me remettre.

Il y avait d'ailleurs là cette compagnie dont j'ai

parlé, et qui me regardait ; elle était composée de trois ou quatre Messieurs, dont pas un n'avait une mine capable de me réconforter.

C'était de ces figures, non pas magnifiques, mais opulentes, devant qui la mienne était si ravalée, malgré ma petite doublure de soie.

Tous gens d'ailleurs d'un certain âge, pendant que je n'avais que dix-huit ans, ce qui n'était pas un article si indifférent qu'on le croirait ; car si vous aviez vu de quel air ils m'observaient, vous auriez jugé que ma jeunesse était encore un motif de confusion pour moi.

A qui en veut ce polisson-là avec sa Lettre ? semblaient-ils me dire par leurs regards libres, hardis, et pleins d'une curiosité sans façon.

De sorte que j'étais là comme un spectacle de mince valeur, qui leur fournissait un moment de distraction, et qu'ils s'amusaient à mépriser en passant.

L'un m'examinait superbement de côté ; l'autre se promenant dans ce vaste cabinet, les mains derrière le dos, s'arrêtait quelquefois auprès de Monsieur de Fécour qui continuait d'écrire ; et puis se mettait de là à me considérer commodément et à son aise.

Figurez-vous la contenance que je devais tenir.

L'autre, d'un air pensif et occupé, fixait les yeux sur moi comme sur un meuble ou sur une muraille, et de l'air d'un homme qui ne songe pas à ce qu'il voit.

Et celui-là pour qui je n'étais rien, m'embarrassait tout autant que celui pour qui j'étais si peu de chose. Je sentais fort bien que je n'y gagnais pas plus de cette façon que d'une autre.

Enfin j'étais pénétré d'une confusion intérieure. Je n'ai jamais oublié cette scène-là ; je suis devenu riche aussi, et pour le moins autant qu'aucun de ces Messieurs dont je parle ici ; et je suis encore à comprendre qu'il y ait des hommes dont l'âme devienne aussi cavalière que je le dis là pour celle de quelque homme que ce soit.

A la fin pourtant, Monsieur de Fécour finit sa Lettre, de sorte que tendant la main pour avoir celle que je lui présentais, voyons, me dit-il, et tout de suite, quelle heure est-il, Messieurs ? Près de midi, répondit négligemment celui qui se promenait en long, pendant que Monsieur de Fécour décachetait la Lettre qu'il lut assez rapidement.

Fort bien, dit-il, après l'avoir lue ; voilà le cinquième homme depuis dix-huit mois pour qui ma belle-sœur m'écrit ou me parle, et que je place ; je ne sais où elle va chercher tous ceux qu'elle m'envoie, mais elle ne finit point, et en voici un qui m'est encore plus recommandé que les autres. L'originale femme, tenez, vous la reconnaîtrez bien à ce qu'elle m'écrit, ajouta-t-il en donnant la Lettre à un de ces Messieurs.

Et puis, je vous placerai, me dit-il, je m'en retourne demain à Paris, venez me trouver le lendemain.

Là-dessus, j'allais prendre congé de lui, quand il m'arrêta.

Vous êtes bien jeune, me dit-il ; que savez-vous faire ? rien, je gage.

Je n'ai encore été dans aucun Emploi, Monsieur, lui répondis-je. Oh je m'en doutais bien, reprit-il, il ne m'en vient point d'autre de sa part ; et ce sera un grand bonheur si vous savez écrire.

Oui, Monsieur, dis-je en rougissant, je sais même un peu d'Arithmétique. Comment donc, s'écria-t-il en plaisantant, vous nous faites trop de grâce. Allez, jusqu'à après-demain.

Sur quoi je me retirais avec l'agrément de laisser ces Messieurs riant de tout leur cœur de mon Arithmétique, et de mon écriture, quand il vint un Laquais qui dit à Monsieur de Fécour qu'une appelée Madame une telle (c'est ainsi qu'il s'expliqua) demandait à lui parler.

Ha ha! répondit-il, je sais qui elle est, elle arrive fort à propos, qu'elle entre : et vous, restez (c'était à moi à qui il parlait).

Je restai donc, et sur-le-champ deux Dames entrèrent qui étaient modestement vêtues, dont l'une était une jeune personne de vingt ans, accompagnée d'une femme d'environ cinquante.

Toutes deux d'un air fort triste, et encore plus suppliant.

Je n'ai vu de ma vie rien de si distingué ni de si touchant que la physionomie de la jeune ; on ne pouvait pourtant pas dire que ce fût une belle femme, il faut d'autres traits que ceux-là pour faire une beauté.

Figurez-vous un visage qui n'a rien d'assez brillant ni d'assez régulier pour surprendre les yeux, mais à qui rien ne manque de ce qui peut surprendre le cœur, de ce qui peut inspirer du respect, de la tendresse, et même de l'amour ; car ce qu'on sentait pour cette jeune personne était mêlé de tout ce que je dis là.

C'était, pour ainsi dire, une âme qu'on voyait sur ce visage, mais une âme noble, vertueuse et tendre, et par conséquent charmante à voir.

Je ne dis rien de la femme âgée qui l'accompagnait, et qui n'intéressait que par sa modestie et par sa tristesse.

Monsieur de Fécour en me congédiant, s'était levé de sa place, et causait debout au milieu du cabinet avec ces Messieurs ; il salua assez négligemment la jeune Dame qui l'aborda.

Je sais ce qui vous amène, lui dit-il, Madame ; j'ai révoqué votre mari, mais ce n'est pas ma faute s'il est toujours malade, et s'il ne peut exercer son emploi ; que voulez-vous qu'on fasse de lui ? ce sont des absences continuelles.

Quoi! Monsieur, lui dit-elle, d'un ton fait pour tout obtenir, n'y a-t-il plus rien à espérer? il est vrai que mon mari est d'une santé fort faible, vous avez eu jusqu'ici la bonté d'avoir égard à son état; faites-nous encore la même grâce, Monsieur[21]? ne nous traitez pas avec tant de rigueur? (et ce mot de rigueur dans sa bouche, perçait l'âme), vous nous jetteriez dans un embarras dont vous seriez touché, si vous le connaissiez tout entier; ne me laissez point dans l'affliction où je suis, et où je m'en retournerais, si vous étiez inflexible (inflexible, il n'y avait non plus d'apparence qu'on pût l'être); mon mari se rétablira, vous n'ignorez pas qui nous sommes, et le besoin extrême que nous avons de votre protection, Monsieur.

Ne vous imaginez pas qu'elle pleura en tenant ce discours; et je pense que si elle avait pleuré, sa douleur en aurait eu moins de dignité, en aurait paru moins sérieuse et moins vraie.

Mais la personne qui l'accompagnait, et qui se tenait un peu au-dessous d'elle, avait les yeux mouillés de larmes.

Je ne doutai pas un instant que Monsieur de Fécour ne se rendît; je trouvais impossible qu'il résistât; hélas! que j'étais neuf, il n'en fut pas seulement ému.

Monsieur de Fécour était dans l'abondance; il y avait trente ans qu'il faisait bonne chère; on lui parlait d'embarras, de besoin, d'indigence même, au mot près, et il ne savait pas ce que c'était que tout cela.

Il fallait pourtant qu'il eût le cœur naturellement dur; car je crois que la prospérité n'achève d'endurcir que ces cœurs-là.

Il n'y a plus moyen, Madame, lui dit-il, je ne puis plus m'en dédire, j'ai disposé de l'emploi; voilà un jeune homme à qui je l'ai donné, il vous le dira.

A cette apostrophe qui me fit rougir, elle jeta un

regard sur moi, mais un regard qui m'adressait un si
doux reproche ; eh quoi ! vous aussi, semblait-il me
dire, vous contribuez au mal qu'on me fait.

Eh non ! Madame, lui répondis-je dans le même
langage, si elle m'entendit ; eh puis [22] ! c'est donc
l'emploi du mari de Madame que vous voulez que j'aie,
Monsieur ? dis-je à Monsieur de Fécour. Oui, reprit-il,
c'est le même : je suis votre serviteur, Madame.

Ce n'est pas la peine, Monsieur, lui répondis-je en
l'arrêtant. J'aime mieux attendre que vous m'en donniez un autre quand vous le pourrez ; je ne suis pas si
pressé, permettez que je laisse celui-là à cet honnête
homme ; si j'étais à sa place, et malade comme lui, je
serais bien aise qu'on en usât envers moi, comme j'en
use envers lui.

La jeune Dame n'appuya point ce discours, ce qui était
un excellent procédé, et les yeux baissés attendit en silence que Monsieur de Fécour prît son parti, sans abuser
par aucune instance de la générosité que je témoignais, et qui pouvait servir d'exemple à notre Patron [23].

Pour lui, je m'aperçus que l'exemple l'étonna sans
lui plaire, et qu'il trouva mauvais que je me donnasse
les airs d'être plus sensible que lui.

Vous aimez donc mieux attendre, me dit-il, voilà qui
est nouveau. Eh bien, Madame, retournez-vous-en !
nous verrons à Paris ce qu'on pourra faire, j'y serai
après-demain ; allez, me dit-il à moi, je parlerai à
Madame de Fécour.

La jeune Dame le salua profondément sans rien
répliquer ; l'autre femme la suivit, et moi de même, et
nous sortîmes tous trois ; mais du ton dont notre
homme nous congédia, je désespérai que mon action
pût servir de quelque chose au mari de la jeune Dame,
et je vis bien à sa mine, qu'elle n'en augurait pas une
meilleure réussite.

Mais voici qui va vous surprendre ; un de ces Messieurs qui étaient avec Monsieur de Fécour, sortit un moment après nous.

Nous nous étions arrêtés la jeune Dame et moi sur l'escalier, où elle me remerciait de ce que je venais de faire pour elle, et m'en marquait une reconnaissance dont je la voyais réellement pénétrée.

L'autre Dame qu'elle nommait sa mère, joignait ses remerciements aux siens, et je présentais la main à la fille pour l'aider à descendre (car j'avais déjà appris cette petite politesse, et on se fait honneur de ce qu'on sait), quand nous vîmes venir à nous celui de ces Messieurs dont je vous ai parlé, et qui s'approchant de la jeune Dame ; ne dînez-vous pas à Versailles avant que de vous en retourner, Madame ? lui dit-il, en bredouillant, et d'un ton brusque.

Oui, Monsieur, répondit-elle. Eh bien, reprit-il, après votre dîner, venez me trouver à telle Auberge où je vais ; je serais bien aise de vous parler, n'y manquez pas [24] ? venez-y aussi, vous, me dit-il, et à la même heure, vous n'en serez pas fâché, entendez-vous ; adieu, bonjour, et puis il passa son chemin.

Or, ce gros et petit homme, car il était l'un et l'autre, aussi bien que bredouilleur, était celui dont j'avais été le moins mécontent chez Monsieur de Fécour, celui dont la contenance m'avait paru la moins fâcheuse : il est bon de remarquer cela, chemin faisant.

Soupçonnez-vous ce qu'il nous veut ? me dit la jeune Dame. Non, Madame, lui répondis-je ; je ne sais pas même qui il est, voilà la première fois de ma vie que je le vois.

Nous arrivâmes au bas de l'escalier en nous entretenant ainsi, et j'allais à regret prendre congé d'elle ; mais au premier signe que j'en donnai : Puisque vous et ma fille devez vous rendre tantôt au même endroit, ne nous quittez pas, Monsieur, me dit la mère, et faites-nous l'honneur de venir dîner avec nous ; aussi bien après le service que vous avez tâché de nous rendre, serions-nous mortifiées de ne connaître qu'en passant un aussi honnête homme que vous.

M'inviter à cette partie, c'était deviner mes désirs. Cette jeune Dame avait un charme secret qui me retenait auprès d'elle, mais je ne croyais que l'estimer, la plaindre, et m'intéresser à ce qui la regardait.

D'ailleurs j'avais eu un bon procédé pour elle, et on se plaît avec les gens dont on vient de mériter la reconnaissance. Voilà bonnement tout ce que je comprenais au plaisir que j'avais à la voir, car pour d'amour ni d'aucun sentiment approchant, il n'en était pas question dans mon esprit ; je n'y songeais pas.

Je m'applaudissais même de mon affection pour elle comme d'un attendrissement louable, comme d'une vertu, et il y a de la douceur à se sentir vertueux ; de sorte que je suivis ces Dames avec une innocence d'intention admirable, et en me disant intérieurement, tu es un honnête homme.

Je remarquai que la mère dit quelques mots à part à l'hôtesse pour ordonner sans doute quelque apprêt ; je n'osai lui montrer que je soupçonnais son intention, ni m'y opposer, j'eus peur que ce ne fût pas savoir vivre.

Un quart d'heure après on nous servit, et nous nous mîmes à table.

Plus je regarde Monsieur, disait la mère, et plus je lui trouve une physionomie digne de ce qu'il a fait chez Monsieur de Fécour. Eh mon Dieu, Madame, lui répondais-je[25], qui est-ce qui n'en aurait pas fait autant que moi en voyant Madame dans la douleur où elle était ? qui est-ce qui ne voudrait pas la tirer de peine ? Il est bien triste de ne pouvoir rien, quand on rencontre des personnes dans l'affliction, et surtout des

personnes aussi estimables qu'elle l'est. Je n'ai de ma
vie été si touché que ce matin, j'aurais pleuré de bon
cœur si je ne m'en étais pas empêché.

Ce discours, quoique fort simple, n'était plus d'un
Paysan, comme vous voyez ; on n'y sentait plus le jeune
homme de village, mais seulement le jeune homme
naïf et bon.

Ce que vous dites ajoute encore une nouvelle obligation à celle que nous vous avons, Monsieur, dit la jeune
Dame en rougissant, sans qu'elle-même sût pourquoi
elle rougissait peut-être ; à moins que ce ne fût de ce
que je m'étais attendri dans mes expressions, et de ce
qu'elle avait peur d'en être trop touchée ; et il est vrai
que ses regards étaient plus doux que ses discours ; elle
ne me disait que ce qu'elle voulait, s'arrêtait où il lui
plaisait ; mais quand elle me regardait, ce n'était plus
de même, à ce qu'il me paraissait. Et ce sont là des
remarques que tout le monde peut faire, surtout dans
les dispositions où j'étais.

De mon côté, je n'avais ni la gaieté, ni la vivacité qui
m'étaient ordinaires, et pourtant j'étais charmé d'être
là ; mais je songeais à être honnête et respectueux ;
c'était tout ce que cet aimable visage me permettait
d'être ; on n'est pas ce qu'on veut avec de certaines
mines, il y en a qui vous en imposent.

Je ne finirais point, si je voulais rapporter tout ce
que ces Dames me dirent d'obligeant, tout ce qu'elles
me témoignèrent d'estime.

Je leur demandai où elles demeuraient à Paris, et
elles me l'apprirent aussi bien que leur nom, avec une
amitié qui prouvait l'envie sincère qu'elles avaient de
me voir.

C'était toujours la mère qui répondait la première ;
ensuite venait la fille qui appuyait modestement ce
qu'elle avait dit, et toujours à la fin de son discours

un regard où je voyais plus qu'elle ne me disait.

Enfin notre repas finit ; nous parlâmes du rendez-vous que nous avions qui nous paraissait très singulier.

Deux heures sonnèrent, et nous y allâmes ; on nous dit que notre homme achevait de dîner, et comme il avait averti ses gens que nous viendrions, on nous fit entrer dans une petite salle où nous l'attendîmes, et où il vint quelques instants après, un cure-dent à la main. Je parle du cure-dent, parce qu'il sert à caractériser la réception qu'il nous fit.

Il faut le peindre, comme je l'ai déjà dit, un gros homme, d'une taille au-dessous de la médiocre, d'une allure assez pesante avec une mine de grondeur, et qui avait la parole si rapide, que de quatre mots qu'il disait, il en culbutait la moitié.

Nous le reçûmes avec force révérences qu'il nous laissa faire tant que nous voulûmes, sans être tenté d'y répondre seulement du moindre salut de tête, et je ne crois pas que ce fût par fierté, mais bien par un pur oubli de toute cérémonie ; c'est que cela lui était plus commode, et qu'il avait petit à petit pris ce pli-là, à force de voir journellement des subalternes de son métier.

Il s'avança vers la jeune Dame avec le cure-dent, qui, comme vous voyez, accompagnait fort bien la simplicité de son accueil.

Ah bon, lui dit-il, vous voilà, et vous aussi, ajouta-t-il en me regardant ; eh bien qu'est-ce que c'est, vous êtes donc bien triste, pauvre jeune femme (on sent bien à qui cela s'adressait) ; qui est cette Dame-là avec qui vous êtes ; est-ce votre mère, ou votre parente ?

Je suis sa fille, Monsieur, répondit la jeune personne. Ah ! vous êtes sa fille, voilà qui est bien, elle a l'air d'une honnête femme, et vous aussi, j'aime les honnêtes gens, moi. Et ce mari, quelle espèce d'homme est-ce ? d'où vient donc qu'il est si souvent malade ? est-ce qu'il est vieux ? n'y a-t-il pas un peu de débauche dans son fait ? Toutes questions qui étaient assez dures, et pourtant faites avec la meilleure intention du monde, ainsi que vous le verrez dans la suite, mais qui n'avaient rien de moelleux, c'était presque autant de petits affronts à essuyer pour l'amour-propre.

On dit de certaines gens qu'ils ont la main lourde ; cet honnête homme-ci ne l'avait pas légère.

Revenons : c'était du mari dont il s'informait ; il n'est ni vieux ni débauché, répondit la jeune Dame ; c'est un homme de très bonnes mœurs qui n'a que trente-cinq ans, et que les malheurs qui lui sont arrivés, ont accablé ; c'est le chagrin qui a ruiné sa santé.

Oui-da, dit-il, je le croirais bien, le pauvre homme ; cela est fâcheux ; vous m'avez touché tantôt, aussi bien que votre mère, j'ai pris garde qu'elle pleurait ; eh dites-moi, vous avez donc bien de la peine à vivre, quel âge avez-vous ?

Vingt ans, Monsieur, reprit-elle en rougissant. Vingt ans, dit-il, pourquoi se marier si jeune ? vous voyez ce qui en arrive ; il vient des enfants, des traverses, on n'a qu'un petit bien ; et puis on souffre, et adieu le ménage. Ah çà, n'importe, elle est gentille votre fille, fort gentille, ajouta-t-il en parlant à la mère, j'aimerais assez sa figure, mais ce n'est pas à cause de cela que j'ai eu envie de la voir ; au contraire, puisqu'elle est sage, je veux l'aider, et lui faire du bien. Je fais grand cas d'une jeune femme qui a de la conduite, quand elle est jolie et mal à son aise, je n'en ai guère vu de pareilles ; on ne fuit pas les autres, mais on ne les estime pas. Continuez, Madame, continuez d'être toujours de même ; tenez, je suis aussi fort content de ce jeune homme-là, oui, très édifié ; il faut que ce soit un honnête garçon de la manière dont il a parlé tantôt ; allez, vous êtes un bon cœur, vous m'avez plu, j'ai de l'amitié pour vous ; ce qu'il a fait chez Monsieur de Fécour est fort beau, il m'a étonné. Au reste, s'il ne vous donne pas un autre emploi (c'était à moi à qui il parlait et de Monsieur de Fécour), j'aurai soin de vous, je vous le promets ; venez me voir à Paris, et vous de même (c'était la jeune Dame que ces paroles regardaient) ; il faut voir à quoi Monsieur de Fécour se déterminera pour votre mari ; s'il le rétablit, à la bonne heure, mais indépendamment de ce qui en sera, je vous rendrai service moi, j'ai des vues qui vous conviendront, et qui vous seront avantageuses. Mais assoyons-nous, êtes-vous pressée ? il n'est que deux heures et demie, comptez-moi [26] un peu vos affaires, je serai bien aise d'être un peu au fait ; d'où vient est-ce que votre mari a eu des malheurs ; est-ce qu'il était riche, de quel Pays êtes-vous ?

D'Orléans, Monsieur, lui dit-elle. Ah d'Orléans, c'est une fort bonne Ville, reprit-il, y avez-vous vos parents ? qu'est-ce que c'est que votre histoire ? j'ai encore un quart d'heure à vous donner, et comme je m'intéresse à vous, il est naturel que je sache qui vous êtes, cela me fera plaisir, voyons.

Monsieur, lui dit-elle, mon histoire ne sera pas longue.

Ma famille est d'Orléans, mais je n'y ai point été élevée. Je suis la fille d'un Gentilhomme peu riche, et qui demeurait avec ma mère à deux lieues de cette Ville dans une Terre qui lui restait des biens de sa famille, et où il est mort.

Aha, dit Monsieur Bono (c'était le nom de notre Patron !) ; la fille d'un Gentilhomme : à la bonne heure, mais à quoi cela sert-il quand il est pauvre ? Continuez.

Il y a trois ans que mon mari s'attacha à moi, reprit-elle : c'était un autre Gentilhomme de nos voisins.

Bon, s'écria-t-il là-dessus, le voilà bien avancé, avec sa noblesse : après.

Comme on me trouvait alors quelques agréments... Oui-da, dit-il, on avait raison, ce n'est pas ce qui vous manque ; oh, vous étiez mignonne et une des plus jolies filles du Canton, j'en suis sûr ; eh bien !

J'étais en même temps recherchée, dit-elle, par un riche Bourgeois d'Orléans.

Ah ! passe pour celui-là, reprit-il encore, voilà du solide ; c'était ce Bourgeois-là qu'il fallait prendre.

Vous allez voir, Monsieur, pourquoi je ne l'ai pas pris : il était bien fait, je ne le haïssais pas, non que je l'aimasse ; je le souffrais seulement plus volontiers que le Gentilhomme, qui avait pourtant autant de mérite que lui ; et comme ma mère qui était la seule dont je dépendais alors, car mon père était mort[27].

Comme, dis-je, ma mère me laissait le choix des deux, je ne doute pas que ce léger sentiment de préférence que j'avais pour le Bourgeois, ne m'eût enfin déterminée en sa faveur, sans un accident qui me fit tout d'un coup pencher du côté de son rival.

On était à l'entrée de l'hiver, et nous nous promenions un jour ma mère et moi le long d'une forêt avec ces deux Messieurs ; je m'étais un peu écartée, je ne sais pour quelle bagatelle à laquelle je m'amusais dans cette campagne, quand un loup furieux sorti de la forêt, vint à moi en me poursuivant.

Jugez de ma frayeur ; je me sauvai vers ma compagnie en jetant de hauts cris. Ma mère épouvantée voulut se sauver aussi et tomba de précipitation ; le Bourgeois s'enfuit, quoiqu'il eût une épée à son côté.

Le Gentilhomme seul tirant la sienne, resta, accourut à moi, fit face au loup et l'attaqua dans le moment qu'il allait se jeter sur moi, et me dévorer.

Il le tua, non sans courir risque de la vie, car il fut blessé en plusieurs endroits, et même renversé par le loup, avec qui il se roula longtemps sur la terre sans quitter son épée, dont enfin il acheva ce furieux animal[28].

Quelques paysans dont les maisons étaient voisines de ce lieu, et qui avaient entendu nos cris, ne purent arriver qu'après que le loup fut tué, et enlevèrent le Gentilhomme qui ne s'était pas encore relevé, qui perdait beaucoup de sang, et qui avait besoin d'un prompt secours.

De mon côté j'étais à six pas de là, tombée et évanouie aussi bien que ma mère qui était un peu plus loin dans le même état, de sorte qu'il fallut nous emporter tous trois jusqu'à notre maison, dont nous nous étions assez écartés en nous promenant.

Les morsures que le loup avait faites au Gentilhomme étaient fort guérissables ; mais sur la fureur de cet animal, on eut peur qu'elles n'eussent les suites les plus affreuses ; et dès le lendemain ce Gentilhomme, tout blessé qu'il était, partit de chez nous pour la mer[29].

Je vous avoue, Monsieur, que je restai pénétrée du mépris qu'il avait fait de sa vie pour moi (car il n'avait tenu qu'à lui de se sauver aussi bien que son rival) et encore plus pénétrée de voir qu'il ne tirait aucune vanité de son action, qu'il ne s'en faisait pas valoir davantage, et que son amour n'en avait pas pris plus de confiance.

Je ne suis point aimé, Mademoiselle, me dit-il, seulement en partant ; je n'ai point le bonheur de vous plaire, mais je ne suis point si malheureux, puisque j'ai eu celui de vous montrer que rien ne m'est si cher que vous.

Personne à présent ne me doit l'être autant que vous

non plus, lui répondis-je sans aucun détour, et devant ma mère, qui approuva ma réponse.

Oui, oui, dit alors Monsieur Bono, voilà qui est à merveille, il n'y a rien de si beau que ces sentiments-là, quand ce serait pour un Roman [30] ; je vois bien que vous l'épouserez à cause des morsures ; mais tenez, j'aimerais encore mieux que ce loup ne fût pas venu ; vous vous en seriez bien passée, car il vous fait grand tort ; et le Bourgeois, à propos court-il encore ? Est-ce qu'il ne revint pas ?

Il osa reparaître dès le soir même, dit la jeune Dame. Il revint au logis, et soutint pendant une heure la présence de ce rival blessé ; ce qui me le rendit encore plus méprisable que son manque de courage dans le péril où il m'avait abandonnée.

Oh ! ma foi, dit Monsieur Bono, je ne sais que vous dire, serviteur à l'amour en pareil cas ; pour la visite, passe, je la blâme, mais pour ce qui est de sa fuite, c'est une autre affaire ; je ne trouve pas qu'il ait si mal fait, moi, c'était là un fort vilain animal, au moins, et votre mari n'était qu'un étourdi dans le fond. Achevez, le Gentilhomme revint, et vous l'épousâtes, n'est-ce pas ?

Oui, Monsieur, dit la jeune Dame ; je crus y être obligée.

Ah ! comme vous voudrez, reprit-il là-dessus, mais je regrette le fuyard, il valait mieux pour vous, puisqu'il était riche ; votre mari était excellent pour tuer des loups, mais on ne rencontre pas toujours des loups sur son chemin, et on a toujours besoin d'avoir de quoi vivre.

Mon mari, quand je l'épousai, dit-elle, avait du bien, il jouissait d'une fortune suffisante. Bon, reprit-il, suffisante, à quoi cela va-t-il ? tout ce qui n'est que suffisant ne suffit jamais ; voyons, comment a-t-il perdu cette fortune ?

Par un Procès, reprit-elle, que nous avons eu contre un Seigneur de nos voisins pour de certains droits; Procès qui n'était presque rien d'abord, qui est devenu plus considérable que nous ne l'avions cru, qu'on a gagné contre nous à force de crédit, et dont la perte nous a totalement ruinés. Il a fallu que mon mari soit venu à Paris pour tâcher d'obtenir quelque emploi; on le recommanda à Monsieur de Fécour, qui lui en donna un; c'est ce même emploi qu'il lui a ôté ces jours passés, et que vous avez entendu que je lui redemandais. J'ignore s'il le lui rendra, il ne m'a rien dit qui me le promette; mais je pars bien consolée, Monsieur, puisque j'ai eu le bonheur de rencontrer une personne aussi généreuse que vous, et que vous avez la bonté de vous intéresser à notre situation.

Oui, oui, dit-il, ne vous affligez pas, comptez sur moi; il faut bien secourir les gens qui sont dans la peine; je voudrais que personne ne souffrît, voilà comme je pense, mais cela ne se peut pas. Et vous, mon garçon, d'où êtes-vous? me dit-il à moi. De Champagne, Monsieur, lui répondis-je.

Ah du Pays du bon vin, reprit-il, j'en suis bien aise; vous y avez votre père? Oui, Monsieur. Tant mieux, dit-il, il pourra donc m'en faire venir, car on y est souvent trompé; eh! qui êtes-vous?

Le fils d'un honnête homme qui demeure à la campagne, répondis-je; c'était dire vrai, et pourtant esquiver le mot de Paysan qui me paraissait dur; les synonymes ne sont pas défendus, et tant que j'en ai trouvé là-dessus, je les ai pris; mais ma vanité n'a jamais passé ces bornes-là; et j'aurais dit tout net, je suis le fils d'un Paysan, si le mot de fils d'un homme de la campagne ne m'était pas venu.

Trois heures sonnèrent alors; Monsieur Bono tira sa montre, et puis se levant: Ah çà, dit-il, je vous quitte, nous nous reverrons à Paris, je vous y attends, et je vous tiendrai parole : bonjour, je suis votre serviteur. A propos, vous en retournez-vous tout à l'heure ; j'envoie dans un moment mon équipage à Paris ; mettez-vous dedans, les voitures sont chères, et ce sera autant d'épargné.

Là-dessus, il appela un laquais. Picard se prépare-t-il à s'en aller ? lui dit-il. Oui, Monsieur, il met les chevaux au carrosse, répondit le Domestique. Eh bien, dis-lui qu'il prenne ces Dames et ce jeune homme, reprit-il : adieu.

Nous voulûmes le remercier, mais il était déjà bien loin ; nous descendîmes, l'équipage fut bientôt prêt, et nous partîmes très contents de notre homme et de sa brusque humeur.

Je ne vous dirai rien de notre entretien sur la route ; arrivons à Paris, nous y entrâmes d'assez bonne heure pour mon rendez-vous, car vous savez que j'en avais un avec Madame de Ferval chez Madame Remy dans un faubourg.

Le Cocher de Monsieur Bono mena mes deux Dames chez elles, où je les quittai après plusieurs compliments, et de nouvelles instances de leur part pour les venir voir.

De là je renvoyai le Cocher, je pris un Fiacre, et je partis pour mon faubourg.

FIN DE LA QUATRIÈME PARTIE

CINQUIÈME PARTIE

J'ai dit dans la dernière Partie, que je me hâtai de me rendre chez Madame Remy, où m'attendait Madame de Ferval.

Il était à peu près cinq heures et demie du soir quand j'y arrivai. Je trouvai tout d'un coup l'endroit. Je vis aussi le Carrosse de Madame de Ferval, dans cette petite rue dont elle m'avait parlé, et où était cette porte de derrière, par laquelle elle m'avait dit qu'elle entrerait, et suivant mes instructions j'entrai par l'autre porte, après m'être assuré auparavant que c'était là que demeurait Madame Remy. D'abord je vis une allée assez étroite qui aboutissait à une petite cour, au bout de laquelle on entrait dans une salle ; et c'était de cette salle qu'on passait dans le jardin dont Madame de Ferval avait fait mention.

Je n'avais pas encore traversé la cour qu'on ouvrit la porte de la salle (et apparemment qu'on m'entendit venir) ; il en sortit une grande femme âgée, maigre, pâle, vêtue en femme du commun, mais proprement pourtant, qui avait un air posé et matois. C'était Madame Remy elle-même.

Qui demandez-vous, Monsieur, me dit-elle, quand je me fus approché. Je viens, répondis-je, parler à une

Dame qui doit être ici depuis quelques moments, ou qui va y arriver bientôt.

Et son nom, Monsieur? me dit-elle. Madame de Ferval, repris-je; et sur-le-champ, entrez, Monsieur.

J'entre, il n'y avait personne dans la salle; elle n'est donc pas encore venue? lui dis-je. Vous allez la voir, me répondit-elle, en tirant de sa poche une clef dont elle ouvrit une porte que je ne voyais pas, et qui était celle d'une chambre où je trouvai Madame de Ferval assise auprès d'un petit lit, et qui lisait.

Vous venez bien tard, Monsieur de la Vallée, me dit-elle en se levant, il y a pour le moins un quart d'heure que je suis ici.

Hélas! Madame, ne me blâmez pas, dis-je, il n'y a point de ma faute; j'arrive en ce moment de Versailles où j'ai été obligé d'aller, et j'étais bien impatient de me voir ici.

Pendant que nous nous parlions, notre complaisante Hôtesse sans paraître nous écouter, et d'un air distrait rangeait par-ci par-là dans la chambre, et puis se retira sans nous rien dire. Vous vous en allez donc, Madame Remy, lui cria Madame de Ferval, en s'approchant d'une porte ouverte qui donnait dans le jardin.

Oui, Madame, répondit-elle, j'ai affaire là-haut pour quelques moments, et puis peut-être avez-vous à parler à Monsieur; aurez-vous besoin de moi?

Non, dit Madame de Ferval, vous pouvez rester si vous voulez, mais ne vous gênez point; et là-dessus la Remy nous salue, nous laisse, ferme la porte sur nous, ôte la clef que nous lui entendîmes retirer, quoiqu'elle y allât doucement.

Il faut donc que cette femme soit folle: je crois qu'elle nous enferme, me dit alors Madame de Ferval, en souriant d'un air qui entamait la matière, qui engageait amoureusement la conversation, et qui me disait, nous voilà donc seuls ?

Qu'importe, lui dis-je (et nous étions alors sur le pas de la porte du jardin), nous n'avons que faire de la Remy pour causer ensemble, ce serait encor pis que la femme de chambre de là-bas ; n'avons-nous pas fait marché que nous serons libres ?

Et pendant que je lui tenais ce discours, je lui prenais la main dont je considérais la grâce et la blancheur, que je baisais quelquefois ; est-ce là comme tu me contes ton histoire ? me dit-elle. Je vous la conterai toujours bien, lui dis-je ; ce conte-là n'est pas si pressé que moi. Que toi, me dit-elle en me jetant son autre main sur l'épaule ; eh de quoi donc es-tu tant pressé ! De vous dire que vous avez des charmes qui m'ont fait rêver toute la journée à eux, repris-je. Je n'ai pas mal rêvé à toi non plus, me dit-elle, et tant rêvé que j'ai pensé ne pas venir ici.

Eh pourquoi donc, Maîtresse de mon cœur, lui repartis-je. Oh ! pourquoi, me dit-elle, c'est que tu es si jeune, si remuant ; il me souvient de tes vivacités d'hier, tout gêné que tu étais ; et à présent que tu ne l'es plus, te corrigeras-tu ? j'ai bien de la peine à le croire. Et moi aussi, lui dis-je, car je suis encore plus amoureux que je ne l'étais hier, à cause qu'il me semble que vous êtes encore plus belle.

Fort bien, fort bien, me dit-elle avec un souris ; voilà de très bonnes dispositions, et qui me rassurent beaucoup : être seule avec un étourdi comme vous, sans pouvoir sortir ; car où est-elle allée, cette sotte femme qui nous laisse, je gagerais qu'il n'y a peut-être que nous ici actuellement ; ha ! elle n'a qu'à revenir, je ne la querellerai pas mal ; voyez, je vous prie, à quoi elle m'expose.

Par la mardi, lui dis-je, vous en parlez bien à votre

aise; vous ne savez pas ce que c'est que d'être amoureux de vous; ne tient-il qu'à dire aux gens, tenez-vous
en repos; je voudrais bien vous voir à ma place, pour
savoir ce que vous feriez. Va, va, tais-toi, dit-elle d'un
air badin, j'ai assez de la mienne. Mais encore, insis-
tais-je sur le même ton. Eh bien à ta place, reprit-elle,
je tâcherais apparemment d'être raisonnable. Et s'il ne
vous servait de rien d'y tâcher, répondis-je, qu'en
serait-il? Oh! ce qu'il en serait, dit-elle, je n'en sais
rien, tu m'en demandes trop, je n'y suis pas; mais
qu'importe que tu m'aimes, ne saurais-tu faire comme
moi, je suis raisonnable, quoique je t'aime aussi, et je
ne devrais pas te le dire, car tu n'en feras que plus de
folies, et ce sera ma faute, petit mutin que tu es; voyez
comme il me regarde, où a-t-il pris cette mine-là, ce
fripon? on n'y saurait tenir. Parlons de Versailles[1].

Oh que non, répondis-je, parlons de ce que vous dites
que vous m'aimez, cette parole est si agréable, c'est un
charme de l'entendre, et elle me ravit, elle me transporte, quel plaisir, ah que votre chère personne est
enchantée!

Et en lui tenant ce discours, je levais avidement les
yeux sur elle; elle était un peu moins enveloppée qu'à
l'ordinaire; il n'y a rien de si friand que ce joli corset-
là, m'écriai-je; allons, allons, petit garçon, ne songez
point à cela, je ne le veux pas, dit-elle.

Et là-dessus, elle se raccommodait assez mal; eh!
ma gracieuse Dame, repartis-je, cela est si bien
arrangé : n'y touchez pas; je lui pris les mains alors;
elle avait les yeux pleins d'amour, elle soupira, me dit,
que me veux-tu, la Vallée, j'ai bien mal fait de ne pas
retenir la Remy, une autre fois je la retiendrai, tu
n'entends point raison, recule-toi un peu; voilà des
fenêtres d'où on peut nous voir.

Et en effet, il y avait de l'autre côté des vues sur

nous ; il n'y a qu'à rentrer dans la chambre, lui dis-je ; il le faut bien, reprit-elle ; mais modère-toi, mon bel enfant, modère-toi ; je suis venue ici de si bonne foi, et tu m'inquiètes avec ton amour.

Je n'ai pourtant que celui que vous m'avez donné, répondis-je ; mais vous voilà debout, cela fatigue, assoyons-nous, tenez, remettez-vous à la place où vous étiez, quand je suis venu. Quoi, là, dit-elle ; oh ! je n'oserais, j'y serais trop enfermée, à moins que tu n'appelles la Remy ; appelle-la, je t'en prie ; ce qu'elle disait d'un ton qui n'avait rien d'opiniâtre, et insensiblement nous nous approchions de l'endroit où je l'avais d'abord trouvée. Où me mènes-tu donc ? dit-elle d'un air nonchalant et tendre. Cependant elle s'assoyait, et je me jetais à ses genoux, quand nous entendîmes tout à coup parler dans la salle.

Et puis le bruit devint plus fort, c'était comme une dispute.

Ah ! la Vallée, qu'est-ce que c'est que cela ? lève-toi, s'écria Madame de Ferval ; le bruit s'augmente encore ; nous distinguions la voix d'un homme en colère, contre qui Madame Remy que nous entendions aussi, paraissait se défendre. Enfin, on mit la clef dans la serrure, la porte s'ouvre, et nous vîmes entrer un homme de trente à trente-cinq ans, très bien fait, et de fort bonne mine, qui avait l'air extrêmement ému. Je tenais la garde de mon épée, et je m'étais avancé au milieu de la chambre, fort inquiet de cette aventure ; mais bien résolu de repousser l'insulte, supposé que c'en fût une qu'on eût envie de nous faire.

A qui en voulez-vous, Monsieur, lui dis-je aussitôt. Cet homme, sans me répondre, jette les yeux sur Madame de Ferval, se calme sur-le-champ, ôte respectueusement son chapeau, non sans marquer beaucoup d'étonnement, et s'adressant à Madame de Ferval :

Ah ! Madame, je vous demande mille pardons, dit-il, je suis au désespoir de ce que je viens de faire ; je m'attendais à voir une autre Dame à qui je prends intérêt, et je n'ai pas douté que ce ne fût elle que je trouverais ici.

Ah ! vraiment oui, lui dit Madame Remy ; il est bien temps de demander des excuses, et voilà une belle équipée que vous avez fait là ; Madame qui vient ici pour affaires de famille parler à son neveu qu'elle ne peut voir qu'en secret, avait grand besoin de vos pardons, et moi aussi !

Vous avez plus tort que moi, lui dit l'homme en question, vous ne m'avez[2] jamais averti que vous receviez ici d'autres personnes que la Dame que j'y cherchais et moi. Je reviens de dîner de la Campagne ; je passe, j'aperçois un équipage dans la petite rue ; je crois qu'à l'ordinaire c'est celui de la Dame que je connais. Je ne lui ai pourtant pas donné de rendez-vous ; cela me surprend ; je vois même de loin un laquais dont la livrée me trompe. Je fais arrêter mon Carrosse pour savoir ce que cette Dame fait ici, vous me dites qu'elle n'y est pas ; je vous vois embarrassée ; qui est-ce qui ne se serait pas imaginé à ma place qu'il y avait du mystère ? Au reste, ôtez l'inquiétude que cela a pu donner à Madame, c'est comme si rien n'était arrivé, et je la supplie encore une fois de me pardonner, ajouta-t-il, en s'approchant encore plus de Madame de Ferval, avec une action tout à fait galante, et qui avait même quelque chose de tendre.

Madame de Ferval rougit, et voulut retirer sa main qu'il avait prise, et qu'il baisait avec vivacité.

Là-dessus, je m'avançai, et ne crus pas devoir demeurer muet. Madame ne me paraît pas fâchée, dis-je à ce Chevalier[3], le plus avisé s'abuse, vous l'avez prise pour une autre, il n'y a pas grand mal, elle vous excuse, il ne reste plus qu'à s'en aller, c'est le plus court, à présent que vous voyez ce qui en est, Monsieur.

Là-dessus il se retourna, et me regarda avec quelque attention ; il me semble que vous ne m'êtes pas inconnu, me dit-il ; ne vous ai-je pas vu chez Madame une telle ?

Il ne parlait, s'il vous plaît, que de la femme du défunt le Seigneur de notre village. Cela se pourrait, lui dis-je, en rougissant malgré que j'en eusse ; et en effet, je commençais à le remettre lui-même. Hé ! c'est Jacob, s'écria-t-il alors, je le reconnais, c'est lui-même. Eh ! parbleu mon enfant, je suis charmé de vous voir en si bonne posture ; il faut que ta fortune ait bien changé de face, pour t'avoir mis à portée d'être en liaison avec Madame ; tout homme de condition que je suis, je voudrais bien avoir cet honneur-là comme vous ; il y a quatre mois que je souhaite d'être un peu de ses amis ; elle a pu s'en apercevoir, quoique je ne l'aie encore rencontrée que trois ou quatre fois ; mes regards lui ont dit combien elle était aimable ; je suis né avec le plus tendre penchant pour elle ; et je suis bien sûr, mon cher Jacob, que mon amour date avant le tien.

Madame Remy n'était pas présente à ce discours, elle était passée dans la salle, et nous avait laissé le soin de nous tirer d'intrigue.

Pour moi, je n'avais plus de contenance, et en vrai Benêt je saluais cet homme à chaque mot qu'il m'adressait ; tantôt je tirais un pied, tantôt j'inclinais la tête, et ne savais plus ce que je faisais, j'étais démonté ; cette assommante époque de notre connaissance, son tutoiement, ce passage subit de l'état d'un homme en bonne fortune où il m'avait pris, à l'état de Jacob où il me remettait, tout cela m'avait renversé.

A l'égard de Madame de Ferval, il serait difficile de vous dire la mine qu'elle faisait.

Souvenez-vous que la Remy avait parlé de moi,
comme d'un neveu de cette Dame ; songez qu'elle était
dévote, que j'étais jeune ; que sa parure était ce jour-là
plus mondaine qu'à l'ordinaire, son corset plus galant,
moins serré, et par conséquent sa gorge plus à l'aise ;
songez qu'on nous trouvait enfermés chez une Madame
Remy, femme commode, sujette à prêter sa maison,
comme nous l'apprenions ; n'oubliez pas que ce Chevalier qui nous surprenait, connaissait Madame de Ferval, était ami de ses amis, et sur tous ces articles que je
viens de dire, voyez la curieuse révélation qu'on avait
des mœurs de Madame de Ferval ; le bel intérieur de
conscience à montrer, que de misères mises au jour, et
quelles misères encore, de celles qui déshonorent le
plus une dévote, qui décident qu'elle est une hypocrite,
une franche friponne ; car qu'elle soit maligne, vindicative, orgueilleuse, médisante, elle fait sa charge, et n'en
a pas moins droit de tenir sa morgue ; tout cela ne jure
point avec l'impérieuse austérité de son métier.

Mais se trouver convaincue d'être amoureuse, être
surprise dans un rendez-vous gaillard ; oh ! tout est
perdu ; voilà la dévote sifflée, il n'y a point de tournure
à donner à cela.

Madame de Ferval essaya pourtant d'en donner une,
et dit quelque chose pour se défendre ; mais ce fut avec
un air de confusion si marqué, qu'on voyait bien que
sa cause lui paraissait désespérée. Aussi n'eut-elle pas
le courage de la plaider longtemps.

Vous vous trompez, Monsieur ; je vous assure que
vous vous trompez ; c'est fort innocemment que je me
trouve ici ; je n'y suis que pour lui parler à l'occasion
d'un service que je voulais lui rendre. Après ce peu de
paroles, le ton de sa voix s'altéra, ses yeux se mouillè-
rent de quelques larmes, et un soupir lui coupa la
parole.

De mon côté, je ne savais que dire ; ce nom de Jacob qu'il m'avait rappelé, me tenait en respect, j'avais toujours peur qu'il n'en recommençât l'apostrophe ; et je ne songeais qu'à m'évader du mieux qu'il me serait possible ; car que faire là avec un Rival pour qui on ne s'appelle que Jacob, et cela en présence d'une femme que cet excès de familiarité n'humiliait pas moins que moi ? Avoir un amant, c'était déjà une honte pour elle, et en avoir un de ce nom-là, c'en était deux ; il ne pouvait pas être question entre elle et Jacob d'une affaire de cœur bien délicate.

De sorte qu'avec l'embarras personnel où je me trouvais, je rougissais encore de voir que j'étais son opprobre, et ainsi je devais être fort mal à mon aise ; je cherchais donc un prétexte raisonnable de retraite, quand Madame de Ferval vint à dire qu'elle n'était là que pour me rendre un service.

Et sur-le-champ, sans donner le temps au Cavalier de répondre ; ce sera pour une autre fois, Madame, repris-je, conservez-moi toujours votre bonne volonté, j'attendrai que vous me fassiez savoir vos intentions ; et puisque vous connaissez Monsieur, et que Monsieur vous connaît, je vais prendre congé de vous, aussi bien je n'entends rien à cet amour dont il me parle.

Madame de Ferval ne répondit mot, et resta les yeux baissés avec un visage humble et mortifié, sur lequel on voyait couler une larme ou deux. Ce Cavalier, notre trouble-fête, venait de lui reprendre la main qu'elle lui laissait, parce qu'elle n'osait la lui ôter sans doute. Le fripon était comme l'Arbitre de son sort, il pouvait lui faire justice ou grâce ; en un mot, il avait droit d'être un peu hardi, et elle n'avait pas le droit [4] de le trouver mauvais.

Adieu donc, Mons Jacob, jusqu'au revoir, me criat-il, comme je me retirais. Oh ! pour lors, cela me déplut, je perdis patience, et devenu plus courageux, parce que je m'en allais; bon bon, lui criai-je à mon tour, en hochant la tête, adieu Mons Jacob, eh bien adieu, Mons Pierre, serviteur à Mons Nicolas; voilà bien du bruit pour un nom de baptême. Il fit un grand éclat de rire à ma réponse, et je sortis en fermant la porte sur eux de pure colère.

Je trouvai Madame Remy à la porte de la rue. Vous vous en allez donc, me dit-elle. Eh! pardi oui, repris-je, qu'est-ce que vous voulez que je fasse là, à cette heure que cet homme y est, et pourquoi l'avez-vous accoutumé à venir ici? cela est bien désagréable, Madame Remy; on vient de Versailles pour se parler honnêtement chez vous, on prend votre chambre, on croit être en repos; et point du tout, c'est comme si on était dans la rue. C'était bien la peine de me presser tant; ce n'est pas moi que je regarde là-dedans, c'est Madame de Ferval; qu'est-ce que ce grand je ne sais qui va penser d'elle? une porte fermée, point de clef à une serrure, une femme de bien avec un jeune garçon, voilà qui a bonne mine.

Eh! mon Dieu, mon enfant, me dit-elle, j'en suis désolée; je tenais la clef de votre chambre quand il est arrivé, savez-vous bien qu'il me l'a arrachée des mains? il n'y a rien à craindre, au surplus, c'est un de mes amis, un fort honnête homme, qui voit quelquefois ici une Dame de ma connaissance, je crois entre nous qu'il ne la hait pas, et l'étourdi qu'il est a voulu entrer par jalousie; mais qu'est-ce que cela fait? restez, je suis sûre qu'il va sortir. Bon, lui dis-je, après celui-là, un autre, vous avez trop de connaissances, Madame Remy.

Oh! dame, reprit-elle, que voulez-vous; j'ai une grande maison, je suis veuve, je suis seule, d'honnêtes gens me disent; nous avons des affaires ensemble, il ne faut pas qu'on le sache ; prêtez-nous votre chambre, dirais-je⁵ que non, surtout à des gens qui me font plaisir, qui ont de l'amitié pour moi ? c'est encore un beau taudis que le mien pour en être chiche, n'est-ce pas ? après cela, quel mal y a-t-il qu'on ait vu Madame de Ferval avec vous chez moi ? Je me repens de n'avoir pas ouvert tout d'un coup, car qu'est-ce qu'on en peut dire ? voyons, d'abord il me vient une Dame, ensuite arrive un garçon, je les reçois tous deux, les voilà donc ensemble, à moins que je ne les sépare. Le garçon est jeune, est-il obligé d'être vieux ? il est vrai que la porte était fermée ; eh bien une autre fois elle sera ouverte ; c'est tantôt l'un, tantôt l'autre, où est le mystère : on l'ouvre quand on entre, on la ferme quand on est entré ; pour ce qui est de moi, si je n'étais pas avec vous, c'est que j'étais ailleurs, on ne peut pas être partout, je vas, je viens, je tracasse, je fais mon ménage, et ma compagnie cause ; et puis, est-ce que je ne serais pas revenue ; de quoi Madame de Ferval s'embarrasse-t-elle ! n'ai-je pas dit même que c'était votre tante ?

Eh ! vraiment tant pis, repris-je, car il sait tout le contraire ; pardi, me dit-elle, le voilà bien savant, n'avez-vous pas peur qu'il vous fasse un procès ?

Pendant que la Remy me parlait, je songeais à ces deux personnes que j'avais laissées dans la chambre ; et quoique je fusse bien aise d'en être sorti à cause de ce nom de Jacob, j'étais pourtant très fâché de ce qu'on avait troublé mon entretien avec Madame de Ferval ; j'en regrettais la suite ; non pas que j'eusse de la tendresse pour elle, je n'en avais jamais eu, quoiqu'il m'eût semblé que j'en avais ; je me suis déjà expliqué là-dessus, ce jour-là même je ne m'étais pas senti fort empressé en venant au Faubourg ; la rencontre de cette jeune femme à Versailles avait extrêmement diminué de mon ardeur pour le rendez-vous.

Mais Madame de Ferval était une femme de conséquence, qui était encore très bien faite, qui était fort
blanche, qui avait de belles mains, que j'avais vue
négligemment couchée sur un sopha, qui m'y avait jeté
d'amoureux regards ; et à mon âge quand on a ces
petites considérations-là dans l'esprit, on n'a pas
besoin de tendresse pour aimer les gens, et pour voir
avec chagrin troubler un rendez-vous comme celui
qu'on m'avait donné.

Il y a bien des amours où le cœur n'a point de part, il
y en a plus de ceux-là que d'autres même, et dans le
fond c'est sur eux que roule la nature, et non pas sur
nos délicatesses de sentiments qui ne lui servent de
rien. C'est nous le plus souvent qui nous rendons
tendres, pour orner nos passions, mais c'est la nature
qui nous rend amoureux ; nous tenons d'elle l'utile que
nous enjolivons de l'honnête, j'appelle ainsi le sentiment ; on n'enjolive pourtant plus guère ; la mode en
est assez passée dans ce temps où j'écris.

Quoi qu'il en soit, je n'avais qu'un amour fort
naturel ; et comme cet amour-là a ses agitations, il me
déplaisait beaucoup d'avoir été interrompu.

Le Chevalier lui a pris la main, il la lui a baisée sans
façon ; et ce drôle-là va devenir bien hardi de ce qu'il
nous a surpris ensemble, disais-je en moi-même ; car je
comprenais à merveille l'abus qu'il pourrait faire de
cela. Madame de Ferval, ci-devant dévote, et maintenant reconnue pour très profane, pour une femme très
légère de scrupules, ne pouvait plus se donner les airs
d'être fière, le gaillard m'avait paru aimable, il était
grand et de bonne mine ; il y avait quatre mois, disait-
il, qu'il aimait la Dame ; il avait surpris le secret de ses
mœurs, peut-être se vengerait-il, si on le rebutait, peut-
être se tairait-il, si on le traitait avec douceur ;
Madame de Ferval était née douce, il y avait ici des

raisons pour l'être, le serait-elle, ne le serait-elle pas ;
me voilà là-dessus dans une émotion que je ne puis
exprimer ; me voilà remué par je ne sais quelle curiosité inquiète, jalouse, un peu libertine, si vous voulez ;
enfin très difficile à expliquer. Ce n'est pas du cœur
d'une femme dont on est en peine, c'est de sa personne,
on ne songe point à ses sentiments, mais à ses actions ;
on ne dit point sera-t-elle infidèle, mais sera-t-elle
sage ?

Dans ces dispositions, je songeai que j'avais beaucoup d'argent sur moi ; que la Remy aimait à en
gagner, et qu'une femme qui ne refusait pas de louer sa
chambre pour deux ou trois heures, voudrait bien pour
quelques moments me louer un cabinet, ou quelque
autre lieu attenant la chambre, si elle en avait un.

Je suis d'avis de ne pas m'en aller, lui dis-je, et
d'attendre que cet homme ait quitté Madame de
Ferval ; n'auriez-vous pas quelque endroit près de celui
où ils sont, et où je pourrais me tenir ? je ne vous
demande pas ce plaisir-là pour rien, je vous payerai ; et
c'était en tirant de l'argent de ma poche que je lui
parlais ainsi.

Oui-da, dit-elle, en regardant un demi-louis d'or que
je tenais ; il y a justement un petit retranchement qui
n'est séparé de la chambre que par une cloison, et où je
mets de vieilles hardes ; mais montez plutôt à mon
grenier, vous y serez mieux.

Non, non, lui dis-je, le retranchement me suffit ; je
serai plus près de Madame de Ferval, et quand l'autre
la quittera, je le saurai tout d'un coup. Tenez, voilà ce
que je vous offre, le voulez-vous, ajoutai-je, en lui
présentant mon demi-louis, non sans me reprocher un
peu de le dépenser ainsi ; car voyez quel infidèle
emploi de l'argent de Madame de la Vallée ; j'en étais

honteux ; mais je tâchais de n'y prendre pas garde, afin
d'avoir moins de tort.

Hélas ! il ne fallait pas rien pour cela, me dit la
Remy, en recevant ce que je lui donnais, c'est une
bonté que vous avez, et je vous en suis obligée ; venez,
je vais vous mener dans ce petit endroit ; mais ne faites
point de bruit au moins, et marchez doucement en y
allant, il n'est pas nécessaire que nos gens y entendent
personne, il semblerait qu'il y aurait du mystère.

Oh ! ne craignez rien, lui dis-je, je n'y remuerai pas.
Et tout en parlant, nous revînmes dans la salle. Ensuite
elle poussa une porte qui n'était couverte que d'une
mauvaise Tapisserie, et par où l'on entrait dans ce
petit retranchement où je me mis.

J'étais là en effet, à peu près comme si j'avais été
dans la chambre ; il n'y avait rien de si mince que les
planches qui m'en séparaient ; de sorte qu'on n'y
pouvait respirer sans que je l'entendisse. Je fus pourtant bien deux minutes sans pouvoir démêler ce que
l'homme en question disait à Madame de Ferval ; car
c'était lui qui parlait ; mais j'étais si agité dans ce
premier moment, j'avais un si grand battement de
cœur, que je ne pus d'abord donner d'attention à rien ;
je me méfiais un peu de Madame de Ferval, et ce qui
est de plaisant, c'est que je m'en défiais à cause que je
lui avais plu, c'était cet amour dont elle s'était éprise
en ma faveur, qui bien loin de me rassurer, m'apprenait à douter d'elle.

Je prête donc attentivement l'oreille[6], et on va voir
une conversation qui n'est convenable qu'avec une
femme qu'on n'estime point, mais qu'à force de galanterie on apprivoise aux impertinences qu'on lui débite,
et qu'elle mérite ; il me sembla d'abord que Madame
de Ferval soupirait.

De grâce, Madame, assoyez-vous un instant, lui dit-il ; je ne vous laisserai point dans l'état où vous êtes, dites-moi de quoi vous pleurez ; de quoi s'agit-il ? que craignez-vous de ma part, et pourquoi me haïssez-vous, Madame ? Je ne vous hais point, Monsieur, dit-elle, en sanglotant un peu ; et si je pleure, ce n'est pas que j'aie rien à me reprocher ; mais voici un accident bien malheureux pour moi, d'autant plus qu'il s'y trouve des circonstances où je n'ai point de part ; cette femme nous avait enfermés, et je ne le savais pas ; elle vous a dit que ce jeune homme était mon neveu ; elle a parlé de son chef, et dans la surprise où j'en ai été moi-même, je n'ai pas eu le temps de l'en dédire ; je ne sais pas la finesse qu'elle y a entendue ; et tout cela retombe sur moi pourtant ; il n'y a rien que vous ne puissiez en imaginer, et en dire ; et voilà pourquoi je pleure !

Oui, Madame, reprit-il, je conviens qu'avec un homme sans caractère, et sans probité, vous auriez raison de pleurer, et que cette aventure-ci pourrait vous faire un grand tort, surtout à vous qui vivez plus retirée qu'une autre ; mais, Madame, commencez par croire qu'une action dont vous n'auriez pour témoin que vous-même, ne serait pas plus ignorée que le sera cet événement-ci avec un témoin comme moi ; ayez donc l'esprit en repos de ce côté-là ; soyez aussi tranquille que vous l'étiez avant que je vinsse ; puisqu'il n'y a que moi qui vous aie vue, c'est comme si vous n'aviez été vue de personne ; il n'y a qu'un méchant qui pourrait parler, et je ne le suis point ; je ne serais pas tenté de l'être avec mon plus grand ennemi ; vous avez affaire à un honnête homme, à un homme incapable d'une lâcheté, et c'en serait une indigne, affreuse, que celle de vous trahir dans cette occasion-ci.

Voilà qui est fini, Monsieur, vous me rassurez, répondit Madame de Ferval ; vous dites que vous êtes

un honnête homme, et il est vrai que vous paraissez
l'être ; quoique je vous connaisse fort peu, je l'ai
toujours pensé de même ; les gens chez qui nous nous
sommes vus, vous le diraient ; et il ne faudrait compter
sur la physionomie de personne si vous me trompiez.
Au reste, Monsieur, en gardant le silence, non seulement vous satisferez à la probité qui l'exige, mais vous
rendrez encore justice à mon innocence ; il n'y a ici que
les apparences contre moi, soyez-en persuadé, je vous
prie.

Ah ! Madame, reprit-il alors, vous vous méfiez encore
de moi, puisque vous songez à vous justifier. Eh ! de
grâce, un peu plus de confiance ; j'ai intérêt de vous en
inspirer ; ce serait autant de gagné sur votre cœur, et
vous en seriez moins éloignée d'avoir quelque retour
pour moi.

Du retour pour vous, dit-elle, avec un ton d'affliction ; vous me tenez là un terrible discours ; il est bien
dur pour moi d'y être exposée, vous me l'auriez
épargné en tout autre temps ; mais vous croyez qu'il
vous est permis de tout dire dans la situation où je me
trouve ; et vous abusez des raisons que j'ai de vous
ménager, je le vois bien.

Par parenthèse, n'oubliez pas que j'étais là, et qu'en
entendant parler ainsi Madame de Ferval, je me
sentais insensiblement changer pour elle, que ma
façon de l'aimer s'ennoblissait pour ainsi dire, et
devenait digne de la sagesse qu'elle montrait.

Non, Madame, ne me ménagez point, s'écria-t-il, rien
ne vous y engage ; ma discrétion dans cette affaire-ci
est une chose à part ; elle me regarde encore plus que
vous ; je me déshonorerais si je parlais ; quoi, vous
croyez qu'il faut que vous achetiez mon silence ! en
vérité, vous me faites injure ; non Madame, je vous le
répète, quelle que soit la façon dont vous me traitiez, il

n'importe pour le secret de votre aventure, et si dans ce moment-ci vous voulez que je m'en aille, si je vous déplais, je pars.

Non, Monsieur, ce n'est pas là ce que je veux dire, reprit-elle, le reproche que je vous fais, ne signifie pas que vous me déplaisez ; ce n'est pas même votre amour qui me fait de la peine. On est libre d'en avoir pour qui l'on veut, une femme ne saurait empêcher qu'on en ait pour elle, et celui d'un homme comme vous est plus supportable que celui d'un autre ; j'aurais seulement souhaité que le vôtre eût paru dans une autre occasion, parce que je n'aurais pas eu lieu de penser que vous tirez une sorte d'avantage de ce qui m'arrive, tout injuste qu'il serait de vous en prévaloir ; car assurément, il n'y aurait rien de si injuste ; vous ne voulez pas le croire ; mais je vous dis vrai.

Ah ! que j'en serais fâché que vous disiez vrai, Madame, reprit-il vivement. De quoi est-il question, d'avoir eu quelque goût pour ce jeune homme ? Ah ! que vous êtes aimable, faite comme vous êtes, d'avoir encore le mérite d'être un peu sensible.

Eh ! non, Monsieur, lui dit-elle, ne le croyez point, il ne s'agit point de cela, je vous jure.

Il me sembla qu'alors il se jetait à ses genoux, et que l'interrompant ; cessez de vouloir me désabuser, lui dit-il, avec qui vous justifiez-vous, suis-je d'un âge et d'un caractère à vous faire un crime de votre rendez-vous ? Pensez-vous que je vous en estime moins, parce que vous êtes capable de ce qu'on appelle une faiblesse ? Eh ! tout ce que j'en conclus au contraire, c'est que vous avez le cœur meilleur qu'une autre ; plus on a de sensibilité, plus on a l'âme généreuse, et par conséquent estimable ; vous n'en êtes que plus charmante en tous sens, c'est une grâce de plus dans votre sexe, que d'en être susceptible de ces faiblesses-là [7]

(petite morale bonne à débiter chez Madame Remy ;
mais il fallait bien dorer la pilule) : vous m'avez touché
dès la première fois que je vous ai vue, continua-t-il,
vous le savez, je vous regardais avec un plaisir infini ;
vous vous en êtes aperçue, j'ai lu plus d'une fois dans
vos yeux que vous m'entendiez, avouez-le, Madame.

Il est vrai, dit-elle, d'un ton plus calme, que je
soupçonnais quelque chose ; (et moi je soupçonnais à
ces deux petits mots, que je redeviendrais ce que
j'avais été pour elle.) Oui, je vous aimais, ajouta-t-il,
toute triste, toute solitaire, toute ennemie du commerce des hommes que je vous croyais ; et ce n'est
point cela, je me trompais ; Madame de Ferval est née
tendre, est née sensible ; elle peut elle-même se prendre
de goût pour qui l'aimera, elle en a eu pour ce jeune
homme ; il ne serait donc pas impossible qu'elle en eût
pour moi qui la cherche, et qui la préviens ; peut-être
en avait-elle avant que ceci arrivât ? et en ce cas,
pourquoi me le cacheriez-vous, ou pourquoi n'en
auriez-vous plus ? qu'ai-je fait pour être puni ? qu'avez-
vous fait pour être obligée de dissimuler ? De quoi
rougiriez-vous ? Où est le tort que vous avez ? Dépen-
dez-vous de quelqu'un ? Avez-vous un mari ? N'êtes-
vous pas veuve, et votre maîtresse ? Y a-t-il rien à
redire à votre conduite ? N'avez-vous pas pris dans
cette occasion-ci les mesures les plus sages ? et faut-il
vous désespérer, vous imaginer que tout est perdu,
parce que le hasard m'amène ici ; moi que vous pouvez
traiter comme vous voudrez ; moi qui suis homme
d'honneur, et raisonnable ; moi qui vous adore, et que
vous ne haïriez peut-être pas, si vous ne vous alarmiez
point d'une chose qui n'est rien, précisément rien, et
dont il n'y a qu'à rire dans le fond, si vous m'estimez
un peu.

Ah ! dit ici Madame de Ferval avec un soupir qui

faisait espérer un accommodement; que vous m'embarrassez, Monsieur le Chevalier; je ne sais que vous répondre; car il n'y a pas moyen de vous ôter vos idées; et vous êtes un étrange homme de vous mettre dans l'esprit que j'ai jeté les yeux sur ce garçon; (notez qu'ici mon cœur se retire, et ne se mêle plus d'elle.)

Eh bien, soit, il n'en est rien, reprit-il; d'où vient que je vous en parle? ce n'est que pour faciliter nos entretiens, pour abréger les longueurs : tout ce que cet événement-ci peut avoir d'heureux pour moi, c'est que si vous le voulez, il nous met tout d'un coup en état de nous parler avec franchise. Sans cette aventure, il aurait fallu que je soupirasse longtemps, avant que de vous mettre en droit de m'écouter, ou de me dire le moindre mot favorable; au lieu qu'à présent nous voilà tout portés, il n'y a plus que votre goût qui décide; et puisqu'on peut vous plaire, et que je vous aime, à quoi dois-je m'attendre? que ferez-vous de moi? prononcez, Madame.

Que ne me dites-vous cela ailleurs? répondit-elle; cette circonstance-ci me décourage; je m'imagine toujours que vous en profitez, et je voudrais que vous n'eussiez ici pour vous que mes dispositions.

Vos dispositions, s'écria-t-il, pendant que j'étais indigné dans ma niche. Ah! Madame, suivez-les, ne les contraignez pas, vous me mettez au comble de la joie; suivez-les, et si malgré tout ce que je vous ai dit, vous me craignez encore, si ma parole ne vous a pas tout à fait rassurée; eh bien qu'importe, oui, craignez-moi, doutez de ma discrétion; j'y consens, je vous passe cette injure, pourvu qu'elle serve à hâter ces dispositions dont vous me parlez, et qui me ravissent; oui, Madame, il faut me ménager, vous ferez bien; j'ai envie de vous le dire moi-même; je sens qu'à force d'amour on peut manquer de délicatesse; je vous aime

tant que je n'ai pas la force de refuser ce petit secours
contre vous : je n'en aurais pas pourtant besoin si vous
me connaissiez, et je devrais tout à l'amour ; oubliez
donc que nous sommes ici, songez que vous m'auriez
aimé tôt ou tard, puisque vous y étiez disposée, et que
je n'aurais rien négligé pour cela.

Je ne m'en défends point, dit-elle, je vous distin-
guais, j'ai plus d'une fois demandé de vos nouvelles.

Eh bien, dit-il avec feu, louons-nous donc de cette
aventure, il n'y a point à hésiter, Madame. Quand je
songe, répondit-elle, que c'est un engagement qu'il
s'agit de prendre, un engagement, Chevalier, cela me
fait peur ; pensez de moi comme il vous plaira, quelles
que soient vos idées, je ne les combats plus, mais il n'en
est pas moins vrai que la vie que je mène est bien
éloignée de ce que vous me demandez ; et puisqu'enfin
il faut tout dire, savez-vous bien que je vous fuyais, que
je me suis plus d'une fois abstenue d'aller chez les gens
chez qui je vous rencontrais, je n'y ai pourtant encore
été que trop souvent.

Quoi, dit-il, vous me fuyiez [8], pendant que je vous
cherchais ; vous me l'avouez, et je ne profiterais pas du
hasard qui m'en venge, et je vous laisserais la liberté
de me fuir encore ! non, Madame, je ne vous quitte
point que je ne sois sûr de votre cœur, et qu'il ne m'ait
mis à l'abri de cette cruauté-là : Non, vous ne m'échap-
perez plus, je vous adore, il faut que vous m'aimiez, il
faut que vous me le disiez, que je le sache, que je n'en
puisse douter. Quelle impétuosité, s'écria-t-elle,
comme il me persécute ? Ah ! Chevalier, quel tyran
vous êtes, et que je suis imprudente de vous en avoir
tant dit.

Eh ! répondit-il avec douceur, qu'est-ce qui vous
arrête ! qu'a-t-il donc de si terrible pour vous cet
engagement que vous redoutez tant ? ce serait à moi à

le craindre, ce n'est pas vous qui risquez de voir finir
mon amour, vous êtes trop aimable pour cela, c'est moi
qui le suis mille fois moins que vous, et qui par là suis
exposé à la douleur de voir finir le vôtre, sans qu'il y ait
de votre faute, et que je puisse m'en plaindre ; mais
n'importe, ne m'aimassiez-vous qu'un jour, ces beaux
yeux noirs qui m'enchantent ne dussent-ils jeter sur
moi qu'un seul regard un peu tendre, je me croirais
encore trop heureux.

Et moi qui l'écoutais, vous ne sauriez vous figurer de
quelle beauté je les trouvais dans ma colère, ces beaux
yeux noirs dont il faisait l'éloge.

C'est bien à vous vraiment, à parler de fidélité, lui
dit-elle, m'aimeriez-vous aujourd'hui, si vous n'étiez
pas un inconstant ; n'était-ce pas une autre que moi
que vous cherchiez ici ? je ne vous demanderai point
qui elle est, vous êtes trop honnête homme pour me le
dire, et je ne dois pas le savoir, mais je suis persuadée
qu'elle est aimable, et vous la quittez pourtant, cela
est-il de bonne augure [9] pour moi ?

Que vous vous rendez peu de justice, et quelle
comparaison vous faites ! répondit-il. Y avait-il six
mois que je vous voyais avant que je vous aimasse ?
quelle différence entre une personne qu'on aime, parce
qu'on ne saurait faire autrement, parce qu'on est né
avec un penchant naturel et invincible pour elle (c'est
de vous dont je parle) et une femme à qui on ne s'arrête
que parce qu'il faut faire quelque chose, que parce que
c'est une de ces coquettes qui s'avisent de s'adresser à
vous, qui ne sauraient se passer d'Amants ; à qui on
parle d'amour, sans qu'on les aime, qui s'imaginent
vous aimer elles-mêmes, seulement parce qu'elles vous
le disent, et qui s'engagent avec vous par oisiveté, par
caprice, par vanité, par étourderie, par un goût passa-
ger que je n'oserais vous expliquer, et qui ne mérite pas

que je vous en entretienne ; enfin par tout ce qui vous
plaira. Quelle différence, encore une fois, entre une
aussi fade, aussi languissante, aussi peu digne liaison,
et la vérité des sentiments que j'ai pris pour vous dès
que je vous ai vue ; dont je me serais fort bien passé, et
que j'ai gardés contre toute apparence de succès !
distinguons les choses, je vous prie, ne confondons
point un simple amusement, avec une inclination
sérieuse, et laissons là cette chicane.

Je me lasse de dire que Madame de Ferval soupira ;
elle fit pourtant encore un soupir ici, et il est vrai que
chez les femmes ces situations-là en fourmillent de
faux ou de véritables.

Que vous êtes pressant, Chevalier, dit-elle après ; je
conviens que vous êtes aimable, et que vous ne l'êtes
que trop. N'est-ce pas assez ? faut-il encore vous dire
qu'on pourra vous aimer ? A quoi cela ressemblera-
t-il ? ne soupçonnerez-vous pas vous-même que vous ne
devez ce que je vous dis d'obligeant qu'à mon aventure ? encore si j'avais été prévenue de cet amour-là, ce
que j'y répondrais aujourd'hui, aurait meilleure grâce,
et vous m'en sauriez plus de gré aussi ; mais s'entendre
dire qu'on est aimée, avouer sur-le-champ qu'on le
veut bien, et tout cela dans l'espace d'une demi-heure ;
en vérité il n'y a rien de pareil, je crois qu'il faudrait un
petit intervalle, et vous n'y perdriez point, Chevalier.

Eh ! Madame vous n'y songez pas, reprit-il ; souvenez-vous donc qu'il y a quatre mois que je vous aime,
que mes yeux vous en entretiennent, que vous y prenez
garde, et que vous me distinguez, dites-vous ; quatre
mois, les bienséances ne sont-elles pas satisfaites ? Et [10]
de grâce, plus de scrupules ; vous baissez les yeux, vous
rougissez (et peut-être ne supposait-il le dernier que
pour lui faire honneur ?) ; m'aimez-vous un peu, vou-

lez-vous que je le croie, le voulez-vous, oui n'est-ce pas ? encore un mot pour plus de sûreté.

Quel enchanteur vous êtes ! répondit-elle ; voilà qui est étonnant, j'en suis honteuse ; non, il n'y a rien d'impossible après ce qui m'arrive ; je pense que je vous aimerai.

Eh ! pourquoi me remettre, dit-il, et ne pas m'aimer tout à l'heure ? Mais Chevalier, ajouta-t-elle, vous qui parlez, ne me trompez-vous pas ; m'aimez-vous vous-même autant que vous le dites ; n'êtes-vous pas un fripon ? vous êtes si aimable que j'en ai peur, et j'hésite.

Ah ! nous y voilà, m'écriai-je involontairement, sans savoir que je parlais haut, et emporté par le ton avec lequel elle prononça ces dernières paroles ; aussi était-ce un ton qui accordait ce qu'elle lui disputait encore un peu dans ses expressions.

Le bruit que je fis me surprit moi-même, et aussitôt, je me hâtai de sortir de mon retranchement pour m'esquiver ; en me sauvant, j'entendis Madame de Ferval qui criait à son tour ; ah ! Monsieur le Chevalier, c'est lui qui nous écoute.

Le Chevalier sortit de la chambre, il fut longtemps à ouvrir la porte, et puis, qui est-ce qui est là, dit-il, mais j'allais si vite que j'étais déjà dans l'allée quand il m'aperçut. La Remy filait, je pense, à la porte de la rue, et voyant que je me retirais avec précipitation ; qu'est-ce que c'est donc que cela, me dit-elle, qu'avez-vous fait ? Vos deux Locataires vous le diront, lui répondis-je brusquement et sans la regarder, et puis je marchai dans la rue d'un pas ordinaire.

Si je me sauvai au reste, ce n'est pas que je craignisse le Chevalier ; ce n'était que pour éviter la scène [11] qui serait sans doute arrivée avec Jacob ; car s'il ne m'avait pas connu, si j'avais pu figurer comme Monsieur de la

Vallée ; il est certain que je serais resté, et qu'il n'aurait pas même été question du retranchement où je m'étais mis.

Mais il n'y avait que quatre ou cinq mois qu'il m'avait vu Jacob ; le moyen de tenir tête à un homme qui avait cet avantage-là sur moi ; ma métamorphose était de trop fraîche date ; il y a de certaines hardiesses que l'homme qui est né avec du cœur ne saurait avoir ; et quoiqu'elles ne soient peut-être pas des insolences, il faut pourtant, je crois, être né insolent, pour en être capable.

Quoi qu'il en soit, ce ne fut pas manque d'orgueil que je pliai dans cette occasion-ci, mais mon orgueil avait de la pudeur, et voilà pourquoi il ne tint pas.

Me voici donc sorti de chez la Remy avec beaucoup de mépris pour Madame de Ferval, mais avec beaucoup d'estime pour sa figure, et il n'y a rien là d'étonnant : il n'est pas rare qu'une maîtresse coupable en devienne plus piquante. Vous croyez à présent que je poursuis mon chemin, et que je retourne chez moi ; point du tout, une nouvelle inquiétude me prend ; voyons ce qu'ils deviendront, dis-je en moi-même, à présent que je les ai interrompus ; je les ai quittés bien avancés ; quel parti prendra-t-elle cette femme, aura-t-elle le courage de demeurer ?

Et là-dessus j'entre dans l'allée d'une maison éloignée de cinquante pas de celle de la Remy, et qui était vis-à-vis la petite rue où Madame de Ferval avait laissé son carrosse. Je me tapis là, d'où je jetais les yeux, tantôt sur cette petite rue, tantôt sur la porte par où je venais de sortir, toujours le cœur ému ; mais ému d'une manière plus pénible que chez la Remy où j'entendais du moins ce qui se passait, et entendais si bien que c'était presque voir ; ce qui faisait que je savais à quoi m'en tenir ; mais je ne fus pas longtemps en peine, et je

n'avais pas attendu quatre minutes, quand je vis
Madame de Ferval sortir de la porte du Jardin, et
rentrer dans son carrosse. Après quoi, parut de l'autre
côté mon homme qui entra dans le sien, et que je vis
passer. Ce qui me calma sur-le-champ.

Tout ce qui me resta pour Madame de Ferval, ce fut
ce qu'ordinairement on appelle un goût, mais un goût
tranquille, et qui ne m'agita plus ; c'est-à-dire que si on
m'avait laissé en ce moment le choix des femmes,
ç'aurait été à elle à qui j'aurais donné la préférence.

Vous jugez bien que tout ceci rompait notre commerce ; elle ne devait pas elle-même souhaiter de me
revoir, instruit comme je l'étais de son caractère ; aussi
ne songeais-je pas à aller chez elle ; il était encore de
bonne heure, Madame de Fécour m'avait recommandé
de lui donner au plus tôt des nouvelles de mon voyage
de Versailles, et je pris le chemin de sa maison avant
que de retourner chez moi ; j'y arrive.

Il n'y avait aucun de ses gens dans la cour, ils étaient
apparemment dispersés ; je ne vis pas même le Portier,
pas une femme en haut ; je traversai tout son appartement sans rencontrer personne, et je parvins jusqu'à
une chambre, dans laquelle j'entendais ou parler ou
lire ; car c'était une continuité de ton qui ressemblait
plus à une lecture qu'à un langage de conversation. La
porte n'était que poussée, je ne pensai [12] pas que ce fût
la peine de frapper à une porte à demi ouverte, et
j'entrai tout de suite à cause de la commodité.

J'avais soupçonné juste, on lisait au chevet du lit de
Madame de Fécour qui était couchée. Il y avait une
vieille femme de chambre assise au pied de son lit ; un
laquais debout auprès de la fenêtre ; et c'était une
grande Dame, laide, maigre, d'une physionomie sèche,
sévère et critique, qui lisait.

Ah ! mon Dieu, dit-elle en pie-grièche, et s interrom-

pant, quand je fus entré, est-ce que vous n'avez pas
fermé cette porte vous autres ? il n'y a donc personne
là-bas pour empêcher de monter ? ma sœur est-elle en
état de voir du monde ?

Le compliment n'était pas doux, mais il s'ajustait à
merveilles à l'air de la personne qui le prononçait ; sa
mine et son accueil étaient faits pour aller ensemble.

Elle n'avait pourtant pas l'air d'une dévote, celle-là ;
et comme je l'ai connue depuis, j'ai envie de vous dire
en passant à quoi elle ressemblait.

Imaginez-vous de ces laides femmes qui ont bien
senti qu'elles seraient négligées dans le monde, qu'elles auraient la mortification de voir plaire les autres, et
de ne plaire jamais, et qui pour éviter cet affront-là,
pour empêcher qu'on ne voie la vraie cause de l'abandon où elles resteront, disent en elles-mêmes, sans
songer à Dieu ni à ses Saints, distinguons-nous par des
mœurs austères ; prenons une figure inaccessible,
affectons une fière régularité de conduite, afin qu'on se
persuade que c'est ma sagesse, et non pas mon visage
qui fait qu'on ne me dit mot.

Et effectivement cela réussit quelquefois, et la Dame
en question passait pour une femme hérissée de cette
espèce de sagesse-là.

Comme elle m'avait déplu dès le premier coup d'œil,
son discours ne me démonta point, il me parut convenable, et sans faire d'attention à elle, je saluai Madame
de Fécour qui me dit ; ah ! c'est vous, Monsieur de la
Vallée ; approchez, approchez, ne querellez point, ma
sœur, il n'y a point de mal, je suis bien aise de le voir.

Eh ! mon Dieu, Madame, lui répondis-je, comme
vous voilà ; je vous quittai hier en si bonne santé. Cela
est vrai, mon enfant, reprit-elle assez bas ; on ne
pouvait pas se mieux porter ; j'allai même souper en
compagnie où je mangeai beaucoup, et de fort bon

appétit. J'ai pourtant pensé mourir cette nuit, d'une
colique si violente qu'on a cru qu'elle m'emporterait,
et qui m'a laissé la fièvre avec des accidents très
dangereux, dit-on; j'étouffe de temps en temps, et on
est d'avis de me faire confesser ce soir, il faut bien que
la chose soit sérieuse, et voilà ma sœur, qui heureusement pour moi arriva hier de la campagne, et qui avait
tout à l'heure la bonté de me lire un chapitre de
l'Imitation, cela est fort beau. Eh bien, Monsieur de la
Vallée, contez-moi votre voyage, êtes-vous content de
Monsieur de Fécour; voici un accident qui vient fort
mal à propos pour vous; car je l'aurais pressé; que
vous a-t-il dit? j'ai tant de peine à respirer, que je ne
saurais plus parler; aurez-vous un emploi? c'est pour
Paris que je l'ai demandé.

Eh! ma sœur, lui dit l'autre, tenez-vous en repos; et
vous, Monsieur, ajouta-t-elle en m'adressant la parole,
allez-vous-en, je vous prie; vous voyez bien qu'il s'agit
d'autre chose ici que de vos affaires, et il ne fallait pas
entrer sans savoir si vous le pouviez.

Doucement, dit la malade, en respirant à plusieurs
reprises, et pendant que je faisais la révérence pour
m'en aller, doucement, il ne savait pas comment
j'étais, le pauvre garçon; adieu donc, Monsieur de la
Vallée; hélas! c'est lui qui se porte bien, voyez qu'il a
l'air frais, mais il n'a que vingt ans; adieu, adieu, nous
nous reverrons, ceci ne sera rien, je l'espère. Et moi,
Madame, je le souhaite de tout mon cœur, lui dis-je en
me retirant, et ne saluant qu'elle, aussi bien l'autre à
vue de pays eût-elle reçu ma révérence en ingrate, et je
sortis pour aller chez moi.

Remarquez, chemin faisant, l'inconstance des choses
de ce monde. La veille j'avais deux maîtresses, ou si
vous voulez deux amoureuses; le mot de maîtresse
signifie trop ici; communément il veut dire une femme

qui a donné son cœur, et qui veut le vôtre, et les deux personnes dont je parle ne m'avaient, je pense, ni donné le leur, ni ne s'étaient souciées d'avoir le mien qui ne s'était pas non plus soucié d'elles.

Je dis les deux personnes; car je crois pouvoir compter Madame de Fécour, et la joindre à Madame de Ferval, et en vingt-quatre heures de temps, en voilà une qu'on me souffle, que je perds en la tenant; et l'autre qui se meurt; car Madame de Fécour m'avait paru mourante; et supposons qu'elle en réchappât, nous allions être quelque temps sans nous voir; son amour n'était qu'une fantaisie, les fantaisies se passent; et puis n'y avait-il que moi de gros garçon à Paris, qui fût joli et qui n'eût que vingt ans?

C'en était donc fait de ce côté-là, suivant toute apparence, et je ne m'en embarrassais guère. La Fécour avec son énorme gorge m'était fort indifférente; il n'y avait que cette hypocrite de Ferval qui m'eût un peu remué.

Elle avait des grâces naturelles. Par-dessus cela, elle était fausse dévote, et ces femmes-là en fait d'amour, ont quelque chose de plus piquant que les autres; il y a dans leurs façons, je ne sais quel mélange indéfinissable de mystère, de fourberie, d'avidité libertine et solitaire, et en même temps de retenue qui tente extrêmement, vous sentez qu'elles voudraient jouir furtivement du plaisir de vous aimer, et d'être aimées sans que vous y prissiez garde, ou qu'elles voudraient du moins vous persuader que dans tout ce qui se passe, elles sont vos dupes, et non pas vos complices.

Revenons, je m'en retourne enfin chez moi; je vais retrouver Madame de la Vallée qui m'aimait tant, et que toutes mes dissipations n'empêchaient pas que je n'aimasse, et à cause de ses agréments (car elle en avait) et à cause de cette pieuse tendresse qu'elle avait pour moi.

Je crois pourtant que je l'aurais aimée davantage, si je n'avais été que son amant (j'appelle aimer d'amour) ; mais quand on a d'aussi grandes obligations à une femme que je lui en avais, en vérité ce n'est pas avec de l'amour qu'un bon cœur les paie, il se pénètre de sentiments plus sérieux, il sent de l'amitié et de la reconnaissance, aussi en étais-je plein, et je pense que l'amour en souffrait un peu.

Quand je serais revenu du plus long voyage, Madame de la Vallée ne m'aurait pas revu avec plus de joie qu'elle en marqua. Je la trouvai priant Dieu pour mon heureux retour, et il n'y avait pas plus d'une heure, à ce qu'elle me dit, qu'elle était revenue de l'Église, où elle avait passé une partie de l'après-dînée, toujours à mon intention ; car elle ne parlait plus à Dieu que de moi seul, et à la vérité, c'était toujours lui parler pour elle dans un autre sens.

Le motif de ses prières, quand j'y songe, devait pourtant être quelque chose de fort plaisant, je suis sûr qu'il n'y en avait pas une où elle ne dît, conservez-moi mon mari, ou bien, je vous remercie de me l'avoir donné ; ce qui, à le bien rendre, ne signifiait autre chose, sinon, mon Dieu conservez-moi les douceurs que vous m'avez procurées par le saint mariage, ou je vous rends mes actions de grâces de ces douceurs que je goûte en tout bien et tout honneur par votre sainte volonté, dans l'état où vous m'avez mise.

Et jugez combien de pareilles prières étaient ferventes ; les dévots n'aiment jamais tant Dieu que lorsqu'ils en ont obtenu leurs petites satisfactions temporelles, et jamais on ne prie mieux que quand l'esprit et la chair sont contents, et prient ensemble ; il n'y a que lorsque la chair languit, souffre, et n'a pas son compte, et qu'il faut que l'esprit soit dévot tout seul, qu'on a de la peine.

Mais Madame de la Vallée n'était pas dans ce cas-là, elle n'avait rien à souhaiter, ses satisfactions étaient légitimes, elle pouvait en jouir avec conscience ; aussi sa dévotion en avait-elle augmenté de moitié, sans en être apparemment plus méritoire, puisque c'était le plaisir de posséder ce cher mari, ce cher brunet comme elle m'appelait quelquefois, et non pas l'amour de Dieu, qui était l'âme de sa dévotion.

Nous soupâmes chez notre Hôtesse, qui de la manière dont elle en agissait, me parut cordialement amoureuse de moi, sans qu'elle s'en aperçût elle-même peut-être. La bonne femme me trouvait à son gré, et le témoignait tout de suite, comme elle le sentait.

Oh ! pour cela, Madame de la Vallée, il n'y a rien à dire, vous avez pris là un mari de bonne mine, un gros dodu que tout le monde aimera ; moi à qui il n'est rien, je l'aime de tout mon cœur, disait-elle ; et puis un moment après, vous ne devez pas avoir regret de vous être mariée si tard, vous n'auriez pas mieux choisi il y a vingt ans au moins ; et mille autres naïvetés de la même force qui ne divertissaient pas beaucoup Madame de la Vallée, surtout quand elles tombaient sur ce mariage tardif, et qu'elles la harcelaient sur son âge.

Mais, mon Dieu, Madame, lui répondit-elle, d'un ton doux et brusque ; je conviens que j'ai bien choisi, je suis fort satisfaite de mon choix, et très ravie qu'il vous plaise. Au surplus je ne me suis pas mariée si tard, que je ne me sois encore mariée fort à propos, ce me semble, on est fort bonne à marier à mon âge ; n'est-ce pas, mon ami, ajouta-t-elle, en mettant sa main dans la mienne, et en me regardant avec des yeux qui me disaient confidemment, tu m'as paru content.

Comment donc, ma chère femme, si vous êtes bonne, répondais-je, et à quel âge est-on meilleure et plus ragoûtante, s'il vous plaît ? Là-dessus, elle souriait, me serrait la main, et finissait par demander presque en soupirant, quelle heure est-il ? pour savoir s'il n'était pas temps de sortir de table : c'était là son refrain.

Quant à l'autre petite personne, la fille de Madame d'Alain, je la voyais qui d'un coin de l'œil observait notre chaste amour, et qui ne le voyait pas, je pense, d'un regard aussi innocent qu'il l'était. Agathe avait le bras et la main passables, et je remarquais que la friponne jouait d'industrie pour les mettre en vue le plus qu'elle pouvait, comme si elle avait voulu me dire, regardez, votre femme a-t-elle rien qui vaille cela ?

C'est pour la dernière fois que je fais ces sortes de détails ; et à l'égard d'Agathe, je pourrai en parler encore ; mais de ma façon de vivre avec Madame de la Vallée, je n'en dirai plus mot ; on est suffisamment instruit de son caractère, et de ses tendresses pour moi. Nous voilà mariés ; je sais tout ce que je lui dois ; j'irai toujours au-devant de ce qui pourra lui faire plaisir ; je suis dans la fleur de mon âge ; elle est encore fraîche, malgré le sien ; et quand elle ne le serait pas, la reconnaissance dans un jeune homme qui a des senti-ments, peut suppléer à bien des choses ; elle a de grandes ressources. D'ailleurs, Madame de la Vallée m'aime avec une passion dont la singularité lui tien-drait lieu d'agréments, si elle en manquait ; son cœur se livre à moi dans un goût dévot qui me réveille. Madame de la Vallée, toute tendre qu'elle est, n'est point jalouse ; je n'ai point de compte importun à lui rendre de mes actions, qui, jusqu'ici, comme vous voyez, n'ont déjà été que trop infidèles, et qui n'en font point espérer sitôt de plus réglées. Suis-je absent, Madame de la Vallée souhaite ardemment mon retour,

mais l'attend en paix ; me revoit-elle, point de questions, la voilà charmée, pourvu que je l'aime, et je
l'aimerai.

Qu'on s'imagine donc de ma part toutes les attentions possibles pour elle ; qu'on suppose entre nous le
ménage le plus doux et le plus tranquille ; tel sera le
nôtre ; et je ne ferai plus mention d'elle que dans les
choses où par hasard elle se trouvera mêlée ; hélas
bientôt ne sera-t-elle plus de rien dans tout ce qui me
regarde ; le moment qui doit me l'enlever n'est pas
loin, et je ne serai pas longtemps sans revenir à elle
pour faire le récit de sa mort, et celui de la douleur que
j'en eus.

Vous n'aurez pas oublié que Monsieur Bono nous
avait dit ce jour-là à la jeune Dame de Versailles et à
moi, de l'aller voir, et nous avions eu soin de demander
son adresse à son cocher qui nous avait ramené de
Versailles.

Je restai le lendemain toute la matinée chez moi ; je
ne m'y ennuyai pas ; je m'y délectai dans le plaisir de
me trouver tout à coup un maître de maison ; j'y
savourai ma fortune, j'y goûtai mes aises, je me
regardai dans mon appartement ; j'y marchai, je m'y
assis, j'y souris à mes meubles, j'y rêvai à ma cuisinière, qu'il ne tenait qu'à moi de faire venir, et que je
crois que j'appelai pour la voir ; enfin j'y contemplai
ma robe de chambre et mes pantoufles ; et je vous
assure que ce ne furent pas là les deux articles qui me
touchèrent le moins ; de combien de petits bonheurs
l'homme du monde est-il entouré, et qu'il ne sent
point, parce qu'il est né avec eux ?

Comment donc des pantoufles et une robe de chambre à Jacob ! Car c'était en me regardant comme Jacob,
que j'étais si délicieusement étonné de me voir dans cet
équipage ; c'était de Jacob que Monsieur de la Vallée

empruntait toute sa joie. Ce moment-là n'était si doux qu'à cause du petit paysan.

Je vous dirai au reste que, tout enthousiasmé que j'étais de cette agréable métamorphose, elle ne me donna que du plaisir, et point de vanité. Je m'en estimai plus heureux, et voilà tout, je n'allai pas plus loin.

Attendez pourtant, il faut conter les choses exactement ; il est vrai que je ne me sentis point plus glorieux, que je n'eus point cette vanité qui fait qu'un homme va se donner des airs ; mais j'en eus une autre, et la voici.

C'est que je songeai en moi-même qu'il ne fallait pas paraître aux autres, ni si joyeux, ni si surpris de mon bonheur, qu'il était bon qu'on ne remarquât pas combien j'y étais sensible, et que si je ne me contentais [13] pas, on dirait, Ah ! le pauvre petit garçon, qu'il est aise, il ne sait à qui le dire.

Et j'aurais été honteux qu'on fît cette réflexion-là ; je ne l'aurais pas même aimée dans ma femme ; je voulais bien qu'elle sût que j'étais charmé, et je le lui répétais cent fois par jour, mais je voulais le lui dire moi-même, et non pas qu'elle y prît garde en son particulier ; j'y faisais une grande différence, sans démêler que confusément pourquoi ; et la vérité est qu'en pénétrant par elle-même toute ma joie, elle eût bien vu que c'était ce petit Valet, ce petit Paysan, ce petit misérable qui se trouvait si heureux d'avoir changé d'état, et il m'aurait été déplaisant qu'elle m'eût envisagé sous ces faces-là ; c'était assez qu'elle me crût heureux, sans songer à ma bassesse passée ; cette idée-là n'était bonne que chez moi qui en faisais intérieurement la source de ma joie ; mais il n'était pas nécessaire que les autres entrassent si avant dans le secret de mes plaisirs, ni sussent de quoi je les composais.

Sur les trois heures après-midi, Vêpres sonnèrent ; ma femme y alla pendant que je lisais je ne sais quel Livre sérieux que je n'entendais pas trop, que je ne me souciais pas trop d'entendre, et auquel je ne m'amusais que pour imiter la contenance d'un honnête homme chez soi.

Quand ma compagne[14] fut partie, je quittai ma robe de chambre (laissez-moi en parler pendant qu'elle me réjouit, cela ne durera pas ; j'y serai bientôt accoutumé), je m'habillai, et je sortis pour aller voir la jeune Dame de Versailles pour qui j'avais conçu une assez tendre estime, comme vous l'avez pu voir dans ce que je vous ai déjà dit.

Tout Monsieur de la Vallée que j'étais, moi qui n'avais jamais eu d'autre voiture que mes jambes, ou que ma charrette, quand j'avais mené à Paris le vin du Seigneur de notre village, je n'avais pas assurément besoin de carrosse pour aller chez cette jeune Dame, et je ne songeais pas non plus à en prendre ; mais un fiacre qui m'arrêta sur une place que je traversais, me tenta ; avez-vous affaire de moi, mon Gentilhomme ? me dit-il ; ma foi mon Gentilhomme me gagna ; et je lui dis approche.

Voici pourtant des airs, me direz-vous ; point du tout, je ne pris ce carrosse que par gaillardise, pour être encore heureux de cette façon-là, pour tâter chemin faisant d'une autre petite douceur dont je n'avais déjà goûté qu'une fois en allant chez Madame Remy.

Il y avait quelques embarras dans la rue de la jeune Dame en question dont je vais vous dire le nom pour la commodité de mon récit, c'était Madame d'Orville ; mon Fiacre fut obligé de me descendre à quelques pas de chez elle.

A peine en étais-je descendu que j'entendis un grand

bruit à vingt pas derrière moi. Je me retournai, et je vis un jeune homme d'une très belle figure, et fort bien mis, à peu près de mon âge, c'est-à-dire de vingt-un à vingt-deux ans [15], qui, l'épée à la main, se défendait du mieux qu'il pouvait contre trois hommes qui avaient la lâcheté de l'attaquer ensemble.

En pareil cas, le peuple crie, fait du tintamarre, mais ne secourt point : il y avait autour des combattants un cercle de canailles qui s'augmentait à tout moment, et qui les suivait, tantôt s'avançant, tantôt reculant, à mesure que ce brave jeune homme était poussé, et reculait plus ou moins.

Le danger où je le vis et l'indignité de leur action, m'émut le cœur à un point que sans hésiter, et sans aucune réflexion, me sentant une épée au côté, je la tire, fais le tour de mon Fiacre pour gagner le milieu de la rue, et je vole comme un lion au secours du jeune homme, en lui criant, courage, Monsieur, courage.

Et il était temps que j'arrivasse ; car il y en avait un des trois qui pendant que le jeune homme bataillait contre les autres, allait tout à son aise lui plonger de côté son épée dans le corps. Arrête, arrête, à moi, criai-je à celui-ci en allant à lui ; ce qui l'obligea bien vite à me faire face ; le mouvement qu'il fit le remit du côté de ses camarades, et me donna la liberté de me joindre au jeune homme qui en reprit de nouvelles forces ; et qui voyant avec quelle ardeur j'y allais, poussa à son tour ces misérables, sur qui j'allongeais à tout instant et à bras raccourci des bottes qu'ils ne paraient qu'en lâchant. Je dis à bras raccourci ; car c'est la manière de combattre d'un homme qui a du cœur, et qui n'a jamais manié d'épée ; il n'y fait pas plus de façon, et n'en est peut-être pas moins dangereux ennemi pour n'en savoir pas davantage.

Quoi qu'il en soit, nos trois hommes reculèrent

malgré la supériorité du nombre qu'ils avaient encore ;
mais aussi n'étaient-ce pas des braves gens ; leur
combat en fait foi : ajoutez à cela que mon action
anima le peuple en notre faveur. On ne vit pas plus tôt
ces trois hommes lâcher le pied, que l'un avec un grand
bâton, l'autre avec un manche à balai, l'autre avec une
arme de la même espèce vint les charger, et acheva de
les mettre en fuite.

Nous laissâmes la canaille courir après eux avec des
huées, et nous restâmes sur le champ de bataille, qui,
je ne sais comment, se trouva alors près de la porte de
Madame d'Orville ; de sorte que l'inconnu que je
venais de défendre entra dans sa maison pour se
débarrasser de la foule importune qui nous environ-
nait.

Son habit, et la main dont il tenait son épée, étaient
tout ensanglantés. Je priai qu'on fît venir un Chirurgien ; il y a de ces Messieurs-là dans tous les quartiers,
et il nous en vint un presque sur-le-champ.

Une partie de ce peuple nous avait suivis jusque dans
la cour de Madame d'Orville, ce qui causa une rumeur
dans la maison qui en fit descendre les Locataires de
tous les étages. Madame d'Orville logeait au premier
sur le derrière, et vint savoir, comme les autres, de
quoi il s'agissait ; jugez de son étonnement quand elle
me vit là, tenant encore mon épée nue à la main, parce
qu'on est distrait en pareil cas, et que d'ailleurs je
n'avais pas eu même assez d'espace pour la remettre
dans le fourreau, tant nous étions pressés par la
populace.

Oh ! c'est ici où je me sentis un peu glorieux, un peu
superbe, et où mon cœur s'enfla du courage que je
venais de montrer, et de la noble posture où je me
trouvais ; tout distrait que je devais être par ce qui se
passait encore, je ne laissai pas que d'avoir quelques

moments de recueillement où je me considérai [16] avec
cette épée à la main, et avec mon chapeau enfoncé en
mauvais garçon ; car je devinais l'air que j'avais, et
cela se sent ; on se voit dans son amour-propre, pour
ainsi dire ; et je vous avoue qu'en l'état où je me
supposais, je m'estimais digne de quelques égards, que
je me regardais moi-même moins familièrement, et
avec plus de distinction qu'à l'ordinaire ; je n'étais plus
ce petit polisson surpris de son bonheur, et qui trouvait
tant de disproportion entre son aventure et lui. Ma foi
j'étais un homme de mérite, à qui la fortune commençait à rendre justice.

Revenons à la cour de cette maison où nous étions,
mon jeune inconnu, moi, le Chirurgien, et tout ce
monde. Madame d'Orville m'y aperçut tout d'un coup.

Eh ! Monsieur, c'est vous, s'écria-t-elle effrayée, de
dessus son escalier où elle s'arrêta. Eh ! que vous est-il
donc arrivé, êtes-vous blessé ? Je n'ai, répondis-je, en la
saluant d'un air de Héros tranquille, qu'une très petite
égratignure, Madame, et ce n'est pas à moi à qui on en
voulait, c'est à Monsieur qui est blessé, ajoutai-je, en
lui montrant le jeune inconnu à qui le Chirurgien
parlait alors, et qui, je pense, n'avait ni entendu ce
qu'elle m'avait dit, ni encore pris garde à elle.

Ce Chirurgien connaissait Madame d'Orville, il avait
saigné son mari la veille, comme nous l'apprîmes
après ; et voyant que ce jeune homme pâlissait, sans
doute à cause de la quantité de sang qu'il avait perdue,
et qu'il perdait encore :

Madame, dit-il à Madame d'Orville, je crains que
Monsieur ne se trouve mal ; il n'y a pas moyen de le
visiter ici ; voudriez-vous pour quelques moments nous
prêter chez vous une chambre où je puisse examiner
ses blessures ?

A ce discours, le jeune homme jeta les yeux sur la

personne à qui on s'adressait, et me parut étonné de
voir une si aimable femme, qui malgré la simplicité de
sa parure, et mise en femme qui vient de quitter son
ménage, avait pourtant l'air noble, et digne de respect.

Ce que vous me demandez n'est point une grâce, et
ne saurait se refuser, répondit Madame d'Orville au
Chirurgien, pendant que l'autre ôtait son chapeau, et
la saluait d'une façon qui marquait beaucoup de
considération ; venez, Messieurs, ajouta-t-elle, puisqu'il n'y a point de temps à perdre.

Je ne suis fâché de cet accident-ci, dit alors le jeune
homme, que parce que je vais vous embarrasser,
Madame ; et là-dessus, il s'avança, et monta l'escalier
en s'appuyant sur moi, à qui il avait déjà dit par
intervalles, mille choses obligeantes, et qu'il n'appelait
que son cher ami. Vous sentez-vous faible ? lui dis-je.
Pas beaucoup, reprit-il, je ne me crois blessé qu'au bras
et un peu à la main ; ce ne sera rien, je n'aurai perdu
qu'un peu de sang, et j'y aurai gagné [17] un ami qui m'a
sauvé la vie.

Oh ! pardi, lui dis-je, il n'y a pas à me remercier de ce
que j'ai fait, car j'y ai eu trop de plaisir, et je vous ai
aimé tout d'un coup, seulement en vous regardant.
J'espère que vous m'aimerez toujours, reprit-il, et nous
entrions [18] dans l'appartement de Madame d'Orville
qui nous avait précédés pour ouvrir un cabinet assez
propre où elle nous fit entrer avec le Chirurgien, et où il
y avait un petit lit qui était celui de la mère de cette
Dame.

A peine y fûmes-nous que son mari, Monsieur d'Orville, m'envoya une petite servante d'assez bonne façon
qui me fit des compliments de sa part, et me dit que sa
femme venait de lui apprendre que j'étais la personne
à qui il avait tant d'obligation, qu'il ne pouvait se lever
à cause qu'il était malade, mais qu'il espérait que je

voudrais bien lui faire l'honneur de le voir avant que je m'en allasse.

Pendant que cette servante me parlait, Madame d'Orville tirait d'un armoire[19] tout le linge dont on pouvait avoir besoin pour le blessé.

Dites à Monsieur d'Orville, répondis-je, que c'est moi qui aurai l'honneur de le saluer ; que je vais dans un instant passer dans sa chambre, et que j'attends seulement qu'on ait visité les blessures de Monsieur, ajoutai-je, en montrant le jeune homme à qui on avait déjà ôté son habit, et qui était assis dans un grand fauteuil.

Madame d'Orville sortit alors du cabinet ; le Chirurgien fit sa charge, visita le jeune homme, et ne lui trouva qu'une blessure au bras qui n'était point dangereuse, mais de laquelle il perdait beaucoup de sang ; on y remédia ; et comme Madame d'Orville avait pourvu à tout, le blessé changea de linge ; et pendant que le Chirurgien lui aidait à se rhabiller, j'allai voir cette Dame et son mari, à qui tout malade et tout couché qu'il était, je trouvai l'air d'un honnête homme, je veux dire d'un homme qui a de la naissance : on voyait bien à ses façons, à ses discours, qu'il aurait dû être mieux logé qu'il n'était, et que l'obscurité où il vivait, venait de quelque infortune[20] ; il faut qu'il soit arrivé quelque chose à cet homme-là, disait-on, en le voyant ; il n'est pas à sa place.

Et en effet, ces choses-là se sentent ; il en est de ce que je dis là-dessus, comme d'un homme d'une certaine condition à qui vous donneriez un habit de paysan ; en faites-vous un paysan pour cela ? non, vous voyez qu'il n'en porte que l'habit ; sa figure en est vêtue, et point habillée, pour ainsi dire ; il y a des attitudes, et des mouvements, et des gestes dans cette figure[21] qui font qu'elle est étrangère au vêtement qui la couvre.

Il en était donc à peu près de même de Monsieur d'Orville ; quoiqu'il eût un logement et des meubles, on trouvait qu'il n'était ni logé ni meublé. Voilà tout ce que je dirai de lui à cet égard. C'en est assez sur un homme que je n'ai guère vu, et dont la femme sera bientôt veuve.

Il n'y a point de remerciement qu'il ne me fît sur mon aventure de Versailles avec Madame d'Orville, point d'éloges qu'il ne donnât à mon caractère ; mais j'abrège, je ne vis point la mère ; apparemment qu'elle était sortie ; nous parlâmes de Monsieur Bono qui nous avait recommandé de l'aller voir, et il fut décidé que nous nous y rendrions le lendemain, et que pour n'y aller ni plus tôt ni plus tard l'un que l'autre, je viendrais prendre Madame d'Orville sur les deux heures et demie.

Nous en étions là, quand le blessé entra dans la chambre avec le Chirurgien. Autres remerciements de sa part, sur tous les secours qu'il avait reçus dans la maison ; force regards sur Madame d'Orville, mais modestes, respectueux, enfin, ménagés avec beaucoup de discrétion ; le tout soutenu de je ne sais quelle politesse tendre dans ses discours, mais d'une tendresse presque imperceptible, et hors de la portée d'un mari, qui, quoiqu'il aime sa femme, l'aime en homme tranquille, et qui a fait sa fortune auprès d'elle, ce qui lui ôte en pareil cas une certaine finesse de sentiment, et lui épaissit extrêmement l'intelligence.

Quant à moi, je remarquai sur-le-champ cette petite teinte de tendresse dont je parle, parce que sans le savoir encore, j'étais très disposé à aimer Madame d'Orville, et je suis sûr que cette Dame le remarqua aussi : j'en eus du moins pour garant sa façon d'écouter le jeune homme, un certain baissement d'yeux, et ses reparties modiques et rares.

Et puis Madame d'Orville était si aimable ; en faut-il davantage pour mettre une femme au fait, quelque raisonnable qu'elle soit ? est-ce que cela ne lui donne pas alors le sens de tout ce qu'on lui dit ? Y a-t-il rien dans ce goût-là qui puisse lui échapper, et ne s'attend-elle pas toujours à pareille chose ?

Mais, Monsieur, pourquoi ces trois hommes vous ont-ils attaqué, lui dit le mari, qui le plus souvent répondit [22] pour sa femme, et qui de la meilleure foi du monde disputait de compliments avec le blessé, parce qu'il ne voyait dans les siens que les expressions d'une simple et pure reconnaissance ; les connaissez-vous, ces trois hommes ? ajouta-t-il.

Non, Monsieur, reprit le jeune homme, qui, et comme vous le verrez dans la suite, nous cacha alors le vrai sujet de son combat ; je n'ai fait que les rencontrer ; ils venaient à moi dans cette rue-ci ; j'étais distrait ; je les ai fort regardés en passant sans songer à eux ; cela leur a déplu ; un d'entre eux m'a dit quelque chose d'impertinent ; je lui ai répondu ; ils ont répliqué tous trois. Là-dessus je n'ai pu m'empêcher de leur donner quelques marques de mépris ; un d'eux m'a dit une injure, je n'y ai reparti qu'en l'attaquant, ils se sont joints à lui, je les ai eus tous trois sur les bras, et j'aurais succombé, sans doute, si Monsieur (il parlait de moi) n'était généreusement venu me défendre.

Je lui dis qu'il n'y avait pas là une grande générosité ; que tout honnête homme à ma place aurait fait de même ; ensuite, n'auriez-vous pas besoin de vous reposer plus longtemps, lui dit Monsieur d'Orville, ne sortez-vous pas trop tôt ? n'êtes-vous pas affaibli ? Nullement, Monsieur, il n'y a point de danger, dit à son tour le Chirurgien ; Monsieur est en état de se retirer

chez lui, il ne lui faut qu'une voiture ; on en trouvera
une sur la place voisine.

Aussitôt la petite servante part pour en amener une ;
la voiture arrive ; le blessé me prie de ne le pas quitter ;
j'aurais mieux aimé rester, pour avoir le plaisir d'être
avec Madame d'Orville ; mais il n'y avait pas moyen de
le refuser, après le service que je venais de lui rendre.

Je le suivis donc ; une petite toux qui prit au mari,
abrégea toutes les politesses avec lesquelles on se
serait encore éconduit [23] de part et d'autre ; nous voilà
descendus ; le Chirurgien, qui nous reconduisit jusque
dans la Cour, me parut très révérencieux, apparemment qu'il était bien payé ; nous le quittons, et nous
montons dans notre Fiacre.

Je n'attendais rien de cette aventure-ci, et ne pensais
pas qu'elle dût me rapporter autre chose que l'honneur
d'avoir fait une belle action. Ce fut là pourtant l'origine
de ma fortune, et je ne pouvais guère commencer ma
course avec plus de bonheur.

Savez-vous qui était l'homme à qui probablement
j'avais sauvé la vie ? rien qu'un des neveux de celui qui
pour lors gouvernait la France, du premier Ministre en
un mot ; vous sentez bien que cela devient sérieux,
surtout quand on a affaire à un des plus honnêtes
hommes du monde, à un neveu qui aurait mérité d'être
fils de Roi. Je n'ai jamais vu d'âme si noble.

Par quel hasard, me direz-vous, s'était-il trouvé
exposé au péril dont vous le tirâtes ? Vous l'allez voir.

Où allons-nous ? lui dit le Cocher ; à tel endroit,
répondit-il ; et ce ne fut point le nom d'une rue qu'il lui
donna, mais seulement le nom d'une Dame, chez
Madame la Marquise une telle ; et le Cocher n'en
demanda pas davantage, ce qui marquait que ce devait
être une Maison fort connue, et me faisait en même
temps soupçonner que mon camarade était un homme

de conséquence. Aussi en avait-il la mine, et je soupçonnais juste.

Ah ça, mon cher ami, me dit-il dans le trajet ; je vais
vous dire la vérité de mon histoire, à vous.

Dans le quartier d'où nous sortons, il y a une femme
que je rencontrai il y a quelques jours à l'Opéra. Je la
remarquai d'une loge où j'étais avec des hommes ; elle
me parut extrêmement jolie, aussi l'est-elle ; je demandai qui elle était, on ne la connaissait pas. Sur la fin de
l'Opéra je sortis de ma loge pour aller la voir sortir de
la sienne, et la regarder tout à mon aise. Je me trouvai
donc sur son passage, elle ne perdait rien à être vue de
près ; elle était avec une autre femme assez bien faite ;
elle s'aperçut de l'attention avec laquelle je la regardais ; et de la façon dont elle y prit garde, il me sembla
qu'elle me disait, en demeurerez-vous là ? Enfin je vis
je ne sais quoi dans ses yeux qui m'encourageait, qui
m'assurait qu'elle ne serait pas d'un difficile abord.

Il y a de certains airs [24] dans une femme qui vous
annoncent ce que vous pourriez devenir avec elle ; vous
y démêlez, quand elle vous regarde, s'il n'y a que de la
coquetterie dans son fait, ou si elle aurait envie de lier
connaissance ; quand ce n'est que le premier, elle ne
veut que vous paraître aimable, et voilà tout, ses mines
ne passent pas cela ; quand c'est le second, ces mines
en disent davantage, elles vous appellent, et je crus
voir ici que c'était le second.

Mais on a peur de se tromper, et je la suivis jusqu'à
l'escalier sans rien oser que d'avoir toujours les yeux
sur elle, et la coudoyer même en marchant.

Elle me tira d'intrigue, et remédia à ma retenue
discrète par une petite finesse qu'elle imagina, et qui
fut de laisser tomber son éventail.

Je sentis son intention, et profitai du moyen qu'elle
m'offrait de placer une politesse, et de lui dire un mot

ou deux en lui rendant l'éventail que je ramassai bien vite.

Ce fut pourtant elle qui de peur de manquer son coup, parla la première ; Monsieur, je vous suis obligée, me dit-elle d'un air gracieux en le recevant ; je suis trop heureux, Madame, d'avoir pu vous rendre ce petit service, lui répondis-je le plus galamment qu'il me fut possible ; et comme en cet instant, elle semblait chercher à mettre sûrement le pied sur la première marche de l'escalier, je tirai encore parti de cela, et lui dis, il y a bien du monde, on nous pousse, que j'aie l'honneur de vous donner la main pour plus de sûreté, Madame.

Je le veux bien, dit-elle d'un air aisé, car je marche mal, et je la menai ainsi, toujours l'entretenant du plaisir que j'avais eu à la voir, et de ce que j'avais fait pour la voir de plus près.

N'est-ce pas vous aussi, Monsieur, que j'ai vu dans une telle loge ? me dit-elle, comme pour m'insinuer à son tour qu'elle m'avait démêlé.

Et de discours en discours, nous arrivâmes jusqu'en bas où un grand laquais (qui n'avait pas trop l'air d'être à elle, à la manière prévenante dont il se présenta, ce qui est une liberté que ces Messieurs-là ne prennent pas avec leur Maîtresse) vint à elle, et lui dit qu'on aurait de la peine à faire approcher le carrosse ; mais qu'il n'était qu'à dix pas. Eh bien allons jusque-là, sauvons-nous, dit-elle à sa compagne, n'est-ce pas ? Comme il vous plaira, reprit l'autre, et je les y menai en rasant la muraille.

Le mien, je dis mon carrosse, n'était qu'à moitié chemin, notre court entretien m'avait enhardi, et je leur proposai sans façon d'y entrer, et de les ramener tout de suite chez elles pour avoir plus tôt fait ; mais elles ne voulurent pas.

J'observai seulement que celle que je tenais, jetait un

coup d'œil sur l'équipage, et l'examinait ; et nous
arrivâmes au leur, qui, par parenthèse, n'appartenait à
aucune d'elles, et n'était qu'un carrosse de remise
qu'on leur avait prêté.

J'ai oublié de vous dire qu'en la menant jusqu'à ce
carrosse, je l'avais priée de vouloir bien que je la
revisse chez elle. Ce qu'elle m'avait accordé sans façon,
et en femme du monde qui rend sans conséquence,
politesse pour politesse. Volontiers, Monsieur, vous me
ferez honneur, m'avait-elle répondu. A quoi elle avait
ajouté tout ce qu'il fallait pour la trouver ; de sorte
qu'en la quittant, je la menaçai d'une visite très
prompte.

Et en effet, j'y allai le lendemain, elle me parut assez
bien logée, je vis des domestiques ; il y avait du monde,
et d'honnêtes gens autant que j'en pus juger ; on y joua,
j'y fus reçu avec distinction ; nous eûmes même ensemble quelques instants de conversation particulière ; je
lui parlai d'amour, elle ne me désespéra pas, et elle
m'en plut davantage. Nous nous entretenions encore à
l'écart, quand un de ceux qui viennent de m'attaquer,
entra. C'est un homme entre deux âges, qui fait de la
dépense, et que je crois de Province ; il me parut
inquiet de notre tête-à-tête ; il me sembla aussi qu'elle
avait égard à son inquiétude, et qu'elle se hâta de
rejoindre sa compagne [25].

Quelques moments après, je me retirai, et le lendemain je retournai chez elle de meilleure heure que la
veille. Elle était seule, je lui en contai sur nouveaux
frais.

D'abord elle badina de mon amour d'un ton qui
signifiait pourtant, je voudrais qu'il fût vrai. J'insistai
pour la persuader. Mais cela est-il sérieux ? vous
m'embarrassez ; on pourrait vous écouter de reste, ce
n'est pas là la difficulté, me dit-elle, mais ma situation

ne me le permet guère ; je suis veuve, je plaide, il me
restera peu de bien peut-être. Vous avez vu ici un assez
grand homme d'une figure bien au-dessous de la vôtre,
et qui n'est qu'un simple Bourgeois, mais qui est riche,˙
et dont je puis faire un mari, quand il me plaira, il
m'en presse beaucoup ; et j'ai tant de peine à m'y
résoudre que je n'ai rien décidé jusqu'ici, et depuis un
jour ou deux, ajouta-t-elle en souriant, je déciderais
encore moins si je m'en croyais ; il y a des gens qu'on
aimerait plus volontiers qu'on en épouserait[26] d'autres ; mais j'ai trop peu de fortune pour suivre mes
goûts ; je ne saurais même demeurer encore longtemps
à Paris, comme il me conviendrait d'y être, et si je
n'épouse pas, il faut que je m'en retourne à une terre
que je hais, et dont le séjour est si triste qu'il me fait
peur ; ainsi comment voulez-vous que je fasse ? Je ne
sais pas pourquoi je vous dis tout cela au reste ; il faut
que je sois folle ; et je ne veux plus vous voir.

A ce discours, je sentis à merveilles que j'étais avec
une de ces beautés malaisées dont le meilleur revenu
consiste en un joli visage ; je compris l'espèce de
liaison qu'elle avait avec cet homme qu'elle qualifiait
d'un mari futur ; je sentis bien aussi qu'elle me disait,
si je le renvoie, le remplacerez-vous, ou bien ne me
demandez-vous qu'une infidélité passagère ?

Petite façon de traiter l'amour qui me rebuta un
peu ; je ne m'étais imaginé qu'une femme galante, et
non pas intéressée ; de sorte que pendant qu'elle
parlait, je n'étais pas d'accord avec moi-même sur ce
que je devais lui répondre.

Mais je n'eus pas le temps de me déterminer, parce
que ce Bourgeois en question arriva, et nous surprit ; il
fronça le sourcil, mais insolemment, en homme qui
peut mettre ordre à ce qu'il voit ; il est vrai que je
tenais la main de cette femme quand il entra.

Elle eut beau le prendre d'un air riant avec lui, et lui dire même, je vous attendais, il n'en reprit pas plus de sérénité, et sa physionomie resta toujours sombre et brutale ; heureusement, vous ne vous ennuyez pas ; ce fut là tout ce qu'elle en put tirer.

Pour moi je ne daignai pas jeter les yeux sur lui, et ne cessai point d'entretenir cette femme de mille cajoleries, pour le punir de son impertinent procédé. Après quoi je sortis.

Le jeune homme en était là de son récit quand le cocher arrêta à quelques pas de la maison où il nous menait, et dont il ne pouvait approcher à cause de deux ou trois carrosses qui l'en empêchaient. Nous sortîmes du Fiacre ; je vis le jeune homme parler à un grand laquais, qui ensuite ouvrit la portière d'un de ces carrosses. Montez, mon cher ami, me dit aussitôt mon camarade ; où ? lui dis-je ; dans ce carrosse, me répondit-il, c'est le mien, que je n'ai pu prendre en allant chez la femme en question.

Et remarquez qu'il n'y avait rien de plus leste que cet équipage.

Ho ho, dis-je en moi-même, ceci va encore plus loin que je ne croyais ; voici du grand ; est-ce que mon ami serait un Seigneur ? Il faut prendre garde à vous, Monsieur de la Vallée, et tâcher de parler bon Français ; vous êtes vêtu en enfant de famille, soutenez l'honneur du justaucorps, et que votre entretien réponde à votre figure qui est passable.

Je vous rends à peu près ce que je pensai rapidement alors ; et puis je montai en carrosse, incertain si je devais y monter le premier, et n'osant en même temps faire des compliments là-dessus ; le savoir-vivre veut-il que j'aille en avant, ou bien veut-il que je recule ? me disais-je en l'air, c'est-à-dire en montant. Car le cas était nouveau pour moi, et ma légère expérience ne m'apprenait rien sur cet article ; sinon qu'on se fait des cérémonies lorsqu'on est deux à une porte, et je penchais à croire que ce pouvait être ici de même.

A bon compte je montais toujours, et j'étais déjà placé, que je songeais encore au parti qu'il fallait prendre ; me voilà donc côte à côte de mon ami de qualité, et de pair à compagnon avec un homme à qui par hasard j'aurais fort bien pu cinq mois auparavant tenir la portière ouverte de ce carrosse que j'occupais avec lui. Je ne fis pourtant pas alors cette réflexion ; je la fais seulement à présent que j'écris ; elle se présenta bien un peu, mais je refusai tout net d'y faire attention ; j'avais besoin d'avoir de la confiance, et elle me l'aurait ôtée.

Avez-vous à faire ? me dit le Comte d'Orsan (c'était le nom du maître de l'équipage) ; je me porte fort bien, et je ne veux pas m'en retourner sitôt chez moi ; il est encore de bonne heure, allons à la Comédie, j'y serai aussi à mon aise que dans ma chambre.

Jusque-là, je m'étais assez possédé, je ne m'étais pas tout à fait perdu de vue ; mais ceci fut plus fort que moi, et la proposition d'être mené aussi [27] gaillardement à la Comédie, me tourna entièrement la tête ; la hauteur de mon état m'éblouit ; je me sentis étourdi d'une vapeur de joie, de gloire, de fortune, de mondanité, si on veut bien me permettre de parler ainsi (car je n'ignore pas qu'il y a des Lecteurs fâcheux, quoique estimables, avec qui il vaut mieux laisser là ce qu'on sent, que de le dire, quand on ne peut l'exprimer que d'une manière qui paraîtrait singulière ; ce qui arrive quelquefois pourtant, surtout dans les choses où il est question de rendre ce qui se passe dans l'âme ; cette âme qui se tourne en bien plus de façons que nous n'avons de moyens pour les dire, et à qui du moins on devrait laisser dans son besoin, la liberté de se servir des expressions du mieux qu'elle pourrait, pourvu qu'on entendît clairement ce qu'elle voudrait dire, et qu'elle ne pût employer d'autres termes, sans diminuer ou altérer sa pensée)[28] ; ce sont les disputes fréquentes qu'on fait là-dessus, qui sont cause de ma parenthèse ; je ne m'y serais pas engagé, si j'avais cru la faire si longue, revenons.

Comme il vous plaira, lui répondis-je ; et le carrosse partit.

Je ne vous ai pas achevé le récit de mon aventure, me dit-il, en voici le reste. J'ai dîné aujourd'hui chez Madame la Marquise de... ; sous prétexte d'affaires, j'en suis sorti sur les trois heures pour aller chez cette femme.

Mon carrosse n'était point encore revenu ; je n'ai vu aucun de mes gens en bas ; il y a des carrosses près de là, j'ai dit qu'on allât m'en chercher un dans lequel je me suis mis, et qui m'a conduit à sa porte. A peine allais-je monter l'escalier que j'ai vu paraître cet homme de si brutale humeur qui en descendait avec deux autres, et qui son chapeau sur la tête, quoique je saluasse par habitude, m'a rudement poussé en passant.

Vous êtes bien grossier, lui ai-je dit en levant les épaules avec dédain. A qui parlez-vous ? a repris un des deux autres qui n'avaient pas salué non plus. A tous, ai-je répondu.

A ce discours, il a porté la main sur la garde de son épée. J'ai cru devoir tirer la mienne, en sautant en arrière, parce que deux de ces gens-là étaient au-dessus de moi, et avaient encore deux marches à descendre ; il n'y avait que l'autre qui était passé ; aussitôt j'ai vu trois épées tirées contre moi ; les lâches m'ont poursuivi jusque dans la rue ; et nous nous battions encore quand vous êtes venu à mon secours, et venu au moment où l'un des assassins m'allait porter un coup mortel.

Oui, lui dis-je, j'en ai eu grande peur, et c'est pourquoi j'ai tant crié après lui pour empêcher son dessein, mais n'en parlons plus ; ce sont des canailles, et la femme aussi.

Vous jugez bien du cas que je fais d'elle, me répondit-il, mais parlons de vous. Après ce que vous avez fait pour moi, il n'y a point d'intérêt que je ne doive prendre à ce qui vous regarde. Il faut que je sache à qui j'ai tant d'obligation, et que de votre côté vous me connaissiez aussi.

On m'appelle le Comte d'Orsan ; je n'ai plus que ma mère ; je suis fort riche ; les personnes à qui j'appartiens ont quelque crédit ; j'ose vous dire qu'il n'y a rien où je ne puisse vous servir ; et je serai trop heureux que vous m'en fournissiez l'occasion ; réglez-vous là-dessus, et dites-moi votre nom et votre fortune.

D'abord, je le remerciai, cela s'en va sans dire ; mais brièvement, parce qu'il le voulut ainsi, et que je craignais d'ailleurs de m'engager dans quelque tournure de compliment, qui ne fût pas d'un goût convenable. Quand on manque d'éducation, il n'y paraît jamais tant que lorsqu'on veut en montrer.

Je remerciai donc dans les termes les plus simples ; ensuite, mon nom est la Vallée, lui dis-je ; vous êtes un homme de qualité, et moi je ne suis pas un grand Monsieur ; mon père demeure à la campagne où est tout son bien, et d'où je ne fais presque que d'arriver dans l'intention de me pousser et de devenir quelque chose, comme font tous les jeunes gens de Province et de ma sorte (et dans ce que je disais là, on voit que je n'étais que discret et point menteur).

Mais, ajoutai-je, d'un ton plein de franchise, quand je ne ferais de ma vie rien à Paris, et que mon voyage ne me vaudrait que le plaisir d'avoir été bon à un si honnête homme que vous ; par ma foi, Monsieur, je ne me plaindrais pas, je m'en retournerais content. Il me tendit la main à ce discours, et me dit, mon cher la Vallée, votre fortune n'est plus votre affaire, c'est la mienne, c'est l'affaire de votre ami ; car je suis le vôtre, et je veux que vous soyez le mien.

Le carrosse s'arrêta alors, nous étions arrivés à la Comédie, et je n'eus le temps de répondre que par un souris à de si affectueuses paroles.

Suivez-moi, me dit-il, après avoir donné à un laquais de quoi prendre des billets ; et nous entrâmes ; et me voilà donc à la Comédie, d'abord au chauffoir, ne vous déplaise, où le Comte d'Orsan trouva quelques amis qu'il salua.

Ici se dissipèrent toutes ces enflures de cœur dont je vous ai parlé, toutes ces fumées de vanité qui m'avaient monté à la tête.

Les airs et les façons de ce pays-là me confondirent, et m'épouvantèrent. Hélas ! mon maintien annonçait un si petit compagnon, je me voyais si gauche, si dérouté, au milieu de ce monde, qui avait quelque chose de si aisé, et de si leste ; que vas-tu faire de toi ? me disais-je.

Aussi, de ma contenance, je n'en parlerai pas, attendu que je n'en avais point, à moins qu'on ne dise que n'en point avoir, est en avoir une. Il ne tint pourtant pas à moi de m'en donner une autre ; mais je crois que je n'en pus jamais venir à bout ; non plus que d'avoir un visage qui ne parût ni déplacé, ni honteux ; car pour étonné, je me serais consolé que le mien n'eût paru que cela, ce n'aurait été que signe que je n'avais jamais été à la Comédie, et il n'y aurait pas eu grand mal ; mais c'était une confusion secrète de me trouver là, un certain sentiment de mon indignité qui m'empê-

chait d'y être hardiment, et que j'aurais bien voulu
qu'on ne vît pas dans ma physionomie, et qu'on n'en
voyait que mieux, parce que je m'efforçais de le cacher.

Mes yeux m'embarrassaient, je ne savais sur qui les
arrêter ; je n'osais prendre la liberté de regarder les
autres, de peur qu'on ne démêlât dans mon peu
d'assurance que ce n'était pas à moi à avoir l'honneur
d'être avec de si honnêtes gens, et que j'étais une figure
de contrebande ; car je ne sache rien qui signifie mieux
ce que je veux dire que cette expression qui n'est pas
trop noble.

Il est vrai aussi que je n'avais pas passé par assez de
degrés d'instructions et d'accroissements de fortune
pour pouvoir me tenir au milieu de ce monde avec la
hardiesse requise. J'y avais sauté trop vite ; je venais
d'être fait Monsieur, encore n'avais-je pas la subal-
terne éducation des Monsieurs [29] de ma sorte, et je
tremblais qu'on ne connût à ma mine que ce Monsieur-
là avait été Jacob. Il y en a qui à ma place auraient eu
le front de soutenir cela, c'est-à-dire, qui auraient payé
d'effronterie ; mais qu'est-ce qu'on y gagne ? rien, ne
voit-on pas bien alors qu'un homme n'est effronté que
parce qu'il devrait être honteux ?

Vous êtes un peu changé, dit quelqu'un de ces
Messieurs au Comte d'Orsan ; je le crois bien, dit-il, et je
pouvais être pis. Là-dessus il conta son histoire, et par
conséquent la mienne de la manière du monde la plus
honorable pour moi ; de sorte, Messieurs, dit-il en
finissant, que c'est à Monsieur à qui je dois l'honneur
de vous voir encore.

Autre fatigue pour la Vallée sur qui ce discours
attirait l'attention de ces Messieurs ; ils parcouraient
donc mon hétéroclite figure ; et je pense qu'il n'y avait
rien de si sot que moi, ni de si plaisant à voir ; plus le
Comte d'Orsan me louait, plus il m'embarrassait.

Il fallait pourtant répondre avec mon petit habit de soie, et ma petite propreté bourgeoise dont je ne faisais plus d'estime depuis que je voyais tant d'habits magnifiques autour de moi. Mais que répondre ? Oh ! point du tout, Monsieur, vous vous moquez ; et puis, c'est une bagatelle, il n'y a pas de quoi ; cela se devait, je suis votre serviteur.

Voilà de mes réponses que j'accompagnais civilement de courbettes de corps courtes et fréquentes, auxquelles apparemment ces Messieurs prirent goût, car il n'y en eut pas un qui ne me fît des compliments pour avoir la sienne.

Un d'entre eux que je vis se retourner pour rire, me mit au fait de la plaisanterie, et acheva de m'anéantir ; il n'y eut plus de courbettes ; ma figure alla comme elle put, et mes réponses de même. Le Comte d'Orsan qui était un galant homme, d'un caractère d'esprit franc et droit, continuait de parler sans s'apercevoir de ce qui se passait sur mon compte ; allons prendre place, me dit-il, et je le suivis : il me mena sur le théâtre où la quantité de monde [30] me mit à couvert de pareils affronts, et où je me plaçai avec lui comme un homme qui se sauve.

C'était une Tragédie qu'on jouait, Mithridate, s'il m'en souvient ; ah la grande Actrice que celle qui jouait Monime ! J'en ferai le portrait dans ma sixième Partie, de même que je ferai celui des Acteurs et des Actrices qui ont brillé de mon temps [31].

FIN DE LA CINQUIÈME PARTIE

Suite apocryphe[1] du
Paysan parvenu

SIXIÈME PARTIE

PRÉFACE[2]

C'est se mettre à la mode, dira-t-on, que de donner une préface ; j'en conviens. J'aurais bien souhaité pouvoir m'en dispenser ; les discours inutiles ne sont point de mon goût, d'ailleurs je ne prétends pas y prendre ce ton souple et suppliant, qu'un auteur emploie pour demander grâce au public. Je n'ai que des remerciements à lui faire de l'accueil gracieux, avec lequel il a reçu mes cinq premières parties. On a reconnu dans mes écrits cette simplicité naturelle, qui fait le caractère des gens de la campagne, et qui, j'ose le dire, a toujours fait mon ornement, comme elle fait encore mon envie.

Ma vie parut prendre, dès mon entrée à Paris, une certaine tournure intéressante. Je me décidai dès lors à recueillir les événements qui m'arriveraient. Je le fis. J'ai cru depuis entrevoir, que cette collection pourrait être utile et amusante : j'ai profité de mon repos pour mettre en ordre le commencement. J'ai eu l'avantage de voir le public applaudir mon projet, recevant avec plaisir mon ouvrage.

Des mémoires, pour ne point lasser des gens désintéressés, doivent avoir un double but, de plaire à l'esprit et d'instruire le cœur. Si j'en crois l'empressement, avec lequel on a reçu les premières parties, je dois me flatter d'avoir obtenu ces deux avantages : car je puis dire, sans amour-propre, que le libraire ne pouvait suffire au désir empressé du public, quand je m'avisai de les faire imprimer.

Peut-être n'ai-je dû ce succès qu'à la Nouveauté : mais non. Cette idée serait de ma part une ingratitude envers ceux qui m'ont honoré de leurs suffrages. Je mets tous mes soins à soutenir cette précieuse estime dans la nouvelle édition que j'en offre au public. Il y trouvera outre les cinq parties qui ont eu le bonheur de lui plaire, trois autres parties qui complètent une histoire qui, toute imparfaite qu'elle était, s'est néanmoins soutenue depuis l'espace de vingt ans.

Je sais que ce projet d'achever mes mémoires n'aura peut-être pas le bonheur de plaire à tout le monde ; mais je n'ignore pas qu'il est des gens, dont le suffrage n'entraîne pas plus d'agréments, que leur critique ne doit causer de peines : leurs préjugés contre mon dessein ne m'inquiètent donc point. Je suis fait à être applaudi par des personnes d'un goût décidé et reconnu : voilà ceux dont l'approbation m'est flatteuse, et c'est pour eux seuls que je travaille aujourd'hui.

Il faut avouer, que le long espace de temps pendant lequel j'ai fait soupirer après les dernières parties que je donne, annonce une indolence impardonnable. Si un aveu formel ne mérite pas un généreux pardon, du moins il porte à l'indulgence. Je suis du naturel de la charmante Marianne : le caprice règle souvent ma main, et si des critiques prématurés n'eussent piqué mon amour-propre, peut-être ne sortirais-je pas encore de ma léthargie paresseuse. Ils me permettront d'exposer les motifs de leur mauvaise humeur, et d'y répondre avec précision : Le public jugera alors entre nous.

On appréhende, disait dernièrement un de ces demi-savants, dont tout le talent est pour l'ordinaire de primer

*dans un café ; on appréhende, disait-il, qu'un homme,
qui a fait jouer tous les ressorts de son imagination pour
donner un Roman bien filé jusqu'à la cinquième partie ;
mais qui, arrivé à ce point, a cru alors, quoique dans la
fleur de son âge, ne pouvoir le pousser plus loin ; ne
puisse devenir plus heureux dans sa décrépitude. Il a,
poursuivait-il, épuisé la Nature dans le commencement
de ses mémoires, il ne lui reste donc plus de ressources
pour les poursuivre.*

    *Que cette double erreur est grossière ? Qui peut en effet
développer tous les ressorts de la Nature ? Ce fond est
inépuisable : et j'ose dire que peu d'hommes la connaissent dans tous ses points. Mais, s'il est des privilégiés qui
aient cette connaissance ; peuvent-ils se flatter d'en avoir
découvert toutes les formes ? La plus légère circonstance
différencie totalement le sentiment, et offre à un auteur
une façon de l'exprimer qui, proportionnée à la sensation
que la forme fait naître, rend un sentiment dissemblable
du même qu'il avait peut-être dépeint un instant auparavant*[3]. *Pourrais-je donc sans témérité me flatter d'avoir
épuisé les formes innombrables de la Nature dans un
ouvrage d'environ cinq cents pages ? Non, je ne crains
point de le dire, le lecteur équitable n'attend pas même,
que je remplisse ce but dans les trois parties que j'ajoute
aujourd'hui.*

    *Pour poursuivre mes mémoires, je n'ai pas besoin de ce
bouillant de l'âge. Les ouvrages de génie l'exigent, mais
ceux que la vérité seule conduit, n'ont besoin, pour
devenir parfaits, que de sens et de raison. Je fus simple,
lorsque je commençai ; et je resterai le même en continuant. Je parus d'abord le villageois Jacob, on me verra
par la suite le naïf La Vallée.*

    *La fiction n'a point lieu dans mon ouvrage, je puis
même manquer à l'ordre du Roman, car les événements
de ma vie, tels que la Providence les a ordonnés forment*

les circonstances de mes mémoires. L'intérêt, qu'ils ont
inspiré ou qu'ils sollicitent, est né ou naîtra de la
sincérité qui les écrit. L'art est inutile où la vérité brille.
Les traits que je peins, sont formés par la Nature elle-
même ; j'y applique des couleurs simples, mais adaptées
à mon modèle. C'est en quoi consiste tout mon travail, il
est de tout âge. Si je crois y devoir joindre des réflexions
courtes tantôt amusantes ou tantôt utiles, l'expérience,
que les années donnent, ne peut que me servir. Voilà le
seul moyen que je connaisse pour mériter l'approbation
des gens raisonnables. C'est par là sans doute que j'ai plu
autrefois, et c'est par cette voie que je me flatte de plaire
encore.

Je suis donc sur le Théâtre de la Comédie : si cette position étonne mon lecteur, elle avait bien plus lieu de me surprendre.

Qu'on se représente le nouveau Monsieur de la Vallée, avec sa petite doublure de soie qui, un instant plus tôt, se trouvait déplacé, parce qu'il était entre quatre ou cinq Seigneurs ; qu'on se le représente, dis-je, dans le cercle des plus nobles ou des plus opulents de la célèbre Ville de Paris, à côté de Monsieur le Comte de Dorsan, fils d'un des plus grands du Royaume, qui le regarde comme un ami et qui le traite en égal : on ne pourra certainement s'empêcher d'être étonné.

Je vais bien vite, diront quelques lecteurs ; je l'ai déjà dit, je le répète : ce n'est pas moi qui marche, je suis poussé par les événements qu'il plaît à la fortune de faire naître en ma faveur.

Si je me plais d'ailleurs à répéter cette situation, c'est une suite de cette complaisance avec laquelle je m'ingérai de relever mon petit être, dès que, monté en Carrosse, j'entendis donner l'ordre au Cocher de nous conduire à la Comédie.

On doit se ressouvenir qu'au mot seul de Comédie, j'avais senti mon cœur se gonfler de joie. Il est vrai que

ma situation me fit bientôt changer de sentiment : et
un moment passé au chauffoir, en me rabaissant,
m'avait fait croire un être isolé dans ce nouveau
monde. Monsieur le comte de Dorsan y était trop
occupé à répondre aux questions de ceux qui l'abor-
daient, pour pouvoir m'aider à soutenir le rôle qu'il me
mettait dans le cas de jouer pour la première fois :
mais tout disparut quand, en marchant de pair avec ce
Seigneur, je me vis sur le Théâtre. Si la vanité cède un
instant, elle a ses ressources infaillibles pour se dédommager.

   Peut-on penser, et devais-je croire qu'une épée que je
n'avais demandée à mon Épouse, que comme un
ornement de parade, me servirait à sauver la vie d'un
homme puissant dans l'État, et me mettrait, le même
jour, dans le cas de figurer avec ses pareils ?

   Je suis persuadé (quoi que disent ceux qui blâment
l'espace de temps que j'ai laissé passer entre cette
sixième partie et les précédentes) qu'on conviendra
qu'il ne fallait pas moins de vingt ans, pour revenir de
la surprise dans laquelle mon courage et ma victoire
ont dû jeter un chacun : mais je ne sais, s'il en fallait
beaucoup moins, pour me rappeler de l'étonnement
stupide où me plongea le premier coup d'œil que je
donnai à la Comédie. En moins de quatre ans passer du
Village sur le Théâtre de Paris ; et par quels degrés ? Le
saut est trop hardi pour faire moins d'effet : mais enfin
j'y suis.

   A peine assis, je promène mes regards partout, mais
j'en conviendrai, pour trop avoir sous les yeux, je ne
voyais rien exactement : et peut-être dirais-je vrai, en
avouant simplement que je ne voyais rien. Chaque
personne, chaque contenance, chaque habillement,
tout m'arrêtait, mais je ne me satisfaisais sur aucune
chose en particulier. Je ne m'apercevais plus que

j'étais déplacé, parce que je n'avais pas le temps de
songer à moi : mille objets étrangers se présentaient, je
les saisissais ; et l'un n'était pas ébauché que l'autre, en
se substituant, enlevait l'attention que je me proposais
de donner au premier. Quel chaos dans l'esprit du
pauvre la Vallée, qui n'était réveillé que par mille
sornettes dont, si la nouveauté le forçait d'y prêter
l'oreille, la futilité le fatiguait bientôt.

Bonjour, Chevalier, disait un survenant à celui qui
était assis. As-tu vu la Marquise ? Ah ! petit fripon, vous
ne venez plus chez la Duchesse : c'est mal, mais du
dernier mal. Voilà nos gens, courus, fêtés : vous allez
cent fois à leur porte, toujours en l'air. Sais-tu quelle
pièce on donne ? Qu'en dit-on ? Pour moi je soupai hier
en excellente compagnie ; la Comtesse de... en était, ah !
nous avions du vin exquis et l'on en but... Le vieux
Comte se soûla rapidement. Tu juges que sa femme
n'en fut pas fâchée, elle est bonne personne... Où
soupes-tu ce soir ? Ah ! tu fais le mystérieux ? Eh ! fi
donc à ton âge.

Tout cela était dit avec la rapidité d'un discours
étudié, et celui auquel on adressait la parole, avait à
peine le temps d'y couler de temps en temps un oui ou
un non, quand la volubilité du discoureur ne l'obligeait
pas d'y suppléer par un geste de tête. Ces discours
étourdis ne différenciaient dans la bouche du Vieillard
ou du Robin, que par une haleine plus renouvelée, qui
me fit penser que ces dialogues étaient moins un
conflit de compliments, qu'un projet formé de se
ruiner les poumons de concert et à plaisir.

Un autre, à demi penché sur une première loge,
débitait mille fades douceurs aux femmes qui y
étaient, et qui les recevaient avec un léger souris qui
semblait dire, la forme veut que je n'adhère point à ce
que vous dites : mais continuez néanmoins, car ma

suffisance m'en dit mille fois davantage. Si c'était là le
langage du cœur, celui qu'exprimait la bouche était
bien différent. Pour persuader qu'on n'ajoutait point
foi aux compliments, on accumulait exagérations sur
exagérations, qui tendaient toutes à prouver que l'on
n'était point dupe de la politesse : mais l'œil, comme
par distraction, apprenait qu'en continuant on aimait
la reconnaissance.

Pendant tous ces petits débats, préludes du spectacle, je rêvais stupidement à tout. On n'en sera point
surpris, quand je dirai que je ne connaissais point ce
grand air du monde, qui oblige la bouche à n'être
presque jamais d'accord avec le cœur. Je savais encore
moins qu'une belle femme ne devait plus parler sa
langue maternelle, qu'elle en devait trouver les expressions trop faibles pour rendre ses idées, et que, pour y
suppléer, la mode voulait qu'elle employât des termes
outrés qui, souvent dénués de sens, ne peuvent servir
qu'à mettre de la confusion dans les pensées, ou qu'à
donner un nouveau ridicule à la personne qui les met
en usage.

Eh ! qu'on n'aille pas dire ; que cela est neuf [4] ! Car il
se trouvera peut-être bien des gens, qui ont eu à Paris
une plus longue habitude que moi, et qui liront ceci
avec quelque incrédulité. Mais je ne voyais le monde
que depuis mon mariage contracté avec une personne,
qui ne connaissait d'autre langage que celui de Le
Tourneur [5] ou de Saint-Cyran, et qui, au moindre mot
de Comédie, se serait écrié, bon Dieu ! mon cher
enfant, vous allez vous perdre : ainsi ma simplicité est
à sa place.

Toutes choses ont leur terme, c'est l'ordre ; ma
première surprise eut le sien, un coup d'archet me
rendit à moi-même, ou pour mieux dire, saisit tous mes
sens et vint s'emparer de mon âme. Je m'aperçus alors,

pour la première fois, que mon cœur était sensible. Oui la Musique me fit éprouver ces doux saisissements que la véritable sensibilité fait naître.

Mais, dira-t-on, l'on connaît déjà votre âme. Mademoiselle Haberd, Mesdames de Ferval et de Fécourt vous ont donné occasion de dévoiler aux autres votre penchant pour la tendresse : vous deviez donc dès lors le connaître vous-même.

Je conviendrai que ces expériences superficielles ne m'avaient point servi, quoique je puisse, sans montrer beaucoup d'imprudence, et peut-être même sans craindre un démenti, faire parade d'inclination pour ces femmes (on sait que, dans cette Ville, le nombre des conquêtes ne fait point déroger aux sentiments) ; aussi bien des gens à ma place se feraient honneur de se dire amoureux. Ce serait même l'ordre du Roman, du moins pour Mademoiselle Haberd ; car dans ces fictions l'Amant doit être fidèle, ou, s'il a quelques égarements, il doit en revenir, les regretter, trouver grâce, et finir par être constant. Mais la vérité, je l'ai déjà dit, n'est point astreinte aux règles.

C'est elle aussi qui m'oblige de rappeler que, si l'on a bien pris les différents rôles que j'ai été forcé de jouer auprès de ces Dames, on a dû voir que toutes ces aventures étaient moins des affaires où mon cœur se mît de la partie, que des occasions où mes beaux yeux avaient seuls tout décidé. Oui le gros Brunet accoutumé à être prévenu, n'avait point encore eu le temps de sonder si son cœur était capable de prendre de lui-même quelque impression.

La reconnaissance et l'espoir d'un sort, que je ne devais point attendre d'une rencontre fortuite sur le Pont-Neuf, avaient plus avancé mon mariage qu'un goût décidé pour Mademoiselle Haberd. Je l'ai fait pressentir, elle avait trop fait en ma faveur pour

prétendre à mon amour. On en est facilement
convaincu, quand on voit que même devant qu'elle
m'eût accordé sa main, et à la veille de la recevoir, mon
âme, que cette bonne dévote se croyait toute acquise,
lui avait fait une infidélité à la première agacerie de
Madame de Ferval ; on peut se rappeler que je rougis
alors d'avouer que j'aimais ma femme prétendue, et
que j'aurais consommé ma trahison chez la Remy, sans
l'apparition imprévue d'un Chevalier indiscret qui,
glorieux d'avoir mis en fuite Monsieur Jacob, se crut
néanmoins trop heureux de le remplacer[6].

Ma liaison, ébauchée avec Madame de Ferval, aurait
peut-être pu avoir un motif plus noble, si ma vanité et
l'intérêt ne l'eussent point prévenu. Le ton rond et sans
fard de Madame de Fécourt, cette façon d'être la
première à me demander mon amitié ; sa grosse
gorge... Ah ! ceci était un article délicat. Oui toutes ces
rencontres avaient flatté mon cœur sans l'éclairer :
c'était une terre qu'on avait pris trop de peine à
engraisser, pour en pouvoir connaître la vraie qualité.

Rien n'avait donc encore découvert en moi cette
facilité à se laisser aller aux impressions que doit
naturellement causer le vrai beau, quand la Musique,
en frappant mes oreilles, s'empara de mon âme. Elle se
réveilla, car c'était la première fois que je pouvais à
loisir entendre, sentir et goûter son harmonie.

Si ceux qui m'environnaient, et qui semblaient
n'assister au spectacle que pour ne s'en point occuper,
avaient tourné leurs yeux sur moi, ils m'auraient pris
du moins pour quelque Provincial, et même du dernier
ordre ; et le ris moqueur, qui dans le chauffoir avait
payé mes révérences redoublées, aurait bien pu me
déconcerter de nouveau.

J'évitai cette confusion, ou, si je l'essuyai de la part
de quelques-uns des spectateurs, je fus assez heureux

pour n'y point prendre garde, et par là la félicité que je goûtais, ne fut point troublée.

On sait que, quelque mortifiants que soient les objets extérieurs, si on est assez fortuné pour ne les point envisager, ou qu'en les regardant on ait assez de courage pour les braver, on ne sort point de sa tranquillité. Or dans l'extase qui me tenait hors de moi-même, je n'étais en état de voir que ce qui pouvait concerner le spectacle, tout le reste m'était étranger, et semblait n'être plus sous mes yeux, rien donc ne me gênait, et j'étais heureux.

Oui si je voulais dépeindre mon ravissement, j'aurais bien de la peine à y réussir : car que devins-je quand la scène s'ouvrit ? Je n'ai jamais bien pu me représenter cette situation, et à présent même que je suis fait à y paraître sur les mêmes rangs, je ne pourrais démêler tous les mouvements que j'y éprouve lorsque j'y assiste. C'est une succession si rapidement variée, que, si l'on peut tout sentir, je crois impossible de tout retracer.

Pour aider cependant à développer cette circonstance, qui n'est pas la moins essentielle de ma vie, puisqu'elle fut la source du bonheur dont je jouis maintenant ; qu'on se représente Jacob, qui, de conducteur des vins de son père, est devenu valet ; qui de sa condition a passé dans les bras d'une Demoiselle qui l'a mis à la tête de quatre mille livres de rente, en un mot, qui se trouve au Théâtre de la Comédie.

A en juger par ces traits réunis, l'on me voit assis droit comme un piquet, n'osant me pencher sur la banquette comme mes voisins, ne me retournant qu'avec précaution, envisageant avec une attention scrupuleuse tous ceux qui font quelques mouvements : on ne me demandera point pourquoi cette dernière précaution ; on m'épargnera la honte de me voir craindre

quelque apostrophe pareille à celle qui me fut faite
chez la Remy ; j'eusse en effet été terrassé, et peut-être
encore obligé de quitter honteusement, si l'on eût salué
d'un Mons Jacob le libérateur de Monsieur le Comte de
Dorsan.

Cette réflexion, que je faisais de temps en temps,
passa alors sans que j'y fisse trop attention. Un coup
d'œil nouveau ne me permit pas de m'y arrêter ; et
m'enleva, pour un instant, toute l'attention que je
m'étais promis de donner à la pièce qu'on représentait.

Cinq ou six jeunes Seigneurs, sans avoir écouté ni
regardé ce qui s'était passé ou dit, mais après avoir
parlé chevaux, chiens, chasse ou filles, se déterminè-
rent à se retirer. Ce projet me flattait intérieurement,
du moins autant que leur façon d'être présents m'avait
formalisé, quand avant de partir, ils voulurent avoir
une idée du spectacle.

Je vis tout à coup braquer de toutes parts un tas de
lorgnettes, qui allaient pénétrer dans chaque loge,
pour découvrir quelles beautés y étaient. Les contenances, les visages, les ajustements, tout était matière à
leur critique ; on coulait rapidement sur chaque objet.
Cela occasionnait de part et d'autre, ici un salut, là un
geste de connaissance, d'amitié ou de familiarité,
ensuite tous ces contemplateurs, après s'être repen-
chés, se communiquaient leurs découvertes ; et la fin
était toujours de débiter quelques anecdotes sur les
personnes connues, ou de donner à celles qu'on ne
connaissait point, un âge proportionné au rapport que
l'instrument fidèle ou infidèle pouvait sans doute faire.
Quoique cette singulière méthode de regarder, et les
propos qu'elle produisait, me fâchassent par les distractions que tout cela me causait, je ne pus cependant
m'empêcher de rire.

J'avoue en effet que je ne pouvais concevoir la raison

qui donnait un si grand crédit à cet usage, et je me demandais si c'était un reproche ou une galanterie qu'on faisait à la nature. Pour m'éclairer, j'examinai scrupuleusement ces lorgneurs (car les plus jeunes me paraissaient les plus empressés à se servir de ces lorgnettes).

Ont-ils la vue faible, me disais-je à moi-même, ou les hommes doivent-ils ne venir au Spectacle avec des lunettes, que comme les femmes n'y assistent qu'avec des navettes ? Une certaine timidité m'empêchait, en interrogeant Monsieur de Dorsan, d'être instruit tout d'un coup. Il m'en aurait trop coûté de paraître novice, et j'aimais mieux tâcher de découvrir par moi-même. Je voyais de tous côtés de beaux yeux, dont le nerf me paraissait solide, la prunelle ferme et le cristallin brillant, lorsque je m'aperçus que, par un motif contraire, je causais un étonnement pareil à celui que j'éprouvais.

Que je savais peu ce que je faisais, quand je me fâchais contre un instrument qui allait me devenir si favorable ! Oui, je ne fus pas longtemps à regretter moi-même de n'avoir pas eu assez d'usage du monde pour m'être muni d'une lorgnette, avant d'entrer au Spectacle. Avant d'en venir à ce point intéressant, je ne puis m'empêcher de dire encore un mot sur la manie de ceux qui occupent ces rangs où je me trouvais alors si mal à mon aise.

J'écoutais souvent les Acteurs sans pouvoir entendre leurs paroles. Un petit-maître se levait, se tournait pour débiter en secret à sa droite ou à sa gauche, une sornette qu'il aurait été fâché de ne pas faire passer d'oreilles en oreilles. Le ton haut avec lequel il la débitait, paraissait dire à tous ses voisins : si je veux bien donner à mon ami une preuve de mon affection, en lui confiant mon secret, je ne vous crois pas indignes de le partager. Oui, je continue sur ce ton, vous pouvez l'entendre ; mais l'apparence de mystère que j'emploie, doit suffire pour ne pas me taxer d'indiscrétion. Moi-même, au commencement, je voulais m'écarter par respect (il reste toujours quelque teinture de son premier état, ou du moins le temps seul peut l'effacer). Mais à la façon dont la voix se grossissait, je compris que je n'étais pas de trop. Ce fut alors que je pris la généreuse résolution de consulter Monsieur le Comte, car le premier acte, qui finissait, le rappelait au chauffoir et je devais l'y suivre.

Monsieur, lui dis-je, il vous paraîtra étonnant qu'un Homme qui a été assez heureux pour mériter vos attentions, paraisse assez neuf sur le Théâtre pour être surpris de tous ses usages ?

Que ce début n'étonne point, il avait été bien étudié, et j'ai déjà annoncé que mon langage se polissait.

J'ai été élevé à la Campagne, continuai-je, et là on se sert bonnement de ce que la Nature a donné. Quelque-fois nos vieillards ont recours à des yeux postiches pour lire à notre Église ou dans la maison ; mais pour regarder Pierre ou Jacques, pour parcourir une chambre, je ne les ai jamais vu prendre de lunettes. Les yeux seraient-ils donc plus faibles à la Ville qu'à la Campagne, et à Paris qu'en Province ?

Si Monsieur de Dorsan, qui, quoique jeune, conservait assez de raison pour ne pas pousser à l'excès les ridicules, fut étonné de ma demande et de la façon dont je la tournais, il eut assez d'humanité pour ne pas me faire sentir toute la surprise qu'elle lui causait. On pense assez que j'en devinais une partie ; mais ce qu'il m'en marqua, fut pour ainsi dire insensible.

Ce que vous dites, mon cher, me répondit-il, est sage et bien pensé, si la mode ne le combattait pas. Il est du bel air de regarder par le secours d'un verre, et quoique l'œil soit suffisant, je dis même plus, quoique le plaisir de la vue doive être plus sensible quand l'objet se retrace directement dans la rétine, l'usage, oui l'usage ne permet pas de s'y borner, et ce serait se ridiculiser que d'agir autrement. Je blâme cette méthode peut-être plus que vous, et cependant je suis contraint de la suivre ; mille autres sont de notre sentiment, qui n'osent s'éloigner de cette pratique ; mais ce qui doit paraître plus extraordinaire, c'est qu'il semble que plus on est favorisé pour cette fonction, et moins on doive faire gloire de ses avantages.

Pardi, repris-je, qu'est-ce donc que cette mode qui fait combattre ses penchants, et qui rend inutiles les bienfaits de la Providence ?

C'est, me dit-il, une espèce de convention tacite qui prescrit de s'arrêter à telle chose, parce que le plus grand nombre y adhère et la pratique.

Je crois, dis-je, en l'interrompant, que c'est faire honte à la Nature. A la Nature ? reprit-il ; eh ! y fait-on attention ? Elle nous a formés, sa fonction est remplie, du reste de quoi doit-elle s'inquiéter ? Elle nous a donné des organes, c'est à nous d'en régler les mouvements et de décider les services que nous prétendons en tirer.

Mais cette façon de s'asseoir, lui dis-je, ou pour mieux dire de se coucher ; est-elle aussi prescrite par la mode ? Est-ce donc cette mode qui fait venir au Spectacle pour ne s'en pas occuper ? Autant vaudrait-il rester chez soi.

Oui, mon ami, me dit-il, il n'appartient qu'à un Provincial ou à un Bourgeois de paraître attentif à la Comédie : il est du bel air de ne l'écouter que par distraction. Remarquez bien, ajouta-t-il, que je ne renferme dans la classe de ceux qui doivent écouter au Spectacle, que les Provinciaux ou les Bourgeois ; car le

Clerc et le Commis ont le droit et sont même obligés
dans le parterre, de copier les actions que le Grand met
en parade sur le Théâtre, et la Mode, voilà le Tyran qui
le lui ordonne.

Ici s'évanouissait tout le rôle de Monsieur de la
Vallée, et Jacob reparaissait tout entier : les yeux
ouverts et la bouche béante, j'écoutais Monsieur de
Dorsan avec une stupidité qui se sentait fort des
prérogatives de ma patrie. La Champagne, (comme on
le sait), malgré les génies qu'elle a produits, ne passe
pas ordinairement pour avoir de grands droits sur
l'esprit [7]. Monsieur le Comte, que ses habitudes à la
Cour rendaient assez pénétrant pour découvrir ce que
tout autre moins clairvoyant aurait facilement aperçu,
fut assez bon pour me cacher qu'il me pénétrait ; il me
proposa de rentrer au Théâtre, je le suivis.

Je ne fus pas arrivé, que je me trouvai sujet aux
mêmes distractions, cela me fit prendre la résolution
de ne donner à la pièce qu'une atteinte [8] superficielle et
de promener mes regards dans les loges, amphithéâtre
et parterre.

Me voilà donc un peu à la mode : j'assiste maintenant à la Comédie, c'est-à-dire que je fais nombre au
Spectacle. J'entends de temps à autre des battements
de mains ; mes voisins s'y unissent, je m'y joins
machinalement : je dis machinalement, car ce que
m'avait dit Monsieur Dorsan m'avait fait impression, et je croyais tout de mode, j'applaudissais souvent sans savoir pourquoi. En effet, je m'imaginais
connaître le beau à un certain saisissement qui me
passait dans le sang et me satisfaisait, mais rarement
applaudissait-on quand je l'éprouvais : j'aurais souvent gardé le silence quand la multitude m'entraînait,
et souvent au contraire je reprochais au parterre une

tranquillité cruelle qui m'empêchait de manifester les transports de joie qui s'élevaient dans mon âme.

Ce serait ici le lieu de faire le portrait et de donner les caractères des Acteurs et des Actrices qui jouaient ; mais on sent assez qu'entraîné par le torrent, je n'ai pu assez les étudier pour satisfaire suffisamment le public sur cet article. Il est vrai que l'étude, que j'en ai fait depuis, pourrait y suppléer ; mais outre que depuis que j'ai interrompu mes Mémoires, j'ai été prévenu ; c'est que d'ailleurs je me suis imposé la loi de suivre l'ordre de mes événements, et qu'alors je n'aurais pu les peindre faute de les connaître[9].

Je me contenterai de dire simplement que Monime m'arrachait même malgré moi de ma distraction, quoiqu'elle fût volontaire. Je n'étais point encore familiarisé avec les beautés théâtrales, mais l'aimable fille qui représentait ce rôle, portait dans mon âme un feu qui suspendait tous mes sens. Rien d'extérieur dans ces instants ne pouvait plus les frapper, et dès qu'elle ouvrait la bouche, elle me captivait ; je suivais ses paroles, je prenais ses sentiments, je partageais ses craintes et j'entrais dans ses projets.

Oui je lui dois cette justice : la grâce qu'elle donnait à tout ce qu'elle prononçait, le lui rendait si propre, que, tout simple et tout neuf que j'étais, je m'apercevais bien que je m'intéressais moins à Monime représentée par la Demoiselle Gaussin[10], qu'à la Gaussin qui paraissait sous le nom de Monime. Il est parmi les Acteurs et les Actrices des rangs différents proportionnés aux qualités qu'exige chaque genre de personnage. J'aurais voulu pouvoir remplir, à leur égard, la loi que je m'étais imposée à la fin de ma cinquième partie. Mon silence mécontentera peut-être et Acteurs et Lecteurs. En effet, si les grands Hommes en tout genre ont des droits sur notre estime, qu'on ne peut leur refuser sans injustice, la postérité réclame le plaisir de les connaître. Elle leur rend justice ; et cette équité, à laquelle on la force, pour ainsi dire, fait plus d'honneur à la Nature, qu'un préjugé vulgaire, qui cherche à les flétrir, ne leur peut imprimer de honte. Ce n'est donc point pour diminuer la gloire qui leur est due, que je me tais sur leur compte. Je n'avais point d'attention, je ne pouvais bien les connaître : voilà les motifs de mon silence.

Ah ! bon Dieu, dira quelqu'un, ce n'est que trop nous amuser sur le Théâtre. J'en ai prévenu, cette situation, toute simple qu'elle paraît par elle-même, est la plus intéressante de ma vie. Il n'était pas inutile de m'y bien envisager ; cela servira à prouver combien la fortune prenait plaisir à me favoriser ; puisqu'une position, qui aurait pu nuire à tout autre, va devenir la source du bonheur dont je jouirai par la suite. Non, jamais je n'oublierai cet heureux instant ; qu'on ne se fâche donc pas si j'y insiste volontiers : c'est assez annoncer que je ne suis pas las de ma situation et que je suis décidé de la reprendre.

Le quatrième Acte allait commencer, quand Monsieur de Dorsan salua deux Dames qui étaient à une première loge du fond. Je regardais depuis quelque temps cette loge avec attention, parce qu'il m'avait paru que, par le secours d'une lorgnette, on y avait voulu connaître à qui l'on avait obligation de l'attention avec laquelle mes regards s'y portaient même sans réflexion. Le salut de Monsieur de Dorsan me fit prendre garde à cette circonstance, je me dis alors que ce Seigneur était l'objet de cette curiosité, mais je vais être désabusé.

La politesse de mon nouvel ami ne m'échappa pas, je vis qu'à l'une il donna une révérence d'amitié qui annonçait une connaissance entière ; mais que l'autre

ne reçut de sa part qu'un salut respectueux, que j'ai
appris depuis être plus fait pour flatter la vanité, que
pour contenter le cœur. L'une et l'autre civilités lui
furent rendues avec les mêmes proportions. Je le suivis
des yeux, j'envisageai ces deux personnes, je m'aperçus
qu'un mot qu'il me dit alors, parut les inquiéter, mais
un grand œil brun et brillant que la seconde Dame fixa
sur moi, lorsqu'un regard timide semblait le chercher
et l'éviter tout à la fois, me déconcerta. Je soupçonnai
par sa vivacité à se détourner, qu'elle était fâchée que
je l'eusse surprise[11]; mais l'ardeur avec laquelle elle
parlait à sa compagne, qui ne faisait que redoubler son
attention à me regarder, semblait me dire : je vous prie
de continuer, mais n'attribuez mes réponses qu'à la
distraction. Les yeux de cette personne me paraissaient s'animer, car je m'étais enhardi, et rien n'était
plus capable de me retirer de cette loge : le rouge m'en
monta au visage; et Monsieur de Dorsan, qui s'en
aperçut sans doute, me dit :

Cher, ou je me tromperais fort, ou je ferai plaisir à
une de ces Dames que j'ai saluées, de vous mener ce
soir chez elle. Je ne peux, lui dis-je; ma femme... Ah!
votre femme, reprit-il avec vivacité. Vous êtes donc
marié? Tant pis : mais qu'est-ce que cela fait, vous êtes
à moi aujourd'hui; je vous dois la vie, et je n'ai pas
trop de la journée entière pour faire connaissance avec
vous. Vous ne me quitterez pas : cela est décidé.

Que pouvait répondre Monsieur de la Vallée? C'est
un Seigneur qui décide et je ne puis qu'obéir. Je
tâchais cependant de trouver quelques termes pour me
défendre; car mon Épouse me revenait à l'esprit, et je
craignais de lui causer quelque inquiétude (il ne faut
que de la reconnaissance pour ménager les personnes
auxquelles on a obligation). J'allais donc répliquer à
Monsieur de Dorsan, quand un coup d'œil jeté par mon

nouvel ami sur les personnes de la loge, me parut avoir
lié la partie.

Que la réponse des deux personnes, telle que je crus
la lire dans leurs regards, me sembla différente ! Celle à
laquelle s'adressait le Comte, par un geste simple, lui
disait, comme vous voudrez ; mais l'autre semblait
timidement lui marquer sa gratitude d'être si bien
entré dans ses désirs. Cette remarque que je fis, joint à
ce que me dit Monsieur de Dorsan, m'obligea de saluer
ces Dames, et j'ose dire que si mon salut était une suite
de politesse pour la première, il marquait à la seconde
combien je lui avais obligation, et cette obligation ne
faisait qu'enflammer mes regards.

J'étais comme immobile, les yeux toujours fixés sur
cette loge : si celle qui m'y arrêtait, détournait quelquefois les siens, bientôt, sans prendre garde à la
rougeur qui couvrait son front, un mouvement invo-
lontaire les ramenait vers moi. Leur satisfaction m'apprenait qu'elle était enchantée de ne les point porter en
vain de mon côté : et les miens, par leur assiduité,
devaient la convaincre que ses bontés me flattaient. Il
est bien doux, quand on sent naître les premières
impressions de la tendresse, de pouvoir penser ou
qu'elles sont prévenues, ou qu'elles peuvent au moins
se dire, nous sommes entendues et peut-être agréées.

La Comédie finit enfin, il fallut sortir, Monsieur
Dorsan me répéta de ne point songer à le quitter. Je n'y
pensais plus. En traversant les coulisses, je fus spectateur oisif de cette liberté légère réservée aux titres et
aux richesses, qui fait dire une galanterie à une Actrice,
qui en fait chiffonner une autre, ricaner avec celle-ci,
sourire avec celle-là ; en un mot qui vaut à chacune
quelques faveurs pendant que quelquefois on lâche un
compliment souvent maladroit aux Acteurs, qui peu-

vent prendre quelque intérêt à la conduite de ces personnes qui sont leurs moitiés présentes ou futures.

Ce fut en considérant ce spectacle de nouvelle espèce, que nous nous rendîmes à la porte de la loge dans laquelle étaient les Dames que nous avions saluées : les compliments furent courts et nous descendîmes. Je donnai la main à celle qui avait paru me distinguer. Elle la reçut avec un regard timide et qui semblait annoncer que le cœur, en balançant, aurait été fâché de ne la pas accepter : pour moi, la joie que j'éprouvais, un certain saisissement auquel je m'abandonnais sans le vouloir, me la firent saisir avec ardeur. J'appréhendai bientôt que ma hardiesse ne se sentît de ma rusticité. Je regardais Monsieur de Dorsan et je tâchais de l'imiter : je parlais peu, par la crainte que j'avais de mal parler : je sentais que je n'étais plus à mon aise comme avec Madame de la Vallée. J'appréhendais de déplaire, sans pénétrer encore le dessein décidé que j'avais de plaire. Le cœur n'est qu'un chaos, quand il commence à ressentir de l'amour : c'était ma position. Quoi qu'il en soit, sans sortir de ma simplicité ; mais ajustant mes réponses sur mes légères réflexions, il me parut qu'on m'écoutait sans peine, et par là je gagnais beaucoup. Il est vrai que je dois cette justice à Monsieur de Dorsan, que, présumant l'embarras de ma situation, il ne laissait échapper aucune occasion de rendre l'entretien général, et qu'il y fournissait si abondamment, que je n'avais le plus ordinairement à placer qu'un oui Madame, non Monsieur.

C'est de cette façon que l'Homme d'esprit fait paraître celui qui converse avec lui sans l'humilier.

Ce ne fut qu'en passant en revue devant les petitsmaîtres du second ordre, que nous parvînmes à la voiture de ces Dames, que nous avions résolu de prendre. Je ne savais d'abord quel était le dessein de

ces jeunes gens d'être ainsi plantés devant la porte de
la Comédie. Quelques louanges, ou quelques critiques
qu'ils firent des jambes et des pieds des Dames qui
montaient en carrosse, m'apprirent le motif d'une
faction si singulière, et me l'apprirent même avec
reconnaissance ; car la personne, à qui je donnais la
main, réunit tous leurs suffrages : et si l'on est toujours
flatté que son goût soit approuvé, l'on est bien plus
content quand cette approbation n'est point mendiée ;
mais le carrosse roule, nous partons.

Où souperons-nous, Comte ? dit Madame Dam-
ville, qui était l'amie de Monsieur de Dorsan [12], irons-
nous à la petite maison ? Voulez-vous venir à la
mienne ? Monsieur, vous serez des nôtres (voilà Monsieur de la Vallée bien glorieux, car l'équipage m'avait
annoncé le rang de la personne qui me parlait ainsi).
Madame, poursuivit-elle en s'adressant à l'autre
Dame, vous ne serez pas fâchée que Monsieur soit de la
partie. Comte, je n'avais pas prévu cette petite échap-
pée, je vous attendais ce soir, mais votre ami rend la
partie carrée. Je crois que Madame de Nocourt crève-
rait de dépit, si elle vous savait avec moi, Dorsan ; et
Monsieur mettrait dans un désespoir effroyable le
Chevalier de... s'il savait cette rencontre.

Je soustrais le nom de mon rival, mais si l'on eût pu
me voir alors, on aurait sûrement aperçu quelque
altération sur mon visage ; car ce chevalier était le
même qui m'avait surpris chez la Remy, et qui semblait né pour me rompre partout en visière.

Mais l'un est à son régiment, continua Madame de
Damville, et l'autre est à sa terre ; ainsi nous n'avons
rien à appréhender ; mais à votre silence, poursuivit-
elle, je vois que vous vous décidez pour l'hôtel, au
risque d'y trouver des importuns, les plus fâcheux n'y
seront pas, du moins.

Quand le Chevalier serait ici, reprit la jeune Dame, je crois qu'il n'a aucuns droits de veiller sur mes actions. Un Amant de cette espèce ne gagnera jamais rien sur mon cœur. Il faut moins de légèreté pour me plaire.

Je suis persuadé que ce début commence à intéresser, et qu'il fait souhaiter de connaître le caractère de nos deux Dames; la seconde a à peine ouvert la bouche, quand la première ne nous a pas laissé le temps de lui répondre. Il faut satisfaire cette curiosité, avec d'autant plus de raison, que je n'aurai plus occasion de parler de Madame de Damville, et que sa compagne va seconder Monsieur de Dorsan, pour décider la fortune dont je jouis maintenant.

Je m'étendrai cependant le moins que je pourrai, car peindre les caractères, c'est rebattre ce qu'on a presque toujours dit. Il suffit de les connaître en gros, le détail sort ordinairement du fond du naturel, et se dévoile par les actions [13].

Madame la Marquise de Damville était une Dame de vingt-huit ans, petite, mais bien taillée, d'une blancheur à éblouir; elle portait dans les yeux une douceur qui prévenait pour elle.

C'était une fort jolie blonde, dont l'esprit n'égalait pas la beauté; elle n'avait, à le bien prendre, pour se faire valoir dans la conversation, que ce qu'on peut appeler le jargon du monde, mais mariée de bonne heure à un vieillard, elle était tellement prévenue en sa faveur, qu'elle se flattait de faire admirer tout ce qui sortait de sa bouche. Ennuyée d'abord des froideurs du mariage, elle n'avait jamais été insensible aux ardeurs de l'Amour : infidèle sans débauche, un seul Amant avait toujours été de saison : incapable de changer la première, un inconstant la trouvait prête à l'imiter; mais ce qui est difficile à concevoir, rien ne pouvait lui faire renouer une intrigue qu'elle avait cru devoir rompre. Cependant si l'on fait réflexion qu'elle s'était fait une loi d'être fidèle à ses Amants, on jugera facilement qu'elle exigeait la même chose, et que trompée dans cette partie, elle l'était plus qu'une autre. Monsieur de Dorsan avait alors l'avantage de lui plaire, et cette qualité fut sans doute cause qu'il n'aurait point parlé de l'aventure qui avait occasionné notre connaissance, si cette Dame, en lui donnant un coup léger sur le bras, n'eût renouvelé les douleurs de sa plaie, quoiqu'elle fût peu considérable.

Vous êtes bien sensible, Comte, lui dit-elle, qu'avez-vous donc ? Il se vit forcé de détailler la rencontre qu'il avait eue ; mais, sans rien faire perdre à ma vanité, il eut l'art de déguiser le motif du service que je lui avais rendu[14].

Je ne pus m'empêcher d'estimer Madame de Damville, quand je vis ses tendres inquiétudes ; mais j'oubliais de dire que nous sommes arrivés et que ce fut en descendant de carrosse, que cette Dame donna matière à l'éclaircissement qui mettait le Comte de Dorsan sur les épines : il lui aurait bien passé, pour cette fois, de prendre tant de part à sa situation.

Mais pourquoi vous attaquer ? lui disait cette Dame. Où cela vous est-il arrivé ? Comment Monsieur y est-il survenu ? Votre blessure n'est-elle point dangereuse ? Pourquoi être venu à la Comédie ? Vous ne sortirez pas de chez moi. L'idée seule de ce combat m'accable ; mais Monsieur, en s'adressant à moi, détaillez-moi donc cette affaire ; car Monsieur de Dorsan me dissimule quelques circonstances.

Je voudrais pouvoir vous satisfaire, Madame, lui dis-je (car tout neuf que j'étais, un coup d'œil de Monsieur de Dorsan m'avait appris qu'il comptait sur ma discrétion) ; mais je n'ai vu que le danger où était Monsieur le Comte. J'ai été assez heureux pour le dégager, je n'en sais pas davantage. Il m'a paru un honnête Homme, et je crois qu'il n'en faut pas plus pour engager à rendre service. J'ai fait ce que je devais, et je ne regarde pas plus loin.

Mais la personne chez laquelle il est entré, reprit cette Dame, est-elle jolie ? Quelles sortes de gens sont-ce ? A-t-il été longtemps à reprendre ses esprits ? Peut-on rendre quelques services à ces personnes charitables ? Pour vous, Monsieur, je veux être de vos amies : l'action est belle, fort belle. Comte, il faut s'en souvenir. Avouez, Madame, dit-elle à son amie, que Monsieur de la Vallée est un galant homme.

Ces sortes de propos où l'âme parle d'elle-même, sans avoir recours à la réflexion, donneront une idée plus juste du cœur de Madame de Damville, que le portrait que j'en aurais pu faire.

La jeune Dame, dont chaque mot portait dans mon cœur un trait de flamme auquel je me livrais sans y songer, (mais quand j'y aurais pensé, mon mariage m'aurait-il détourné ? Non, non, c'est la Nature qui nous rend amoureux, elle nous entraîne malgré nous, et nous lui obéissons souvent sans y consentir, et le plus ordinairement avec la surprise d'avoir été si loin), cette Dame prit la parole et dit, en s'adressant à Madame de Damville : Monsieur porte, sur sa physionomie, les traits de probité dont cette action est une preuve éclatante. Elle me confirme l'estime qu'il mérite. La part que vous prenez, Madame, à ce qui regarde Monsieur le Comte, l'intérêt qu'il inspire lui-même, et l'amitié qui nous lie, m'ordonnent de partager votre reconnaissance.

On juge bien que ce discours ne finit que par un regard jeté sur moi comme par nécessité ; mais l'œil qui le faisait, semblait me prier de l'évaluer, et mon cœur était trop intéressé pour y manquer.

En vérité, Madame, dis-je à cette dernière, c'est trop priser un service que tout homme doit à la seule humanité. Si j'avais été dans le même péril que Monsieur le Comte, j'aurais souhaité qu'on m'en fît autant, et j'ai agi par cette raison. Je lui ai été utile, j'en suis charmé; mais si ce bonheur pouvait augmenter, ce n'était assurément que par la part que vous y prenez. Oui, je me crois heureux, puisque cette action me mérite quelque part dans votre estime.

Ah! Comte, reprit Madame de Damville, qui ne faisait pas attention que je n'avais adressé la parole qu'à Madame de Vambures (c'est le nom de la seconde Dame); mais vous ne nous aviez pas dit que Monsieur de la Vallée joignait l'esprit à la valeur; il me paraît dangereux, Madame, tenez ferme, si vous pouvez. Oui, Comte, ses yeux lui ont plu, jugez du ravage que va faire son esprit. L'épreuve est délicate, Madame!

Monsieur de la Vallée, dit Monsieur de Dorsan, est un ami que je me flatte d'avoir acquis. Je ne le connais encore que par sa valeur, il n'est donc pas étonnant que je ne vous aie pas parlé de son esprit.

A ce discours flatteur de Monsieur de Dorsan, je me trouvais confondu. Je craignais qu'ayant annoncé qu'il ne me connaissait que depuis la rencontre où je lui avais rendu service, nos Dames n'eussent la curiosité de savoir qui j'étais: et dans ce cas, je ne sais ce qui m'aurait le plus coûté, ou de parler de Village, ou de dire que j'étais marié. Pour sortir de cet embarras, je demandai la permission de me retirer. Madame de Damville ne s'y opposait point, mais la surprise, que ma résolution parut causer à Madame de Vambures, rendit Monsieur de Dorsan plus pressant pour me retenir: je fus obligé de céder à ses instances, je lui en eus même obligation; car je crois que j'aurais été le plus puni, si l'on m'eût pris au mot.

Je craignais, à la vérité, d'inquiéter Madame de la Vallée ; mais les yeux de Madame de Vambures me priaient de rester : je crus même y lire un ordre absolu de ne pas résister à l'invitation qu'on me faisait, du moins je me le persuadai, et cela suffit pour me décider ; à l'abri de ce petit débat de prières, de refus et d'acceptations, j'éludai les demandes que j'appréhendais, mais ma situation n'en était pas moins difficile à définir.

Je ne voyais pas, dans Madame de Vambures, cette amitié agaçante de Madame de Ferval ; ni cette façon ronde de Madame de Fécourt, qui vous disait si simplement : me voilà ; je suis à toi, si tu veux. C'était une noble timidité qui disait bien, je suis charmée de vous voir, mais dont la bienséance réglait la retenue, pour s'attirer le respect autant que les soins. Je commençais à étudier le nouveau rôle que je devais jouer. Mon esprit n'était point capable de m'instruire, c'était à mon cœur à prendre ce soin, mais un importun remords, que faisait naître mon mariage, le rendait muet, ou du moins étouffait tout ce qu'il pouvait me dire.

J'étais dans cette perplexité, quand Madame de Damville proposa de passer dans une Salle, où un cercle brillant l'attendait. Chacun à l'envi y faisait parade de grâces étrangères, que je ne pouvais ni avoir ni copier. Je portais avec moi les simples faveurs de la Nature, je les donnais pour ce qu'elles étaient, et je les laissais aller comme elles voulaient. (Je dirai en passant, que ce n'est pas souvent ce qui a le moins d'attraits pour plaire au beau Sexe. Le coloris étranger flatte les sens, mais le beau naturel passe droit à l'âme).

On parla de jouer ; Monsieur de Dorsan, qui m'avait presque entièrement deviné, tant par le récit naïf que je lui avais fait en sortant de chez Madame de Dorville, que par mes demandes singulières sur le Spectacle, voulut m'épargner la honte de déclarer que je ne connaissais point les cartes. L'amitié a toujours ses ressources prêtes pour obliger l'objet de son affection.

Ce Seigneur prétexta la nécessité de prendre un peu de repos, et passa dans un cabinet, en me priant de le suivre ; étant bien aise, dit-il à Madame de Damville, de me parler sur quelque chose relative à notre aventure. Elle y souscrivit d'un geste de tête, et il parut de part et d'autre, sur nos visages, des mouvements bien différents, qui paraissaient cependant tous partir du même motif.

Je m'éloignais de Madame de Vambures par nécessité, qui me perdait de vue sans en pénétrer la raison : Madame de Damville voyait échapper l'occasion d'un tête-à-tête avec Monsieur de Dorsan, dont la situation eût imposé silence aux critiques les plus sévères ; il fallut néanmoins tous en passer par là. J'y étais trop intéressé pour reculer, et j'étais le seul qui pouvais faire changer cette disposition.

J'avouerai franchement que, quelque peine que j'eusse à quitter un appartement où était ma nouvelle conquête (car j'en ai assez dit pour risquer ce nom), l'amour-propre était dans mon cœur plus fort que la tendresse ; j'évitais un affront ; mais est-ce là, dira un critique, cet homme simple ? Oui, c'est lui-même, mais cet homme simple, que la fréquentation du beau monde et peut-être l'amour commencent un peu à corrompre. La simplicité villageoise sied aux champs : mais, quoi qu'on en puisse dire, dans un homme de sens commun, si elle ne doit pas perdre tout à fait son empire, il est des occasions où elle doit être forcée à céder quelques-uns de ses droits.

J'étais donc satisfait de me retirer avec Monsieur de

Dorsan ; je profitai du premier instant pour écrire un mot à Madame de la Vallée, afin de calmer l'inquiétude qu'une si longue absence ne pouvait manquer de lui causer. Monsieur le Comte envoya mon billet par un de ses gens, en faisant dire que c'était lui qui me retenait, qu'il me devait la vie, et qu'il lui demandait la permission de lui faire sa cour. (Quoi ! Monsieur de Dorsan faire la cour à ma femme ? Je suis donc quelque chose ? me disais-je. Mais c'était à mon épée à laquelle j'en avais obligation, et cette source de gloire me paraissait bonne).

Allons, ami, me dit Monsieur le Comte, quand le commissionnaire fut dépêché, je vous ai satisfait sur les motifs de mon combat avec ces trois hommes, dont votre valeur m'a débarrassé : vous avez vu ma sincérité, il est maintenant question de m'éclaircir naturellement sur votre état et sur votre fortune.

J'allais commencer mon Histoire, quand il m'interrompit, pour me dire : La naissance n'y fait rien, je n'y puis toucher, ce que vous m'en avez déclaré me suffit, et loin de diminuer mon estime, la sincérité que vous avez fait paraître l'augmente ; mais votre état présent, voilà où je puis vous être bon à quelque chose, et c'est là-dessus que je vous demande de m'instruire.

Mon état, comme vous voyez Monsieur, lui dis-je, est décent, et meilleur que je n'aurais osé l'espérer ; un hasard m'a fait voir une Demoiselle d'un certain âge, elle a voulu m'épouser, je n'avais garde de refuser, nous nous sommes mariés. Elle a un bien fort honnête dont la possession m'est assurée ; mais je suis jeune, et je vois tant de personnes qui se sont poussées, je m'imagine que je pourrais faire comme eux. Je voudrais profiter de mon âge, pour monter plus haut. Il faut des amis, car l'on dit que c'est par eux qu'on parvient.

C'est-à-dire que vous ne faites rien, me dit-il ; mais que vous ne seriez pas fâché de trouver à vous employer. Eh bien, je serai cet ami qui vous secondera, comptez sur mes soins ; mais dites-moi, n'avez-vous encore rien tenté ?

Oh ! qu'oui, Monsieur, repris-je, j'ai été à Versailles il y a quelques jours pour demander la protection de Monsieur de Fécourt, mais ce Monsieur est singulier. Je crois avoir eu le malheur de lui déplaire ; tenez, jugez, Monsieur, je vais vous raconter ce qui s'est passé. Il m'avait placé, c'est-à-dire qu'il m'avait donné un poste qu'il ôtait à Monsieur de Dorville (chez lequel aujourd'hui le Chirurgien a visité votre blessure), et cela parce que ses infirmités l'empêchent de vaquer à son emploi. J'avais accepté, mais quand j'ai vu son épouse venir implorer [15] la clémence de Monsieur de Fécourt, et que celui-ci objectait pour excuse, que l'impuissance dans laquelle il était de l'obliger, venait de ce qu'il m'avait accordé la place, j'ai cru devoir la refuser.

C'est donc par là que vous avez fait connaissance avec Madame de Dorville, reprit le Comte de Dorsan. Cette femme mérite un meilleur sort, et si Fécourt ne fait rien pour elle, je lui rendrai service.

Ce qui me parut prononcé avec un air animé, qui me confirma ce que m'avait fait augurer leur première entrevue.

Quant à ce qui vous regarde, continua-t-il, je ne suis point étonné que votre conduite ait déplu à Fécourt, ce sont de ces générosités qui sont trop contrastes avec le caractère de ses pareils pour ne pas les piquer ; car ils sont forcés d'y rendre hommage, et ils seraient tentés de les imiter, si leur état n'avait pas chez eux abâtardi la Nature. Ne vous chagrinez point, je puis y suppléer, sans mettre à de si rudes épreuves l'honneur, que je vous approuve d'avoir suivi dans cette occasion. Dites-moi, je vous prie, qui donc vous avait donné cette connaissance ? car c'est un homme difficile que ce Fécourt.

Madame sa sœur, lui répondis-je. Diantre, vous étiez en bonnes mains, reprit-il, elle vous voulait sans doute à Paris. Cette grosse maman est de bon goût, et rarement donne-t-elle sa protection *gratis*. Vous n'aurez pas fait le Nigaud, et vous lui aurez plu.

Je dois vous prévenir, Monsieur, continuai-je en l'interrompant, que je dois à Madame de Ferval les bontés de Madame de Fécourt. Un éclat de rire, que le Comte ne put retenir, me fit connaître qu'il commençait à démêler toute mon histoire. Je n'avais parlé de Madame de Ferval, que pour éloigner les idées qu'il commençait à prendre sur Madame de Fécourt et sur moi, parce que je craignais que quelque indiscrétion de sa part ne me nuisît auprès de Madame de Vambures ; mais je vis alors que, pour éviter un soupçon, je lui en donnais un double. Un mot qu'il lâcha adroitement sur le Chevalier, qui était maintenant le tenant de cette Dévote, me fit sentir qu'il n'ignorait rien, et qu'il valait mieux me taire que de travailler à le faire revenir d'un préjugé qui lui paraissait si bien établi.

C'est bien entrer dans le monde, me dit-il, mais je suis jaloux de vous faire du bien. Reposez-vous sur moi ; je vaudrai bien ces Dames, et peut-être ne vous en coûtera-t-il pas si cher. Il m'obligea alors de lui faire un récit circonstancié de mon mariage, sur lequel je ne déguisai rien, craignant de le trouver trop instruit.

Le Laquais de retour vint présenter à Monsieur le Comte, les compliments de ma femme, et l'assurer qu'elle se croirait très honorée de la visite qu'il voulait bien lui faire espérer : elle me priait de rentrer de bonne heure.

Nous nous verrons demain, me dit Monsieur de
Dorsan en se levant, je sais à présent ce qu'il vous faut,
et nous prendrons ensemble les voies nécessaires pour
votre avancement. Je connais quelqu'un en état de
nous seconder, et qui, je crois, s'en fera un vrai plaisir.
Rentrons.

Nous passâmes donc dans la Salle, où chacun était
occupé de son jeu. Mes yeux n'eurent pas de peine à
rencontrer ceux de Madame de Vambures, qui, au
moindre bruit, avait regardé du côté de la porte. Je
m'approchai de la table où elle était. Madame de
Damville, qui était de sa partie, faisait un bruit
affreux. Elle battait les cartes, les prenait et les rendait
sans y avoir rien fait, pestait contre un gano, se
désespérait d'une entrée à contretemps, et en un mot
criait contre tout. Madame de Vambures au contraire,
avec une douce tranquillité, riait d'une faute, badinait
d'une remise, était surprise sans agitation d'un codille
et ne pensait ni à l'un ni à l'autre dès qu'elle y avait
satisfait [16].

Je croyais que la première se ruinait, et que la
seconde s'enrichissait de ses dépouilles : mais quel fut
mon étonnement, quand à la fin de la partie, je vis
Madame de Vambures en faire tous les frais que
ramassait Madame de Damville, en répétant cent fois
que, sans les étourderies de ses associés, dont elle était
victime, elle aurait dû gagner le triple ou le quadruple.
Je ne sais qui me parut le plus étonnant, ou l'avidité de
l'une, ou la douceur de l'autre.

On se mit à table, le souper ne produisit pour moi
aucun nouvel incident, et, quoi que Monsieur de
Dorsan ait pu me dire, un air respectueux m'ayant fait
prendre le bout de la table, je ne pus être auprès de
Madame de Vambures. Ses yeux me reprochèrent ce
défaut d'attention qu'elle aurait mieux apprécié en le

traitant de timidité imbécile. Je n'avais point assez
d'art pour me contraindre, et mes regards cherchaient
à lui faire mes excuses d'une façon si claire, que le
Comte de Dorsan fut obligé de me rappeler à moi-
même par un geste insensible à tout autre qu'à moi.

Je ne vous rapporterai pas toutes les sornettes qui se
débitèrent. Je vous dirai seulement que, si un motif
plus pressant que la bonne chère ne m'eût, pour ainsi
dire, attaché à la table, j'aurais trouvé la séance fort
longue. On se leva, chacun sortit : Monsieur de Dorsan
me dit qu'il me remettrait chez moi.

Qu'allez-vous faire, Comte ? dit aussitôt Madame de
Damville. Vous prétendez sortir ! Cela est misérable,
vous resterez, vous resterez, il y a un lit pour vous.
Monsieur, prenez son équipage, me dit-elle ; mais non,
Madame Vambures a le sien, c'est le même quartier,
ou si Madame ne veut pas, mes gens vous recondui-
ront, Monsieur.

Dans ces diverses propositions, auxquelles je ne
répondais que par des courbettes, celle de profiter du
carrosse de Madame de Vambures m'avait infiniment
flatté, et j'y aurais volontiers arrêté Madame de Damville. Mais Monsieur le Comte, qui appréhendait peut-
être autant de rester que j'aurais eu de plaisir qu'il le
fît, déclara absolument qu'il nous ramènerait l'un et
l'autre. Ce fut à travers mille propos de Madame de
Damville que nous partîmes.

Dorsan, ménagez-vous. Comte, de vos nouvelles
demain dès le matin. Monsieur, vous lui avez sauvé la
vie, je vous charge d'en répondre. Adieu, Madame,
deux braves vous conduisent, ne craignez rien. Monsieur, venez me voir.

J'allais oublier de vous dire que j'eus beaucoup
d'obligation à l'énorme panier de Madame de Vambures, qui, en remplissant tout le fond du carrosse,

m'apprit que je devais m'asseoir sur le devant : car si j'avais vu une place vide dans le fond, j'aurais cru devoir la remplir.

La conversation que nous eûmes pendant la route fut fort stérile, et sans Monsieur de Dorsan, qui en faisait presque tous les frais, elle serait tombée à tous les instants. J'aimais, j'étais aimé ; j'ose m'en flatter, la suite le prouvera ; et dans ces positions, l'esprit rêve bêtement sans rien fournir : aussi nous ne répondions à Monsieur le Comte, que par monosyllabes. Qui connaît bien ces situations, doit sentir combien elles ont de charme. Chacun se flatte intérieurement que cet embarras a un motif enchanteur qui montre son pouvoir.

Pour moi, je dirai franchement que, quelque impression qu'eussent fait auparavant sur moi le sacrifice de Mademoiselle Haberd, les avances de Madame de Ferval, la franchise de Madame de Fécourt, le trouble de Madame de Vambures me causait un ravissement que je n'avais jamais éprouvé. Il me paraissait favorable à des desseins naissants, auxquels je m'abandonnais, sans trop bien démêler quelle en serait l'issue. Le respect, que l'amour m'inspirait, ne me permettait point d'espérer une liaison passagère, et mon mariage était un obstacle invincible à ce que je pusse prévoir que je parviendrais un jour à obtenir l'objet de cette nouvelle tendresse.

Pendant toutes ces réflexions, nous remîmes Madame de Vambures chez elle, et Monsieur de Dorsan obtint la permission de m'y présenter au premier jour ; il n'y avait qu'un pas pour entrer chez moi, je saluai Monsieur le Comte, et je m'y rendis à pieds, quoiqu'il eût la bonté de m'y accompagner.

En entrant, j'entendis dès l'escalier, Madame Allain qui tâchait de calmer l'inquiétude de ma femme.

Eh ! mais, Madame, disait-elle, à quoi bon se chagriner ? Il est en bonne maison, il ne peut rien lui arriver.
Pardi il aurait bien fallu que je me fusse inquiétée,
quand feu mon Mari passait les nuits dehors. Il n'était
pas si bien que le vôtre. C'était au cabaret qu'il restait,
oui au cabaret, et j'aurais été triste, quelle sotte [17] ! Oh !
que non. Demandez à Agathe. Quand je savais cela : Il
se divertit, disais-je ; eh bien, à bon chat bon rat :
j'appelais mon Compère, et je l'attendais en riant. Ne
venait-il point à minuit ? Bonsoir compère, disais-je à
mon voisin, allons, allons petite fille, allons nous
coucher, il viendra quand il voudra. Dame voilà
comme il faut faire, voudriez-vous avoir toujours votre
Mari à votre ceinture ? Cela ne se peut : Voisine, il est
jeune, il doit s'amuser, il faut prendre patience, je
n'avais pas vingt ans quand cela m'arrivait ; vous
passez quarante, beau venez-y voir : divertissons-nous,
le temps passera et le ramènera.

Mon âge que vous me rappelez si souvent, reprit mon
épouse d'un ton aigre, ne me rend que plus inquiète.
J'entrai sur ces paroles, et plein des mouvements que
Madame de Vambures avait allumés dans mon cœur,
je sautai au cou de mon épouse, en lui faisant mille
excuses de mon retard, et mille remerciments de ses
inquiétudes. Je lui racontai en abrégé mon aventure et
ses suites, si l'on excepte Madame de Vambures, dont
je n'osai pas même prononcer le nom. Plus mon cœur
me sollicitait d'en parler, et plus je me croyais obligé à
la discrétion sur cet article.

Ah ! bon Dieu, s'écria Mademoiselle Haberd : quoi !
vous avez mis l'épée à la main contre votre prochain :
n'avez-vous point blessé [18] ?

Non, ma chère femme, lui répondis-je ; j'ai sauvé la
vie à un des premiers Seigneurs de la Cour.

Ah ! que Dieu est grand, reprit-elle, c'est lui qui vous

a envoyé là pour délivrer cet homme qui allait périr ;
qu'il soit béni, vous n'avez jamais manié d'épée, vous
vous en servez avantageusement, j'y vois le doigt de la
Providence.

Ah çà, dit Madame Allain, le voilà sain et sauf, voilà
le mieux ; ce que Dieu garde, est bien gardé, adieu, ma
mie, soyez donc tranquille. Elle vous croyait perdu, la
pauvre enfant, continua cette femme en s'adressant à
moi, le temps la corrigera. J'ai été comme cela au
commencement de mon mariage, mais cela a bientôt
passé. Dame il y a temps pour tout. Quand je marierai
cette petite fille, elle fera de même : voilà le monde.
Allons, vous êtes ensemble, bonne nuit, et plus d'inquiétude, il est jeune, il en fera bien d'autres, qui
n'auront pas d'aussi bons motifs.

Elle descendait en disant toujours : attendons, attendons, le temps la changera. Je restai avec mon épouse,
ce fut alors qu'elle me fit part des frayeurs que lui avait
causées mon récit, et tout en parlant, elle pressait la
cuisinière de desservir, et défaisait toujours en attendant quelques épingles. Je n'avais pas encore eu le
temps de calmer ses craintes qu'elle était dans son lit.

Venez, mon cher, me dit-elle, vous aurez le temps de
me dire le reste. Que Dieu est bon de vous avoir
préservé de ce péril ! Pendant cette exclamation,
j'avais achevé de me déshabiller, et ma chère épouse,
oubliant mes dangers et les grâces que j'avais reçues de
la Providence, ne pensa qu'à se certifier que son mari
existait. Je ne lui donnai pas lieu d'en douter. Que
d'actions de grâces ne rendait-elle pas à Dieu intérieurement d'avoir délivré son époux des mains de trois
assassins ! J'avouerai que si elle avait lu dans mon
cœur, elle y aurait découvert que Madame de Vambures méritait de partager sa reconnaissance.

Je n'étais pas éveillé le lendemain, qu'on me remit

un billet de Madame de Fécourt, qui m'ordonnait de
me rendre chez elle sur les onze heures pour affaires
importantes. Madame de la Vallée voulut le voir sans
s'en rapporter à ce que je lui en disais, et si elle me
permit de me lever pour me rendre au rendez-vous, ce
ne fut pas sans m'avoir témoigné l'agitation qu'elle
aurait jusqu'à mon retour. Je lui promis de ne point
tarder. Que de tendres embrassements me prodigua-
t-elle, avant d'ajouter foi aux serments que je lui faisais
pour garantir la parole que je lui donnais ! Qu'on dise
tout ce qu'on voudra, si quelqu'un en a fait l'épreuve
comme moi, il conviendra que la dévotion a pour
émouvoir la tendresse, des ressources inconnues à tous
ceux qui ne professent pas ce genre de vie. Oui, dès que
j'étais avec mon épouse un moment, j'oubliais tout le
reste. Telle charmante que m'ait paru Madame de
Vambures, telle profonde que fût l'impression qu'elle
m'avait faite, j'avouerai nûment que les charmes que
je goûtais dans les bras de ma femme, me rendaient
infidèle à l'amour que je sentais pour la première.

Que le cœur de l'homme est incompréhensible ! Je
n'avais pas quitté le lit, que l'idée de mon épouse céda
dans mon esprit, à celle de mon amante, et je redevins
tout autre. J'aurais souhaité pouvoir lui rendre visite à
l'instant : mais, me disais-je, puis-je donc le faire ?
Monsieur de Dorsan lui a demandé permission de m'y
présenter, ainsi je ne dois pas y aller sans lui. Voilà
comme la réflexion me servait, mais ce n'était pas sans
pester contre l'usage de la Ville. Vive la campagne, conti-
nuais-je, au village, Pierrot est amoureux de Colette, ils
n'ont pas besoin d'introducteur, si Colette est d'accord
avec Pierrot. Mais je suis marié ! (Vous voyez que je
commençais à raisonner.) Eh ! qu'importe ? me répondait mon cœur : tu vas bien chez Madame de Fécourt,
nonobstant ton mariage, si l'intérêt t'y conduit,

l'Amour y entre pour quelque chose, d'une part ou de l'autre. C'est ainsi que cette passion, quand elle maîtrise un cœur, a toujours des ressources pour faire valoir ses projets, ou pour autoriser ses entreprises.

Après avoir fait toutes ces réflexions, je me déterminai à prendre mon épée pour me rendre chez Madame de Fécourt. Je vous avoue qu'en la touchant, mon amour-propre se divertissait de voir qu'elle ne passerait plus à mon côté pour un simple ornement. J'allais partir, quand Madame de la Vallée me pria de revenir au plus tôt, d'autant plus qu'elle se trouvait un peu indisposée. (Je n'aurais pas cru que cette indisposition, qui ne consistait que dans un léger mal de tête, que j'attribuais à l'insomnie, allait me préparer bien de l'embarras, en m'ouvrant une nouvelle route pour venir à la fortune.)

Je ne voyais point de danger dans l'état de ma femme, ainsi je me rendis chez Madame de Fécourt ; j'y trouvai son frère, qui, sans me donner le temps de le saluer, (car les moments sont chers à ces Messieurs, et ils comptent pour perdus, tout ce qu'ils passent [19] sans calculer. Je crois même que le plaisir n'aurait point d'attraits pour eux, s'il n'était mêlé de calculs ; et je serais presque tenté de penser que c'est là la principale raison qui engage les financiers à avoir des maîtresses à gages. Ils entrent dans le détail de leurs maisons, de leurs habits, tout cela les fait nombrer et les satisfait : de là, les plaisirs auxquels cette occupation sert de prélude, en deviennent plus séduisants pour eux.)

Quoi qu'il en soit de ce goût général, celui-ci avec un sourcil froncé, et comme j'ai dit, sans attendre mon salut, dit à sa sœur : Oui c'est ce jeune homme-là : que voulez-vous que j'en fasse ? Je saisis une occasion avantageuse et prompte, il s'avise de trancher du généreux. Choisissez mieux vos gens, ma sœur, ou du

moins endoctrinez-les auparavant de me les envoyer.
Eh bien, mon ami, continua-t-il en se tournant de mon
côté, et en me portant une main sur l'épaule, as-tu
réfléchi ? Es-tu revenu de ta sottise ?

Ce geste familier, qui n'aurait pas choqué Monsieur
de la Vallée deux jours auparavant, parut de trop à
l'ami de Monsieur de Dorsan : et sans la crainte
d'indisposer Madame de Fécourt contre moi, je me
serais retiré : mais enfin je pouvais avoir besoin d'elle,
et même de son frère : je me contentai de répondre au
dernier avec moins de souplesse.

Non, Monsieur, lui dis-je, je crois avoir suivi l'équité
dans ce que j'ai fait, et que vous traitez de sottise. J'ai
peu de lumières pour distinguer le bien et le mal : mais
quand mon cœur me dit, fais telle chose, je le fais : et je
ne me suis point trouvé jusqu'à présent dans le cas de
le regretter. Je connais maintenant Monsieur de Dorville, son état fait compassion, et mérite que vous ne le
priviez pas de sa seule ressource. Je suis jeune, je me
porte bien, j'ai de quoi vivre absolument, je puis
attendre. Celui que vous déplaciez, attend tout de vos
bontés, il est malade, et peut-être en danger, vos
secours lui sont absolument dus. Je m'en rapporte à
Madame.

Ah ! le beau discours, reprit-il, ma sœur : je crois
qu'il vient me répéter le sermon, vous le voyez, ce n'est
pas ma faute. Je ne puis rien maintenant pour lui.

Mais, dit Madame de Fécourt, qui dans le fond était
bonne, et qui n'avait point encore ouvert la bouche :
mais ce gros Brunet me paraît avoir raison. Je ne
connais point Dorville, pourquoi le révoquer, qui est-
il ?

C'est un gentilhomme gueux, reprit le frère, qui s'est
amouraché d'un joli visage, et voilà tout leur patrimoine. Cela convient bien, ma foi, à ces petits Hoube-

reaux. Ils ont recours à moi, j'ai placé le mari, il est
toujours malade, la femme fait la bégueule, il ne peut
rien faire, je le chasse : ai-je tort ? Je n'aurais qu'à
avoir dans mes bureaux cinq ou six personnes inutiles
comme celle-là, cela irait bien. Ah ! oui cela irait bien.

Ce n'est pas sa faute, Monsieur, s'il est indisposé, lui
dis-je, et auparavant de l'être, il vous a sans doute
contenté.

J'aurais bien voulu voir qu'il ne l'eût point fait,
reprit avec impatience mon financier : mais n'en
parlons point. Dorville reste en place, ma sœur, cela est
décidé ; je n'ai rien de vacant, que ce garçon attende.
Continue, continue, tu feras un beau chemin. Eh !
morbleu, dépouille-moi cette sotte compassion, nous
n'aurions qu'à l'écouter, nous serions étourdis de cet
impertinent son, depuis le matin jusqu'au soir. Tu ne
seras qu'un nigaud, tant que tu penseras ainsi ; et si tu
parvenais à ma place, avec tes beaux sentiments, tu
t'abîmerais où les autres s'enrichissent.

Peut-être, Monsieur, lui dis-je, pour adoucir la
contrainte qu'il se faisait en conservant à Monsieur de
Dorville son poste, peut-être si vous lui donnez aujour-
d'hui du pain, n'aurez-vous pas besoin de lui en fournir
longtemps, et sa veuve...

Il est donc bien mal, me dit-il, c'est autre chose : et
sa femme est jolie, on fera quelque chose pour elle dans
le temps. Si son mari meurt, c'est un aimable enfant,
nous verrons ce qui lui conviendra. Dites-lui ce que
vous venez d'entendre, et rendez-moi compte de l'état
du mari et de la réponse que vous aura fait sa veuve,
car autant vaut : vous me ferez plaisir. Adieu, je
trouverai quelque poste qui vous conviendra, mais ne
soyez plus si sot, si vous ne voulez pas vous perdre. Je
vais vous amener mon Médecin, ma sœur ; adieu, mon

ami, il a une physionomie qui promet ; servez-moi bien, je vous aiderai.

Voilà comme pensent la plupart des gens ; ils croient pouvoir vous employer à tout, dès qu'ils vous sont utiles, ils pensent qu'il n'y a qu'à commander : si vous ne les refusez pas, vous êtes leur ami, et l'idée de votre complaisance, surtout pour certains articles, les dispose totalement en votre faveur. Je ne pris pas garde aux politesses de Fécourt, mais je me trouvai piqué de la dernière apostrophe en sortant : Servez-moi bien auprès de Madame de Dorville, et je vous aiderai. Je croyais par ces paroles, me voir chargé d'un rôle dont j'ignorais les fonctions, mais qui cependant me faisait peine. J'allais tâcher de m'en instruire, quand je vis s'éclipser celui qui prétendait que je le remplisse ; je restai tout étonné, et je ne sortais point de ma place.

Approche, cher enfant, me dit Madame de Fécourt ; sais-tu bien que tu as furieusement courroucé mon beau-frère ? Il ne voulait plus rien faire pour toi, ou tout au plus il était décidé de te confiner dans la Province.

Que pouvais-je faire ? lui dis-je, on me donne la dépouille d'un malheureux qu'une belle femme réclame pour lui, irai-je la disputer contre elle ? Est-ce que je voudrais vous ôter quelque chose qui vous ferait plaisir, par exemple ? Non assurément : je ne me sens point capable de cette cruauté, et si je ne puis devenir riche que par là, je ne le serai jamais. Elle est donc belle cette Dorville, reprit en m'interrompant la malade : c'est-à-dire qu'elle t'a touché, avoue de bonne foi que tu as été sensible. Quel âge a-t-elle ?

Vingt ans, lui répondis-je. Ah ! fripon, voilà une terrible épreuve, dit-elle en se levant à moitié. Ah ! je ne suis plus si étonnée de votre générosité. Que mon frère la trouve déplacée tant qu'il voudra, pour moi

j'en vois l'excuse dans les yeux et l'âge de cette belle
personne, et le motif dans votre cœur. Eh! Mademoiselle Habert[20], que dira-t-elle ? la pauvre femme ! C'est
bien, c'est bien. Mais sais-tu que je ne suis pas encore
hors de danger ?

J'en suis mortifié, Madame, dis-je, je souhaiterais de
tout mon cœur pouvoir vous rendre la santé.

Tu as donc quelques sentiments pour moi ? dit-elle,
je fus confessée hier, on ne sait si mon mal n'empirera
pas, il faut prendre son parti, Dieu est bon, et sa
miséricorde me rassure. Tu es bien aimable. Qu'es-tu
donc devenu depuis deux jours ? Vous faites le libertin,
faut-il abandonner comme cela, ses amis ?

Je fus charmé de saisir cette occasion de lui raconter
mon aventure ; je croyais me rehausser à ses yeux en
détaillant toutes les circonstances de mon combat avec
une modestie apparente, dont la vanité n'était point
dupe : mais je la connaissais mal : un peu plus, un peu
moins de cœur lui était totalement indifférent, aussi ne
reprit-elle rien de mon discours, que je croyais fort
intéressant, que l'instant où je m'étais trouvé, pour
ainsi dire, par hasard dans la maison de Monsieur de
Dorville. Le sort t'a bien servi, dit-elle. Tu ne penses
plus à personne qu'à cette femme. Personne n'effacera
de ma mémoire les obligations que je vous ai, et ma
reconnaissance...

Ah! tu deviens complimenteur, reprit cette bonne
Dame, abandonne cet usage. Tu me plais gros brunet ;
je me fais un plaisir en te servant : et si je souhaite de
vivre, c'est pour décider mon frère en ta faveur.
Approche-toi, me dit-elle, car je m'étais tenu debout
devant son lit. Tu es toujours timide, est-ce que je suis
si changée ? Ce qu'elle dit en ajustant un peu sa
coiffure, et ce mouvement me fit voir et sa gorge et son
bras. Mets-toi là, continua-t-elle, en me montrant un

fauteuil qui était auprès de son lit, agissons librement ensemble. Je te l'ai dit, tu me plais.

En disant tout cela, elle jetait de temps à autre un coup d'œil en dessous pour voir en quel état était sa poitrine ; puis les relevant[21] sur moi, elle paraissait contente d'y voir mes yeux attachés qui s'animaient par ce spectacle.

Sais-tu bien que ta présence est dangereuse[22], reprenait-elle alors : mais si j'allais mourir ? Ah ! Dieu est bon.

Bannissez, Madame, lui dis-je vivement, cette idée qui me pénètre de douleur. Le pauvre enfant, dit-elle, il s'attendrit : en prononçant ces mots, elle avança ses bras vers moi, j'allai au-devant, et je lui imprimai ma bouche sur cette grosse gorge, dont je ne pouvais me détacher quand un bruit imprévu m'obligea de me retirer.

Ce mouvement ne peut sûrement point être attribué à l'amour. J'étais touché de l'idée de la mort dont m'avait parlé cette Dame à laquelle j'avais des obligations ; la gratitude qu'elle me témoignait pour mon attendrissement, fit seule tout l'effet qu'on vient de voir ; il est souvent des caractères d'amour qui échappent, et qu'on donne ou qu'on reçoit par reconnaissance, ou par quelque autre motif, sans que le cœur y entre pour rien.

Je me retirai donc de cette posture, et je fis fort bien : car c'était Monsieur de Fécourt qui revenait avec son Médecin, qu'il avait promis, en sortant, d'amener au plus tôt à sa sœur.

Madame de Fécourt rendit à ce grave personnage un compte précipité de son état ; le ton, dont elle s'exprimait, semblait lui dire, vous êtes un imposteur, finissez et retirez-vous ; et m'adressait équivalemment ces paroles, il est venu bien mal à propos : je commençais

à espérer pour ma vie, mais cet assassin vient en
arrêter le progrès.

Quelques coups d'œil que cette Dame lâcha sur moi,
en prononçant le peu de mots qu'elle disait à son
Médecin, plus que la vivacité qu'elle devait avoir dans
le sang, ne permirent pas à l'Esculape de douter des
motifs de l'impatience que lui témoignait sa malade.

Cela aurait peut-être été plus loin, si Monsieur de
Fécourt, pour mettre ce moment à profit, ne m'eût fait
signe du doigt de m'approcher d'une embrasure de
fenêtre où il s'était retiré.

Je suis charmé de vous retrouver encore ici, jeune
homme, me dit-il. Avez-vous bien pensé à ce dont je
vous ai parlé tantôt ? De quoi est-il question ? répondis-je, comme si j'étais étonné. Je dois cependant
avouer qu'il n'avait point ouvert la bouche sans me
mettre au fait de ce qu'il espérait de moi ; mais je
faisais l'ignorant pour tâcher d'en éluder la décision
qui ne pouvait que lui déplaire, et par là me faire
perdre ses faveurs.

Il est de ces états où l'opulence rend les désirs
impétueux ; on croit alors qu'il suffit de les sentir ou de
les faire paraître pour avoir droit de les voir couronnés.
L'appât que l'or a pour ceux qui le possèdent, leur fait
croire facilement que personne ne peut résister à son
amorce. Il est dans la nature de prêter aux autres les
sentiments que nous favorisons. De là un financier se
croit sûr du succès, dès qu'il ajoute à ses propositions,
je vous donnerai. Il est vrai que ce terme, à leurs yeux,
augmente d'autant plus de valeur, qu'ils ont moins
coutume de le mettre en usage, et ils ne peuvent se
persuader qu'il y ait des façons de penser différentes de
la leur.

Plein donc de ces idées, Monsieur de Fécourt me dit,
la Dorville m'a paru jolie, son mari est un homme

confisqué, elle est jeune et elle aura besoin de secours, tu n'as qu'à lui dire de s'adresser à moi.

. Monsieur, lui répondis-je, cette proposition aurait plus de force, si elle était faite par vous-même. Je ne connais point Madame de Dorville ; mais vous, qui protégez son mari, qui le soutenez dans son poste, vous avez plus de raisons de faire valoir vos intentions. Je suis peu propre à les lui bien rendre.

Que tu es nigaud, reprit ce financier ; je te le dis, il faut que tu la voies, mes occupations ne me permettent pas les assiduités. Tu lui diras que je l'aime et que non seulement je lui donne la confirmation de l'emploi de son mari (prends bien garde que c'est à elle à qui je la donne), mais que je veux encore pourvoir à tous ses besoins. Je ne lui demande, pour toute reconnaissance, que de venir après-demain chez moi, et là nous réglerons tout ensemble ; n'oublie rien pour réussir, tu as de l'esprit, et ce service te vaudra plus auprès de moi que la recommandation de ma sœur ou de qui que ce soit.

Je vous avoue que je ne conçois rien à ce que vous exigez de moi, lui dis-je piqué au vif : j'irais parler d'amour à une personne que je ne connais point, et cela pour vous, mon cœur ne peut s'y résoudre. Pour moi, je crois que quand on aime, on le dit soi-même ; si la tendresse est réciproque, on vous répond de même : mais je n'entends rien à ces traités, par lesquels des tiers marchandent un cœur que les offres doivent décider. Ne soyez point fâché, Monsieur, mais je me vois inutile dans cette circonstance.

Dans ce cas, me dit-il, tu n'as pas besoin de moi, tes sentiments héroïques feront ta fortune ; suis-les et tu verras de quelle belle ressource ils te seront. Je trouverai quelque autre qui saura décider mes faveurs en servant mes désirs. Tu ne feras jamais rien, je te le prédis ; ma sœur dit que tu as de l'esprit, et moi je vois que tu n'es qu'une bête.

Il se retira, en me jetant un coup d'œil dédaigneux accompagné d'un souris moqueur, auquel je ne répondis que par une courbette, dont je ne pourrais dire la valeur : mais, quelque affligeante que fut pour moi la conclusion de ce discours, je sentais qu'intérieurement mon cœur me disait, tu as bien fait la Vallée, tes beaux yeux, tes traits, ta jeunesse te mettent dans le cas de t'employer pour toi auprès des femmes ; et tu n'es pas taillé pour être le messager de Fécourt.

J'avouerai cependant que, si Monsieur de Dorsan ne m'avait pas fait compter sur une protection puissante de sa part pour décider ma fortune, peut-être mon cœur eût-il été moins glorieux : mais j'avais sa promesse et cela suffisait pour soutenir mes sentiments.

Dans cette disposition, je suivis Monsieur de Fécourt auprès du lit de la malade. L'entretien que je venais d'avoir, en me piquant, avait animé mon visage d'une rougeur que la honte imprime comme le plaisir. Qu'il est beau, dit sans façon la malade... Oui dit gravement le Médecin, ce visage est aimable... Mais il ne fera jamais rien, ajouta brutalement le financier... et parlant aussitôt au premier, que dites-vous de l'état de ma sœur ?

Ce qu'on lui a ordonné jusqu'à présent, répondit-il, est bon, il n'y a qu'à continuer : mais qu'on la laisse en repos ; car je lui trouve le sang très ému. Un regard qu'il me jeta, en prononçant ces dernières paroles, me fit sentir que l'ordonnance venait de se régler sur l'impression qu'avait fait le gros garçon.

Et en effet serait-il possible qu'un homme qui n'a jamais vu le malade qu'il visite, pût dans l'instant si bien prendre son tempérament et son état qu'il décidât infailliblement ce qu'il lui faut : rien n'échappe à ces prétendus Docteurs. Un coup d'œil, un discours les règlent mieux souvent que le battement d'une artère, auquel ils paraissent fort attentifs.

Si sa malade avait osé, elle lui aurait donné un démenti qui se serait trahi lui-même, mais ce serait un crime irrémissible de s'opposer aux décisions de la Faculté. Elle, qui n'y entendait aucunes façons, aurait peut-être eu cette témérité, si son frère, en la prévenant, n'eût prescrit d'un ton impérieux que chacun eût à se retirer. Son discours ne pouvait s'adresser qu'à moi, mais je pense qu'il voulut le rendre général, moins pour ne pas me parler directement, que pour se flatter de faire obéir un grand monde à ses ordres.

Je saluai la malade, qui me recommanda de nouveau à son frère, mais il ne lui répondit que ces mots et même sans se détourner : Il sait ce que je lui ai dit, c'est à lui d'obéir, et je me charge de sa fortune. S'il ne veut point, je ne puis le forcer, adieu. Et il partit sans me regarder quoique je me fusse rangé pour le laisser passer.

Je fus obligé de le suivre. Je passai chez Madame Dorville, non pour m'acquitter de la commission de Monsieur de Fécourt, mais pour lui faire part que l'emploi de son mari lui était conservé. Elle était sortie, et le Domestique m'apprit que Monsieur de Dorville était fort mal, et que je ne pouvais le voir. Je me rendis chez moi.

En rentrant, je trouvai Agathe sur la porte. Vous êtes bien raisonnable aujourd'hui, me dit-elle, Monsieur de la Vallée : passez-vous donc si vite ? J'aurais cru manquer à la politesse si je n'eusse répondu à l'invitation qu'elle me faisait d'entrer. J'eus un instant de conversation avec cette petite personne, qui ne fut pas assez intéressante pour être rendue. Il me suffira de dire en gros que son langage était moins pétulant que

celui de sa mère, parce qu'il y entrait plus d'art. Ah! si
vous aviez vu l'inquiétude que votre femme eut hier,
disait-elle, quand elle ne vous vit pas revenir, vous
auriez bien connu le pouvoir que vous avez sur son
cœur. Ma femme est bonne, Mademoiselle Agathe, lui
dis-je, et je vous suis obligé de travailler à augmenter
ma reconnaissance pour elle. C'est d'un bon cœur.
Aussi le suis-je, reprit-elle, mais vous devez la partager
cette reconnaissance, car ma mère et moi nous
entrions bien sincèrement dans ses peines. Oui nous
étions inquiètes, on ne savait que penser et tout nous
alarmait. Je ne disais mot par exemple moi, mais je
n'en pensais pas moins.

Je ne suis point ingrat, repris-je, et vous pouvez être
persuadée que je ressens, comme je le dois, la part que
vous prenez à ce qui peut m'arriver.

Je lui baisai alors la main qu'elle m'abandonna en
feignant de la retirer. Je voulais lui marquer par ce
geste la sincérité de mes paroles, et ses yeux, par leur
vivacité, annonçaient que la petite personne n'était pas
fâchée de l'impression qu'elle croyait m'avoir faite,
quand ma femme entra, soutenue par Madame Allain.

J'avais raison de dire que je vous avais entendu, me
dit ma femme. Cela est fort joli, Mademoiselle. En
vérité je ne me serais pas attendue à cette incartade de
votre part, la Vallée. Il vous faut de la jeunesse : cela
est beau.

Je quittai rapidement prise, et sans trop savoir ce
que j'allais dire, je me tournai du côté de ma femme
avec plus de tranquillité sur le visage que dans le cœur.
Mademoiselle, lui dis-je, me racontait jusqu'à quel
point vous fûtes inquiète hier au soir ; touché de vos
bontés, je lui marquais ma reconnaissance de son
attention à me les faire connaître. Je ne vois rien là qui
puisse vous fâcher.

Eh bien ma mie, reprend Madame Allain, quel mal à cela ? Cette petite fille vous aime, elle prend part à vos peines, elle les raconte d'une manière touchante, on lui exprime qu'on lui est obligé, grand venez-y voir. Allons, allons, point de jalousie ; elle est jeune, est-ce sa faute si vous êtes plus âgée, il faudra bien qu'elle vienne à notre âge : dix ans de plus, dix ans de moins, y prend-on garde de si près ? Venez, Monsieur de la Vallée. Venez, Agathe : la pauvre enfant n'y entend point de malice. Montons, montons, il y a bien d'autre besogne là-haut. Votre frère, Monsieur de la Vallée, votre frère qui vous attend.

Je suivis cette compagnie, qui prit le chemin de mon appartement. Je donnai le bras à mon épouse, que quelques mots dits en montant calmèrent totalement ; elle m'apprit qu'elle se trouvait fort incommodée, et que sans la visite de mon frère, elle ne se serait pas levée.

Madame Allain nous précédait en répétant continuellement : le pauvre garçon est sensible, et on lui en veut du mal ! Mais votre frère, ah ! le pauvre hère, il vous fera pitié, il me fait peine à moi qui ne lui suis rien, car je n'aime point à voir les malheureux. La misère me fait tant de peine que je ne puis regarder ceux qui la souffrent : le voilà, tenez regardez, la Vallée...

Il nous attendait, en effet, en haut de l'escalier ; car mon épouse, par une suite sans doute de ses principes de dévotion, n'avait pas osé le laisser dans sa chambre. Elle ne se souvenait plus que Jacob sur le Pont-Neuf aurait paru à ses yeux dans un état moins décent, s'il n'eût eu un habit de service qu'on lui avait laissé par grâce en quittant son pupille. Elle ne voyait plus en moi que son époux, et cet époux tranchait du bon Bourgeois et était habillé proprement, cela lui faisait

croire sans doute que personne, sans être un imposteur, ne pouvait se dire mon parent, si ses habits ne le
mettaient dans le cas de figurer avec moi. De là elle
soupçonnait que celui qui se disait mon frère pouvait
bien être un homme qui cherchait à la surprendre sous
un nom supposé. Ses habillements ne répondaient pas
pour lui, et cela suffit pour faire gagner la défiance :
d'ailleurs je dois dire, pour l'excuser, qu'elle ne
connaissait mon frère que sur mon rapport, je lui avais
dit qu'il était bien établi à Paris, et la façon dont il
paraissait, ne s'accordait pas avec mes discours.

Il faut l'avouer : il est rare que le nom, que le sang
même obtiennent les avantages, qu'on se croit forcé de
prodiguer à un équipage brillant. Étalez un grand
nom, faites même paraître de grandes vertus sous un
habit qui dénote la misère, à peine serez-vous regardé,
quand la sottise et la crasse seront fêtées sous les
galons ou la broderie qui les couvrent. On croit se
relever, en faisant politesse aux derniers, quand la
familiarité avec les premiers nous humilie d'autant
plus qu'on peut moins s'en dispenser.

Pour moi, qui n'étais pas encore initié dans ces
usages que j'ai toujours trop méprisés pour vouloir
jamais les suivre, je sautai au col de mon frère. Oui,
sans penser à lui marquer la surprise que je pouvais
avoir de le voir dans un état qui paraissait peu
conforme aux espérances que notre famille avait
conçues de son mariage, je ne m'inquiétai que de
l'heureux hasard qui l'amenait chez moi. Eh ! comment avez-vous fait pour me découvrir ? lui dis-je en ne
cessant de l'embrasser. Entrez : que je suis ravi de
vous voir !

Le hasard, me dit-il, m'a servi. Je savais votre
mariage, mais j'ignorais votre demeure, quand j'ai
entendu parler hier d'une histoire arrivée à Monsieur

le Comte de Dorsan, et quand j'ai su qu'un nommé la
Vallée l'avait sauvé du péril où ce Seigneur était
exposé. (Nouvelle fête pour mon cœur, on parlait de
moi dans Paris comme d'un brave.) Votre nom, continua mon frère, m'a frappé. J'ai couru ce matin à
l'Hôtel du Comte, dont le Valet de chambre est une de
mes pratiques. Ce Domestique a la confiance de son
Maître. Je l'ai prié de s'informer auprès de lui du nom,
du pays et de la demeure de ce Monsieur de la Vallée,
dont il ne cessait de faire l'éloge. Il m'a éclairci un
instant après sur toutes les circonstances que je lui
venais demander. J'ai appris par lui que le libérateur
de son Maître était de Champagne, qu'il était marié,
enfin que vous demeuriez ici. Je m'y suis rendu pour
avoir le plaisir d'embrasser mon cher Jacob et de
saluer votre femme.

Il se précipita de nouveau à mon cou, et après nous
être tenus quelque temps étroitement serrés, je lui
montrai ma femme, qu'il me parut saluer d'un air
également humble et respectueux. Je m'aperçus que
Mademoiselle Habert ne lui faisait qu'une révérence
fort simple, et que s'étant assise, elle ôtait par là à mon
frère la liberté d'avancer pour l'embrasser. Je les priai
réciproquement de se donner [23] cette marque d'affection. Si mon épouse ne put me refuser cette satisfaction, et même si elle s'en acquitta d'assez bonne grâce
(car son état de faiblesse lui servait d'excuse légitime),
je m'aperçus, aux larmes qui couvrirent pour lors le
visage de mon frère, qu'il se passait dans son âme
quelque chose d'extraordinaire qui me semblait être
de mauvaise augure.

Je n'attribuai ses pleurs, je l'avoue, qu'à ce que je le
croyais humilié par l'espèce d'insensibilité avec
laquelle ma femme avait paru recevoir ses avances,

mais je me trompais lourdement. Mon cœur souffrait
de mon incertitude, et je voulus m'en éclaircir.

Qu'as-tu donc, mon cher frère, lui dis-je. Eh! qui
peut troubler la joie que nous devons goûter en nous
revoyant? Tu dois voir que tu me fais sentir un plaisir
parfait, et il te doit apprendre que, sans des raisons
pressantes, je ne t'aurais pas caché mon mariage. J'ai
une femme que j'adore et qui m'aime, notre fortune est
honnête, mes espérances sont grandes, je te crois
également heureux : et quand je veux donner un motif
à tes larmes, je pense qu'elles viennent du plaisir que
te cause notre bonheur : je n'ose m'imaginer qu'elles
puissent m'annoncer quelques disgrâces.

Remarquez, en passant, que je ne dis plus mon
bonheur; relevé par tant d'accidents heureux, je me
figurais que Mademoiselle Habert devait s'estimer
autant fortunée de m'avoir acquis, que je trouvais de
félicité à la posséder.

Un silence morne, un regard triste formèrent toute la
réponse de mon frère. Je me doutai que l'humanité
souffrait; je compris qu'il avait quelque chose de
personnel à me communiquer, et que ce qu'il avait à
me dire ne demandait point de témoins, je priai la
compagnie de me laisser avec mon frère.

Oui, oui, c'est bien pensé, dit Madame Allain en se
levant, quand on se tient de si près on a mille choses à
se dire, dont les voisins n'ont que faire. Il ferait beau
voir que chacun mît le nez dans mes affaires : cependant on ne risque rien avec moi, je suis discrète quand
on me demande le secret, non, rien ne me ferait jaser;
ai-je jamais dit à personne que mon voisin l'Épicier,
qui est Marguillier de sa paroisse, a sa sœur servante.
L'un demeure au Marais, l'autre est au Faubourg Saint-
Germain : qui va y regarder de si près ? Eh! pourquoi
débiter ces nouvelles ? On sait bien que ça ne sert de

rien aux autres. Nous ne sommes pas tous obligés d'être riches : la volonté de Dieu soit faite. Mais au revoir, mon voisin ; adieu Madame, allons allons, remettez-vous, Monsieur de la Vallée, dit-elle à mon frère. Agathe, qu'on me suive, et elle partit en plaignant, tout le long de l'escalier, le chagrin auquel mon frère paraissait si sensible, mais en promettant d'une voix aussi distincte qu'elle n'en voulait jamais parler à personne.

Quand elle fut partie, je priai mon frère de ne me rien cacher. Oui, cher Alexandre, lui dis-je, la Nature seule fait entendre à mon cœur que quelque chagrin violent vous dévore, vous ne devez rien me déguiser, et soyez persuadé que ma fortune est à vous.

Mon Épouse, revenue à son naturel par la retraite de nos voisines (car il y a de ces gens qui, bons essentiellement, ne sont ou ne paraissent méchants que parce qu'ils ont des témoins dont ils craignent la censure), Madame de la Vallée, plus à son aise, prit donc un air moins austère et eut même la bonté d'assurer mon frère qu'elle souscrivait de bon cœur à tout ce que je venais d'avancer.

Enhardi par ces prévenances de ma femme, mon frère me dit : Tu sais, mon cher Jacob, qu'il y a près de quatre ou cinq ans que je suis marié dans cette ville. Je trouvai, en épousant ma femme, une maison bien garnie, et je puis dire, que quoique fils de Fermier à son aise, je devais peu me flatter d'obtenir un pareil bonheur.

Ma femme était aimable, elle avait de l'esprit, et peut-être était-ce là son malheur, à peine avait-elle vingt-quatre ans quand son premier mari mourut. Il lui avait laissé un commerce bien établi, il n'y avait pas un an qu'elle était veuve quand je l'épousai, et je puis dire que j'entrais dans un train qu'il n'y avait qu'à

laisser courir pour en profiter. Les trois ou quatre
premiers mois furent fort heureux, ma femme était
assidue à son comptoir, elle se levait de bonne heure,
elle réglait la maison, elle prévoyait à tout, elle voyait
tout, et prospérait ; mais, pendant un voyage que je fis
en Bourgogne pour nos achats, il se passa bien d'autres
choses.

A mon retour, je trouvai que Picard mon garçon
avait la direction de la cave, qu'une fille était chargée
du comptoir, que Madame, qu'il n'était plus permis
même à moi de nommer autrement, ne quittait son lit
que vers les midi ou une heure, qu'alors elle paraissait
pour manger, et remontait aussitôt dans sa chambre,
qui était décorée du titre d'appartement, pour s'amuser de niaiseries jusqu'à cinq heures que sa société se
rassemblait ; on allait à la Comédie, ou l'on jouait ; on
soupait tantôt ici tantôt là. Cela me surprit sans me
fâcher : tu connais ma douceur.

Je crus n'entrevoir dans cette conduite que la légèreté [24], et je me flattai qu'au premier avis que lui
donnerait ma tendresse, ma femme changerait de
système. J'attendis patiemment que je pusse profiter
de son réveil. Le lendemain, sur les onze heures,
j'entendis une sonnette, je pensai qu'une compagnie [25]
avait besoin de quelque chose, et appelant un garçon je
lui dis : Champenois, allez voir ce que l'on demande.

Mais ce garçon, plus au fait du train qu'avait pris ma
maison depuis mon absence, me dit : Maître, vous vous
trompez, c'est Madame qui est réveillée, et qui avertit
la servante de lui porter un bouillon. Tout ce manège
me paraissait étranger, mais je résolus d'en tirer
partie [26], je pris l'écuelle des mains de la fille et je
montai à la chambre ou à l'appartement de Madame.
Elle était dans son lit, je lui présentai son bouillon. Eh !
quoi vous-même, me dit-elle, pourquoi ma Domestique

n'est-elle pas venue ? Je lui dis que j'avais voulu me procurer le plaisir de lui apporter moi-même ; mais vous devriez rester au comptoir ? me dit-elle d'un air sec.

Je ne le puis, ma chère, lui répondis-je. J'ai fait des commissions dans mon voyage, il faut que j'aille en rendre compte. Je n'attendais que votre réveil pour partir. Je compte que vous allez vous lever et descendre à la boutique ; après le dîner je rangerai mes comptes avec vous pour voir ce que vous avez vendu et reçu pendant mon absence.

Je ne me mêle point de cela, me dit-elle, c'est à Picard qui a le soin de la cave qu'il faut vous adresser, et la petite Babet vous donnera le détail du comptoir.

Remarquez que cette Babet est un enfant de quatorze ou quinze ans, nièce de ma femme. Je me mis en devoir de lui montrer le tort qui pouvait résulter de mettre ses intérêts entre les mains d'un étranger et d'une petite fille de cet âge, mais je n'avais pas ouvert la bouche, que prévoyant mon dessein, ma femme me pria de la laisser en repos, en me disant qu'elle se trouvait mal.

Elle connaissait mon faible, mon amitié fut alarmée : je voulus m'empresser pour la secourir, mais plus je redoublais mes soins et plus son mal paraissait s'augmenter ; enfin d'un ton de colère elle m'ordonna de me retirer, en ajoutant simplement, faites monter ma servante.

Dieu ! que devins-je ? Quel changement ! je me persuadai que ma douceur pourrait la vaincre, et après lui avoir envoyé la domestique qu'elle demandait, je descendis à ma cave, pour en faire le contrôle sur l'état que le garçon, chargé de ce soin, m'avait donné ; mais hélas ! quelle différence ! J'appelai Picard que j'avais toujours reconnu pour garçon fidèle, il me dit que ce qui pouvait manquer avait été livré par les ordres de Madame. Lui ayant ordonné de se taire, je remontai au comptoir, je n'y trouvai que des chiffons de papier qui contenaient les sommes différentes données à Madame par Babet, mais je ne voyais point d'emploi de deniers. Concevez, si vous pouvez, cher Jacob, le désespoir auquel je m'abandonnai. Je me crus ruiné ou bien près de l'être, et je ne me trompais pas.

J'entrai dans ma Salle, et m'étant mis sur une chaise, j'y restai bien une heure sans pouvoir prononcer une seule parole. J'étais dans cet état, quand ma femme m'envoya dire de lui envoyer chercher son Médecin : je n'en avais jamais eu d'arrêté ni pour elle ni pour ma maison. Je courus à la chambre de mon épouse, et ne la trouvant point malade, je voulus le lui représenter ; mais à travers mille cris, elle me dit qu'elle voyait bien que je voudrais la voir morte, puisque je lui refusais les secours nécessaires. Il fallut obéir, elle m'indiqua la personne qu'elle voulait, et que j'envoyai chercher : ce personnage vint et ordonna je ne sais quoi, car il ne m'était pas permis de jeter les yeux sur les papiers qu'il laissait.

Je voulus profiter de quelques intervalles pour parler à mon épouse de nos affaires, et surtout d'une lettre de change qu'elle avait laissé protester, quoique je lui eusse compté, en partant, la somme nécessaire pour y faire honneur : je ne pus en tirer un seul mot. Un étranger se présentait-il, elle ne cessait de parler, mais dès que je m'approchais pour l'entretenir de nos intérêts, ou pour en tirer quelques éclaircissements, son mal redoublait.

Enfin au bout de quelques visites, le Médecin, sans doute d'accord avec ma femme, lui ordonna les eaux de Passy au plus tôt, et me prescrivit de ne lui point rompre la tête d'aucunes affaires, si je voulais la conserver. Je m'y déterminai avec peine, mais il fallut souscrire à tout, elle me menaçait de séparation, et vous savez que le bien vient d'elle, vous devez d'ailleurs connaître la coutume de cette Ville, qui est cruelle pour les Maris ; car dès le lendemain de leurs noces les maris se trouvent débiteurs de leurs femmes[27].

Elle partit donc pour les eaux. Je me trouvai par son absence forcé de laisser les choses dans l'état où elles étaient. Pour tâcher de remplir le vide qu'elle avait mis dans notre commerce, je m'avisai de me rendre commissionnaire pour des marchands, qui, sûrs de ma probité, ne balancèrent point à me donner leur confiance. Monsieur Hutin fut un des premiers à faire porter chez moi des vins de haut prix, je lui devais rendre compte du débit à la fin de chaque semaine.

Dans ces entrefaites, il me prit un jour fantaisie d'aller me divertir à Passy avec ma femme qui y avait pris une chambre garnie. J'espérais que cette attention me rendrait son affection. J'y arrivai sans être attendu, et j'apportais avec moi nos provisions : mais ma précaution était fort inutile. Je la trouvai en effet à table avec deux Directeurs, qui dévotieusement y mangeaient tout ce que Paris peut fournir de plus délicat : et le vin s'y répandait avec profusion.

Si ma présence dut déconcerter ces Messieurs, je n'eus pas lieu de m'en apercevoir, et ma femme sans se démonter et sans se déranger, me dit de prendre une chaise : mais je n'étais pas assis que (la réflexion lui faisant sans doute appréhender quelque scène de ma part) elle se retira après une légère excuse fondée sur le spécieux prétexte d'aller prendre ses eaux à la fontaine, et nous ne la revîmes plus.

Je restai avec ces deux bons Ecclésiastiques, qui m'apprirent ingénument que l'un d'eux avait été le

Directeur de Madame ; qu'ayant appris qu'il allait à Versailles avec le Provincial présent, elle les avait engagés de venir dîner chez elle en repassant. Jugez de ma surprise.

Je dois cette justice à cet honnête homme qui me faisait ce détail, de convenir qu'il parlait avec sincérité, et que du moins en apparence, ç'a été malgré lui s'il a consommé la plus grande partie de mon vin. Mais c'était un Directeur du premier ordre dans le parti rigoriste [28], et ma femme, peut-être moins dévote que personne, avait cette sotte fatuité de vouloir passer pour une de ses favorites.

Je les conduisis à leur chaise, et je me rendis aux Eaux. Je n'eus pas entamé la conversation avec ma femme sur cette rencontre, qu'elle me dit que ce Père était son Ange, qu'elle lui faisait politesse, que cela ne me coûtait rien et que je la laissasse en repos.

Ce discours me glaça, mais mon naturel tranquille ne se démentit point. Je partis sans prévoir d'autres accidents, comptant bien même qu'on devait m'avoir quelque obligation de ma douceur ; mais que je me trompais.

Je vous ai dit que Monsieur Hutin me donnait des vins en commission, et chaque semaine je lui portais l'état de la vente et de ce qui me restait en cave. Je m'en rapportais pour ce détail à Picard, étant obligé d'être toujours hors de ma maison pour en obtenir le débit. En rentrant à Paris, je me rendis chez ce Marchand et je lui remis l'état de la dernière semaine.

Je fus fort étonné de voir le lendemain entrer chez moi ce même Monsieur Hutin, qui me pria de lui permettre de descendre à mon cellier pour vérifier le compte que je lui avais fourni la veille. Je n'en fis point de difficulté, car je me croyais en règle. Nous trouvâmes le nombre des tonneaux que j'avais accusés ; mais je ne pus en revenir quand, plus instruit que moi-même de l'état de ma cave, Monsieur Hutin me fit apercevoir que six pièces, que je croyais pleines, n'étaient plus que des futailles restantes inutilement sur les chantiers. Je fus traité par cet homme comme un fripon, et il me menaça de me perdre.

J'appelai Picard, à qui j'avais expressément défendu de rien livrer sans mes ordres. Pendant que je lui faisais les mêmes menaces que je venais d'essuyer, Hutin et lui se regardaient en souriant. Cette intelligence me rendit furieux, et j'allais totalement sortir de mon caractère, quand ce garçon intimidé se jeta à mes genoux, et m'avoua que, depuis le départ de Madame, il avait journellement reçu ordre d'elle de lui envoyer de ce vin à Passy, ou d'en faire porter à son Directeur; et qu'à l'instant il venait de faire partir six bouteilles pour ce dernier. Contes en l'air, dit Monsieur Hutin; je verrai ce que je dois faire, ajouta-t-il en sortant. Je chassai Picard, et dans la fureur où j'étais, je me rendis sur-le-champ chez le Directeur.

Le bon Père me répéta qu'il n'avait jamais rien reçu de ma femme que forcément, et me déclara à la fin qu'il pensait que ma femme était folle. Tenez, dit-il, Monsieur, voilà un bonnet d'été violet qu'elle m'a envoyé. Croit-elle qu'un homme de mon état portera de ces garnitures en réseaux d'argent et en franges? Je le lui ai renvoyé deux fois, mais en vain. Comme je suis résolu de ne m'en point servir, je vous le remets. Il me dit même qu'il avait prié mon épouse de se choisir un autre Directeur, sur le prétexte que ses autres affaires ne lui permettaient pas de lui donner ses soins.

La candeur que faisait paraître cet honnête Ecclésiastique m'ôta la force de lui parler des six bouteilles qu'il avait reçues le même jour, et il ne m'en parla pas non plus, peut-être par oubli.

Je pris à l'instant un carrosse et je me fis conduire à Passy : je trouvai ma femme, auprès de laquelle Hutin s'était déjà rendu ; j'augurai dès l'abord qu'il venait lui rendre compte de l'usage qu'il avait fait des lumières qu'elle lui avait données ; car ayant voulu lui parler du désastre que sa conduite mettait dans notre ménage, elle me dit avec emportement :

C'est bien à vous à vous plaindre, quand j'ai tout fait pour vous et que vous me ruinez : sans la considération que Monsieur Hutin a pour moi, il vous poursuivrait et il vous ferait pourrir dans une prison. Il veut bien à ma prière vous accorder du temps, ne point ébruiter votre friponnerie, et même vous continuer sa confiance et vous viendrez me soumettre à votre humeur ? Ce pauvre Picard que vous chassez, il faut le reprendre ; n'est-ce pas, Monsieur Hutin ? Il suffit que j'aime ce garçon, Monsieur le met dehors ; allez, toute votre conduite est affreuse. Décidez-vous à mériter les bontés de Monsieur, ou je vous abandonne à sa vengeance.

J'aurais peut-être répondu, et j'avoue que la patience était prête à m'échapper, quand Monsieur Hutin me força à me tenir tranquille, en me protestant que, si je faisais le moindre bruit, il me décréditerait à jamais. Que faire à ma place ? Ce que je fis, gémir en secret et se taire.

Je revenais chez moi désespéré, quand en passant j'ai entendu parler de l'affaire de Monsieur le Comte de Dorsan. Chacun s'en entretenait chez moi quand j'y suis arrivé, et l'on vous nommait. Cela a excité ma curiosité : je vous ai découvert, et j'ai le bonheur de vous voir.

Je ne pus entendre ce récit sans frémir, et sans faire une comparaison du sort de mon frère au mien, bien avantageuse pour moi. Mademoiselle Habert y donna quelques larmes qui me furent bien sensibles et dont je lui eus une obligation infinie. Je retins mon frère à dîner, et sans m'amuser à plaindre son malheur (compassion stérile qui ne remédie à rien, et qui souvent est plus employée pour satisfaire l'amour-propre que pour contenter la Nature) ; je lui dis que j'irais le voir, que je le priais de venir souvent chez moi, et qu'il devait être persuadé que je serais toujours son frère. Mon bien, lui dis-je, cher frère, ne me sera jamais précieux, qu'autant qu'il me mettra dans le cas de vous être bon à quelque chose : et dès lors j'engageai Madame de la Vallée à prendre chez nous deux garçons qu'il avait eus de son mariage, et auxquels il ne pouvait donner une éducation convenable.

Ma femme y consentit volontiers, et aurait pris la peine de les aller chercher, si son état de faiblesse le lui eût permis, mais elle fut obligée dans le jour de se remettre au lit ; à peine y était-elle, et à peine mon frère venait-il de sortir, que Monsieur le Comte de Dorsan entra.

Il fit un court compliment à ma femme sur son indisposition, il ne pouvait se lasser de lui répéter les obligations qu'il disait m'avoir, et il finit en me priant de le conduire chez Monsieur Dorville, auquel, ainsi qu'à sa femme, il devait, me dit-il, un remerciement et des excuses de l'embarras qu'il leur avait causé la veille.

Je me disposais à m'y rendre, lui dis-je, Monsieur. J'en suis charmé, répondit-il, cela s'arrange avec mes vues sans vous détourner de vos affaires ; mon carrosse est là-bas, nous irons de compagnie. Il salua Madame de la Vallée ; je l'embrassai, ses yeux paraissaient me voir partir à regret, mais Monsieur de Dorsan avait parlé, et il n'y avait pas moyen de m'arrêter. Nous partîmes.

FIN DE LA SIXIÈME PARTIE

SEPTIÈME PARTIE

Nous étions à peine montés en carrosse, que je crus devoir faire part à Monsieur le Comte de Dorsan de l'inquiétude que j'avais sur l'état présent de la santé de Dorville.

Nous allons dans une maison, lui dis-je, où je crains qu'il ne soit arrivé quelque accident. Eh! quel accident appréhendez-vous? répondit-il vivement. Je n'en sais rien, continuai-je; mais en quittant Monsieur de Fécourt, je me suis rendu ce matin chez Monsieur de Dorville, je n'y ai trouvé qu'une femme qui m'a assuré que l'état du malade ne lui permettait point de recevoir ma visite.

Il est vrai que je n'en augurai pas bien, me dit le Comte, quand je le quittai: je serais cependant fâché que son mal fût empiré. Je le connais peu, mais j'ai obligation à son épouse: d'ailleurs, ajouta-t-il comme par réflexion, lui-même nous a reçu avec égards, et cela mérite de la reconnaissance.

J'avoue que cette façon de s'exprimer m'offrit matière à réfléchir moi-même. Cette distinction que faisait Monsieur le Comte, entre les obligations contractées avec la femme, et celles qu'il devait au mari, ne me paraissait pas assez formelle, pour les bien

apprécier séparément, comme il semblait le vouloir
faire. Je commençais même à attribuer sa conduite à
une des irrégularités de l'amour, quand Monsieur le
Comte de Dorsan (sans doute pour m'épargner la peine
de me tourmenter l'esprit) reprit ainsi :

Vous le dirai-je, mon cher, quelle que soit ma
gratitude pour les marques d'attention de Dorville, je
sens qu'elles céderaient facilement dans mon cœur aux
sentiments que j'ai conçus pour son épouse.

A cette ouverture que crut me faire Monsieur de
Dorsan, et à laquelle il ne douta pas de me voir prendre
part, je ne répondis que par un : nous y voilà, je m'y
attendais. Il parut étonné de mon exclamation, qui fut
sans doute cause du silence qu'il garda.

Il faut pourtant convenir que ce silence pouvait avoir
un autre motif, et la suite le fera croire. C'est l'ordinaire du cœur, qui pour la première fois trouve jour à
sortir de son secret, d'être satisfait d'avoir pu faire
soupçonner ses sentiments, et quand il obtient cet
avantage, il n'a pas ordinairement la force de passer
outre.

Nous restâmes donc un instant sans parler. Qu'on ne
me demande pas ce qui m'engageait à me taire, car
j'aurais bien de la peine à en rendre raison : le seul
motif que je puisse entrevoir, c'est que Monsieur de
Dorsan me paraissait être dans une rêverie si agréable,
que je me serais fait un crime de l'en distraire.

Je me mis alors insensiblement à rêver moi-même.
Je me rappelai la première entrevue de Madame de
Dorville et de Monsieur de Dorsan, et les idées que
j'avais prises de leurs sentiments me parurent bien
fondées : mais la réflexion que cela m'occasionna
naturellement sur les peines que j'avais eues à terminer mon mariage, m'affligea véritablement et pour
l'un et pour l'autre.

Je me disais intérieurement : Eh! mais il y avait moins de distance de Jacob à Mademoiselle Habert, que de Madame de Dorville à Monsieur de Dorsan. J'étais fils de fermier comme celle qui vient de m'épouser, la différence ne consiste qu'en ce que les parents de ma femme ont quitté depuis quelques années, ce que les miens exercent encore : mais ici si Madame de Dorville est fille d'un Gentilhomme, il est question pour elle d'un fils d'un Ministre. Je me retraçais alors toutes les traverses que j'avais essuyées, et je croyais voir Madame de Dorville dans les mêmes embarras. Cela m'attristait, quand Monsieur de Dorsan sortit tout à coup de sa rêverie par une saillie qui, en me rappelant la mienne, acheva de le dévoiler à mes yeux.

Oui, je puis espérer de devenir heureux, s'écria-t-il. Que je suis fortuné!...

Madame de Dorville, repris-je, a tous les agréments qui peuvent faire votre félicité, j'en conviens : mais fût-elle veuve, elle est sans fortune et sans rang.

Eh bien, j'ai l'un et l'autre, reprit-il vivement. Je crois que c'est votre malheur, lui répondis-je ; votre famille, intéressée à l'alliance que vous devez prendre, ne mettra-t-elle point d'obstacles à vos désirs ?

Ah ! cher la Vallée, dit-il en m'embrassant comme pour me supplier d'arrêter mes réflexions, n'empoisonnez pas le plaisir que je goûte. Je vois peut-être encore plus de difficultés, que vous n'en pouvez envisager, mais elles ne peuvent me faire trembler. Si elles se présentent, je les combats, et je m'applaudissais même de les avoir toutes aplanies quand vous avez commencé de parler. Loin de l'attaquer, daignez plutôt me confirmer dans mon erreur, si c'en est une ; elle a trop de charmes, pour ne la pas chérir : que ne les avez-vous connus, quand vous avez épousé Madame Habert, vous seriez plus indulgent. L'opposition que je mets ne doit point vous faire peine. Des motifs différents nous mèneront au même but. L'intérêt plus que l'amour décidait votre volonté, lorsque l'amour est le seul maître que j'écoute : mais pour rompre cet entretien, faites-moi le plaisir de m'instruire de la famille de Madame de Dorville, et de celle de son mari.

Je ne pus m'empêcher de remarquer la façon singulière dont Monsieur de Dorsan prétendait rompre cet entretien, en y rentrant plus que jamais.

Je ne suis guère plus au fait que vous sur cet article, répondis-je. Tout ce que je sais, c'est que Dorville est un Gentilhomme de la Province d'Orléans, et que son épouse est issue d'une famille noble du même canton.

Elle est fille de condition, reprit avec joie ce Seigneur ; elle avait épousé un Gentilhomme, cela me suffit : mais comment avez-vous appris ces circonstances ?

Par les éclaircissements, répondis-je, que Madame Dorville donna elle-même à une personne que nous trouvâmes à Versailles chez Monsieur de Fécourt, et qui, fâchée de la façon dure avec laquelle ce dernier persistait à révoquer Monsieur de Dorville, se voulut bien charger de lui faire du bien.

Et quel est cet homme si bien intentionné ? me demanda le Comte de Dorsan, avec un visage qui, quoique contraint, semblait me marquer quelque inquiétude.

Je ne me trompai pas à son mouvement, je le pris pour une impression de jalousie ; et je crus de mon devoir de ne pas tarder à effacer un sentiment qui faisait ou pouvait faire quelque tort à Madame de Dorville dans l'esprit de ce Seigneur. Je ne puis cependant m'empêcher de faire attention à cette bizarrerie de l'homme amoureux ; à peine commence-t-il à aimer que tout l'alarme : son ombre seule, vue à l'improviste, est capable de l'agiter. L'amour serait-il donc un sentiment de l'âme, quand tout son effet est d'en déranger l'assiette, et d'en troubler la tranquillité ? Voilà une réflexion que je fais la plume à la main, car alors ne voyant que la gloire de la Dame dont nous parlions, je répondis sur-le-champ :

Cette personne, touchée des refus de Monsieur de Fécourt, est un nommé Monsieur Bono (à ce nom, le Comte prit un visage plus serein) : il nous promit alors, continuai-je, à cette Dame et à moi, de nous dédommager, si Monsieur de Fécourt persistait dans ses refus. Nous avons eu avec cet homme un instant d'entretien, dans lequel la vertu de Madame de Dorville m'a paru lui faire plus d'impression que ses charmes.

Oh ! je connais Bono, reprit Monsieur le Comte totalement remis par mes dernières paroles : s'il peut quelque chose, je me charge de le décider en votre faveur : mais maintenant je dois attendre. Je vous avouerai, mon cher la Vallée, poursuivit-il, que quoique je sois dans la ferme résolution de tout faire pour votre avancement prochain, l'état de Dorville, s'il vit encore, me semble demander plus de précipitation de ma part. Persuadé de votre façon de penser par l'acte généreux que vous fîtes à Versailles, je ne vous cache pas que je crois devoir d'abord travailler pour notre malade. A quoi bon vous déguiser ces motifs : vous connaissez suffisamment mon cœur ; j'aime Madame Dorville, et je veux faire quelque chose pour son mari, s'il est temps encore, et je dois en avoir réponse dans le jour.

Je ne me sentais point du tout fâché de la préférence que Monsieur de Dorsan avait donnée aux intérêts de son amour sur le mien. J'allais même lui marquer combien j'étais sensible à ce que sa bonne volonté lui inspirait pour une famille qui méritait ses attentions.

Eh ! qu'on ne soit point étonné de cette générosité !
Je voyais d'honnêtes gens dans le besoin, et quoique
l'orgueil et la cupidité me sollicitassent vivement, ces
passions ne s'étaient point encore rendues maîtresses
de mon cœur : elles sont violentes, j'en conviens : mais
la nature, qui se faisait entendre, n'eut point de peine à
les terrasser.

D'ailleurs si l'on se souvient que je suis à la tête de
quatre mille livres de rente, on pensera que Jacob
devait s'estimer fort heureux. Que de Paysans contents
de ma fortune se seraient endormis dans une molle
indolence ! Cependant, si l'on réfléchit, on avouera que
l'expérience en montrait un plus grand nombre, dont
le cœur, enflé par mes premiers progrès, se serait cru
en droit de forcer la fortune à leur accorder de
nouvelles faveurs, et qui dans ma position en auraient
assurément voulu à Monsieur le Comte de Dorsan, de
ce que l'amitié cédait dans cette occasion à l'amour :
mais j'étais moins injuste. Oui j'allais lui exprimer ma
satisfaction, quand ce Seigneur fit arrêter : et en effet
nous étions à la porte de Monsieur Dorville.

Toute la maison, par le silence qui y régnait, nous
parut plongée dans une tristesse profonde. Cette idée
fit passer sur le visage de Monsieur le Comte, et dans
mon cœur, un morne qui y répondait, et nous n'eûmes
pas de peine à démêler le motif qui pouvait occasion-
ner la douleur qui se manifestait sur le visage de
Madame de Dorville et de sa mère.

Ce fut en vain que ces aimables Dames, à la vue de
Monsieur de Dorsan, voulurent essuyer leurs larmes,
elles se faisaient jour malgré leurs efforts pour les
retenir. Cet état, qui souvent fait tort à la beauté,
relevait au contraire les charmes de Madame de
Dorville. Une certaine rougeur, qui vint couper la
pâleur, suite ordinaire de la tristesse, me fit croire qu'il

régnait quelque embarras dans le cœur de notre charmante Veuve, et je ne l'attribuai qu'à la présence de Monsieur de Dorsan.

On doit se rappeler que je n'avais pu voir cette jeune Dame avec indifférence[1] ; et que ce sentiment, tout superficiel qu'il était, m'avait donné assez de lumières pour bien apprécier cette timidité contrainte et ces œillades à demi lâchées et à demi rendues entre deux personnes, lorsque le hasard les avait fait rencontrer pour la première fois. Je décidai donc à ce moment, mais sans balancer, que si je connaissais les sentiments de Monsieur le Comte pour cette Dame, cet abord devait me confirmer ceux de cette Dame pour mon ami.

Je viens, Madame, lui dit Dorsan, d'un air timide et embarrassé, sous les auspices de Monsieur de la Vallée, pour vous prier d'agréer mes excuses du trouble que je causai hier dans votre maison, et pour vous faire mes remerciements des bontés dont vous m'avez honoré.

Madame Dorville, qui dans toute autre circonstance n'aurait pas laissé le compliment du Comte sans réplique, n'eut pas la force de lui dire un seul mot ; la douleur ne lui donna de pouvoir que pour verser quelques larmes, peut-être cette Dame, sentant l'effet que la présence de mon Ami faisait sur son cœur, vit-elle avec un nouveau chagrin l'espèce d'infidélité qu'elle faisait déjà à la mémoire de son époux.

On nous présenta des sièges en silence. Tout cet extérieur confirma nos soupçons, l'air avec lequel alors me regarda Monsieur de Dorsan me fit comprendre que sa situation ne lui permettait pas de parler le premier sur Monsieur de Dorville qu'il supposait mort, et avec raison ; je l'entendis à merveilles, et je crus que mon amitié demandait que je suppléasse à son silence.

Madame, dis-je à la Veuve, je m'étais rendu tantôt

chez vous pour vous apprendre que Monsieur de
Fécourt rendait à votre époux... Ah! Monsieur, reprit
cette Dame, sa bonne volonté est inutile, il n'est plus...

Après ce peu de mots, je crus que la vivacité de la
douleur l'avait réduite dans un pareil état. Ce qui me
parut étonnant, c'est que ses larmes se séchèrent tout à
coup, et elle demeura bien pendant l'espace d'un quart
d'heure, la tête renversée dans son fauteuil, les yeux
fixés, les mains pendantes, sans parole et sans mouvement.

Je ne comprenais rien à cette situation : j'osai même
un instant l'attribuer à l'insensibilité. Que je connaissais peu la nature! J'ignorais alors que les grands
mouvements saisissent tous les sens, et les rendent
incapables d'aucunes fonctions. Oui, l'expérience m'a
seule appris que toutes ces douleurs, qui s'exhalent en
cris et en lamentations, sont l'effet d'une âme qui
cherche à masquer, par les dehors, son endurcissement
intérieur, lorsque le cœur vivement touché est absorbé
et demeure dans un sombre repos qu'il ne connaît pas
lui-même.

Monsieur le Comte de Dorsan, plus instruit que moi,
connut d'abord l'état de cette Veuve, et n'épargna rien
de tout ce que l'esprit peut inventer de plus séduisant
pour tâcher de le calmer : mais il me parut longtemps
travailler en vain. Si un monosyllabe coupait de temps
à autre la rapidité de ses exhortations, l'abattement ne
semblait reprendre qu'avec plus de force. Qu'on juge
bien de l'état où se trouvent ces deux personnes qui
s'aiment, qui se voient libres, mais dans quelle circonstance, et rien n'étonnera plus!

Malgré la part sincère que Monsieur le Comte prenait à la douleur de Madame de Dorville, je croyais
entrevoir qu'il goûtait une satisfaction intérieure, tant
des sentiments que l'état de cette belle Veuve lui faisait

exprimer, que des libertés innocentes que l'office de consolateur lui permettait de prendre auprès d'elle, sans qu'elle y fît attention.

Monsieur de Dorsan en effet, pour lui faire mieux goûter ses raisons, lui prenait la main, la lui pressait dans les siennes, et quelquefois s'émancipait à la porter à sa bouche. Il applaudissait à ses larmes, en entrant dans la justice de la cause qui les faisait couler. Mais il ne perdait pas l'occasion de lui faire entrevoir que depuis longtemps elle devait s'attendre à ce qui lui venait d'arriver, que la mort avait été favorable à son mari même, puisqu'un état d'infirmités continuelles devait lui rendre la vie à charge. Pour moi tout neuf que j'étais, si toutes ces raisons me paraissaient bonnes, il y en eut une qui me sembla déplacée, et je pensai même que Monsieur de Dorsan s'était trop avancé. Je crus en effet voir un intérêt trop marqué, quand Monsieur le Comte ajouta, qu'avec ses traits et sa jeunesse une aussi belle femme pouvait facilement réparer cette perte, et qu'il était impossible qu'elle ne fixât l'amour et l'inconstance de quelqu'un en état de la dédommager. Où ne mène pas l'amour, quand une fois on s'abandonne à sa conduite ! Si ses premiers pas sont insensibles, il n'attend que le moment de faire une irruption.

Si faute d'avoir connu pour lors ce caractère de l'amour, la vivacité de Monsieur le Comte me surprit ; peut-être fut-ce par une suite de cette même ignorance que la réponse de la belle Veuve m'étonna : elle ne consistait que dans un coup d'œil, mais qui semblait chercher dans celui de Monsieur de Dorsan, le motif qui inspirait son discours ; et qui, quoique pénétrée de douleur, laissait voir une apparence de surprise satisfaite. Je n'eus pas lieu de m'y arrêter longtemps.

Le Comte qui devinait l'embarras dans lequel devait

être Madame Dorville, lui dit : vous avez sans doute
des amis, Madame, car votre position en exige. Je
serais flatté si, en me mettant de ce nombre, quoique
j'aie peu l'honneur d'être connu de vous, il vous
plaisait de m'honorer de vos ordres. La reconnaissance
que je vous dois, réglerait mon exactitude à vous
marquer mon zèle.

Il n'avait pas encore achevé les dernières paroles,
quand Madame de Dorville, qui se disposait sans doute
à lui répondre, en fut empêchée par la visite de
quelques personnes de sa connaissance, qui venaient
par politesse, prendre part à sa peine.

Les abords furent silencieux, les compliments brefs,
les visites courtes, et chacun se retira après avoir
donné des marques d'une tristesse qui ne paraissait
pas passer le bord des lèvres. Nous nous étions appro-
chés Monsieur de Dorsan et moi pour sonder la mère
de Madame de Dorville sur l'état où son beau-fils
pouvait laisser sa Veuve par sa mort.

Je m'aperçus bientôt que Monsieur de Dorsan ne
faisait aucune attention à notre entretien. Un grand
homme sec, qui venait d'entrer, le fixa, et il ne nous
répondait plus que d'une façon distraite : ce sujet de sa
nouvelle inquiétude paraissait un Seigneur à l'éclat de
ses habits. L'air de confiance avec lequel Madame de
Dorville le pria de rester un instant pour l'entretenir, le
faisait croire à Monsieur de Dorsan un ami intime de la
maison ; (et qui dit ami d'une femme dans l'esprit de
son amant, est sûr de le tourmenter) : Pour moi, je
jugeai qu'elle s'ouvrait à cette personne sur sa situation, et peut-être sur quelques embarras qui en résul-
taient. J'allais faire part au Comte de mon idée, quand
en se levant, ce personnage suspect nous fit entendre
ces paroles adressées à la Veuve :

J'ai toujours été le très humble serviteur et l'ami

véritable de votre mari. Je voudrais pouvoir vous obliger et pour vous et par reconnaissance pour sa mémoire qui m'est chère ; mais vous me prenez malheureusement dans un temps où je suis moi-même dans le plus grand embarras, il faut s'aider : voyez à vous tirer de ce pas. Ayez recours à vos connaissances ; elles seront peut-être plus heureuses que moi.

Je vous regarde, reprit Madame Dorville, comme la personne avec laquelle je puisse m'ouvrir plus librement et à laquelle je dois plus de confiance.

Vous me faites honneur, dit-il en s'en allant, je suis fâché de ne pouvoir y répondre ; mais vous le savez, il faut songer à soi ; et il sortit aussitôt.

Monsieur de Dorsan, trop éclairé par ce discours, pria la mère de lui expliquer le sens de ces dernières paroles, qu'il commença lui-même à interpréter ; il s'informa même du rang et de l'état de cet homme. Elle nous dit superficiellement qu'elle ignorait le sujet de la conversation que sa fille venait d'avoir avec ce Monsieur, que c'était un Gentilhomme de leur Province, qui, n'étant point riche, avait eu recours à Monsieur Dorville, pour lui rendre service. Mon fils a été assez heureux, ajouta-t-elle, pour lui faire obtenir un emploi où il s'est poussé rapidement, et depuis ce temps il a toujours été l'ami intime du défunt et de sa maison.

Il n'en fallait pas tant pour instruire Monsieur de Dorsan, et pour le décider sur ce qu'il devait faire dans cette circonstance, et j'ose dire qu'il l'exécuta avec cette dextérité qui donne aux bienfaits un prix que rien ne peut compenser.

Après un compliment qu'il fit à ces Dames, et qui me parut moins animé, (sans doute parce que l'action qu'il venait de faire le rendait moins libre), il leur demanda la permission de venir les consoler, et nous nous retirâmes.

Je lui avais appris la promesse faite à Monsieur Bono de lui rendre visite, il me proposa de m'y conduire sur-le-champ, mais je le priai de ne point se déranger, d'autant plus que j'étais résolu de retourner chez moi.

J'ai laissé ma femme indisposée, lui dis-je, et je lui ai promis de revenir au plus tôt. Si je tardais, elle pourrait s'inquiéter, et je me ferais un crime de contribuer à augmenter sa maladie.

Monsieur le Comte, malgré mes instances, voulut à toute force me remettre chez moi, pour s'informer de la santé de mon Épouse. Sa politesse et son amitié l'y portaient assurément, mais je pense que le motif le plus pressant était de pouvoir en chemin parler encore quelque temps de l'objet de son amour; car à peine étions-nous en route qu'en me sautant au col il me dit :

Ah ! cher la Vallée, que cette veuve est aimable ! je ne crois pas que personne ait jamais pris sur moi l'emprise que je sens qu'elle obtient. Oui je l'adore, et rien ne peut me faire changer.

J'ai cru deviner vos sentiments, répondis-je, vous ne faites qu'affermir mes idées ; mais j'avoue que, plus je vous crois incapable de vous vaincre, et moins j'espère que vos feux ne soient point traversés.

Eh ! quoi, reprit-il d'un air animé, quelqu'un m'aurait-il prévenu dans son cœur ? Que je serais malheureux ! mais n'importe, j'exige de votre amitié de ne me rien cacher.

Je ne connais point assez cette belle, lui repartis-je, pour savoir si son cœur est prévenu, mais si j'en dois juger par les seules lumières que la Nature m'a données, je crois qu'elle vous voit d'un œil aussi favorable que le vôtre peut lui être avantageux.

Que tu me réjouis, cher ami, dit-il, cette espérance me charme. Puis-je m'y abandonner ? Tu me le dis, je te crois. L'espoir que vous me faites concevoir, conti-

nua-t-il, redouble l'amitié que je vous ai vouée, oui
c'est un titre plus grand à mes yeux que la vie même
que je vous dois. Eh! qu'est-ce que la vie en effet,
ajouta-t-il avec feu, si elle doit être malheureuse? Loin
de vous en avoir obligation, je devrais au contraire
vous faire un reproche de me l'avoir conservée, si je
devais perdre la seule chose qui pourra jamais me la
faire estimer.

J'eus beau combattre ses sentiments, le prier même
de s'y livrer avec plus de réserve; tout fut inutile. Si
mes raisons paraissaient quelquefois l'abattre, il ne se
relevait bientôt qu'avec plus d'avantage. Sa mère
l'aimait: il avait un bien assez considérable; Madame
Dorville avait une naissance qui ne pouvait le faire
rougir. En un mot il aimait, voilà le grand point, et
cette circonstance suffisait pour trouver de la faiblesse
dans mes objections, et de la solidité dans ses réponses.

Instruit d'ailleurs par la seule Nature, que pouvais-je
lui objecter qu'il ne pût aisément renverser, et tout ce
qu'il pouvait me répondre devait être sûr de
s'attirer mon suffrage: aussi quand je le combattais, je
prenais plus mes arguments de l'expérience que du
sentiment.

Ce fut au milieu de tous ces propos que nous nous
rendîmes chez moi: Monsieur de Dorsan voulut voir
mon épouse, qu'il trouva toujours dans le même état
de langueur; nous étions à peine assis qu'on vint
m'avertir qu'une personne me demandait de la part de
Madame Dorville. Monsieur de Dorsan, qui pénétra
plus que moi le motif du message, me dit de faire
entrer cet exprès. J'obéis, et l'on me remit un billet de
cette Dame, dont je ne crus pas devoir faire un mystère
au Comte, qui paraissait lui-même fort empressé d'en
voir le contenu. Nous y trouvâmes ce peu de mots:

« J'ai trouvé une bourse sur ma toilette. Serait-elle à vous, Monsieur ? Ou Monsieur le Comte l'aurait-il oubliée ? Je vous prie de me faire savoir auquel de vous deux je dois la renvoyer.

« DORVILLE. »

Je regardai, en souriant, Monsieur le Comte, dont le visage soutint mes regards attentifs sans se laisser pénétrer. D'un air même fort ingénu, et qui aurait pu persuader un homme moins instruit, il fouilla dans sa poche et m'assura qu'il n'avait point perdu la sienne. Sans sortir de mon idée, pour le satisfaire, je cherchai la mienne par forme, aussi se trouva-t-elle fort exactement à sa place. Je ne doutais point d'où la générosité partait, et j'allais me disposer à répondre suivant mes lumières quand Monsieur de Dorsan, ayant su qu'on ne connaissait point mon écriture dans cette maison, me pria de lui permettre de faire lui-même la réponse sous mon nom. Que l'Amour est ingénieux, il saisit tout. Peut-être aussi ce Seigneur appréhendait-il quelque indiscrétion de ma part. Quel qu'ait été son motif, voici sa réponse :

« Madame,
La bourse que vous avez trouvée, ne m'appartient point. Monsieur le Comte qui est présent à l'ouverture de votre billet m'a assuré qu'il n'a point perdu la sienne, il m'a ajouté que sans doute celle qui se trouve chez vous, ou vous appartient, ou y a été laissée par quelqu'un instruit de vos affaires.

« Pour moi, je pense que vous ne devez faire aucune difficulté de vous en servir. Je suis même persuadé qu'on vous en aura obligation. Qui en a agi de cette façon mystérieuse, a voulu se cacher ; vos recherches

ne le découvriront pas, il borne sa gloire à vous être
utile : voilà mon sentiment.

« Je suis avec respect,
Madame,
Votre très humble et très obéissant serviteur.

« LA VALLÉE. »

Si cette lettre paraît un peu longue, qu'on se rappelle
que c'est un Amant, et un Amant dans les premiers
transports, qui trouve une occasion inespérée d'écrire
à sa Maîtresse ; et on sera surpris que son style se soit
trouvé si laconique, car un Amant qui écrit appréhende
toujours de n'en pas dire assez.

Malgré toutes les précautions que ce Seigneur prenait dans sa lettre pour cacher qu'il fût l'auteur de
cette action généreuse, tous mes soupçons s'arrêtèrent
sur lui. En effet, me disais-je intérieurement, sa tranquillité me l'apprend. Pendant l'entretien de Madame
Dorville avec ce grand homme sec, j'ai cru voir que
Monsieur le Comte était naturellement jaloux, et
cependant cette circonstance, qui aurait dû l'alarmer
plus qu'une conversation, ne lui cause aucun trouble, il
n'y voit donc point de motifs de s'inquiéter, ainsi il
connaît l'auteur de cette générosité que son grand
cœur lui a dictée.

Tant il est vrai que l'homme a toujours quelque
faible par lequel il se démasque, sans le vouloir, aux
yeux de ceux qui sont à portée de le connaître, ou qui
s'attachent à l'étudier. Pour moi, qui entrais dans le
monde, je suivais tous ceux qui m'approchaient avec
tant d'attention, que rien ne pouvait m'échapper. C'est
ce que l'on a dû remarquer dans le cours de mes
Mémoires jusqu'à présent, et ce qui sans doute m'a le
plus instruit pour me conduire moi-même.

Après cette réflexion, je ne balançais plus à attribuer à Monsieur de Dorsan cette libéralité, lorsque ce Seigneur me demanda s'il pouvait m'entretenir en particulier. Ma femme, qui était dans son lit, ne nous gênant point, nous nous retirâmes dans un coin de l'appartement, pour y parler en liberté.

Je ne vous cacherai point, cher ami, me dit-il, que je suis l'auteur de l'inquiétude de Madame Dorville. Que ne voudrais-je pas faire en faveur de cette adorable personne! mais sa lettre me jette dans un double embarras. Je crains sa délicatesse, et je voudrais la prévenir. L'ignorance de ma conduite, dans laquelle je prétends la laisser, la mettra peut-être dans le cas de regarder cet argent comme un dépôt, et de ne pas oser y toucher. D'un autre côté, si elle sait qu'il vient de moi et que mon amour veut qu'elle s'en serve, ses sentiments peuvent m'exposer à ses refus... Voyant qu'il s'arrêtait à réfléchir, je lui demandai ce qu'il croyait qu'il fallût faire dans cette occasion pour épargner le refus qu'il craignait, et pour donner à cette veuve la liberté de se servir de l'argent qu'elle avait trouvé dans sa maison.

Je m'y perds, reprit-il, la circonstance est embarrassante.... mais... attendez... Oui, je vois une ressource. Il faut que vous vous rendiez chez elle, vous sonderez ce qu'elle pense. Vous combattrez ses scrupules, vous les lèverez même, vous la déterminerez enfin à profiter de cette circonstance sans la pénétrer. Laissez-lui la liberté de penser ce qu'elle voudra ; mais ne lui faites point soupçonner que vous connaissez la personne qui a eu le bonheur de lui offrir ses secours.

Cette commission est difficile à remplir, lui dis-je. Ah! cher la Vallée, ajouta le Comte, j'attends de vous cette grâce. Et, sans me donner le temps de répondre, il m'apprit tous les arguments que je devais employer pour vaincre la délicatesse de son Amante.

Ma reconnaissance ne me permettait pas de désobéir à un Seigneur, dont les ordres m'honoraient. Je lui promis de remplir ses volontés dès le lendemain, et d'aller aussitôt lui rendre la réponse que j'aurais reçue. Monsieur de Dorsan sortit en me protestant de nouveau qu'il allait employer son crédit pour presser mon avancement. Faites vos affaires, me dit-il, je verrai Bono, je vous excuserai auprès de lui ; il est bon homme, et l'indisposition de votre femme sera un motif suffisant. Ce Seigneur aurait pu ajouter que mes excuses, en sortant de sa bouche, ne devaient point trouver de réplique dans Bono ; mais il aurait craint de m'humilier en ajoutant ce sujet de me tranquilliser, et il ne le fit point.

Dès que je fus seul avec ma femme, je m'informai plus exactement de sa situation présente. Elle se trouvait un peu mieux. Je lui dis que je comptais aller le lendemain prendre mes Neveux : et croyant qu'elle serait en état de m'y accompagner, elle m'en fit la proposition. Je l'acceptai volontiers, mais cette résolution ne devait point s'exécuter.

Elle passa, en effet, une fort mauvaise nuit ; éprouvant partout des douleurs aussi aiguës que passagères. Je fis venir un Médecin qui, à le bien dire, ne comprit rien à cette singulière maladie, mais qui néanmoins ordonna la saignée et quelques boissons, plutôt je crois, pour n'être pas venu en vain que dans l'espérance que ces remèdes produisissent quelque effet avantageux.

La saignée faite, on n'y découvrit aucun symptôme qui pût dénoter la nature d'une indisposition marquée. Comme ma femme ne paraissait se plaindre que d'une faiblesse extrême, je lui parlai de me rendre chez mon frère. Loin de s'y opposer, elle me dit, d'un air d'affection dont je fus pénétré qu'elle était fâchée de ne pouvoir m'y accompagner, mais qu'elle me priait d'assurer mon frère qu'elle se faisait un plaisir infini d'embrasser ses Neveux.

Je sortis donc, et me rendis chez Madame de Dorville. Elle renouvela les motifs de son inquiétude. Je lui demandai en quel lieu elle avait trouvé cette bourse, qui lui faisait prendre tant de peines pour en découvrir le maître. Elle dit qu'après notre départ sa mère l'avait vue sur sa toilette.

Dans ce cas, lui dis-je, vous ne devez pas douter que celui qui a pris ces précautions, n'ait souhaité de vous être utile sans se faire connaître. Vous vous donnerez à le chercher des soins inutiles, et je crois qu'à votre place, et dans la position où vous êtes, je ne balancerais pas à profiter de secours offerts avec tant de délicatesse. Le trait ne peut partir que d'une main amie, et celui qui l'a fait a sans doute appréhendé vos refus.

Quoique mon raisonnement eût plus de force que je n'aurais pensé la veille pouvoir lui en donner, elle combattit quelque temps ma décision, et je ne pus la résoudre à user de cette ressource, qu'en l'assurant que si quelqu'un l'inquiétait à ce sujet, je lui promettais parole d'honneur de la tirer d'embarras à ses ordres.

Satisfait d'avoir réussi dans ma médiation, je me rendis triomphant chez Monsieur de Dorsan, que je comblai d'une joie parfaite. Sa reconnaissance ne pouvait trouver de termes assez forts pour me remercier. J'étais une seconde fois son libérateur. Les intérêts de l'Amour l'emportaient dans son cœur sur ceux de la vie.

Ne pourriez-vous, me dit-il, m'expliquer plus en détail la position des affaires de Madame de Dorville ? Car je connais maintenant son nom et celui de son mari, mais je ne comprends pas comment des gens de ce rang sont tombés dans une pareille extrémité.

Je sais, lui dis-je, qu'un procès considérable a ruiné cette famille. Il était question de droits de terre qu'on disputait à feu Monsieur Dorville. Le crédit de sa partie l'a emporté sur la justice de sa cause, et la perte de ce procès l'a contraint de quitter la Province pour venir à Paris solliciter un emploi qui le mît en état de vivre et de soutenir sa femme.

N'avez-vous pas, reprit-il, d'autres lumières sur cette affaire qui puissent m'apprendre les voies qu'on pourrait trouver pour faire rentrer cette famille dans ses droits ?

Non Monsieur, lui répondis-je, je ne sais pas même le nom de la terre.

Je le découvrirai, ajouta-t-il, et s'il y a moyen je ferai rendre justice à cette aimable veuve. Après ce court entretien, je quittai Monsieur le Comte de Dorsan pour me rendre chez mon frère. Je le trouvai, il me reçut les larmes aux yeux, que sa joie de me voir, ou le chagrin de me recevoir dans une salle dégarnie, pouvait également faire couler. Je pense que l'un et l'autre motifs pouvaient y contribuer : car j'allais m'asseoir quand il me dit que sa femme était de retour. Je le priai de me la faire voir. Il l'envoya avertir, et dans l'instant un garçon vint me dire de sa part de monter à son appartement.

Mon frère m'accompagna, je dis qu'il m'accompagna, car je crois que sans ma présence il ne lui aurait pas été permis d'y paraître. J'avoue que, si l'air de misère qui m'avait frappé en bas m'avait surpris, l'aisance et l'opulence même qui paraissaient régner dans le petit antichambre et la chambre de Madame m'étonnèrent encore davantage.

Je ne pouvais comprendre pourquoi, quand tout

était dégarni, je trouvais dans un seul endroit tant de meubles en profusion, et en si grande quantité, qu'il était un coin où les pièces de tapisseries étaient entassées les unes sur les autres.

Je trouvai ma belle-sœur dans son lit. Avec tous ses grands airs, je m'attendais à voir une beauté, mais ce n'était qu'une petite personne d'un visage fort ordinaire, et dont le langage me parut dénoter plus de suffisance que d'esprit.

Je suis charmé, ma sœur, lui dis-je, de vous voir et de vous embrasser, cet agrément augmente la joie que j'ai eu de retrouver mon frère.

Si sa réponse fut fort laconique, elle ne contenait nulle aigreur : les termes de Monsieur quand elle m'adressait la parole, ou de Madame quand elle parlait de mon épouse, étaient tout ce que je remarquais de différentiel entre nos discours.

Elle suivit ce même ton, tant que mon frère fut présent, auquel de temps à autre elle jetait un coup d'œil qui semblait lui dire : Que faites-vous ici ? Je ne fus point la dupe de toutes ces manières, et je compris que je devais plus la politesse, qu'elle me marquait, à mon air décent qui lui en imposait, qu'à ma qualité de beau-frère.

Comme ma sœur n'osait pas apparemment donner une libre carrière à sa mauvaise humeur, tant que mon frère resterait, de peur que cela n'occasionnât quelques contestations, dont je deviendrais un arbitre suspect, elle affecta un grand air de douceur pour l'engager à descendre. La docilité qui le porta à obéir sur-le-champ me fit connaître combien sa femme avait d'empire sur lui, et me révolta encore davantage contre elle.

Il ne fut pas parti que ma belle-sœur, prenant une humeur plus grave, me dit d'un ton moitié libre et moitié dévot, oui de ce ton qui n'attend que votre repartie pour se décider : Que je suis malheureuse ! votre frère me ruine. Il n'a point d'arrangement dans ses affaires, et nous sommes dans le cas de quitter incessamment le commerce. Pour moi, je n'en suis pas fâchée, mais j'aurais désiré qu'il pût le soutenir pour lui.

Je lui fis entendre que je voyais avec peine le désastre qu'elle m'annonçait, et sans paraître lui adresser directement la parole, je lui dis que dans un ménage chacun devait se prêter également à le soutenir, si l'on souhaitait qu'il prospérât.

Vous avez raison, me dit-elle : j'ai fait ce que j'ai pu, mais mon parti est pris. Je ne puis vivre plus longtemps avec votre frère (qu'on remarque ce nom en passant, et il est à considérer que dans tout notre entretien, elle n'employa jamais celui de mari, qui sans doute l'aurait fait rougir). Je vais me retirer chez ma mère, ajouta-t-elle, à moins qu'il ne veuille consentir à une séparation de biens.

Je ne savais trop ce que cela emportait ; cependant sur quelques interrogations que je lui fis, ménagées avec assez d'art pour dérober mon ignorance à ses yeux, elle m'en instruisit, en m'ajoutant qu'elle avait encore des espérances, et qu'elle prétendait se les conserver.

Cette résolution me pénétra de douleur, mais je sentis l'impossibilité de la faire revenir d'un parti pris avec obstination. D'ailleurs, je ne voulus pas trop y insister, puisqu'elle le faisait dépendre de la volonté de son époux, qui ne me paraissait pas y devoir consentir.

Mais quel sera le sort de mon frère ? me contentai-je de lui dire. Ah ! je demeurerai alors avec lui, me répondit-elle, et je le ferai vivre, mais du moins il ne sera pas mon Maître : ce qui fut prononcé avec un ton animé qui régla ma réponse.

Vous avez raison, lui dis-je, pour que le mariage soit heureux, je crois que chacun doit partager la supériorité, sans qu'aucun fasse sentir à l'autre la part qu'il en possède.

Eh! Qu'est-ce que je demande, cher beau-frère, reprit-elle en m'interrompant (car mon discours, dont elle n'avait pas pris le sens l'avait prévenue en ma faveur), je veux ma liberté, poursuivit-elle, je n'en fais point mauvais usage ; je vais au sermon ; je m'amuse ; si je ne me lève point de bonne heure, c'est que je ne peux pas. Votre frère me connaît, ne doit-il pas se conformer à mon humeur ?

Elle me débita alors tous les motifs de ressentiment qu'elle prétendait avoir contre son mari. Je n'y vis que des griefs contre elle, que je me contentai de déplorer, sans oser y joindre ma juste critique. Le trait de Monsieur Hutin ne fut point oublié. Elle ne rougit pas même de me parler avec violence de la haine que mon frère portait à son Ange (on sait que c'est le nom qu'elle donnait à son Directeur. Je crois devoir le rappeler avec d'autant plus de raison que je ne l'aurais pas reconnu moi-même sous ce titre, si je ne me fusse souvenu des discours que mon frère m'avait tenus chez moi à ce sujet).

Enfin, ajouta-t-elle, je me lèverai bientôt pour assister à un sermon qu'il doit prêcher ce matin à l'Église de Saint-Jean ; car j'aimerais mieux perdre tout, que de manquer une de ses prédications. Nous sommes pourtant un peu brouillés, continua-t-elle avec un air de dépit, car il ne veut plus être mon Directeur. Il faut que je vous raconte ce qui a donné lieu à notre dispute.

Je m'impatientais d'être exposé à entendre tant de sornettes, mais je voulais prendre quelque crédit sur son esprit. Premièrement pour obtenir d'elle la demande que je comptais lui faire de mes Neveux; secondement me flattant que par là je pourrais la ramener à bien vivre par la suite avec mon frère. J'ignorais que le second article était trop décidé pour la faire changer, et que le premier avait tous ses vœux; mais je savais qu'une Dévote a plus d'obligation à quelqu'un qui lui laisse parler de son Confesseur, qu'une Coquette n'en goûte quand elle s'entretient de ses Amants. Ce Père, me dit-elle, était anciennement du parti rigoriste, et alors il se faisait une réputation infinie. Son confessionnal était toujours entouré d'une foule prodigieuse de Pénitentes, et il ne pouvait répondre à l'empressement des femmes de bien qui voulaient se conduire par ses conseils. J'étais alors une des plus soumises et des mieux accueillies. Il y a quelque temps que par un aveuglement horrible il a changé de système : mais comme il n'avait fait ce pas que pour se concilier l'amitié de son Évêque, il ne changea point de conduite avec ses ouailles. Satisfaites de ses sentiments intérieurs, nous nous contentions de gémir sur son apostasie apparente, quand tout à coup il entreprit de métamorphoser nos cœurs : comme il m'avait honorée du nom de sa chère fille, je fus une de ses premières dont il entreprit la perversion. Un jour il me parla de la légitimité de ses nouveaux sentiments, je ne pus l'entendre sans frémir. Je le priai de cesser, il continua, je devins furieuse et j'entrepris de le combattre avec une force dont il eut lieu d'être surpris.

Eh! ma chère fille, me dit-il, où est donc cette docilité que vous m'avez tant de fois promise ? Venez me voir en particulier, et je suis convaincu que je vous ramènerai à cette confiance sur laquelle vous m'avez donné tant de droits.

Non, Monsieur, lui dis-je, n'espérez pas me vaincre.

Si vous avez été assez lâche pour succomber, je saurai me soutenir.

En ce cas, reprit-il d'un air consterné, je vous prie de choisir quelqu'un plus digne de votre confiance. Il me regarda en finissant, et je le pris au mot.

Rendue chez moi, je lui écrivis une lettre foudroyante sur son changement et sur son ardeur à vouloir que je l'imitasse. Je la lui fis remettre directement, mais je n'en eus point de réponse ; j'éprouvai bientôt le vide que me causait son absence ; je lui écrivis de nouveau pour lui redemander ses soins ; mais ce fut en vain, et je suis réduite au plaisir stérile de le suivre partout où il prêche, et à gémir en secret de n'avoir plus le bonheur d'être sous sa conduite ; car je ne le dissimule point, il sera toujours mon Ange.

J'avoue que, si je n'avais cru avoir besoin de gagner l'amitié de ma belle-sœur, je n'aurais pu m'empêcher de rire en voyant cette dévotion singulière qui s'attache plus à l'homme qu'aux principes qu'il débite. Je vis par là combien il avait été heureux pour moi que Monsieur Doucin fût un Ange de moindre crédit auprès de Mademoiselle Habert la cadette. Je ne pus soutenir plus longtemps le récit de tant d'extravagances, et sur le prétexte de l'indisposition de mon épouse, je me levai avant même qu'elle eût fini sa narration. Je la priai de me confier l'éducation de mes Neveux ; elle accepta ma proposition sans balancer, ce qui ne me prévint pas en sa faveur, et je la quittai.

Je vis mon frère en descendant, auquel je cachai une partie de ma douleur. Il embrassa ses enfants les larmes aux yeux, et me demanda si sa femme avait volontiers consenti à me les céder. Je lui fis sentir avec tout le ménagement dont je fus capable, que je croyais qu'elle n'en regrettait pas la perte, parce qu'ils passaient entre mes mains, et nous nous séparâmes également pénétrés de la plus vive douleur.

Pendant le chemin que je fis pour me rendre chez moi, je réfléchis à tout ce que je venais de voir et d'entendre. Je me demandais : Qu'est-ce donc que la Religion aujourd'hui dans ce Royaume ? Ce n'est donc plus qu'un masque dont chacun décide le grotesque selon son caprice. Si j'en crois ma belle-sœur, son Directeur change par intérêt, et métamorphosé au-dehors, son cœur reste le même ; mais ce n'est que pour un temps, nécessaire sans doute pour apprivoiser insensiblement les personnes accoutumées à entendre ses premiers discours. Le temps le sert et dès lors tout doit s'assujettir à sa façon de penser. Qui sait encore si l'intérêt n'est pas l'âme de cette nouvelle conduite.

Ma sœur, d'ailleurs, continuai-je en réfléchissant, qui dans son Directeur voit un Ange, tant qu'il ne s'éloigne point de ses idées, entreprend de l'endoctriner, dès qu'il veut les combattre. Je ne savais à quoi m'arrêter, quand il me vint dans l'esprit que toute la faute venait de l'Ange prétendu.

La Religion, telle qu'elle est en France, me dis-je, est fondée sur un préjugé d'obéissance aveugle. Ma belle-sœur avait été élevée dans ses idées[2], elle a été soumise tant qu'elle s'y est astreinte. Pour lui faire goûter ses sentiments, son Directeur a été obligé de donner carrière à sa raison, et de lui apprendre à n'être docile qu'avec restriction. Ce principe raisonnable a jeté dans son cœur des racines d'autant plus profondes que la réflexion le montre plus solide : c'est l'œuvre du Directeur, c'est donc de son ouvrage qu'elle se sert contre lui-même[3].

C'est ainsi que je m'entretenais en chemin ; on n'y voit point ces réflexions prises de la nature même des choses, je ne voyais encore que la superficie, et c'était par elle que je jugeais. J'étais trop simple pour aller plus avant, je le ferais aujourd'hui, mais ce serait prévenir les temps : j'eus même honte d'avoir poussé si loin mes idées ; je les croyais contraires à ce préjugé de soumission que j'avais sucé avec le lait.

Pendant tout ce petit débat, qui se passait dans mon esprit, je disais de temps à autre quelques douceurs aux enfants qui venaient de m'être confiés. En arrivant je les conduisis au lit de mon épouse, qui, malgré un grand accablement, leur prodigua les caresses que je pouvais espérer d'une femme qui m'aimait véritablement.

Elle jugea à propos, en voyant leur grande jeunesse, de me conseiller de les mettre en pension, ce que j'exécutai dès le lendemain.

Libre de tout embarras, et me confiant sur la parole que m'avait donnée Monsieur de Dorsan, je passai quelque temps chez moi sans quitter ma femme, qui n'avait point d'incommodité décidée, comme je l'ai dit, mais qui semblait néanmoins périr à vue d'œil.

Monsieur le Comte de Dorsan, à qui j'avais fait part des raisons de ma retraite, venait nous voir assidûment. C'est par lui que j'appris que Madame de Fécourt était dans un état désespéré et qu'elle ne voyait personne. Il m'avait mené deux fois chez Madame de Vambures, sans pouvoir joindre cette Dame. Chaque fois que nous nous étions présentés à sa porte, on nous avait toujours dit qu'elle était à la Campagne, et qu'à peine restait-elle à la Ville, quand ses affaires la forçaient à s'y rendre. Je souffrais impatiemment cette longue absence, quoique la réflexion m'y fît souvent trouver des charmes. J'évitais par là un éclaircissement qui m'aurait beaucoup coûté. Qu'aurait en effet pu dire un homme marié à une femme qu'il était dans le cas d'aimer et de respecter ?

La situation du Comte ne me paraissait pas plus agréable ; je le voyais chaque jour triste et rêveur, et je n'osais lui en demander le motif, parce que je pénétrais trop son secret ; on se doute assez que Madame Dorville entrait dans tous nos entretiens. Il la voyait souvent, et n'en sortait jamais, sans en être plus charmé ; il m'avait appris toutes les voies qu'il avait employées auprès de cette dame pour découvrir le fond de ses affaires ; l'envie de lui être utile était la seule cause de sa curiosité. Sans qu'elle s'en soit presque aperçue, il avait su toutes les circonstances du Procès que feu son mari avait perdu, et sur cela il avait bâti son système dont il ne m'avait jamais parlé. Un soir il me dit que des affaires importantes l'empêchaient de venir chez moi pendant quelque temps, je ne fus donc point surpris de ne le point voir. Je m'étais rendu plusieurs fois à son Hôtel sans pouvoir le joindre ; j'étais enfin résolu de l'attendre chez moi, quand ma Cuisinière vint un jour sur les sept heures du matin m'avertir que Monsieur le Comte de Dorsan demandait à me parler dans l'instant. Je lui fis dire que j'allais m'habiller au plus tôt ; mais il renvoya le Domestique, pour me prier de sa part ou de le laisser approcher de mon lit, ou de me contenter de mettre ma robe de chambre : je me levai et je fus au-devant de lui.

Devais-je être fort content de moi ? Autrefois je m'estimais trop heureux d'avoir cette robe de chambre, je ne pouvais me lasser de me voir seul avec cette espèce d'habillement, et maintenant j'ai le privilège de paraître en compagnie avec ma robe de chambre. Devant un Seigneur, la Vallée en robe de chambre ! Voilà ce que je n'avais osé penser quand je la pris pour la première fois. Je commence à m'estimer heureux, mon cher la Vallée, me dit Monsieur le Comte en m'abordant. Je viens d'obtenir pour vous le contrôle

des Fermes de votre Province [4] ; j'ai bien eu de la peine
à réussir, parce que vous n'avez jamais exercé, et sans
Madame de Vambures, qui n'a point eu de relâche
qu'elle n'ait obtenu cette faveur signalée, j'aurais
assurément échoué malgré tout mon crédit.

Quelles obligations ne vous ai-je pas, Monsieur ! lui
dis-je. La façon prévenante avec laquelle vous m'an-
noncez ce bienfait, me pénètre mille fois plus que la
fortune considérable que vous me procurez.

Il faut l'avouer, si les bienfaits ont un droit inaliéna-
ble sur notre sensibilité, le plus ou le moins de ce droit
se prend dans la manière de les répandre. Souvent on
donne mal, le bien donné perd la plus grande partie de
ses attraits. Un homme est dans la misère, son état
implore des secours, on veut bien les lui donner ; mais
on l'humilie par les demandes réitérées auxquelles on
l'expose, ou on le fatigue par des remises qui l'acca-
blent loin de le soulager. Doit-il avoir obligation quand
on lui donne enfin ? Oui, s'il pense bien, le service
mérite la reconnaissance, mais celui qui donne doit-il
réclamer ? Non sans doute : ce qu'on donne de cette
façon n'est plus à soi, c'est une faveur que celui qui la
reçoit a achetée, c'est donc son acquisition, et non pas
un don. Voilà une réflexion que me fait placer ici la
conduite de Monsieur de Dorsan. On dira qu'elle a été
faite dans tous les temps ; mais peut-on trop la répéter
quand malgré sa justesse elle est si rarement mise en
usage.

Si vous saviez, mon cher, reprit Monsieur de Dorsan,
avec quel plaisir, avec quel zèle Madame de Vambures
s'est prêtée à vous obliger dès la première ouverture
que je lui en ai faite, vous ne douteriez pas plus de ses
sentiments que je ne doute des vôtres. Elle ignore votre
mariage ; croyez-moi, cachez-le-lui, car sa vertu, sans
être revêche, pourrait lui faire, au moins intérieure-

ment, honte des sentiments que je ne puis m'empêcher
de lui supposer.

J'étais si transporté de joie en entendant ces dernières paroles de mon généreux protecteur, que je ne me
connaissais plus. Non les grands biens que me promettait la fortune n'avaient plus pour moi que des attraits
impuissants. Être aimé de Madame de Vambures, en
être servi avec zèle, voilà ce qui me transportait ; mais
que je revins bientôt de mon illusion en me rappelant
que j'étais marié. Je crois que, si j'avais pu être ingrat,
mon cœur aurait reproché à Mademoiselle Habert les
bontés qu'elle avait eues pour moi ; mais sans elle je
n'aurais pas eu mon épée, qui délivra Monsieur
Dorsan, et j'aurais manqué l'occasion de connaître
Madame de Vambures. Soit que ces réflexions fussent
venues tout à coup, je ne fis aucun reproche même en
secret à mon épouse : je fus joyeux et je devins triste à
l'excès dans le même moment.

Dans ces dispositions, je promis à Monsieur de
Dorsan de suivre ses conseils. Oui, Monsieur, lui dis-je,
je cacherai à cette Dame une connaissance qui pourrait
la faire rougir : mais quoi ! vous pensez qu'elle pousse-
rait la bonté jusqu'à me....

Oui elle vous aime, reprit Monsieur de Dorsan,
rapportez-vous-en à mon expérience. Que ne suis-je
aussi heureux, ou pour parler plus équitablement,
nous sommes, mon cher, également malheureux. Votre
mariage met un obstacle invincible aux désirs secrets
que je suppose à Madame de Vambures, et qui doivent
naître de l'impression qu'elle a fait sur vous ; et moi si
j'aime, tout s'oppose à mon bonheur. Que je suis à
plaindre d'être né dans un rang, où le cœur doit
astreindre tous ses mouvements aux lois rigoureuses
qu'impose la naissance !

Non, je ne dois rien vous déguiser, Monsieur le

Comte, lui dis-je, et votre sincérité doit régler la mienne. Mes sentiments sont tels que vous les avez pénétrés. Oui, j'aime Madame de Vambures ; car si ce que je sens n'est de l'Amour, j'ose presque dire qu'il n'en est point sur la terre : quand vous m'apprenez qu'elle daigne y répondre, il n'est point étonnant que je sois malheureux ; mais vous, mon cher Protecteur, que la naissance et la fortune semblent avoir placé au-dessus de toutes les révolutions, je ne puis concevoir l'origine de la douleur qui vous accable.

Le même motif qui vous afflige, me dit-il, fait aujourd'hui mon chagrin. Oui, l'Amour nous rend tous deux infortunés : je suis libre, il est vrai ; je n'ai point encore formé les nœuds qui vous retiennent ; mais c'est ma mère qui doit disposer de ma main, et elle-même doit recevoir la loi de la Cour pour arrêter mon alliance. Mon cœur les a prévenus, souscriront-ils à mon choix ? Voilà ce que je n'ose espérer.

Mais votre cœur, repris-je, aurait-il fait un choix indigne de mériter l'approbation des personnes dont vous dépendez ?

Qu'on voie ici en passant jusqu'à quel point l'Amour m'avait aveuglé, puisque je ne me rappelais plus les sentiments que j'avais vu naître dans le cœur de Monsieur de Dorsan, le jour que j'avais été assez heureux pour lui sauver la vie. Je ne revins à moi que quand il reprit en ces termes :

Mon choix ne peut sans doute être blâmé. Vous connaissez assez Madame Dorville pour juger si j'ai pu me défendre contre ses charmes. Non je ne goûterai jamais de vrai bonheur qu'en partageant ma fortune avec elle. J'ai été assez heureux pour augmenter son aisance sans la faire rougir. Vous m'avez parlé d'un Procès considérable qu'elle avait autrefois perdu par la faveur de sa Partie, cette affaire n'était jugée qu'en première instance, et la fortune de son mari ne lui avait pas permis de la suivre ; j'ai vu son Procureur, que j'ai envoyé chez cette Dame, comme s'il y venait de son propre mouvement, pour l'engager à reprendre son instance, en l'assurant qu'il se chargeait des risques ; elle n'a consenti qu'avec peine à prêter son nom. Elle vient de gagner son Procès, et est à présent dans sa terre, sans qu'elle sache comment cette affaire a été conduite.

Elle n'en a appris que le succès. Cette position nouvelle de Madame de Dorville semble quelquefois me permettre d'espérer ; mais que cet espoir est traversé par de terribles craintes !

J'avoue que toute cette conduite, jointe aux lumières de la raison, qui n'étaient point offusquées par la Politique, me faisaient [5] regarder les sentiments de Monsieur de Dorsan comme très légitimes. Le cœur, me disais-je, parle bien ici : et c'est le seul dont on doit prendre conseil pour former une union de cette importance. Calculer les revenus ou éplucher la naissance, marquent une âme trop tranquille pour que l'Amour soit de la partie.

Je me trouvais confirmé dans cette idée par ma propre expérience. J'avais pris Mademoiselle Habert pour son bien ; je menais une vie douce avec elle ; mais mon cœur, comme on le voit, n'y trouvait pas à se fixer. De temps à autre le charme des sens étourdissait l'âme ; mais si la tendresse avait toujours eu autant d'empire sur moi, que je m'apercevais qu'elle en prenait depuis que je connaissais le fond des sentiments de Madame de Vambures, j'aurais été infailliblement malheureux.

On juge assez d'après ces réflexions, quelle fut la réponse que je fis à Monsieur le Comte de Dorsan. Je lui déclarai franchement que le parti que je prendrais à sa place, s'accorderait certainement avec les résolutions que je le soupçonnais d'avoir formées. C'est par cette voie, lui dis-je, qu'à la Campagne, où je suis né, les mariages sont ordinairement heureux. Un enfant n'y craint presque jamais de se tromper en nommant son Père ; quand avec toutes ces dépendances de la Ville et de la Cour, on voit presque toutes les maisons pleines de fils et de filles qui, en bonne justice, n'auraient aucun droit à la succession qu'on est forcé de leur laisser recueillir.

Que je suis charmé de vous voir dans ces sentiments ! reprit le Comte en m'embrassant. Je ne puis rester plus longtemps. Je viendrai vous prendre entre midi et une heure pour nous rendre chez Madame de Vambures, qui doit avec moi vous conduire chez les personnes qui se sont employées pour vous.

Je le reconduisis à son carrosse, en lui renouvelant les témoignages de ma reconnaissance. Dès qu'il fut parti, je remontai auprès de mon épouse, à laquelle, à travers mille transports de joie, je fis part du sujet de la visite que j'avais reçue de Monsieur le Comte de Dorsan. Elle ne parut pas recevoir cette nouvelle avec la même satisfaction que je lui marquais : cependant il est encore bon d'avertir que Monsieur le Comte fut le seul à qui j'attribuai cette faveur aussi grande qu'inespérée ; je craignais en nommant Madame de Vambures, d'offrir matière à la jalousie que j'avais déjà reconnue deux fois aussi facile que prompte à s'enflammer dans le cœur de ma femme.

Qu'avez-vous donc, ma chère ? lui dis-je. Vous paraissiez souhaiter que je fisse quelque chose, et lorsque mon avancement se décide, il paraît vous affliger.

Je suis charmée, me dit-elle, de la place qu'on vous a donnée ; mais cela vous obligera à voyager, et pendant

ce temps je serai éloignée de vous. D'ailleurs que
j'appréhende de ne pas jouir plus longtemps de la vue
de votre fortune !

Cette idée, qui paraissait me présager une désunion
prochaine, me fit mêler mes larmes à celles qui
terminèrent le discours de mon épouse. Je tâchai de la
rassurer contre ce fâcheux pronostic, auquel j'avouerai
que je ne voyais nulle apparence. Quand je crus la voir
plus tranquille, je la quittai, en l'embrassant, pour me
disposer à être prêt à l'arrivée de Monsieur le Comte de
Dorsan qui vint à l'heure indiquée.

Ma femme me chargea de faire ses excuses à ce
Seigneur, de ce qu'elle ne pouvait le remercier de la
protection dont il voulait bien m'honorer : son indisposition fut le prétexte, mais un chagrin étonnant en
était la véritable cause. Arrivé chez Madame de Vambures, j'employai tout l'art que la réflexion avait pu me
suggérer, pour lui faire un abord qui confirmât les
dispositions dans lesquelles elle était à mon égard. Il
était impossible que mes politesses ne se ressentissent
pas de la gêne où je me mettais. L'expérience m'a
démontré depuis qu'on gagne davantage à laisser agir
la Nature : et en effet il fallait que cette Dame fût bien
prévenue en ma faveur, pour ne s'être pas rebutée de
l'air contraint que je devais avoir dans cette visite que
je lui fis.

Si je faisais une révérence, mes yeux accompa-
gnaient mes pieds pour en regarder la position. Quand
je voulais tourner un compliment, le terme propre
m'échappait pour en vouloir un plus noble, et me
perdant dans un chaos de synonymes je m'arrêtais au
moins convenable de tous. Telle fut ma première
entrée chez Madame de Vambures. Quoique mon
embarras ne lui échappât pas, j'eus cependant lieu
d'être content de la façon gracieuse avec laquelle cette

Dame me reçut : et si je m'aperçus alors, quoique un
peu tard, du ridicule que je me donnais, je ne dus ma
découverte qu'à la réflexion ; car j'eus beau consulter
les yeux de Madame de Vambures, il me parut toujours
que mon petit être la satisfaisait également. Il fallut
faire les visites projetées ; jugez de notre étonnement
commun, les premières personnes que nous allâmes
remercier furent Messieurs Fécourt et Bono. Le premier me reçut avec un froid qui surprit tout le monde,
car c'était lui qui, au nom de Madame de Vambures
dont il était allié, avait le premier souscrit.

Le second au contraire parut fort satisfait que le
choix me regardât. Je suis charmé, dit-il à mes Protec-
teurs, que vous vous soyez intéressés pour ce jeune
homme, il fera quelque chose : enfin le voilà le pied à
l'étrier, c'est à lui d'avancer maintenant ; mais il faut
qu'il parte incessamment ; je tiendrai la parole que je
vous ai donnée, Madame, dit-il à Madame de Vambures : je lui donnerai un homme pour faire les tournées
avec lui et arranger ses affaires : il sera même en état
de l'instruire, car il est bon qu'il sache quelque chose ;
mais il le payera au moins, car nous ne pouvons nous
charger de ces frais qui sont assez considérables.

Ne soyez pas inquiet, lui dit Madame de Vambures,
nous venons pour vous remercier et non pas pour vous
être à charge.

A charge, à moi, reprit Bono. Oh ! ma foi non. Il faut
donner ces places, peu m'importe qui les obtienne. Je
suis charmé que cela vous ait fait plaisir ; mais voilà ce
qu'on n'a jamais vu, un homme qui n'a jamais rien fait,
et qui sans doute ne sait rien, occuper ces sortes de
places ! (J'ai prévenu dans ma quatrième partie que cet
homme-ci était bon, mais qu'il n'avait pas la langue
légère.) Au reste, continua-t-il, Fécourt nous a fermé la
bouche en nous disant qu'il n'était pas pour rester là,

et qu'il ne prenait cet emploi qu'*ad honores*, et qu'en conséquence nous n'aurions point à nous plaindre. J'ai fait de mon côté ce que j'ai pu : car la personne que je lui donne pour commis aurait eu sa place, si ce jeune homme n'avait été présenté par Madame.

Monsieur de Dorsan l'assura qu'on ne manquerait à rien de ce qu'il conviendrait de faire, et qu'il se rendait garant de tout. Il prononça ces paroles avec un air de grandeur qui ne permit à Bono d'y répondre que par une profonde inclination, accompagnée de ce peu de mots bien satisfaisants pour moi : Sous votre protection, Monsieur, il fera un chemin rapide.

Nous nous disposions à nous retirer, quand Bono, d'un air sans façon, dit qu'il s'était flatté que nous lui ferions l'honneur de dîner chez lui. Gonfle-toi, mon cher la Vallée, nous lui ferions l'honneur ! Celui qui autrefois s'était trouvé fort heureux de faire mille compliments à Dame Catherine pour avoir l'honneur de manger avec elle et dans sa Cuisine, aujourd'hui marche de pair avec les Grands. On parle du Comte, d'une Marquise et de lui sans distinction : eh ! qui ? Un Financier. La proposition ayant été acceptée, on ne tarda pas à se mettre à table.

La compagnie m'y parut aussi nombreuse que bigarrée. C'était gens de tout état et de tout rang, auxquels souvent le maître du logis était obligé de demander le nom, quand il voulait s'en servir. Monsieur Bono, placé entre Monsieur de Dorsan et Madame de Vambures, à la droite de laquelle j'étais rangé, les entretenait : pendant qu'un petit étourdi, qu'à ses gesticulations on aurait pris pour un Baladin, s'acquittait du soin de dédommager le reste de la Compagnie, de la distinction que Monsieur Bono accordait à ses voisins.

La table fut somptueusement servie, tout s'y renouvelait, on y oubliait la saison et le temps, j'y vis ce raffinement inventé par la gloutonnerie financière de faire doubler tous les services, et je n'avais d'embarras qu'à savoir sur quoi m'arrêter.

Le champagne ne parut pas, que notre étourdi commença à proposer à la Compagnie la lecture de quelques pièces fugitives faites en l'honneur de l'Hôte de la Maison. Chacun y applaudit, et Monsieur Bono, d'un coup de tête réservé, remercia l'auteur de la proposition qu'il avait faite, et l'assemblée de l'ac-quiescement qu'elle venait d'y donner ; il me parut, en se relevant, gonflé de la moitié. La lecture se fit au milieu des acclamations de toute la compagnie. On félicita le lecteur de l'heureuse invention. D'un ton modeste il en refusa d'abord les honneurs, et ce ne fut qu'à force d'opiniâtreté qu'on le força de dire : cela n'en vaut pas la peine, Messieurs, vous me faites rougir : et à l'abri de cette apparente humilité il se chargea d'en faire sortir toutes les beautés.

J'avoue que je ne les sentais pas, j'attribuais mon insensibilité à défaut de connaissance, quand en jetant un coup d'œil sur Monsieur de Dorsan, je vis qu'il haussait les épaules. Madame de Vambures paraissait souffrir, mais n'osait rien dire, parce que Madame Bono, qui était vis-à-vis son mari, était enthousiasmée du merveilleux de ce qu'on venait de lire.

Peut-être cet homme s'aperçut-il qu'il lui manquait notre suffrage, car il avait le visage animé lorsqu'il adressa ces paroles à Monsieur de Dorsan :

Monsieur, lui dit-il, je ne sais si vous avez entendu parler d'une épithalame campagnarde faite au sujet d'un mariage de Madame de Ferval avec le Chevalier des Brissons.

Chacun de nous se regarda, et sans faire attention que Monsieur le Comte n'avait point répondu, je m'adressai au Poète ; mais, Monsieur, lui dis-je, je croyais Monsieur le Chevalier à son Régiment.

Tout le monde l'a pensé comme vous, me répondit-il, mais c'était une feinte. Madame de Ferval qui s'en est amourachée, depuis une rencontre tout à fait singulière, était partie pour se rendre à une de ses terres : le Chevalier l'y a suivie quelques jours après, et elle vient de mettre entre ses mains sa personne et ses biens. Cette bonne femme, à force d'avoir badiné l'Amour sous le masque de la dévotion, s'en voit à la fin dupe à son tour, elle le mérite bien. Le Chevalier est un jeune fou, qui faute de biens s'attachait à tout ce qui se présentait, dans l'espoir de trouver quelque bonne poule à plumer ; celle-ci s'est présentée, il n'a point manqué son coup, il en a profité, il a bien fait ; aussi c'est sur Madame de Ferval que tombe tout le fiel du Poète campagnard qui a composé cette épithalame.

Pendant que notre homme déployait son papier avec précaution, Madame de Vambures me jeta un coup d'œil de satisfaction qui me disait : On vous a parlé de ce Rival, est-il à craindre ? J'en compris le sens à merveilles, mais j'affectai de craindre qu'on ne nous interprétât en lui répondant, et je me contentai de baisser les yeux en souriant, dans la juste appréhension où j'étais qu'elle ne lût dans mes regards embarrassés qu'elle avait une rivale de mon côté bien plus à redouter. Un certain morne que je sentis se répandre sur mon visage m'inquiéta ; je travaillai à le corriger au plus tôt, et il faut croire que j'y réussis ; car elle ne parut pas avoir le moindre soupçon de ce qui se passait dans mon esprit ; du moins je dus l'augurer à la gaieté qu'elle témoigna pendant la lecture de l'épithalame.

Quoiqu'elle fût assez bien écrite, je me contenterai de dire que toutes les ressources de Madame de Ferval, pour renouveler et diversifier ses plaisirs sans redouter la censure, y étaient dépeintes avec une naïveté et un sel qui faisaient autant admirer la pièce qu'ils révoltaient contre son Héroïne. Monsieur Jacob y jouait un rôle qui n'était pas aussi favorable à sa valeur que la délivrance de Monsieur de Dorsan ; mais cette circonstance était dépeinte avec des couleurs si singulières, que, sans le nom qui me blessait l'oreille, je crois que j'y aurais applaudi. Cette pièce fut universellement goûtée, et malgré cela le lecteur ne voulut pas se l'approprier, parce qu'il prétendait qu'il y avait quelques expressions basses qui se sentaient d'un Poète des champs. Enfin on se leva de table, et chacun insensiblement s'en alla : nous nous disposâmes de même à nous retirer. Quand compte-t-il partir ? demanda Monsieur Bono. Dans quelques jours, répondit Monsieur de Dorsan. Le plus tôt sera le mieux, reprit Bono. Il nous reconduisit ensuite jusqu'au carrosse, et là comme on allait donner le coup de fouet : Eh ! à propos, me dit Monsieur Bono, cette petite femme que j'ai vue à Versailles avec vous, qu'est-elle devenue ? La... la...

Monsieur de Dorsan piqué de cette façon de s'exprimer l'interrompit avec vivacité. C'est de Madame de Dorville dont on vous parle sans doute, me dit-il.

Oui, reprit Bono, juste, la Dorville : Que fait-elle ? Elle n'est pas venue me voir : comment se porte son mari ?

Monsieur de Dorville est mort, lui répondis-je. Oui, reprit Monsieur de Dorsan indigné. Oui, Monsieur de Dorville est mort, et Madame de Dorville est veuve, et elle n'a par conséquent plus besoin d'emplois. J'en suis fâché, dit Monsieur Bono, en nous saluant, et il se retira.

A quoi s'adressait sa phrase : j'en suis fâché ? Je suis certain qu'il n'en savait rien lui-même, comme j'assurerais que Monsieur Bono n'avait pas pris garde à la

colère qu'il avait causée à Monsieur de Dorsan : il était
naturellement bon ; mais c'était un de ces caractères
dont la simplicité va jusqu'à la dureté, sans y faire
attention.

Quelle vivacité, dit alors Madame de Vambures au
Comte de Dorsan, vous paraissez prendre bien de
l'intérêt à Madame de Dorville.

Oui, Madame, loin de le nier, lui répondit le Comte,
je m'en fais gloire. Ces misérables, parce que leurs
richesses les mettent au-dessus du commun, s'imaginent qu'ils peuvent impunément mépriser la noblesse
sans opulence. Je ne suis pas assez infatué d'un grand
nom, pour croire que tous les égards lui soient dus ;
mais je pense que quand malgré l'indigence, la
noblesse sait soutenir son rang, elle n'en a que plus de
droits sur notre estime.

J'en conviens, reprit cette Dame, la naissance est
accidentelle à l'homme, mais une naissance qu'accompagne la vertu est digne des plus sincères hommages ;
mais avouez à votre tour, Comte, que si vous n'aviez
pas quelque liaison intime avec Madame de Dorville,
vous auriez été moins agité d'une expression qui, dans
la bouche de Bono, n'est d'aucune conséquence.

Ne soupçonnez rien, je vous prie, reprit le Comte,
d'injurieux à cette Dame. J'admire plus sa vertu, que je
n'estime sa beauté qui a cependant tout mon cœur. Je
ne doute point de votre discrétion, et je ne fais point
difficulté de vous découvrir mes sentiments. Oui, si sa
main dépendait de moi, j'irais dans l'instant la supplier à genoux de l'accepter.

Mais est-ce qu'elle ignorerait vos dispositions ? lui
dis-je. Si elle les sait, reprit sur-le-champ Madame de
Vambures, elle ne peut y être insensible. Qui pourrait
rejeter d'aussi beaux sentiments ? Eh ! si cette Dame

pense aussi bien que vous, Comte, je ne puis vous
blâmer.

J'ai peu joui de l'avantage de la voir, nous répondit
le Comte : son état de veuve m'a prescrit des lois que
suivait faiblement mon respect quand ses affaires l'ont
entraînée à la campagne. Je ne vous cacherai pas
cependant qu'elle connaît ce que je pense. Je vous dirai
même que je crois m'être aperçu que mes sentiments
lui sont chers ; mais sa situation et ma naissance lui
ont imposé jusqu'à présent un rigoureux silence. Tout
cela s'est manifesté dans la dernière visite que je lui
rendis avant son départ. Elle avait la force de me
donner des conseils contre mon amour. Je lui en fis
mes plaintes, et en effet j'étais pénétré de douleur,
lorsque les larmes qui couvrirent son visage m'apprirent qu'elle combattait ses propres sentiments en
travaillant à détruire les miens.

Ah ! Comte, s'écria Madame de Vambures, de pareils
sentiments tiennent lieu de naissance, de beauté et de
fortune. Si je vous plains des obstacles que vous aurez
à essuyer, je vous admirerai, si vous êtes inébranlable.
Oui, il n'y a rien de si précieux qu'on ne puisse, qu'on
ne doive même sacrifier à une si noble façon d'aimer.

Que vous m'enchantez, s'écria à son tour le Comte.
Si vous connaissiez celle que j'adore, vous l'aimeriez
vous-même. Monsieur de la Vallée l'a vue, il peut vous
dire si j'exagère.

Je vis que Madame de Vambures interrogeait mes
yeux pour y lire l'impression que cet entretien faisait
sur mon âme. Quoi ! vous paraissez insensible ? me dit-
elle en s'apercevant que je l'avais découverte.

Non, Madame, répondis-je, mais je suis si enchanté
de la façon dont vous entrez dans les sentiments de
Monsieur le Comte, que j'estimerais heureux celui qui
aurait l'avantage de vous en faire agréer de pareils. Peu

inquiète de son origine, vous ne regarderiez que son amour : et voilà ce que j'admire.

Vous ne vous trompez pas sur ma façon de penser, me dit-elle ; oui, je n'écouterai que mon cœur pour donner ma main ; et je m'estimerai heureuse si je rencontre le même avantage.

Pouvez-vous, repris-je avec une vivacité que je ne me connaissais pas ; pouvez-vous être vue sans faire naître ces sentiments parfaits que vous réclamez ? Il est encore des cœurs capables d'apprécier le mérite, et vous réunissez tout ce qu'il faut pour gagner leur suffrage.

Madame de Vambures qui s'aperçut que la conversation devenait animée, et qu'elle commençait à en faire l'intérêt, prit Monsieur le Comte par le bras en lui disant : A quoi rêvez-vous donc, Comte ? Aux moyens de faire mon bonheur, lui dit-il, et j'y réussirai.

Cette reprise de Monsieur de Dorsan renouvela les craintes qu'avait eues cette Dame de se trouver de nouveau impliquée dans une conversation sérieuse, et pour s'en débarrasser, elle tourna l'entretien sur mes affaires : Monsieur de Dorsan lui dit que tout était arrangé, et que je pouvais partir dès le lendemain si je voulais ; qu'il avait pourvu à tout et que dès que je serais décidé, il m'enverrait sa chaise de poste et deux de ses domestiques.

Sa fortune, reprit Madame de Vambures, lui permet-elle de faire une tournée aussi longue ? Tout est arrangé, j'ai eu l'honneur de vous le dire, reprit Monsieur de Dorsan, n'ayez point d'inquiétude. Mais, dit cette généreuse Dame, son avancement est notre ouvrage en commun, je veux comme vous contribuer à le soutenir dans son emploi.

A ces mots, je me jetai sur sa main que je couvris de mille baisers, pendant que Monsieur le Comte lui disait, cela ne regarde pas Monsieur de la Vallée, ce sont nos affaires, nous les arrangerons bien ensemble. Madame de Vambures pria alors Monsieur le Comte de faire arrêter, parce qu'elle se trouvait devant une maison où elle devait passer la soirée. Je descendis le premier, j'eus l'honneur de lui présenter la main, et je me servis de cette circonstance avantageuse pour la remercier de nouveau dans des termes qui devaient plus flatter son amour que sa générosité.

J'avoue que je n'aurais pu bien démêler ce qui pouvait dicter mes paroles. Je n'avais pas envie de tromper, mais j'étais entraîné par des sentiments dont je n'étais plus le maître. Laissez quelque jour à une passion, elle fera plus de chemin que souvent on ne pensera lui en permettre. Si cette passion est l'amour, la pente que notre cœur a naturellement pour ses attraits lui donne un cours bien plus difficile à retenir. Eh! qui s'emploie à y mettre des bornes? Tout au contraire dans nous-mêmes concourt à l'étendre. Ainsi on ne doit point être surpris si malgré mon mariage, et quoique Monsieur de Dorsan m'eût donné une haute idée de la vertu de Madame de Vambures, je profitais de toutes les occasions pour lui marquer ma tendresse. J'oubliais, dès que je la voyais, mon devoir, et le respect que je lui devais; car l'un et l'autre étaient également combattus par ma conduite.

En quittant Madame de Vambures, Monsieur le Comte me reconduisit chez moi, où de concert avec mon épouse, dont l'état paraissait toujours le même, mon voyage fut fixé au troisième jour. Pendant cet intervalle je vis mon frère, que sa femme tourmentait avec le même acharnement; je le conduisis dans l'endroit où j'avais placé ses fils, dont on nous fit concevoir une grande espérance. Le temps que ces occupations ne m'enlevèrent pas, je le donnai tout entier à calmer les tendres inquiétudes de ma femme, dont l'état empirait chaque jour.

Sur le soir du second jour, Monsieur de Dorsan chez lequel j'avais envoyé, et que l'on m'avait dit en campagne, vint me voir et me dit dans un transport de joie inexprimable : Cher ami, je suis aimé, je n'en puis plus douter : Madame Dorville a daigné m'en assurer, et je n'ai plus à combattre que les chimères dont une folle ambition prétend nous tyranniser ; mais je les terrasserai, et dès que son cœur est pour moi, je n'ose plus douter de mon triomphe.

Si je pris part à sa joie, comme le méritait l'amitié dont il m'honorait, j'avoue que la réflexion me fit payer cher ce sentiment : car je me représentai que rien ne paraissait me permettre un semblable espoir. Néanmoins je lui proposai d'aller ensemble chez Madame de Vambures.

On sera surpris que je n'y aie pas encore paru ; l'étonnement cessera dès qu'on fera attention qu'ennemi déclaré de toute dissimulation je devais redouter un tête-à-tête avec cette Dame. Après les derniers entretiens qui avaient dû lui faire connaître ce que je pensais, et qui m'avaient mis dans le cas de pouvoir soupçonner les sentiments qu'elle avait pour moi, je n'aurais pu me trouver seul avec elle, sans lui faire une déclaration en forme. Elle ne pouvait avoir pour but que de la tromper par l'apparence des désirs auxquels mon mariage s'opposait, ou que de lui faire une injure qu'elle ne m'eût peut-être jamais pardonnée. Dans ce cruel embarras, je crus devoir attendre le retour de Monsieur de Dorsan ; aussi dès que je le vis, je lui proposai de m'aider à remplir ce devoir de politesse et de reconnaissance ; mais il me répondit que dès le même soir dans lequel nous avions quitté cette Dame, elle était partie pour aller à sa campagne.

J'admirai cette singularité qui faisait que nous nous fuyions l'un l'autre dans un temps où les premiers propos éclaircis semblaient nous prescrire une entrevue prochaine. Je conçus que cette Dame, par délicatesse, avait voulu, à la veille de mon départ, éviter une déclaration qui le lui aurait rendu plus sensible, mais contre laquelle mon mariage, qu'elle ignorait, la mettait en sûreté.

Monsieur le Comte de Dorsan me dispensa de la visite que je voulais lui faire ; et en me quittant, comme je devais partir le lendemain de bonne heure, il me remit, de la part de Madame de Vambures une bourse qu'il ne voulut jamais me permettre d'ouvrir en sa présence. Je voulais voir ce qu'elle contenait, mais il partit comme un éclair, en me priant de lui écrire souvent, et en promettant à ma femme qu'il viendrait souvent la consoler de l'absence de son ami.

Il ne fut pas parti que ma femme devint inconsolable, en me répétant qu'elle croyait qu'elle n'aurait plus le plaisir de me revoir. Pour moi je ne partageais plus ses frayeurs ; et j'ose dire que, si cette aimable épouse avait été moins aveuglée par la tendresse qu'elle me portait, elle aurait trouvé au moins beaucoup d'insensibilité dans les adieux que je lui fis.

Je partis le lendemain en poste ; j'arrivai à Reims où je trouvai mon Commis qui m'y attendait ; je passai quelque temps à m'instruire avec lui des fonctions de mon emploi, et je puis dire que, sans me flatter de beaucoup de pénétration, en ce peu de temps je me mis au fait du principal.

A peine y avait-il un mois que j'étais dans cette Ville, que je reçus une Lettre de Monsieur de Dorsan, dont le style m'étonna : chaque ordinaire je recevais de ses nouvelles, partout je voyais un style badin et folâtre ; mais celui de cette dernière me paraissait contraint et étudié ; enfin je vins à un article dans lequel il m'apprenait que ma femme était fort mal, mais que comme on ne désespérait pas encore qu'elle ne se rétablît, il me priait de ne point quitter mes affaires, et me montrait l'importance de ne point abandonner mon poste sans une permission expresse : enfin il me conjurait de ne point m'alarmer, et de me reposer sur lui.

Après avoir pris lecture de cette Lettre, je restai interdit. Tant d'empressement à m'engager de rester en Province, quand on m'annonçait que ma femme était fort mal, me fit ouvrir les yeux, et je ne doutai plus qu'elle ne fût morte. Un froid me saisit aussitôt : je reprenais cette Lettre, et je la remettais sans la lire. J'étais encore dans cette agitation violente quand un des Laquais, que m'avait donnés Monsieur de Dorsan, vint m'avertir qu'un Grand Vicaire du Diocèse, et parent de son Maître demandait à me parler. Je fus au-devant de lui.

Après quelques questions sur les arrangements que j'avais pris avec Mademoiselle Habert en l'épousant, il m'ajouta qu'elle était morte sans donner d'autres signes de maladie que la faiblesse que je lui avais connue. Je ne pus refuser des larmes à sa mémoire, et je puis dire qu'elles étaient sincères.

Monsieur, me dit-il, Monsieur de Dorsan a fait jusqu'à présent tout ce qui dépendait de lui pour vous épargner la douleur de rentrer sitôt dans votre maison ; mais maintenant vous devez vous y rendre au plus tôt ; car Mademoiselle Habert l'aînée a fait mettre le scellé chez vous, et je vous apporte une permission d'interrompre votre tournée.

Je ne perdis pas de temps, et je partis la même nuit. Arrivé chez moi, je pris le deuil ; et par les soins de

Monsieur de Dorsan, j'eus bientôt arrangé le principal de mes affaires.

A peine étais-je de retour, que j'eus la visite de Monsieur Doucin, ce vénérable Directeur de Mademoiselle Habert.

Je crois que vous me reconnaissez, me dit-il en entrant. Je viens de la part de Mademoiselle Habert l'aînée. Cette bonne fille attend de votre équité que vous lui remettiez les biens de sa sœur. Je vous crois trop honnête homme pour lui enlever une succession qui lui appartient par les droits du sang.

Si vous croyez, lui répondis-je, que je vous connaisse, je suis étonné que vous osiez venir ici. Ma belle-sœur n'a rien à prétendre sur la succession de ma femme, et votre équité autant que votre état doit l'engager à éviter de mauvais procédés qui ne l'avanceront de rien.

Il affecta longtemps ce ton doucereux pour tâcher de me fléchir, mais voyant qu'il ne pouvait rien gagner sur mon esprit, et peut-être ayant jugé par mes réponses qu'il ne pouvait se flatter de réussir dans son projet : Nous verrons, me dit-il, qui de vous ou de moi l'emportera.

Je ne pus m'empêcher de rire en voyant cette affection cordiale d'un Directeur, qui lui rendait propres les intérêts de sa Pénitente. Je le laissai sortir en fureur, sans même le reconduire.

Cette impolitesse procéda moins d'un esprit de colère que de la timidité que mon ignorance en procédure m'avait inspirée en entendant ses menaces.

J'appris dès le même jour cette scène à Monsieur de Dorsan, qui me conduisit chez son Avocat : il me dit de rester tranquille, et qu'il se chargeait de suivre cette affaire sans que je dusse m'en inquiéter davantage.

Je restai néanmoins un mois à Paris pendant lequel j'étais journellement assailli par Madame Allain qui avait jeté les yeux sur moi pour établir sa fille Agathe. Je ne parvins à m'en débarrasser qu'en brusquant un peu cette bonne femme.

J'allais retourner en Champagne, quand Monsieur de Dorsan me fit dire que Madame de Vambures était de retour, et qu'il fallait que je m'y rendisse dans le jour. Je ne balançai pas à lui obéir, je craignais moins alors sa présence, quoique mon ajustement me semblât un reproche parlant de dissimulation.

Quel lugubre appareil ! me dit cette Dame en arrivant. Je vous croyais encore en Province. Je me suis rendu à Paris, Madame, lui répondis-je, par ordre de Monsieur le Comte de Dorsan, pour mettre ordre à mes affaires. La mort de ma femme.... Comment de votre femme, reprit-elle vivement. Qu'est-ce que cela veut dire ? Dorsan ne m'a jamais dit que vous fussiez marié : et elle resta là un moment à rêver.

Je profitai de l'instant pour me jeter à ses genoux. Excusez, Madame, lui dis-je, le secret que Monsieur le Comte par zèle pour mes intérêts a cru devoir vous faire : il appréhendait peut-être...

Eh ! qu'appréhendait-il ? dit-elle en m'interrompant. Croyait-il que je vous aurais obligé avec moins de zèle ? Soupçonnait-il, poursuivit-elle d'un air ému, que ma bonne volonté eût quelques vues auxquelles ce mariage fût contraire ?

Non, Madame, repris-je, Monsieur de Dorsan vous connaît trop bien, il sait trop qui je suis pour croire que vous daigniez descendre jusqu'à moi, quand il aurait pu soupçonner que je fusse assez téméraire pour porter mes yeux jusqu'à vous.

Eh ! relevez-vous donc, me dit-elle : je vous l'ai dit, ce ne sera point la disproportion des rangs qui gênera jamais mon inclination : si je me mariais un jour, je ne

consulterais que mon cœur et celui de la personne pour
laquelle le mien déciderait.

Ah ! Madame, lui dis-je dans un mouvement que je
ne pus arrêter, si votre cœur doit chercher qui vous
aime, qui vous adore, ne doit-il pas se fixer aujour-
d'hui ?

Que voulez-vous donc dire ? reprit-elle toute troublée. Mais je crois que vous êtes fol. Votre femme est à
peine enterrée et vous venez me parler d'amour. C'est
mal diriger votre plan ; et cette vivacité, loin de vous
faire gagner mon cœur, serait capable de diminuer
mon estime.

Daignez, lui dis-je, ne me point condamner sans
m'entendre. Sachez l'histoire de mon premier
mariage, connaissez comment les nœuds ont été formés, et vous verrez qu'un motif étranger à l'amour le
décida. Oui, s'il est permis de le dire sans vous offenser,
vous êtes la première qui ayez reçu l'hommage de mon
cœur.

Je serai charmée d'être instruite, me dit-elle ; comme
je veux absolument décider votre fortune, il est important que je vous connaisse.

Sous quelle forme ingénieuse l'amour véritable ne
cherche-t-il pas des raisons pour soutenir son feu,
même lorsqu'il croit entrevoir des motifs de le
détruire. Plus il est sincère et moins il manque de
ressources au besoin.

Il serait superflu de répéter tout ce que j'ai dit ci-
dessus : il suffira de savoir que je fis un récit aussi naïf
à Madame de Vambures, que je l'ai fait jusqu'ici au
public. Vous voyez, ajoutai-je alors, Madame, si
l'amour a eu quelque part à mon union avec Mademoiselle Habert ; par une suite de ma sincérité, je dois vous
avouer que vous êtes la première beauté qui m'ayez
rendu sensible : mais que cette sensibilité est d'autant

plus cruelle qu'il m'est moins permis d'en concevoir quelque espérance.

Je suis flattée des lumières que vous venez de me donner, me dit cette aimable Dame, puisque je puis vous rendre mon estime. Votre dissimulation avait alarmé ma gloire. J'en suis désabusée, il n'est temps maintenant que de penser à votre fortune. Eh ! que me fait la fortune, si je ne puis mériter vos bontés ? lui dis-je d'un air pénétré de douleur.

Soyez content, la Vallée, me dit-elle, de mes dispositions présentes, je ne puis vous dire d'espérer : vous connaissez ma façon de penser, que cela vous suffise : un œil adouci et qui me parut satisfait, semblait m'en dire mille fois davantage que la bouche n'en exprimait.

Entraîné par un mouvement de joie, je me précipitais de nouveau à ses pieds, comptant la forcer à s'expliquer plus clairement, quand un bruit qui se fit entendre dans l'antichambre, l'obligea de m'arrêter. C'était Monsieur le Comte de Dorsan.

Je viens à vos ordres, dit-il à Madame de Vambures. Peut-être suis-je importun, ajouta-t-il en souriant et en me regardant d'un air malin ; mais comme un intérêt commun m'amène, j'espère qu'on ne m'en voudra pas de mal.

Non, Comte, répondit sur-le-champ Madame de Vambures, vous n'êtes point de trop ; car je veux vous parler. Il est question de m'aider de votre crédit pour achever l'établissement de Monsieur de la Vallée. Bono que je vis hier m'en ouvrit un moyen. C'est un bon homme que ce Bono.

Oui, Madame, reprit le Comte, l'intérêt qu'il prend à Monsieur de la Vallée me le fait estimer, vous pouvez compter sur moi : mais je vous avouerai, dit-il encore en badinant, que si je ne voyais mon ami sous cet extérieur mortuaire, je serais plus étonné de votre zèle

que le mien ne peut vous satisfaire. Je ne pénètre
jamais mes amis, continua-t-il sur le même ton ; mais
je souhaite qu'un état décent le mette au plus tôt dans
un rang plus proportionné aux bontés dont vous
l'honorez.

La fortune n'a point de privilège auprès de moi,
reprit d'un air badin Madame de Vambures ; Monsieur
de la Vallée n'aura plus besoin de moi, quand son
chemin sera fait. Je me suis prêtée volontiers à ce que
vous avez souhaité de moi pour son avancement ; mais
je crois qu'il demande, si rien ne le retient à Paris, qu'il
aille poursuivre sa tournée.

Mais je suis menacé, dis-je alors, d'un procès de la
part de ma belle-soeur.

Ne craignez rien de ce côté-là, me dit Monsieur
Dorsan. J'ai vu Doucin, et je crois qu'il portera sa
pénitente à rester tranquille : mais quand il n'exécute-
rait point ce qu'il m'a promis, vous ne devriez pas être
plus inquiet de ses menaces.

Monsieur le Comte, qui aperçut sans doute aux yeux
de Madame de Vambures et aux miens, qu'ils voulaient se communiquer quelque chose, se retira en
chantant vers une fenêtre qui donnait sur une place.
Qu'il est facile à Monsieur de Dorsan, dis-je aussitôt à
cette Dame, de me conseiller de n'avoir aucune inquiétude ; mon cœur a des intérêts plus pressants que ceux
de ma fortune, et l'absence que vous me prescrivez... Je
ne pus achever tant j'étais accablé de tristesse.

Ne vous chagrinez pas, répondit avec douceur cette
Dame, songez que je vous l'ordonne et que je veux être
obéie.

Si du moins il m'était permis de vous écrire ? repris-
je. Vous l'ai-je défendu ? me dit-elle. Il sera même
impossible que je ne sois forcée de vous répondre sur
les vues que j'ai pour votre fortune.

Monsieur de Dorsan, qui nous rejoignait, fit décider mon départ, et je quittai Madame de Vambures, dont les yeux semblaient me renouveler l'ordre d'être tranquille. Peut-être pour m'aguerrir, Monsieur le Comte prit la main de Madame de Vambures qu'il baisa en la quittant ; je m'hasardai[6] en tremblant de prendre la même liberté, et je dois avouer que cette complaisance fut accordée avec une distinction marquée en ma faveur.

On sera sûrement étonné de cette scène ; on verra en effet peu d'exemples d'un homme qui, dans les premiers jours d'un deuil pris pour la mort de sa femme, ait déjà poussé si loin les avances d'un second mariage : mais outre que dans tout le cours de ma vie il a semblé que j'étais né pour renverser les lois ordinaires, d'ailleurs si l'on se met à ma place, tout l'étonnement cessera.

En effet, marié sans inclination, veuf lorsque je commence à en prendre pour un objet que la reconnaissance m'oblige de voir, je doute que qui que ce soit eût laissé échapper une occasion aussi favorable. Si ces raisons ne suffisent pas, je l'ai fait et l'on doit le lire.

En sortant de chez Madame de Vambures, je me rendis chez mon frère, que je trouvai dans le dernier embarras. Sa femme l'avait abandonné depuis quelques jours, résolue de ne point rentrer dans sa maison, qu'il n'en sortît. Il voulait employer les voies de Justice pour la remettre dans son devoir. Je l'en dissuadai, et pour le porter à se rendre à mes avis, je l'engageai à me choisir une petite maison au Marais, et pendant mon absence, je le priai d'y faire porter mes meubles, en ajoutant que j'attendais de son amitié qu'il y demeurerait au moins jusqu'à mon retour, me flattant que par la suite nous ne nous séparerions plus.

Après avoir tout rangé avec Madame Allain, qui ne

me paraissait plus si polie, depuis qu'elle craignait qu'on ne parvînt à me dépouiller de la succession de Mademoiselle Habert, je partis pour me rendre à mon emploi et pour achever ma tournée.

Comme on voulait absolument que je prisse quelques teintures de ces sortes d'affaires, j'y restai plus longtemps que je ne pensais : il y avait bien dix-huit mois que j'entretenais avec Madame de Vambures un commerce de lettres fort régulier, quand elle me pria, de la part de Monsieur le Comte, de me rendre à une des terres de ce Seigneur, qui était sur la frontière de la Province que je visitais.

Quel fut mon étonnement d'y trouver Madame de Dorville, et d'entendre le Comte de Dorsan qui me dit que le bonheur qu'il avait d'épouser cette aimable Veuve, ne lui aurait pas paru complet, si je n'en eusse été témoin. La cérémonie s'en fit dès le lendemain. Madame sa mère, qu'il avait fléchie par ses prières, y assista avec joie ; et quelques jours après nous nous rendîmes tous à Paris.

Savez-vous, mon cher, me dit en route Monsieur de Dorsan, que Madame de Vambures vous a absolument fixé à Paris ? Le Roi vient d'octroyer un privilège particulier à une nouvelle Compagnie : cette Dame vous y a fait agréer et je ne doute pas que les fonds[7] n'en soient déjà fournis.

Tant de bontés de la part d'un objet qui avait toute ma tendresse, me laissèrent sans réponse. Je dois dire que lorsque Monsieur le Comte me parlait ainsi, il me cachait toute la part qu'il avait eue à cette faveur qu'il voulait que j'attribuasse toute entière à ma chère Maîtresse. Ce que je dis n'est pas pour diminuer ce que je dois à l'amour, mais pour ne pas priver l'amitié d'une juste reconnaissance qu'elle a droit d'exiger. J'ose même avancer que ma restriction fait honneur à

Madame de Vambures, puisque c'est par son aveu que je me vois dans le cas de rendre à Monsieur de Dorsan la justice que je dois à sa générosité.

Peut-il, et pourra-t-il jamais se trouver un homme plus heureux ! L'amitié disputait à l'amour le privilège de m'obliger, et ne pouvant l'emporter, ils s'unissaient tous les deux en ma faveur.

Dès que je fus à Paris, je me rendis chez Madame de Vambures. Je la trouvai seule dans son appartement, l'amour et la reconnaissance me précipitèrent à ses genoux. Je ne pourrais me rappeler ce que je lui dis. Le feu secret qui me dévorait, dictait seul mes paroles, et le trouble qu'il devait jeter dans mes discours, ne m'a pas permis de les retenir [8] : mais j'avoue à ma honte, que cette flamme perdit un peu de sa force, quand je vis que cette Dame, en me relevant, tâchait de me dérober des papiers qui couvraient sa table.

J'avoue que cette précaution me causa quelque inquiétude. Quel était ce mouvement ? Doit-on l'attribuer à la jalousie ? Je ne le crois point. J'aimais, et tout m'assurait que j'étais aimé, cela ferme-t-il toute voie à cet esprit jaloux qui s'alarme de la moindre apparence ? Si l'on me dit que non, je confesserai volontiers qu'il entrait un peu de jalousie dans mon procédé : mais si l'on n'y voit qu'un de ces mouvements passagers qui, sans s'attacher à rien de fixe, font passer dans l'esprit un de ces nuages volatils, dont on ne pourrait bien définir ni l'essence ni l'origine, je crois qu'on se tromperait encore moins. J'ai eu d'autant moins lieu de pénétrer la nature du sentiment qui m'agitait, qu'à peine s'était-il fait jour, que je crus apercevoir sur ces papiers un caractère semblable au mien : ce qui me fit penser que cette Dame s'occupait de mes lettres.

Je me disposais même à lui en marquer ma joie, quand, ayant deviné une partie de ce qui se passait

dans mon âme, Madame de Vambures me dit : J'allais
vous écrire pour presser votre retour en cette Ville.
Dorsan vous a obtenu une place qui demande votre
présence.

S'il était un motif de presser mon retour, lui répondis-je, que n'a-t-il pris naissance moins dans votre
générosité que dans votre cœur ?

Ne parlons point de mon cœur, me dit-elle....

Ah ! repris-je, c'est le seul bien que j'ambitionne.
Votre bouche refuserait-elle de me confirmer le bonheur que j'ai cru lire dans vos lettres ?

Et quand cela serait ?... dit-elle en baissant les yeux.
Je sentis tout mon avantage. Si cela était, Madame, lui
dis-je, avec vivacité, l'état où m'ont mis vos bontés ne
me permettrait-il pas quelque espoir ? Elle paraissait
rêver profondément. Daignez vous expliquer à un
homme qui vous adore. Les sentiments que vous
m'avez fait connaître, cette indifférence sur les titres,
sur les grandeurs, sur la naissance même, tout fait ici
l'excuse de ma témérité. Je vous aime, je suis libre,
mon nom ne vous révolte point. J'ose vous demander....
Arrêtez, me dit-elle, ne pensons qu'à votre arrangement ; il y a de quoi nous occuper. Quand il sera fini, je
vous permettrai de me consulter sur autre chose ; mais
jusque-là je vous prie de ne m'en point parler.

Ces dernières paroles furent prononcées avec une
espèce de timidité qui m'aurait fort embarrassé, si les
yeux ne m'eussent au plus tôt rassuré. J'eus beau
mettre mon esprit à la torture, il fallut me retirer sans
avoir pu renouer cet entretien charmant.

Je me trouvais dans une position bien nouvelle pour
moi, mais heureusement qu'un peu d'usage du monde
avait éclairé mon esprit. Jusque-là j'avais toujours été
prévenu, mais ici j'étais obligé de faire toutes les
avances, que souvent on paraissait ne pas entendre. Si

je m'expliquais clairement, un soupir, un geste, ou un mot plutôt arraché que donné, formait toute la réponse que je recevais.

Que l'on ne croie pas cependant que je restasse en chemin. Mon cœur était véritablement touché, et il suffisait seul pour me conduire dans cette circonstance. Oui, je ne fus pas longtemps à faire connaître à Madame de Vambures toute l'étendue de la passion qu'elle avait fait naître. Elle dut y voir distinctement l'empire de l'amour et le pouvoir de la reconnaissance : car si cette dernière avait quelque part aux sentiments que j'exprimais dans nos entretiens, l'amour s'en dédommageait avec usure, et rien n'échappait à cette aimable personne, comme elle me l'a avoué depuis.

J'ai promis son portrait et le voici naturellement placé[9]. Elle était d'une taille haute et avantageuse. Ses cheveux châtains étaient si parfaitement placés, qu'ils semblaient s'arranger d'eux-mêmes pour faire sortir un front majestueux, dont la grandeur était tempérée par deux yeux qui, malgré leur éclat, paraissaient inspirer la confiance, et manifestaient un pétillant dans l'esprit dont la réalité était capable d'enchanter. Je conviendrai que le visage était un peu long, mais ce défaut était réparé par les plus belles couleurs du monde. Sa bouche était mignonne et la mieux garnie qu'on pût[10] voir. Elle avait la main charmante et la gorge admirable.

Je ne puis mieux donner une idée de son esprit qu'en avouant avec ingénuité, que dès que j'eus connu la justesse de son discernement et la sagesse de ses réflexions, je me fis gloire de ne me conduire que par ses avis. Son âme grande et modeste, suivant les circonstances, savait se prêter à tout, et son exemple me dirigeait et m'a peut-être évité bien des faux pas.

Voici le portrait que j'avais promis il y a longtemps.
S'il n'est point fini, on pensera facilement qu'un léger
désordre est permis quand je me retrace tant de grâces
qui sont[11] encore le bonheur de ma vie, et dont j'ai
l'original sous mes yeux en écrivant. Le lecteur me
permettra cette petite digression : je poursuis.

J'entrai donc dans mon nouveau poste. L'intérêt
considérable que j'avais dans cette compagnie, et la
main qui m'y avait placé, m'y donnaient un crédit
étonnant. Je me vis bientôt obligé, par les conseils de
Monsieur de Dorsan, de prendre une maison décente ;
je fis faire un équipage, enfin je devins un petit
Seigneur, sans presque m'apercevoir de ma métamorphose.

Que l'homme change ! me disais-je quelquefois. Lors
de mon mariage avec Mademoiselle Habert, je ne
pouvais me lasser d'admirer une simple robe de
chambre, et aujourd'hui, sans étonnement, je remplis
le fond d'un carrosse ; un appartement autrefois me
semblait un palais, et ma maison n'a rien qui
m'étonne. J'aimais à appeler ma cuisinière pour me
féliciter d'en avoir une, et mes gens m'entourent
maintenant sans que je leur dise un mot. Que la
conduite du Traitant est différente de celle de Jacob à
peine échappé du Village ! Mais voilà l'homme[12],
j'avais passé tout d'un coup dans cet appartement, et je
n'étais venu que par degrés dans ma maison.

Je voulus m'instruire des devoirs de ma nouvelle
place : mais après un peu d'attention, je vis qu'ils
consistaient à savoir placer des gens au fait, sur le zèle
desquels on pût compter, et à se réserver le plaisir de
recueillir et de consumer le fruit de leurs travaux.
Cette méthode me parut douce et aisée, et l'expérience
m'a appris qu'on s'y formait facilement.

Je voyais journellement Madame de Vambures, et

l'on sent que je ne la voyais jamais sans lui renouveler mes empressements et mes désirs ; mais quoique je reçusse de cette Dame mille assurances de tendresse, elle ne me permettait jamais de lui parler des vues que j'avais de l'épouser.

Un jour que la réflexion sur les retards qu'essuyait mon amour, m'avait retenu à la promenade plus longtemps qu'à mon ordinaire, je rentrais chez moi accablé de tristesse, quand on me dit qu'une personne m'attendait pour me parler.

Je passai dans mon cabinet, après avoir donné ordre de l'y introduire. Jugez de ma surprise : ce fut Monsieur de Dorsan qui se présenta, lui que je croyais à la campagne.

Vous êtes surpris de me voir, me dit-il, mais votre intérêt me ramène à Paris. Vous êtes jeune et sans enfants, il faut vous marier, et j'ai un parti avantageux à vous offrir.

Ne me parlez point de mariage, Monsieur, lui dis-je, d'un air chagrin ; il n'est qu'une personne qui puisse m'y faire penser et je vois trop que je n'y dois jamais songer.

Avant de recevoir vos refus, ou de forcer votre consentement, reprit-il, j'ai une grâce à vous demander : c'est de placer un jeune homme que j'ai trouvé dans votre antichambre et qui me paraît mériter votre attention. Son histoire, qu'il m'a contée, m'a attendri. Sa fortune dépendait d'un oncle dont la mort le réduit dans un état déplorable.

Commandez, lui répondis-je, en m'avançant moi-même vers la porte, et si vous voulez me permettre, je vais le faire entrer pour l'assurer que je ferai tout en sa faveur, ou plutôt qu'il peut compter sur moi dès qu'il a votre recommandation.

En effet le jeune homme se présenta, l'air également

noble et respectueux avec lequel il me salua ne me
permit pas de l'envisager, et s'il ne se fût nommé, peut-
être ne l'aurais-je pas reconnu : mais en entendant le
nom de mon premier Maître, je vis son neveu et celui
même au service duquel j'avais été.

Je ne pus retenir mes larmes en comparant nos
positions anciennes et présentes, et en lui sautant au
col je le priai de tout attendre d'un homme qui devait à
sa famille les premières faveurs dont il eût joui. La
surprise de Monsieur de Dorsan fut extrême, et j'ose
dire que loin que cette petite humiliation qui résultait
pour moi de ma sincérité, fît impression contre moi
dans son cœur, elle augmenta son estime. Je priai mon
ancien Maître de venir souvent me voir, et peu de jours
après, je fus assez heureux pour le mettre dans le cas de
ne point regretter de s'être adressé à son cher Jacob.

Il ne fut pas sorti, que Monsieur de Dorsan m'apprit
qu'il était venu à Paris pour savoir ce que je devais
espérer des intentions de Madame de Vambures. Je l'ai
vue, me dit-il, elle n'a point fait de difficulté de
m'avouer les sentiments qu'elle a pour vous, et même
la résolution qu'elle a prise de couronner les désirs de
l'épouser que vous lui avez souvent témoignés. Il
m'apprit que, quoique veuve d'un Marquis, elle était
fille d'un financier ; mais cette Dame, ajouta-t-il, pour
éviter la critique, a voulu vous voir dans un état d'opulence, avant de vous donner la main. Vous y voilà mon
cher, me dit-il, voyez-la maintenant, et finissez au plus
tôt votre bonheur auquel je m'intéresse véritablement.

Je priai Monsieur de Dorsan de me guider, sans
même le remercier du zèle qu'il me marquait. Il me dit
que dès le lendemain je devais aller voir Madame de
Vambures, et qu'il la préviendrait sur les ouvertures
qu'il venait de me faire.

Je ne dirai point dans quels transports de satisfaction et d'impatience je passai la nuit ; je parvins à l'heure de partir sans avoir encore pu bien démêler tous les sentiments qui me partageaient. Je ne doutais pas de la sincérité de Monsieur de Dorsan : l'amour même de Madame de Vambures n'était plus un mystère pour moi ; mais j'appréhendais quelques révolutions ; quelles, et d'où pouvaient-elles venir ? Je n'en savais rien. Je crois que je puis dire, je craignais, parce que j'aimais.

Je me rendis donc chez l'objet de ma tendresse, j'y fus reçu avec un air de satisfaction que je ne lui avais pas encore vu ; nos cœurs étaient d'accord ; nous étions réciproquement prévenus, et notre hymen fut bientôt résolu et accompli. Ce fut alors que je connus la fortune immense que je venais de faire. Ma nouvelle épouse marqua à mon frère la même tendresse qu'elle avait pour moi, en reprenant mes neveux, pour qu'ils fussent élevés chez elle. Leur père, malgré toutes mes instances, ne voulut jamais sortir de son état de médiocrité ; content de vivre décemment, il me pria de lui permettre de se retirer à la campagne. J'y consentis avec peine, et peu de jours après il partit avec nous pour choisir sa demeure.

Ma nouvelle épouse aurait bien souhaité que je prisse le nom de quelques-unes de ses maisons ; mais je la priai de m'en dispenser. Elle ne parut pas en faire difficulté, et nous nous mîmes en route avec mon frère pour aller me faire reconnaître dans les terres de Madame de Vambures. Monsieur de Dorsan prit la résolution de nous accompagner avec son épouse. Nous fûmes fort étonnés de les trouver à la première poste, qui nous attendaient. Quelle rencontre flatteuse !

FIN DE LA SEPTIÈME PARTIE

HUITIÈME PARTIE

Notre voyage fut long, mais très agréable ; la vanité, ce tyran flatteur, qui chaque jour semblait accroître son pouvoir sur mon cœur, sans pouvoir l'aveugler entièrement, m'y faisait trouver des charmes, que rien n'a jamais pu compenser jusqu'à l'instant heureux qui m'a retiré du trouble du fracas du monde.

Je conviendrai, si l'on veut, qu'il s'est trouvé dans ma vie des circonstances plus essentiellement heureuses ; mais comme le bonheur dépend tout de l'âme, dès que celle-ci obtient cette satiété où ses désirs n'ont pas le temps de naître pour être satisfaits, on jouit là seulement d'une félicité entière. Si d'ailleurs ç'avait été beaucoup pour moi d'être sorti de l'obscurité et d'être devenu riche, il était bien plus flatteur que tout s'empressât à me démontrer ces avantages dont je jouissais ; et c'est là, je crois, le vrai comble de la prospérité.

Oui, chaque endroit où nous nous arrêtions, était le rendez-vous, pour ainsi parler, des hommages que le Canton venait nous rendre. Ces témoignages suspects de respect et d'amitié ne montraient à mes yeux que ce que l'extérieur représentait, et j'en étais satisfait. Je ne savais pas encore que les passions étaient de tous les

lieux. J'ignorais que, concentré dans son Castel, le
Gentilhomme campagnard rendît la Province le théâtre des mêmes défauts que la fatuité étale pompeuse-
ment à la Ville ; ici les occasions en sont plus fréquentes, mais leur rareté les fait saisir là avec plus d'empressement. Ce qui contribuait encore beaucoup à
entretenir mon illusion, c'est que nous passions si
rapidement dans chaque endroit, que je n'avais, pour
ainsi dire, point le temps de connaître ceux qui nous
venaient voir, ou ceux auxquels nous rendions visite.
L'état dans lequel Madame de Vambures ma nouvelle
épouse, avait toujours entretenu ses terres, ne me
demandait pas grand soin. Je n'avais qu'à recommander la même exactitude. Les Fermes étaient entre les
mains de bons Paysans, qui, enrichis par une sage
facilité qu'elle leur avait toujours donnée, faisaient le
bien de leurs Maîtres, sans oublier le leur, et de cette
façon on n'a rien à leur dire.

Chaque pas m'offrait un nouveau plaisir. La compagnie d'une nouvelle épouse dont j'avais toute la tendresse, et qui possédait toute la mienne, la société de
Monsieur de Dorsan et de l'aimable Dorville, tout
semblait réuni pour augmenter l'espèce de triomphe
avec lequel je passais dans mes terres. Car malgré
toute la confiance que me donnait mon amour-propre,
je m'apercevais cependant quelquefois que la présence
d'un Seigneur qui me traitait en ami, retenait mes
voisins dans une soumission forcée, qu'ils auraient
bien voulu franchir. Cette idée eut bientôt sujet de se
confirmer dans mon esprit.

Ce Seigneur, en effet, nous quitta, quand il se trouva
près d'une de ses terres, dans laquelle quelques affaires
l'appelaient : et je ne fus pas longtemps à m'apercevoir
que le Comte me manquait pour soutenir dans mes

Voisins ce respect qu'ils me marquaient malgré eux, et
dont je m'enivrais depuis que j'étais sorti de Paris.

Je ne connaissais donc encore la Province que par
son beau, quand mon épouse me nomma un village,
que, peu de temps avant que je reçusse sa main, elle
avait acheté de la succession d'une veuve qui venait de
mourir dans un couvent.

Quelle fut ma surprise, quand j'appris que j'allais
paraître en Maître, en Seigneur, dans un endroit, d'où
chacun pouvait se souvenir qu'il m'avait vu sortir le
fouet à la main! Il est vrai que mon petit amour-
propre[1] s'avisa de bouder, et même de m'inspirer
quelques scrupules intérieurs qui m'alarmèrent. Je
voulus le mater, mais inutilement, et son opiniâtreté
me contraignit de communiquer mon embarras à ma
femme.

Je ne vous ai rien déguisé, lui dis-je, sur ma naissance ni sur mes parents. Vous savez par conséquent
que je suis né dans le village dont vous avez fait
l'acquisition. Je ne crains point de paraître dans le lieu
où ma famille a vécu dans une obscurité honorable ;
mais je tremble que votre gloire ne souffre de voir le
Compère Lucas et la Commère Jeanne me sauter au
col, et vous traiter de leur parente.

Vous vous alarmez à tort, me répondit ma femme.
Vos parents partagent dans mon cœur les sentiments
que je vous ai voués. Vous allez voir renaître cette
affabilité, que j'ai cru devoir suspendre depuis que
nous sommes en route.

Je l'avoue, repris-je : ce changement qui m'a étonné,
a seul causé mes alarmes. A Paris, je vous ai toujours
trouvée simple, unie, bonne, en un mot charmante ;
mais dans vos terres vous vous êtes montrée jusqu'à
présent grande, si je ne dis pas orgueilleuse. Vos pas
semblaient comptés. Vous paraissiez étudier chaque

démarche, et il me semblait que vous craigniez de trop
répondre aux avances qu'on vous faisait, et que vous
voyiez même avec peine celles que je croyais devoir
faire.

Vous avez raison, reprit-elle en m'interrompant : j'ai
fait ce que l'expérience m'a fait juger nécessaire. Je
connais l'esprit de tous ces nobles Campagnards ; ils
n'ont jamais vu sans peine qu'ils étaient mes vassaux :
le titre de votre femme n'était pas en état de leur en
imposer davantage ; ils savent votre naissance, n'en
doutez point (car la curiosité est la passion la plus
chérie par les Gentilshommes des champs) ; un nouveau visage paraît, il faut savoir son titre, son rang, son
origine, et là-dessus l'on règle ses démarches ; on nous
connaît donc tous deux, et dès lors soyez-en sûr, la
politesse ne nous rend qu'à regret des hommages dont
la vanité voudrait pouvoir se dispenser. J'ai depuis
longtemps pénétré ce sentiment de nos voisins, et cette
connaissance a réglé ma conduite. Si je n'eusse craint
de vous désobliger, je vous aurais engagé à suivre ma
méthode ; mais il fallait vous parler de votre origine, et
j'appréhendais de vous déplaire sans intention. Avec
vos parents nous ne serons pas obligés de nous
contraindre : ils vous aiment, s'ils me marquent leur
joie, vous me verrez les devancer dans les politesses
qu'ils nous feront.

Ce discours me parut fort sensé ; et en effet, me
disais-je à moi-même, peut-être d'après ma propre
conduite : voilà l'homme. S'il se croit un avantage sur
son voisin, il ne le cache qu'à regret ; et même lorsqu'il
le cache, il cherche en secret un moyen de le faire
valoir. Il faut donc être continuellement en garde
contre lui ; car il est d'autant plus âpre à se relever, que
l'honneur dont il se glorifie lui appartient moins. Le
Gentilhomme, qui s'enterre dans sa campagne, a des

titres surannés, acquis par une valeur étrangère, il veut les soutenir par des moyens qui lui sont également étrangers. Les Aïeux, voilà le grand article : la vanité se charge de les découvrir, et je ne pouvais gagner à cet examen ; mon épouse elle-même à cet égard ne pouvait beaucoup augmenter ma gloire. Voilà les motifs de la conduite de ma femme, qui ne manquait à aucun des devoirs de la politesse, mais qui les observait strictement.

Si cette conduite paraît étonnante, moi, qui connais le fond du cœur de cette Dame, je puis dire qu'elle la crut nécessaire.

En effet, me disait-elle quelquefois, la conduite qu'on doit tenir à la Ville ou à la Campagne est bien différente. Dans la première on pense, et la politesse gagne un cœur que la vanité révolte : mais dans la seconde, l'homme tout entier à son orgueil se croit resserré mal à propos dans un coin de la terre, son âme impatiente de ne pouvoir donner carrière à sa vaine gloire, n'attend qu'un objet pour lui faire prendre un libre essor. Il croit par là se dédommager de l'injustice que lui fait la société. La moindre avance lui paraît une marque de faiblesse dans celui qui la lui fait, et passe en même temps à ses yeux pour une preuve de sa supériorité ; et dès lors il la saisit pour se relever en vous humiliant.

Je trouvai tant de justesse dans ce raisonnement, que je me résolus de le mettre en pratique. J'affectai par la suite un air important avec ceux qui voulaient jouer la grandeur ; et quiconque semblait vouloir plier, était sûr de trouver ma main prête à le relever. Je ne sais si tous mes Lecteurs applaudiront à ma conduite, mais le temps m'a confirmé qu'au moins elle était prudente.

Nous arrivâmes dans ces dispositions au village[2], où peu de temps auparavant j'avais tant redouté de paraître. Un saisissement s'empara de moi ; mais que devins-je, quand je vis que, par ordre sans doute de ma chère épouse, tous les Villageois étaient sous les armes pour recevoir leur nouveau Seigneur !

Quoi ! mes anciens camarades (qui autrefois, en me revoyant, auraient cru m'honorer s'ils m'eussent dit : ah ! te voilà Jacob : bonjour), n'osaient plus me parler que par des transports de joie et des marques de respect. Chacun me regardait, et personne je crois ne me reconnaissait. La difficulté de se figurer ma fortune aidait sans doute leur aveuglement ; ils parurent avoir moins oublié le visage de mon frère, car plusieurs le saluèrent d'un air surpris. Le croirait-on ? Cette préférence me causa un petit dépit. Je me disais : il a quitté le Village devant moi, cependant les habitants s'en ressouviennent encore ; il a donc leur cœur, quand je n'obtiens que leur respect. Ce parallèle altérait considérablement ma satisfaction.

Pendant que j'essuyais ce petit mouvement, nous arrivâmes à la porte du Château, où je vis mon père qui, sans être courbé sous le poids des années, portait de vénérables cheveux blancs. La douceur de la campagne semblait l'avoir défendu contre la rigueur de l'âge. Les larmes me vinrent aux yeux, et en faisant arrêter l'équipage, je descendis aussitôt et je volai dans ses bras.

Le bon homme sentit alors toute sa faiblesse. Il ne put soutenir l'excès de la sensibilité que lui inspira ma présence. Il savait les différents événements qui m'avaient conduit à la fortune, je l'avais instruit de mon dernier mariage, mais il ignorait que je fusse devenu son Seigneur. Il ouvrait de grands yeux, et quoiqu'en me tenant étroitement serré dans ses bras, il me vît dans une posture à représenter ce qu'il cherchait, il parcourait cependant des yeux tout l'intérieur du carrosse, pour voir sans doute s'il n'y découvrirait pas quelqu'un qui dût être le Seigneur, pour lequel il avait lui-même commandé tous ces honneurs.

Mon épouse, en voyant mon action et mes transports par mon immobilité, s'instruisit facilement des motifs de la scène attendrissante que nous lui donnions. Sans être arrêtée par aucun motif humain, elle descendit de sa voiture, et après avoir embrassé mon père, elle le pria de nous suivre au Château.

Que cet instant eut de délices pour moi ! je ne sais si la tendresse de mon père me flatta plus que la noble sensibilité de ma femme.

Mon père n'avait ni parole, ni voix ; ses yeux, qui s'inondaient de larmes sans qu'il s'en aperçût, ne pouvaient se lasser de me regarder. Ce fut dans cette situation que nous traversâmes les cours. Madame de Vambures, par mille discours aussi obligeants que respectueux, cherchait à lui rendre l'usage de la parole, mais tout était inutile.

La nouvelle de mon arrivée ne fut bientôt plus un mystère. Plus nous avancions et plus le cortège qui nous suivait s'augmentait.

Viens voir Jacob, se disaient les voisins l'un à l'autre. Dame, il est le Seigneur du lieu. On a bien raison de le dire, il n'est qu'un bonheur et malheur dans ce monde. Qui l'aurait dit qu'il serait devenu un si gros Monsieur quand il fut à Paris. C'est là où l'on fait fortune.

Chacun ainsi invité s'empressait d'approcher, et chacun voulait me voir. Quelques domestiques irrités de cette familiarité, qu'on avait l'audace, disaient-ils, d'avoir avec leur maître, voulurent repousser cette affluence ; mais mon épouse, qui se doutait sans doute de ce qui pourrait arriver, réprima la brutalité de nos valets, en leur disant : Laissez venir ces bonnes gens. Je prétends que le Château soit ouvert à tous les

habitants du Bourg, et que chacun non seulement ait la
liberté de nous voir, mais même que tout le monde soit
introduit dans les appartements, dès que quelqu'un en
marquera le désir.

Pour moi je marchais avec mon père, qui ne pouvait
encore que dire : ah ! mon cher Jacob ; est-ce un songe ?
Quoi ! toi-même mon Seigneur ?

Non, mon père, lui répondis-je, je suis le Seigneur du
lieu et non pas le vôtre. Vous commanderez toujours
partout où je serai le maître ; et si je prends possession
du Château, c'est pour vous en laisser la disposition.

Le bon homme ne pouvait encore se persuader la
réalité de tout ce qu'il voyait, et je crois que la surprise
du Curé qui nous attendait dans la salle put seule le
convaincre. Ce pasteur avait sans doute disposé quelque compliment dont son étonnement nous épargna
l'ennuyeux débit ; car à ma vue il parut pétrifié, mais je
l'embrassai et lui parlai le premier pour le faire revenir
de son embarras, en l'assurant que j'étais réellement
son Seigneur.

Nous ne fûmes pas assis qu'il fallut faire à mon père
et à ce vertueux Ecclésiastique un récit circonstancié
de toutes mes aventures, pour leur apprendre par
quelle faveur singulière du Ciel j'étais parvenu à ce
haut point de fortune. On juge que j'obéis avec plaisir à
leur empressement. Tout devait me relever à leurs
yeux ; car ce qui pouvait m'humilier leur était trop
connu pour que j'eusse besoin de leur rappeler. Si mes
premières aventures galantes parurent chagriner le
Pasteur, qui intérieurement semblait en demander
pardon au Ciel, elles fournirent à mon père matière à
rire. Ce vieillard trouvait peut-être extraordinaire que
son fils, à peine sorti de dessous ses ailes, eût eu tant de
facilité à copier les airs évaporés d'un Petit-maître.
Mais le lecteur n'en aura point été frappé quand, en

sondant son propre cœur, il y aura vu que tous les hommes ont le même penchant pour le plaisir, et qu'il n'a qu'à paraître pour s'attirer leur hommage.

Je ne donnai point le temps à chacun de trop démêler ses sentiments, il manquait quelque chose à ma joie : je ne voyais point ma sœur, et je ne savais à quoi attribuer son absence. J'en demandai des nouvelles à mon père qui me parut aussi étonné que moi de ne la point voir. Le bon homme ne se souvenant plus qu'il était mon père, parce qu'il voyait son Seigneur, me proposa de l'aller chercher ; mais après l'avoir embrassé tendrement pour lui rappeler que j'étais son fils, je le priai de me laisser aller seul pour avoir le plaisir de surprendre ma sœur.

Je cours aussitôt à la Ferme de mon père, on m'y reconnaît, personne n'ose m'arrêter, ce ne sont que cris d'exclamation qui pénétraient à peine dans la chambre de ma sœur, quand j'y parvins. Je l'embrassai en lui faisant de tendres reproches du retard qu'elle avait mis au plaisir que je devais goûter en la voyant.

Le lecteur sera sans doute curieux de savoir ce qui pouvait l'arrêter. S'il connaît bien le sexe, il pénétrera les motifs de ma sœur avant que je les lui découvre. Elle était allée se parer de ses plus beaux habits, pour se rapprocher un peu plus de la qualité de sœur du Seigneur du Village, qu'elle venait de prendre. On avait déjà essayé et rebuté trois ou quatre jupes et autant de rubans. Ce n'était dans sa chambre que cornettes qui avaient été présentées et laissées ; je ne pus m'empêcher de rire, en réfléchissant que si la coquetterie à Paris faisait plus d'étalage, elle avait au moins la même conduite au Village.

Elle ne me vit pas sans émotion présent à sa toilette. Le frère était trop couvert sous le Seigneur. Elle rougit, était-ce d'innocence ou de satisfaction de voir un personnage plus relevé qu'un Villageois lui prêter son secours ? Peut-être fut-ce autant de l'un que de l'autre.

Ce qu'il y a de sûr, c'est que tout ce qui parut me plaire fut employé à son ajustement : j'aurais voulu en vain la dissuader de prendre ses habits des Dimanches, elle allait se trouver près d'une belle-sœur brillante, aurait-elle pu en paraître si éloignée par les vêtements ordinaires ? Non, non, c'est la vertu capitale des femmes, de ne se jamais céder entre elles que forcément. J'emmenai donc ma sœur au Château : ma femme lui témoigna l'estime la plus sincère, et même eut la bonté de lui marquer sa surprise de voir une beauté si régulière au Village. Il est vrai que pour peu qu'une fille ait des attraits, cet air d'ingénuité qu'à la campagne les filles ont pour premier apanage, ces habillements qui paraissent sans art quoiqu'elles y mettent bien du raffinement, ajoutent à leurs traits un éclat, que l'art des coiffeurs et le brillant du rouge et du blanc ne peuvent jamais égaler.

On lui fit une petite guerre sur le ravage que ses charmes devaient faire dans le canton. Elle la soutint joliment, et l'esprit qu'elle y marqua lui gagna totalement l'estime de ma femme, et dès lors elles devinrent inséparables pendant notre séjour dans le Pays. J'appréhendais qu'elle n'eût formé quelque liaison qui ne nuisît à l'envie que je conçus sur l'heure de lui faire un sort heureux ; mais, je l'ai dit, mes désirs n'avaient pas le temps de naître, pour ainsi dire, pour être couronnés. Ceci en sera par la suite un nouvel exemple.

Le reste de cette journée nous permit à peine de répondre aux empressements qu'eurent tous les habitants, parents ou autres, de me voir et de m'embrasser. Chaque personne qui se présentait, donnait matière à une scène attendrissante, dont la nature seule faisait tous les frais.

Je ne pouvais trop admirer mon épouse qui dès le premier jour se trouvait faite avec ces Villageois comme si elle les eût tous connus. Elle s'abaissait à leur portée en leur parlant, elle empruntait même souvent leurs expressions pour les empêcher de rougir en la nommant leur parente.

Le soir elle ordonna que le lendemain toute ma famille serait traitée au Château, et que le Village participerait à cette fête dans l'extérieur. Non contente de l'avoir ordonnée, elle prit sur elle tout le détail de cette solennité et voulut l'honorer de sa présence.

En effet, pendant que j'étais avec mes parents, elle se fit conduire au Village où elle parcourait toutes les tables qu'elle avait fait dresser. M'étant aperçu de son absence, et me doutant du motif qui la causait, je la suivis avec ceux de la compagnie que j'entretenais.

Si je fus ravi de voir l'affabilité de ma femme, que j'eus lieu d'être satisfait des témoignages de respect et de reconnaissance que lui donnaient nos cohabitants, car je n'ose encore dire, nos Paysans.

On le sait : cette espèce d'hommes paraît être conduite par le cœur seul, sans que l'esprit se mêle de le diriger. J'eus lieu de m'en convaincre dans le même jour. Tout inspirait à ces gens le désir de nous montrer combien ils étaient sensibles aux bontés dont ma femme les honorait, et à l'amitié que je leur marquais ; mais les preuves qu'ils employèrent, pensèrent m'être funestes.

En effet, quand nous nous fûmes mis à table avec la famille dans la salle, les habitants vinrent l'investir. Leur but était de nous voir, et ma femme, pour y répondre, fit ouvrir toutes les fenêtres. Elle ordonna qu'on leur distribuât à boire à discrétion. Cette générosité ne tarda pas à leur échauffer le cerveau. Chacun, pour témoigner sa gratitude, alla dans sa maison

prendre les armes à feu qui pouvaient s'y trouver, et
revint marquer les santés qu'on portait par autant de
coups en l'air.

Un ancien du Village imita cette folle saillie, et prit
un vieux fusil rouillé. Il charge, tire ou ne tire point et
boit. Il court au buffet, revient, et fait le même
manège : à la troisième apparition de ce vieillard, ma
femme prend elle-même un verre sur la table et le prie
de le boire à sa santé.

Cette démarche transporta de joie ce Paysan ; une
distinction flatte partout. Il charge de nouveau sa
vieille armure [3], et pour que son coup répondît mieux à
ses sentiments, il double la dose. Le coup part avec un
bruit furieux, je me retourne au bruit de quelques
vitres qui tombèrent en éclats. Je vois ma femme
renversée dans un fauteuil de la salle, et l'homme
étendu dans la cour. Je cours à mon épouse, quelques
gouttes de sang m'effraient, je cherche ce que cela
dénote, pendant qu'on tâche de lui rappeler les sens ; je
ne lui trouvai qu'une petite égratignure à la main, je la
lui lavai en la couvrant de mille baisers. Je m'aperçus
qu'un morceau de verre en la frappant lui avait fait
cette légère blessure qui fut guérie en un moment ;
mais je vis par là l'inconvénient inséparable de pareilles réjouissances.

Elle voulut être informée de ce qui s'était passé dans
la cour. J'y courus pour la tranquilliser. J'appris que le
Vieillard n'avait eu ni peur ni mal. Son arme s'était
crevée dans le tuyau sans le blesser, et la force seule de
la charge l'avait renversé. Je le fis transporter sur un lit
et je défendis de tirer davantage ; mais pour être obéi,
je fis approcher les Ménétriers du Village ; et l'amusement qu'en espérèrent les Paysannes, plus que mes
paroles, détournèrent [4] les Paysans de leur ardeur à
tirer : partout la femme décide nos goûts.

Ce petit accident passa si rapidement, qu'il ne troubla notre joie qu'un instant, et ma femme parut d'une gaieté charmante le reste du repas.

Le lendemain mon Épouse me dit : Depuis deux jours que nous sommes ici, nous n'avons point vu le Chevalier de Vainsac ; c'était un Homme qui avait un fief relevant de la terre et qui demeurait au Village.

Je m'imagine, lui dis-je, qu'il n'est pas au Bourg. Vous vous trompez, je crois, répondit-elle. Je pense qu'il y est, et qu'il attend votre visite. Il faudra la lui rendre aujourd'hui.

Nous venions de convenir de cette démarche, quand le Curé de la Paroisse vint nous annoncer que ce Gentilhomme sortait de chez lui, pour lui déclarer, qu'il prétendait aux honneurs de l'Église avant nous, et que sur les difficultés qu'il avait cru devoir lui faire, il les avait demandés avec cet air de hauteur qui veut être obéi sans réplique.

Je ne concevais pas trop quelles étaient les prétentions de ce Noble. Je me rappelais bien qu'il y avait à l'Église certaines cérémonies qui servaient à distinguer le Seigneur du Paysan ; mais je les regardais moins comme un devoir que comme une politesse. Le Pasteur m'expliqua le mieux qu'il put l'origine de ce droit, mais quand il voulut m'en faire comprendre l'importance, je ne l'entendais plus, ma femme voyant mon embarras lui dit :

Cela suffit : on dira la Messe à la Chapelle du Château, et nous remettrons à huit jours pour paraître dans l'Église. Madame de Vambures, dont je dois autant admirer la sagesse que la beauté[5], voulut que dès le même jour nous rendissions visite à ce Gentilhomme, mon Père nous y conduisit.

Quoique cette prévenance le déconcertât d'abord, il ne tarda pas néanmoins à déployer toute sa fatuité. Sur les instructions que ma femme m'avait données, je lui dis :

Je suis charmé d'avoir un voisin tel que vous. Je ne doute pas que nous ne vivions d'intelligence, et j'espère que dès...

Je ne demande pas mieux, répondit-il en m'interrompant, il ne tiendra qu'à vous.

De mon côté, repris-je, j'y mettrai tous mes soins, et s'il s'élevait quelque difficulté, je vous prierais de m'en donner avis avant d'en venir à quelque éclat. Je serai toujours prêt à prendre des arbitres et à suivre leurs décisions.

Vos dispositions me charment, me dit-il. Si vous les observez, nous serons amis : mais je vais les mettre à l'épreuve dans une occasion où les arbitres sont inutiles. Ceux qui possédaient le Château que vous avez acheté, ont usurpé sur mes Ancêtres des droits que je réclame.

Instruisez-moi, lui dis-je, de la nature de ces usurpations. Si le mal peut se réparer et qu'il soit réel, je m'y prêterai volontiers.

Mon humilité apparente lui donna des armes qu'il ne crut plus devoir ménager. Vous êtes du pays, m'ajouta-t-il alors : mon nom vous est connu, comme je connais le vôtre. Je prétends aux droits honorifiques de l'Église, et je ne crois pas que vous me les disputiez.

Les droits dont vous parlez, lui dit ma femme avec beaucoup de douceur, sont attachés à ma terre, et Monsieur de la Vallée est obligé de les soutenir. Si vous croyez pouvoir les contester, il faut établir votre prétention, nous en montrer les titres et nous nous ferons plaisir de vous les céder. De votre aveu, ceux de qui je tiens la terre ont possédé ces droits que vous nous disputez ; j'ai acheté ce bien avec ses avantages, la Nature et la Justice veulent que je les conserve à ma famille, ou à ceux qui me suivront dans la possession de ce Domaine.

C'est donc là votre résolution, lui dit-il en souriant. J'en suis bien aise : nous verrons si vous la soutiendrez. Nous plaiderons, Madame, nous plaiderons, et nous verrons ce que le nom de la Vallée fera contre celui de Vainsac.

On pense bien que ce dernier ne fut prononcé avec un ton emphatique que pour faire valoir la faiblesse dont on avait marqué le premier. Je sentis cette différence, et elle me choqua. La crainte de m'échapper me fit garder le silence.

En vain mon Épouse, qui connaissait à fond tous les droits de sa terre, et qui joignait à l'art de se posséder une grande facilité de s'énoncer, voulut-elle employer toute son éloquence pour le ramener à la raison, et lui faire sentir la faiblesse de ses prétentions, elle n'en reçut d'autre réponse[6], l'on verra : enfin cela est étonnant : Monsieur de la Vallée disputera de rang avec Vainsac.

Cette reprise m'allait faire ouvrir la bouche, quand mon Père, las de toutes ses fanfaronnades, crut devoir prendre la parole.

Il ne sera pas inutile de faire remarquer que sa tendresse le rendait plus épris de ma fortune que je ne l'étais moi-même ; que d'ailleurs, si sa longue habitation dans le Village lui en faisait connaître toutes les familles, une ancienne direction des biens du Château lui avait appris tous les droits qui dépendaient de la Seigneurie.

Eh ! parbleu, dit-il au Chevalier, v'là bian du bruit, j'ons vu vos Ancêtres au moins Monsieur de Vainsac, et Jean votre pare n'était pas si haut huppé que vous. Vous tranchez du grand, mais li allait tout bonnement ; et quand j'nous rencontrions, par exemple, il me disait :

bonjour compare, comme te portes-tu ? Et Dame j'li parlions sans façon. Il n'a pas tenu à lui, voyez-vous, que je n'ayons épousé votre sœur, Monsieur de Vainsac, et Jacob serait votre Cousin. Mais Testigué, j'ons du nez, et je vîmes bian alors qu'on visait à notre bian et non à notre parsonne, et j'ons toujours fait le sourd. Allons, allons boutez là Monsieur de Vainsac ; et vous et moi, à peu de distance, c'est queu-ci queu-mi : oui, oui Colas votre grand-pare était aussi bon farmier que moi.

Cette petite harangue de mon père fit plus que toute l'éloquence de ma femme, et me satisfit parce qu'elle me vengeait d'autant plus qu'elle humiliait davantage mon adversaire. Il ne fut plus question de disputes entre nous, et nous nous séparâmes bons amis. Je passai encore huit jours dans cette terre, pendant lesquels j'eus le plaisir de rendre Monsieur de Vainsac témoin de mon triomphe. Nous étions prêts à partir pour retourner à Paris, quand mon frère vint me prier de le laisser dans le Château, en m'ajoutant qu'il désirait d'y fixer son domicile.

Je ne balançai à acquiescer à sa demande, qu'autant que je le crus nécessaire pour lui faire comprendre qu'il ne devait pas attribuer ma facilité à l'envie de me séparer de lui.

Avant de me mettre en route, je voulus engager mon père à quitter sa ferme, pour habiter ma maison où mon frère allait demeurer ; mais toutes mes instances furent inutiles. Non, non, Jacob, me dit-il ; nous autres gens du Village j'avons notre tran-tran, il faut nous le laisser suivre ; j'mourrais si j'quittais mon usage. Je veux travailler tant que je vivrai.

Que cette noble simplicité, qu'aucun désir d'ambition ne traverse, a de charmes et de douceurs ! Quoique la fortune ait toujours semblé me prévenir dans tout ce

que j'ai pu désirer, il m'est cependant permis de
connaître cette opposition. Je suis homme, et l'expérience m'a appris que l'humanité revendique toujours
ses droits. Oui, personne ne doute que je n'aie lieu
d'être fort content de mon sort, et que Jacob, triomphant dans le lieu de sa naissance, devait être heureux : mais non je ne l'étais pas, je commençais à
goûter les biens de la fortune, cet avantage, en
augmentant mes désirs, faisait croître mon tourment.

Je viens de dire que Jacob triomphant dans son pays
devait être content. En effet, quoique quelques personnes pensent qu'un rustre qui sort de sa crasse
devrait s'éloigner de son pays, parce qu'il s'ôte par ce
moyen des sujets d'humiliation journalière, je crois
cependant, après l'épreuve faite, que cette humiliation
n'a rien de comparable au plaisir de voir courber
devant vous ceux ou qui marchaient vos égaux, ou qui
même croyaient vous honorer en vous donnant un
coup de tête. Par exemple, y eut-il une amorce plus
séduisante pour ma vanité, que de voir Vainsac, qui
m'avait contesté des droits honorifiques, me venir
rendre le lendemain des devoirs révérencieux ! Cette
action était libre, mais je me flattais à chaque courbette, qu'il faisait à ma femme ou à moi, que je le
faisais plier sous mon autorité, qui dès lors l'emportait
sur la sienne. Ainsi je reviens de cette idée, et je pense
que rien n'est plus flatteur que de paraître glorieux
dans un lieu où l'on était confondu peu de temps
auparavant. Qu'on me permette cette petite réflexion
qui combat un sentiment reçu et accrédité, auquel je
ne puis opposer que l'expérience, qui me paraît un
argument sans réplique.

Je me disposais à partir le lendemain, quand Monsieur de Vainsac vint me prier de lui accorder ma sœur
en mariage : cette demande me surprit autant qu'elle

me fit de plaisir. Je ne pus lui cacher ni mon étonnement ni ma joie.

Monsieur, lui dis-je, vous honorez beaucoup le nom de la Vallée de l'unir à celui de Vainsac.... Ah! vous êtes un méchant, me répondit-il, de me rappeler une vivacité que je ne cesse de me reprocher. Cette alliance, si vous l'agréez, vous assurera de mes dispositions à votre égard.

J'en serai flatté, repartis-je, et j'en parlerai à mon père et à ma sœur dans ce jour : car vous sentez que cette alliance doit premièrement plaire à l'une et être autorisée par l'autre.

Tout est prévu, me dit-il, depuis longtemps j'ai cédé aux charmes de votre aimable sœur, et ma flamme lui est agréable. Monsieur votre père, que je quitte, y consent, mais il m'a conseillé de vous voir ; il désire même votre aveu.

Votre nom le décide, lui dis-je, dès que mon Père et ma Sœur sont contents, et je ne partirai point d'ici que je n'aie vu votre union.

Nous nous rendîmes à la maison de mon Père, Monsieur de Vainsac renouvela ses instances auprès du vénérable vieillard dont les yeux s'inondèrent à l'instant de larmes de joie.

Oui, Jacob, me disait-il, tu pousses le bonheur en avant toi. Voilà ta Sœur mariée, je ne souhaite plus que de voir tes enfants et je mourrai content.

Cet arrangement pris, nous ne nous donnâmes le temps que de remplir les formalités, et Monsieur de Vainsac devint le Beau-frère de Monsieur de la Vallée, et j'ose dire que l'agrément qui suit cette heureuse union, fait une des plus grandes félicités dont je jouisse dans ma retraite.

Quelques jours après, nous partîmes pour Paris avec les nouveaux Époux. Nous voulions y faire prendre à la

jeune femme un certain air du monde qui lui manquait ; mais à l'acquisition duquel un petit penchant à
paraître belle lui donna plus de facilité que je n'aurais
osé imaginer.

Nous avions laissé mon Frère à la Campagne, qui peu
de temps après perdit sa femme. Monsieur de Vainsac
acheta une charge chez le Roi. Tout ainsi prospérait
dans ma famille et je voyais chaque jour ma fortune
prendre une nouvelle forme ; et j'ose dire que je le
voyais sans transport extraordinaire. Accoutumé à voir
mes désirs s'accomplir, je n'eus plus d'ardeur pour en
former. C'est alors que l'aisance dont je jouissais,
commença à faire paraître ses charmes à mes yeux. Je
goûtais sans trouble cette tranquillité, quand ma
femme vint la troubler par des idées de vanité qui lui
étaient à la vérité permises, mais qui me causèrent
quelque chagrin.

On sait que la personne que j'avais épousée était fille
d'un Financier fort riche dont l'origine ne valait pas
mieux que la mienne ; mais son bien l'avait fait
chercher en premières noces par Monsieur de Vambures, et son alliance avec ce Marquis l'avait liée avec
tous les gens de Cour. Cette union lui avait fait prendre
un air et un ton de grandeur qu'elle aurait voulu
soutenir. Elle m'aimait, mais elle m'aurait sans doute
aimé davantage, si j'eusse pu réunir à mes traits et à
mon caractère un nom plus décent et des ancêtres plus
relevés. Pour moi, à qui la retraite, dans laquelle vivait
Mademoiselle Habert, n'avait pas permis de faire de
grandes connaissances, et dont la vanité n'avait point
encore troublé le cerveau, j'étais satisfait de mon sort
et de mon nom.

Cette différence de sentiments m'exposait souvent,
de la part de ma femme, à quelques propositions
ambiguës que je tâchais d'éluder : mais il est bien

difficile de ne pas enfin donner quelque prise à une personne qui épie avec attention toutes les occasions de se déclarer : un jour donc que nous raisonnions ensemble sur nos affaires mon Épouse et moi, elle me parut d'abord enchantée de la joie que me causait ma fortune : mais tout à coup elle tomba dans une profonde rêverie, je lui en demandai le motif d'une manière empressée.

Vous voyez, mon cher, me dit-elle, en quel état est notre fortune, elle ne peut être plus arrondie et bien des gens de famille même pourraient l'envier. Les connaissances que vous prenez dans les affaires, par votre assiduité à vous y appliquer, me font espérer que vous la pousserez, cette fortune, aussi loin qu'elle peut aller : mais ce n'est pas tout.

Quoi ! donc, lui dis-je : Eh ! Que faut-il encore ? Il faut faire un nom aux enfants que nous pouvons avoir, et vous leur devez un rang qui, plus que le vôtre, s'accorde avec le bien que vous leur laisserez. Les richesses vous font considérer, j'en conviens, mais la noblesse y donne un relief qui, quoique étranger, en relève infiniment l'avantage. Voilà ce que vous pouvez laisser à votre postérité et ce que j'ose vous prier de lui accorder.

Ce raisonnement me parut neuf. Qui suis-je donc. me disais-je à moi-même, pour anoblir ma famille à ma volonté ? Je regardais ma femme, et j'étais tenté de croire qu'un petit dérangement d'esprit avait pu lui causer cette idée. D'ailleurs j'avais une petite dose d'orgueil, mais elle n'était pas encore assez forte pour me fasciner les yeux au point de m'aveugler.

On se ressouviendra sans doute que, lors de mon mariage, je n'avais pu me résoudre à changer mon nom, et ici une femme que je croyais incapable de me tromper, me proposait de métamorphoser jusqu'à mon être, et de changer pour ainsi dire la Nature du sang qui coulait dans mes veines. Il était roturier ce sang ; je ne pouvais le communiquer que comme je l'avais reçu ; et cependant on me parle de rendre purs les canaux les plus voisins d'une source bourbeuse.

Ma femme, qui voyait bien le combat qui se passait dans mon esprit, et qui croyait sans doute que la réflexion ne pouvait être qu'avantageuse à ses desseins, me laissa rêver sans me distraire, et aurait continué ce silence, en étudiant peut-être mes mouvements, si je n'eusse pris moi-même la parole.

Je vous avoue, lui dis-je, que je ne conçois point votre proposition. J'aurai toujours une déférence entière pour vos volontés, mais ici l'impossibilité de réussir, règle mon éloignement à vous obéir. Je suis né au Village, je ne puis rien changer à cet article. Suis-je donc le Maître de faire qu'Alexandre la Vallée, fermier de Champagne, ne soit pas mon Père, et par conséquent l'Aïeul de mes Enfants ? Tant que cela durera, je crois que, fils et petits-fils de roturiers, mes enfants seront renfermés dans la même classe.

Non mon Ami, me dit-elle, vous ne pouvez empêcher ce qui est fait : mais vous pouvez obtenir que vos enfants soient la tige d'une famille noble issue de Jacob la Vallée anobli.

Eh ! par quels moyens, par quelles ressources ? lui dit alors mon amour-propre, plus piqué de ne pas voir de route au succès, que de la singularité de la proposition qui m'avait d'abord alarmé.

Par votre argent, me répondit-elle. Comment par mon argent ? lui dis-je. Est-ce que la noblesse s'achète comme un cheval au marché ? J'ai cru jusqu'à présent que les nobles tenaient leurs rangs d'un partage ancien, dont, à la vérité, je ne pouvais bien découvrir ni la raison ni l'équité ; car le sens commun me dicte que, tous les Hommes étant nés égaux, aucun n'a pu, sans une usurpation tyrannique, établir cette distinction d'ordres que nous voyons parmi les hommes.

Vous avez raison, me dit-elle, mais si néanmoins vous réfléchissez, vous conviendrez facilement que la même justice, qui avait établi l'égalité dans l'origine, a mis par la suite cette disproportion qui vous surprend. J'avoue, poursuivit-elle, que le premier pas fait, quelques-uns, par des services importants, ont mérité cette distinction, qu'ils ont transmise à une postérité qui, en marchant sur leurs pas, a soutenu ce privilège ; mais aussi combien parmi, je ne dis pas les simples nobles, mais les plus grands du Royaume, qui ne doivent la grandeur et les titres qu'on leur a transmis, qu'à l'erreur, au caprice, à l'argent ou à d'autres motifs encore plus humiliants.

Vîtes-vous dernièrement ce Duc ; si l'un de ses Aïeux n'eût eu de la délicatesse dans les doigts, il n'aurait point le nom brillant qui le décore. Un Marquis de votre connaissance, et que vous ne pouvez méconnaître, a mis dans sa ferme le Seigneur dont, comme vous, il a acquis le Domaine. Que vous dirai-je ? L'un prête des millions dans un besoin pressant, et il devient Comte : l'autre achète une charge, et il efface son origine roturière en anoblissant sa postérité. Si l'on voulait trouver de l'antiquité dans les races de ce pays, n'en doutez pas, me dit-elle, il faudrait quitter et Paris et la Cour, et en convoquant l'arrière-ban, il serait encore nécessaire de bien trier. L'on dira de vous comme des autres. Dans les commencements on sera surpris. Bientôt l'étonnement cessera, et l'on nommera vos enfants Monsieur le Baron, Monsieur le Chevalier, avec la même confiance qu'on dit à tant d'autres aujourd'hui, Monsieur le Duc et Monsieur le Marquis,

qui n'ont pas eu des principes de noblesse plus caracté-
risés que ceux que je vous propose d'acquérir.

Dès cet instant je commençai à ne plus combattre
que bien faiblement les idées de mon Épouse. Cette
méthode, lui dis-je, me paraît singulière. Je croyais que
la Noblesse était le prix de la valeur ou des travaux ;
mais, dès que vous m'assurez que ce sentiment est une
erreur, je vous crois. On peut donc l'acheter. Mais, si je
le fais ? (Connaissez le motif d'un reste de répugnance.)
Oui vos propositions sont flatteuses, et si je balance
c'est que je crains d'être forcé moi-même de me dire
cent fois le jour, ces Gentilshommes, que j'élève chez
moi, sont fils de Jacob conducteur de vin, valet et noble
enfin.

Quelque justesse que puisse avoir votre réflexion,
reprit ma femme, c'est une grâce que je vous demande
et que j'espère obtenir.

Après ces mots je n'avais plus à répondre. Faites ce
que vous voudrez, lui dis-je, je souscris à tout.

Qu'on ne soit pas étonné de ma complaisance et
qu'on ne l'attribue pas à un excès d'Ambition contre
lequel j'avais prévenu mon lecteur, car l'amour plus
que la Vanité arracha ce consentement. Si cependant
on voulait trouver dans mon acquiescement quelque
trace d'orgueil, devrais-je tant m'en défendre ? La
gloire flatte, surprend et rend souvent fol : telle sera
alors ma position. Enfin quoi qu'il en soit, par les soins
de ma femme, qui, malgré toute sa tendresse pour moi,
portait impatiemment le nom de la Vallée, on découvrit une charge, j'en traitai, je l'obtins, j'en comptai
l'argent, et j'eus par là le droit d'ajouter à mon nom,
Écuyer Sieur de, etc.

Quelques mois après cette métamorphose, mon
Épouse accoucha, et ce fut dans l'excès de joie que me
causa cette nouvelle qu'elle me força d'ajouter à mon

nom celui de la dernière terre qu'elle avait acquise, et bientôt, grâce à ses soins secrets, on s'habitua si bien à prononcer ce dernier nom, qu'on n'en connut plus d'autre dans la maison.

On doit s'apercevoir que la nécessité de suivre un fil d'histoire que je suis résolu de terminer dans cette partie, m'a fait oublier mes chers Neveux. Je n'avais pas pourtant moins soin de leur éducation, et j'ose dire qu'ils répondaient parfaitement aux peines que leurs Maîtres se donnaient.

J'avais lieu d'être satisfait de tous côtés, et pendant quinze ou seize ans que je passai à Paris, dans le seul embarras des affaires, je vis croître ma famille de deux fils et d'une fille. Ma femme leur fit donner une éducation proportionnée aux rôles que leurs grands biens leur permettraient de jouer un jour dans le monde. Mon bien s'augmentait en effet chaque jour : mes garçons faisaient des progrès infinis, et ma fille nous mettait dans le cas de découvrir chaque jour en elle de nouveaux charmes.

Ami aussi favorisé que Père fortuné, le jeune Homme que j'avais servi en arrivant à Paris, et que Monsieur de Dorsan m'avait présenté, Monsieur de Beausson, c'est ainsi qu'il se nommait, par ses rares talents et par l'usage qu'il en faisait, me mettait dans l'heureuse nécessité de contribuer chaque jour à son avancement.

Il venait assidûment chez moi et je l'y voyais avec plaisir. Un caractère doux, liant et gai, lui gagna l'amitié de chacun. Sa figure était gracieuse, j'ose avancer qu'il méritait la fortune que la dissipation de ses parents lui avait fait perdre, et que mon attachement lui fit obtenir. Ce jeune homme était de toutes nos parties, et nous le regardions comme un enfant de la maison.

Quand je résolus de faire quitter à mes Neveux les

études, pour les mettre dans des postes qui décidassent leur fortune, je les engageai à se lier d'amitié avec Monsieur Beausson. Les grâces que ce Cavalier mettait dans tout ce qu'il faisait lui attirèrent bientôt le cœur de mes Neveux, et j'en eus une joie bien sincère, car je savais que souvent la fortune, et presque toujours le caractère des enfants, dépendent des premières liaisons qu'ils forment.

On conçoit assez que la situation de leur père ruiné par les dissipations de leur mère, ne leur permettait pas de se soutenir dans le monde, s'ils ne décidaient eux-mêmes leur fortune. J'avais des enfants, et ces enfants ôtaient à mes neveux toute prétention sur mon bien. Je résolus donc de les accoutumer de bonne heure au travail. Je leur proposai d'entrer dans mes bureaux sous la conduite de Monsieur de Beausson. L'aîné y consentit volontiers, et se montra bientôt né pour les plus grandes affaires. Mais quelle fut ma douleur de voir le cadet se révolter avec hauteur contre cette disposition prudente ! Que voulez-vous donc faire ? lui dis-je. Je n'ai de goût que pour les armes, me dit-il, et je serais peu propre à piquer l'escabelle.

Cette inclination ne me parut qu'une saillie de jeunesse dont je le ferais revenir aisément ; car outre une aimable physionomie, qui annonçait beaucoup de douceur, je remarquais en lui un caractère de réflexion qui me promettait de le faire entrer dans mes raisons.

Je ne blâme point, lui dis-je, l'ardeur qui vous fait souhaiter de courir une carrière honorable ; mais tout combat vos idées, mon cher neveu. Votre naissance est obscure ; le relief que j'ai été obligé de donner à la mienne ne me relève pas beaucoup, mais il ne fait rien en votre faveur, puisqu'il vous est totalement étranger.

Je le sais, me répondit-il ; mais c'est à moi d'obtenir par mes actions ce que la nature m'a refusé.

C'est fort bien pensé, repris-je. Mais, vous le savez, le service militaire dans notre Patrie est le sentier où court la Noblesse ; et sans cet avantage, obligé de vivre ou d'être en concurrence avec elle, vous serez journellement en butte à mille nouvelles disgrâces. Dans le choix de deux personnes qui se seront également distinguées, le noble obtiendra la préférence sur vous. Vous croirez voir de l'injustice où l'équité seule aura parlé, vous êtes vif, et peut-être la chaleur vous exposera à quelque folie, qui, en vous forçant de vous expatrier, vous ruinera. Mais pour ne vous rien déguiser, mon cher neveu, vos services même, si vous êtes assez heureux pour en rendre, sans concurrence, sans rivalité, se trouveront obscurcis par votre origine ; et si vous parvenez, vous irez lentement où d'autres arriveront à pas de géants, sans avoir d'autres droits à faire valoir que des parchemins à demi rongés que leur auront transmis leurs aïeux. Eh bien, ce sera à moi, me dit-il, à brusquer les occasions et à savoir les mettre à profit.

Ces paroles, prononcées avec vivacité, me dénotèrent son caractère. Je vis que sous une apparence de douceur, il voilait un naturel opiniâtre que j'aurais peine à vaincre. Je crus cependant le faire revenir par une raison dont l'usage du monde me faisait voir la solidité autant que la vérité.

Le service, lui dis-je, ne convient qu'à deux sortes de gens en France, aux riches et aux nobles indigents. Ceux-ci n'ont point d'autres ressources, et leurs noms sont les garants de leur avancement. Ceux-là savent forcer la faveur en prodiguant leur argent. Vous n'êtes ni dans l'une ni dans l'autre de ces classes : que prétendez-vous donc faire ?

Suivre le parti pour lequel je me sens de l'inclination, me dit-il.

Nous étions dans cette contestation, et j'étais prêt de me servir de l'autorité que mes bienfaits me donnaient sur ce jeune homme, quand Monsieur de Dorsan survint. Après les compliments ordinaires, je lui fis part de la conversation que j'avais avec mon neveu. Je ne doutais pas qu'il n'entrât dans mes vues. J'étais persuadé qu'élevé dans le service, il devait sentir assurément mieux que personne la solidité de mes raisons. Qu'on juge donc si je fus étonné quand j'entendis sa réponse.

L'envie de votre neveu, dit-il, est louable : il faut la satisfaire, et je me charge de lui rendre service : combattre les inclinations des jeunes gens, c'est les fortifier. Je ne voudrais pas cependant, ajouta-t-il, souscrire à toutes leurs volontés. Il faut leur faire envisager le bien et le mal d'un état, mais alors s'ils persistent, laissez-les juger par eux-mêmes. Si c'est une simple velléité, elle échouera contre le premier obstacle ; si au contraire c'est un penchant déclaré, les remontrances ne seront pas plus fortes que les peines pour les en détourner.

Mais, Monsieur, lui dis-je, sans fortune, sans nom, que fera-t-il ?

Eh ! pourquoi, reprit ce Seigneur, n'avancerait-il pas comme mille autres ? Avec de la conduite et de la valeur, on fait oublier sa naissance, et l'on parvient dans le métier des armes comme en tout autre. Il n'est pas lucratif, dans sa position, il est long ordinairement, je l'avoue : mais votre neveu est jeune, il est prudent, il peut espérer. Je n'ai rien de vacant dans mon Régiment ; mais, si vous voulez lui fournir de quoi vivre en garnison, je le prendrai pour Cadet, et dès qu'il se présentera quelque occasion de l'obliger, il pourra compter sur moi.

Les bontés dont ce Seigneur ne cessait de m'acca-

bler, me firent regarder ces paroles comme autant de
lois qui forçaient mon obéissance. Je ne trouvai plus de
termes pour combattre les desseins de mon neveu, je
n'avais de voix que pour marquer à son bienfaiteur et
au mien une reconnaissance aussi légitimement due.

Je venais de faire retirer mon neveu, quand ma
femme parut. Veuve en premières noces d'un Militaire
distingué, elle fut d'un nouvel appui pour Monsieur
de Dorsan. Elle remercia ce Seigneur dans des termes
qui marquaient toute sa joie. Monsieur, me dit-elle,
votre neveu mérite votre estime et nos soins. Je serais
étonnée que vous vous opposassiez à ses desseins. Il se
tirera d'affaire, notre fortune nous permet de l'aider, et
je vous promets d'avance de souscrire à tout ce que
vous ferez pour son avancement.

Je me suis chargé de son avancement, reprit Monsieur de Dorsan, et permettez-moi, Madame, dit-il à
ma femme, de vous envier cette gloire.

Mais si nous venions à lui manquer ma femme et
moi, dis-je à Monsieur de Dorsan, quelle serait sa ressource ? Car il n'a pas d'espérance du côté de son père.

Nous ne manquerons pas tous à la fois, reprit Monsieur de Dorsan : mais d'ailleurs, depuis que je sers,
j'ai toujours vu les gens sans fortune prospérer où
l'opulence a échoué. Ébloui par ce principe, je ne
voudrais pas cependant recevoir tout le monde sans
distinction. Il faut tâcher que les compagnons d'un
homme que nous mettons en place, n'aient point à
rougir de se trouver avec lui. Votre neveu n'est point
connu ou il ne l'est que par vous. Votre état d'opulence
en imprime[7], et cela suffit pour qu'il puisse paraître
dans un régiment. En un mot, je le prends et je me
charge de tout, s'il persiste dans sa résolution.

Dès lors ce fut un parti décidé que mon neveu apprit
avec des transports que je ne pouvais souffrir qu'avec

quelque sorte d'impatience ; mais il fallut se résoudre à le faire partir, et comme la suite n'eut rien d'extraordinaire que son mariage, avant que cette circonstance vienne, je me contenterai de dire ici que Monsieur de Dorsan ne tarda pas à lui procurer de l'emploi, et que chaque jour ce Seigneur se flatte de l'avoir dans son régiment.

Mon autre neveu se livra tout entier à la Finance sous les yeux de Monsieur de Beausson, dont le rapport flatteur me faisait plaisir.

Mes enfants grandissaient, et je ne négligeais rien de tout ce qui pouvait contribuer à leur éducation. Quoique Paris nous offrît des écoles célèbres, où ces jeunes gens pouvaient prendre les teintures de toutes les sciences ; conduit par le conseil de personnes sages, je crus devoir leur procurer chez moi des maîtres en tout genre. L'émulation, me dit-on, peut faire beaucoup sur de jeunes cœurs : mais l'œil du père joint aux soins d'un maître particulier, dont le nombre des disciples ne partage point l'attention, sont des moyens bien puissants pour décider le progrès des jeunes gens.

Je ne sais si cette réflexion qu'on me suggéra sera également approuvée par tout le monde, mais l'expérience m'a convaincu de sa justesse. En effet mes fils avancèrent avant l'âge, et ils n'avaient pas encore seize ans quand je me vis en état d'égayer leurs études sérieuses par des occupations plus amusantes.

Je les envoyai à l'Académie [8]. A cette nouvelle, si l'aîné tressaillit de joie, le cadet y parut peu sensible. Leur caractère en effet était très différent. Celui-là avait un caractère vif et saillant, son esprit était pénétrant, les difficultés dans les sciences ne semblaient se montrer que pour donner de nouvelles preuves de sa pénétration. L'autre avait moins de brillant, mais il paraissait avoir plus de solide. Un esprit de réflexion le rendait sombre et taciturne, mais, dans l'occasion, il n'était ni moins gai ni moins éclairé que son frère.

Cette différence de caractères me faisait attendre avec impatience l'âge où chacun serait en état de prendre un parti : car je croyais impossible qu'avec des tempéraments si opposés, ces enfants eussent les mêmes inclinations.

Je voyais avec plaisir l'amitié intime qui les unissait à Beausson. Ma fille était un parti considérable : mais quoique douée d'une beauté merveilleuse et d'un esprit délicat et délié, elle paraissait d'un naturel insensible qui m'alarmait. L'admiration qu'elle causait, lui procurait un nombre d'adorateurs que sa froideur rebutait bientôt. Je ne pouvais en découvrir l'origine.

Monsieur de Beausson la voyait à la vérité assidûment, je m'apercevais bien qu'il était le seul que ma fille distinguât ; mais j'attribuais cette confiance à la préférence naturelle, qu'une fille doit et accorde à un jeune Homme qui dès l'enfance a fait le métier de complaisant auprès d'elle. Lui-même, dans sa conduite, ne me laissait apercevoir qu'un cœur reconnaissant des obligations qu'il croyait m'avoir, et qui tâchait de m'exprimer ses sentiments par un attachement entier à tout ce qui pouvait m'appartenir.

Je ne pouvais donc pénétrer ce qui se passait dans ces deux cœurs, quand ma femme crut devoir m'avertir qu'elle trouvait dans sa fille un air de rêverie et de distraction qui s'accordait mal avec l'enjouement ordinaire de son esprit.

Je n'y fis pas d'abord attention, parce que cette enfant sortait d'une indisposition qui pouvait lui laisser quelque faiblesse qui l'attristât : mais à force de m'entendre répéter par ma femme ce que ses remarques journalières lui faisaient soupçonner, je résolus de sonder ma fille, bien décidé de ne rien faire qui pût contraindre ses désirs. Je la fis venir.

Qu'avez-vous donc, ma fille ? lui dis-je. Votre état nous inquiète. N'êtes-vous pas bien remise de votre maladie, ou quelque chagrin causerait-il cet air abattu et rêveur dont ma tendresse est alarmée ?

Je suis en bonne santé, me dit-elle ; mais il m'est resté de ma maladie une certaine langueur que je ne puis vaincre. Je m'en veux mal à moi-même ; mais il ne m'est pas possible de me surmonter. Au reste cela passera, et ne mérite pas de vous inquiéter.

On fait ce qu'on veut sur soi, repris-je, et un esprit trop réfléchi cadre mal à votre âge. D'ailleurs, je vous ai toujours vue si gaie, je pourrais même vous dire si folle, lui ajoutai-je en riant, que je ne puis, sans être alarmé, voir un changement si total. Votre Mère s'en est aperçue, et n'en est pas moins inquiète : ne me cachez pas le motif qui vous chagrine, et soyez persuadée que nous ne voulons que votre bien et votre satisfaction.

On sait, d'après ma conversation chez le Président, qu'en parlant j'ai l'usage d'étudier les contenances et les yeux des personnes auxquelles j'adresse la parole : je me servis ici de tout mon art pour pénétrer ma fille : mais je dois l'avouer, si une rougeur légère qui couvrit son visage ne m'échappa pas, si je vis même que mon discours lui avait fait d'abord desserrer les lèvres pour me parler avec confiance, sans doute, je ne pus en tirer les lumières que j'en espérais, quand je l'entendis me répondre en ces termes :

Que voulez-vous que j'aie à mon âge ? Je n'ai d'autre dessein que de vous obéir, et j'en fais toute mon occupation. Je sens et je vois mon changement moi-même. Il vous chagrine ; j'en suis au désespoir, mais je

ne puis l'attribuer qu'à ma faiblesse, et il faut espérer
que le temps....

J'allais l'interrompre, et je me flattais de la forcer à
rompre le silence en lui montrant que je n'étais pas
dupe de ses détours, quand on m'avertit que Monsieur
de Beausson demandait à me parler. Je le fis entrer, ma
fille se retira, mais malgré leurs précautions, cette
rencontre imprévue jeta sur leurs visages un trouble
qui avait des motifs bien différents, et qui m'aurait pu
donner quelques soupçons, si Beausson ne m'eût
abordé par ces mots :

Je suis mortifié que Mademoiselle se soit trouvée ici
quand on m'a introduit. Je venais vous parler en secret
de Monsieur votre Neveu, et il était important que
personne ne me vît.

Ma fille est capable d'un secret, lui dis-je, en le lui
recommandant : mais de quoi est-il question ?

La confiance dont vous m'honorez, reprit-il, et les
bontés que vous avez pour moi, m'obligent à ne vous
rien cacher : Votre Neveu ne travaille plus : il paraît
depuis deux mois plongé dans une mélancolie étonnante et rien ne peut l'en tirer. Devant mon Oncle je
me cache, m'a-t-il dit, mais je ne puis me déguiser
quand je suis hors de dessous ses yeux.

Quoi ! me dis-je alors, ma fille, mon Neveu, tout me
craint, j'en suis mortifié. Mais en parlant à Monsieur
de Beausson, je lui demandai s'il avait percé le motif
de l'inquiétude de ce jeune Homme.

Je crois l'avoir deviné, me répondit-il d'un air
également abattu et touchant, par un hasard qui peut
vous être avantageux, si ses desseins ne s'accordent pas
aux vôtres. Ce matin, en cherchant sur la table de votre
Neveu un papier dont j'avais besoin pour vos affaires,
j'ai trouvé un portrait qu'il doit avoir oublié par suite
de distraction. Je savais bien qu'il aimait, ajouta

Beausson, mais je n'avais garde de soupçonner l'aimable objet qui cause sa passion. Je n'ose vous en dire davantage.

Un certain frissonnement me passa dans les veines. La conformité qui se trouvait dans les conduites de mon Neveu et de ma fille m'effraya. Je tremblai de pousser plus loin l'éclaircissement ; mais bientôt je pris la résolution de tout savoir, et ce ne fut qu'en balbutiant que je priai Monsieur de Beausson, de me nommer la personne qui avait donné tant d'Amour à mon Neveu, s'il la connaissait. Oui, Monsieur, me dit-il en poussant un grand soupir. Mais quoi ! lui dis-je un peu revenu à moi-même, qui peut donc tant vous attrister ? Mon Neveu a de l'esprit et des sentiments, cette personne pourrait-elle le faire rougir ? Si le cœur lui parle pour elle, il est sûr de mon aveu. Il n'est pas riche ; si la Demoiselle a du bien, il marchera sur mes pas, et ce portrait m'est d'un bon augure.

Ah ! reprit-il vivement, si vous saviez le nom de cette adorable personne, vous cesseriez, je crois, de traiter si légèrement un sujet qu'un intérêt peut-être trop vif... Il s'arrêta pour voir sans doute si je le devinais, mais je ne l'étudiais même pas et un instant après il ajouta : que l'intérêt que je prends à votre repos m'empêche de nommer. Nommez, nommez, lui dis-je avec inquiétude. Vous me l'ordonnez, reprit-il, et je dois vous obéir. C'est votre fille.... Ma fille ! m'écriai-je, et je restai sans mouvement dans mon fauteuil.

Oui votre fille, me dit-il, jugez si je devais craindre de la trouver ici.

Mon neveu amoureux de ma fille ! repris-je. Hélas ! quelle bizarrerie dans l'amour ! A peine se sont-ils vus ? Mais auriez-vous, lui dis-je, quelques autres preuves de ses sentiments, et sauriez-vous si ce jeune homme aurait eu la témérité de déclarer sa passion à l'objet qui l'a fait naître ?

Je ne puis là-dessus vous rien dire de plus, me répondit-il, et le portrait est le seul témoin qui puisse déposer.

Je me ressouvins alors que j'avais le portrait de ma fille en miniature, je le cherchai et je le trouvai à sa même place. Dès lors la preuve me parut convaincante. Car, me disais-je, il ne peut avoir son portrait sans qu'elle ait souffert qu'il l'ait fait peindre. Ils sont donc d'intelligence, et c'est là la source de cette honte qui empêche ma fille de s'expliquer sur les motifs de sa langueur. Que suis-je malheureux !

Monsieur de Beausson, que ces mots accablaient, et auquel ses sentiments secrets pour ma fille ne permettaient pas le moindre soupçon qui pût lui être injurieux, voulut en vain me faire entendre que mon neveu pouvait avoir obtenu ce portrait par adresse ; rien ne put me calmer.

Je ne voyais ce projet d'alliance qu'avec horreur. Je priai mon ami de ne rien témoigner à mon neveu, mais de l'amener dîner chez moi dans le jour, étant bien résolu d'avoir un entretien avec lui, où je pénétrerais tout ce mystère.

Quand Monsieur de Beausson se fut retiré, je demeurai dans un abattement entier ; car plus on est fait aux faveurs de la fortune, et moins on peut soutenir ses disgrâces. J'étais plongé dans une rêverie si profonde, que ma femme était entrée dans mon cabinet sans que je m'en fusse aperçu. Ayant un instant après jeté les yeux sur elle, je lui dis :

L'auriez-vous cru, ma chère ? Eh ! quoi donc ? me dit-elle. Notre fille... repris-je, et je m'arrêtai pour attendre sa réponse. J'étais un homme si fortement prévenu de mon secret, que je croyais que chacun devait le savoir, avant que je le découvrisse.

Je ne comprends rien, dit-elle, à votre abattement. Vous est-il arrivé quelque chose de fâcheux ? Et Beausson qui sort...

Il n'est point question de lui, repris-je vivement. Ma fille ! mon neveu !... Ah Dieu !....

Que voulez-vous dire ? reprit ma femme, qui commençait à deviner le motif de ma douleur. Cela ne peut être, Monsieur : achevez, je vous prie.

Je lui racontai alors tout ce que je venais d'apprendre, et je lui fis part de mes desseins. Elle les goûta et me promit de me seconder en sondant sa fille. Elle m'engagea à ménager l'esprit de mon neveu qui était violent, et qui, s'il venait à découvrir la trahison que lui avait faite son ami, pouvait nous causer quelque nouveau chagrin. Je le lui promis, et elle crut me devoir aider de ses lumières sur la conduite que j'avais à tenir, mais que mon chagrin m'empêcha de bien suivre.

Mon neveu vint, et après le dîner je me retirai avec lui dans mon appartement. Je lui demandai d'un air gai en apparence, s'il était content de son sort ; il me répondit d'un air froid qu'il en était fort satisfait.

Pourquoi donc, lui dis-je, ne vous voit-on plus dans nos assemblées, ou pourquoi, quand vous y êtes, y paraissez-vous si distrait ? A la campagne on ne vous voit qu'aux heures des repas ; et à Paris, vous choisissez pour vos promenades les lieux les plus solitaires.

Je ne pourrais pas, me répondit-il, vous rendre bien compte des motifs d'une conduite qui doit vous paraître bien bizarre à mon âge. Je crois que tout cela est machinal et sans dessein décidé.

Vous tremblez de vous expliquer avec moi ! lui dis-je. Qu'est donc devenue cette confiance que vous me

devez? Je vous aime comme j'aime mes propres
enfants. Parlez-moi avec cette cordialité qu'un Père
doit s'estimer heureux d'obtenir, et qu'un Ami a droit
d'exiger. Oui, mon cher Neveu, ajoutai-je, je ne vous
crois pas insensible.....

Ah! Qu'allez-vous penser, reprit-il avec vivacité :
excusez si je vous interromps ; mais en vérité pouvez-
vous concevoir qu'un Homme sans fortune, sans
espoir, puisse se permettre de prendre de l'Amour?

Eh! Pourquoi? lui dis-je. Je ne vous en ferais point
un crime. Mon exemple sert à autoriser vos sentiments,
et je puis vous avouer que la règle que j'ai suivie moi-
même sera celle que j'observerai pour l'établissement
de mes enfants et pour le vôtre.

Cette apparence d'approbation générale des sentiments qu'il pouvait avoir pris, le charma. La joie
éclata sur son visage, bientôt un mouvement de doute
s'éleva dans son âme. Il appréhenda sans doute de voir
un piège dans ma facilité. Je le vis consulter mes yeux
pour y démêler ce qui se passait dans mon âme.
J'affectai un air tranquille. Il crut en devoir être
content ; car avec un transport qui eut lieu de m'éton-
ner, il me dit :

Je puis donc vous avouer sans rougir les sentiments
que votre aimable fille a fait naître dans mon cœur.
Oui je l'adore, et rien ne peut me faire changer.

Sa hardiesse me terrassa, et quoique je dusse m'attendre à cette ouverture, je ne pus l'entendre sans la
plus vive douleur. Je restai interdit et je n'avais pas la
force de lui répondre. Il n'avait plus lieu de feindre, et
regardant ce moment comme un instant décisif, il se
jeta à mes pieds, et en fondant en larmes, il me déclara
que sa fortune et ses jours dépendaient du succès de sa
tendresse.

Quoique ma femme m'eût dit de ménager ce caractère altier, je sentis qu'il ne m'était plus possible de suivre ses avis. Je l'avais laissé aller trop avant, et il est certain que je n'avais pas eu assez d'éducation, ni pour manier de pareils esprits, ni pour suivre avec avantage de semblables situations. J'aurais dû me faire accompagner par mon Épouse, sa prudence m'aurait été fort nécessaire pour, dans le commencement de l'entretien, ménager tellement mon Neveu que je le forçasse à m'en dire assez pour m'éclairer, sans le mettre dans le cas de s'expliquer trop clairement : mais le mal était fait, et il était question de le réparer.

Après avoir réfléchi un instant sur les dangers auxquels expose souvent une sotte présomption de soi-même, je crus voir qu'il n'y avait plus rien à épargner ; et prenant un air surpris et un ton ferme, je dis à ce jeune Homme, que l'incertitude rendait immobile, pâle et défait :

Est-ce donc là le prix de mes soins ? Pouviez-vous sans rougir vous laisser aller à une folle passion qui vous maîtrise moins qu'elle ne vous déshonore ? Quoi ! vous prétendez devenir l'amant de ma fille, vous que la Nature a fait son cousin ? Avez-vous bien pu penser que j'y donnerais mon aveu ? Ne vous en flattez pas, lui dis-je d'un ton décidé. Je ne contraindrai pas vos inclinations ; je dis plus : je les seconderai de tout mon pouvoir, si votre choix ne doit pas faire frémir la vertu. Ce sera à vous et à moi à suppléer au reste. Votre idée décidera des charmes de l'objet que vous adorerez, et je ne les combattrai point. Ma fortune et les occasions que mon état présent me mettent en main, me permettront toujours de vous faire un sort heureux. Mais si vous voulez mériter mes soins, abandonnez un dessein auquel rien dans le monde ne peut me faire consentir. Pour ménager votre gloire, je cacherai, autant à ma femme qu'à ma fille, un sentiment qui les révolterait également, et vous ferait perdre leur estime.

Ah ! ma Cousine connaît mes idées, me dit-il, et sa façon de penser ne s'accorde que trop avec votre rigueur. Oui tout se réunit contre moi pour consommer ma disgrâce. Tant mieux, lui répondis-je, et travaillez d'après ces lumières pour ne pas exciter sa haine et ne pas armer ma colère contre vous.

Mon Neveu me quitta pénétré de la plus vive douleur. J'appelai Monsieur de Beausson ; je lui racontai succinctement ce qui venait de se passer, et je le priai de courir après le jeune Homme et de ne pas l'abandonner dans un instant aussi critique ; il y vola avec zèle.

Je demeurai dans la plus cruelle perplexité, car tous les soupçons que m'avait fait prendre ma fille de l'état de son cœur se réunissaient sur mon Neveu. Je ne voyais que lui capable par sa témérité d'avoir allumé dans ce jeune cœur des feux que rien ne pouvait me faire approuver. Ce jeune Homme, en m'apprenant le feu criminel qui le brûlait, me faisait trembler d'être éclairci des motifs de la langueur qui consumait ma fille. Dans le dessein de calmer mon inquiétude, je me rendis à l'appartement de ma femme, tant pour lui rendre compte de ce que j'avais fait, que pour savoir si elle avait découvert quelque chose.

Elle me blâma avec raison sur l'imprudence avec laquelle j'avais moi-même mis cet Amant téméraire dans le cas de me déclarer sa passion. Il n'aura plus de ménagements, me disait-elle ; sa naissance lui donne droit dans votre maison : vous ne pouvez lui en défendre l'entrée, et sa pétulance lui fera regarder cet accès forcé comme un aveu tacite que vous donnez à la recherche qu'il prétend faire de votre fille. Vous voudrez un jour vous y opposer, mais il ne sera plus temps.

Si vous lui en parlez alors, il se sera rempli la tête de mille exemples pareils, moins fondés sur l'ordre que sur un abus de ce même ordre. Que lui direz-vous ?...

Je sentis la force des raisons qu'elle m'alléguait, mais, avant de prendre un parti, je voulus savoir ce qui se passait dans le cœur de ma fille.

Votre fille, me dit mon Épouse, a eu moins d'avantages auprès de moi, que votre Neveu n'en a gagné auprès de vous. Elle a cru me tromper. Elle s'en flatte encore, mais j'ai découvert deux choses, dont l'une est importante à votre tranquillité, et dont l'autre demande de la prudence pour l'éclaircir entièrement.

Premièrement, cette enfant n'a nuls sentiments pour votre Neveu. J'ai trouvé dans ses réponses à ce sujet tant de sincérité, que je n'ai point craint de lui demander comment ce jeune Homme avait pu avoir son portrait. Elle en a paru également étonnée et courroucée. Il faut, m'a-t-elle dit, qu'il l'ait pris à mon Père : ou qu'il ait fait copier celui qui est entre ses mains. Voilà ce qui doit nous tranquilliser, et la petite personne n'a certainement pas pu m'en imposer.

Ce que vous me dites, répondis-je à mon Épouse, s'accorde assez avec ce que m'a avoué mon Neveu ; mais suivant ce que vous me rapportez, ma fille paraît ignorer la passion qu'elle a fait naître, et cependant mon Neveu m'a déclaré qu'elle connaissait les sentiments qu'il avait pour elle.

Je conviens que cette circonstance m'alarme comme vous, reprit cette Dame, mais peut-être cet aveu n'est-il que déplacé dans son récit. Je vais suivre le détail de mes découvertes et vous en jugerez. J'ai cru m'apercevoir, ajouta-t-elle, que votre fille aimait ; mais quel est l'objet de cette tendresse, je n'ai pu le savoir. Ses soupirs m'ont plus instruit que ses paroles. Comme j'insistais, elle a cru devoir m'avouer qu'elle voyait une personne avec plus de complaisance que les autres, sans pouvoir bien démêler si ses sentiments de prédilection devaient être attribués à l'Amour. Je lui demandai alors si elle croyait avoir fait la même impression sur l'esprit de la personne qu'elle chérissait.

Elle m'a répondu qu'elle ignorait son pouvoir à cet égard, mais qu'elle avait trouvé un jour une lettre fort tendre sur sa table, et qu'elle l'avait soupçonnée de cette personne. Elle me la remit aussitôt.

Je la pris des mains de ma femme, mais je ne pus, non plus qu'elle, en reconnaître l'écriture.

J'allais sûrement, continua ma femme, arracher à l'obéissance de ma fille le nom de celui qu'elle aime, quand Monsieur de Dorsan, vous sachant en affaires, est venu m'apporter une lettre de votre neveu[9], qui nous demande notre consentement, pour terminer une alliance considérable qu'il est près de faire dans sa garnison.

Notre réflexion se porta sur tous ceux qui venaient à la maison. J'avoue que Beausson se présenta mille fois à mon imagination; mais, comme je ne lui voyais qu'un empressement ordinaire, je ne m'y arrêtai point; enfin je proposai à mon épouse d'interroger de nouveau sa fille.

Non, Monsieur, me dit-elle, ce serait mal nous y prendre; le premier pas est fait, cette enfant aura réfléchi sur mes démarches et sur ses réponses, et cette réflexion ne peut la conduire qu'à chercher les moyens de se rendre impénétrable. Croyez-moi, à l'abri de cette première ouverture, elle me pensera satisfaite quand je me tairai; et bientôt, parce qu'elle ne m'aura pas totalement instruite, elle ne se ménagera point. Il nous sera facile alors, en étudiant ses pas, ses yeux même, de nous satisfaire sur ce point. Je vous avoue que tous mes soupçons s'arrêtent sur Monsieur de

Beausson. Nous partons incessamment pour la campagne, c'est là où je prétends achever de la découvrir.

En effet, quelques jours après, notre voyage fut résolu. Ma femme voulut que Beausson fût de la partie, et se chargea d'annoncer à ma fille que ce Cavalier nous accompagnerait. La petite personne reçut cette nouvelle avec une indifférence qui aurait dérangé toutes nos idées, si, au moment du départ, un air de satisfaction qui éclata sur son visage, en le voyant, ne l'eût trahie.

Nous arrivâmes à ma terre, où je vis bientôt que, quoique Beausson parût avec sa gaieté ordinaire, un trouble secret le dévorait. Je remarquais que chaque matin il sortait du château, et n'y entrait qu'à l'heure où ma fille était visible. Je pris le parti de le suivre un jour, et de tâcher d'obtenir qu'il me dévoilât son secret ; mais nos amants m'en offrirent eux-mêmes l'occasion.

En effet, le lendemain matin ayant vu sortir ma fille, qui s'enfonçait dans un petit bois du jardin, je pris la résolution de la suivre. J'allais la joindre, car elle s'était assise et paraissait rêver profondément, quand je vis Beausson sortir d'un cabinet avec l'air extrêmement abattu. Je soupçonnais un rendez-vous, mais, en accusant l'une [10] de témérité et l'autre d'indiscrétion, je faisais tort et à l'une et à l'autre. Cette promenade, qui me paraissait concertée, n'était qu'un effet du hasard, ou pour mieux dire, de la situation de leurs âmes.

Beausson, en effet, allait gagner une allée pour se retirer, quand un bruit, que fit ma fille pour tirer un livre de sa poche, obligea ce jeune homme à tourner la tête. Il aperçut sa maîtresse. Il revint sur ses pas, et l'aborda avec un air confus. Quel bonheur, lui dit-il, Mademoiselle, me procure l'avantage de vous trouver en ce lieu ; et n'y aurait-il point d'indiscrétion de vous demander le motif qui vous rend si solitaire ?

L'agrément de prendre le frais, lui dit-elle en se levant, m'a fait venir ici, et le plaisir d'être seule un instant règle ma solitude.

Eh ! quoi, s'écria-t-il aussitôt ; auriez-vous quelque sujet de chagrin ? Vos yeux semblent encore mouillés de larmes que vous venez de verser.

Je crois que vous vous trompez, lui répondit-elle en baissant la vue, et, d'un air un peu plus gai, sans me paraître plus libre. Je vis fort contente, ajouta-t-elle.

Que votre sort est charmant ! poursuivit-il, je n'envie point votre satisfaction. Je l'achèterais même aux dépens de la mienne ; mais hélas ! je n'en ai point ni n'en dois espérer : que vous sacrifierais-je donc ?

Je n'entends rien à ce discours, lui dit ma fille.

Je me hasarderais à vous en découvrir le sens, reprit Beausson, si je ne craignais de vous déplaire : mais....

Ce qui vient de votre part, reprit-elle, ne me peut déplaire ; et ce qui vous intéresse, me touche véritablement.

Ah ! charmante la Vallée, reprit l'amant comme un homme étouffé ; m'est-il permis d'ajouter foi à ce discours ? Il est un mortel d'autant plus digne de vous charmer qu'il vous touche de plus près...

Ma fille, rougissant de fureur, en voyant que Beausson était instruit de l'amour de son cousin pour elle, l'interrompit sur-le-champ. Que prétendez-vous dire, Monsieur ? lui dit-elle. Sachez au moins me respecter, et ne point me mettre de moitié dans une ardeur criminelle que je ne protégeai jamais, et que je déteste depuis que je la connais.

Daignez pardonner cette erreur, répondit-il, à un homme qui n'est coupable que par suite de sentiments qui seront peut-être aussi malheureux.

Ma fille, présageant sans doute le dessein de Beausson, et sentant sa faiblesse, se levait pour s'en aller, quand cet amant, jaloux de ne pas laisser échapper cette occasion favorable, se précipita à ses genoux, en saisissant une de ses mains.

Oui, je vous adore, belle la Vallée, lui dit-il ; la connaissance que j'avais des sentiments de votre cousin, votre portrait que j'ai vu entre ses mains, et que je croyais qu'il tenait de votre tendresse ; tout, depuis longtemps, me force à un silence rigoureux. Je ne serais peut-être pas encore maître de l'enfreindre, si votre vivacité n'avait daigné rassurer mon inquiétude. L'amour a fait mon crime, daignez permettre qu'il en soit l'excuse. Je sais que ma fortune ne devrait pas me permettre d'aspirer au bonheur de vous posséder, mais j'ai des espérances....

J'ai des parents, lui dit ma fille en le relevant, c'est à eux à décider de mon sort. Si j'étais libre, je regarderais moins les biens et la figure, que le caractère de la personne qui s'offrirait pour obtenir ma main.

En vain insista-t-il pour obtenir une réponse plus positive, et il n'épargnait rien de tout ce qui peut fléchir un jeune cœur : mais que la femme est maîtresse d'elle-même ! ma fille aimait véritablement Beausson, par conséquent devait trouver un plaisir parfait à lui faire concevoir quelque espérance, néanmoins rien, de tout ce que put employer cet amant véritable, n'eut la force de la faire manquer à son devoir.

Beausson allait s'éloigner dans le plus vif désespoir, quand ma fille, pour le tranquilliser, crut devoir lui dire : Je ne puis vous répondre autrement. Votre sexe peut parler, le nôtre doit se taire, je dépends de mes parents. Je ne vous défends point de les voir. Si votre alliance leur est agréable, mon obéissance à leurs

volontés pourra vous prouver quels sont mes sentiments, plus qu'il ne me serait possible de le faire
aujourd'hui par mes paroles.

Cette scène m'avait pénétré, et sans trop savoir ce
que j'allais faire ou dire, je m'approchai entre ces deux
Amants, sans qu'ils s'aperçussent de ma présence. La
nécessité de se séparer commençait à les attendrir ;
Beausson prenait la main de sa Maîtresse qui n'osait la
lui refuser, quand je crus devoir y unir la mienne.

Quelle surprise de la part de l'Amant, quelle confusion du côté de la Maîtresse ! Ils étaient tous deux sans
parole et sans mouvement. Leurs yeux s'interrogeaient
et se demandaient : qu'allons-nous dire ?

Je jouis un instant de leur embarras : mais cédant
bientôt à toute la tendresse que j'avais pour ma fille et
à toute l'amitié que je portais à Beausson : Remettez-
vous, mes enfants, leur dis-je. Je connais votre cœur,
Beausson ; je crois soupçonner le vôtre, ma fille ; je ne
demande qu'à vous rendre heureux l'une et l'autre.
Soyez-en persuadés, mes enfants : mais ma fille il
s'agit de me parler sans mystère. Pour vous donner
plus de facilité, Monsieur de Beausson voudra bien se
retirer un instant.

J'avoue que je ne sentais pas ce que cette précaution
avait de mortifiant pour cet Amant. Ma fille ne lui
avait point avoué l'effet qu'il avait fait sur son cœur, et
ce que je lui enjoignais paraissait lui enseigner que j'en
doutais moi-même. Il obéit néanmoins ; et prenant
alors ma fille par la main : Ne croyez pas, lui dis-je,
que j'aille vous faire un crime d'une rencontre que je
sais être l'effet du hasard. J'estime Monsieur de Beausson : vous n'ignorez pas que je connais sa famille, ses
qualités personnelles m'en ont fait un ami précieux :
ainsi vous pouvez et vous devez même me parler sans
détours. Il vous aime, je n'en puis douter, et j'approuve

ses desseins : mais l'aimez-vous ? Voilà ce qu'il me faut
avouer. De la confiance surtout; vous devez vous
rappeler ma façon de penser à votre égard; oubliez
pour un instant que je sois votre Père, et répondez à
votre Ami.

Je vous cacherais en vain, me dit-elle, que, sans me
faire une violence extrême, je n'ai pu déguiser à
Beausson une partie de ce que je sens pour lui. Oui
mon Père, je l'aime, et si depuis quelque temps ma
retraite et ma taciturnité ont pu vous causer quelque
inquiétude, ne l'attribuez qu'à ces sentiments que
j'étais obligée de dévorer. J'ignorais que la tendresse
de ce Cavalier eût prévenu la mienne. J'avais même
lieu de soupçonner qu'il ne pensait point à moi. Le
froid, qu'il affectait dans toutes ses visites, m'acca-
blait. Je ne pouvais me découvrir sans honte, et cette
contrainte me jetait dans un embarras continuel qui a
été la source de vos alarmes. Vous voyez maintenant
toute ma faiblesse, il ne tient qu'à vous de me la faire
chérir ou de la rendre l'origine des malheurs de ma
vie; mais, quoi que vous décidiez, mon respect vous
assure de mon obéissance.

En finissant cet aveu que je n'avais pas eu la force
d'interrompre, ma fille jeta sur moi un coup d'œil qui
semblait autant demander que craindre ma réponse.

Je vous l'ai dit, ma fille, répliquai-je en l'embrassant,
j'approuve vos sentiments pour Beausson et je suis
charmé de ceux qu'il a conçus pour vous, je veux les
couronner. Ne doutez pas de ma sincérité : mais je ne
puis tout à coup céder à ma bonne volonté. Il est un
cœur que vous avez touché, et que je dois ménager.
Votre Cousin, en un mot, me prescrit seul de retarder
votre bonheur.

Je me rendis alors avec ma fille à la chambre de mon
Épouse, à laquelle je fis part de mes nouvelles décou-

vertes : elle en fut enchantée, mais rien ne put lui faire
goûter cet esprit de ménagement que je croyais nécessaire pour mon Neveu.

Que craignez-vous, me dit-elle, ou qu'espérez-vous ?
Devez-vous permettre à votre Neveu de conserver
quelque espoir ? Plus vous doutez qu'il ne perde les
sentiments qu'il a eu l'audace de concevoir pour votre
fille, et moins il doit trouver en vous de faiblesse ;
brusquez cette occasion, je vous prie, c'est en lui
enlevant l'espoir qu'on peut le rendre à la raison ; un
feu qui n'a plus d'aliments jette quelques flammes, qui
ne font qu'avancer sa fin.

Je sentais toute la solidité de ce raisonnement, et
j'étais fermement résolu de presser l'union de Beauss-
son avec ma fille. Je voulais qu'on l'appelât à l'instant
pour lui faire part de la décision que nous venions de
former, quand mon Épouse m'apprit que n'ayant pu
soupçonner qu'il nous serait nécessaire à la Campagne,
elle l'avait prié de se rendre aussitôt à Paris pour y
recevoir mon frère qui devait y arriver dans le jour.

Je fus d'autant plus mortifié de ce départ précipité,
que ce jeune Homme ne pouvait être qu'alarmé de la
conversation secrète que je venais d'avoir avec ma
fille ; je me flattais de le tirer de peine à mon retour,
mais l'ordre des propres affaires de Beausson devait
retarder ce contentement, que mon amitié était impatiente de lui donner.

Nous partîmes peu d'heures après pour nous rendre
nous-mêmes à Paris. Nos enfants, qui nous avaient
accompagnés dans ce voyage, revinrent avec nous.
L'aîné m'avait enchanté pendant ce voyage, je n'avais
jamais vu dans un jeune Homme un esprit si satisfait
de lui-même. J'avais de plus fait attention que son
humeur n'était jamais plus enjouée [11] que les jours où
j'envoyais à Paris et ceux auxquels mes commission-

naires revenaient ; je me doutais qu'il avait quelque liaison d'amitié qui pouvait opérer ces renouvellements de plaisir, quand il recevait des lettres. Je lui en avais parlé plusieurs fois : mais il me répondait ordinairement d'un air badin, que, si sa joie ne me faisait point de peine, je ne devais pas le presser de m'en découvrir le motif. L'instant viendra bientôt, me dit-il, le jour de notre départ, que je serai contraint de vous ouvrir mon cœur à ce sujet.

Comme je ne voyais rien dans toute sa conduite qui dût m'alarmer, je le laissais tranquille, et la suite prouvera que je n'avais point tort ; en effet, il aimait, et il était aimé, et cet Amour ne pouvait que mériter mon approbation : mais il était dit que, malgré tous les soins que j'apportais pour acquérir la confiance de mes enfants et de mes Neveux, je ne devrais jamais qu'à d'autres la connaissance de leurs sentiments.

En arrivant à Paris, je trouvai mon frère qui venait pour me consulter sur l'établissement de son fils l'Officier. Le jeune Militaire était digne de la part que je prenais à sa fortune. Car, si l'on excepte un orgueil insupportable, il était doué de mille belles qualités, que ce seul défaut avait souvent la force d'obscurcir.

Je me rendis avec mon frère chez Monsieur de Dorsan, pour avoir de ce Seigneur des éclaircissements sur ce projet. Monsieur le Comte nous répondit qu'il connaissait la personne dont il était question, que Mademoiselle de Selinville était riche et aimable. Nous envoyâmes donc à mon Neveu notre consentement, que Monsieur de Dorsan, qui devait se rendre au Régiment, se chargea de lui remettre, en nous assurant que sa présence ne nuirait point aux affaires de ce jeune Homme. Nous engageâmes Monsieur le Comte de ramener les nouveaux Mariés à Paris, lors de son retour : ce qu'il nous promit.

Cette affaire ne fut pas terminée, que je songeai aux moyens de communiquer à Beausson et les sentiments de ma fille et la résolution que, d'accord avec ma femme, j'avais prise à ce sujet : mais j'appris que des affaires personnelles et importantes l'avaient obligé de partir pour la Province, et qu'on ne l'attendait que dans quelques jours.

Pendant cet intervalle, je fus étonné de ne point voir mon Neveu paraître à la maison, surtout pendant le séjour qu'y faisait son père ; en effet, ce père tendre, qui aimait sincèrement ses enfants, me paraissait touché de ce que depuis son arrivée, son fils lui avait à peine accordé un quart d'heure d'entretien. Le chagrin de mon frère m'était sensible, mais j'avais d'autres sujets d'inquiétude sur le compte de ce jeune homme qui me tourmentaient bien davantage. L'absence de Beausson me mettait dans le cas de ne pouvoir me confier à personne. Dans cet état, je résolus de parler à mon neveu directement ; et, pour y parvenir, j'ordonnai un jour de me réveiller le lendemain de si bonne heure que je pusse le trouver encore au lit. Cela fut exécuté.

Quelle est donc votre conduite ? lui dis-je. Ni votre père, ni moi, nous ne vous voyons plus. Conserveriez-vous encore une flamme dont la honte vous empêcherait de soutenir notre présence ?

Non, mon oncle, me dit-il. Daignez même m'épargner un reproche dont les charmes de ma cousine sont seuls l'excuse. Vos conseils ont fait une impression sur moi à laquelle je ne me croyais pas capable d'obéir. Je rends justice à votre fille : mais je lui suis infidèle.

Est-ce être infidèle, repris-je vivement, que de devenir raisonnable ? mais, si je prends bien le sens de votre discours, un autre objet vous captive : en êtes-vous aimé ?

Oui, mon oncle, répondit-il, et votre fils aîné aime dans la même maison.

Apprenez-moi quels sont les objets, lui dis-je, qui vous ont enchaînés l'un et l'autre, et vous verrez, par mon zèle à avancer votre bonheur, que, sans des raisons aussi puissantes que celles qui me commandaient alors, je ne me serais jamais opposé à vos premiers désirs.

C'est aux Demoiselles de Fécourt, que nous adressons nos vœux, me répondit-il. La mort de leur tante les rend immensément riches. Mon cousin peut être heureux ; mais moi que dois-je espérer ? Vous connaissez Fécourt, et je n'ai ni biens ni établissement. Tranquillisez-vous, lui dis-je, je ne ménagerai rien pour vous rendre content. Mais je sais que vous avez le portrait de ma fille. Il faut me le remettre : je le dois à Beausson que je lui destine pour époux.

Il ne balança point à me le rendre, en m'apprenant que ce portrait avait été tiré sur celui que j'avais dans mon cabinet, et que le hasard lui avait fait trouver. Il m'avoua aussi que c'était lui qui avait écrit à ma fille, mais que, tant par crainte de lui déplaire, que de peur que cette démarche ne vînt à ma connaissance, il s'était servi d'une main étrangère pour copier sa lettre.

On juge aisément combien cette conversation eut de charmes pour moi. Je retrouvais mon neveu tel que je le désirais, et je ne désespérais pas de le rendre heureux. Je le quittai en l'assurant que j'allais faire tous mes efforts pour décider Fécourt en sa faveur.

Je fis appeler mon fils, qui sans détours me fit l'aveu de sa passion. Il m'ajouta que Monsieur et Mademoiselle Fécourt l'approuvaient, et après quelques reproches sur sa discrétion déplacée à mon égard, je l'assurai que je serais toujours prêt à remplir des désirs aussi légitimes.

Comme je parlais à mon fils des arrangements à prendre pour son établissement, on annonça Monsieur de Beausson, qui venait m'apprendre que l'embarras d'un procès important l'avait empêché de venir nous voir depuis notre retour.

Je viens de le gagner, ajouta-t-il, et je me vois forcé de me rendre en Province, pour faire exécuter l'arrêt qui me remet en possession d'une partie des biens de mon oncle. Cette faveur ne m'est précieuse qu'autant que vous me permettrez de l'offrir à Mademoiselle votre fille. Vous m'avez permis l'espérance, daignez me la confirmer.

Je ne balançai pas à rassurer cet amant qui avait toute mon estime. Je fus même enchanté de voir mon fils lui sauter au col et le traiter de beau-frère. Je crus voir la preuve d'un bon naturel dans cette sensibilité de mon fils pour le bonheur d'un ami, et elle me fit plaisir.

Monsieur de Beausson me demanda la permission de saluer et ma femme et ma fille. Je le conduisis à l'appartement de mon épouse, et j'ordonnai d'y faire venir sa maîtresse.

Monsieur de la Vallée, dit-il en abordant ma femme, a daigné flatter une passion trop belle pour que je doive craindre de vous en montrer l'ardeur. J'aime Mademoiselle votre fille. Tant que je me suis cru un rival, que la reconnaissance m'obligeait de considérer, j'ai gardé le silence. Je m'étais alarmé vainement. Je connais mon erreur, et le premier fruit de ma connaissance est d'oser vous prier, en apprenant ma témérité, de consentir à mon espérance.

Le bonheur de ma fille, répondit ma femme, sera toujours la règle que je suivrai pour son établissement. Je sais que son cœur est à vous. Vous voyez ce que cette découverte m'ordonne. Je ne doute point de sa constance, et cette constance décide votre espoir, qu'il me sera toujours flatteur de voir accomplir.

On sent que ce commencement d'entretien lia une conversation entre ma fille et son Amant, dans laquelle, tout ce que la tendresse peut inventer, fut répandu avec les grâces que deux personnes gaies, spirituelles et libres donnent à tout ce qu'elles disent. Beausson était au désespoir d'être contraint de partir, mais il ne pouvait s'en dispenser. Comme nos Amants étaient près de se séparer, j'approchai de ma fille, et je lui donnai son portrait que mon Neveu m'avait remis. Voilà, lui dis-je, une restitution qu'on vous fait : il ne tient qu'à vous, ma fille, d'en disposer. Elle sentit à merveilles le sens de mes paroles, et cette peinture passa aussitôt dans les mains du fortuné Beausson, qui, nous ayant tous embrassés, alla se disposer pour son voyage. Il nous promit de revenir au plus tôt ; et je l'assurai que je ne mettrais à son bonheur que les délais nécessaires pour ses arrangements.

Je communiquai à ma femme les sentiments de mon fils et de mon Neveu pour les Demoiselles de Fécourt, et après avoir pris nos mesures de concert, le lendemain je rendis visite au Père de ces filles. Je n'eus pas de peine à résoudre avec lui l'Hymen de mon fils et de sa fille : mais le mariage de mon Neveu était un article plus délicat. Cependant, après bien des difficultés, nous convînmes que je céderais mon intérêt dans les Fermes à mon fils en faveur de son union avec Mademoiselle de Fécourt, et que Fécourt, ferait le même avantage à celle de ses filles qui devait épouser mon Neveu.

Ce double article une fois conclu, on se disposa à faire la solennité du double mariage. Mon fils demeurant chez moi, mon Neveu prit une maison, et manda son frère, qui se rendit à Paris avec sa femme, qui

joignait beaucoup d'attraits à un bien capable de
soutenir noblement un Officier.

Ma joie était parfaite, quand l'ascendant cruel de
mes Neveux pour la fatuité vint en arrêter toute la
douceur. En effet le cadet ne fut pas plus tôt arrivé que
les deux frères se rendirent chez moi pour me faire
visite. La tendresse de leur Père ne lui permit pas
d'attendre leurs hommages, il descendit dans mon
appartement pour les embrasser. Il entra et courut à
eux ; mais à peine daignèrent-ils répondre à ses avances. Aveuglés sans doute par leur fortune, et comparant
les broderies qui les couvraient avec la noble simplicité des habits de mon frère et de leur Père, ils eurent
presque l'audace de le méconnaître.

Je ne répéterai point cette révoltante entrevue, dont
j'ai donné une idée superficielle dans le commencement de ma première partie. La singularité de cette
scène ne m'a pas permis d'attendre pour la placer dans
son lieu. D'ailleurs j'ai pour excuse qu'elle servait de
preuve aux abus énormes que je combattais alors, et
cette raison suffit pour me disculper de la faute
commise en prévenant les temps [12].

Je me contenterai seulement de dire ici que si le
chagrin, que me causa l'égarement de ces jeunes gens,
ne se manifesta alors que par mille ironies, je n'employai ce ton que comme plus propre à faire goûter des
vérités qui combattaient l'orgueil ; passion la plus
favorisée dans ce siècle.

En effet l'expérience m'a appris qu'on corrige moins
un écart en brusquant le caractère de celui qui s'y est
livré, qu'en masquant la sagesse sous un léger badinage. Le devoir, auquel mes Neveux venaient de
manquer, était trop sacré, pour que je ne tâchasse pas
de les y faire rentrer ; mais leurs esprits vifs et
bouillants se seraient révoltés en les butant de front,

lorsque mes froides saillies les ramenèrent insensiblement. Mais ce changement fut de peu de durée, car leur fortune ne fut pas établie, qu'ils changèrent de nom et dépouillèrent en même temps les sentiments de la Nature ; la vue de leur Père les humiliait, parce qu'il ne donnait pas dans le faste : et je les mortifiais, parce que ma présence était un reproche secret du besoin qu'ils avaient eu de moi. Je dis ceci en passant pour n'y plus revenir.

J'avais écrit à Beausson le bonheur qui allait de nouveau combler ma fortune, je me flattais qu'il se rendrait à Paris pour en être témoin : mais le jour pris pour cette fête, j'appris qu'il était tombé dangereusement malade.

Quoique cette nouvelle m'affligeât sensiblement, je crus de concert avec ma femme ne devoir rien déranger des arrangements pris, et devoir même cacher cet accident à ma fille. Mais par un pressentiment intérieur qui semble inséparable d'un vif amour, elle ne porta, dans toute la fête qui accompagna le double Hymen, qu'un esprit distrait et mélancolique. Malgré mon silence elle devina ce que je lui cachais, et la crainte de la trop alarmer m'obligea de lui confier l'état dans lequel était Beausson. Elle me pria d'envoyer au plus tôt quelqu'un de confiance pour avoir des nouvelles certaines de sa maladie. Je priai l'Officier d'accompagner son Père qui retournait en Champagne et je l'engageai à ne point quitter le Malade.

Assurez-le, lui dis-je, que, dès que je pourrai quitter Paris, j'irai moi-même le voir, et que je lui conduirai sa Maîtresse, s'il ne peut venir avant mon départ.

Mon frère et son fils étant partis, ils m'écrivirent peu de jours après qu'à leur arrivée ce jeune Homme était dans un état désespéré : mais que les nouvelles qu'ils lui avaient apportées de la constance de ma fille et de ma persévérance dans mes bontés pour lui, avaient fait un tel effet sur sa santé, que chaque jour il reprenait ses forces et qu'on ne doutait plus qu'il ne fût bientôt totalement rétabli.

Nous partîmes quelque temps après pour ma terre qui se trouvait voisine des biens dans lesquels venait de rentrer Monsieur de Beausson. Le jour de notre arrivée, il se rendit au Château, où il épousa ma fille. Si j'étais aimé dans ma terre, son nom y était également chéri, ce qui rendit la pompe de ce Mariage aussi solennelle que le lieu pouvait le permettre.

Si l'on a bien exactement suivi ma vie jusqu'à cette époque, on a dû voir que j'avais reçu les faveurs de la fortune comme des biens ou dus ou conquis[13]. Je n'avais fait nulle réflexion sur la main qui les départit à qui et quand il lui plaît. Doit-on en être étonné ? Frappé continuellement d'une succession rapide de prospérités, mon esprit en était ébloui ; il n'avait point l'instant nécessaire pour y faire attention. Il était temps que quelque chose d'extraordinaire me rappelât à moi-même, et même malgré moi. Car quoique dégagé de tout embarras, j'étais trop enivré d'un charme toujours renaissant pour me donner la liberté de voir. Il me fallait un objet étranger pour me dessiller les yeux. Je vais le trouver, et c'est là la source du commencement de mon vrai bonheur.

Il me restait un fils à établir qui entrait dans sa seizième année. Ses talents étaient bornés, mais un esprit juste, une réflexion solide, un caractère sérieux et au-dessus de la dissipation me charmaient. J'avais mille projets sur lui, je crus qu'après l'établissement de son frère et de sa sœur, il était temps de les lui communiquer pour me régler sur son inclination.

Mon fils, lui dis-je un jour, vous êtes seul maintenant qui réclamez mes soins. Les biens que je dois vous laisser, vous assurent un état d'aisance auquel l'oisiveté même ne peut nuire. Mais qu'est-ce qu'un Homme oisif ? Un citoyen inutile, un fardeau à charge à la terre, à soi-même et aux autres [14]. Telle est l'idée que vous devez vous former d'une personne qui passe sa jeunesse sans rien faire. On n'y pense pas à votre âge. Je n'étais pas destiné comme vous à de grands emplois. Je n'y fus pas formé de bonne heure, que ne m'en a-t-il point coûté, quand, dans un temps où tout doit être appris, je dus commencer les éléments de tout ! Instruit par cette expérience je veux vous mieux guider. Choisissez l'état qui vous conviendra : la Finance, la Robe, l'Épée, cela m'est indifférent : mais que je sache votre résolution.

Je voudrais entrer dans vos vues, me dit-il, je me vois à regret obligé de m'en éloigner. Le respect seul a pu jusqu'à présent me forcer au silence, et ma mère, confidente de mes inclinations, a cru devoir m'empêcher de vous découvrir mes désirs. Je sais que la fortune peut me favoriser, mais ses biens n'ont point d'attraits pour moi. L'amour n'a pas plus de force sur mon cœur. La retraite et le célibat ont toute mon envie.

Que dites-vous ? m'écriai-je. Quoi ! ma femme entre dans vos idées ? Mais vous, mon fils, connaissez-vous bien ce genre de vie, où l'homme, tout entier à son état et aux autres, n'est plus à soi que pour se combattre ? Il ne peut se vaincre qu'en se contrariant sans cesse ; et s'il fléchit, il devient malheureux. Mille périls nouveaux se succéderont et paraîtront se lever sous vos pas. Mille vertus auront peine à vous soutenir, quand le moindre défaut vous renversera infailliblement. En un mot, regardez le Cloître comme un petit monde, d'autant plus dangereux qu'il est plus resserré. Les troubles, les agitations, les passions de ce dernier, que vous semblez vouloir éviter en vous enterrant dans le

premier, s'y reproduisent et y germent avec d'autant
plus de force qu'elles y sont plus couvertes. L'envie s'y
couvre, comme à la Cour, du voile de l'amitié ; l'ambition s'y déguise sous le masque de l'humilité. Tout y est
fard, tout y est rûse, comme dans le monde ; on peut
n'y pas donner dans ces excès, j'en conviens ; mais, si
vous avez le bonheur de les éviter, êtes-vous sûr de ne
pas éprouver leur fureur ? L'homme est homme partout, voilà ce que vous devez penser : la faiblesse est
inséparable de son être, les défauts que vous ne
reconnaîtrez pas en vous doivent vous faire craindre
les suites qu'ils peuvent produire dans les autres
contre votre intérêt. Pesez ces réflexions, mon cher fils,
la seule tendresse me les dicte ; mais ne croyez pas que
jamais je prétende gêner vos inclinations. Consultez
votre mère, interrogez-vous vous-même, et je consenti-
rai à tout ce qui vous paraîtra propre à procurer votre
félicité que j'ambitionne de faire.

Je tentai souvent, malgré mes promesses, de détourner mon fils d'une résolution qui me faisait trembler,
mais rien ne fut capable de changer ses sentiments. Je
fus donc forcé de le laisser partir, et peu de temps après
il commença son temps d'épreuves. L'amitié que j'ai
toujours eu pour mes enfants m'engagea à passer cette
année à la Campagne. Je l'allais voir fréquemment, et
je ne cessais de lui faire valoir les périls que je voyais
dans un dessein que j'attribuais à son opiniâtreté. Il est
vrai que le commerce que j'eus pendant cet intervalle
avec ces reclus me porta presque à changer de sentiments sur leur compte. Je dus même à leur conversation quelques légères réflexions sur mes premières
années. Mais enfin, je n'en étais pas moins opiniâtré à
traverser le projet de mon fils, qui consomma son
sacrifice avec une générosité qui surprit autant qu'elle
charma l'assemblée.

J'avais réuni ma famille, pour assister à cette cérémonie ; Monsieur de Dorsan avait eu la bonté de s'y
rendre avec la sienne, et quoique personne ne pût
refuser des larmes à la jeunesse et à la beauté de la
victime, sa fermeté trouva bientôt le moyen de les
essuyer. Ce ne fut qu'après la cérémonie qu'il donna
quelque chose à la nature, et encore ne fut-ce qu'au
moment de notre départ.

Je me rendis à ma terre, où plein des réflexions que
ce spectacle m'avait causées, je commençai à porter
sérieusement les yeux sur cette espèce d'insensibilité
dans laquelle j'avais vécu jusque-là sur les affaires du
salut. J'en compris l'importance à la vue de ce que
cet objet avait fait faire à mon fils. J'aurais voulu
pouvoir me décider à vivre auprès de ce cher enfant ; je
compris que son voisinage me serait utile, et je sentais
même que sa présence m'était nécessaire, mais je
n'osais proposer à ma femme de s'enterrer dans une
Province.

Nous revînmes tous à Paris. J'y achevai d'arranger
mes affaires avec mes enfants. Je les voyais tous dans
une position heureuse, et moi dans une opulence
considérable et libre de tout embarras. Je n'étais pas
hors de ce tracas que mon idée de retraite vint me
tourmenter de nouveau. Tout me portait à la remplir,
mon épouse me paraissait seule un obstacle invincible. Je craignais que, faite au grand monde, elle ne
regardât mon projet que comme une folie plus à
mépriser qu'à suivre ; mais il était dit que l'amour et la
fortune s'accorderaient en ma faveur jusque dans les
moindres choses pour contenter mes désirs.

Je n'osais donc déclarer mes idées, quand mon
aimable femme, me voyant un jour plus rêveur qu'à
l'ordinaire, crut m'en devoir demander le motif. Je

balançais, et, guidé par mes craintes qui croissaient à proportion qu'elle me pressait davantage, j'allais, je crois, la refuser, quand ses larmes me forcèrent à rompre le silence.

Tendre épouse, lui dis-je, prenez pitié de mon embarras, et ne m'obligez pas à le découvrir. Cette connaissance ne peut que vous faire peine. Vous m'êtes toujours également chère, je vous aime avec la même ardeur...

A quoi bon ce préambule, et que m'annonce-t-il ? me dit-elle. Doutez-vous de ma tendresse, et puis-je soupçonner la vôtre ? Pourquoi donc ne suis-je plus digne de votre confiance ?

Vous l'avez toute entière, lui répondis-je, et si je pouvais augmenter les preuves que vous avez de ma déférence à vos volontés, je le ferais volontiers. Mais vous le dirai-je ? Cette déférence même fait aujourd'hui mon supplice. Accoutumée à figurer dans le grand monde, vous y devez vivre ; et la retraite commence à avoir des attraits pour moi. J'envisage la rapidité avec laquelle la fortune m'a prodigué ses faveurs. Elle m'a surpris, et en m'étonnant elle a ravi toute mon admiration. Seule elle a eu mes vœux et ma reconnaissance jusqu'ici. Je ne les ai point montés plus haut. L'acte généreux que mon fils vient de faire m'a ouvert les yeux. Il a porté un certain trouble en mon âme, dont je ne pouvais prévoir la fin. J'ai cru entrevoir ce que le Ciel exigeait, je voudrais le remplir. Le bruit et le tumulte de la Ville m'y paraissent moins propres que la douce tranquillité qu'on goûte à la campagne : et quand je désire de vivre en Province, la crainte de vous déplaire ou de vous gêner me retient à Paris.

Non, cher Époux, me dit cette Dame adorable, le dessein que vous avez pris ne me fâche point. Partout où vous serez, mon bonheur sera parfait.

Je la priai de ne pas contraindre ses inclinations avec un Homme qui n'aurait jamais d'autre félicité que celle qu'elle partagerait : mais elle me déclara que le séjour de la Ville n'avait jamais eu d'attraits pour elle, et que, pendant son veuvage, elle demeurait presque toujours en Province (ce qui s'accordait parfaitement avec la rareté que ses fréquentes absences m'avaient forcé de mettre dans les visites que je lui avais rendues avant notre mariage).

Nous nous arrangeâmes donc de concert, et après avoir cédé ma maison à mon fils aîné, qui possédait déjà mon emploi, nous nous rendîmes dans ce lieu, où, depuis plus de vingt ans, nous menons une vie heureuse et tranquille.

Chaque jour je vois ma famille prospérer et s'agrandir. Monsieur le Comte de Dorsan, auteur de ma fortune, a la bonté de venir souvent nous visiter. L'aimable Dorville, qu'il a épousée, est intimement liée avec ma femme, et c'est dans cette société charmante que nous goûtons un bonheur que je n'ai jamais trouvé dans le tumulte du grand monde.

C'est ici que j'ai commencé mes Mémoires, c'est ici que je les continue avec la même sincérité. Si j'avais été capable de manquer à la vérité, j'aurais tâché de dérober au Public la connaissance de l'ingratitude de mes Neveux, qui, sans respecter les lois de la Nature ni celles de l'honneur, méconnaissent leur père, et ont oublié les bienfaits de leur oncle.

Cette épreuve, toute sensible qu'elle doive être, n'altère point mon repos. J'en gémis pour eux, sans en être plus agité.

On a dû le reconnaître : personne n'a poussé la fortune plus loin ; mais qu'étais-je alors ? Un cœur tyrannisé de désirs, qui ne sentait point son malheur parce qu'il n'y faisait point attention : mais ici les souhaits sont étouffés, et je suis heureux, parce que je vois plus clairement mon bonheur. C'est, je crois, la seule félicité qui puisse satisfaire l'Homme véritablement raisonnable.

Autour du
Paysan parvenu

MARIVAUX :

Le Chemin de la Fortune
(Le Cabinet du Philosophe, quatrième feuille)
(1733)

LA SUIVANTE *de la Fortune qu'on a ci-devant nommée*
LA DAME, LA VERDURE, LA FORTUNE *sur son Trône.*

LA SUIVANTE

Déesse, fera-t-on approcher tous les Étrangers qui
sont venus vous demander du secours ?

LA FORTUNE

Qu'ils paraissent.

LA VERDURE

Il salue et dit.

Madame.

LA SUIVANTE

Taisez-vous, vous manquez de respect à la Déesse ; il est trop familier de s'adresser directement à elle ; je vous interrogerai, vous me répondrez, et la Déesse décidera ; c'est ainsi, que cela se pratique ; apprenez la cérémonie.

LA VERDURE, *saluant.*

Je supplie, Sa Majesté sublime, de pardonner à l'ignorance de son très humble sujet.

LA SUIVANTE

Vous n'êtes pas non plus dans une posture assez soumise, on ne paraît qu'en esclave devant elle ; à genoux, la Verdure, à genoux.

LA VERDURE

M'y voilà.

LA FORTUNE, *de dessus son Trône.*

Interrogez-le avec bonté ; je suis volontiers favorable aux mortels de son espèce ; j'ai du faible pour eux ; je trouve celui-ci un joli garçon ; il a je ne sais quoi d'ardent et de hardi dans la physionomie qui me plaît. Son ajustement même est de mon goût ; cet habit-là me gagne.

LA VERDURE, *dans sa joie, relevant un genou.*

Ah ! Madame, mon habit, ma physionomie, et moi, nous sommes tous trois bien honorés de vous plaire, et votre Hautesse me traite d'une manière.....

LA SUIVANTE

Paix, vous dis-je, et à genoux.

LA VERDURE

Excusez mon transport.

LA FORTUNE

Passez-lui quelque chose ; je ne me pique pas d'être si fière avec lui.

LA VERDURE *charmé.*

Ha, ha.

LA FORTUNE

Demandez-lui ce qu'il veut ; pourquoi ne l'ai-je pas déjà trouvé chez moi ? le saut qu'il fallait faire, l'aurait-il arrêté* ? Comment le désir de venir à moi, ne lui a-t-il pas fermé les yeux ; vite, qu'il nous dise ce qui l'a arrêté ? mais que notre ami réponde à son aise, et qu'il prenne une posture moins gênante, je lui épargne cet abaissement-là.

LA SUIVANTE

Levez-vous.

LA VERDURE

J'obéis.

LA SUIVANTE

Qui êtes-vous ?

LA VERDURE

Chevalier de l'Arc-en-ciel.

* Pour accéder au Palais de la Fortune, il faut franchir un fossé ; La Verdure en a été une première fois empêché par le Scrupule.

LA SUIVANTE

Je le vois bien, et je vous demande ce qu'étaient vos parents ?

LA VERDURE

Je n'en sais rien, je ne les ai jamais connus.

LA SUIVANTE

Vous les avez donc perdus au berceau ?

LA VERDURE

Non, ce sont eux qui m'ont perdu, et je fus retrouvé par un Commissaire.

LA FORTUNE *descendant de son Trône.*

Ah ! je n'y saurais tenir ; venez, mon fils, venez digne objet de ma complaisance, que je vous embrasse ; combien de qualités n'apportez-vous pas pour me plaire ! je ne m'étonne plus du penchant que j'avais pour vous.

LA SUIVANTE *à part.*

La Fortune deviendra folle de ce garçon-là. (*Haut*) Pourquoi n'avez-vous pas sauté ? Où est l'intrépidité que doit vous inspirer une aussi heureuse naissance ? Chez qui êtes-vous aujourd'hui ?

LA FORTUNE *se remet sur son Trône.*

LA VERDURE

Chez un homme que la Déesse a comblé de ses grâces, dans le temps qu'elle logeait rue Quinquempoix, et il ne tient pas à lui que je ne change d'état, et il y aurait longtemps que je disposerais moi-même de la couleur de mon habit, si je voulais l'en croire.

LA SUIVANTE

Hé ! que vous dit ce Seigneur moderne ?

LA VERDURE

Qu'il me donnera des emplois ; qu'il me fera riche, si
je veux épouser Lisette, ci-devant une petite femme de
chambre extrêmement jolie, tout à fait mignonne,
vraiment, et parfaitement nippée. Ce serait, ma foi, un
bon petit ménage tout dressé, et qui n'attend que moi
pour devenir honnête : mais néant.

LA SUIVANTE

Hé ! qu'est-ce qui vous arrête ?

LA VERDURE

C'est que je ne l'épouserais qu'en secondes noces ;
mon maître m'est un peu suspect, et je n'aime pas les
veuves dont le mari vit encore.

LA FORTUNE

Ah le benêt ! Ah le sot ! j'en allais faire mon enfant
gâté ; allons qu'il se retire, je ne veux plus le voir.

LA VERDURE

Mais, ma Déesse.

LA SUIVANTE

Allez-vous-en, vous reviendrez une autre fois ; mais
ne reparaissez que bien déterminé.

La Commère
(1741)

Le neveu de « Mademoiselle Habert », sans se faire connaître, et en questionnant adroitement « Madame Alain », s'est assuré que le mariage pour lequel les notaires ont été appelés est bien celui de sa tante à héritage. Jacob avait pressenti que cette visite ferait son malheur.

SCÈNE XIX. — *Les précédents,*
MADEMOISELLE HABERT

MADEMOISELLE HABERT

Hé bien ! Madame, de quoi s'agissait-il ? d'avec qui sortez-vous ? que vois-je ? C'est mon neveu. *(Elle se sauve.)*

SCÈNE XX. — *Les précédents.*

MADAME ALAIN

Son neveu ! votre tante !

LE NEVEU

Oui, Madame.

LA VALLÉE

J'étais devin.

MADAME ALAIN

Ne rougissez-vous pas de votre fourberie ?

LE NEVEU

Écoutez-moi et ne vous fâchez pas. Votre franchise naturelle et louable, aidée d'un peu d'industrie de ma part a causé cet événement, avec une femme moins vraie, je ne tenais rien.

MADAME ALAIN

Cette bonne qualité a toujours été mon défaut et je ne m'en corrige point. Je suis outrée.

LE NEVEU

Vous n'avez rien à vous reprocher.

LA VALLÉE

Que d'avoir eu de la langue.

MADAME ALAIN

N'ai-je pas été surprise ?

LE NEVEU

N'ayez point de regret à cette aventure. Profitez au contraire de l'occasion qu'elle vous offre de rendre service à d'honnêtes gens et ne vous prêtez plus à un mariage aussi ridicule et aussi disproportionné que l'est celui-ci.

LA VALLÉE

Qu'y a-t-il donc tant à dire aux proportions, ne sommes-nous pas garçon et fille ?

LE NEVEU

Taisez-vous, Jacob.

MADAME ALAIN

Comment Jacob ? On l'appelle Monsieur de la Vallée.

LE NEVEU

C'est sans doute un nom de guerre que ma tante lui a donné.

LA VALLÉE

Donné, qu'il soit de guerre ou de paix, le beau présent !

LE NEVEU

Son véritable est Jacques Giroux, petit berger, venu depuis sept ou huit mois, de je ne sais quel village de Bourgogne et c'est de lui-même que mes tantes le savent.

LA VALLÉE

Berger, parce qu'on a des moutons.

LE NEVEU

Petit paysan, autrement dit, c'est même chose.

LA VALLÉE

On dit paysan, nom qu'on donne à tous les gens des champs.

MADAME ALAIN

Petit paysan, petit berger, Jacob, qu'est-ce donc que tout cela, Monsieur de la Vallée ? Car enfin, les parents auraient raison.

LA VALLÉE

Je vous réponds qu'on arrange cette famille-là bien malhonnêtement, Madame Alain, et que sans la crainte du bruit et le respect de votre maison et du cabinet où il y a du monde...

LE NEVEU

Hem ! Que diriez-vous, mon petit ami ? Pouvez-vous nier que vous êtes arrivé à Paris avec un voiturier, frère de votre mère ?

LA VALLÉE

Quand vous crieriez jusqu'à demain, je ne ferai point d'esclandre.

LE NEVEU

De son propre aveu c'était un vigneron que son père.

LA VALLÉE

Je me tais. Le silence ne m'incommode pas, moi.

LE NEVEU

Il ne saurait nier que ces demoiselles avaient besoin d'un copiste pour mettre au net nombre de papiers et que ce fut un de ses parents qui est un scribe, qui le présenta à elles.

MADAME ALAIN

Quoi, un de ces grimauds en boutique, qui dressent des écriteaux et des placets !

LE NEVEU

C'est ce qu'il y a de plus distingué parmi eux, et le petit garçon sait un peu écrire, de sorte qu'il fut trois

semaines à leurs gages, mangeant avec une gouvernante qui est au logis.

MADAME ALAIN

Oh ! diantre, il mange à table à cette heure.

LA VALLÉE

Quelles balivernes vous écoutez là !

LE NEVEU

Hem ! Vous raisonnez, je pense.

LA VALLÉE

Je ne souffle pas. Chantez mes louanges à votre aise.

MADAME ALAIN

Il m'a pourtant fait l'amour, le petit effronté.

LE NEVEU

Il est bien vêtu. C'est sans doute ma tante qui lui a
fait faire cet habit-là. Car il était en fort mauvais
équipage au logis.

LA VALLÉE

C'est que j'avais mon habit de voyage.

LE NEVEU

Jugez, Madame, vous qui êtes une femme respectable et qui savez ce que c'est que des gens de famille...

MADAME ALAIN

Oui, Monsieur. Je suis la veuve d'un honnête homme
extrêmement considéré pour son habileté dans les

affaires et qui a été plus de vingt ans secrétaire de président. Ainsi je dois être aussi délicate qu'une autre sur ces matières.

LA VALLÉE

Ah ! que tout cela m'ennuie.

LE NEVEU

Mademoiselle Habert a eu tort de fuir, elle n'avait à craindre que des représentations soumises. Je ne désapprouve pas qu'elle se marie. Toute la grâce que je lui demande, c'est de se choisir un mari que nous puissions avouer, qui ne fasse pas rougir un neveu plein de tendresse et de respect pour elle et qui n'afflige pas une sœur à qui elle est si chère, à qui sa séparation a coûté tant de larmes.

LA VALLÉE

Oh ! le madré crocodile.

MADAME ALAIN

Je ne m'en cache pas, vous me touchez. Les gens comme nous doivent se soutenir, j'entre dans vos raisons.

LA VALLÉE

Que j'en rirais si j'étais de bonne humeur.

MADAME ALAIN

Je vais parler à Mademoiselle Habert en attendant que vous ameniez sa sœur, rien ne se terminera aujourd'hui. Laissez-moi agir.

LE NEVEU

Vous êtes notre ressource et nous nous reposons sur vos soins, Madame.

Histoire de Guillaume
(1737)

Un matin qu'elle était dans son lit, et que je lui rendais compte de quelque chose, elle me va dire, tu vois, Guillaume, que j'ai beaucoup de confiance en toi ; j'espère que tu ne me trahiras pas comme ce fripon d'Évrard : oh ! pour cela non, Madame, ce lui fis-je, car il faudrait que je fusse un grand misérable, et là-dessus je lui baise la main d'un bras qu'elle avait hors du lit.

Comment donc, dit-elle, tu es galant ? Oh ! Madame, répondis-je, je voudrais être aussi galant que vous êtes belle, afin de vous être autant agréable ; mais sais-tu bien, reprit-elle, que tu me fais une déclaration d'amour, et que je devrais m'en fâcher ? Qu'est-ce que cela vous avancerait, dis-je à mon tour, il n'en serait ni plus ni moins, et il vaut mieux que vous soyez bien aise que fâchée. Je sais bien qu'un homme de mon acabit n'est pas digne que vous correspondiez à son dire ; mais si vous aviez cette bonté-là, vous ne vous en repentiriez pas par la suite. Je le veux croire, répondit-elle, ou je serais fort trompée, ou tu es un honnête homme ; mais ce n'est pas encore assez, il faut être discret. Oh ! n'ayez pas peur, allez, Madame, lui dis-je, je suis muet comme une carpe quand il le faut : là-dessus elle se met à rêver, et moi à prendre sa main, puis son bras ; ensuite je découvre la couverture à l'endroit de son sein qui était blanc comme la neige. Je me hasarde à mettre un doigt dessus un, et puis toute une main, ensuite les deux sur les deux ; comme elle rêvait toujours, sans que cela la fît revenir en rien, je me hasardai à lui prendre un baiser. Oh ! c'est cela qui la fit revenir : retire-toi, Guillaume, dit-elle, en se mettant à son séant. Tu es trop hardi, ou je suis trop faible. Eh bien ! Madame, repartis-je, laissez faire à ma hardiesse et à votre faiblesse, cela fera que nous aurons tous deux contentement : non, répondit-elle, aussi bien j'entends ma femme de chambre : retire-toi, et surtout, songe que tu ne peux me plaire que par la discrétion ; et, comme la femme de chambre venait véritablement, je dis à madame, en me retirant, que sur ce pied-là, je comptais que mon affaire était dans le sac.

(Attribué à Caylus)

ÉLÉAZAR DE MAUVILLON :

Le Soldat parvenu
ou Mémoires et aventures
de Monsieur de Verval dit Bellerose
(1753)

En disant cela elle me regardait d'un air, qui semblait me dire : la chair est faible, nous sommes tous hommes, il faut de la discrétion, et mille choses semblables, qu'elle exprimait très bien sans parler, car elle avait les yeux beaux et le regard expressif.

De mon côté je tâchais de lui dire dans le même langage ; je vous entends à merveilles : fiez-vous à moi, je sais me taire.

J'ai toujours assez aimé les dondons ; et à l'âge où j'étais alors, il est assez ordinaire qu'une douairière nous plaise plus qu'un tendron. Je trouvais donc Mme de Châteaufort à mon gré. Je voyais très bien que je ne lui déplaisais pas ; nous étions seuls : le discours de M. de Lanoue m'avait éclairé sur sa dévotion, et je n'étais pas si simple que je ne visse moi-même qu'il n'y avait que de la cagoterie dans son fait. L'occasion me paraissait belle, et cette idée me donnait un air émerillonné, qui faisait sourire Mme de Châteaufort, attentive aux progrès que la volupté faisait en moi.

Elle perdait elle-même peu à peu cet air pudibond qu'elle avait d'abord affecté. Sous prétexte qu'il faisait chaud, elle ôta cette espèce de guimpe qui lui couvrait le sein, et m'étala une gorge des plus copieuses, mais d'une blancheur admirable. Cette gorge semblait vouloir sauter par-dessus les bornes du corps de jupe qui la resserrait. Pour l'en empêcher j'y appliquai ma bouche. Ah ! mon fils, que faites-vous, s'écria pieusement Mme de Châteaufort : oubliez-vous que vous êtes en présence de Dieu, qu'il vous voit, qu'il connaît toutes vos pensées les plus secrètes ?

Cette réflexion m'aurait peut-être fait rentrer en moi-même (car en vérité elle est terrible) ; mais Mme de Châteaufort avait soin d'empêcher qu'elle ne fît impression : et pour cet effet elle me pressait contre elle de ses deux bras qu'elle avait passés à mon cou, et se laissait couler imperceptiblement sur le canapé où elle était assise, sans néanmoins cesser de sermonner et de me prêcher ; mais je commençais à voir clair, et elle à ne voir goutte, lorsqu'on frappa à la porte. Je ne fis que me remettre tout doucement sur mon siège, et Mme de Châteaufort reprit sa guimpe, et la remit à la hâte, après quoi elle cria : Entrez.

Le Nouvel Enfant trouvé
ou le fortuné Hollandais
Mémoires écrits par lui-même
(1786)

Vous voyez, Monsieur, me dit Madame de Saint-Fal dès que cet officier eut pris congé d'elle, que j'ai été exacte à tenir mes promesses. Je vous en suis obligé, Madame, lui répondis-je ; mais je serais fâché qu'à mon occasion vous eussiez quelque obligation à celui dont vous cherchez à me ménager l'appui : Eh ! pourquoi donc cela, me répondit-elle ? vous me tenez là un discours qui me surprend. Un soupir qui m'échappa fut toute la réponse que je lui fis. Je ne sais s'il la mit au fait de ce que je pensais ; mais elle ne parut point s'offenser de mes soupçons.

J'ai oublié de dire que lorsque j'entrai elle n'avait pas encore eu bien le temps de se remettre d'un certain désordre qui ne parlait guère en sa faveur. Ma présence même l'avait déconcertée au point que le rouge était monté au visage : ses yeux enfin me parurent émerillonnés d'un feu qui la trahissait. Autant d'indices qui me firent juger que j'adressais mes voeux à une beauté peu sévère : aussi me doutai-je que je n'aurais pas de longs soupirs à pousser.

Cette dame, après un quart d'heure d'entretien, m'apprit que cet officier, dont elle m'avait ménagé la protection, était un riche seigneur qui la pressait chaque jour de lui donner la main ; mais que ne se sentant pour lui aucun penchant, il n'y aurait qu'une raison d'intérêt qui pût l'engager à unir son sort au sien, quoique contraire à son inclination. Mais, Monsieur, ajouta-t-elle, l'avantage du moins que je tirerai de cet engagement, c'est que la fortune de celui que j'épouserai, me mettra en état de vous donner des marques réelles et effectives de mon attachement : compliment que cette dame accompagna d'un regard si perçant et si tendre, qu'il porta le trouble dans mon cœur. Je m'enhardis alors à me jeter sur une de ses mains, qu'elle m'abandonna de la meilleure grâce du monde, et que je baisai mille fois ; mais de quelle vive émotion ne fus-je point saisi, lorsque je la sentis me passer tendrement la main sur le visage ! Quelques soupirs qui lui échappèrent, accompagnèrent cette touchante caresse. Je me jetai alors à ses genoux, et ne songeai plus qu'à profiter de son attendrissement, lorsque la femme de chambre vint lui annoncer une visite. Quel funeste contretemps, grands Dieux ! et quel ravissant plaisir ne me déroba-t-il pas !

(Anonyme)

DOSSIER

CHRONOLOGIE DE MARIVAUX

1688 *4 février* : naissance à Paris de Pierre Carlet, fils de Nicolas Carlet et de Marie-Anne Bullet. Il passe à Paris ses premières années, probablement dans la famille de sa mère, sœur de Pierre Bullet, architecte des bâtiments du roi, et tante de Jean-Pierre Bullet de Chamblain, futur architecte.

1698 Nicolas Carlet achète l'office de contrôleur contre-garde de la Monnaie de Riom.

1700 *30 janvier* : l'office de Nicolas Carlet est supprimé.

1704 *20 juin* : Nicolas Carlet est nommé directeur de la Monnaie de Riom.

1710 Pierre Carlet s'inscrit à l'École de droit de Paris. Il renouvellera son inscription jusqu'en 1713.

1712 *Juillet* : privilège pour la publication des trois premiers tomes des *Effets surprenants de la sympathie*, roman.
Décembre : demande d'approbation pour *Pharsamon*, roman, publié beaucoup plus tard.
Dans le courant de l'année, publication du *Père prudent et équitable*, comédie en un acte.

1713 Publication des livres I et II des *Effets surprenants*.

1714 Publication de *La Voiture embourbée*, roman, du *Bilboquet*, allégorie satirique, et des trois derniers livres des *Effets surprenants*.

1716 *Homère travesti, ou l'Iliade en vers burlesques.* L'épître dédicatoire est signée Carlet de Marivaux.

1717 *7 juillet :* signature du contrat de mariage entre Pierre Carlet de Marivaux et Colombe Bologne.
Août, septembre, octobre : les *Lettres sur les habitants de Paris* sont publiées dans *Le Nouveau Mercure.*

1718 *Mars, mai, juillet :* suite des *Lettres.*

1719 Naissance de la fille de Marivaux, Colombe-Prospère.
Mars : les *Pensées sur différents sujets* paraissent dans *Le Nouveau Mercure.*
14 avril : mort du père de Marivaux.
Juin : Marivaux sollicite la succession de son père dans la charge de directeur de la Monnaie de Riom.
5 août : La Mort d'Annibal, tragédie, est reçue au Théâtre-Français.
Novembre, et jusqu'en *avril* 1720, publication dans le *Mercure* des *Lettres contenant une aventure.*

1720 *17 octobre : Arlequin poli par l'amour,* comédie en un acte, est joué avec succès au Nouveau-Théâtre-Italien.
16 décembre : échec d'*Annibal* au Théâtre-Français.

1721 *30 avril :* Marivaux s'inscrit à nouveau à l'École de droit.
31 mai : il est admis au baccalauréat en droit.
Juillet : début de la publication du *Spectateur français,* périodique, qui se poursuivra jusqu'en octobre 1724.
4 septembre : Marivaux est reçu licencié.

1722 *3 mai : La Surprise de l'amour,* comédie en trois actes (N.T.I.).
18 mai : Marivaux renonce à la succession de son père.

1723 *6 avril : La Double Inconstance,* comédie en trois actes (N.T.I.).
Date indéterminée : mort de la femme de Marivaux.

1724 *5 février : Le Prince travesti,* comédie en trois actes (N.T.I.).
8 juillet : La Fausse Suivante, comédie en un acte (N.T.I.).
2 décembre : Le Dénouement imprévu, comédie en un acte (T.F.).

1725 *5 mars : L'Île des Esclaves,* comédie en un acte (N.T.I.).
19 août : L'Héritier de village, comédie en un acte (N.T.I.).

1727 De *mars* à *juillet,* Marivaux publie un nouveau journal : *L'Indigent philosophe.*
3 août : L'Île de la raison, comédie en trois actes (T.F.).
31 décembre : La Seconde Surprise de l'amour, comédie en trois actes (T.F.).

1728 *28 avril : Le Triomphe de Plutus,* comédie allégorique en un acte (N.T.I.).

1729 *18 juin : La Nouvelle Colonie, ou la Ligue des femmes,* comédie en trois actes (N.T.I.). Mal accueillie, elle n'est connue que par un compte rendu du *Mercure* et une version abrégée en un acte publiée par le même *Mercure* en 1750.

1730 *23 janvier : Le Jeu de l'amour et du hasard,* comédie en trois actes (N.T.I.).

1731 *Mai :* publication de la première partie de *La Vie de Marianne,* qui avait été soumise à l'approbation en 1728.
5 novembre : La Réunion des Amours, allégorie en un acte (T.F.).

1732 *12 mars : Le Triomphe de l'amour,* comédie en trois actes (N.T.I.).
8 juin : Les Serments indiscrets, comédie en cinq actes (T.F.).
25 juillet : L'École des mères, comédie en un acte (N.T.I.).

1733 *6 juin : L'Heureux Stratagème,* comédie en trois actes (N.T.I.).

1734 *Janvier :* seconde partie de *La Vie de Marianne.*
Janvier-avril : Le Cabinet du Philosophe, périodique.
16 août : La Méprise, comédie en un acte (N.T.I.).
6 novembre : Le Petit-Maître corrigé, comédie en trois actes (T.F.).
Mai-octobre : publication des quatre premières parties du *Paysan parvenu,* roman.

1735 *Avril :* cinquième partie du *Paysan parvenu.*
9 mai : La Mère confidente, comédie en trois actes (N.T.I.).
Novembre : troisième partie de *La Vie de Marianne.*

1736 *Le Télémaque travesti,* publié en Hollande, est désavoué par Marivaux.
Mars : quatrième partie de *La Vie de Marianne.*
11 juin : Le Legs, comédie en un acte (T.F.).
Septembre : cinquième partie de *La Vie de Marianne.*
Novembre : sixième partie de *La Vie de Marianne.*

1737 *Février :* septième partie de *La Vie de Marianne.*
Janvier à *juin :* publication de *Pharsamon.*
16 mars : La Fausse Confidence, comédie en trois actes (N.T.I.).

1738 Huitième partie de *La Vie de Marianne.*
7 juillet : reprise par les Italiens des *Fausses Confidences,* nouveau titre de la pièce jouée l'année précédente.
7 juillet : La Joie imprévue, comédie en un acte (N.T.I.).

1739 *13 janvier : Les Sincères,* comédie en un acte (N.T.I.).
Publication en Hollande de la neuvième partie (apocryphe) de *La Vie de Marianne.*

1740 *19 novembre : L'Épreuve,* comédie en un acte (N.T.I.).

1741 Date du manuscrit de *La Commère*, comédie en un acte, destinée aux Comédiens Italiens.

1742 *Mars :* les neuvième, dixième et onzième parties de *La Vie de Marianne* sont publiées en Hollande.
10 décembre : Marivaux est élu à l'Académie française.

1744 *19 octobre : La Dispute*, comédie en un acte (T.F.).

1745 *La Vie de Marianne* paraît à Amsterdam, « aux dépens de la Compagnie », avec une douzième partie apocryphe.
La fille de Marivaux entre au couvent.

1746 *6 août : Le Préjugé vaincu*, comédie en un acte (T.F.).

1750 *La Colonie*, version nouvelle de *La Nouvelle Colonie*, est publiée dans le *Mercure*.

1754 *Décembre :* le *Mercure* publie *Le Miroir*, récit allégorique.
24 août : La Femme fidèle, comédie en un acte, est représentée chez le comte de Clermont. On n'a retrouvé que quatre rôles sur huit de cette comédie.

1756 Henri Scheurleer, à La Haye, publie les sixième, septième et huitième parties (apocryphes) du *Paysan parvenu*.

1757 *Mars :* le *Mercure* publie *Félicie*, comédie en un acte.
5 mai : Marivaux lit aux Comédiens Français *L'Amante frivole*, comédie perdue.
Novembre : Le Conservateur publie *Les Acteurs de bonne foi*, comédie en un acte.

1758 *20 janvier :* Marivaux rédige son testament.

1761 *Le Monde comme il va*, de Bastide, publie dans son tome III la première partie de *La Suite de Marianne,* par Mme Riccoboni (dont le texte complet ne paraîtra qu'en 1765).
Avril : le *Mercure* publie *La Provinciale*, comédie en un acte.

1763 *12 février :* mort de Marivaux.

NOTICE

Notre texte

L'édition originale du *Paysan parvenu* est constituée de cinq volumes parus séparément, la première partie chez Prault père, avec approbation du 18 mars 1734; la deuxième partie chez Prault père, avec approbation du 20 mai 1734; la troisième partie chez Prault fils (voir l'exemplaire de la bibliothèque municipale de Nancy), avec approbation du 5 juillet 1734; la quatrième partie chez Prault fils (mais aucun des exemplaires conservés n'a de page de titre; l'exemplaire de la bibliothèque Méjanes à Aix, qui a cette page, semble une nouvelle composition ou une édition pirate), avec approbation du 30 septembre 1734; la cinquième partie chez Prault fils, avec approbation du 1er avril 1735. Marivaux ne s'étant jamais soucié de revoir le texte de ses œuvres après leur première édition, seul celui de l'originale fait autorité et doit être suivi. Il y eut de nombreuses rééditions chez Prault père, Prault fils, chez De Rogissart à La Haye, aux dépens de la Compagnie des Libraires à Amsterdam et à Francfort, etc. Les trois parties apocryphes ont paru pour la première fois à l'adresse de Henri Scheurleer, à La Haye, en deux éditions toutes deux datées de 1756, l'une où les trois parties ont des paginations séparées, et qui doit être l'originale, l'autre où la pagination est continue et qui commence par une Préface.

Due à l'abbé de La Porte, l'édition des *Œuvres complètes* de 1781 (tome VIII) avait fourni du texte une vulgate acceptable. Elle fut fâcheusement remplacée en 1825 par l'édition de Duviquet et Duport, où les modifications arbitraires du texte sont nombreuses. En 1959 l'édition de Frédéric Deloffre a marqué une date dans l'histoire du texte, par le recensement des éditions anciennes et par le principe de fidélité à l'originale. Son texte a été reproduit en 1965 par l'édition de Robert Mauzi et par celle de Michel Gilot. Nous avons essayé d'être encore plus exact et nous avons pu rétablir le texte original en un assez grand nombre de passages non indifférents pour le sens et dont les plus importants sont signalés en note. Nous avons modernisé l'orthographe, mais respecté l'usage du XVIIIe siècle dans l'accord des verbes et des participes, et dans quelques particularités de syntaxe. Sans reproduire intégralement la ponctuation de 1734-1735, nous en avons tenu le plus grand compte, parce qu'elle a son expressivité ; le XVIIIe siècle ignore le plus souvent les virgules ouvrantes et met en revanche des virgules où nous n'en mettons plus, devant les complétives, les consécutives, les relatives ; les deux points lui servent à marquer une séparation assez forte, intermédiaire entre notre point-virgule et notre point, et les propositions au style direct ne sont pas précédées comme maintenant par deux points, mais par une virgule ou par un point-virgule pour être mieux intégrées à la continuité du récit. Nous avons maintenu tout ce qui nous a paru pouvoir être accepté sans risque d'erreur sur le sens par le lecteur moderne, à qui nous croyons pouvoir dire que nous offrons le texte le plus proche de celui que les premiers lecteurs de Marivaux ont découvert.

Quelques lectures

Marcel Arland : *Marivaux,* « Les Essais », Gallimard, 1950.

Marivaux : *Le Paysan parvenu,* texte établi, avec introduction, bibliographie, chronologie, notes et glossaire, par Frédéric Deloffre, classiques Garnier, 1959.

Frédéric Deloffre : *Une préciosité nouvelle. Marivaux et le marivaudage,* A. Colin, 1955 ; rééd. 1967.

Mario Matucci : *L'Opera narrativa di Marivaux,* Pironti, Napoli, 1962.

Jean Rousset : *Forme et signification,* J. Corti, 1962.

Jean Rousset : *Narcisse romancier. Essai sur la première personne dans le roman,* J. Corti, 1973.

E. J. H. Greene : *Marivaux,* University of Toronto Press, 1965.

Henri Coulet et Michel Gilot : *Marivaux. Un humanisme expérimental,* Larousse, 1973.

Michel Gilot : *Les Journaux de Marivaux. Itinéraire moral et accomplissement esthétique,* Lille, 1974.

R. C. Rosbottom : *Marivaux's Novels. Theme and Function in Early Eighteenth-Century Narrative,* Fairleig Dickinson University Press, 1974.

Henri Coulet : *Marivaux romancier. Essai sur l'esprit et le cœur dans les romans de Marivaux*, A. Colin, 1975.

Renate Baader : *Wider den Zufall der Geburt. Marivaux' grosse Romane und ihre zeitgenössische Wirkung*, Wilhelm Fink, Munich, 1976.

Jean Fabre : *Idées sur le roman de Madame de Lafayette au Marquis de Sade*, Klincksieck, 1979.

NOTES

PREMIÈRE PARTIE

Page 38.
1. *Malgré qu'ils en aient :* malgré eux.

Page 42.
2. *On n'en était point :* les éditions françaises de 1734 et 1735 donnent : *on en était point.*

Page 45.
3. *Mardi :* juron, autre forme de « mordieu », « morbleu ».

Page 46.
4. *Faire l'amour :* courtiser ; le mot correspond à peu près à l'anglicisme « flirter ».

Page 52.
5. *Pus :* l'édition originale donne *peus,* transcrit en *peux* dans certaines rééditions de 1735. Voir *infra,* p. 457 n. 10.

Page 54.
6. *Dont j'ai parlé :* il l'avait d'abord appelée Javotte, voir, *supra* p. 44.

Page 55.
7. *Pistoles :* le louis d'or valant vingt-quatre livres, et la pistole en valant dix, le calcul de Jacob ne se comprend pas, à moins d'entendre par *pistole* non pas la monnaie de compte française, mais l'une des monnaies d'or réelles qui portaient ce nom en Espagne, en Italie ou en Suisse et dont les valeurs s'échelonnaient de 21 à 25 livres françaises. Si l'on veut estimer la somme réunie par Jacob, il faut compter environ 20 de nos francs 1981 pour une livre.

Page 56.

8. *Pardonna* : plusieurs éditions tardives donnent par erreur *pardonnera*, texte adopté par Duviquet et quelques éditions modernes. Mais Jacob n'en est plus à attendre le pardon de Dieu !

9. *Partisan* : les partisans étaient les financiers chargés du recouvrement des impôts. Voir ce que La Bruyère disait de leur richesse.

Page 57.

10. *Augure* : le féminin, courant au début du siècle précédent, n'était plus qu'un archaïsme ou un provincialisme ; nous le retrouverons sous la plume du continuateur anonyme. Voir *infra* p. 87, 301 et 389.

11. *En un mot ;* telle est la ponctuation de l'édition originale ; les éditions postérieures rattachent *en un mot* à la phrase suivante.

Page 58.

12. *Mons Jacob : mons* remplace *monsieur* familièrement, quand on s'adresse à un inférieur.

Page 60.

13. *Labourer ma vie :* l'expression semble être proverbiale ; on la trouve dans *La Coquette de village*, de Dufresny (acte I, scène 2).

14. *Mes esprits :* il s'agit des esprits animaux, selon la psychologie cartésienne des émotions.

Page 62.

15. *Honnête :* Jacob joue sur le sens du mot *honnête*, qui peut qualifier aussi bien un certain rang social ou une valeur morale, que la civilité mondaine.

Page 63.

16. *Avec des Genevièves :* Bourvalais, fils de paysan, laquais, avait épousé une fille de chambre, maîtresse du ministre Pontchartrain ; devenu riche partisan, il fit construire son château de Champs par l'architecte Pierre Bullet, oncle de Marivaux. Certains de ses contemporains accusèrent Marivaux d'avoir fait des personnalités dans *Le Paysan parvenu*.

Page 66.

17. *Où on :* l'hiatus est dans toutes les éditions du XVIIIᵉ siècle. Duviquet et les éditeurs modernes écrivent *où l'on*.

Page 67.

18. *M'accable :* le verbe de la relative est à la troisième personne, selon un usage qui persistera encore longtemps au XVIIIᵉ siècle.

Page 71.

19. *Avait pris :* l'accord du participe passé n'est pas fait lorsque ce

participe n'est pas en fin de phrase, et dans plusieurs autres cas ; nous avons respecté la graphie de l'époque, que nous n'annoterons plus.

Page 72.

20. *S'évanouit :* Jacob a fait discrètement comprendre que le mariage de Geneviève était devenu bien nécessaire. On remarquera l'expressivité de la ponctuation originale.

Page 75.

21. *Connaissances :* le mot a été mis au singulier dans l'édition de 1781 et dans les éditions modernes.

22. *Petite oie :* « Figuré, bas : chapeau, gants et les autres ajustements nécessaires pour rendre un habillement complet — Plus figurément encore, ce qu'il y a de moins considérable dans bien des choses », dit le *Dictionnaire* de Féraud (1788), qui cite précisément cette phrase de Marivaux.

23. *Joint* doit être compris comme un neutre, apposition à *mes talents.* L'abbé de La Porte, éditeur des *Œuvres complètes* de 1781, a modifié la phrase : *ajoutez cette physionomie.*

Page 76.

24. *Gargote* au singulier dans toutes les éditions anciennes.

25. *Aventure :* le mot a été mis au pluriel dans les éditions tardives.

26. *Avec cette humeur-là :* dès 1735 certaines éditions, suivies par toutes les éditions modernes, rattachent ces mots à la proposition suivante.

Page 77.

27. *A vue de pays :* en gros, à généralement parler (voir p. 46 et *passim*).

Page 84.

28. *Haberd :* c'est ainsi que le nom est écrit dans toutes les éditions anciennes. Le continuateur écrira : *Habert,* qu'on rencontre deux ou trois fois dans l'édition originale, où c'est une coquille.

Page 85.

29. *Et que plus l'on va :* l'édition de 1781 et les éditions modernes donnent à tort : *et plus l'on va.*

Page 89.

30. *Les premiers jours :* Jacob n'a vu que pendant une soirée les deux sœurs Haberd réunies. Sur cette erreur, voir notre Préface. Duviquet a corrigé le texte : « Je ne savais *d'abord* comment ajuster tout cela. »

31. *Elles :* les propositions intercalées entre le sujet (*les deux sœurs*) et le verbe justifient cette reprise par un pronom ; le point-virgule qui précède *elles* marque une séparation moins forte que notre propre point-virgule, comme on pourra le remarquer souvent dans ce texte.

Page 90.

32. *Invitait :* accord avec le sujet le plus proche.

33. *Débattues :* accord avec le sujet le plus proche.

DEUXIÈME PARTIE

Page 103.

1. *Un entier abandon :* les éditions de Prault père, 1734 et 1735, donnent : *une entière abandon,* graphie sans doute calquée sur la prononciation.

Page 106.

2. *Elle monta :* dans l'édition originale, cette phrase (sans majuscule) est précédée d'une virgule ; d'où la modification : *et elle monta,* introduite dès 1735 dans quelques éditions (mais non dans celle de 1781).

Page 108.

3. *Sans y contribuer :* sans contribuer à bannir la paix.

Page 109.

4. *Elle me voudrait trop bien :* « bien vouloir » signifie « être bienveillant » ; l'édition de 1781 corrige en : *trop de bien.*

5. *Si aise :* et non *si aisé,* comme corrige Duviquet, suivi par les éditeurs modernes.

6. *Faire le tracas :* nous dirions « être homme de peine ».

Page 112.

7. *Témoignais :* l'imparfait est remplacé par un passé simple dans l'édition de 1781 et dans les éditions modernes.

Page 113.

8. *J'aperçus :* ces mots sont précédés d'un point et commencent par une majuscule dans l'édition originale. Ce n'est sans doute pas une faute d'impression ; le cas se présente plusieurs fois ; nous ne tiendrons compte que des plus expressifs.

Page 114.

9. *Du côté gauche :* Jacob, qui assure plus loin que sa lignée est sans tache et qui a refusé d'épouser Geneviève, ne saurait ici se targuer d'avoir une grand-mère bâtarde d'un gentilhomme. Un mariage du côté gauche est un mariage tout à fait régulier, mais « dans lequel le marié, qui est noble et d'une condition supérieure à celle de la mariée, l'épouse en lui donnant la main gauche et ne lui communique ni à elle ni aux enfants son rang et sa condition » (Littré).

Page 115.

10. *Jerni de vie :* juron d'une forme inhabituelle, analogue à « Jarni-dieu ».

11. *Pas par-devant notaire :* sans contrat; Jacob n'ayant rien à apporter à la communauté, un contrat serait tout à son avantage.

Page 119.

12. *Sans :* l'édition originale ouvre devant ce mot une parenthèse qui n'est pas refermée, parce que les réflexions de Jacob sur les dévotes s'enchaînent ensuite naturellement au récit; les autres éditions du XVIIIᵉ siècle ferment la parenthèse prématurément après *les dévotes le sont.*

Page 121.

13. *Secourre :* Duviquet, suivi par toutes les éditions modernes, met ici l'indicatif; le subjonctif se justifie très bien.

Page 127.

14. *Qu'à cause qu'elle :* Duviquet, suivi par les éditeurs modernes, a corrigé en : *que parce qu'elle.*

Page 128.

15. *Notre hôtesse donc :* exemple caractéristique d'une phrase où la disjonction entre le sujet et le verbe principal est telle que la principale est recommencée avec un nouveau paragraphe. Ce n'est nullement une particularité de Marivaux.

16. *Et ce talent :* Duviquet, suivi par les éditeurs modernes, corrige sans raison en : *et cet art.*

Page 129.

17. *Et qu'elle :* c'est le texte de toutes les éditions anciennes.

Page 131.

18. *Pussions :* dès 1735 on lit *puissions* dans certaines éditions, coquille perpétuée, par l'intermédiaire de l'abbé de La Porte et Duviquet, jusqu'aux éditions modernes.

Page 132.

19. *Repartait :* malheureusement corrigé en *répliquait* par Duviquet qu'ont suivi les éditeurs modernes.

20. *Leur révérence :* texte des éditions anciennes.

Page 133.

21. *Encore vu :* texte des éditions anciennes.

Page 137.

22. *Qui :* relatif sujet de *est loisible*, ou graphie phonétique de « qu'il ».

Page 140.

23. *L'une quand et quand l'autre :* l'une en même temps que l'autre. Locution correcte au XVIIᵉ siècle, vieillie et populaire au XVIIIᵉ.

Page 145.

24. *Quitté :* comme on le voit, même en position finale le participe passé peut ne pas être accordé.

Page 146.

25. *Sur cette matière :* Duviquet, suivi par les éditeurs modernes, corrige et abrège : *excédée de ces discours.*

26. *Et si :* et pourtant.

Page 147.

27. *Elle a été :* Duviquet, puriste, écrit : *elle est allée.*

Page 150.

28. *Fonds :* écrit *fond* dans les éditions du XVIIIᵉ siècle, la distinction théorique entre les deux mots n'étant pas toujours sentie.

Page 152.

29. *Madame d'Alain :* ici, et un peu plus bas dans cette même page, écrit *Dalain ;* nous avons rétabli la graphie qui est de beaucoup la plus fréquente.

Page 155.

30. *Le pauvre homme !* c'est l'exclamation d'Orgon à propos de Tartuffe, chez Molière.

31. *Car le cœur :* le mot *Car* a disparu des éditions modernes depuis Duviquet.

32. *Sorti :* la deuxième partie est la seule qui ne se termine pas sur une coupure logique du récit.

TROISIÈME PARTIE

Page 161.

1. *D'où vient est-ce :* dans cette tournure, comme dans d'autres analogues, *d'où vient* n'est plus senti comme une locution verbale, mais comme un adverbe synonyme de « pourquoi ».

Page 166.

2. *Nous devions :* l'édition originale porte *devons,* coquille probable.

Page 167.

3. *Amant :* celui qui aime.

Page 170.

4. *Je pus* : remplacé par *je pusse* dans les éditions tardives, mais l'indicatif est admissible, voir A. Haase, *Syntaxe française du xviie siècle*, § 75A.

Page 171.

5. *A droit* : se disait concurremment avec « à droite ».

6. *Les baguettes* : châtiment militaire, bien connu depuis *Candide*.

Page 173.

7. *Des dévots* : Boileau, *Le Lutrin*, I, 12.

8. *Toi* : cette reprise du pronom a disparu dès 1735.

Page 174.

9. *Des nœuds* : ouvrage de dame; voir le tableau de Nattier, « Madame Adélaïde faisant des nœuds » (musée de Versailles).

Page 175.

10. *Revint* : texte de toute les éditions anciennes; la correction adoptée par les éditeurs modernes, *revient*, ne s'impose pas.

11. *Me pardonne* : subjonctif-optatif.

Page 177.

12. *Tout de suite* : tout à la suite.

13. *Quelqu'uns* : graphie des éditions de 1734-1735, courante à l'époque.

Page 180.

14. *Aye* : cette graphie de l'édition originale, qui donne partout ailleurs « ait » pour la troisième personne, doit être conservée comme un provincialisme volontaire de Jacob.

Page 184.

15. *Ces charmes* : tel est le texte de l'édition originale et de la réédition Prault père de 1735 à pagination continue. La variante *ses charmes* apparaît dès l'édition de 1735 Prault père à pagination séparée.

Page 189.

16. *Échappé* : il est rare, mais il arrive, que le participe passé ne soit pas accordé quand l'auxiliaire est le verbe *être*.

Page 194.

17. *Venants* : le participe présent est souvent accordé. Nous ne renouvellerons pas cette remarque.

Page 196.

18. *Blessés* : *blessé*, dans l'édition originale, singulier ou pluriel non accordé.

Page 206.

19. *Corvées :* « Travail ingrat. Il se dit par extension de toute sorte de fatigues » (*Dictionnaire* de Féraud).

Page 207.

20. *Et j'étais honteux :* tel est bien le texte de l'édition originale et des éditions anciennes.

Page 210.

21. *Achevez, achevez :* le mot n'est pas répété dans les éditions tardives.

Page 212.

22. *Parler d'action :* « On dit parler *avec action,* avec feu, avec vivacité. *Marivaux* dit *parler d'action,* manière de parler que je ne crois pas française » (*Dictionnaire* de Féraud).

Page 213.

23. *Croyions : croyons,* dans l'édition originale, par une confusion assez fréquente.

Page 214.

24. *Et puis :* malgré l'absence de ponctuation, il est possible que ces mots appartiennent au récit de Jacob et non aux paroles de Madame d'Alain. Voir pourtant *infra,* p. 266 n. 22 : « eh puis! c'est donc l'emploi [...] », et p. 227, n. 1.

Page 216.

25. *Image :* statue ou tableau représentant un saint.
26. *Cette maltôte :* levée des impôts.

Page 217.

27. *Comme un coffre :* ce seigneur n'a guère laissé que des dettes à sa mort, mais il était présenté au début du récit comme « extrêmement riche ». Il n'y a pas contradiction : le métier de financier impliquait de gros découverts, exposant à de graves revers de fortune ; sous l'Ancien Régime l'endettement était, pourrait-on dire sans paradoxe, proportionnel à la richesse.

28. *Avocat au Conseil :* détenteur d'un office, il présentait au Conseil des parties certaines causes concernant des particuliers ou la librairie, etc.

Page 218.

29. *S'en accommodera-on :* texte de l'édition originale et de plusieurs éditions anciennes ; on trouvera d'autres exemples d'inversions sans addition du t euphonique. C'est une graphie archaïque ; même non écrit, le *t* était prononcé depuis le XVIe siècle.

Page 219.

30. *Elles convinrent :* la ponctuation du texte original traduit la vivacité du dialogue.

Page 220.

31. *Le Baigneur :* celui qui tient bains et étuves ; il était aussi barbier et perruquier.

QUATRIÈME PARTIE

Page 227.

1. *Et bien :* la conjonction *et* et l'interjection *eh !* sont souvent confondues.

Page 231.

2. *Le plus dangereux petit homme :* la première « patronne » de Jacob disait : « ce Paysan deviendra dangereux, je vous en avertis » ; et Madame de Miran dira à Marianne (*Vie de Marianne,* Quatrième partie) : « Quelle dangereuse petite fille tu es. » Voir *supra,* p. 44.

Page 234.

3. *Ces mouvements :* remplacé par *ses mouvements* dans l'édition de 1781 et les éditions modernes.

Page 236.

4. *A cause que :* Duviquet, suivi par les éditeurs modernes, écrit . *parce que.*

Page 238.

5. *Une heure :* et non *une demi-heure,* comme donnent les éditions modernes.

6. *De son pays :* en fait, Mademoiselle Haberd est beauceronne, et Jacob champenois. Madame de Ferval veut prévenir les remarques possibles sur l'étrangeté de ce mariage.

Page 239.

7. *Rondement :* et non *rudement,* comme donnent les éditions modernes.

Page 245.

8. *Agathe :* toutes les éditions anciennes donnent *Javote ;* il arrive plus d'une fois à Marivaux romancier de confondre les noms de ses personnages.

Page 246.

9. *A quatre places.*

Page 247.

10. *S'imagine-on* : voir *supra*, p. 218, n. 29.

Page 250.

11. *M'échappa-elle* : voir *supra*, p. 218, n. 29. De même pour *ajouta-elle*, p. 251.

Page 251.

12. *Eh vite, eh vite* : voir *supra*, p. 227, n. 1.

Page 253.

13. *A mes amis* : Duviquet, oubliant que *chère* signifie d'abord « accueil », a corrigé en : *avec mes amis*, et a été suivi par les éditeurs modernes.

14. *A ce qu'elle disait* : voir *supra*, p. 128, n. 15.

Page 255.

15. *Et que j'avais* : *que* a disparu de l'édition de 1781 et des éditions modernes.

Page 257.

16. *Ajouta-t-il* : l'écrivain que Marivaux fait ici parler serait Crébillon, et le livre, *L'Écumoire ou Tanzaï et Néadarné* ; comme ce roman parut, selon les études les plus récentes sur Crébillon, en décembre 1734, il faut admettre que Marivaux a pu le lire peu avant sa publication.

Page 258.

17. *Bien ou mal* : ces propos permettent de donner son sens exact au conseil que Marivaux (souvent accusé de négliger la composition dans ses Journaux et ses romans) donnait à un jeune écrivain, dans la septième feuille du *Spectateur français* (août 1722) : abandonner son esprit « à son geste naturel ».

Page 259.

18. *Ménagé* : « Mais le lecteur français veut être respecté », Boileau, *Art Poétique*, II, 176.

Page 260.

19. *N'y fussent pas* : ce sont les pages de *L'Écumoire* où la taupe Moustache parodie le style de *La Vie de Marianne*.

Page 261.

20. *De l'esprit* : passage à la ligne moins inattendu que dans les cas précédents (*supra*, p. 128, n. 15, p. 253, n. 14).

Page 265.

21. *Monsieur ?* : le point d'interrogation marque une exclamation ou une injonction à nuance interrogative, dans la phrase suivante aussi.

Page 266.

22. *Eh puis!* : les éditions modernes écrivent : *Et puis :*, faisant de ces mots non pas une interjection de Jacob à l'adresse de M. de Fécour, mais une indication appartenant au récit du mémorialiste. La graphie de l'originale n'exclut du reste pas cette dernière interprétation.

23. *Patron :* le mot n'a aucune nuance familière (pas plus que dans l'expression toujours usitée de « saint patron »).

Page 267.

24. *N'y manquez pas?* : voir *supra,* p. 265, n. 21. On trouvera d'autres exemples, que nous ne relèverons pas.

Page 268.

25. *Lui répondais-je :* à partir de 1781, « lui répondis-je », par erreur, puisque cet imparfait répond à « disait la mère ».

Page 272.

26. *Comptez-moi :* « compter » et « conter » n'étaient plus confondus à l'époque de Marivaux ; ce passage étant le seul où la confusion paraisse, il faut y voir une malice de Marivaux faisant parler un financier.

Page 273.

27. *Était mort :* voir *supra,* p. 128, n. 15.

Page 274.

28. *Ce furieux animal :* sauf par un hiver rigoureux le réduisant à la famine, il est peu probable qu'un loup attaque une promeneuse. Mais ce récit, qui appartient à la tradition romanesque (comme le note ironiquement M. Bono), dispose Jacob à l'héroïsme qu'il montrera pour sauver le comte d'Orsan, et les deux épisodes symétriques font contraste.

29. *La mer :* les bains de mer, croyait-on, guérissaient la rage.

Page 275.

30. *Pour un Roman :* la ponctuation des éditions anciennes (y compris celle de 1781) sépare les mots *quand ce serait pour un Roman* de la proposition précédente par un point-virgule, et les rattache à la proposition suivante en interposant une simple virgule ; mais la valeur de ces signes n'est pas exactement celle qu'ils ont prise de nos jours, et la ponctuation que nous avons adoptée, comme tous les éditeurs modernes, évite une erreur sur le sens.

CINQUIÈME PARTIE

Page 284.

1. *Versailles :* dans tout ce dialogue (depuis « Et pendant que je lui tenais ce discours », à la page précédente) nous avons renforcé la

ponctuation de l'édition originale, et mis une majuscule au premier mot de chaque réplique, pour faciliter la lecture et empêcher la confusion entre les deux interlocuteurs.

Page 286.

2. *Avez :* remplacé par l'imparfait dans certaines éditions anciennes et dans les éditions modernes.

3. *Ce Chevalier :* au cours de la scène, le personnage est désigné tantôt comme *chevalier* (titre de noblesse), tantôt comme *cavalier* (jeune gentilhomme) ; il est l'un et l'autre ; il n'y a pas lieu d'uniformiser ce qui est divers dans l'édition originale.

Page 289.

4. *N'avait pas le droit :* il avait droit, elle n'avait pas le droit, cette asymétrie est bien dans toutes les éditions anciennes.

Page 291.

5. *Dirais-je :* dirai-je, dans les rééditions anciennes et modernes.

Page 294.

6. *L'oreille :* dans la deuxième partie, Jacob avait de même espionné l'entretien entre M. Doucin et les sœurs Haberd, ce qui l'a fait qualifier de voyeur par certains critiques. Mais son espionnage n'est pas inspiré par le vice, il est une défense contre l'hypocrisie des autres.

Page 297.

7. *Faiblesses-là :* l'absence de virgule après *susceptible* permet deux interprétations de *en :* ou bien « du fait de votre sexe » ; ou bien prolepse du complément de l'adjectif, comme un peu plus haut dans la phrase : « Ah ! que j'en serais fâché que vous disiez vrai. » L'édition de 1781 remplace *en* par *y* et rend la première interprétation plus vraisemblable.

Page 300.

8. *Fuyiez :* dans les éditions de 1735 : *fuyez,* qui n'est sans doute qu'une graphie inexacte.

Page 301.

9. *De bonne augure :* voir *supra,* p. 57, n. 10.

Page 302.

10. *Et :* voir *supra,* p. 227, n. 1 ; remplacé par *Eh !* dans les éditions tardives.

Page 303.

11. *La scène :* à partir de 1781 : *une scène.*

Page 305.

12. *Pensai :* à partir de 1781 : *pensais.*

Page 313.

13. *Contentais :* c'est le texte de toutes les éditions françaises de 1735, et de l'édition de 1781. Il est inutile de le corriger en *contenais,* comme le font quelques éditions anciennes et les éditions modernes : « se contenter » signifie très normalement « se satisfaire », « se sentir rassasié », donc cesser de rechercher un surcroît de plaisir.

Page 314.

14. *Ma compagne :* l'édition de 1781, suivie par quelques éditions modernes, donne *ma compagnie ;* voir *infra,* p. 325 n. 25.

Page 315.

15. *Vingt-deux ans :* Jacob a déclaré à Mlle Haberd dans la première partie, et à Mme de Fécour dans la quatrième, qu'il n'avait pas encore vingt ans.

Page 317.

16. *Considérai :* et non *considérais,* comme dans les éditions modernes.

Page 318.

17. *Gagné :* remplacé par *trouvé* en 1781 et dans les éditions modernes.

18. *Entrions :* Duviquet, suivi ici encore par les éditions modernes, a corrigé en : *nous étions déjà.*

Page 319.

19. *Un armoire :* le mot est encore très souvent masculin au xviiie siècle.

20. *Infortune :* Duviquet a jugé meilleur : *quelque dérangement de fortune,* et a été suivi par les éditions modernes.

Page 320.

21. *Figure :* oubliant que *figure* signifie « apparence générale », Duviquet a préféré *cette personne,* altération passée dans les éditions modernes.

Page 321.

22. *Répondit :* à partir de 1781 : *répondait.*

Page 322.

23. *Éconduit :* emploi impropre du mot, mais tel est bien le texte de toutes les éditions du xviiie siècle, *reconduire* figurant à la ligne suivante.

Page 323.

24. *De certains airs : des certains airs* dans l'édition originale et une réédition de la même date.

Page 325.

25. *Sa compagne :* « Marivaux a sans doute écrit *sa compagnie* », remarque judicieusement F. Deloffre, et Abel Farges avait déjà corrigé le texte en ce sens. Mais l'ancien français connaissait les deux graphies, et — survivance ou provincialisme ? — Marivaux a bien pu écrire *compagne* pour signifier *compagnie*, ici et plus haut p. 314 (voir la n. 14).

Page 326.

26. *Qu'on en épouserait :* la négation explétive a été ajoutée dans les éditions postérieures à l'originale, mais la langue classique jusqu'au début du XVIIIᵉ siècle ne la comportait pas dans cette tournure, et Marivaux l'avait sans doute omise.

Page 328.

27. *Aussi : ainsi,* dès 1736 dans certaines éditions.

Page 329.

28. *Sa pensée :* voir *Le Spectateur français,* septième feuille : « on a mis aujourd'hui les lecteurs sur un ton si plaisant, qu'il faut toujours s'excuser auprès d'eux d'oser exprimer vivement ce que l'on pense ».

Page 332.

29. *Des Monsieur :* l'ironie est perdue si l'on écrit *des Messieurs,* comme toutes les éditions modernes. Voir *supra,* p. 247 : « Comme je n'étais pas là avec des Madames d'Alain. »

Page 333.

30. *Quantité de monde :* c'est seulement en 1759, comme on sait, que, grâce au comte de Lauraguais, la scène fut débarrassée des banquettes réservées aux gens du monde qui pouvaient les payer.

31. *De mon temps :* jamais Marivaux moraliste ou romancier ne s'est cru engagé par la promesse de donner suite à un ouvrage commencé.

SIXIÈME PARTIE

Page 335.

1. *Suite apocryphe :* nous suivons le texte de l'édition originale où les trois parties sont paginées séparément, parue en 1756 à La Haye chez Henri Scheurleer ; on notera une fois pour toutes que les noms des personnages créés par Marivaux sont déformés par le continuateur ; nos remarques concernant la lettre du texte et les variantes seront moins nombreuses.

Page 339.

2. *Préface :* cette Préface ne figure pas dans l'édition que nous considérons comme originale ; elle est en tête d'une réédition du

roman tout entier, à la même date, chez le même éditeur. Nous en empruntons le texte à F. Deloffre.

Page 341.

3. *Un instant auparavant :* il y a peut-être dans ce passage un souvenir déformé du *Cabinet du Philosophe* (sixième feuille) ou même des toutes récentes *Réflexions sur l'esprit humain à l'occasion de Corneille et de Racine* que l'auteur anonyme avait pu lire dans le *Mercure* d'avril 1755.

Page 346.

4. *Que cela est neuf! :* le texte de l'édition de 1781, suivi par les éditions modernes, est : « Et qu'on n'aille pas dire que cela est neuf. » Il fausse le sens du passage. Jacob imagine qu'on ironise sur sa découverte de la Comédie, qui n'a de neuf que pour lui, et qu'on sera « incrédule » devant son ignorance.

5. *Le Tourneur :* il s'agit, semble-t-il, de Nicolas Le Tourneux, théologien et prédicateur de tendance janséniste (1640-1686).

Page 348.

6. *Le remplacer :* l'auteur semble reprocher à Marivaux d'avoir prêté à Jacob envers Mademoiselle Haberd une délicatesse de sentiments dont le héros doit plusieurs fois s'excuser dans les circonstances où la continuation le place.

Page 354.

7. *Sur l'esprit :* « Quatre-vingt-dix-neuf moutons et un Champenois font cent bêtes », disait le proverbe. La phrase qui vient immédiatement ensuite est absurde, mais tel est bien le texte. L'auteur a voulu dire à la fois que le comte était clairvoyant et que la « stupidité » de Jacob était visible des moins perspicaces.

8. *Atteinte :* coquille pour « attention » ? Le sens est plutôt que Jacob ne se laissera « atteindre » que superficiellement par le spectacle.

Page 355.

9. *Les connaître :* double critique adressée à Marivaux, en écho à des observations de Granet sur *Le Paysan parvenu* et de Desfontaines sur *La Vie de Marianne :* le narrateur, à l'âge qu'il avait et dans la situation où il était, ne pouvait faire tant de réflexions ni d'observations ; et les analyses ou les portraits brisent le fil de l'intrigue.

10. *La demoiselle Gaussin :* célèbre actrice qui fit en 1731 ses débuts à la Comédie-Française ; la continuation étant de 1756, il n'y a pas d'invraisemblance à la nommer ; en 1735, Marivaux, que les anachronismes ne gênaient pas, aurait pu penser à elle sans citer son nom, mais toute hypothèse sur ses intentions est vaine.

Page 357.

11. *Surprise :* bel exemple d'amphigouri. *Un regard timide,* c'est celui de Jacob ; *le chercher et l'éviter,* le pronom complément renvoie au *grand œil brun ;* et *sa vivacité,* c'est celle de cet œil brun, ou de la seconde dame à qui il appartient.

Page 360.

12. *Dorsan :* le continuateur écrit tantôt *de Damville, de Dorsan, de Dorville,* etc., tantôt *Damville, Dorsan, Dorville,* etc. Il écrit *Monsieur, Madame, Mademoiselle* tantôt en toutes lettres, tantôt en abrégé. Nous n'avons reproduit que les variations de la première série.

Page 361.

13. *Les actions :* nouvelle critique à l'adresse de Marivaux.

Page 362.

14. *Rendu :* il veut dire : le motif de l'attentat à l'occasion duquel je lui avais rendu service.

Page 368.

15. *Implorer : employer,* dans l'édition originale, lapsus probable, corrigé dans les éditions ultérieures.

Quelques lignes plus bas, *contrastes :* « Un Auteur, assez peu estimé, il est vrai, fait *contraste* adjectif », écrit Féraud, qui cite la phrase du continuateur et ajoute : « Il fallait du moins dire, *qui contrastent trop avec,* etc. » Féraud connaissait-il le nom de l'auteur apocryphe ? L'éditeur de 1781 et les éditions modernes corrigent *sont* en *font.*

Page 370.

16. *Satisfait :* comment Jacob connaissait-il ces termes du jeu de l'*hombre* ? Le reproche d'invraisemblance que l'auteur adresse à Marivaux peut lui être retourné.

Page 373.

17. *Quelle sotte ! : quelle sotte* j'aurais été ! Le texte de l'originale, maintenu dans l'édition de 1781, n'a pas besoin d'être corrigé en *quelle sottise !* ni en *quelque sotte !*

18. *Blessé :* la question est naïve ; si le texte est exact, c'est bien d'une blessure donnée par Jacob que s'inquiète sa femme.

Page 376.

19. *Tout ce qu'ils passent :* tel est bien le texte, maladroit, mais clair. On remarquera la proposition relative interrompue par la parenthèse et sa reprise à l'alinéa sous forme de principale ; encore en 1756 l'unité de la phrase grammaticale n'était pas plus de règle qu'en 1735.

Page 380.

20. *Mademoiselle Habert :* à partir d'ici, telle est la graphie de ce nom ; elle sera adoptée par l'édition de 1781 pour toute l'œuvre, et perpétuée par les éditions modernes.

Page 381.

21. *Les relevant :* les yeux, évidemment.

22. *Dangereuse :* rappel d'un passage du texte authentique, voir *supra*, 44 p. 231, n. 2 et déjà dans cette continuation p. 364.

Page 389.

23. *Réciproquement de se donner :* tel est le texte de l'édition originale.

Page 392.

24. *Que la légèreté :* corrigé ultérieurement en *que de la légèreté.*

25. *Une compagnie :* emploi étrange du mot ; permet-il d'identifier l'origine de l'auteur ?

26. *Tirer partie :* tel est bien le texte maintenu dans l'édition de 1781.

Page 395.

27. *Leurs femmes :* selon la coutume de Paris, les biens du mari entraient de plein droit dans la communauté, mais ceux de la femme n'y entraient que par convention expresse.

Page 396.

28. *Rigoriste :* c'est là une allusion que fait le continuateur au jansénisme. Voir *infra*, p. 427, n. 3.

SEPTIÈME PARTIE

Page 409.

1. *Avec indifférence :* l'édition originale donne *sans indifférence*, lapsus corrigé dans les éditions postérieures.

Page 427.

2. *Ses idées : ces idées*, dans les éditions ultérieures ; on peut comprendre : les idées de la religion telle qu'elle est en France ou celles de *L'Ange.*

3. *Contre lui-même :* ce directeur rigoriste qui invitait à n'être docile qu'avec restriction était un janséniste, qui avait renié ses convictions et s'était rallié à l'archevêque Christophe de Beaumont au moment de l'affaire récente (1752) des billets de confession. L'auteur est donc très probablement janséniste (et non protestant, puisqu'il imaginera que l'un des fils de Jacob entre en religion), peut-être réfugié en Hollande.

Page 430.

4. *Votre Province :* Jacob sera contrôleur au service de la Compagnie des fermiers généraux.

Page 433.

5. *Faisaient :* pluriel selon le sens (sujet : cette conduite et les lumières de la raison).

Page 453.

6. *Je m'hasardai :* considérée comme incorrecte, cette forme est pourtant assez souvent attestée.

Page 454.

7. *Les fonds :* la part de capital que Jacob devait apporter comme sociétaire de la nouvelle compagnie (de commerce, probablement).

Page 455.

8. *Les retenir :* encore une pointe contre Marivaux.

Page 457.

9. *Naturellement placé :* au contraire des portraits de Marivaux qui, insinue l'auteur, sont placés artificiellement.

10. *Qu'on pût :* écrit *qu'on peut*, graphie de *u* long (voir *supra*, p. 52, n. 5).

Page 458.

11. *Qui sont : qui font*, dans les éditions ultérieures.

12. *Voilà l'homme :* l'exclamation était dans les Journaux de Marivaux, *Le Spectateur français* (feuilles VII, XI, XVIII, XXIII), *L'Indigent Philosophe* (VII). Mais elle rappelle encore mieux la bonhomie de Gil Blas et sa résignation aux faiblesses humaines (*Gil Blas*, Livre XI, chapitre 5). Voir encore *infra*, p. 468.

HUITIÈME PARTIE

Page 467.

1. *Mon petit amour-propre :* cette expression rappelle beaucoup plus Marianne que Jacob.

Page 469.

2. *Au village :* le retour au village est un thème fréquent dans le roman du parvenu, moins dans *Gil Blas*, où il permet au héros une vue critique sur lui-même, que dans les romans de Mouhy (*La Paysanne parvenue*, 1735-1736) ou de Gaillard de la Bataille (*Jeannette seconde ou la nouvelle Paysanne parvenue*, 1744).

Page 476.

3. *Sa vieille armure :* le mot n'avait eu ce sens qu'au Moyen Age. Y a-t-il là un indice de la province d'où était l'auteur ?

4. *Détournèrent :* voir *supra*, p. 433, n. 5. Sujet : l'amusement et mes paroles.

Page 477.

5. *Beauté : bonté,* peut-être plus justement, dans les éditions ultérieures.

Page 479.

6. *D'autre réponse :* que celle qui est rapportée plus haut, et qui est répétée sous une autre forme aussitôt après. Les éditions modernes donnent : *d'autre réponse que : l'on verra.*

Page 492.

7. *En imprime :* impropriété pour : « en impose ».

Page 493.

8. *L'Académie :* « lieu où la Noblesse apprend à monter à cheval » (Féraud) et s'initie aux sciences pratiques et théoriques utiles à un futur officier.

Page 504.

9. *Neveu : frère,* dans l'édition originale, par erreur.

Page 505.

10. *L'une : l'un,* dans toutes les éditions anciennes, qui ont reproduit une coquille probable de l'originale.

Page 510.

11. *Plus enjouée : plus agréable, plus enjouée* dans les éditions ultérieures.

Page 516.

12. *Les temps :* la vraie faute est bien plutôt de répéter ce que Marivaux avait déjà raconté.

Page 518.

13. *Dus ou conquis :* l'accumulation des richesses, des héritages et des faveurs est caractéristique du dénouement dans les romans bourgeois de cette époque ; voir entre autres, de Digard de Kerguette, les *Mémoires et Aventures d'un bourgeois qui s'est avancé dans le monde* (1750). Mais le bourgeois de 1750 n'a pas de scrupules de religion, et ceux qui sont ici prêtés à Jacob sont bien l'invention d'un auteur janséniste.

Page 519.

14. *Aux autres :* cet éloge de l'activité productrice, normal dans la bouche d'un bourgeois en 1756, n'aurait pas pu être prononcé en 1735 par le Jacob de Marivaux.

DOSSIER

Impression B.C.I. à Saint-Amand (Cher),
le 12 janvier 1995.
Dépôt légal : janvier 1995.
1ᵉʳ dépôt légal dans la collection : octobre 1981.
Numéro d'imprimeur : 1/017.
ISBN 2-07-037327-4./Imprimé en France.

71659